이방인
Stranger's

1

딘R. 쿤츠 / 정태원 옮김

지성문화사

머리말

딘 R. 쿤츠는 유년 시절을 부친으로부터 폭력적인 학대를 받으면서 불우하게 보냈다. 그런 환경속에서 쿤츠는 문확과 영화에 심취하게 되었고 마침내 작가가 되겠다고 결심하였다. 그는 1970년에 발표한 작품의 머리말에서 이렇게 적고 있다.

'나는 대학 졸업장을 받고 세계 정복에 나섰다. 그러나 세계는 예상보다 크고 복잡해 나는 그 세계의 작은 한 구석만을 정복하기로 했다. 나는 여러가지 직업을 체험했다. 그러나 변함 없는 사실은 언제나 나는 빈털털이라는 것이었다.'

이 가난한 젊은이가 4년후에는 14권의 저서를 발표한 작가가 되었다. 그리고 80년대 이후로 재미있는 '이야기를 쓰는 작가'로 인정받아 대형 출판사로부터 원고 청탁을 받았다. 25세에 이르러 쿤츠의 꿈이 이루어진 것이다.

거기서 자신을 갖고 발표한 것이 본서인 『이방인 stranger's』 이다. 스티븐 킹은 이 책을 가리켜 '지금까지 쿤츠가 쓴 최고의 소설'이라고 극찬했다.

추리, SF, 공포소설의 장르를 고루 갖추고 있는 『이방인 stranger's』은 떨리는 긴박감으로해서 한번 읽기 시작하면 끝까지 책에서 눈을 뗄 수 없도록 만든다.

차례

제1부 고통의 시간

제2부 발견의 나날들

제1부

고통의 시간

제 1 장

11월 7일부터 12월 2일까지의 이야기

I

캘리포니아 라구나 비치

도미니크 콜베이시스는 침대로 기어들어가 가벼운 순모 담요와 보송보송한 흰색 시트를 덮고서 홀로 누워 잠을 청해 보았다. 하지만 여느 때와 마찬가지로 그의 머릿속은 말짱히 깨어 있었다. 외투와 재킷들로 가리워진 널찍한 옷장 뒤의 어둠 속에서 그는 마치 갓난아기처럼 두 주먹을 불끈 쥔 채로 몸을 잔뜩 웅크리고 있었다. 뭔지 기억은 잘 나지 않지만, 악몽을 꾸면서 몸을 웅크리고 있었던 탓인지 목과 팔의 근육이 쿡쿡 쑤셔 왔다.

밤새 편안하게 잘 잤는지 기억은 나지 않지만, 남들이 다 자는 시각에 돌아다녔다는 사실을 알았다 해도 새삼스럽게 그리 놀랄 만한 일은 못 되었다. 그런 일은 전에도 두어 번 있었고, 아주 최근에도 일어난 적이 있었다.

몽유병. 흔히 자면서 돌아다니는 병이라고 사람들은 쉽게 말하고 있지만, 어쩌면 잠재적으로 위험할 수도 있는 증세로 오랜 역사를 통해서 사람들의 정신을 흐리게 한 병이다. 더 이상 손도 쓸 수 없을 만큼 병세가 심각해진 순간부터 그 병은 돔의 정신을 흘려 놓고 말았다. 그는 기원전 1천 년까지 거슬러 올라가는 아주 오래된 옛 기록에서도 몽유병 환자들에 관해 기록된 문헌들을 찾아냈다. 고대 페르시아인들은 몽유병 환자의 육신은 자신의 영혼을 찾아 돌아다니는 것으로, 그 영혼은 육체로부터 떨어져 나와 밤새도록 이리저리 떠돌아다니는 것으로 믿고 있었다. 중세 암흑 시대의 유럽인들은 몽유병에 대한 한 가지 해석 방법으로, 악마에게 홀린 것이나 인간이 이리나 늑대 따위로 변하는 정신병의 일종으로 생각하고서 그러한 근거에 입각해서 사실을 증명해 보이려고 했었다.

난감하고 다소 당황스럽기는 했지만, 돔 콜베이시스는 자신의 증세에 대해서 그다지 걱정하고 있지는 않았다. 한편으로는 작가로서 자신의 소설에 대한 자료가 될 만한 여러 가지 새로운 경험들을 수집하기 위해서 밤에 돌아다니는 새로운 경험에 대해 은근히 구미가 당기기도 했었다.

하지만 자신의 몽유병을 창조적으로 이용해서 설사 어떤 득을 볼 수 있을지는 모른다 치더라도 분명히 그것은 하나의 고통이었다. 그는 머리 가죽을 지나 어깨를 타고 내려오는 목의 통증으로 주춤거리면서 서재 밖으로 기어 나왔다. 다리가 저려서 제대로 일어날 수도 없을 지경이었다.

여느 때와 마찬가지로 그는 웬지 의기 소침해졌다. 이제는 몽유병이 감수성이 예민한 성인들에게 일어나는 증상인데도 불구하고 여전히 아동들의 문제로만 간주되고 있다는 사실도 잘 알게 되었다.

파랑색 파자마 바지를 입고 웃통은 벗어제친 채 슬리퍼도 신지 않고 그는 거실을 건너 얼마 길지 않은 복도를 내려가 안방으로, 욕실로 이리저리 정신없이 돌아다녔다. 거울에 비친 자신의 모습은 무척이나 타락해 보였다. 세상의 쓴맛 단맛을 다 본 사람의 모습까지는 아니었지만, 한눈에 보기에도 꽤 난잡스러워 보이는 탕자의 모습 같았다

사실 그는 남달리 결함이 없는 사람이었다. 담배도 피우지 않을 뿐만이 아니라, 과식을 하거나 나쁜 약 따위를 한 적도 없었다. 술도 거의 마시지 않는 편이었으며, 여자를 좋아하기는 하지만 그렇다고 해서 문란한 정도는 아니었다. 그는 누구든지 여자와 한번 관계를 맺으면 그 관계를 충실히 지켜야 한다고 믿는 사람이었고, 실제로 지난 넉 달 동안 누구하고도 잠자리를 같이 해 본 적이 없었다.

그는 잠에서 깨어나 예정에도 없이 밤에 이리저리 헤매고 돌아다니다 아무데서나 임시로 누워 잤다는 사실을 발견할 때마다, 자신의 모습이 그렇게 추악하고 방탕하고 시들어 빠진 파김치처럼 보일 수가 없었다. 매번 그는 맥이 쭉 빠지고 지칠 대로 지쳐 버렸다. 그는 잠에 빠져 있는 동안에도 밤새 여기저기 걸어다니느라 제대로 쉴 수가 없었다.

그는 욕조 가장자리에 걸터앉아 몸을 구부려서 왼쪽 발바닥을 내려다보고 다시 오른쪽 발바닥을 살펴보았다. 베거나, 긁히거나, 특별히 더러워진 곳이 없는 걸로 미루어 보아 밤에 돌아다니는 동안 집을 나선 적은 없었던 게 분명했다. 전에도 그는 옷장에서 잠을 깬 적이 두 번 있었다. 지난 주에 한 번, 그보다 12일 전에 한 번 있었다. 두 번의 경우 모두 그의 발은 더럽혀지지 않았었다. 전에도 그랬듯이 잠결에 수마일 정도 돌아다닌 것 같은 느낌이 들긴 했지만, 만일 그가 실제로 그렇게까지 먼 거리를 걸었다면 그저 콧구멍만한 자신의 집을 셀 수도 없이 많이 맴돌았을 것이다.

한참 동안 뜨거운 물로 샤워를 하고 나자 뻣뻣했던 근육이 상당히 많이 부드러워지는 것 같았다. 그는 올해 서른다섯으로, 호리호리하면서도 당당한 체격이었다. 게다가 나이가 들수록 그는 점점 보기 좋게 덩치가 생기고 정력이 솟는 것 같았다. 아침 식사를 마칠 무렵에는 거의 사람 꼴처럼 회복이 되었다.

그는 바다를 향해 완만하게 경사를 이루는 라구나 비치의 아름다운 지형을 바라보면서 안뜰에서 커피 한 잔을 마시고 나서 서재로 갔다. 그는 지금 자신이 하고 있는 작업 때문에 몽유병이 일어났다고 확신하고 있었다. 아니 그것은 그가 하는 일 자체뿐만 아니라, 지난 2월에 끝마친 자신의 첫 번째 소설인 〈바빌론의 황혼〉이 엄청난 성공을 거둔 탓도 있었다.

그의 대리인은 돔의 처녀작인 〈황혼〉을 경매에 붙였었고, 스스로도 놀란 일이지만 그 작품은 랜덤 하우스와 계약이 체결돼서 처녀작치고는 깜짝 놀랄 정도로 거액의 선금을 받았었다. 게다가 출판사와 계약을 맺은 지 한 달도 채 못 돼서 영화 판권이 팔려 나가, 그는 그 돈으로 자신의 저택을 계약했고, 거기다가 〈황혼〉이 문인 협회에 의해 올해의 주요 작품으로 선정되는 영광을 얻기도 했다. 그는 그 글을 쓰기 위해서 10년이라는 세월 동안 뼈를 깎는 듯한 준비를 했을 뿐만 아니라, 지난 일곱 달 동안에는 일주일에 6, 70시간 내지 80시간씩 강행군을 하면서 힘겨운 시간을 보냈었다. 하지만 그는 아직도 자신에게 닥친 그런 변화들이 마치 하룻밤 자고 나니 스타가 된 것처럼 느껴지는 것을 어쩔 수가 없었다. 어쨌든 그 덕분으로 그는 한걸음에 지긋지긋한 그놈의 가난에서 벗어날 수 있게 되었다.

한때는 지독한 가난뱅이였던 돔 콜베이시스는 이따금씩 거울이나 은빛 햇살이 내리쬐는 창문으로 이제는 부자가 된 돔 콜베이시스의 모습을 훔쳐보곤 했다. 이제는 먹고 살 만하게 된 자신의 모습을 보면서, 그는 정말로 자신이 그런 모습으로 지내도 되는 것일까 은근히 걱정스러웠다. 때때로 그는 자신이 지금 엄청난 나락으로 빠져 들고 있는 것이 아닌가 불안하기까지 했다. 승리감과, 쏟아지는 관중들의 갈채와 함께 상당한 부담감이 그를 엄습해 왔다.

〈황혼〉이 내년 2월에 출간되면 랜덤 하우스에서는 과연 자신에게 투자한 만큼 돈을 뽑고, 투자하길 잘했다고 생각하게 될까? 아니면 쫄딱 망해서 망신만 당하게 될까? 다시 글을 쓸 수 있게 될 것인가? 아니면 요행히도 〈황혼〉이 히트를 치게 될까?

깨어 있는 동안 매시간마다 샘솟듯 끊임없이 꼬리를 무는 이런저런 질문들이 그의 머릿속을 맴돌았다. 그는 아마 잠들어 있는 동안에도 계속 그런 똑같은 질문들이 자신의 마음속을 엄습하고 있으리라 짐작했다. 바로 그것 때문에 자신이 몽유병에 걸린 것이다. 그는 그런 쉴 새 없는 걱정거리들로부터 도망쳐서 쉴 수 있는 은밀한 장소, 말하자면 자신이 걱정하고 있는 것들이 자신을 찾아낼 수 없는 곳으로 도망치려고 했던 것이다.

이제 그는 책상 앞에 앉아 IBM 컴퓨터의 모니터를 켜고서 아직 제목을 붙이지 않은 새 작품의 첫 번째 디스켓의 18장을 호출해 냈다. 어제는 그 장의 6페이지 중간쯤에서 작업을 중단했었다. 하지만 어제 그만둔 부분부터 다시 작업을 시작하려고 그 화일을 호출해 냈을 때, 그는 분명히 반만 차 있어야 하는 그 페이지가 하나 가득 차 있는 사실을 발견했다. 본문의 낯선 초록색 줄들이 워드 프로세서의 모니터에서 반짝거리고 있었다.

잠시 그는 깨끗하게 찍혀 있는 문자들을 멍하니 바라보았다. 자신의 앞에 벌어져 있는 일들을 부정하면서, 그는 고개를 흔들어 보았지만 아무 소용도 없는 짓이었다.

목 뒷덜미가 갑자기 오싹해지는 듯싶더니 이내 땀으로 축축이 젖었다.

그를 섬뜩하게 만드는 것은 기억도 나지 않는 글들이 6페이지에 기록되어 있다는 사실이 아니라, 바로 그 글들이 말하고 있는 내용이었다. 게다가 그 장에는 분명히 7페이지가 없었을텐데 거기에는 분명히 7페이지가 있었다. 더구나 한술 더 떠서 8페이지까지 있었다.

모니터에 나타난 디스켓에 수록된 자료들을 한 행씩 살펴보면서, 그의 손은 점점 떨려 오기 시작했다. 계속 진행중인 작업에다가 추가되어 있는 내용은, 단 두 단어였다. 그 두 단어가 깜짝 놀랄 정도로 똑같이 수백번씩 반복된 것이었다.

나는 두렵다. 나는 두렵다. 나는 두렵다. 나는 두렵다.

맨앞에서부터 네 글자를 띄고, 단어 사이에는 두 칸씩 띄어서, 한 줄에 네 문장씩, 6페이지에 전부 열세 줄, 7페이지에 스물일곱 줄, 8페이지에 또 스물일곱 줄 해서 그 문장은 전부 268번이나 적혀 있었다. 기계가 혼자서 그 문장들을 만들어 내지는 않았을 것이다. 기계는 그저 명령에 따라 정확히 따르고 복종하는 노예에 불과하다. 그렇다고 누군가가 장난질을 하려고 밤새 이 집에 쳐들어와 컴퓨터에 자료를 입력하고 달아났을 리는 만무하다. 게다가 누군가가 집 안에 침입한 흔적도 없고, 그런 쓸데없는 장난질을 할 만한 사람도 딱히 생각나지 않았다. 자신이 그 일을 했는지 잘 기억은 안 나지만, 틀림없이 지난밤 잠결에 돌아다니다가 워드 프로세서로 와서 강박 관념에 사로잡혀 그 문장을 타이핑한 것이 분명했다.

〈나는 두렵다.〉

도대체 뭐가 그리도 두렵다는 것일까? 몽유병? 그것은 그가 분별력을 잃은 정말 아찔한 경험이었다. 최소한 아침이 끝날 무렵에는 의식을 완전히 잃었다. 하지만 그것이 그토록 엄청난 두려움을 느끼게 할 만큼 호된 체험은 아니었다.

그는 자신이 문학적으로 너무 급작스럽게 상승한 데 비례해서 빠른 속도로 내리막길로 떨어져서 사람들의 기억 속에서 잊혀질 수도 있다는 것 때문에 겁을 집어먹고 있었다. 하지만 그는 자신의 작업과 몽유병이 아무런 상관도 없다는 생각을 계속 머릿속에서 떨칠 수 없었다. 그의 목을 조이고 있는 위협은 그것이 아닌 뭔가 다른 것이라는 생각이 마음속 깊이 자리잡았다. 뭔가 미묘한 것. 그의 의식 속에서는 아직 보지 못했으나 잠재 의식 속에서는 꿰뚫어 보고서, 자신이 잠들어 있는 동안 컴퓨터에 남겨 놓은 그 메시지를 통해 자신에게 전달하고자 애썼던 무언가 중요한 것.

아니. 그건 말도 안 되는 헛소리다. 그것은 그저 한 소설가가 글을 쓰는 동안 너무 새 작품에 몰두하다 보니 상상력이 지나쳐서 나타난 일일 뿐이다. 순전히 일 때문에. 일은 늘 그에게 가장 좋은 치료제였으니까, 이번의 경우에도 아마 그렇게 될 것이다.

게다가 그는 작품의 주제에 관한 연구를 통해서 성인 몽유병 환자들의 대부분이 얼마 가지 않아 병이 낫는다는 사실을 잘 알게 되었다. 그런 일을 6번 이상 겪은 환자들은 거의 드물었으며, 보통 아무리 길어도 6개월 내에 병이 치료되었다. 운이 좋다면 자다가 한밤중에 이리저리 돌아다니는 것 때문에 골머리를 썩고 아침에 뻐근한 몸으로 옷장 뒤에서 깨어나 뒤죽박죽이 되어 버린 집을 보는 일은 두 번 다시 없을 가능성도 얼마든지 있다.

그는 디스켓에서 자신이 원치도 않았는데 수록된 글자들을 전부 삭제해 버리고 18장부터 계속 작업을 시작했다.

그 다음 시계를 쳐다보고는 시각이 벌써 한 시를 넘어 있다는 것을 알았다. 그리고 자신이 점심 시간 내내 열심히 일했다는 사실을 깨닫고는 놀라지 않을 수 없었다.

아무리 남부 캘리포니아라 해도 그날은 11월 초순 치고는 상당히 따뜻한 날씨여서 그는 뜰에서 점심을 들었다. 부드러운 미풍에 야자수가 바스락거리는 소리를 내며 흔들리고, 바람에 실려 가을꽃 향기가 은은히 풍겨 왔다. 라구나 비치는 태평양 해변으로 완만하게 경사져 뻗어 있는, 우아한 정취를 풍기는 곳이었다. 겨울 햇살이 눈부시게 반짝이고 있었다.

남은 콜라를 한꺼번에 다 마셔 버리고서, 돔은 갑자기 머리를 뒤로 젖히고 눈부시게 파란 하늘을 똑바로 올려다보면서 웃음을 터뜨렸다.

"보다시피 위에서 철창이 떨어지지도, 갑자기 피아노가 떨어져 내리지도 않아. 대모클레즈의 칼(그리이스 신화에 나오는 시라큐스의 왕 디오니시우스가 연석에서 대모클레즈 머리 위에 머리카락 한 올로 칼을 매달아 왕위에 따르는 위험을 보여 준 일에서 유래한 말로, 신변에 따르는 위험을 뜻함 — 역주)도 없다구."

11월 7일의 일이었다.

2

매사추세츠 보스턴

진저 마리 바이스 박사는 번슈타인네 반찬 가게에서 말썽을 일으키게 되리라고는 꿈에도 생각하지 못했었다. 하지만 분명히 문제는 거기서부터 시작되었다. 바로 검정색 장갑 사건이 그것이었다.

진저는 늘 자신에게 닥친 문제는 어떤 것이든지간에 스스로 처리할 수 있었다. 그녀는 지금까지 살아오면서 끊임없이 닥쳐오는 문제들에 도전하는 데 재미를 느껴 왔었고, 어쩌면 그런 문제가 일어나기를 갈망하는 편이었다고 해도 과언이 아닐 지경이었다. 만일 그녀가 이제껏 늘 평탄한 길을 걸어오면서 아무런 장애가 없이 살았었다면, 그녀는 무척 따분해 했을 것이 틀림없다. 하지만 그녀에게 혼자 힘으로 처리할 수 없을 만한 문제가 닥친 것은 궁극적으로 한 번도 없었다.

도전과 마찬가지로 인생이란 사람들에게 교훈을 안겨 주는 것이며, 어떤 것은 다른 것보다 훨씬 고맙게 받아들여질 수 있는 교훈들도 있고, 어떤 것은 그 참뜻을 금세 알 수 있는 교훈들도 있고, 반대로 그 뜻을 이해하기 힘든 것들도 있다.

게다가 인생을 망치게 하는 교훈들도 있다.

진저는 똑똑하고, 예쁘고, 야심만만하고, 지독한 노력가에다 요리 솜씨도 일품인 아가씨였다. 하지만 무엇보다도 그녀가 인생을 살면서 가장 플러스가 되는 장점은 아무도 첫눈에 그녀를 대단한 인물로 생각하는 사람이 없다는 점이었다. 그녀는 가냘프고 왜소한 체구에다 아름다운 용모만큼이나 그녀를 나약해 보이게 만드는 단아한 성품을 가진 요정 같은 여자였다. 대부분의 사람들이 그녀를 처음 만난 후 몇 주, 아니 심지어는 몇 달 간은 그녀를 대단히 과소 평가하고 있다가 점점 시간이 흐를수록 그녀가 만만찮은 경쟁자나 동료라는 사실을 깨닫곤 했다. 심지어는 그녀를 대단히 무서운 강적이라고까지 생각하는 사람들도 있었다.

진저가 노상 강도를 만났을 때의 이야기는 뉴욕 콜롬비아 장로교 대학병원에서는 하나의 전설처럼 전해질 정도였다. 번슈타인 반찬 가게에서 문제를 일으켰던 때로부터 4년 전쯤에 그녀는 그 곳에서 인턴 생활을 했었다. 다른 인턴들이나 마찬가지로 그녀는 하루에 16시간 교대 근무를 서기가 일쑤였으며, 게다가 날이 갈수록 교대 근무 시간이 길어져서 병원을 나설 무렵이면 늘 파김치가 되어서 집으로 돌아가곤 했었다. 그러던 7월의 어느 무더운 토요일 밤의 일이었다. 그날따라 특히 빡빡했던 스케줄을 마치고서 10시가 조금 넘어서야 지친 몸으로 집으로 향하던 길이었다. 갑자기 네안데르타르인처럼 엄청나게 덩치가 크고, 부삽같이 손이 커다랗고, 팔이 굵고 억세고, 목은 어깨와 붙어서 아예 없고, 각진 이마에다 거칠고 억세게 생긴 남자 하나가 그녀의 옆에 따라붙었다.

"소리치면……."

도깨비 상자에서 스프링을 단 장난감이 툭 튀어나와 깜짝 놀라게 할 때처럼 그 사내가 갑자기 그녀를 덮쳤다.

"이빨을 몽창 날려 버릴 거야."

사내는 진저의 팔을 꽉 잡고서 팔을 뒤로 비틀었다.

"내 말 알아듣겠어, 이 개년아?"

주위를 지나는 사람들도 아무도 없었고 가장 가까이 지나다니는 차들이래 봤자 두 블록이나 떨어진 곳에 있는데다, 그 차들마저도 신호에 걸려 서 있는 상태였다. 눈을 씻고 찾아봐도 가까운 곳에 그녀를 도와줄 수 있을 만한 사람은 아무도 없었다.

사내는 건물 사이의 어두컴컴하고 좁은 골목으로 그녀를 밀어붙이고서 흐릿한 등 하나밖에 달려 있지 않은, 쓰레기 더미가 여기저기 널브러져 있는 지저분한 샛길로 몰고 들어갔다. 그녀는 쓰레기통에 부딪혀서 발을 헛디디는 바람에 무릎과 어깨를 다쳤지만 다행히도 쓰러지지는 않았다. 팔이 여러 개 달린 그림자들이 그녀를 감싸안았다.

처음에는 그 사내가 총을 갖고 있는 줄 알고서, 그자에게 애원하거나 반항해 봤자 아무 소용이 없을 거라고 생각했다. 그래서 진저는 우선 괴한이 마음을 놓도록 만들었다.

'이놈은 총을 들고 있으니까 우선 이자의 비위를 맞추자. 반항해서는 안 돼. 반항하다가는 총을 맞을거야.'
라고 진저는 내심 생각했었다.

"빨리 가!"

사내는 이를 악문 소리로 말하면서 그녀를 다시 골목으로 밀어붙였다.

그는 골목 끝에 흐릿한 전구 하나가 달려 있는 길을 따라가다가 그 골목의 4분의 3쯤 되는 곳에 있는 후미진 문간으로 그녀를 밀어붙였다. 그러면서 계속 추잡한 욕을 퍼부었으며 돈을 뺏고 나서부터는 그녀에게 무슨 짓을 할 것인가 떠들어대기 시작했다. 불빛이 희미한 가운데서도 진저는 사내가 무기를 갖고 있지 않다는 것을 똑똑히 볼 수 있었다. 사내가 내뱉는 음담 패설들은 피가 마를 정도로 오싹하고 무시무시한 것들이었다. 하지만 멍청하게 느껴질 정도로 똑같은 말로 그녀를 추행하겠다고 협박을 하다 보니 그런 협박들이 거의 우습게 들릴 지경이었다. 그녀는 사내가 그저 자신의 덩치만 믿고 원하는 것을 얻으려고 덤비는데다 그런 완력밖에는 쓸 줄 모르는 사람이라는 것을 알아차렸다. 그런 타입의 사내들은 좀처럼 무기를 들고 다니지 않는 법이었다. 덩치가 있으니까 아무도 자신에게 함부로 덤비지 못할 것이라고 착각하고 있기 때문에, 그런 사람일수록 대체로 싸우는 기술이 없는 법이다.

진저가 순순히 내놓은 지갑 안에 든 소지품들을 사내가 챙기고 있는 동안, 진저는 용기를 다해서 있는 힘껏 사내의 사타구니를 정통으로 걷어찼다. 사내는 진저의 기습적인 공격을 받고 고통스러워하면서 몸을 구부렸다. 진저는 재빨리 몸을 움직여서 사내의 한 쪽 손을 움켜쥐고서 집게 손가락을 뒤로 구부렸다. 그리고는 타박상을 입은 사타구니가 욱씬거리는 것만큼이나 참기 어려울 정도의 고통을 느낄 때까지 인정 사정없이 손가락을 꺾었다.

정신 나간 듯이 무자비하게 집게 손가락을 뒤로 꺾으면, 덩치나 힘에 상관없이 어떤 사람이든 쉽게 꼼짝 못하도록 만들 수가 있다. 그런 식으로 해서 그녀는 손바닥의 손가락 신경을 잡아당김과 동시에 대단히 민감한 정중 신경과 요골 신경을 꽉 조여서 사내에게 고통을 주려고 했다. 지독한 통증이 사내의 어깨 신경으로 넘어와 목으로 전달되었다.

사내는 붙잡히지 않은 다른 손으로 진저의 머리카락을 움켜잡고 잡아당겼다. 사내로부터 불의의 반격을 받고서 진저는 비명을 내질렀다. 눈물이 찔끔 나와서 시야가 흐려졌지만, 그녀는 이를 악물고 통증을 참으면서 붙잡고 있던 사내의 손가락을 훨씬 더 세게 꺾었다. 쉬지 않고 계속 손가락을 꺾자 사내는 금세 반항하려는 생각이 사라져 버린 모양이었다. 사내는 눈물을 터뜨리면서 털썩 무릎을 꿇었다. 그는 신음 소리를 내고 흐느껴 울면서 그녀에게 욕설을 퍼부어댔지만, 그래 봤자 아무 소용도 없는 일이었다.

"날 놓아 줘! 놔 달란 말야! 이 개 같은 년!"

진저는 이마에서 흘러내린 땀이 눈으로 들어가 눈을 깜박거려야 했다. 입가로 흘러내린 땀은 눈물이나 마찬가지로 짠맛이 났다. 진저는 그래도 계속해서 양손으로 사내의 집게 손가락을 힘껏 꺾었다. 그녀는 마치 목에 사슬을 단단하게 조인 위험한 개를 끌고 가듯이 조심스럽게 발을 질질 끌면서 뒤로 움직여서, 어설프게 한 팔과 두 다리로 기어가는 사내를 골목 밖으로 끌고 나왔다.

사내는 죽을 힘을 다해 버둥거리고, 긁히고, 걸리고, 한 손으로 허둥거리면서, 다급해서 초점도 제대로 없는 눈으로 그녀를 올려다보았다. 두 사람이 불빛으로부터 멀리 떨어진 곳으로 가는 바람에 그 사내의 비열하고 우둔해 보이는 얼굴이 차츰 제대로 보이지 않게 되기는 했지만, 그녀는 고통과 공포와 굴욕감으로 너무나 심하게 일그러져서 도저히 사람 꼴 같지 않은 사내의 모습을 볼 수 있었다. 그것은 인간의 얼굴이라기보다는 도깨비 탈을 쓴 모습 같았다. 게다가 그는 귀신처럼 울부짖는 목소리로 고래고래 소리를 지르면서 등골이 오싹해질 정도의 무시무시한 욕설을 퍼부어댔다.

두 사람이 꼴사나운 모습으로 그 골목에서 1.3킬로미터쯤 간신히 빠져 나왔을 무렵, 사내는 손가락의 통증과 함께 상처를 입은 고환에서부터 참을 수 없을 정도의 통증이 몰려오는 것을 느꼈다. 사내는 헛구역질을 하면서 기침을 해대더니 급기야 자기 몸에 구토를 했다.

그래도 진저는 사내를 놓아주려 하지 않았다. 지금 기회를 준다면, 사내는 진저를 그저 정신을 잃을 만치 두들겨 패는 것으로 끝내지는 않을 것이다. 틀림없이 그녀를 죽이고 말 것이다. 혐오스럽기도 하고 한편으로는 겁에 질려서, 그녀는 전보다 더 빨리 사내를 끌고 갔다.

붙잡혀서 망신만 당하고 이젠 지쳐서 온순해진 괴한을 끌고서 인도에 다다르기는 했지만, 진저는 자기 대신에 경찰을 불러다 줄 수 있는 행인을 아무도 찾을 수가 없었다. 그래서 그녀는 비참한 꼴이 된 괴한을 길 한가운데로 끌고 갔다. 지나가던 차들은 예상치 못했던 그 광경을 보고서 멍하니 가던 길을 멈추고 말았다.

마침내 경찰이 도착했을 때, 안도의 한숨을 내쉰 것은 진저가 아니라 바로 그녀를 습격한 괴한 쪽이었다.

얼마간 사람들은 신체적으로는 그다지 사람들의 눈길을 끌 만하다거나 다른 사람을 압도하지 못하는, 160센티도 채 안 되는 작은 키에 40킬로도 안 나가는 자그마한 체구의 진저를 과소 평가했다. 그녀는 균형 잡힌 몸매이긴 하지만, 사람들의 눈을 현란하게 만들 만한 전형적인 금발의 눈부신 미녀는 아니었다. 하지만 그녀의 머리도 금발은 금발이었으며, 그녀의 머리카락에 드리운 특이한 은빛 그림자는 남자들이 그녀를 처음 보든 백 번 보든간에 눈길을 끌 만한 것이었다. 눈부신 햇살 속에서도 그녀의 머리카락은 마치 은은한 달빛을 연상시켰다. 천상의 것처럼 엷게 빛나는 머리카락하며 오목조목하게 생긴 이목구비, 온화함 그 자체라고 묘사할 만한 푸른 눈동자, 오드리 햅번처럼 길고 가냘픈 목, 가녀린 어깨, 가느다란 손목, 기다란 손가락, 그리고 잘록하게 빠진 허리. 그 모두가 그녀가 아주 나약해 보이는 인상을 갖게 하는 데 한몫하고 있었다. 게다가 그녀는 천성적으로 조용하고 조심성이 많은 편이라서, 수줍음을 잘 타는 내성적인 성격으로 오해받기가 십상이었다. 게다가 그녀의 목소리는 너무나 나지막하고 음악적이어서, 감미롭게 들리는 어조 속에 숨겨진 권위와 자신감을 알아챌 수 있는 사람은 아무도 없었다.

진저는 키가 170센티 정도 되는 스웨덴 미인인 모친 애너로부터 은빛이 도는 금발과 하늘색 눈동자의 아름다움 그리고 야심을 물려받았다.

"넌 내게 가장 소중한 보배다."

진저가 동년배들에 훨씬 월등한 성적으로 월반을 해서 다른 아이들보다 2년 먼저인 9살에 국민학교를 졸업하던 때, 애너는 그렇게 말했었다.

진저는 반에서 우수한 학생이었으며 학업 성적이 뛰어나, 가장 탁월한 성적을 거둔 우등생에게 수여하는 금상을 받았었다. 게다가 졸업식 직전에 치뤄지는 학예 행사에 출연하는 세 명의 학생들 가운데 하나로 뽑혀서 모짜르트와 빠른 박자로 편곡한 재즈 곡을 피아노로 연주하였고, 그로 인해 청중들은 흥분의 도가니에 빠졌었다.

"내 보물."

애너는 집으로 오는 차 안에서 줄곧 진저를 꼬옥 껴안아 주었다.

제이콥은 차를 몰고 가는 내내 자부심에 벅찬 가슴으로 터져 나오는 눈물을 참으려고 눈을 깜박거렸다. 제이콥은 무척이나 감정적이고 무엇에든 쉽게 감동을 받는 남자였다. 그는 하도 자주 눈시울을 적시는 바람에 곧잘 당황을 하면서도, 눈물이 나거나 눈시울이 붉어질 때는 — 한번도 정확한 이름을 대지는 않았지만 — 늘 무슨 알레르기 핑계를 대면서 자신의 감정을 숨기려고 애쓰곤 했다.

"오늘은 유달리 꽃가루가 많이 날리는 것 같군. 성가신 놈의 꽃가루 같으니."

그는 졸업식을 마치고 나서 집으로 돌아오는 도중에 두 번이나 말했었다.

"모든 게 다 네게 달려 있다, 아가. 내 가장 소중한 보배이자, 네 아빠에게 최고의 보물. 하느님께 맹세하지만 넌 틀림없이 큰 인물이 될 거야. 넌 그저 굿이나 보고 떡이나 먹으면서 어떻게 되는지나 구경하면 된다. 고등학교를 마치고 나면 무난히 대학을 가겠지. 아마 법대나 의대를 가게 되겠지? 넌 기린을 타고 달에도 갈 수 있을 거야. 네가 원하는 건 뭐든지 할 수 있어. 뭐든지 할 수 있구 말구."

애너는 진저가 못내 자랑스러워서 그렇게 말했었다.

진저를 절대로 과소 평가하지 않는 사람들은 오직 그녀의 부모들뿐이었다.

그들은 집에 도착해서 차도로 접어들었다. 제이콥은 차고에 차를 넣으려고 잠시 멈칫거리다가 깜짝 놀라면서 말했다.

"지금 우리가 뭘 하고 있는 거지? 우리의 단 하나밖에 없는 외동딸이 국민학교를 졸업했는데 말야. 우리 딸은 뭐든지 다 해낼 수 있다구. 처음으로 졸업식을 하고 졸업모와 가운을 입었는데 우리가 축하를 하지 않는데서야 말이 되겠어? 우리 차 타고 맨하탄에 가서 플라자에서 샴페인을 들면서 축배를 드는 게 어때? 아니면 발도르프에서 저녁을 들까? 아니지. 더 좋은 게 있을 거야. 월그린에 있는 소다수 판매점에 가지!"

"좋아요!"

진저가 소리쳤다.

그들은 틀림없이 월그린에 있는 그 소다수 판매점의 점원들이 지금까지 본 중에서 가장 이상한 가족들일 것이다. 게르만식 이름을 가졌지만 남미계 유태인의 얼굴을 하고 있는, 경마장의 기수보다 덩치가 그다지 크지 않은 유태인 아버지. 금발에 눈부시리만치 아름답고 여성미가 넘치는, 자기 남편보다 훨씬 키가 큰 170센티 정도의 신장을 가진 스웨덴인 어머니. 그리고 어머니와는 달리 앙증스레 작고 왜소한 체구에 요정처럼 깜찍한 용모를 지니고 있고, 피부가 검은 아버지와 달리 희고 뽀얀 피부에, 언제나 죽을 것같이 창백한 안색에, 훨씬 더 오목조목하게 생긴 어머니의 미모와는 다르지만 어머니를 닮아 예쁘장한 얼굴의 아이. 아무리 조그만 어린애라고 하지만, 진저는 다른 사람들이 부모님과 자신을 보면 틀림없이 자신이 입양되어 온 아이인 줄 알 거라고 생각하였다.

진저는 아버지로부터 왜소한 체구와 부드러운 목소리, 그리고 총명하고 온화한 성품을 물려받았다.

그녀는 부모님을 너무나 깊이 사랑했지만, 아직 나이가 어렸기 때문에 자신의 감정을 말로써 충분히 표현할 수가 없었다. 그리고 비록 어른이 된 지금도 그녀는 부모님들이 자신에게 어떤 의미가 되고 있는가 하는 것을 적절하게 표현해 줄 수 있는 말을 찾아내지 못하였다. 두 분은 모두 일찌감치 세상을 떠 흙에 묻혀 계신다.

진저가 12세를 갓 넘겼을 때, 어머니는 교통 사고로 돌아가셨다. 제이콥의 친척들은 애너가 죽고 없으면 제이콥과 진저 두 사람 모두 개밥의 도토리 신세가 될 것이라고 생각했었다. 바이스 집안의 사람들은 맨처음에는 애너를 남의 일에 잘 끼어드는 이방 여인이라고 생각했었지만, 금세 그녀를 존경과 사랑으로 감싸 주게 되었다. 세 식구가 얼마나 오손도손하게 사는지는 누구나 다 알고 있는 사실이었다. 하지만 그것보다 더 중요한 점은 그 가정을 이끌어 가는 원동력이 바로 애너라는 사실을 모두 다 잘 알고 있다는 것이었다. 형제들 중에서 가장 야심도 없고, 몽상가에다 나약하고, 늘 탐정 소설이나 공상 과학 소설에나 파묻혀 지내던 제이콥을 사람답게 만들어 놓은 것도 바로 애너였다. 그녀가 제이콥과 결혼했을 때만 해도 그는 한낱 보석상에서 일하는 점원에 불과했었지만, 그녀가 사망했을 당시 그는 자신의 상점를 두 개나 소유한 사장이 되어 있었다.

장례식이 끝난 다음, 가족들은 브룩클린 하이츠에 있는 레이첼 숙모의 커다란 저택에 모였었다. 진저는 가능한 재빨리 사람들 틈에서 빠져 나와 부엌 뒤에 있는 어두컴컴한 골방에 혼자 앉아 슬픔을 달랬었다. 여러 가지 반찬들의 양념 냄새가 꽉 차 있는 좁은 방 안에서 진저는 하느님께 엄마를 다시 자기 품으로 돌려 달라고 간절히 기도하는 사이, 부엌에서 프랜사인 숙모가 레이첼 숙모에게 하는 얘기를 우연히 엿듣게 되었다. 프랜 숙모는 애너 없이 제이콥과 어린 진저가 앞으로 어떻게 살아갈지 앞날이 캄캄하다고 두 사람을 측은해 했다.

"레이첼도 알겠지만 제이콥은 아마 사업을 계속할 수 없을 거예요. 일단 마음이 안정되고 난 다음에도 다시 일하지 못할 거라구요. 가엾은 제이콥. 애너는 제이콥에게 삶의 활기를 찾게 해 주었고, 모든 생각을 지시해 주던 좋은 조언자였잖아요. 애너가 없으면 제이콥은 5년도 채 안 되서 폐인이 되고 말 거예요."

그들은 진저를 과소 평가하고 있었던 것이었다.

하기는 그도 그럴 만한 것이 당시 진저의 나이는 겨우 열두 살이었고, 벌써 고등학교 1학년이기는 했지만 다른 사람들이 보기에는 아직도 어린아이였기 때문이었다. 그녀가 그렇게 빨리 애너의 공백을 메울 수 있으리라 생각한 사람은 아무도 없었다. 그녀는 엄마를 닮아서 요리하는 것을 매우 좋아했으며 장례를 치르고 나서 몇 주 지나지 않아서 많은 요리책들을 통독했다. 그리고 그녀의 트레이드 마크인 놀랄 만한 바지런함과 인내심을 갖고서 전에는 한 번도 배워 본 적이 없는 요리를 하나씩 익혀 갔다. 애너가 죽은 다음 처음으로 친척들이 저녁을 들려고 모였을 때, 사람들은 한결같이 음식이 맛있다고 감탄을 아끼지 않았었다. 집에서 직접 만든 감자말이와 치즈 콜래키, 쇠고기 크레플라흐를 띄운 부드러운 치즈로 만든 야채 수프, 전채 요리로 나온 슈라프 생선 요리, 단맛이 나는 고추를 양념으로 친 기름에 살짝 튀긴 송아지 고기 요리, 말린 자두와 감자를 넣고 끓인 치메스, 뜨거운 기름에 튀긴 크림맛이 도는 마카로니 파이에 토마토 소스를 곁들인 요리, 후식으로는 구운 복숭아 푸딩과 사과 샬렛이 대접되었다. 프랜사인과 레이첼은 제이콥이 굉장한 요리 솜씨를 가진 새 가정부를 부엌에 숨겨 두고 있는 줄로만 알았었다. 그가 그 요리를 전부 만든 사람이 진저라고 말했을 때, 그들은 그 사실을 믿으려 하지 않았었다. 진저는 자신이 무엇이든 해낼 수 있으리라고 생각하지는 못했었다. 그저 요리를 하는 것이 필요해서 자신이 직접 요리를 만들어 먹게 된 것뿐이었다.

이제 그녀는 아버지를 돌보아야만 했다. 그녀는 온갖 열의와 정성을 다해서 아버지를 돌보려고 애썼다. 재빠르고도 능률적으로 진저는, 먼지 낀 곳이나 더러운 곳이 있나 없나 몰래 검사하는 프랜사인 숙모에게 책잡히지 않을 정도로 집을 말끔히 청소했다. 나이는 비록 열두 살이었지만, 진저는 가계부를 짜는 법을 터득했고, 열세 살이 채 못 돼서 모든 살림을 떠맡아 하게 되었다.

반 친구들보다 세 살이나 어린 열네 살의 나이에 진저는 고등학교 졸업식날 고별사를 하는 학생 대표로 선출되었다. 몇 군데 대학에서 입학허가서를 받기는 했지만, 진저는 그 중에서 바너드 대학을 선택했다. 그 사실이 알려지자 사람들은 모두, 아직 열네 살밖에 안 되는 어린 나이에 그렇게 엄청나게 큰 떡을 물고서 제대로 삼키지도 못하고 숨이 막혀 죽게 되는 것이 아니냐고 반문하기 시작했다.

역시 바너드에서는 고등학교 때보다 훨씬 공부하기가 어려웠었다. 그녀는 이제 더 이상 다른 아이들보다 학습 능력이 빠를 수는 없었지만 그래도 공부를 썩 잘하는 아이들 축에 끼였었다. 평점은 대개 4.0 수준이었고, 3.8 이하로 내려간 적은 한 번도 없었다. 게다가 딱 한 번 평점 3.8을 받았던 것도 대학교 3학년 때 아버지가 췌장으로 처음 쓰러지셔서 거의 매일 병원에서 밤을 새면서 간호했을 당시의 성적이었다.

제이콥은 생전에 진저가 첫 번째 학위를 따는 것을 보았다. 하지만 의학사 학위를 수여받았을 당시 그는 매우 혈색이 나쁘고 쇠약해져 있었다. 그리고 그녀가 인턴 생활을 반 년 할 때까지 오랫동안 병치레를 했다. 마침내 췌장 때문에 세 번째로 쓰러진 다음, 제이콥의 병세는 췌장암으로 도졌고 마침내 세상을 떠나고 말았다. 그때 진저는 학교에 남아 연구를 계속하는 대신 보스턴 메모리얼 병원에 가서 외과 레지던트로 지내기로 작정했다.

아무래도 어머니보다는 아버지와 지낸 시간이 더 많았기 때문에 아버지에 대한 그녀의 사랑은 한눈에 보기에도 알 수 있을 만큼 극진한 것이었고, 아버지를 여의자 어머니를 여의었을 때보다 훨씬 더 심한 정신적인 타격을 입었다. 하지만 지금까지 그녀가 자신에게 닥친 문제들에 대해 꿋꿋이 도전해 왔듯이 그녀는 고통스런 시간들을 잘 견뎌 냈고, 뛰어난 연구 자료들을 발표해서 교수들로부터 최상의 추천을 받고서 인턴 생활을 끝마쳤다.

진저는 캘리포니아로 가서 스탠포드에서 심장 혈관 병리학에 관해 2년 간 더 연구를 해야 하는 독특하고도 많은 노력을 요하는 프로그램에 참가하는 바람에, 레지던트를 연기하지 않으면 안 되었다. 그리고 나서 여지껏 살아오면서 가장 오랫동안 쉰 셈이 되는 한 달 간의 휴가를 가진 뒤, 그녀는 다시 동부의 보스턴으로 옮겨 와 조지 해너비 박사를 모시게 되었다. 박사는 메모리얼 병원 외과 과장으로, 심장 혈관에 관한 각종 외과 수술에 있어서 선구자적인 업적을 남긴 것으로 저명한 사람이었다. 진저는 박사의 문하에서 아무런 문제없이 순탄하게, 2년 간 3학기를 거쳐야 하는 레지던트 생활 중에서 첫 학기를 마쳤다.

그때, 그러니까 11월 어느 목요일 아침 번슈타인 반찬 가게에 몇 가지 반찬거리를 사러 갔을 때부터 진저에게는 끔찍한 일들이 벌어지기 시작했다. 검정색 장갑에 얽힌 사건. 그것이 바로 사건의 시작이었다.

화요일은 비번이기 때문에 자신이 담당하고 있는 환자들 중의 누군가가 생명이 위독할 만큼 심한 상태가 아니라면, 진저는 병원에 나가거나 불려 갈 필요가 없었다. 메모리얼 병원에서 근무한 처음 두 달 간은 그녀가 늘 그래왔듯이 열의와 지칠 줄 모르는 정력으로 비번일 때도 거의 쉬지 않고 계속 근무를 섰었다. 별다른 이유가 있어서라기보다는 병원에서 일하는 것보다 더 낫게 지낼 만한 특별한 일이 없었기 때문이었다. 하지만 조지 해너비 박사에게 그 사실이 알려지자마자, 박사는 그녀에게 그런 습관은 당장 버리라고 호통을 쳤다. 박사는, 의사라는 직업은 매우 스트레스를 많이 받는 일이기 때문에 진저가 아니라 그보다 더 훌륭한 의사라고 해도 모두에게 충분한 휴식이 필요하다고 말했다.

"자네가 너무 민첩하게 일을 처리하려고 하고, 쉬지도 않고 피곤하게 자신을 들볶으면, 괴로운 건 자네뿐만이 아니라 환자들도 마찬가지라구."

라고 말하면서 박사는 진저를 나무랐었다.

그래서 그때부터 매주 화요일마다 진저는 아침 늦게까지 늦잠을 자고 일어나 샤워를 하고 나서는 커피를 두 잔씩이나 마셨다. 그런 다음 창가에 놓여 있는 식탁에 앉아 조간 신문이나 읽으면서 마운트 버논 가를 내려다보곤 했었다. 10시쯤 되면 슬슬 옷을 갈아입고 나서 챨스 가에 있는 번슈타인 반찬 가게까지 몇 블록을 걸어가서 훈제 쇠고기와 샐러드, 블린츠(얇은 팬케이크로, 치즈와 잼 등을 넣어 만든 유태인 요리 — 역주)를 샀다. 어떤 때는 훈제 연어를 조금 사기도 하고, 어떤 때는 훈제한 철갑 상어를 사기도 했고, 또 어떤 때는 집에서 다시 데워 먹는 양배추 치즈 바렌키를 사 오곤 했었다. 그리고 나서 그녀는 쇼핑한 물건들을 가지고 집까지 천천히 걸어와서 아가사 크리스티나, 딕 프랜시스, 존 D. 맥도날드, 엘모어 레너드, 때로는 하인라인의 소설을 읽으면서 하루 종일 사 온 물건을 쉴 새 없이 먹어대곤 했었다. 아직은 휴식을 즐긴다는 것이 일을 좋아하는 마음의 반만큼도 되지 않았지만, 진저는 점점 집에서 편안히 쉬는 것을 좋아하게 되었고, 일주일에 6일 근무만 해야 된다는 지시에 마지못해 따르면서 화요일이 가장 고역스런 날로 생각되던 것도 말끔히 고쳐졌다. 11월의 운수 사납던 화요일, 그날도 기분 좋게 하루가 시작됐었다. 그날은 잿빛 하늘을 드리운 쌀쌀한 겨울 날씨였었다. 모질게 추운 쌀쌀한 날씨가 아니라 기분 좋을 만치 싸한 쾌청한 날씨였었다. 진저는 평소와 다름없이 10시 21분쯤에 번슈타인 가게로 갔었다. 가게는 여느 때나 다름없이 손님들이 북적대고 있었다. 진저는 가게의 진열대를 쭉 돌아보면서 훈제 요리들이 가득 쌓여 있는 진열장 안을 슬쩍 살펴보거나, 냉동 진열장 유리 안을 가만히 들여다보거나, 혹은 먹음직스럽게 진열되어 있는 반찬들을 구경하면서 그것들을 고르고 있었다. 가게 안은 먹음직스러운 냄새들과 듣기 좋은 소리들로 가득 차 있었다. 아직 굽지 않은 따끈따끈한 빵 반죽과 계피 냄새, 사람들이 웃고 떠드는 소리, 마늘과 정향 냄새, 유태인식 악센트를 쓰는 사람들, 보스턴식 악센트로 요새 젊은이들 사이에서 유행하는 은어로 수다를 떠는 사람들, 그리고 구분하기 힘든 갖가지 억양이 섞인 영어로 떠들어대는 사람들. 구운 개암과 독일식 김치 냄새, 피클과 커피 내음, 은제 식기가 짤랑거리는 소리들. 진저는 원하는 물건을 모두 사고 나서 계산을 하려고 파랑색 털장갑을 벗었다. 그리고 장바구니를 든 채 10명이 좀 넘는 사람들이 느지막이 아침을 들고 있는 테이블을 지나 문 쪽으로 향했다.

왼손에는 쇼핑 백을 든 채로, 진저는 오른손으로 같은 쪽 어깨에 메고 있던 핸드백 속에 든 지갑을 꺼내려고 했다. 그녀가 핸드백을 뒤지면서 문에 다다랐을 즈음, 회색 트위드 외투에 검정색 러시안 모자를 쓴 한 남자가 가게로 들어섰다. 남자도 진저만큼이나 정신없이 가게로 들어서다 보니 두 사람은 그만 서로를 제대로 보지 못하고 부딪치고 말았다. 밖에서 쌀쌀한 공기가 몰려들어오자, 진저는 한 발짝 뒤로 물러서다 쓰러질 듯 비틀거렸다. 남자는 진저가 들고 있는 장바구니가 떨어지려고 하자 얼른 장바구니를 받아 주고 나서 한 손으로 진저가 쓰러지지 않도록 잡아 주었다.

"죄송합니다. 제가 잘못해서……."

남자가 사과를 했다.

"아뇨. 제 잘못이에요."

진저 쪽에서도 사과를 했다.

"정신없이 가다 보니 깜빡 했군요."

남자가 다시 말했다.

"제가 앞을 똑똑히 보지 않고 가다가 그만……."

진저도 다시 사과를 했다.

"다치신 곳은 없으신가요?"

"예. 괜찮아요."

남자가 장바구니를 집어 들어서 진저에게 건네주었다.

진저는 고맙다는 인사를 하고 가방을 받아 들었다. 그러다가 문득 남자가 끼고 있는 검정색 장갑을 보았다. 그 장갑은 한눈에도 알 수 있을 만큼 고급 통가죽으로 만든 값비싼 것으로, 아주 깔끔하고 정교하게 박음질이 되어 있어서 솔기가 거의 보이지 않을 정도였다. 하지만 그 순간 진저가 그 장갑을 보고 그렇게 엄청난 반응을 보일 만큼 별다르거나 이상하거나 겁을 줄 만한 점은 아무것도 없었다. 그러나 진저는 정말로 위협을 느꼈었다. 그 남자 때문이 아니었다. 남자는 창백한 인상에 거북 껍질처럼 생긴 테를 한 두툼한 안경 너머로 상냥해 보이는 눈빛을 가진 평범한 사람이었다. 뭐라고 설명할 수는 없지만 얼토당토않게 그녀를 겁먹게 만든 것은 바로 그 장갑이었다. 진저는 숨이 막히는 것 같으면서 가슴이 두방망이질쳤다.

무엇보다도 가장 이상한 일은 가게 안에 있던 모든 사람들과 물건들이 실제로 존재하는 것이 아니라 그저 꿈을 깰 무렵이면 가물가물해지는 꿈의 단편들처럼 흐릿해지기 시작했다는 점이었다. 테이블에 앉아 조반을 들고 있던 손님들이며 통조림이나 포장된 식품들이 진열되어 있는 선반들, 진열장, 마니세비츠 로고가 새겨져 있는 벽시계, 피클통, 테이블과 의자들이 모두 가물가물해지면서 마치 마루 밑의 어딘가에서 안개가 피어 올라 흐릿한 연기 속으로 사라져 버리는 것 같았다. 뭔가 섬뜩한 느낌을 주는 그 검정색 장갑만이 희미해지지 않을 뿐이었다. 오히려 그 장갑은 바라볼수록 더욱 이상하리만치 생생하고 실감나게 다가왔으며 그와 비례해서 점점 진저를 위협하는 것처럼 보였다.

"아가씨?"

창백한 인상의 남자가 그녀에게 말을 걸어 왔다. 그의 목소리는 마치 긴 터널의 끝에서 말하는 것처럼 아득히 들려 오는 것 같았다.

가게 안의 모든 사물들과 그 색깔이 전부 진저를 중심으로 사방에서 흐릿하게 변하기는 했지만, 그 소리는 조금도 줄어들지 않았다. 오히려 그 소리는 점점 커져서, 진저의 귀는 아무런 뜻도 없이 웅성거리는 소리들로 가득 차고, 마침내 접시가 달그락거리는 소리들과 금전 등록기에서 나는 나지막한 전자음이 그녀의 귀에 천둥 소리처럼 들려서 참을 수가 없을 지경이었다.

하지만 진저는 그 장갑에서 눈길을 뗄 수가 없었다.

"뭐가 잘못됐나요?"

남자는 가죽 장갑을 낀 손을 쳐들고서 그녀에게 뭔가 물어 보는 듯한 제스처를 해 보였다.

손에 착 달라붙는 윤이 나는 검정색 가죽 장갑 — 손가락 선을 따라 얄팍하고 솜씨 좋게 박음질을 해서 솔기가 거의 보이지 않게 만든 — 손가락을 구부리면 관절을 따라 단단하게 당겨지는 그 장갑…….

뭔지 정체를 확실히 알 수 없지만 엄청난 무게의 공포심이 엄습해 와서 정신이 아찔해졌다. 문득 진저는 자신이 그 자리에서 도망치지 않으면 죽을지도 모른다는 생각이 들었다. 도망치지 않으면 죽는다. 왜 그래야 하는지 그 이유를 알 수도 없었다. 자신이 느끼는 위험의 정체도 알 수가 없었다. 하지만 진저는 자신이 정말 그 상황에서 도망치지 않으면 당장 그 자리에서 무슨 일을 당하고 말 것 같은 느낌을 분명히 갖고 있었다.

가쁘게 뛰고 있던 심장이 이제는 미친 듯이 쿵쾅거렸다. 목에 걸려 헐떡거리던 숨이 이제는 나직한 신음 소리가 되어 진저의 입에서 새어 나왔다. 그 장갑에 대해서 그런 반응을 보인 것이 놀랍기도 하고 그와 동시에 지금까지 자신이 한 행동에 대해 당황해 하면서, 진저는 장바구니를 가슴에 꼭 끌어안고서 자신과 부딪친 그 남자를 어깨로 밀치고 지나갔다. 그녀는 그저 막연히 자신이 그 남자의 발에 걸려 넘어질 뻔했다는 것만 알 수 있었다. 자신이 정말 그랬었는지 정확히 기억할 수는 없지만, 진저는 어쨌든 가게의 문을 박차고서 상쾌한 11월의 공기 속으로 빠져 나오게 되었다. 진저의 오른쪽으로 차들이 클랙슨을 울리거나, 붕붕거리는 엔진 소리를 내면서 혹은 타이어가 닳아서 쉿쉿거리는 소리를 내면서 찰스 가를 지나가고 있었다. 그녀가 도망치며 달릴 때에 왼편으로는 상점·쇼 윈도의 유리들이 번쩍거리고 있었다.

그때부터는 아무것도 생각나지 않았다. 주위의 모든 것들이 완전히 희미하게 사라져 버렸고, 그녀는 형체도 없는 어두컴컴한 수렁 속으로 빠져 든 것 같았다. 형체가 없이 흐리멍텅한 꿈 같은 정경들을 지나쳐서, 진저는 공포심으로 정신을 잃고 말도 잊은 채 도망치듯 내달렸다. 그녀가 떨어지지 않는 발걸음을 부지런히 내딛을 때마다 코트 자락이 바람에 휘날렸다. 틀림없이 인도에는 사람들이 많이 있었을 테고 그 사람들과 부딪히거나 밀치면서 달렸을 테지만, 그녀는 사람들을 전혀 의식하지 못했다. 그녀가 아는 건 그저 그 자리에서 도망쳐야 한다는 것뿐이었다. 그녀를 쫓아오는 사람은 아무도 없었지만, 진저는 정신없이 도망쳤다. 자신이 무엇으로부터 도망치는 것이며 그렇게 위협을 주는 것의 정체가 무엇인지는 알 수 없었지만, 진저는 몹시 겁에 질려서 얼굴을 일그러뜨리고 입술이 새파랗게 질린 채로 달렸다.

정말로 미친 듯이 달리고 또 달렸다.

잠시 동안 눈과 귀가 멀어진 것 같았다.

정신이 하나도 없었다.

몇 분 후 몽롱한 안개가 걷히자, 그녀는 자신이 마운트 버논 가에 있다는 것을 깨달았다. 그녀는 언덕길 끝의 격조있어 보이는 빨간 고급 주택의 현관 계단 옆에서 철 세공을 한 난간에 기대어 있었다. 그녀는 난간의 철 막대 두 개를 움켜쥐고 있었다. 막대를 얼마나 단단히 쥐고 있었던지 손가락 관절이 다 뻐근할 지경이었다. 그녀는 마치 슬픔에 잠겨 감방 문에 힘없이 기대어 있는 죄수처럼 육중한 철제 난간에 이마를 맞대고 있었다. 땀이 비오듯 쏟아지고 숨이 목까지 차올랐다. 입술이 바싹 마르고 따끔따끔했다. 목이 타들어 가는 것 같고 가슴이 뻐근해 왔다. 제정신이 아니었다. 그 곳까지 어떻게 왔는지 기억이 나지 않았다. 마치 잠시 동안 기억 상실증에 걸려서 머릿속을 말끔하게 씻어 낸 것처럼 하나도 기억이 나지 않았다.

무언가가 그녀를 겁에 질리게 만들었다.

그런데 그게 무엇인지 기억이 나지 않았다.

차츰 공포심이 가라앉고 호흡도 거의 고르게 회복됐다. 심장의 박동도 조금씩 가라앉았다.

진저는 고개를 쳐들고 눈을 깜박이면서 피곤한 눈길로 당황한 듯 주위를 살펴보았다. 눈물로 흐려졌던 시야가 점점 맑아졌다. 진저는 천천히 고개를 들었다. 나뭇잎이 다 떨어진 린덴 나무의 시커먼 가지들과 앙상한 나뭇가지 위로 낮게 드리운 음산한 11월의 하늘을 올려다보았다. 고풍스런 멋을 풍기는 철제 가로등이 겨울 아침을 황혼이 내리기 시작한 때로 착각한 솔레노이드 코일에 의해 가동되어서 은은한 빛을 발하고 있었다. 언덕 꼭대기에는 매사추세츠 주 의사당이 서 있고, 언덕 아래에는 마운트 버논과 찰스 가가 갈라지는 지점에 차들이 꽉 막혀 있었다.

번슈타인 반찬 가게도 물론 있었다. 그날은 화요일이었고, 그녀가 번슈타인 가게에 있었을 때 — 무슨 일인가가 일어났었다.

그게 무엇일까? 도대체 무슨 일이 벌어졌던 거지?

그리고 장바구니는 어디 있는 거야?

그녀는 철제 난간에서 물러나와 손을 쳐들고서 자신의 파랑색 털장갑으로 눈을 닦았다.

그렇다. 장갑. 자신의 것이 아니었다. 이런 장갑이 아니었다. 러시아 모자를 쓰고 근시 안경을 낀 사나이. 그 남자의 검정색 가죽 장갑. 그녀를 그토록 놀라게 만든 것은 바로 그 장갑이었다.

하지만 왜 갑자기 그녀가 그 장갑을 보고서 겁을 집어먹고 히스테리에 가까운 발작을 일으킨 것일까? 그 장갑의 어떤 면이 그토록 그녀를 공포에 떨게 만든 것일까?

거리를 지나가던 노부부가 그녀를 심란한 눈초리로 지켜 보고 있었다. 진저는 자신이 그들의 눈길을 끌 만한 일을 했는지 궁금했다. 기억을 아무리 더듬어 보아도 자신이 어떻게 언덕 위까지 올라오게 됐는지 도대체 기억이 나지를 않았다. 지난 3분 간, 아니 어쩌면 그보다 더 시간이 길었을런지는 몰라도, 아무튼 그 시간들이 그녀의 기억 속에서는 완전히 백지 상태였다. 그녀는 겁에 질려서 마운트 버논 가까지 단숨에 달려온 것이 분명했다. 사람들이 자신을 지켜 보고 있는 표정들로 미루어 보건대 분명히 자신이 굉장한 구경 거리가 된 것 같았다.

진저는 당황해서 그 노부부로부터 얼굴을 돌렸다. 그리고 잠시 주저하다가 마운트 버논 가를 내려와 지금까지 왔던 길로 되돌아가기 시작했다. 그 아래 길모퉁이를 바로 돌다 보니 포장도로 옆에 장바구니 하나가 놓여 있었다. 꾸깃꾸깃해진 갈색 종이 봉투를 한참 동안 바라보고 서서, 그녀는 자신이 그 봉투를 떨어뜨린 순간을 기억해 보려고 애썼다. 하지만 아무리 애를 써도 그 순간이 생각나지 않았다. 그녀의 머릿속에 남은 기억이라고는 그저 어두컴컴한 공백 상태뿐이었다.

'내가 대체 어떻게 된 거지?'

떨어진 봉투에서 장을 본 물건들이 몇 가지 흘러 나와 있기는 했지만, 다행히 봉투는 찢어지지 않았다. 진저는 몸을 구부리고 그 봉투에 다시 물건들을 주워담았다.

자제할 수 없을 만큼 당황해서 진저는 마음을 안정시키지 못한 채 후들거리는 다리를 끌고서 집으로 향했다. 얼어붙을 듯 쌀쌀한 공기 속에서 솜털 같은 입김이 날렸다. 몇 걸음 나아가다 그녀는 잠시 걸음을 멈추었다. 한참을 망설이다가 진저는 다시 번슈타인 가게로 발걸음을 돌렸다.

그녀가 그 가게 바로 앞에서 걸음을 멈추고 나서 1, 2분도 채 지나지 않아 러시안 모자에다 거북 껍질로 만든 안경을 끼고 있던 남자가 장바구니를 들고서 밖으로 나왔다.

"아!"

그 남자는 놀라서 눈을 깜박였다.

"저……아까……제가 죄송하다고 사과 드렸었나요? 막 그 말씀을 드리려던 참인데 아가씨께서 여기서 갑자기 뛰쳐나가셔서……."

진저는 가죽 장갑을 낀 채로 장바구니를 들고 있는 남자의 오른손을 쳐다보았다. 남자는 왼손으로 제스처를 해 가면서 말을 했다. 진저는 쌀쌀한 공기를 휘저으면서 움직이는 손을 따라 눈길을 주었다. 이제 그 장갑은 더 이상 진저에게 무섭게 느껴지지 않았다. 그녀는 아까 자신이 왜 그 장갑을 보고 그렇게 겁을 먹었는지 이해할 수가 없었다.

"괜찮아요. 안 그래도 사과를 드리려고 여기서 기다리고 있었어요. 아까는 놀라서……오늘 아침은 참 이상한 날이었어요."

그녀는 재빨리 남자로부터 고개를 돌렸다. 어깨 너머로 그녀는 "그럼, 안녕히 가세요."라고 소리쳤다.

아파트는 그리 멀지 않은 곳에 있었지만 그날은 널찍한 회색 포장 도로를 지나 집까지 걸어가는 길이 마치 천 리나 되는 것 같았다.

'대체 내가 어떻게 된 걸까?'

그녀가 느끼는 바깥 날씨는 웬지 실제보다도 훨씬 더 추운 것 같았다.

그녀는 비이컨 힐에 있는, 예전에는 19세기 은행가의 소유였던 4층 집의 2층에 살고 있었다. 진저가 그 집을 고른 이유는 그 집이 그 시대의 주택 양식을 따른 세부 장식들을 그대로 잘 간직하고 있기 때문이었다. 천장 장식의 정교한 쇠시리며, 문간의 돔 양식이며, 마호가니로 만든 문짝, 프랑스식 창살을 단 널따란 전망창, 반짝거리며 윤이 나는 대리석에다 장식 조각을 새긴 틀을 씌운 거실과 침실에 각각 한 개씩 설치한 두 개의 벽난로들까지, 방 전체에서 시간이 영원히 간직될 것 같은 안정감이 풍겨 나왔다.

진저는 무엇보다도 지속성과 안정감을 높이 평가했다. 그것은 아마 겨우 열두 살밖에 안 되는 어린 나이에 어머니를 여의었기 때문에 나타난 반응일지도 모른다.

아파트 안은 따뜻했지만 진저는 여전히 계속 몸이 떨렸다. 그녀는 사온 물건들을 찬장과 냉장고에 넣어 두고 침실로 가서 거울에 비친 자신의 모습을 찬찬히 살펴보았다. 안색이 몹시 창백했다. 눈빛을 보니까 어딘가에 정신이 홀려 있는 것 같지는 않았다.

거울에 비친 자신의 모습을 향해 진저가 말했다.

"거기서 대체 무슨 일이 있었던 거야? 넌 정말 정신 병자 같았어. 분명히 말하지만 넌 정말 정신 나갔다구. 왜 그랬던 거야, 응? 넌 의사잖아. 왜 그래?"

진저는 유태인들이 쓰는 이디시어로 말했다.

욕실의 천장이 높아서 자신의 목소리가 울리는 것을 들으며, 진저는 자신이 심각한 문제에 빠져 있다는 것을 깨닫고 있었다. 부친인 제이콥은 자신이 혈통상으로나 유전상으로 틀림없는 유태인이라는 사실을 자랑스러워 했지만, 종교적인 관습상으로는 유태인이 아니었다. 그는 타락한 숱한 기독교인들처럼 세속적인 마음으로 성수 주일을 하거나 집회에 참석하는 것보다는 차라리 교회에 가지 않는 편이 더 낫다고 생각하는 편이었다. 게다가 진저는 제이콥보다 한술 더 떠서 종교에는 전혀 관심이 없었다. 그래서 그녀는 자신을 불가지론자라고 불렀다. 더욱이 부친인 제이콥은 그가 하는 행동 하나하나에서 유태인이라는 사실이 숨길 수가 없을 정도로 뚜렷이 나타났지만, 진저는 그렇지 않았다. 만일 진저에게 자신을 설명하라고 한다면, 틀림없이 그녀는 "여자, 의사, 일벌레, 정치적인 이탈자"라고 말하고 나서 "유태인"이라는 말은 아주 나중에서야 꺼낼 것이다. 그런 그녀가 이디시어를 쓰는 때는 오직 어려움에 빠져 있거나, 깊은 걱정이 있거나, 겁을 먹었을 때 외에는 없었다. 그 말은 마치 잠재 의식 속에 자리잡고 있다가 불행이나 재난을 당했을 때 주문을 외듯이 그 말을 하면, 그런 불행이나 재난이 사라지는 불가사의한 마력을 갖고 있는 것처럼 느껴졌다.

"거리로 뛰쳐나오고, 장바구니를 떨어뜨리고, 자기가 어디 있는지도 모르고, 겁먹을 이유도 없는데 꼭 정신 병자처럼 행동하고……."

진저는 자신의 모습을 보고 경멸하듯 말했다.

"그렇게 행동하는 네 모습을 보고서 사람들은 틀림없이 네가 미쳤다고 생각할 거야. 게다가 너 같은 주정뱅이 의사한테 올 사람은 이제 아무도 없을 거야. 안 그래?"

이디시어의 불가사의한 마력이 그다지 크지는 못해도 조금은 효험이 있어서인지, 진저의 뺨에 다시 화색이 돌고 휑하던 눈빛이 부드러워졌다. 몸이 떨리던 것은 멈춰졌으나, 그녀는 아직도 몸이 으스스하게 느껴졌다.

진저는 세수를 하고 나서 은빛이 도는 금발을 빗었다. 그리고 화요일이면 늘 그렇게 하듯이 집에서 빈둥거리며 지낼 때의 차림인 파자마로 갈아입었다. 그녀는 서재로 쓰고 있는 조그만 공간의 다른 침실로 가서, 이제는 너무 자주 봐서 책장이 너덜너덜하게 해진 〈테이버 의학 백과 사전〉을 선반에서 꺼내 'ㄱ' 자로 시작되는 난을 펼쳐 보았다.

〈기억 상실증.〉

물론 그 말이 무슨 뜻인지는 그녀도 잘 알고 있었다. 하지만 진저는 자신이 왜 그 방으로 가서 전혀 새로울 것도 없는 그 사전을 들춰 보고 있는지 알 수가 없었다. 어쩌면 그 사전이 그녀에게 또 다른 부적의 노릇을 해 줄 수 있을지도 모른다고 믿었기 때문이었을 것이다. 만일 사전에서 그 단어를 찾아낸다면, 자신을 짓누르고 있는 이상한 압력을 없앨 수 있을 것 같았다. 너무 공부를 많이 한 사람들에게 통용되는 일종의 주술이라고나 할까. 어쨌든 그녀는 그 단어의 뜻을 읽어 보았다.

기억 상실증 : 라틴어 원어로 '퓨가'라고 하며 원뜻은 '곤경'을 말함. 심각한 인성 분열로, 충동적으로 집이나 주위 환경을 떠나기도 한다. 정신이 몽롱한 상태에서 회복되고 나면 금세 그 상태에 있는 동안 일어났던 행동들에 대한 기억을 잃어버리게 된다.

진저는 사전을 덮고 선반에 도로 집어넣었다.

그녀는 기억 상실증에 관한 원인이나 증상, 병적인 의미 등에 대해서 좀더 자세한 자료를 찾아볼 수 있는 다른 참고 서적들도 갖고 있었지만, 그 문제에 대해서는 더 이상 추궁하지 않기로 했다. 그녀는 자신이 일시적인 발작을 일으킨 것만으로 의학적으로 심각한 증상의 징후를 보인 것이라고 믿을 수가 없었다.

어쩌면 자신이 지나치게 과로를 한 탓에 스트레스를 받은 것일지도 모른다. 그래서 심한 스트레스로 인해 단 한 번 일시적인 기억 상실증을 일으킨 것인지도 모른다. 겨우 2, 3분 간의 공백이다. 조금만 주의하면 될 것이다. 이제부터는 매주 화요일마다 계속 일을 쉬고, 매일 일찍 일을 끝마치려고 애쓴다면, 더 이상 아무런 문제도 없을 것이다.

진저는 어머니가 그렇게 바라시던 의사가 되기 위해서, 그리고 자신이 특별한 사람이 되어서 사랑하는 아버지와, 오래 전에 돌아가셨지만 늘 자신의 가슴속에 남아 있고 언제나 미치도록 보고 싶은 스웨덴인 어머니를 자랑스럽게 해 드리려고 아주 열심히 공부했었다. 여기 이 자리에 오르기까지 그녀는 여러 가지로 엄청난 희생을 감수했었다. 주말에는 쉴 때보다 일할 때가 더 많았고, 방학이나 다른 사소한 즐거움 따위는 아예 가져 보려는 생각도 못하고 살았었다. 이제 딱 6개월만 지나면, 레지던트를 끝마치고 개업의가 될 수 있다. 그녀의 계획을 방해할 만한 것은 아무것도 없다. 아무것도 그녀에게서 꿈을 빼앗을 수는 없다.

11월 12일의 일이었다.

3

네바다 엘코 군

어니 블록은 어둠이 두려웠다. 실내가 컴컴한 것도 싫었지만, 바깥 북부 네바다의 광활한 암흑은 무엇보다도 가장 어니를 두렵게 만들었다. 낮에는 등도 여러 개 달려 있고 창도 여러 개 나 있는 방에 있는 것을 더 좋아했지만, 밤에는 창이 몇 개 없거나 심지어는 전혀 창이 없는 방에 있는 것을 더 좋아했다. 살아 있는 생물체처럼 밤이 그 유리창을 넘어 방으로 들어와 그에게 게걸스럽게 달려들어 자신을 엄습해 올 것만 같았기 때문이었다. 바깥에서 어둠이 존재하고 자신을 습격할 기회를 호시탐탐 노리고 있다는 것을 잘 알고 있기 때문에, 그는 커튼을 닫는 것만으로는 여전히 마음을 놓을 수가 없었다.

그는 자신이 너무나도 부끄럽게 느껴졌다. 그는 자신이 최근에 왜 그렇게 어둠을 두려워하게 되었는지 이유를 알 수가 없었다. 그저 어둠이 무서울 뿐이었다.

물론 수백 만도 더 넘는 사람들이 공포증이라는 것을 가지고 있다고는 하지만, 그들은 거의 대부분이 어린아이들이다. 하지만 어니는 지금 쉰두 살의 어른이다.

추수 감사절 다음날이던 금요일 오후, 아내 페이가 딸 루시와 사위인 프랭크, 그리고 손주들을 보러 위스콘신으로 가는 바람에 어니는 혼자서 모텔 사무실을 지켜야 했다. 페이는 화요일까지는 돌아오지 않을 것이었다. 12월이 되면 그들 부부는 일주일 동안 모텔 문을 닫고서 밀워키에 가서 자식, 손주들과 함께 크리스마스를 보낼 예정이었다. 하지만 이번에는 페이 혼자 가게 되었다.

어니는 아내가 몹시도 보고 싶었다. 그녀는 31년 동안 그의 아내이자 가장 친한 친구로 그의 곁에 있어 주었다. 그는 결혼하던 때보다도 지금 더욱 더 그녀를 사랑하고 있었다. 그리고 페이가 없이 혼자 지내는 밤들이 전보다 더욱 길고, 깊고, 어둡게만 느껴졌다.

금요일 오후 2시 30분 무렵까지 그는 트랭퀼러티 모텔의 객실을 모두 청소하고 시트를 갈고서 손님들을 맞을 채비를 모두 마쳤다. 주변 12마일 내에서 사람들이 묵을 만한 곳은 그 곳밖에 없었다. 모텔은 비탈져 올라오는 푸른 목초지로 온통 쑥들이 만발한 너른 평원 사이에 아담하게 난 간선 고속 도로 북쪽의 야산 위에 우뚝 서 있었다. 동쪽으로 30마일 좀 넘게 가면 엘코가 있고, 서쪽으로 40마일쯤 가면 배틀 산이 위치하고 있는 곳이었다. 어니가 모텔에서 언뜻 볼 때는 잘 알아볼 수가 없겠지만, 그 곳들보다 더 가까운 곳에는 칼린 시내와 베오웨이위라는 조그만 마을이 자리잡고 있었다. 사실 주차장에서 보면 사방으로 아무 건물도 눈에 보이지 않으니까, 정말 세상에서 트랭퀼러티(고요)라는 이름처럼 그 모텔에 잘 어울리는 이름은 없을 것이다.

어니는 모텔 사무실에서 나무색 페인트가 든 깡통을 들고 나와 손님들이 숙박부를 쓰고 체크 아웃을 하는 참나무로 만든 카운터에 난 흠들을 칠하면서 손을 보고 있었다. 실제로 카운터에 난 흠집들이 그렇게 흉한 정도는 아니었다. 하지만 그는 오후 늦게까지, 말하자면 80번 주간(洲間) 고속 도로에서 손님들이 몰려들어올 때까지 계속해서 정신없이 바쁘게 지냈다. 그렇게라도 딴 데에 정신을 팔지 않으면 어쩌면 그는 '11월인데 왜 이렇게 해가 짧은 걸까' 하는 데 신경을 쓰다가, 나중에 정말로 어둠이 짙게 깔리고 나면 꼬리에 깡통을 매단 쥐처럼 미친 듯이 날뛰게 될지도 모를 일이었다.

모텔 사무실은 조명의 전당이라고 해도 과언이 아닐 지경이었다. 그날 아침 6시 30분에 모텔 문을 연 때부터 그는 전등이란 전등은 모조리 다 켜 놓았다. 목을 마음대로 구부릴 수 있는 형광등은 체크를 하는 카운터 뒤의 참나무 책상 위에 세워 놓았고, 서류 보관 캐비닛 옆의 모퉁이에는 놋쇠 스탠드를 밝혀 놓았다. 카운터에는 손님들 쪽을 향해서 엽서를 꽂아 놓은 회전 진열대와, 메모지를 담아 둔 벽걸이 선반과, 무료로 배부하는 여행 안내 팸플릿이 가득 들어 있는 또 다른 선반이 놓여 있었고, 문 옆에는 슬롯 머신 한 대와 작은 탁자 옆에 붙여 놓은 베이지색 소파 세트, 또 하루 종일 75, 100, 150와트짜리의 각기 다른 세 가지 전구를 밝게 켜 놓은 적갈색 자기(磁器) 램프가 설치되어 있었다. 젖빛 유리로 만든 천장에도 두 개의 전등이 달려 있었으며 물론 사무실의 앞벽에도 커다란 유리창이 달려 있었다. 모텔은 남남서향을 면하고 있어서 이맘때쯤이면 지는 해의 꿀빛 햇살이 커다란 창을 지나 굴절되어 비쳐 들어왔다. 그 빛은 소파 뒤의 흰 벽을 진홍빛으로 물들이면서 적갈색 자기로 만든 등의 잔금 무늬에 수백 개의 신기하도록 환한 줄무늬를 만들어 냈다. 그리고 테이블에 장식되어 있는 청동의 원형 돔 무늬 위에 눈부신 광채를 남기곤 했다.

페이가 함께 있을 때는 전기를 많이 쓴다고 뭐라고 한마디 하고 나서 등을 몇 개 꺼 버릴 것이 분명했기 때문에, 어니는 그 전등들 중의 몇 개는 끄고 지냈었다. 불을 끄고서 지낸다는 것이 그를 불안하게 만들기는 했지만, 자신의 비밀을 숨기기 위해서 불을 끈 채로 참고 견딜 수밖에 없었다. 어니가 아는 한 페이는 지난 넉 달 동안 남편의 마음속에서 서서히 자라기 시작한 야간 공포증을 눈치채지 못하고 있었다. 물론 어니 자신도 아내에게 그런 사실을 알리고 싶지는 않았다. 갑작스럽게 자신에게 일어난 그 해괴한 증상이 창피스럽기도 하고, 무엇보다도 사랑하는 아내를 걱정시키고 싶지 않았기 때문이었다. 어니는 자신이 왜 그렇게 초조하고 불안한 증세를 느끼게 되었는지 그 이유를 알 수가 없었다. 하지만 조만간 자신이 그 병을 말끔히 고칠 수 있으리라고 믿고 있었기 때문에, 그런 일시적인 증상으로 인해 자신의 얼굴에 먹칠을 해 가면서까지 페이에게 쓸데없는 걱정을 끼치게 하고 싶지가 않았다.

그는 자신의 상태가 심각하다는 사실을 믿고 싶지 않았다. 그는 52년 동안 살면서 몸이 아파 본 적이 거의 없었다. 월남에 두 번째 파병되었던 때에 둔부와 척추에 각각 한 발씩 총을 맞은 다음 딱 한 번 병원에 입원한 적이 있기는 했었지만 말이다. 더욱이 그의 집안에서 정신 질환을 앓은 사람은 단 한 명도 없었다. 어니스트 유진 블록은 완벽할 정도로 건강이 넘치는 사람이었으며, 정신 병원에 들어가서 정신과 의사의 소파에 마주앉아 흐느껴 울게 될 최초의 인물이 될 리 만무했다. 전에도 그랬듯이 그는 잘 견뎌 나갈 수 있을 것이다.

그의 그런 증상이 시작된 것은 지난 9월부터였다. 땅거미가 질 무렵부터 웬지 모를 불안감이 서서히 싹트기 시작해서 새벽에 동이 틀 때까지 그 불안감은 밤새 계속되었다. 처음에는 매일 밤 그렇지는 않았었다. 하지만 점점 더 그 증세는 심각해져서, 10월 중순 무렵에는 황혼만 져도 뭐라고 설명할 수 없을 만큼 마음이 초조하고 불안해지기 시작했다. 11월 초순에는 그 불안감이 공포로 변했다. 그래서 지난 두 주 동안은 불안감이 점점 심해졌고 밤이 다가오고 있다는 생각만으로도 불안하고 겁에 질려 버렸다. 지난 열흘 간은 해가 진 다음에는 밖에 나가는 것도 꺼려질 정도였지만, 다행히도 아내는 눈치를 채지 못했다. 물론 그것도 그리 오래가지는 못하겠지만 다행한 일이 아닐 수 없었다.

어니 블록은 하도 덩치가 커서 무언가에 겁을 먹는다는 것이 너무나 어울리지 않게 느껴졌다. 키가 190센티도 훨씬 넘는데다가 체격이 너무나 단단하고 떡 벌어져서, 블록이라는 그의 성(姓)만으로도 그에 대한 완벽한 설명이 될 수 있었다. 그의 은빛 머리카락은 어찌나 숱이 많고 빳빳한지 빗으로 빗으면 빗살이 부러질 정도였는데 덕분에 납작한 뒤통수가 그대로 드러나 보였다. 또한 그의 얼굴 윤곽은 너무나 뚜렷하고 남성적인데다 몹시 각이 져서 마치 화강암 조각처럼 보였다. 굵은 목과 떡 벌어진 어깨, 탄탄한 가슴 때문에 그의 몸집은 완전한 역삼각형처럼 보였다. 고등학교 시절 축구 선수로 날렸을 때, 다른 선수들은 그를 "황소"라고 불렀었다. 예편한 지 벌써 6년이나 됐지만 해병대에서 복무하던 28년 동안 대부분의 사람들이, 심지어는 같은 계급을 단 동료들까지도 그를 "각하"라고 불렀었다. 아마 그를 아는 사람들이, 최근에 어니가 해질 무렵이면 매일 손바닥이 땀에 절 정도로 겁에 질린다는 사실을 알게 된다면 깜짝 놀랄 것이다.

어니는 해가 지는 것으로부터 딴 데로 주의를 돌리려고 애썼다. 그래서 일부러 카운터를 손질하면서 바쁘게 지냈는데 마침내 그 일을 다 마쳤을 때의 시각은 오후 3시 45분이었다. 햇빛이 벌써 달라져 있었다. 이제 하늘은 더 이상 꿀빛이 아니라 진홍색에 가까운 오렌지색으로 변했고, 해는 서쪽으로 뉘엿뉘엿 기울어지고 있었다.

오후 4시에 모텔에 첫 손님이 들었다. 길니라는 성을 가진 어니의 나이 또래의 초로의 부부로, 그들은 일주일 동안 리노에 사는 아들을 만나보고서 솔트 레이크 시티의 집으로 돌아가는 길이었다. 어니는 그 부부와 잠시 이런저런 잡담을 나누었고, 그들 부부가 열쇠를 가지고 자신들의 방으로 올라가 버리자 마음이 무척 섭섭하게 느껴졌다.

이제 햇살은 완전히 오렌지색으로 변해 있었다. 아주 타오를 듯한 오렌지색에 노랑빛은 하나도 남아 있지 않았다. 높게 떠 있는 조각 구름들이 거의 네바다 주 전체를 가로지르는 미국 서부의 대분지 너머 동쪽으로 미끄러져 내려가면서, 흰색 유람선 모양에서 자주색 돛단배로 변해가고 있었다.

10분쯤 지나 토지 관리국의 특별 임무로 그 지역을 방문한 창백한 인상의 사내가 이틀 밤을 묵으려고 모텔을 찾았다.

그 손님마저도 자신의 방으로 들어가자 다시 홀로 남게 된 어니는 시계를 쳐다보지 않으려고 애썼다.

유리창 너머로 하루 해가 저물어 가는 모습을 보기 싫어서 그는 창문도 쳐다보지 않으려고 애썼다.

어니는 겁먹지 않겠다고 스스로 다짐해 보았다.

'나는 전쟁터에도 가 봤었고, 죽어가는 사람들의 처참한 모습도 지켜보았었다. 그런데도 난 지금 멀쩡하게 여기 살아 있잖아? 전이나 마찬가지로 커다란 덩치에 못생긴 모습 그대로 있다구. 그러니까 밤이 오고 있다고 해서 이성을 잃지는 말아야지.'

4시 50분쯤 되자 이제 햇살은 더 이상 오렌지빛이 아니라 아예 핏빛으로 변해 버렸다.

심장이 두방망이질치기 시작했다. 너무나 심장이 거세게 쿵쾅거려서 갈빗대를 뚫고 심장이 튕겨 나갈 것만 같았다.

그는 책상으로 가서 자리에 앉아 눈을 감고서 마음을 진정시키려고 깊이 심호흡을 해 보았다.

그리고 라디오를 켰다. 때때로 음악은 그의 마음을 안정시키는 데 도움이 되어 주곤 했었다. 라디오에서는 케니 로저스가 고독에 관해서 부른 노래가 흐르고 있었다.

해가 수평선에 맞닿더니 천천히 시야에서 사라져 갔다. 심홍빛으로 물든 오후의 하늘도 네온 불빛같이 환한 파랑빛으로 변하더니, 그 다음에는 환한 자주색으로 변해 갔다. 어니는 싱가포르에서 있을 때 보았던 해질 무렵의 광경이 떠올랐다. 젊은 시절 그는 그 곳 대사관에서 보초로 2년 동안 복무한 적이 있었다.

드디어 땅거미가 지고 말았다.

그리고 나서 더욱 불길하게도 밤이 찾아왔다.

땅거미가 내려앉자 무료 고속 도로에서도 똑똑히 볼 수 있도록 환히 밝혀 놓은 파랑색과 초록색 네온 사인들을 비롯해서 바깥의 불빛들이 자동적으로 켜지면서 깜박였지만, 그래도 어니의 기분은 하나도 나아지지가 않았다. 날이 밝으려면 영원히 기다려야만 할 것 같은 심정이었다. 이제는 밤이 지배하는 세상이 되어 버린 것이다.

해가 사라지자, 바깥의 기온은 영하로 떨어졌다. 사무실의 한기를 쫓으려는 듯 기름 벽난로의 불길이 더욱 부지런히 타올랐다. 쌀쌀한 날씨에도 불구하고 어니는 땀이 버적버적 났다.

6시쯤에 샌디 사버가 트랭퀼러티 그릴에서 급히 올라왔었다. 그릴은 모텔 서쪽 편에 있는 조그만 간이 식당이었는데 메뉴가 얼마 되지 않았다. 그러나 고속 도로를 지나다가 한술 때우기 위해 허겁지겁 달려온 허기진 트럭 운전수들에게는 더없이 점심과 저녁 식사를 할 수 있는 곳이었다. 만일 필요할 경우 그 전날 밤 투숙객들이 부탁만 하면, 손님들에게 아침 식사로 스위트 롤과 커피가 무료로 제공되기도 했다. 서른두 살 난 샌디와 그녀의 남편인 네드는 어니와 페이 대신 그 식당을 경영하고 있었다. 식당에서 샌디는 손님들을 맞고, 남편 네드는 주방에서 요리를 맡고 있었다. 두 사람은 베오웨이위 근처의 트레일러에서 살고 있는데 매일 낡아빠진 포드 용달차로 식당에서 쓸 물건들을 실어 날랐다.

어니는 샌디가 들어오자 몸을 움찔거렸다. 그녀가 문을 열었을 때, 바깥의 어둠이 퓨마처럼 사무실로 날쌔게 뛰어들어올 것 같은 느낌 때문에 초조해서였다.

"저녁 가지고 왔어요."

샌디는 바깥에서 몰고 들어온 차가운 공기 때문에 몸을 부르르 떨었다. 그녀는 카운터 위에 뚜껑이 달리지 않은 조그만 종이 상자를 내려놓았다. 거기에는 치즈 버거와 프렌치 프라이, 플라스틱 포장지에 싼 차가운 양배추 샐러드와 식물성 음료 캔이 들어 있었다.

"몸에서 콜레스테롤을 없애려면 이런 식물성 음료가 좋대요."

"고마와요, 샌디."

샌디 사버는 외모상으로 그다지 볼거리가 많은 여자는 아니었다. 하기는 잘 꾸미기만 하면 그보다는 훨씬 더 나아 보일 수도 있겠지만, 그저 수수하고 피곤한 인상에, 심지어는 멋대가리라고는 하나도 없는 여자라고 말할 수 있을 정도였다. 그녀의 다리는 너무 가늘긴 하지만 그렇다고 해서 보기에 흉할 정도는 아니었다. 키에 비해서 몸무게가 덜 나가기는 해도 한 10킬로 정도만 더 나간다면 상당히 보기가 좋았을 것이다. 가슴도 빈약하기 이를 데 없었지만 그래도 사람들에게 호감을 주는 유순한 성격 탓에 풍만함이 부족한 것은 그런 대로 커버가 되었다. 크게 자라지 못한 뼈와 가느다란 팔, 백조같이 가늘고 긴 목이 그녀의 신체 부위 중에서 특히 여성다운 섬세한 매력을 지니게 해 주었다. 게다가 발을 질질 끌면서 걷는 버릇과 어깨를 구부정하게 하고 앉는 자세 때문에 늘 가려져 있어서 그렇지, 그리 자주 눈에 보이지는 않지만 그녀에게는 시선을 끌 만한 우아함이 있었다. 그녀의 갈색 머리는 광택이 없고 늘 풀이 죽어 있었다. 아마 샴푸 대신 비누로 머리를 감기 때문인 것 같았다. 그녀는 립스틱은 물론이고 한 번도 화장을 해 본 적이 없었다. 손톱은 늘 물어뜯겨진 채 한 번도 손질을 하거나 가꾼 적이 없었다. 하지만 그녀는 온순하고 착한 마음씨를 가진 여자였다. 그래서 어니와 페이는 하루빨리 살림이 펴서 샌디의 신수가 더 나아졌으면 하고 진심으로 바라고 있었다.

때때로 어니는 친딸인 루시가 사위인 프랭크를 만나 결혼해서 자리를 잡고 행복하게 살 때까지 딸을 생각하듯이, 진심으로 자기 친딸같이 샌디를 걱정했다. 어니는 아주 오래 전에 샌디에게 무슨 일인가가 있었으리라는 것을 피부로 느끼고 있었다. 아마 샌디의 인생을 망칠 만한 것은 아니지만, 그 일로 인해서 샌디가 사람들 앞에 떳떳이 나서지 못하고 늘 고개를 숙이고 다니면서 실망이나 고통, 혹은 인간의 잔인성 따위로부터 자신을 보호하기 위해서, 다른 사람들에게는 거의 기대를 하지 않고 살게 되었다는 것도 어렴풋이 눈치채고 있었다.

먹음직스러운 음식 냄새에 취한 채 음료수의 캔 꼭지를 따면서, 어니가 말했다.

"네드가 만든 치즈 버거야말로 내가 지금까지 먹어 본 것 중에서 가장 맛이 좋단 말이야."

샌디는 부끄러운 듯이 미소를 지었다.

"요리를 잘하는 남자랑 산다는 건 정말 축복이에요."

그녀의 목소리는 부드럽고 온순하게 들렸다.

"특히 저 같은 경우에는 제가 요리를 잘 못하니까요."

"샌디도 요리를 잘해요. 내가 보증하지."

어니가 말했다.

"아뇨, 전 못해요. 그저 흉내만 내는 거죠, 뭐. 제대로 만들 줄도 모르고, 앞으로 아무리 노력해도 그이 솜씨는 못 따라갈 거예요."

어니는 샌디의 팔을 쳐다보았다. 짧은 소매를 입고 맨살을 그대로 내놓고 다녀서인지 피부에 닭살이 잔뜩 돋아 있었다.

"요즘 같은 때에 스웨터도 안 걸치고 그냥 나다니면 안 돼요. 그러다가 죽을 병이라도 걸리면 어쩌려구."

"전 괜찮아요. 전……아주 어렸을 적부터 추위에는 이력이 나 있으니까요."

샌디가 대꾸했다.

그 말도 이상하게 들렸지만, 그것보다 더욱 이상하게 들리는 것은 바로 샌디의 말투였다. 하지만 어니가 그녀의 말뜻을 자세히 캐물을 시간도 없이, 샌디는 얼른 문 쪽으로 향해 가기 시작했다.

"나중에 봐요, 어니."

"아니 벌써 가려구? 일이 많은가 보지?"

"조금요. 게다가 조금 있으면 트럭 운전수들이 저녁 먹으러 들이닥칠 시간이니까요."

치즈 버거를 한 입 베어 물고 막 삼키려는 순간, 샌디가 문을 열었다. 그녀 때문에 어니는 위험스런 어둠 속에 그대로 노출되고 말았다.

쌀쌀한 공기가 안으로 몰려들어왔다.

"여기서 살을 태워도 되겠어요."

샌디가 모텔 안의 조명을 돌아보면서 말했다.

"난……밝은 게 좋아요. 손님들이 들어왔을 때 사무실이 너무 어두우면……모텔 인상이 지저분하게 보일지도 모르잖아요."

"정말 그렇군요. 전 미처 그 생각을 못했어요. 역시 사장님은 다르시군요. 전 그런 사소한 일까지는 한 번도 생각해 본 적이 없었거든요. 전 그다지 꼼꼼한 편이 못 돼서요. 이제 정말 빨리 뛰어가 봐야겠어요."

그는 문이 열려 있는 동안에는 줄곧 숨을 죽이고 있다가, 샌디가 문을 닫고 나가자 그제서야 안도의 한숨을 내쉬었다. 그는 샌디가 창문을 지나 식당까지 급히 뛰어가는 모습을 시야에서 사라질 때까지 바라보았다. 어니는 여태껏 샌디가 자신의 좋은 점을 얘기하는 것을 한 번도 들은 적이 없었다. 진짜로 그런 것인지 상상으로 그렇게 말하는 것인지는 잘 모르겠지만, 마찬가지로 그녀는 늘 자신의 결점이나 실책 따위를 서슴치 않고 지적하곤 했다. 사람은 그지없이 착하지만, 친구로서 그녀는 때때로 몹시 따분한 편이었다. 물론 오늘 같은 밤은 그런 따분한 친구도 반갑기 그지없었기 때문에 샌디가 가 버리고 나자, 어니는 무척이나 마음이 섭섭했다.

카운터에서 선 채로 식사를 들면서, 어니는 일부러 음식에만 정신을 집중하려고 애쓰면서 식사를 다 마칠 때까지 한 번도 눈을 쳐들지 않았다. 머리카락이 쭈뼛 서고 겨드랑이에서 식은땀이 버적버적 솟을 정도로 초조하고 두려운 마음을 떨쳐 버리기 위해서였다.

6시 30분쯤 되자 모텔에 있는 20개의 방 중에서 8개의 객실에 손님이 들었다. 4일 간의 연휴 중 두 번째 날 밤이었기 때문에 평소보다는 손님이 많이 든 편이었다. 9시까지 계속 호텔 문을 열어 둔다면, 최소한 8개의 객실에 손님이 더 들어올 것 같았다.

하지만 어니는 그렇게 할 수가 없었다. 비록 퇴역하기는 했지만 어니는 아직도 "의무"와 "용기"를 목숨처럼 소중히 여기는 귀신 잡는 해병대였다. 그리고 그는 이제까지 한 번도 의무를 충실히 수행하지 못한 적이 없는 사람이었다. 사방에서 사람들이 죽어 넘어지고 총알이 빗발치고 폭탄이 여기저기서 터지는 월남에서도 그랬었다. 하지만 아주 간단한 일이기는 해도 9시까지 모텔을 지키고 있는 일만은 결코 할 수가 없었다. 사무실의 커다란 창에는 커튼도 달려 있지 않았고, 유리창 위에는 블라인드도 없었다. 어둠을 보지 않고 도망칠 수 있는 길은 아무것도 없었다. 문이 열릴 때마다 어둠과 자신 사이에 아무런 장벽도 없다는 사실 때문에 그는 가슴이 철렁 내려앉아 죽을 것만 같았다.

어니는 자신의 커다랗고 억센 두 손을 내려다보았다. 손이 덜덜 떨리고 있었다. 쓰리던 속이 쥐어짜는 것처럼 아파 왔다. 너무나 신경이 흥분되어 있어서 그는 제자리에 가만히 앉아 있을 수가 없었다. 그는 좁은 작업 구역을 서성거렸다. 괜히 이것저것 만져 보기도 했다.

마침내 7시 15분이 지나자, 그는 더 이상 초조하고 불안해서 견딜 수가 없을 지경이 되어서 바깥에 〈빈방 없음〉이라는 표지판을 켜는 카운터 밑의 스위치를 눌렀다. 그리고 나서 모텔 현관을 잠그고 등들을 한꺼번에 모두 꺼 버렸다. 빛이 지배하고 있던 곳으로 어두운 그림자들이 한꺼번에 몰려들면서 빛들이 멀리로 사라져 버렸다. 그는 재빨리 방 뒤편으로 물러 나왔다. 계단은 2층 내실로 통하는 것이었다. 그는 스스로에게 그렇게 겁을 집어먹는 것은 바보 같은 짓이라고 타일렀다. 그리고 사무실 뒤편의 어두운 구석에서는 아무것도 없다고, 절대로 아무것도 자신을 따라오지 않는다고, 또 그런 생각을 하는 것은 너무나 어리석은 짓이라고 타이르면서 보통 걸음걸이로 걸어 보려고 애썼다. 하지만 아무리 그렇게 다짐을 해도 그에게는 아무런 효과가 없었다. 그는 자신이 어둠 속에 도사리고 있을 무언가를 두려워하고 있는 것이 아니라 바로 어둠 그 자체, 말하자면 단순히 빛이 존재하지 않는다는 사실이라는 것을 잘 알고 있었다. 그는 난간을 단단히 붙잡고서 좀더 빨리 걸음을 옮기기 시작했다. 스스로가 생각하기에도 한심하게 느껴질 만큼 그는 순식간 겁에 질려 한 번에 두 계단씩 뛰어 올라가기 시작했다. 꼭대기에 다다르자 그의 심장은 쿵쾅거리며 뛰었다. 어니는 비틀거리며 거실로 들어가 벽면의 스위치를 더듬어 찾았다. 그리고 스위치를 전부 다 켜고 나서 문을 쾅 닫았다. 문을 어찌나 세게 닫았던지 벽 전체가 다 흔들릴 지경이었다. 그는 문을 잠그고 문에 등을 기대 섰다.

숨을 제대로 고를 수가 없었다. 몸도 사정없이 떨렸다. 몸에서 퀴퀴한 땀 냄새가 났다.

낮에도 아파트에 등 몇 개를 계속 켜 놓고 있기는 했지만, 두세 개는 꺼 놓았었다. 그는 이방 저방으로 황급히 돌아다니면서 천장의 등과 스탠드를 전부 켰다. 어젯밤에도 한바탕 이런 난리를 치르면서 커튼과 블라인드를 모두 단단히 내려놓은 덕분에, 창문 너머의 어둠을 전혀 볼 수가 없었다.

다시 자제력을 회복하고 나서 그는 트랭퀼러티 그릴에 전화를 걸어서 샌디에게는 몸이 별로 안 좋아서 모텔 문을 일찍 닫았다고 둘러댔다. 그리고 식당 문을 닫고 나서 오늘 굳이 모텔에 올 필요 없이 내일 아침까지 그날 전표를 계산해서 갖다 달라고 부탁했다.

코를 찌르는 듯한 땀 냄새가 견딜 수가 없어서 어니는 샤워를 했다. 땀 냄새 자체가 그만큼 역겨워서가 아니라, 그 냄새가 상징하듯 한순간이나마 자신이 자제력을 완전히 잃었다는 사실이 참을 수가 없었던 것이다. 수건으로 몸을 닦고 나서, 그는 속옷을 갈아입고서 포근하게 생긴 두툼한 가운을 걸치고 슬리퍼를 끌며 방으로 들어왔다.

여태까지는 아무리 제정신이 아니었다 해도 맥주를 마시면서 잠을 청할 필요까지는 없이, 아무 걱정 없이 어두운 방에서 편안히 잠들 수가 있었다. 그런데 바로 이틀 전부터, 그러니까 페이가 위스콘신으로 가고 혼자 남은 때부터, 어니는 머리맡에 등을 밝혀 두지 않고는 잠을 청할 수가 없었다. 어니는 오늘 밤도 등을 밝혀 두어야 잠을 이룰 수가 있으리라는 사실을 잘 알고 있었다.

하지만 화요일에 페이가 돌아온 다음에는 어떻게 하지? 악몽을 꾸다가 놀란 아이처럼 비명을 질러 대면 어떻게 하지?

그런 생각만 하면 어니는 너무나 부끄럽고 화가 나서 이가 갈렸다. 그는 가장 가까운 곳에 있는 창으로 달려갔다.

그는 완벽하게 드리워 놓은 커튼에 굼뜬 손을 뻗다가 잠시 손길을 멈추었다. 총구를 막아 놓은 채 발사한 기관총처럼 심장이 심하게 쿵쾅거렸다.

페이에게 있어서 어니는 항상 기댈 수 있는 바위처럼 강하고 든든한 남편이었다. 그는, 모름지기 남자란 바위처럼 듬직해야 한다고 생각해 왔다. 페이를 실망시킬 수는 없는 일이었다. 아내가 위스콘신에서 돌아오기 전에 이 해괴한 증상을 고쳐야만 했다.

그런 생각을 하면서도 지금 가려진 유리 너머에 놓여 있는 것을 생각하자, 어니는 입술이 바싹 마르고 다시 한기가 느껴졌다. 하지만 그런 증상을 깨끗이 치료할 수 있는 방법은 그것과 정면으로 맞닥뜨리는 길뿐이라는 것도 잘 알고 있었다. 그것은 바로 인생이 그에게 가르쳐 준 교훈이었다. 〈대담하라. 적과 맞닥뜨려라. 그리고 전투에 참가하라.〉 그런 인생철학이 그에게는 언제나 효과가 있었다. 그리고 다시 그렇게 될 것이라 믿어 의심치 않았다. 그 창에서는 사람이 살지 않는 고원의 등성이와 광활한 목초지를 가로질러 모텔 뒤편의 풍경들이 내다보일 것이고, 저기 밖에서 불을 밝히고 있는 빛이라고는 별빛뿐이다. 하지만 그는 커튼을 열어젖히고 음침한 정경들과 당당히 얼굴을 맞대고 서서 견뎌 내야만 한다. 그렇게 어둠과 당당히 맞섬으로써 그의 모든 조직을 썩어 들어가게 만드는 독이 깨끗이 씻겨져 나가 병이 낫게 될 것이다.

어니는 커튼을 열어젖혔다. 그는 밤의 정경을 몰래 훔쳐보면서 그렇게 철저하게 캄캄 절벽인 것도 그리 나쁘지만은 않다고 혼잣말로 중얼거렸다. 깊고 순전하고 광막하고 춥기는 하지만, 바깥의 어둠이 그렇게 불길하고 음산한 것이나 사람을 위협하는 존재는 아니라고 중얼댔다.

하지만 꼼짝달싹 못한 채 그 모습을 지켜 보고 있는 사이, 어둠의 일부분이 서서히 모양이 변해서 서로 합체가 되었다. 눈에 뚜렷이 보이지는 않지만 마치 펄떡거리는 단단한 덩어리로 합쳐져서는 더 깊고 광활한 어둠 속에서 유령처럼 숨어 있다가 어느 순간 갑자기 유리창을 깨고서 돌진해 올 것만 같았다.

그는 이빨을 딱딱 맞부딪치면서 성에가 낀 차가운 유리창에 이마를 갖다 댔다.

네바다의 황무지가 광활하고 공허한 느낌을 주기는 했지만, 지금처럼 막막하게 보이기는 처음이었다. 어니는 어둠을 깊게 두르고 있는 산을 그대로 바라보고 있을 수가 없었다. 하지만 그는 마법에라도 걸린 듯 산이 점점 뒤로 물러가고 있는 것을 감지하고 있었다. 자신과 산 사이의 평야가 수백, 아니 수천 마일씩 밖으로 뻗어 가면서 점점 공간이 넓어져 가고 있었다. 그 넓이는 눈 깜짝할 사이에 무한정 넓어졌고 갑자기 어니는 말로는 표현할 수 없을 만치 아주 광막한 허허벌판의 한가운데에 남게 되었다. 사방이 온통 인간의 능력으로는 도저히 측량할 수 없을 정도의 공백과 암흑으로 뒤덮여 있었다. 자신의 빈약한 상상력의 한계를 넘어서 전후 좌우 모두가 끔찍한 공백 상태였다. 갑자기 그는 숨을 쉴 수가 없었다.

이것은 전에 자신이 알고 있던 것보다 훨씬 나쁜 상태였다. 그는 더 깊은 공포의 심연 속으로 빠져드는 것 같았다. 이제 공포심이 자신을 완전히 장악하고 있다는 사실이 그에게는 너무나 충격적이었다.

불현듯 그는 어마어마한 어둠의 무게를 느꼈다. 불가사의한 일이기는 하지만, 어둠은 마치 미끄러지듯 서서히 그에게로 다가와서 헤아릴 수도 없이 육중하고도 높다란 장벽처럼 그를 쓰러뜨리고, 짓누르고, 꼼짝달싹 못하게 조이고 있는 것 같았다.

어니는 비명을 지르면서 창에서 물러섰다.

그는 무릎을 꿇고 털썩 주저앉았다. 나지막이 스르르 하는 소리를 내면서 커튼이 제자리에 놓여졌다. 다시 창문이 가려지면서, 어둠이 눈앞에서 가리워졌다. 그의 주위는 온통 밝은 빛뿐이었다. 그는 고개를 떨구고 몸을 부르르 떨면서 땅이 꺼질 듯 한숨을 토해냈다.

그는 침대로 기어가서 시트 위에 털썩 몸을 내던졌다. 한참 동안 그렇게 누워 있으면서, 자신의 심장이 고동치는 소리를 들었다. 그것은 마치 발자국 소리 같았다. 그것도 걷는다기보다는 마치 전력 질주를 하는 것 같은 발자국 소리. 문제가 해결되기는커녕 문제와 맞닥뜨림으로써 오히려 결과는 더 나빠지기만 했다.

"지금 대체 무슨 일이 일어나고 있는 거지?"

어니는 천장을 바라보면서 크게 소리쳤다.

"나한테 무슨 일이 생긴 거지? 하느님! 대체 제게 무슨 일이 일어난 거죠?"

그날이 11월 22일이었다.

4

캘리포니아 라구나 비치

토요일 몽유병에 관련된 전율을 느낄 만한 사건에 대한 필사적인 반응으로 돔 콜베이시스는 철저하고도 계획적으로 자신을 피곤하게 만들었다. 날이 저물 때면 그는 물에 젖은 솜처럼 지쳐서 밤에 누가 업어가도 모를 정도로 곯아떨어지게 되어 있었다. 아침 7시 밤새도록 내린 찬 이슬이 자욱한 안개가 되어 협곡과 숲을 감싸고 있는 가운데, 그는 바다를 바라보면서 뜰에서 30분 동안 열심히 체조를 하고 나서 운동복 차림으로 낑낑거리며 라구나의 경사로를 7마일이나 달렸다. 그 다음 5시간은 정원 일을 하면서 고되게 보냈다. 그리고 나서 그날 날씨가 몹시 무더웠으므로, 수영복 차림으로 해변으로 나갔다. 그는 잠시 일광욕을 하고 나서 한참 동안 수영을 즐겼다. 그리고 '피카소'에서 저녁을 들고서, 바캉스철이 아니라 조금은 관광객들이 뜸한 번화가를 따라 1시간 정도 산책을 하였고 마침내 차를 몰아 집으로 향했다.

침실에서 옷을 벗으면서 돔은 자신이 마치 수천 명의 난장이들이 자신을 줄로 꽁꽁 묶어서 끌어내리고 있는 소인국에 와 있는 것 같은 기분이 들었다. 그는 술을 거의 마시지 않는 편이었지만, 일부러 레미 마틴 한 잔을 단숨에 들이켜 버렸다. 침대에 들어가서 머리맡의 스탠드를 끄기가 무섭게 그는 금세 잠에 곯아떨어졌다.

몽유병에 얽힌 사건들은 점점 더 자주 일어났다. 그리고 이제 그 사건은 그의 인생에 있어서 가장 중대한 문제가 되어 버렸다. 몽유병 때문에 작업도 제대로 할 수가 없을 정도였다. 여태껏 써 온 글 중에서 가장 역작이라고 말할 수 있을 정도로 좋은 글들이 많이 실려 있으며, 지금까지는 아무 문제 없이 잘 되어가던 새로운 작품의 작업이 진도가 나가지 못한 채 계속 제자리걸음 상태였다. 지난 두 주 동안 그는 아홉 번이나 옷장에서 잠이 깨어나곤 했으며, 그것도 지난 나흘 간은 하루도 거르지 않고 연속적으로 아침에 옷장에서 일어났었다. 이제 더 이상 그 증세는 재미 거리나 호기심을 돋울 만한 성격의 문제가 아니었다. 잠에 빠져 있는 상태에서는 자신을 자제할 수가 없기 때문에 그는 잠자리에 드는 것이 두려울 지경이었다.

어제, 그러니까 금요일에 그는 결국 주치의인 폴 코우블레츠 박사를 만나러 뉴포트 비치에 갔었다. 잠시 주저하다가 그는 박사에게 자신의 몽유병 증세에 대해 전부 털어놓았다. 하지만 자신이 실제로 그 문제에 대해서 얼마나 심각하게 걱정을 하고 있는지는 좀처럼 설명할 수도 없었거니와, 게다가 웬지 그걸 설명한다는 게 썩 내키지가 않았다. 돔은 늘 자신에 관한 얘기를 좀처럼 털어놓지 않는 편이었다. 그것은 그가 어린 시절 열 군데도 넘는 고아원을 전전하면서 양부모들의 손에서 눈칫밥을 먹으며 자란 탓일지도 모른다. 양부모들 중에는 돔에게 무관심하거나, 심지어는 돔을 학대하는 경우도 있었고, 그나마 불행하게도 한결같이 얼마 못 가서 그를 다시 버리곤 했었다. 그는 자신의 소설 속에 등장하는 가공의 인물들을 통해서만 자신의 가장 중요한 개인적인 생각을 함께 나눌 뿐, 그 외에는 자신의 생각을 남에게 좀체로 드러내지 않았다.

어쨌든 코우블레츠 박사는 돔의 증세에 대해서는 그다지 크게 걱정하지 않는 것 같았다. 여러 가지 의학적인 진단을 모두 마치고 나서, 박사는 돔이 특수한 경우의 발작을 일으킨 것뿐이라고 단언했다. 그리고 앞으로 출판할 책에 대한 스트레스 때문에 몽유병 증세를 일으킨 것이라고 분석했다.

"다른 검사는 필요 없습니까?"

돔이 물었다.

"물론 작가이시니까 뛰어난 상상력으로 뭔가 다른 일을 지레 짐작하고 계신 모양이군요. 아마 뇌종양이라도 생긴 줄 아셨나 보죠?"

박사가 대답했다.

"그건……. 사실 그렇습니다."

"두통이나 현기증이 나신 적 있으세요? 갑자기 시야가 흐려진 적은요?"

"아뇨."

"선생의 시력을 검사해 봤지만 망막에는 아무런 이상도 없었습니다. 두개골 내의 압력에도 아무 이상이 없었구요. 혹시 원인을 알 수 없는 구토 증상 같은 건 없으셨습니까?"

"아뇨. 한 번도 없었어요."

"현기증이 나서 쓰러지신 적은요? 뚜렷한 이유 없이 실실 웃음이 나오거나 취한 것 같은 증상을 보인 적은 없었나요?"

"없었습니다."

"그렇다면 이 단계에서 다른 검사를 할 필요는 없을 것 같군요."

"제가……정신 치료를 받아야 한다고 생각하시나요?"

"아뇨! 제가 보기에는 분명히 얼마 지나지 않아서 곧 괜찮아질 것 같습니다."

다시 옷을 챙겨 입고, 돔은 박사가 진료 차트를 덮는 모습을 지켜 보면서 조심스럽게 말했다.

"제 생각으로는 수면제를 먹으면 어떨까 하는데……."

"아뇨. 아직은 안 됩니다. 약을 복용하시는 것이 치료의 일차적인 수단이 된다고 볼 수는 없죠. 이제부터 주의하셔야 할 사항 몇 가지를 말씀드리죠. 몇 주 동안 집필을 중단해 보십시오. 머리를 써서 하는 일은 아무것도 하지 마세요. 될 수 있으면 육체적인 운동을 많이 하도록 하십시오. 아주 곯아떨어진 상태로 잠자리에 드시는 겁니다. 너무 피곤해서 지금 작업하고 있는 책에 대해서 생각할 엄두도 나지 않을 정도가 돼야 합니다. 그런 식으로 며칠 하시다 보면 그런 증세가 치료될겁니다. 틀림없이 그렇게 되리라 보장합니다."

토요일부터 돔은 코우블레츠 박사가 처방한 사항대로 육체적인 활동에만 몰두했다. 박사가 지시한 것보다 훨씬 더 가혹할 정도로 몸을 혹사시켰다. 덕분에 그는 베개에 머리를 얹자마자 세상 모르게 곯아떨어졌고, 아침에 옷장에서 잠을 깨지도 않았다.

그렇다고 해서 침대에서 잠을 깬 것은 아니었다. 이번에 그는 차고에 있었다.

그는 숨을 제대로 쉴 수 없을 만큼 겁에 질린 상태에서 숨을 헐떡거리며 잠에서 깨어났다. 심장이 하도 심하게 두방망이질쳐서 갈빗대가 다 부서질 것만 같았다. 입술은 바싹 마르고, 주먹은 꽉 쥔 채였다. 몸이 결리고 쑤셔 왔다. 토요일에 운동을 너무 과격하게 한 탓도 있지만, 편치 않은 자세로 잠을 잔 탓인 것 같았다. 밤새도록 그는 작업대 위의 선반에서 두 겹으로 접은 방수포를 꺼내 와서 벽난로 뒤의 좁은 작업 구역으로 올라갔다. 돔이 지금 누워 있는 곳이 바로 그 자리이고, 거기서 그는 방수포를 뒤집어쓴 채 몸을 숨기고 있었던 것이다.

"숨긴다"는 말이 아마 제일 적절한 표현일 것이다. 그는 그저 추워서 방수포로 몸을 덮고 있었던 정도가 아니었다. 무언가로부터 몸을 숨기려고 벽난로 뒤로 피신해서 방수포를 덮어쓰고 있었던 것이다.

과연 무엇으로부터 몸을 숨기려고 한 것일까?

방수포를 옆으로 젖히고 자리에서 일어나 앉기 위해 버둥거리고 있는 지금까지도, 잠이 덜 깨서 제대로 떠지지도 않는 눈으로 어두운 그림자가 드리워진 차고에 시선을 맞추려고 애쓰는 가운데서도, 돔은 잠속에서 자신을 따라다니며 괴롭히던 걱정거리들이 좀처럼 뇌리에서 지워지지가 않았다. 맥박이 미친 듯이 날뛰었다.

대체 무엇에 대한 두려움일까?

꿈! 악몽 속에서 그는 어떤 괴물로부터 도망쳐서 숨은 것이 틀림없다. 꿈속에서의 위기감 때문에 그가 몽유병을 일으키게 된 것이다. 꿈속에서 그는 몸을 숨길 곳을 찾았고, 실제로 현실 속에서 벽난로 뒤에 몸을 숨기게 된 것이다.

벽 틈과 작업대 위에 나 있는 창문으로 새어 들어오는 희미한 빛 속에서 자신의 승용차인 흰색 파이어버드가 유령처럼 어렴풋이 윤곽을 드러냈다. 차고를 가로질러 급하게 뛰어가면서, 그는 마치 자신이 저승 사자처럼 느껴졌다.

그는 집 안에 들어와서 곧장 사무실로 향했다. 방안을 가득 채운 아침 햇살에 눈이 부셔서 돔은 눈을 찡그렸다. 그는 지저분한 파자마 차림 그대로 책상 앞에 앉아 워드 프로세서의 스위치를 켜고 컴퓨터에 그대로 꽂아 두었던 디스켓의 문서들을 자세히 살펴보았다. 디스켓은 목요일에 남겨둔 채였고, 다른 새로운 자료들은 아무것도 수록되어 있지 않았다.

돔은 잠결에 자신이 갖고 있는 문제의 원인을 이해하는 데 뭔가 도움이 될 만한 메시지를 남겨 두었으면 하고 바랐었다. 그것은 분명히 자신의 잠재 의식 속에만 간직되어 있을 뿐, 그의 의식에서는 거부되어 받아들여지지 않고 있는 것이 분명했다. 잠에 빠져서 돌아다니는 동안에 그의 잠재 의식은 억제되어 있는 상태일 테고, 가능하다면 컴퓨터에 그 내용을 수록해서 자신의 의식을 향해 무언가를 설명하려고 애썼을지도 모르기 때문이었다.

그는 컴퓨터의 스위치를 껐다. 한참 동안 그대로 자리에 앉아 유리창을 통해 바다를 바라보았다.

한동안 생각에 잠겨 있다가 그는 침실로 걸음을 옮겼다. 방으로 들어와서 욕실로 가려다가 그는 방안에서 이상한 점을 발견했다. 카펫 바닥에 여기저기 못이 흩어져 있어서 조심해 걷지 않으면 자칫 못에 발이 찔리기 십상이었다. 그는 허리를 구부리고서 못을 몇 개 주워들었다. 모두

1.5인치 직경의 스틸로 마무리를 한 똑같은 모양의 못들이었다. 게다가 방의 다른 편에는 그의 시선을 끄는 두 개의 물체가 있었다. 창문 밑에는 커튼 말고도 못 한 상자가 벽 밑의 굽도리널 아래에 놓여 있었다. 상자는 반 정도만 차 있고 나머지 못들은 밖으로 흘러 나와 있었으며, 상자 옆에는 망치가 하나 놓여 있었다.

그는 망치를 집어들고서 얼굴을 찡그렸다.

남들이 다 자는 한밤중에 그는 과연 무엇을 하고 있었던 것일까?

그는 창턱으로 눈길을 돌렸다. 거기에는 세 개의 못들이 흩어져 햇빛에 반짝이고 있었다.

그런 증거물들로 미루어 보건대, 그는 못을 박아서 창문을 닫으려고 했던 것이 분명했다. 그는 무언가에 크게 겁을 집어먹고서 창에 못을 박고 자신의 집을 요새로 만들려고 하다가 그 일을 미처 다 끝내기도 전에 불현듯 공포가 엄습해 와서, 차고로 도망쳤다가 벽난로 뒤에 몸을 숨긴 것이 틀림없었다.

그는 망치를 떨어뜨리고 그 자리에 멍하니 서서 창밖을 내다보았다. 이제 겨우 꽃봉오리가 튼 장미 덤불 너머로 조그만 잔디밭이 깔려 있고, 잔디가 깔려 있는 경사로가 다른 집까지 이어져 있었다. 아주 아름답고 평화로운 정경이었다. 이런 정경과는 달리 어젯밤이라고 해서 뭔가 엄청나게 무서운 것이 저 밖의 어둠 속에 도사리고 있었을 리는 없었다.

잠시 돔 콜베이시스는 차츰 동이 터오르는 모습을 지켜 보았다. 별빛들이 장미꽃 사이로 날아다니듯 떨어지는 모습을 지켜 보다가, 그는 바닥에 떨어진 못들을 줍기 시작했다.

11월 24일의 일이었다.

5

매사추세츠 보스턴

검정색 장갑 사건 이후 아무 탈없이 두 주가 지나갔다.

번슈타인네 반찬 가게에서 그런 돌발적인 사태가 발생하고 나서 며칠 동안, 진저 바이스는 또 발작이 일어나지나 않을까 계속 신경을 곤두세우고 있었다. 진저는 보통 자의식이 무척 강한데다 자신의 심신 상태에 대해서 정확하게 알고 있는 편이었다. 심각한 정신 장애에 대한 세세한 증상까지도 전부 알아보았고, 다시 기억 상실증이 일어날까 봐서 아주 사소한 징후까지도 정신 바짝 차리고 살펴보았지만 걱정할 만한 것은 아무것도 알아내지 못했다. 두통이나 구토, 혹은 근육이나 관절통 같은 것도 없었다. 차츰 진저는 평소대로 자신감을 회복해 가기 시작했다. 그녀는 자신이 잠시 정신을 잃고 발작을 일으킨 것은 전적으로 스트레스로 인한 일시적인 증상일 뿐 다시는 재발하지 않으리라 확신하게 되었다.

메모리얼에서 보내는 일과는 전보다 더욱 바빠졌다. 외과 과장인 조지 해너비는 과중한 스케줄을 계속 강행군으로 밀어붙였다. 박사는 큰 키에다 곰처럼 아주 덩치가 커다란 남자로, 말하는 것이나 걸음걸이가 모두 느려터져서 모르는 사람들이 볼 때는 일부러 게으름을 피우는 것처럼 보이기가 십상이었다. 박사 밑에서 레지던트 생활을 하는 사람이 진저 혼자뿐은 아니었지만, 현재 박사의 일을 도맡아서 하는 수제자는 진저밖에 없었다. 진저는 박사가 집도하는 수술의 거의 대부분을 도왔다. 대동맥 이식 수술이나 절단 수술, 오금 측부로 수술, 개흉술, 일시 혹은 영구 심장 박동기 시술 등 온갖 수술을 거의 도맡아서 하다시피 했다.

박사는 진저의 모든 거동을 하나하나 주시해 보고서 그녀가 기술이나 노련미에 있어서 눈꼽만치의 결함도 보이지 않는 사람이라는 것을 쉽게 간파할 수 있었다. 겉보기에는 순한 곰처럼 보이지만 박사는 일에 관해서는 여간 까다롭고 엄하지가 않았다. 게으르거나, 의욕이 없거나, 조심성이 없이 덤벙거리는 데에는 한치도 용서하지 않았다. 실수를 저지르면 가차 없이 신랄한 비평을 해대서 젊은 의사들을 모두 진땀나게 만들기가 일쑤였다. 그저 진땀나게 만드는 정도가 아니라 얼굴이 화끈 달아오르고 속이 아리고 그 자리에서 쥐귀멍이라도 찾아서 들어가고 싶게 만들 정도의 독설을 퍼부었다.

레지던트들 중에는 박사를 독재자로 간주해 버리는 사람들도 있었지만, 진저는 박사의 까다로운 구미에 맞춰 정확하게 일을 하면서 박사를 돕는 것이 너무나 즐거웠다. 물론 진저도 박사가 어떤 때는 너무 심하다 싶을 정도로 레지던트들을 꾸짖는다는 것은 잘 알고 있었지만, 그런 말들이 결코 개인적인 원한이나 감정이 있어서 그런 것이라고 생각한 적은 단 한번도 없었다. 그리고 나중에 해너비 박사의 전폭적인 지지만 얻게 된다면, 하느님으로부터 허가 인장을 받는 것이나 다름없다는 사실도 잘 알고 있었다.

11월의 마지막 월요일, 그러니까 진저가 해괴한 발작을 일으킨 지 딱 13일째가 되던 날, 진저는 조니 오우데이라는 환자의 3중 측부로 심장 수술을 도왔다. 그는 쉰세 살된 보스턴의 시 경찰 공무원으로, 심장 혈관 질환 때문에 일찌감치 공직에서 물러나지 않을 수 없는 상태였다. 조니는 땅딸막한 체구에 통통하게 생긴 얼굴, 쾌활해 보이는 푸른 눈동자에다 헝클어진 머리를 하고 있었다. 그는 늘 겸손한 태도를 지니고 있었고, 자신이 아무리 고달파도 언제나 구김살 없는 밝은 미소를 잃지 않았다.

돌아가신 아버지와 닮은 구석이라곤 한 군데도 없었지만 조니에게선 어딘가 아버지랑 비슷한 느낌이 들었다. 그래서 진저는 특별히 관심을 갖고 그를 지켜 보았다. 진저는 조니 오우데이가 혹시 죽기라도 하면 어쩌나 너무나 겁이 났다. 더욱이 무엇보다 혹시라도 자신의 실수로 죽을까봐 더욱 두려웠다.

조니가 다른 심장 질환 환자들보다 훨씬 더 몸이 약하다고 생각할 만한 근거는 아무것도 없었다. 사실 조니는 다른 환자들보다 훨씬 더 건강하고 양호한 상태였다. 게다가 측부로 수술을 받은 다른 환자들의 평균 연령보다 10세나 어렸으므로 회복률도 훨씬 더 높은 편이었다. 심장 질환이 있기는 하지만 특별히 쇠약한 부분도 없었거니와 정맥염이나 심한 고혈압 같은 합병증을 일으키지도 않았으므로 앞으로는 회복될 일만 남은 상태였다.

하지만 진저는 점점 자신의 정신이 흐릿해져 가지 않나 하는 두려움에서 벗어날 수가 없었다. 월요일 오후 수술 시간이 다가올수록 진저는 점점 긴장이 돼서 속이 쓰려 왔다. 홀로 아버지의 병상을 지키면서 무기력하게 아버지가 죽어가는 모습을 지켜 보던 때 이후 처음으로, 진저의 마음속은 회의감으로 가득 찼다.

뭔가 확실한 근거를 대거나 이유를 딱 꼬집어 말할 수는 없지만, 자신이 그 환자를 살리지 못하면 어떤 의미로 아버지를 또 한번 잃게 되는 것이나 다름없다는 생각이 그녀의 의식을 강하게 지배하고 있었다. 어쩌면 그녀의 그러한 우려는 너무나 터무니없는 것이어서 어떻게 보면 바보스럽고 우스꽝스럽기 그지없는 것일지도 몰랐다.

그래도 수술실로 들어서면서 진저는 손이 떨리면 어쩌나 겁이 났다. 수술하는 의사의 손이 떨려서는 절대로 안 되기 때문이었다.

수술실은 전부 흰색과 옥색 타일을 붙인 방으로, 번쩍거리는 크롬 도금과 스테인리스 스틸 장비로 가득 차 있었다. 간호사들과 마취 담당의가 수술 준비를 하면서 대기하고 있었다.

조니 오우데이는 손바닥을 위로 하고 손목에는 정맥 주사를 꽂고서 팔을 쫙 벌린 채로 십자형 수술대 위에 누워 있었다.

아가사 탠디는 병원측에서 고용한 것이 아니라 해너비 박사가 개인적으로 고용한 외과 수술 전문 간호사였다. 그녀는 다시 깨끗이 씻은 박사의 손 위에 얇은 수술용 장갑을 끼워 주고 나서 진저의 손에도 장갑을 끼워 주었다.

환자는 이미 마취된 상태였다. 그는 요오드팅크를 발라서 목에서부터 팔목까지 살이 온통 오렌지색이었고, 엉덩이 아래 부분은 깔끔하게 층층이 접어 놓은 초록색 천이 잘 덮여져 있었다. 눈은 물기가 마르지 않도록 테이프를 붙여서 막아 두었다. 숨소리가 느리기는 하지만 비교적 고르게 들렸다.

스테레오 스피커가 달린 휴대용 카세트가 한쪽 구석의 걸상 위에 놓여져 있었다. 해너비 박사는 바하의 음악을 들으면서 수술하는 것을 좋아하기 때문에 지금 이 자리에도 조용한 음악이 방안 가득 흐르고 있었다.

그 음악이 거기 있는 다른 사람들의 마음을 가라앉힐 수 있을런지는 모르지만, 오늘 진저의 마음만은 진정시켜 줄 수가 없었다. 무언가 은밀히 그녀의 몸에 거미줄 같은 것을 만들고 있는 느낌이었다.

해너비 박사는 수술대에서 자리를 잡았다. 아가사는 수술 도구들을 세심하게 차례대로 늘어놓은 쟁반을 들고서 박사의 오른편에 섰다. 순환간호사는 한쪽 벽에 쭉 늘어서 있는 캐비닛에서 만약의 경우에 필요할지도 모르는 물건들을 집어 주려고 대기하고 있었다. 커다란 잿빛 눈동자의 보조 간호사는 초록색 시트가 잘못 접혀서 삐져나와 있는 것을 알아채고는 얼른 제대로 접어서 환자의 몸을 잘 덮어 주었다. 마취 담당의와 그 의사를 도와주는 간호사는 수술대 머리맡에서 심전도와 정맥압을 모니터로 살펴보고 있었다. 진저도 자기 자리로 갔다. 수술팀 모두 준비가 완료되었다.

진저는 자신의 손을 쳐다보았다. 손은 떨리지 않았다.

그러나 비록 겉으로 보이지는 않지만, 온몸이 떨리고 있었다.

웬지 무슨 일이 벌어질 것 같은 불길한 예감에도 불구하고 수술은 순조롭게 진행되었다. 조지 해너비 박사는 재빠르고 야무지면서 노련한 솜씨로 수술을 해 나갔다. 그는 평소보다도 훨씬 더 능수 능란한 솜씨로 수술을 했다. 두 번 그는 진저에게 다가와서 수술의 일부 처리 과정을 마무리하도록 지시했다.

진저는 자신이 평소대로 빈틈없고 재빠른 솜씨로 수술을 하고 있다는 게 놀라왔다. 그녀가 평소보다 땀을 조금 많이 흘리고 있다는 사실 외에는 별로 표가 나지 않았다. 하지만 그것도 간호사가 늘 진저의 옆에 서 있다가 그때그때 얼른 진저의 이마에 난 땀방울을 닦아주었기 때문에 다른 사람은 별로 눈치챌 수가 없었다.

나중에 세면대에서 손을 씻으면서 박사는 "자네 수술 솜씨는 꼭 시계추 같다니까."라고 말해 주었다.

뜨거운 물로 손을 씻으면서 진저가 박사에게 말했다.

"박사님께서는 늘 여유 있어 보이세요. 꼭……수술방에 들어오신 분 같지가 않거든요. 뭐라고 할까……. 마치 옷감을 재단하는 재단사 같아 보이세요."

"그렇게 보일 수도 있겠지. 하지만 나도 실은 늘 긴장하고 있다네. 그래서 늘 바하의 음악을 켜 놓는 거라구."

그렇게 이야기를 나누는 사이, 박사는 손을 다 씻었다.

"자네야말로 오늘은 꽤 긴장한 것 같더군."

"예."

진저는 순순히 시인했다.

"다른 때와는 달리 유난히 긴장했던 것 같아. 그럴 수도 있겠지만……."

박사는 덩치만 커다랗지 때로는 대단히 상냥하고 온순한 아이처럼 보였다.

"그래도 중요한 건 자네가 아무리 긴장했다 하더라도 수술 솜씨가 여전했다는 점일세. 자네는 여태까지나 다름없이 순조롭게 수술을 마쳤네. 최고였어. 그게 제일 중요한 거지. 자네는 긴장감을 유리하게 이용할 줄 알아야 하네."

"배우려고 노력하고 있어요."

진저의 대답에 박사는 싱긋이 미소를 지었다.

"늘 그렇지만 자네는 자신을 너무 혹사시키고 있어. 난 자네가 자랑스럽네. 한때는 잠시나마 자네가 의학을 포기하고 정육점에서 고기 자르는 일로 직업을 바꾸는 게 더 낫지 않을까 하고 생각한 적도 있었지. 하지만 지금은 자네가 이 일을 대단히 잘해내리라 믿고 있네."

진저는 박사에게 미소를 지어 보이려고 했지만 억지로라도 웃음이 나와 주지를 않았다. 그녀는 아까보다 훨씬 더 긴장하고 있었다. 갑자기 온몸에 한기가 느껴졌다. 금세 정신이 아득해지는 듯한 공포가 그녀를 엄습해 왔다. 그것은 보통의 긴장감과는 전적으로 다른 것이었다. 그런 공포는 이전에 한 번도 느껴 본 적이 없는 것이었다. 그런 감정은 조지 해너비 박사가 그의 인생에서는 말할 것도 없고 수술실에서조차 한 번도 느껴 본 적이 없으리라는 것을 진저는 잘 알고 있었다. 만일 그런 느낌이 계속된다면, 그래서 수술하는 동안 그런 공포심이 계속해서 사라지지 않는다면……. 그때는 어떻게 되는 거지?

그날 저녁 10시 반쯤 진저가 침대에 누워 있을 때, 전화가 걸려 왔다. 해너비 박사의 전화였다. 전화가 좀더 일찍 왔더라면, 진저는 조니 오우데이의 병세가 악화됐다는 전화인 줄 알고 깜짝 놀랐을 것이다. 하지만 이제 그녀는 다시 정신이 들었다.

"죄-송-합니다. 바이스 양은 댁에-없-습니다. 전-영어 잘 못합니다. 내년 4월-다시 전화하세요."

"지금 하는 말이 스페인식 영어라면 너무 형편없구먼. 만일 동양인식 악센트라면 너무 흉하구. 자네가 직업으로 연기를 하지 않고 의학을 택하기를 정말 잘했네."

박사가 진저의 목소리를 알아듣고 먼저 선수를 쳤다.

"박사님은 극평을 하시는 편이 나을 뻔했어요."

"난 정말 일류 비평가가 갖춰야 할 세련되고 민감한 시각과 냉정한 판단력, 그리고 빈틈없는 통찰력을 갖추고 있다네. 그렇지 않나? 자, 이제부터 아무 말 말고 내 얘기나 잘 듣게. 좋은 소식이 있네. 자네 준비됐나?"

"준비라뇨? 무슨 준비요?"

"이제부터 모험을 해 보는 걸세. 대동맥 이식이야."

박사가 말했다.

"그러니까 박사님 말씀은……저더러……박사님을 도와 달라는 말씀은 아니시죠? 설마 저 혼자서 그 수술을 하라는 말씀은 아니시겠죠?"

"아니. 자네가 수술 전체를 집도하는 걸세."

"대동맥 이식을요?"

"물론이지. 자네 맹장 수술 같은 거나 하려고 심장 혈관 수술을 전공한 건 아니잖나."

진저는 그제서야 자리에서 일어나 침대에 똑바로 앉았다. 심장이 더욱 심하게 요동치기 시작하면서, 얼굴이 흥분해서 벌겋게 상기되었다.

"언제요?"

"다음 주. 이번 주 목요일이나 금요일쯤에 검사를 받는 환자가 하나 있네. 이름은 플레처라는 여자 환자야. 수요일에 그 환자에 관한 진료 기록을 함께 살펴보자구. 스케줄대로라면 월요일 아침에 수술 준비를 해야 할 걸세. 물론 자네가 책임지고서 최종 검사 스케줄을 전부 잡고 앞으로의 상황에 대해서 결정하도록 하게."

"어머!"

"자넨 잘할 수 있을 걸세."

"박사님도 함께 계실 거죠?"

"물론 도와줘야지……. 뭐든 도움이 필요하다면 언제든지."

"만약에 제가 긴장하기 시작하는 것 같으면 박사님께서 대신 수술 맡아 주실 거죠?"

"바보 같은 소리. 자네가 잘못되는 일은 절대로 없을 걸세."

진저는 잠시 생각을 해 보고 나서 대답했다.

"그래요. 잘못될 일은 없을 거예요."

"그래야 자네답지. 자네는 마음만 먹으면 뭐든 할 수 있어."

"기린을 타고 달에도 갈 수 있죠."

"뭐라고?"

"아뇨. 저만 아는 농담이에요."

"나도 자네가 오늘 오후에 대단히 긴장했었다는 건 잘 알지만 그렇다고 너무 걱정하지 말게. 레지던트들 모두가 그런 경험이 있다네. 대부분은 수술방에 들어와서 수술을 도와주기 시작할 때 그런 걸 경험하지. 그런 건 초기에 잡아야 한다네. 사람들은 그걸 클러치(위기)라고 하지. 하지만 자네는 처음부터 늘 냉정하고 침착하지 않았나. 그래서 난 자네는 다른 레지던트들처럼 위기를 맞는 일이 절대로 없겠거니 했는데, 오늘 마침내 자네한테도 그게 찾아온 걸세. 자네가 다른 사람들에 비해서 조금 늦은 것뿐이야. 여태껏 그것 때문에 걱정하고 있을런지 모르겠지만, 자네는 그런 일이 일어난 걸 기쁘게 생각해야 하네. 클러치는 누구나 때가 되면 겪게 마련이거든. 중요한 건 자네가 그걸 아주 훌륭하게 처리했다는 거지."

"고맙습니다, 박사님. 박사님은 극평을 하시는 것보다 야구팀 감독을 하시는 게 훨씬 더 나으셨을 거예요."

몇 분에 걸쳐 그들의 대화는 끝이 나고 진저는 전화를 끊었다. 그녀는 다시 베개에 몸을 묻고서 자기 몸을 꼬옥 보듬어 안았다. 너무나 기분이 좋아서 갑자기 쿡쿡 웃음이 새어 나왔다. 잠시 후 그녀는 옷장으로 가서 그 안을 뒤적여 가족 앨범을 찾아냈다. 그녀는 다시 침대로 앨범을 가지고 와서 잠시 자리에 앉아 양친의 사진을 찾아보았다. 더 이상 부모님과 함께 승리감을 나눠 가질 수는 없었지만, 진저는 그들이 자신 곁에 있다는 사실을 조금이나마 느끼고 싶었다.

늦은 시각까지 계속 불을 켜지 않은 채 침실에 누워 있다가, 그녀는 마침내 오늘 오후에 자신이 왜 그렇게 겁을 먹었는지 그 이유를 알게 되었다. 그녀는 클러치에 걸린 것이 아니었다. 지금까지 그걸 인정할 수는 없었지만, 그녀는 수술중에 두 주 전 화요일에 그랬던 것처럼 잠시 정신이 나가서 몽롱한 상태에 빠졌던 것이다. 만일 수술 메스를 들고 있는 동안 발작이 일어난다거나, 아주 복잡한 절개 수술을 하고 있거나 심장 이식한 부위를 접합하고 있을 때 발작이 일어난다면…….

그런 생각을 하는 동안 그녀의 눈이 휘둥그레졌다. 강도짓을 하다가 붙잡힌 도둑처럼 살그머니 쏟아지던 잠이 어디론가 싹 달아났다. 오랫동안 그녀는 경직된 몸으로 침대에 그대로 누운 채 침실에 놓인 가구들과, 어둑하고 다시 보니까 불길하게까지 느껴지는 창문의 윤곽을 바라보았다. 제대로 내려지지 않은 커튼 사이로 달빛의 낙조와 그 아래로 하나 둘씩 밝아오는 가로등 불빛이 유리창에 은빛으로 부서지고 있었다.

대동맥 이식 수술을 자신이 정말 집도할 수 있을까? 발작은 분명히 한 번으로 그쳤었다. 그리고 다시는 절대로 일어나지 않을 것이다. 틀림없다. 하지만 그런 이론을 감히 어떻게 시험해 볼 수 있을 것인가?

다시 슬슬 잠이 오기 시작했다. 그리고 몇 시간 되지는 않지만 잠은 그녀의 의식을 빼앗아 갔다.

화요일 번슈타인네 반찬 가게까지 무사히 잘 다녀온 후, 진저는 이것저것 배불리 먹고 안락 의자에 앉아 재미있는 책을 읽으면서 몇 시간 동안 빈둥거렸다. 그리고 나서 다시 예전의 자신감을 완전히 회복했다. 오히려 앞으로 하게 될 엄청난 도전이 목이 빠지게 기다려졌다.

조니 오우데이는 수요일의 3중 측부로 수술에서 계속 회복이 돼서 상태가 매우 좋아졌다. 이런 때가 수년 동안 어렵고 힘들게 공부한 보람이 느껴지는 순간이었다. 사람들의 목숨을 지키고, 고통을 덜어 주고, 절망에 빠진 사람들에게 희망과 행복을 안겨 주는 것이야말로 그 동안 고생한 보람이 느껴지는 순간이 아닐 수 없었다.

그녀는 순조롭게 심장 박동기 이식 수술을 도왔고, 환자의 순환 기능에 대한 염색 시험으로서 대동맥 수술을 시술했다. 다른 내과의들이 해너비 박사에게 맡긴 일곱 명의 환자들을 검사하고 있는 동안 그녀는 박사와 함께 자리를 지켰었다.

새로운 환자들을 모두 살펴보고 나서, 박사와 진저는 대동맥 접합 수술을 받을 환자에 관한 기록을 30분 정도 쭉 훑어보았다. 그 환자는 쉰여덟 살 난 여자로, 이름은 바이올라 플레처였다. 진료 기록을 자세히 살펴보고 나서, 진저는 검사와 수술 준비를 하기 위해서 플레처 부인을 목요일에 메모리얼 병원에 입원시키기로 결정했다. 다른 특별한 사항이 없으면, 월요일 아침에 첫 수술로 치르게 될 것이다. 박사도 진저의 의견에 동의했고, 거기에 필요한 준비들이 모두 갖춰졌다.

그렇게 수요일이 지나갔다. 하루 종일 정신 없이 바쁘게 지내다 보니 시간이 어떻게 지나갔는지 알 수도 없을 지경이었다. 6시 반쯤 되었을 무렵에도 진저는 하루 중 반 나절이나 일한 셈이지만, 하나도 피곤하지가 않았다. 사실 병원에 남아 있을 만한 이유는 특별히 없었으나 그녀는 웬지 병원을 나서기가 싫었다. 해너비 박사는 진작 퇴근을 했지만, 진저는 환자들과 이야기를 나누거나 차트를 재차 살펴보면서 끝까지 병원에 남아 있었다. 그리고 마지막으로 바이올라 플레처의 진료 기록을 다시 살펴보려고 진저는 박사의 사무실로 갔다.

박사의 사무실은 병원 본관과 따로 떨어진 건물의 뒤편에 있었다. 그 시간에 복도를 나다니는 사람들은 거의 없었다. 진저는 고무로 밑창을 댄 신발을 신고서 매끄러운 타일 바닥 위로 찍찍거리는 소리를 내면서 복도를 지나갔다. 건물 안은 온통 송진 같은 소독약 냄새로 꽉 차 있었다.

조지 해너비 박사의 대기실과 진찰실, 그리고 개인 사무실은 어둡고 조용했다. 진저는 바깥쪽 방을 지나 안쪽의 밀실로 들어가면서 등을 일부만 켰다. 그 방의 문은 잠겨져 있었다. 하지만 박사는 진저에게 모든 방의 열쇠를 주었기 때문에, 진저는 금세 캐비닛에서 바이올라에 관한 기록 서류를 꺼내 박사의 책상으로 가지고 돌아왔다.

그녀는 커다란 가죽 의자에 앉아 책상 위의 스탠드에서 비치는 희미한 불빛 아래 서류철을 펼쳐 들었다. 그런데 그때 갑자기 무언가가 그녀의 시선을 끌었다. 그 물체를 보자, 그녀는 숨이 목에 탁 걸리는 것 같았다. 빛의 굴곡을 따라 초록색 장부 위에 놓여 있는 것은 바로 눈의 내부를 검사하는 데 사용하는 손잡이가 달린 검안경이었다. 그것이 다른 검안경에 비해 별다르거나 특별히 불길한 느낌을 줄 만한 점은 아무것도 없었다. 의사들이 보통 신체 검사를 하는 동안 쓰는 것이나 다름없었다. 하지만 그것을 보자, 그녀는 숨을 제대로 쉴 수도 없었을 뿐만 아니라 불현듯 가슴 가득히 엄청난 위기 의식을 느꼈다.

식은 땀이 줄줄 쏟아졌다.

심장이 너무 커다란 소리를 내며 심하게 두방망이질쳐서 심장 박동 소리가 그녀의 몸 안에서가 아니라 밖에서 나는 것 같았다. 마치 창밖에서 악대들이 거리를 진군하면서 두드려대는 드럼 소리처럼 쿵쿵거리는 소리를 냈다.

진저는 검안경에서 눈길을 뗄 수가 없었다. 마치 두 주 전 번슈타인네 반찬 가게에서 그 검정색 장갑을 보았을 때처럼, 박사의 사무실 안에 있는 것들이 모두 흐릿해지기 시작하더니 마침내 그녀의 눈에는 반짝거리면서 빛을 발하는 검안경 외에는 아무것도 보이지 않게 되었다. 그녀는 그 검안경에 난 조그만 상처나 손잡이에 난 사소한 새김눈까지 모두 볼 수 있었다. 별볼일 없는 디자인 하나하나가 불현듯 엄청나게 중요한 것처럼 보였다. 마치 그것이 의사들이 흔히 사용하는 도구가 아니라 엄청난 재난을 일으켜서 온 세상을 멈추고 우주 전체를 파괴시킬 수 있을 듯한 중대한 도구처럼 보였다.

정신이 아찔해지면서 마치 커다랗고 끈끈한 망토 자락이 육중한 무게로 내려앉아 몸에서 떨어지지 않는 것처럼, 불안감과 공포심이 갑작스레 그녀를 짓누르면서 밀실 공포증을 몰고 왔다. 그녀는 의자를 밀치고 자리에서 일어섰다. 숨을 헐떡이고 신음 소리에 가까운 소리로 흐느껴 울면서, 그녀는 질식할 것만 같은 느낌과 함께 뼈까지 오싹한 한기가 느껴졌다.

검안경의 손잡이가 마치 얼음으로 만들어진 것처럼 반짝였다.

렌즈는 소름이 오싹 끼치는 듯한 외계인의 눈처럼 빛을 발했다.

그 자리에 똑바로 서 있겠다는 결심은 어디론가 눈 녹듯이 사라져 버렸다. 숨도 쉴 수 없을 만큼의 엄청난 공포심으로 심장이 얼어붙은 것만 같았다.

'이 자리에서 도망치지 않으면 죽어.'

그녀의 내부에서 그렇게 외치는 소리가 들려 왔다.

'도망치지 않으면 죽어.'

울음소리가 새어 나왔다. 그것은 마치 어쩔 줄 모르는 채 겁을 집어먹은 아이가 고통스럽게 애원하는 듯한 소리처럼 들렸다.

진저는 책상을 돌아 재빨리 도망치려다가 의자에 걸려 넘어질 뻔했다. 그녀는 방을 가로질러 바깥 사무실로 뛰어나가 사람이 아무도 없는 복도로 황급히 빠져나갔다. 날카롭게 소리를 지르고 통곡하듯 울면서 안전하게 피할 곳을 찾아보았지만 피할 만한 곳은 아무데도 없었다. 낯익은 얼굴이나 자신을 도와줄 사람을 찾고 싶었지만 복도를 지나다니는 사람이라고는 그녀 혼자밖에 없었고, 위험은 점점 가까이로 다가오고 있었다. 그 이유가 어찌 됐든 아무런 해도 끼치지 않는 검안경을 통해서 형상화되어 나타난, 정체를 알 수 없는 위협적인 무언가가 점점 가까이로 다가오고 있었다. 그녀는 가능한 재빨리 도망치기 시작했다. 그녀의 발자국소리가 텅 빈 복도를 따라 울려 퍼졌다.

'도망치지 않으면 죽어.'

안개가 내려왔다.

몇 분이 지나 뿌연 안개가 걷히자, 그녀는 다시 자신의 주위를 돌아보았다. 그리고는 자신이 층 사이의 콘크리트 층계참 위에 서 있다는 것을 알았다. 그녀는 자신이 어떻게 사무실 복도를 빠져나와서 계단에 와 있는지 기억이 나지 않았다. 그녀는 건물 모퉁이를 살피면서 콘크리트 블록 벽에 등을 바싹 기댄 채 층계참에 앉아, 계단 다른 편의 난간을 내다보았다. 갓을 씌우지 않은 전구 한 개가 머리 위에 달린 전선 조롱 뒤에서 타고 있었다. 그녀의 좌우로 계단이 위아래층으로 연결되어 있었고, 층계참마다 전등이 밝혀져 있었다. 공기는 퀴퀴한 냄새가 나고 차가웠다. 그녀가 헐떡거리며 내쉬는 숨소리를 빼놓고는 온통 침묵이 지배하고 있었다.

그곳은 너무나 외로운 장소였다. 특히 인생이 위기에 처하고, 따뜻하고 밝은 빛과 사람들로부터 위로를 필요로 할 때는 더욱 그런 곳이었다. 회색 벽과 희미한 불빛, 어렴풋한 그림자, 그리고 철제 난간……. 그곳은 마치 그녀 자신의 절망을 그대로 나타내 주고 있는 것 같았다.

그녀가 미친 듯이 발작을 일으키고 뭐라고 설명할 수 없는 몽롱한 상태에서 보인 다른 해괴한 행동들은 분명히 보이지 않았었다. 그렇지 않다면 그녀는 지금 혼자 있지 않을 테니까 그건 그래도 불행중다행인 셈이다. 아무도 모른다는 건 천만 다행한 일이 아닐 수 없다.

하지만 진저는 그 일이 썩 좋지 않은 징조라는 걸 잘 알고 있었다.

그녀는 그저 단순한 공포심이 아니라, 자신의 정신을 잃게 할 만큼 맹목적인 두려움을 생각하면서 온몸을 부르르 떨었다. 식은땀에 축축하게 젖은 옷이 몸에 찰싹 달라붙어서 진저는 오싹한 한기를 느꼈다.

그녀는 한 손을 들고서 얼굴에 맺힌 땀을 닦았다.

그녀는 자리에서 일어나 위아래층의 계단을 살펴보았다. 지금 자신이 해너비 박사의 사무실이 있는 층에서 위층으로 올라온 건지, 아래층으로 내려온 건지도 알 수가 없었다. 잠시 후 그녀는 위로 올라가 보기로 결심했다.

그녀의 발자국 소리가 소름 끼칠 만큼 섬뜩한 소리를 내면서 건물 안에 울려 퍼졌다.

웬지 모르지만, 그녀는 마치 자신이 무덤 안에 있는 것 같은 느낌이 들었다.

"정신 나갔군!"

그녀는 떨리는 목소리로 이디시어를 중얼거렸다.

11월 27일의 일이었다.

6

일리노이 시카고

12월 첫 번째 일요일의 아침은 쌀쌀한 날씨에다 금방이라도 눈이 올 듯 회색 하늘이 낮게 드리워져 있었다. 오후쯤 되면 첫눈이 내리기 시작할 것이고, 초저녁 무렵이면 찌무룩해 보이는 도시의 얼굴을 금세 흰색 팬케이크로 화장하고 더러워진 치맛자락을 눈으로 된 순백의 망토로 잠시 가리우게 될 것이다. 오늘 밤 골드 해안에서부터 빈민가의 셋집에 이르기까지, 도시의 모든 곳에서 하나같이 세인들의 화젯거리가 되고 있는 것은 아마 폭풍 이야기일 것이다. 엄밀히 따지자면 성 베네딕트 교구 전역의 로마 카톨릭 신자 가정을 제외한 모든 곳에서. 지금 그 교구에서는 그날 아침 1부 미사를 보는 동안 브렌던 크로닌 신부가 저지른 충격적인 일에 관해서 아직도 사람들이 이야기꽃을 피우고 있었다.

크로닌 신부는 그날 아침 새벽 5시 반에 일어나서 기도를 하고 샤워와 면도를 했다. 그런 다음 신부복을 차려입고 일과 기도서를 집어 들었으며 외투도 걸치지 않은 채 바로 교구관을 나섰었다. 그는 현관 앞에서 잠시 서서 싸한 12월의 공기를 깊이 들이마시며 심호흡을 했었다.

신부의 나이는 서른 살이었지만, 사람을 빤히 쳐다보는 듯한 초록색 눈동자와 제멋대로 헝클어져 있는 적갈색 머리, 그리고 주근깨 투성이의 얼굴이 실제 나이보다 그를 훨씬 더 어려 보이게 만들었다. 그는 특별히 배가 툭 튀어나오지는 않았지만, 키에 비해서 20킬로 정도 체중이 더 나가는 편이었다. 그러나 얼굴이며 팔다리, 몸뚱어리 전부 골고루 포동포동하게 살이 찐 편이라 보기 흉하지는 않았다. 어렸을 때부터 대학 시절, 정확히 신학교 2학년 때까지 그의 별명은 줄곧 "땅딸보"였다.

자신의 기분과는 전혀 관계없이 크로닌 신부는 거의 항상 행복해 보였다. 그의 얼굴 윤곽이 워낙 동글동글하고 편안하고 천진해 보이는 인상이어서, 화를 내거나 우울해 하거나 슬픈 표정 따위가 전혀 어울리지 않았다. 오늘 아침 그에게는 심각한 고민이 있었지만, 그의 모습은 아주 만족스럽고 즐거워 보였다.

신부는 뜰 전체에 만들어 놓은 판석 포장 도로를 따라서 풀 한 포기나 있지 않은 황량한 화단을 걸어갔다. 그 곳에 있는 덤불은 얼어붙어서 가시처럼 앙상했고 그 때문에 맨땅이 그대로 드러나 있었다. 그는 성물실의 문을 열고 안으로 들어섰다. 몰약과 감송향에다 오래된 교회의 참나무 판벽널과 신도석과 다른 목제물들에 칠해 놓은 가구 광택제의 레몬향이 뒤섞여 진동했다.

불을 켜지 않은 채로 깜박거리는 성물실 등의 루비색 불빛에만 의지해서 크로닌 신부는 기도대에 무릎을 꿇고 고개를 숙였다. 무릎을 꿇은 채 묵상을 하면서 그는 성부님께 좋은 사제가 되게 해 달라고 간절히 빌었다. 예전에 그는 교회 관리인과 사제의 복사(服事)가 오기 전에 하는 이런 은밀한 기도를 통해서 자신의 영혼을 고양시키고 미사를 집전한다는 환희로 가득 찼었다. 그러나 지난 넉 달 간의 거의 대부분의 날들이나 마찬가지로 지금 그의 마음은 하나도 즐겁지가 않았다. 그는 그저 가슴이 답답하고, 심장이 묵직하게 아프고, 배가 서늘하게 살살 아파서, 내내 황폐감과 공허감만 느낄 뿐이었다.

그는 턱을 바싹 잡아당기고 이를 악문 채로, 마치 그렇게 하면 자신이 영적인 희열의 상태로 몰입할 수 있기라고 한 것처럼, 계속 간절히 부르짖으면서 열심히 기도를 했다. 그렇지만 여전히 그에게 남는 것은 요지

부동의 허탈감뿐이었다.

손을 씻고 기도문을 중얼거리고 나서 크로닌 신부는 기도대 위에 모관을 내려놓고 앞으로 거행될 신성한 미사를 위한 성장을 하기 위해서 제복이 진열되어 있는 곳으로 갔다. 그는 예술가처럼 섬세하고 예민한 영혼을 가진 사람이었다. 그리고 미사 의식의 아름다움 속에서 그는 신의 은총이 내리는 미묘한 응답으로서 신성한 명령을 듣는 즐거운 형식을 감지했다. 어깨 위에 린넨으로 만든 개두포를 얹을 때, 발목까지 길이가 똑같이 내려오게 하려고 장백의(長白衣)를 바로 고쳐입을 때, 두려움으로 온몸이 부르르 떨렸었다. 그런 두려움이야말로 바로 브렌던 크로닌이 기도실에서 느껴야만 하는 것이다.

보통은 그랬지만 오늘은 그렇지가 못했다. 그리고 이전의 몇 주 동안에도 그렇지 못했었다.

크로닌 신부는 개두포를 입고서 끈을 등 뒤로 돌린 다음 가슴에 대고 단단히 묶었다. 그리고 나서 공장에서 작업복을 입는 것이나 다름없는 감정으로 장백의를 뒤집어썼다.

넉 달 전인 8월 초부터 브렌던 크로닌 신부는 신앙심을 잃어버리기 시작했다. 작지만 끊임없이 그의 내부에서 의심의 불길이 누를 수 없이 타오르기 시작하더니 점차 오랫동안 간직해 왔던 그의 믿음 전체를 좀먹어 가기 시작했다.

사제라면 누구나 한 번쯤은 피할 수 없는 하나의 과정으로서 신앙심을 잃는 시기가 있게 마련이었지만, 브렌던 크로닌의 경우는 다른 많은 사제들과 비교해 볼 때 훨씬 더 나쁜 것이었다. 그는 여태껏 비록 꿈에서라도 사제 이외의 다른 것이 되고 싶다는 생각은 한 번도 해 본 적이 없었다. 그의 양친은 두 분 다 신앙심이 독실한 분들이어서 그를 교회에 바치기로 작정하고 교육을 시켰다. 그렇다고 해서 그가 부모님을 즐겁게 해 드리려고 싫은데도 억지로 사제가 된 것은 결코 아니었다. 현대와 같은 불가지론의 시대에 너무 진부하게 들릴런지는 몰라도, 그는 그저 아주 어렸을 때부터 사제가 돼야 할 사람으로 부름을 받은 몸이었다. 비록 지금은 그런 독실한 신앙심이 사라져 버리기는 했지만, 성직은 여전히 그의 모습 가운데서 가장 중요한 부분이었다. 하지만 그는 자신에게 있어서는 한낱 게임으로밖에 여겨지지 않는 상태에서 계속 미사에 참석하여 설교를 하고 기도를 드리고 고통받는 자들을 위로할 수는 없다는 사실을 잘 알고 있었다.

브렌던 크로닌은 목에 영대를 둘렀다. 제의를 뒤집어쓰고 있는데 성물실로 통하는 안뜰 문이 활짝 열리더니 어린 소년 하나가 급히 방으로 들어왔다. 크로닌은 불을 켜지 않는 편이 더 좋았지만, 소년은 방안으로 들어서자마자 방안의 전기를 켰다.

"안녕하세요, 신부님!"

"안녕, 케리. 오늘 아침 날씨가 참 좋지? 넌 어떠니?"

크로닌 신부보다 머리 색깔이 더 빨갛다는 것을 빼놓고는 케리 맥드빗은 신부의 진짜 친척이 아니냐고 의심받을 정도로 똑같이 닮아 있었다. 케리는 약간 포동포동하고 주근깨 투성이 얼굴에다, 초록색 눈동자에는 잔뜩 장난기가 감돌고 있었다.

"전 오늘 기분이 참 좋아요, 신부님. 하지만 오늘 바깥 날씨가 꽤 쌀쌀할 것 같죠? 꼭 마녀의 뭣처럼 말예요."

"마녀의 무엇 같다는 말이냐?"

"냉장고 말예요."

꼬마는 당황해서 얼른 거짓말을 둘러댔다.

"그래요……. 꼭 마녀의 냉장고처럼 말예요. 정말 날씨가 너무 추워요."

기분이 그렇게 엉망이지만 않았다면, 브렌던은 아이가 가까스로 교묘하게 대답을 회피한 야한 얘기를 재미있게 받아넘겼을 것이다. 하지만 그는 현재의 마음 상태로는 억지로라도 웃어 줄 수가 없었다. 의심할 여지도 없이 그의 침묵은 준엄한 꾸지람으로 해석되었기 때문에, 케리는 얼른 눈길을 돌리고 재빨리 옷장으로 갔다. 소년은 얼른 외투와 스카프, 장갑을 집어 넣고 옷걸이에서 사제의 통상복과 중백의를 꺼냈다.

브렌던은 수대(手帶)를 들고서 그 가운데에 있는 십자가에 입을 맞추고 왼쪽 이마 위에 갖다 대고서도 아무런 감정을 느낄 수가 없었다. 한때는 믿음과 기쁨이 충만하던 곳이 텅 빈 듯 허전하고 서늘한 느낌이 들면서 아파왔다. 지금 미사 준비를 하면서 그의 마음은 한때는 사제의 의무를 시작하려고 할 적마다 원기왕성하게 샘솟던 활기를 우울한 마음으로 다시 회상해 보았다.

지난 8월까지 그는 교회의 계명에 대해서 한 번도 의심을 해 본 적이 없었다. 그는 신학적인 면으로나 현실적인 문제에서 모두 매우 똑똑하고 열심히 노력하는 학생이었으므로, 로마의 노스 아메리칸 대학에서 카톨릭 신학을 공부하도록 선발되었다. 그는 신성한 도시인 로마를 너무나 좋아했다. 건축 양식이며, 역사, 그리고 친절한 사람들까지 모두. 성직 임명식이 끝나고 예수회에 채용되자마자, 그는 바티칸에서 교황의 연설 초고 수석 작성자이자 교리 고문인 몬시뇨르 기우세페 오르벨라의 조수로 2년 간 일했었다. 그의 그런 영예는 시카고 대주교의 교구에서 추기경의 간부로 임명받는 것으로 이어졌었다. 하지만 오히려 크로닌 신부는 여느 젊은 사제들이나 마찬가지로 대교구보다는 작은 규모나 중간 규모의 교구에서 신부를 맡고 싶어했다. 그래서 샌프란시스코에 있는 몬시뇨르 오르벨라의 오랜 친구인 산테피오레 신부를 방문하고 나서 방학 기간 동안 시카고를 다녀온 다음, 그는 성 베네딕트 교구로 왔다. 그는 여기서 하루하루 지극히 일상적이고 자질구레한 일들을 하면서 신부로서의 생활에서 커다란 보람을 느꼈었다. 게다가 그런 생활에 일말의 후회나 의심을 가져 본 적은 한 번도 없었다.

지금 그는 복사가 중백의를 걸치는 모습을 지켜 보면서, 오랫동안 자신에게 위안을 주고 그를 유지시켜 주었던 단순한 신앙심을 되찾을 수 있기를 갈망했다. 그런 상태가 일시적인 것에 그치고 말 것인지, 아니면 영원히 신앙심을 잃게 될 것인지 마음이 불안했다.

케리는 옷을 입고 나서 안쪽 성물실 문을 지나 앞장서서 성당 본당으로 들어갔다. 문을 넘어서 몇 발자국 가다가, 소년은 크로닌 신부가 자신을 쫓아오고 있지 않다는 것을 감지했다. 케리는 뒤를 돌아보다가 신부의 얼굴에 나타난 당혹스런 표정을 보았다.

브렌던 크로닌은 망설이고 있었다. 문틈으로 그는 뒷벽에 높이 걸려 있는 십자가의 옆면과 바로 정면에 있는 제단을 쳐다보았다. 그는 마치 그것들을 객관적으로 살펴보는 것이 처음인 듯했다. 그리고 교회에서 가장 신성하다고 말할 수 있는 그것들이 이상하리만치 초라하고 실망스러워 보였다. 더욱이 그는 왜 여태껏 그런 곳이 그토록 신성한 영역처럼 느껴졌는지 상상이 안 갈 정도였다. 그 곳은 그저 평범한 공간이었을 뿐이었다. 여느 다른 장소나 마찬가지로 똑같은 곳이었다. 그가 만일 지금 거기로 걸어가서 몸에 익은 대로 의식과 기도를 올린다면, 그는 정말 위선자가 될 것이다. 그것은 집회에 모인 모든 사람들을 욕되게 하는 짓이 될 것이다.

케리 맥드빗의 얼굴에 나타난 곤혹감은 이내 근심으로 변했다. 아이는 브렌던 크로닌이 보지 못하고 있는 신도석 쪽으로 시선을 던지고 나서 다시 사제를 바라보았다.

내 스스로가 더 이상 믿음이 없는데 어떻게 말씀을 전할 수 있단 말인가? 브렌던은 회의스러웠다.

하지만 달리 방법이 없었다.

왼손에 성배를 들고 오른손에는 베일을 드리운 채로, 그는 성배를 가슴에 바싹 붙이고서 케리를 따라 마침내 성당 안으로 들어섰다. 십자가 위의 그리스도가 잠시 동안 그를 저주하듯 쳐다보는 것 같았다.

여느 때나 다름없이 백 명도 채 안 되는 사람들이 1부 미사를 보려고 앉아 있었다. 신도들의 얼굴은 평소나 마찬가지로 창백하면서도 빛을 발하고 있었다. 그들은 마음속에 의심을 품고 있는 타락한 상태에도 불구하고 감히 미사를 집전하려는 사제의 신성 모독을 목격하도록 심판의 천사들을 대표하여 보내진 자들 같았다.

미사가 진행될수록 크로닌 신부의 절망감은 점점 깊어만 갔다. 그가 미사를 성회하기 시작한 순간부터 점점 진행 순서대로 미사가 진행되어

감에 따라 사제의 비참한 기분은 차츰 무겁게 가라앉아 갔다. 케리 맥드빗이 성찬대에서 서간경에서부터 복음서까지 미사 전서를 전할 무렵, 크로닌 신부의 절망감은 너무나 깊어서 그는 아래로 가라앉는 것 같은 기분이 들었다. 영적으로나 감정적으로 너무나 지치고 피곤해서 팔을 제대로 들 수도 없었고, 복음서에 시선을 맞추거나 구절을 읽을 수도 없었다. 미사를 보는 사람들의 얼굴이 형체가 없는 하나의 덩어리로 흐릿하게 보였다. 그가 수도 참사 회원들에게 다가갔을 무렵에는 그들 귀에 대고 속삭일 수조차 없었다. 크로닌 신부는 이제 자신이 대놓고서 숨을 헐떡이고 있다는 사실을 케리가 눈치채고 있음을 똑똑히 알 수 있었다. 그는 식은땀을 흘리면서 몸을 떨고 있었다. 두려움 때문에 잿빛으로 변한 안색이 점점 어두워지더니 이내 시커멓게 죽어 버렸다. 그는 마치 자신의 몸이 깜짝 놀랄 만치 컴컴한 심연 속으로 빠지고 있는 것 같은 느낌이 들었다.

양손으로 성체를 들어올리면서 빵과 포도주를 그리스도의 살과 피로 변화시킨 기적에 대해서 몇 마디 설교를 하는데, 갑자기 온전한 믿음을 가질 수 없는 자신에 대해서 화가 나기 시작했다. 그리고 자신의 의심에 대해서 더 근사한 방패를 제공해 주지 못하는 교회에 대해서도, 여태껏 잘못된 방향으로 이끌려서 바보 같은 신화를 좇느라고 허비한 그의 인생 전체에 대해서, 화가 나서 견딜 수가 없었다. 분노가 들끓고 열이 뻗쳐서 끓는점까지 다다랐다. 그리고 분노는 이내 엄청난 열기의 격분으로 돌변했다.

놀랍게도 그의 입에서는 파경에 이른 듯한 고함 소리가 터져 나왔고 마침내는 건너편으로 성배를 집어던졌다. 성배는 요란한 소리를 내면서 벽과 성모 마리아 상에 연거푸 부딪쳤고 마침내는 성서대의 발치로 굴러 떨어졌다.

케리 맥드빗은 놀라서 뒤로 물러섰고 본당 회중석에 있는 백 명 정도 되는 사람들은 한결같이 숨을 헐떡거렸다. 하지만 그런 반응도 브렌던 크로닌에게는 아무 효과가 없었다. 자살하고 싶을 만치 심한 절망감에서 자신을 지킬 수 있는 유일한 보호책이었던 격노에 휩싸여, 그는 한 팔을 휘두르면서 성찬식에 쓰는 성체의 성반을 바닥으로 휩쓸어 떨어뜨렸다. 반은 분노로, 반은 슬픔에 차서 다시 한번 정신 나간 듯이 고함을 치면서, 그는 제의 아래 손을 찔러 넣고 목에 두르고 있는 영대를 찢어서 땅바닥에 내팽개쳤다. 그리고 나서 그는 제단을 돌아나와 성물실로 급히 뛰어 들어갔다. 거기로 오자 그의 분노는 처음이나 마찬가지로 갑작스럽게 사라져 버렸다. 그는 걸음을 멈추고 당황한 채 거기 서 있었다.

12월 1일이었다.

7

캘리포니아 라구나 비치

12월 첫 번째 일요일에 돔 콜베이시스는 파커 페인과 라스 브리사스의 테라스에서 점심을 들었다. 그들은 파라솔 그늘 아래서 햇살이 얼룩진 바다를 내려다보았다. 올해는 좋은 날씨가 계속되고 있었다. 갈매기 울음소리와 짜릿한 바닷내음이 근처에서 자라고 있는 향긋한 쟈스민의 향과 함께 미풍에 실려오는 가운데, 돔은 파커에게 점점 심각해져 가는 몽유병과의 당혹스럽고도 괴로운 싸움에 대해서 자세하게 털어놓았다.

파커 페인은 돔의 가장 친한 친구였다. 비록 두 사람이 겉보기에는 하나도 닮은 점이 없는 것 같지만, 돔에게 있어서 이 세상에서 그렇게 마음을 툭 터놓을 수 있는 친구는 파커 단 한 사람밖에 없었다. 돔은 호리호리하고 가날픈 체구인데 비해서, 파커 페인은 땅딸막하고 덩치가 커다랗고 건장한 편이었다. 돔은 수염이 잘 나지도 않는데다 3주에 한 번씩 머리를 자르러 이발소에 가지만, 파커는 머리숱도 많은데다 수염도 북슬거렸으며 눈썹도 빳빳하고 시커멓다. 그는 프로 레슬링 선수와 1950년대의 비트족 중간 정도의 모습으로 보였다. 돔은 술을 거의 마시지 않았으며 어쩌다 마실 때는 술에 금세 취하는 편이었지만, 파커의 주량은 거의 전설적이리만치 엄청난데다 말술로 마셔도 잘 취하지 않을 만큼 술이 센

편이었다. 돔은 천성적으로 외로움을 잘 타는 편이었으며 붙임성도 적은 편이었지만, 파커는 처음 만나서 한 시간 정도만 지나도 아주 오랫동안 알고 지내는 친구처럼 보일 만큼 붙임성이 타고난 사람이었다. 지금 파커 페인의 나이가 쉰이니까 돔보다 열다섯 살이 더 위였다. 파커는 거의 30년에 가까운 세월 동안 부와 명성을 얻고서 편안하고 안락한 생활을 누려 왔기 때문에, 돔이〈바빌론의 황혼〉덕택에 갑자기 얻기 시작한 부와 명성에 대해 불안해 하는 것을 전혀 이해할 수가 없었다. 돔은 밸리 캐쥬얼화를 신고 고동색 바지에 밝은 밤색 체크 무늬 셔츠를 입고 라스 브리사스에 나왔지만, 파커는 파란색 테니스화에다 몹시 구겨진 순면 바지, 그리고 흰색과 파랑색 꽃무늬가 든 셔츠를 바지 속에 넣은 차림이었다. 그래서 두 사람은 마치 서로 다른 모임에 가려고 약속하고 집을 나섰다가, 우연히 식당 앞에서 만나는 바람에 의기 투합해서 함께 식사를 하러 온 사람들처럼 보였다.

그들이 여러 모로 다른 것은 사실이지만, 그 두 사람은 중요한 몇 가지 점에서 서로 닮았기 때문에 금세 친구가 될 수 있었다. 둘은 우연이나 취미로서가 아니라, 진정한 예술을 하겠다는 강박 관념에 사로잡혀 있는 예술가들이었다. 돔은 말로 사물을 그리고, 파커는 물감으로 세상을 그리고 있다는 점에서 차이가 있기는 하지만, 두 사람 모두 높은 수준의 예술 행위와 장인 정신으로 각기 다른 분야의 예술에 접근하고 있는 셈이었다. 게다가 돔보다 파커가 붙임성이 훨씬 더 많은 것은 사실이지만, 두 사람 모두 우정을 목숨처럼 소중하게 생각하는 의리의 사나이들이었다.

그들이 처음 만난 것은 6년 전으로, 파커가 초현실적인 상상력을 가지고 자신의 독특한 스타일로 초자연주의를 성공적으로 융합시킨 풍경화 시리즈의 새로운 소재를 찾아보려고 18개월 동안 오레곤에 와 있을 때였다. 거기에 있는 동안 그는 포틀랜드 대학에서 한 달에 한 번씩 강의를 맡아 하기로 계약이 되어 있었고, 돔은 거기서 영문과를 맡고 있었다.

지금 파커는 식탁에 등을 구부리고서 치즈와 구아카몰레(아보카드를 으깨어 토마토와 양파, 양념 등을 섞은 멕시코 요리 —역주)에 시큼한 크림을 뚝뚝 떨어뜨려 음식을 우그적거리며 씹어 먹고 있는 동안, 돔은 네그라 모델로 한 병을 시켜 천천히 마시면서 자신이 밤이슬을 맞으며 돌아다니는 모험에 대해서 회고했다. 테라스에서 식사를 하면서 시끄럽게 떠들고 있는 다른 손님들은 자신들의 얘기에 정신이 팔려 있어서 그렇게 조심할 필요까지 없는데도 불구하고, 돔은 계속 아주 나지막한 목소리로 이야기를 했다. 그는 다른 음식에는 손도 대지 않았다. 오늘 아침 벌써 네 번째로 생생한 공포심에 떨면서 차고에 있는 벽난로 뒤에서 잠을 깼다. 그 후로 계속해서 돔은 자신을 자제할 수 없다는 무능함에 의기소침해진데다 식욕도 없었다. 이야기를 마칠 무렵에도 그는 겨우 맥주 반 병밖에 비우질 못했다. 늘 그윽한 맛을 풍겨 주던 멕시코산 흑맥주가 오늘따라 김빠지고 맛없게 느껴졌기 때문이었다.

반면에 파커는 벌써 마르가리타를 스트레이트로 세 잔씩 들이키고서 벌써 한 잔을 더 주문했다. 물론 그렇게 술을 마신다고 해서 그 화가의 정신이 흐려지는 것은 아니었다.

"이런……. 왜 진작 나한테 말해 주지 않았나? 몇 주 전에라도 얘기해 줬으면 좋았잖아."

"너무……. 바보같이 느껴져서."

"말도 안 되는 소리. 그게 무슨 말인가."

화가는 무지막지하게 커다란 손으로 커다랗게 제스처를 써 가며 말했지만, 돔은 계속 목소리를 낮추고서 말했다.

웨인 뉴튼의 축소판처럼 생긴 멕시코인 웨이터가 파커가 주문한 마르가리타를 가지고 와서 식사를 주문하겠는지 물었다.

"아뇨, 됐어요. 마르가리타를 너무 많이 마셨더니 점심은 별로 생각이 없군요. 겨우 마르가리타를 네 잔 마시고서 식사를 주문한다는 건 너무 아깝지! 오후 내내 거의 아무것도 안 먹고 있다가 술이나 마시면서 시간을 때운다면, 틀림없이 술에 곯아떨어져서 말썽을 일으키다 경찰한테 걸리고 말 걸세. 그 다음에 무슨 일이 일어날지는 아무도 모르지. 아니야. 감옥에 가서 콩밥 먹지 말고 욕 얻어먹지 않으려면, 3시 전후쯤에는 주문을 해야겠군. 아, 그래! 마르가리타 한 잔만 더 갖다 줘요. 그리고 굉장히 맛좋은 이 나쵸 하나 더 가져와요. 스페인풍 소스도 좀더 갖다 주구요. 이왕이면 더 따끈하게 해서요. 양파 조각도 한 접시 더 가져 오구요. 그리고 풀이 다 죽은 내 친구한테는 맥주 한 잔 더 갖다 주시구요."

"아니, 난 이 잔만 다 비우고 술은 그만하겠네."

돔이 사양하며 말했다.

"자네는 정말 '풀이 다 죽어' 있군. 맥빠진 샌님 같으니. 너무 잔을 오래 쥐고 있다가는 맥주가 뜨끈뜨끈하게 데워질걸."

평소 같았으면 돔은 의자에 몸을 털썩 기대고서 파커 페인이 정력 넘치게 너스레를 떠는 모습을 느긋하게 구경했을 것이다. 그 화가의 넘쳐흐르는 활기와 지칠 줄 모르는 인생에 대한 열정은 언제나 돔의 기운을 북돋워 주고 흥미롭게 하였다. 그렇지만 오늘은 너무나 심각하고 고민스러워서 돔에게는 아무 흥미가 생기지 않았다.

웨이터가 가 버리고 나자, 조그만 조각 구름이 태양을 가리며 지나갔다. 파커는 갑자기 시커멓게 된 파라솔 아래의 그늘 속으로 몸을 더 깊이 수그리고서, 마치 친구의 마음을 읽기라고 하려는 듯 돔에게 좀더 바싹 다가갔다.

"좋아, 우선 머리를 맑게 씻어 내자구. 그런 다음 앞으로 해야 할 일이 뭔지를 알아내야 해. 자네는 그 문제가 그저 스트레스와……말하자면 앞으로 출간될 작품과 관계가 있다고 생각하지는 않겠지?"

"물론 전에는 그렇게 생각했었지. 하지만 이제는 그렇지 않아. 그러니까 내 말은 그 문제가 그저 가벼운 성질의 것이라면 내 직업적인 염려가 그 배경이 된다는 말을 인정할 수 있을 걸세. 하지만 내가 〈황혼〉이라는 작품에 대해서 걱정하는 건 그런 유별나고 강박 관념적인……그래, 그런 미친 짓을 하게 만들 만큼 심각한 것은 아니었다구. 이제는 거의 매일 밤마다 돌아다니고 있다네. 게다가 더욱 해괴한 것은 이젠 밤에 그저 돌아다니기만 하는 것이 아니야. 혼수 상태의 정도가 믿어지지 않을 정도로 심각하다네. 몽유병 환자들 중에는, 나처럼 완벽하게 혼수 상태에 빠지는 경우도 거의 없을 뿐만 아니라, 나같이 정신 노동에 종사하는 사람도 거의 없다네. 내가 어떤 짓을 했는지 아나? 창문에 못을 박으려고 했다네! 설마 자네도 내가 그저 직업적인 걱정거리를 없애려고 창문에 못을 박으려 했다고 말하지는 않겠지?"

"실제로 자신이 느끼고 있는 것보다 자네가 〈황혼〉이라는 작품에 대해서 더 심각하게 걱정하고 있었을지도 모르잖아."

"아냐. 그건 말도 안 돼. 사실 새 책의 작업이 계속 잘 되어가자, 〈황혼〉에 관한 내 우려는 차츰 누그러들었다네. 자네도 그저 그 자리에 가만히 앉아서 내가 순전히 일에 대한 몇 가지 걱정거리 때문에 한밤중에 정신 병자 같은 짓을 저지르게 됐다고 태평하게 말하지만은 못할걸."

"그렇군."

파커도 돔의 말을 인정했다.

"난 몸을 숨기려고 옷장 뒤로 기어들어갔다구. 그리고 벽난로 뒤에서 비몽 사몽간에 잠이 깨었을 때, 나는 무언가가 나를 찾아 슬금슬금 쫓아다니는 것 같은 느낌이 들었다네. 만일 그것이 내가 숨어 있는 곳을 찾아내면 나를 죽일지도 모른다는 느낌이 들었지. 벌써 이틀째나 소리를 지르려고 하는데 입밖으로 소리가 안 나와서 애태우다가 잠에서 깨어나곤 한다네. 어제는 '물러서. 꺼져 버려. 썩 없어지라구!' 라고 소리치다가 잠에서 깨어났는데, 오늘 아침엔 칼이……."

"칼? 나한테 칼에 관한 얘기는 안 했었잖아."

파커가 말했다.

"난 다시 벽난로 뒤에 몸을 숨긴 채로 잠이 깨어났지. 손에는 고기칼이 들려 있었다네. 잠결에 부엌 벽걸이에서 꺼내 온 모양이야."

"몸을 숨긴다구? 무엇으로부터 말인가?"

"무엇이든지간에……. 어쩌면 나를 몰래 쫓아다니는……아무튼 누구든지간에 말야."

돔은 모르겠다는 듯 어깨를 으쓱거렸다.

"하지만 그게 누군지 나도 모르겠어."

"그건 별로 좋지 않군. 그러다가 자네가 다칠 수도 있겠어. 어쩌면 심하게 다칠지도 모른다구."

"내가 가장 겁나는 건 그런 게 아니야."

"그러면 자네가 가장 겁나는 건 대체 뭐지?"

돔은 테라스에서 식사를 하고 있는 다른 사람들을 둘러보았다. 파커가 아까 웨이터랑 익살스럽게 너스레를 떨 때 몇몇 사람들이 잠시 눈길을 주었을 뿐 지금 돔에게 시선을 주는 사람은 아무도 없었다.

"그럼 가장 겁나는 게 뭐지?"

파커가 다시 되물었다.

"그건……. 내가 다른 사람을 다치게 할 수도 있다는 걸세."

돔의 말이 믿어지지 않는다는 듯 페인이 다시 말했다.

"그럼 자네는 정말로 잠결에 고기칼을 들고서……이리저리 계속 미친 듯이 날뛰고 돌아다니다가 다른 사람을 찌를 수도 있다는 말인가? 설마……. 그런 일은 절대로 없을 걸세."

말을 마치고서 파커는 마르가리타를 꿀꺽 삼켰다.

"그건 너무나 지나친 상상의 비약이야! 다행히도 자네 소설이 너무 조잡하지는 않을 것 같군. 진정하게, 친구. 자네는 사람을 죽일 만한 위인이 못 돼."

"나도 내가 몽유병 환자가 되리라고는 상상도 못했었네."

"빌어먹을! 거기에 대해서 내가 설명해 보지. 자네는 미치지 않았어. 정신 병자들은 절대로 자신이 미쳤다고 생각하지 않거든."

"난 일종의 상담역으로 정신과 의사를 만나야 할 것 같아. 그리고 의학적인 검사를 몇 가지 받아 봐야겠어."

"의학적인 검사는 좋아. 하지만 정신과 의사를 만난다는 건 좀 보류하게. 그건 순전히 시간 낭비일 뿐이라구. 자네는 정신병이라기보다는 신경증인 것 같군."

웨이터가 나쵸와 스페인식 소스, 잘게 썬 양파 요리와 맥주 한 잔, 그리고 다섯 잔째가 되는 마르가리타를 가지고 그들 테이블로 돌아왔다.

파커는 빈 잔을 내주고 새 잔을 받았다. 그는 구아카몰레와 시큼한 크림을 살살 뿌린 콘칩 몇 조각과 꼭대기에 떠다니는 양파 조각을 숟갈로 떠낸 뒤 걸신들린 사람처럼 몹시 좋아하면서, 마치 아슬아슬한 곡예를 감상하는 듯한 태도로 음식을 먹기 시작했다.

"혹시 이런 문제들이 재작년 여름에 자네가 겪었던 변화와 뭔가 관계가 있지 않을까?"

돔은 당황한 듯이 "무슨 변화 말인가?"라고 되물었다.

"내 말이 무슨 뜻인지 자네도 잘 알고 있을텐데. 내가 6년 전에 포틀랜드에서 자네를 처음 만났을 때, 자네는 안색도 창백한데다가 사교성이나 모험심이라고는 눈꼽만치도 없는 게으름뱅이였었지."

"게으름뱅이였다구?"

"그래. 그건 자네도 잘 알텐데. 자네는 똑똑하고 재능이 있는 사람이었지만 아주 굼뜬 게으름뱅이였지. 자네는 자신이 왜 게으름뱅이였는지 알고 있나? 내가 그 이유를 말해 주지. 자네는 모든 것을 할 수 있는 머리와 재능을 갖고 있기는 했지만, 그걸 쓰는 걸 두려워했어. 실패를 하든 성공을 하든 경쟁을 하는 걸 몹시 겁냈지. 한마디로 인생 자체를 겁냈다고나 할까? 자네는 그저 다른 사람들의 눈에 띄지 않게 쥐죽은듯이 조촐하게 살고 싶어했어. 옷도 남의 눈에 띄지 않는 수수한 차림에, 말도 거의 들리지도 않을 정도로 속삭이듯 말하고……. 사람들의 시선을 끄는 걸 죽는 것만큼이나 두려워했지. 자네는 학문의 세계에 은신한 셈이지. 왜냐하면 거기에는 경쟁이 없으니까 말야. 자네는 땅속에 굴을 파서 몸을 피하고는 귀를 쫑긋 세우고서 혼자 북 치고 장구 치면서 사는 겁쟁이 토끼였다구."

"그런가? 내가 그렇게 밥맛 없는 사람이었다면, 대체 자네는 왜 나를 일부러 친구로 사귀어서 골치를 썩고 있나?"

"이런 꽉 막힌 얼간이 같으니. 그건 내가 자네의 가면을 꿰뚫어 보았기 때문이야. 난 자네에게서 수줍음 이상의 것을 보았으니까. 철저하게 훈련된 무관심과 무미 건조해 보이는 자네의 가면을 꿰뚫어 보았으니까.

난 자네에게서 특별한 뭔가를 감지하고, 그것이 언뜻 나타났다가 사라지는 걸 보았지. 자네도 알다시피 내가 한 일이 바로 그거란 말야. 다른 사람들이 보지 못한 것을 내가 알아본 거지. 훌륭한 예술가들이 해야 할 일이란 바로 그런 것 아니겠어? 대부분의 사람들이 볼 수 없는 것을 볼 줄 알아야 한다는 것."

"지금 자네가 날더러 무미 건조하다고 했나?"

"그래……. 분명히 예술가가 해야 할 일과 자네가 토끼라는 말을 했어. 내가 자네를 안 후로 자네가 작가가 돼도 충분하겠다는 자신감을 찾기까지 얼마나 오랜 시간이 흘렀는지 기억나나? 무려 3개월일세!"

"그 당시만 해도 진짜 작가는 아니었지."

"하지만 자네는 서랍 안에 이야기들을 잔뜩 쌓아 놓았었잖나! 단편만 해도 100가지가 넘는 이야기가 있었지만, 어느 것 하나도 출판하려고 내놓은 적이 한 번도 없었지! 그건 그저 딱지 맞을까 봐 두려웠다기보다는 성공하는 게 두려웠던 거야. 결국 자네가 시장에 원고 두 편을 팔 때까지 내가 무려 몇 개월 동안이나 자네를 쉴 새 없이 들볶아댔는지 아냐구?"

"모르겠네."

"난 똑똑히 기억하고 있지. 무려 6개월이었다구! 자네가 두 손 들고 원고를 순순히 내놓을 때까지 난 쉴 새 없이 자네를 온갖 감언이설로 부추기고, 꼬시고, 부탁하고, 조이고, 잔소리를 하면서 들볶아댔지. 토끼굴에서 자네를 꼬여서 밖으로 끌어내기란 입심이 센 나로서도 능력이 달릴 정도로 엄청나게 힘든 일이었다네."

거의 게걸스럽게 보이리만치 파커는 소스를 뚝뚝 떨어뜨리면서 나쵸 덩어리를 떠올려서는 열심히 허기진 배를 채웠다. 이어 후르륵거리는 소리를 내면서 마르가리타를 마시고 나서 파커가 계속 말을 이었다.

"단편을 팔기 시작하고 나서도 자넨 그 일을 그만두고 싶어했지. 난 끊임없이 자네를 밀어붙여야만 했었네. 그리고 내가 오레곤을 떠나 여기로 돌아오고 나서, 그러니까 내가 다시 자네가 제멋대로 하게끔 내버려 두었을 때, 자네는 처음 몇 달 동안은 자발적으로 계속 원고를 내놓았었지. 그 다음에 자네는 다시 토끼굴로 기어들어갔던 걸세."

파커의 말이 전부 맞는 얘기였기 때문에 돔은 그저 잠자코 입을 다물고 있었다. 오레곤을 떠나 다시 라구나에 있는 자기 집으로 돌아오고 나서, 파커는 편지와 전화를 통해서 돔을 계속 고무했었다. 하지만 아무리 파커가 그렇게 격려를 해 줬다 치더라도 아무래도 서로 멀리 떨어져 있다 보니까 돔에게 계속 자극을 주기에는 역부족이었다. 1년도 채 안 되는 사이에 상당한 판매고를 올렸음에도 불구하고, 돔은 결국 자신이 책을 출간할 만한 작가가 못 된다고 확신하기에 이르렀다. 그는 몇 군데 잡지사에 글을 기고하던 일을 그만두고서 금세, 파커가 깨부수고 나오게 도와준 단단한 조개껍질을 또 하나 만들었다. 파커로부터 계속해서 글을 발표하라는 압력을 받았지만, 돔은 글들을 다시 서랍 속의 가장 깊숙한 곳에 처박아 두던 예전의 습관으로 돌아가서 시장에 내다 팔 생각은 아예 하지도 않았다. 파커는 계속 소설을 써 보라고 돔을 부추겼지만, 돔은 자신의 재능이 너무나 보잘것없는데다 그렇게 크고 복잡한 일을 감당하기에는 자기 훈련이 부족하다고 굳게 믿고 있었다. 그는 예전처럼 다시 고개를 숙이고 다니면서 자그마한 소리로 말하고, 가만히 걷고, 사람들의 눈에 거의 띄지 않도록 살려고 애썼다.

"하지만 재작년 여름에 모든 것이 바뀌었지."

파커가 다시 말을 이었다.

"갑자기 자네는 가르치는 일을 내팽개쳐 버렸었네. 과감히 모험을 시도해 직업 작가로 변신했지. 정말 하룻밤 새에 자네는 회계사 타입의 인간에서 투기꾼에다 보헤미안 같은 인간으로 탈바꿈했던 거야. 왜 그랬지? 그 점에 대해서 자넨 한 번도 확실하게 얘기해 준 적이 없었네. 대체 그 이유가 뭔가?"

돔은 얼굴을 찡그린 채 잠시 그 질문에 대해서 곰곰이 생각해 보았다. 그리고 자신이 전에는 한 번도 그 문제에 대해서 깊이 생각해 본 적이 없었다는 데 스스로도 놀라지 않을 수 없었다.

"나도 그 이유를 모르겠네. 정말 모르겠어."

그 일이 일어났을 때는 그가 포틀랜드 대학에서의 재직 임기가 다 끝나 가고 있을 무렵이었다. 그는 그 대학에서 종신 재직권을 얻지 못할 것 같은 예감이 들었고, 그런 기분은 점점 커져서 마침내는 자신의 은신처로부터 방출될 것 같은 예감에 거의 공포심마저 들 지경이었다. 그는 자신을 죽인 채 지내려고 전전긍긍하다 보니 대학 내의 유력인사들의 눈에서 완전히 보이지 않는 존재가 되어 버렸다. 종신 재직권 심사 위원회에서 그를 심사할 무렵이 되자 사람들은, 과연 그가 평생 동안 그 대학에서 열의를 갖고 대학 일을 맡을 것인가 하는 데 의문을 갖기 시작했다. 만일 위원회에서 종신 재직권 수여를 거부한다면 그는 다른 어느 대학에서도 일자리를 얻기 어려웠을 것이다. 그들은 포틀랜드 대학에서 채용을 거부한 이유를 알고 싶어할 테고 그렇게 되면 누가 과연 그를 고용하려고 하겠는가? 대학의 철퇴가 자신에게 떨어지기 전에 자신이 먼저 그 위기를 모면하고자 하는 데서부터 시작해서, 그는 무작정 자신을 남들에게 알려야겠다는 강한 욕구로, 서부의 몇 개 주에 있는 몇몇 학교에 자신의 저서가 출간된 점을 강조하면서 일자리를 지원했다. 그가 남들에게 자랑하고 나설 만한 것은 오직 그것밖에 없었다.

겨우 학생 수가 4천 명밖에 안 되는 유타 주의 마운틴뷰우 대학에서는 돔이 글을 펴낸 잡지사들의 목록을 인상 깊게 보고서, 면접을 하기 위해 포틀랜드에서부터 그를 비행기로 모셔 왔다. 돔은 전보다 훨씬 더 외향적으로 보이려고 상당히 애를 썼다. 그는 거기서 종신 재직권을 보장받고서 영어와 문예 창작을 가르치도록 계약을 제시받았고, 그는 기꺼이 그 제의를 수락했었다. 그때 그의 심정은 엄청나게 기뻤다기보다는 이젠 한숨 돌렸구나 하는 안도감이 훨씬 더 컸다고 표현하는 편이 더 옳을 것이다.

이제 라스 브리사스의 테라스에서는 캘리포니아의 태양이 보석 같은 흰색 구름떼 뒤로 슬그머니 꼬리를 감추었다. 돔은 맥주를 한 모금 마시고서 그 당시를 회상했다.

"난 그 해 6월 말쯤 포틀랜드를 떠났지. 책이랑 옷가지들로 가득 찬 아주 조그만 소형차를 매단 트레일러를 갖고 있었어. 난 아주 기분이 좋은 상태였다네. 마치 내가 포틀랜드에서 전혀 실패하지 않은 것 같은 기분이 들었거든. 전혀 그런 느낌은 없었다네. 난 그저……뭐랄까……그때부터 뭔가를 새로 시작하는 기분이었거든. 마운틴뷰우에서의 새 생활이 손꼽아 기다려졌지. 정말로 그 여행을 시작하던 날보다 더 행복했던 날은 여태껏 없었을거야."

파커 페인은 알 것 같다는 듯 고개를 끄덕였다.

"물론 행복했겠지! 자네에게 그다지 많은 것을 기대하지도 않고, 자네의 내성적인 성격도 예술가의 기질로 곱게 봐 주는 시골 촌구석의 학교에서 종신 재직권을 얻었으니까."

"토끼굴로는 아주 완벽하지 않나, 안 그래?"

"말 한번 잘하는군. 그런데 왜 마운틴뷰우에서 가르치는 일을 그만둔 거지?"

"전에도 자네에게 말한 적이 있었을텐데……. 마지막 순간에, 그러니까 7월 둘째 주에 거기 도착하고 나서 그저 전처럼 그런 식으로 살아가야 한다는 생각을 하니까 견딜 수가 없었다네. 두더쥐든 토끼든 난 아무튼 그렇게 사는 데는 정말 질려 버렸어."

"그저 그런 식으로 남의 눈에 띄지 않게 숨죽이고 사는 생활이 싫어졌단 말인가? 어째서지?"

"내게 그다지 충족감을 주지 못했으니까."

"하지만 어째서 그렇게 갑작스레 그런 생활이 싫어진 거지?"

"모르겠네."

"틀림없이 몇 가지 원인이 있을 걸세. 거기에 대해서 깊이 생각해 본 적 없었나?"

"깜짝 놀라겠지만 한 번도 없었다네."

돔이 대답했다.

그는 잠시 바다를 향해 눈길을 돌리고서 십여 척의 범선들과 커다란 요트가 해안선을 따라 위엄 있게 움직이고 있는 정경을 바라보았다.

"지금 가만히 생각해 보니까 그 점에 대해서는 거의 생각해 본 적이 없었던 것 같아. 참 이상한 일이지……. 난 보통 내 자신에 관한 것이라면 너무 지나칠 정도로 분석적인 편인데 말야. 이번 경우에는 그다지 깊이 생각해 본 적이 한 번도 없었거든."

"아하! 이제야 내가 길을 제대로 들은 것 같군! 그때 자네가 겪은 변화가 지금 자네가 갖고 있는 문제들과 뭔가 관계가 있을 거야. 그러니까 어서 잘 생각해 봐. 그래서 자네가 더 이상 일하고 싶지 않다고 하니까 마운틴뷰우의 사람들은 뭐라고 하던가?"

"물론 별로 좋아하지 않았지."

"그리고 자네는 시내에 조그만 아파트 하나를 얻었지."

"방 하나에다 주방하고 욕실이 하나 딸린 집이었어. 그다지 좋은 편은 아니었지만, 산이 바라다보이고 경치가 아주 좋은 곳이었다네."

"자네는 소설을 쓰는 동안 그 동안 모아 두었던 돈으로 먹고 살기로 결심하지 않았나?"

"은행에 그렇게 많은 돈이 있었던 건 아니지만, 난 원래 늘 아끼고 모아 두는 편이었으니까."

"아주 충동적인 행동이었지. 말하자면 모험을 걸 듯 위험한 짓이었어. 게다가 전혀 자네답지 않은 행동이었다구. 그런데 어째서 그런 일을 저지르게 된 거지? 대체 자네를 변하게 만든 것이 무엇이었냐구?"

파커가 물었다.

"아마 아주 오랫동안 쌓여 왔던 게 아닐까? 마운틴뷰우에 도착했을 무렵, 내 마음속에 누적되어 있던 불만이 너무 커져서 변화를 갖지 않으면 안 되게 되었던 거겠지."

파커는 의자에 편안히 몸을 기댔다.

"그건 별로 쓸 만한 대답이 못 되는 것 같군. 틀림없이 그것보다 더 중대한 뭔가가 있을 걸세. 자네 자신도 인정했다시피 트레일러를 타고 포틀랜드를 떠났을 때, 자네는 평생 학교에서 학생들을 가르칠 수도 있고, 게다가 아무도 자네한테 이래라저래라 하지도 않는 곳에서 좋아하는 일을 할 수 있게 된 거잖나. 자네가 할 일이라고는 그저 마운틴뷰우에 정착해서 그대로 죽은 듯이 지내기만 하면 됐는데, 어째서 거기에 도착할 무렵이 되자 그 모든 걸 내팽개치고 오직 예술 하나 해 보겠다고 골방에 처박혀서 굶어 죽을지도 모르는 일에 매달려 궁상을 떨게 된 거지? 유타까지 차를 타고 가는 사이에 대체 자네에게 무슨 일이 일어난 거지? 정말로 자네에게 뭔가 급격한 변화가 일어났던 게 틀림없다구. 자네를 갑자기 소박한 자기 만족에서 벗어나게 할 만큼 충격적인 대사건이 일어났던 거라구."

"그럴 만한 일은 아무것도 없었어. 그건 그저 평범한 여행이었을 뿐이었다구."

"자네 머릿속에서는 절대로 그렇지 않았을 거야."

돔은 모르겠다는 듯 어깨를 으쓱거렸다.

"내 기억으로는 그저 마음 푹 놓고서 즐거운 마음으로 차를 타고 달리면서 내 시간을 가지고 느긋하게 경치 감상이나 하고 그랬는데……."

"이봐, 친구! 여기 마르가리타 한 잔 더! 그리고 내 친구한테는 세르베자 하나 더 갖다 줘요!"

파커가 크게 소리치는 바람에 옆을 지나가던 웨이터는 깜짝 놀라고 말았다.

"아니, 아닐세. 난……."

돔이 사양했다.

"아직 그 잔도 다 안 비웠다 그 말이지. 나도 알고 있어. 하지만 그 잔 다 마시고 나서 또 한 잔 마시다 보면 점점 긴장이 풀어지고 자네의 몽유병에 대한 근본적인 원인을 찾아낼 수 있을 거야. 내가 보기엔 틀림없이 이 일이 재작년 자네가 겪었던 변화와 관계가 있는 것 같네. 자네는 내가 왜 이렇게 확신하고 있는지 아나? 내가 말해 줄까? 완전히 무관한 별개의 이유로 인해서 2년 동안 두 번씩이나 성격 분리를 겪는 사람은 아무도 없다네. 어쨌거나 그 둘은 함께 연결되어 있는 게 분명하다니까."

파커의 말에 돔은 얼굴을 찡그리며 말했다.

"딱 잘라서 이걸 성격 분리라고 부르고 싶지는 않네."

"그래?"

파커는 테이블 앞으로 다가가 머리카락이 북슬북슬하게 난·고개를 수그렸다. 그 질문에는 그 화가의 강력한 개성이 담겨 있었다.

"정말로 분리가 아니란 말인가?"

파커가 다져 묻자 돔은 한숨을 내쉬며 답했다.

"글쎄……. 그래, 어쩌면 그럴지도 모르지. 성격 분리."

그들은 아무런 해답도 얻지 못한 채 그날 오후 늦게 라스 브리사스를 나섰다. 그날 밤 돔은 다음날 아침 자신이 어디서 발견될 것인가 하는 불안감과 공포감에 시달리면서 잠자리에 들었다.

그리고 그 다음날 아침 그는 정말로 귀청이 찢어질 듯 날카로운 비명을 지르면서 잠에서 번쩍 깨어났다. 깨어 보니 그는 밀실처럼 답답하고 캄캄절벽인 어둠 속에 있었다. 무언가 차갑고 끈끈하면서 이상한 생물체가 그를 붙잡았다. 그는 미친 듯이 몸부림을 치고 도리질을 하면서 겨우겨우 그 곳에서 기어서 도망쳤다. 몸을 비틀고 발길질을 해서 그 손아귀에서 빠져 나온 뒤 그는 공포에 휩싸여 칠흑 같은 어둠 속에서 엉금엉금 기어가다가 그만 벽에 쾅 부딪히고 말았다. 빛이라고는 하나도 없는 방안에서 쾅하고 세게 부딪히는 소리와 함께 비명 소리가 울렸다. 어디서 나는 건지 확실히 알 수는 없지만 사람을 불안하게 만드는 몹시 귀에 거슬리는 불협화음이었다. 그는 벽아랫도리의 굽도리널을 따라 기어가다가 벽 모서리에 다다랐다. 거기서 그는 벽 모퉁이에 등을 기댄 채로 컴컴한 방에서 얼굴을 밖으로 내밀었다. 그 끈끈한 생물체가 어둠 속에서 그에게로 달려들 것만 같았다.

"이 방에 나와 함께 있는 것이 뭐지?"

그 시끄러운 소리는 점점 더 커져만 갔다. 비명 소리와 망치 소리, 그리고 나무가 덜컥덜컥거리는 소리에 이어 뭔가 부딪히는 소리가 들리고, 그 다음에 더 크게 비명 소리가 들리고, 또 쿵하고 부딪히는 소리가 들리고…….

잠이 덜 깬 상태에서 그는 히스테리에다 극도로 흥분해서 얼굴을 찡그렸다. 돔은 자신이 몸을 피한 상대가 마침내 자신에게 다가왔다고 확신했다. 그는 옷장 속과 벽난로 뒤에서 잠을 자면서 그것을 속이려고 애썼지만 오늘만은 그렇게 쉽사리 속아넘어갈 것 같지가 않았다. 결국 그는 붙잡히고 말 것이다. 더 이상 숨어 있을 수가 없다. 이젠 모든 게 끝장이었다.

어둠 속에서 누군가가, 아니 무언가가 "돔!"하고 그의 이름을 크게 불렀다. 그는 지난 2, 3분 간, 아니 그보다 더 긴 시간 동안 누군가가 "도미니크! 대답해!"라고 자신을 부르고 있다는 걸 깨닫고 있었다.

몸 전체가 흔들릴 정도로 크게 쿵하고 부딪히는 소리가 다시 들려왔다. 나무가 우지작거리며 무너지는 소리도 들렸다.

구석에 몸을 처박고 웅크리고 있다가 돔은 마침내 완전히 잠에서 깨어났다. 끈끈한 생물체는 실제로 존재하지 않았다. 그것은 그저 꿈의 한 조각이었을 뿐이었다. 그는 자신을 부르는 목소리가 파커 페인의 목소리라는 것을 깨달았다. 악몽에서 깨어 아직도 마음속에 남아 있는 히스테리를 가라앉히고 나서도 쾅하고 뭔가가 부딪히는 소리가 또다시 들려왔다. 그 소리는 이제까지 들렸던 것 중에서 가장 컸으며 연쇄적으로 쾅쾅거렸다. 부딪히는 소리에 이어 계속 스르르 미끄러지고 긁히고 흔들거리고 다시 부딪히고 웡웡 울리고 바스락거리고 우지직거리는 소리가 연이어 들려오더니, 마침내 문이 열리면서 어둠 속으로 빛이 새어 들어오기 시작했다.

돔은 눈을 찡그리고서 빛이 들어오는 쪽으로 시선을 던졌다. 커다란 하나의 덩어리처럼 보이는 파커의 그림자가 어슴푸레한 빛을 등지고서 침실 문으로 어슬렁어슬렁 들어오는 것이 보였다. 자물쇠가 열릴 때까지 파커가 문에 몸을 부딪혀서 잠겨 있던 문을 강제로 연 것이었다.

"도미니크, 자네 괜찮나?"

문은 사람이 들어오기가 아주 힘들게 바리케이드를 단단히 쌓아 놓고 있었다. 돔은 잠결에 자신이 문 앞에 옷장을 갖다 놓았다는 것을 분명히 알고 있었다. 그리고 옷장 위에 침대 머리맡에 놓는 스탠드 두 개를 쌓아 놓고 그 앞에 침대 겸용 안락 의자를 갖다 놓았었다. 지금 그 가구들은 거꾸로 뒤집힌 채로 바닥에 엉망진창으로 쌓여 있었다.

파커가 방안으로 들어서며 물었다.

"이봐, 자네 정말 괜찮은 건가? 자네가 고래고래 비명을 지르고 있더라구. 밖의 차도에서도 자네 목소리가 다 들릴 정도였어."

"꿈을 꿨나 봐."

"틀림없이 대단히 요란스런 꿈이었던 모양이군."

"어떤 꿈이었는지 기억이 안 나."

돔은 모퉁이에 그대로 처박혀 앉은 채로 대답했다. 그는 너무나 지치고 다리에 힘이 빠져서 자리에서 일어설 수도 없었다.

"자네는 듣기도 잘 들었군, 파커. 그나저나……. 자네는 대체 여기서 뭐하고 있었던 거지?"

돔의 질문에 파커가 눈을 깜박였다.

"자네 정말 모르고 하는 얘기인가? 자네가 나한테 전화했었잖아. 10분도 채 안 됐을 걸세. 도와 달라고 소리소리 질렀다구. 그리고는 전화를 끊었다네."

돔은 부끄러워서 마치 불에 뜨끔하게 데인 것처럼 온몸이 화끈 달아오르는 것을 느꼈다.

"아, 그러니까 자네가 잠결에 그 전화를 건 거로군. 그럴 것 같다고 생각했네. 자네 말하는 소리가……제정신이 아닌 것 같더라구. 경찰에 전화를 걸까 하다가, 어쩌면 자다가 건 건지도 모른다는 생각이 들더라구. 틀림없이 자네가 남들 앞에서 공개적으로 몽유병에 시달리고 있다는 사실을 알리고 싶어하지 않을 것 같아서……."

"이제 내게는 자제력이 없어. 파커, 대체 무슨 일이지? 내 속에 있는 뭔가가 나를 좀먹어 들어가고 있어."

"그런 얼빠진 소리 말게. 더 이상 그런 얘기는 듣고 싶지 않아."

돔은 자신이 마치 무기력한 아이처럼 느껴졌다. 그는 울음이 터질까 봐 겁이 났다. 그는 이를 악물고서 눈물을 참으려고 애썼다. 그리고 잠시 목청을 가다듬고 나서 물었다.

"지금 몇 시지?"

"4시 좀 넘었네. 아직 한밤중이야."

파커는 창 쪽을 바라보고는 얼굴을 찡그렸다.

파커의 시선을 좇아 돔도 창 쪽을 바라보았다. 커튼이 굳게 내려져 있고, 옷장이 창문 앞으로 옮겨져 있어서 지나다니는 길을 막고 있었다. 잠결에 이것저것 분주하게 움직였던 모양이었다.

"세상에, 저런!"

파커는 침대 쪽으로 가서 걸음을 멈췄다. 그의 넓적한 얼굴에는 충격을 받은 듯한 표정이 역력하게 나타났다.

"이건 그다지 좋은 상태가 아닌 것 같군."

벽에 계속 기댄 채로 돔은 파커가 보고 있는 것을 살펴보려고 떨리는 몸으로 자리에서 일어섰다. 하지만 그것을 보았을 때, 돔은 그대로 그 자리에서 죽어 버렸으면 싶었다. 침대 위에는 무기 창고를 그대로 옮겨 놓은 듯 갖가지 무기들이 수도 없이 많이 놓여 있었다. 늘 머리맡에 놓아두었던 22구경 권총이며, 고기칼, 종류가 다른 고기칼 두 자루, 고기를 토막내는 큰 칼, 망치, 지난번 사용하고 나서 마지막에 차고에 두었던 도끼까지…….

"자네 대체 무슨 일이 일어나리라 생각한 건가? 소련군이라도 쳐들어올 줄 알았던 거야? 무엇 때문에 그렇게 겁을 먹었던 거지?"

파커가 물었다.

"모르겠어. 악몽을 꾸다가 겁을 먹었나 봐."

"대체 무슨 꿈을 꾸었는데?"

"모르겠어."

"하나라도 기억나는 게 있을 것 아냐?"

"전혀 기억이 안 나."

돔은 다시 심하게 몸을 떨었다.

파커가 돔에게 다가와서는 그의 어깨 위에 손을 얹어 놓았다.

"샤워를 하고 나서 옷을 갈아입는 게 좋겠어. 그 동안 내가 금세 아침밥을 지어 놓겠네. 알았지? 그리고 나서……병원 문 열리자마자 자네 주치의를 한번 만나보는 게 좋겠어. 틀림없이 다시 자세히 봐 줄 거야."

도미니크는 고개를 끄덕였다.

그 날은 12월 2일이었다.

제 *2* 장

12월 2일부터 12월 16일까지의 이야기

I

매사추세츠 보스턴

올해 쉰여덟 살인 바이올라 플레처는 국민학교 교사로, 두 딸을 가진 어머니이자 헌신적인 남편을 둔 주부였으며 지금은 의식을 잃고 말없이 수술대 위에 누워 있지만, 늘 웃음을 잃지 않으면서도 때로는 삐치기도 잘하고, 재치도 넘치는 여자였다. 그녀의 목숨은 진저 바이스 박사의 손에 달려 있었다.

진저의 생애 전체가 바로 이 순간에 초점이 맞춰지도록 흘러 온 깔대기처럼 느껴졌다. 난생 처음으로 복잡한 대수술을 집도하는 수술팀의 장을 맡게 된 것이다. 사람들이 상상할 수도 없을 만치 엄청난 꿈과 포부를 갖고서 수많은 세월 동안 열심히 공부한 덕분으로 진저는 지금 이 자리까지 올라올 수 있었던 것이다. 자신이 그 동안 얼마나 먼 길을 달려왔는지를 생각하면 한편으로는 자랑스럽기도 하고, 한편으로는 아주 보잘것없게 느껴지기도 했다. 그리고 두려움으로 반은 초죽음이 되어 있었다.

지금 마취 상태인 플레처 부인은 차가운 초록색 시트로 온몸이 감싸여 있었다. 수술할 몸통 부분만 빼놓고 환자의 몸은 한 군데도 보이지 않았고, 정사각형 모양으로 골고루 요오드를 바른 살의 가장자리는 라임색 천으로 덮여져 있었다. 곧 복부에 칼을 대서 상처가 나면 공기 중의 균에 오염될 것에 대비해서 추가 예방책으로 텐트처럼 시트를 쳐 놓아서 환자의 얼굴도 보이지 않았다. 그렇게 얼굴을 시트로 덮어놓아서인지 환자가 사람처럼 보이지 않았다. 어떤 면으로는 그렇게 시트를 덮어둠으로써, 의사가 자신의 기술과 능력을 가지고 환자를 구해 내지 못한다 해도 죽음의 그림자가 드리운 고통스러운 인간의 얼굴을 보게 되는 일이 없도록 하려는 의도도 있을지 모른다.

진저의 오른편에는 수술 기술자인 아가사 탠디가 전착제와 갈퀴, 지혈제, 외과용 메스와 다른 기구들을 준비해 놓고 서 있었다. 왼편에는 소독 간호사가 수술을 도울 준비를 하고 있었다. 다른 소독 간호사와 순환 간호사, 마취 담당의와 그를 도와주는 간호사도 수술을 시작하려고 대기하고 있었다.

조지 해너비 박사는 수술대 맞은편에 서 있었다. 그의 모습은 의사라기보다는 프로 축구팀의 스타 플레이어처럼 보였다. 그의 아내인 리타는 예전에 병원 자선 공연에서 단막극을 할 때 그에게 폴 버년의 역을 해 달라고 부탁한 적이 있었다. 그래서 그는 사냥꾼이 신는 부츠에다 청바지에 빨강색 격자 무늬 셔츠를 입은 편안한 차림으로 나타났다. 그의 그런 차림이 힘과 침착성, 그리고 무엇보다도 가장 사람의 마음을 편안하게 만들어 주는 능숙한 분위기를 느끼게 해 주는 것 같았다.

진저는 오른손을 뻗었다.

아가사가 손에 메스를 놓아주었다.

또렷한 빛줄기가 번쩍거리는 금속광을 발하는 메스의 날카로운 끝을 환하게 비춰 주었다.

환자의 몸 위에 난 수술선에 손을 가져가다가, 진저는 잠시 주저하며 한번 크게 숨을 들이마셨다.

구석의 조그만 테이블 위에는 해너비 박사의 카세트가 놓여 있고, 귀에 익은 바하의 선율이 흘러 나오고 있었다.

그녀는 문득 검안경과 반짝거리던 검정색 장갑 등이 생각났다.

순간, 그런 일들이 일어났을 때만큼이나 놀라기는 했지만, 그렇다고 그것들이 진저의 자신감을 완전히 빼앗은 것은 아니었다. 가장 최근에 발작을 일으킨 이후로도 그녀는 줄곧 기분이 괜찮았었다. 언제나처럼 그녀는 씩씩하고 민첩하고 정력적이었다. 눈꼽만치라도 피곤하다거나 정신이 멍한 것 같은 기미가 있다는 걸 알아챘더라면, 그녀는 이 수술을 취소했을 것이다. 또 한편으로는, 겨우 두 번 스트레스로 인해 히스테리를 일으켜 순간적으로 정신을 잃었던 것 때문에 자신의 미래를 송두리째 망가뜨리려고, 지금까지 수년 동안 죽자사자 쉬지 않고 공부하고 일해 온 것이 아니었다.

벽시계는 7시 42분을 가리켰다. 이제 수술을 시작할 시각이 되었다.

진저는 절개를 개시했다. 지혈제와 외과용 겸자(鉗子)를 가지고 그녀는 언제나 자신까지도 놀라게 했던 빈틈없는 기술로, 환자의 수술 부위 깊숙이 메스 자루를 밀어 넣어 피부와 지방, 근육을 뚫고서 배 중앙으로 절개해 들어갔다. 금세 절개된 부위는 진저의 양손은 물론이고, 만일 도움이 필요하다면 해너비 박사의 양손도 들어갈 만큼 커졌다. 소독 간호사들은 양쪽에 한 명씩 수술대 가까이로 다가와 견인기(상처 부위를 벌리는 기구 — 역주)의 손잡이를 단단히 움켜잡고 상처 벽을 가만히 뒤로 잡아당겨서 상처 부위를 벌려 주었다.

아가사 탠디는 탈지면 같은 천을 집어 들고 보석상들이 쓰는 안경처럼 눈에서 불쑥 튀어나와 있는 수술용 렌즈를 건드리지 않으려고 조심하면서 재빨리 진저의 이마에 맺힌 땀을 닦아주었다.

마스크 위로 해너비 박사의 눈이 미소를 짓고 있었다. 해너비 박사는 땀을 흘리지 않았다. 그는 좀처럼 땀을 흘리는 법이 없었다.

진저는 재빨리 출혈 부위의 혈관을 묶고서 겸자를 치웠다. 아가사는 순환 간호사에게 새로 다른 기구들을 건네 달라고 주문했다.

바하의 콘체르토가 끝나고 테이프가 다른 면으로 뒤집어지기 전 잠시 침묵이 흐르는 사이, 타일을 붙인 수술실 안에는 바이올라 플레처가 인공 호흡기를 쓰고서 그르릉거리면서 숨을 들이쉬었다가 내뱉는 소리만이 크게 들릴 뿐이었다. 환자는 쿠라레에서 추출한 근육 이완제를 맞고 마취된 상태이기 때문에 혼자 힘으로는 호흡을 할 수가 없는 상황이었다. 전적으로 기계에서 나는 소리이기는 하지만, 그 소리는 진저의 뇌리를 떠나지 않았고 웬지 불안하게 만들었다.

다른 날 같았으면 해너비 박사는 절개를 할 때 말을 더 많이 하는 편이었다. 박사는 간호사들이나 수술을 도와주는 레지던트들에게 신랄하게 비꼬는 말이나 가벼운 농담을 던져서, 정신을 산만하게 하지 않으면서도 눈앞에 닥친 과중한 업무에 대한 긴장감을 풀어 주곤 했다. 진저는 수술이 단순히 정신이 아찔해지는 일이라고까지는 생각하지 않았다. 그것은 그저 농구를 하거나 껌을 씹으면서 동시에 어려운 수학 문제를 푸는 것이나 마찬가지로 보였다.

뱃속으로 파고들어 가는 탐험을 끝마치고, 진저는 양손으로 결장을 찔러 보고는 상태가 양호하다는 판정을 내렸다. 진저는 괭이같이 생긴 견인기의 날을 장에 대고서, 아가사가 건네준 축축한 거즈로 장을 흔들어 눕혀 놓고, 소독 간호사들에게 그것들을 넘겨주었다. 간호사들은 그것을 안전하게 쥐고서 인체에서 동맥계의 주간선인 대동맥을 들어냈다.

대동맥은 척추와 나란히 흉부에서부터 횡경막을 지나 복부로 들어갔다. 그것은 다시 샅에서 다리의 대퇴부로 통하는 장골 동맥으로 갈라졌다.

"바로 여기예요. 동맥류군요. 엑스레이에서 본 그대로예요."

진저는 마치 그러리라 확신하고 있었다는 듯 수술대 발치의 벽에 걸어 놓은 스크린에 비춰 본 환자의 엑스레이 사진을 흘끗 쳐다보았다.

"동맥 둥줄기 부위 바로 위 절개한 동맥류예요."

아가사는 진저의 이마에 맺힌 땀을 닦아주었다.

대동맥의 벽이 약한 부위인 동맥류는, 동맥이 바깥쪽으로 부풀게 하고 제2의 심장처럼 박동하면서 혈액으로 가득 찬 채 아령 같은 모양을 이루며 피를 분출하게 되어 있었다. 이런 상태에서는 침을 삼키기도 어렵고 호흡이 심하게 짧아지거나, 심할 경우에는 기침을 하면서 가슴에 통증을 느끼게 되는 것이다. 그리고 만일 부풀어 있던 맥관이 터지기라도 하면 환자는 즉시 사망하게 된다.

진저는 펄떡거리는 동맥류를 쳐다보았다. 그 순간 거의 신앙심에 가까운 신비감이 그녀를 엄습해 왔다. 그것은 마치 그녀가 현실 세계에서 벗어나 금방이라도 자신에게 인생의 진정한 의미를 알려 줄 듯한 신비한 영역으로 걸어 들어가는 것 같은 심오한 경외감이었다. 뭔가 강한 힘이랄까 초월감 같은 것이, 그녀가 죽음과 싸워 기필코 이길 수 있다는 깨달음으로 이끌었다. 죽음은 고동치는 동맥류의 형태로 환자의 몸 속에 숨어 있다가 지금 당장이라도 죽음의 꽃봉오리가 피기를 기다리고 있지만, 그녀에게는 그것을 물리칠 수 있는 기술과 방법이 있었다.

아가사 탠디가 무균 용기에서 인공 대동맥의 한 부분을 꺼냈다. 그것은 장골 동맥인 두 개의 조그만 관으로 갈라지는 두꺼운 늑골 관으로서 전체가 데이크론으로 짜여져 있었다. 진저는 그것을 상처 위에 잘 맞춰 놓은 뒤 날카롭고 조그만 가위로 크기에 맞춰 잘라서 다시 아가사에게 건네주었다. 아가사는 수술 전에 미리 환자의 혈액을 담아 둔 얄팍한 스테인리스 스틸 쟁반에 흰색 이식 조직을 넣고서 앞뒤로 휘저으며 혈액을 골고루 흠뻑 적셨다.

이식 조직은 약간 덩어리가 져서 굳을 때까지 적셔 두어야 한다. 일단 환자에게 시술되고 나면, 진저는 그것을 통해 혈액이 흐르도록 고정시키고, 그 혈액이 조금 더 굳게 놓아둔 다음, 실제로 제자리에 꿰매기 전에 피를 완전히 밖으로 흘려 보내야 한다. 응고된 혈액의 얇은 막이 삼출을 막도록 도와주고 때에 맞춰서 혈액이 안정되게 흐르면 네오인티마가 형성되어, 결국 동맥의 혈액이 새는 것을 방지하는 실제 내층과 거의 흡사한 내층을 만들게 된다. 무엇보다 놀라운 사실은 데이크론 맥관이 대동맥에서 손상 입은 부위를 적절하게 대체해 줄 뿐만 아니라, 실제로 타고난 것보다 훨씬 더 낫다는 점이었다. 지금으로부터 5백 년이란 시간이 지나 바이올라 플레처의 몸이 한 줌 먼지가 된다 하더라도 데이크론 이식 조직만은 탄력적이고 강한 상태로 완전무결하게 보존되어 있을 것이다.

아가사가 다시 진저의 이마에 맺힌 땀을 닦아 주었다.

"기분이 어떤가?"

해너비 박사가 물었다.

"좋습니다."

진저가 대답했다.

"긴장되나?"

"아뇨, 그렇지 않아요."

진저는 거짓말을 둘러댔다.

"자네가 일하는 모습을 지켜보고 있으니까 마음이 정말 든든하군."

박사가 말했다.

"저도 그래요."

소독 간호사 중의 하나가 말했다.

"저도요."

다른 간호사도 맞장구를 쳤다.

"고마워요."

진저는 놀랍기도 하고 한편으로는 즐거운 마음으로 대꾸했다.

"자네의 수술 솜씨는 확실히 세련됐어. 손놀림도 가볍고, 눈과 손이 놀랄 정도로 민첩해. 좀 미안한 얘기지만 이 직업에서 썩기는 너무 아까운 솜씨야."

해너비 박사가 말했다.

진저는 그가 전혀 나쁜 의미로 말한 것이 아니라 자신에 대한 칭찬이라는 것을 잘 알고 있었다. 하지만 그렇게 지독하고 엄격한 감독관으로부터 그런 말을 듣다 보니 마치 지나친 아부처럼 들렸다. 정말로 해너비 박사는 진저를 대견하게 생각하고 있었다. 그런 사실을 깨닫자, 그녀는 갑자기 가슴이 뜨겁게 뭉클해지는 것 같았다. 만일 수술실이 아니라 다른 곳에 있었다면, 진저는 그 자리에서 펑펑 눈물을 쏟고 말았을 것이다. 그러나 진저는 그 자리에서 감정이 격해지지 않도록 눈물을 애써 참았다. 박사의 말에 대한 그녀의 진한 감동은, 박사가 자신의 인생에 얼마나

지대한 영향을 주었는가를 느끼게 해 주었다. 박사의 칭찬에서 느끼는 만족감은 마치 부친인 제이콥 바이스가 자신을 칭찬해 주었을 때의 감정과 거의 비슷한 느낌이었다.

진저는 기분이 한결 나아져서 수술을 진행해 나갔다. 계속해서 발작을 일으키면 어쩌나 하는 불길한 예감이 조금 누그러들었다. 자신감을 가지고 전보다 훨씬 더 세련된 솜씨로 계속 일을 해 나갔다. 지금 잘못될 만한 일은 아무것도 없었다.

진저는 동맥을 지나 피가 흐르는 것을 기술적으로 조절하면서 조심스럽게 뇌의 혈관을 모두 들어내서 임시로 죄어 놓았다. 그리고 대단히 유연한 플라스틱관의 탄력적인 고리를 이용해서 조그만 혈관들의 판을 조절하고 나서, 장골(腸骨)과 동맥류 장치를 비롯한 더 커다란 동맥에는 모기 겸자와 불독 겸자를 놓았다. 한 시간도 채 지나지 않아서, 진저는 동맥류를 지나 환자의 다리로 통하는 피를 모두 멈추게 해 마치 심장처럼 펄떡펄떡 뛰던 동맥류의 박동을 정지시켰다.

조그만 메스를 가지고 진저는 동맥류에 구멍을 내서 혈액의 울혈을 밖으로 내보내고 동맥류에 차 있던 가스를 빼냈다. 그녀는 전방 벽을 따라 동맥류를 잘라내서 열었다. 그 순간 환자는 동맥류가 없는 상태가 된 것이다. 환자는 어느 때보다도 의사의 도움이 더욱 절실하게 필요한, 무기력한 상태가 되었다. 지금은 돌이킬 수도 없는 상태가 되어 버렸다. 지금 이 순간부터는 제일 신경을 많이 써서 가장 신중하고도 신속하게 수술을 해야만 한다.

수술팀 사이에 일순간 찬물을 끼얹은 듯 침묵이 내려앉았다. 얼마 오가지도 않던 대화가 이제는 아예 끊겨 버렸다. 바하의 테이프가 다시 끝나 버렸지만, 테이프를 뒤집는 사람은 아무도 없었다. 삐삐거리는 소리를 내는 심전도 장치의 전자음과, 인공 호흡기를 통해서 환자가 숨을 들이쉬고 내쉬는 소리로 시간이 흘러가는 것을 알 수 있을 뿐이었다.

진저는 철제 쟁반에서 데이크론 이식 조직을 꺼냈다. 이식 조직은 혈액 속에 담가 두었다가 원하는 만큼 정확하게 엉기도록 만들어 놓았다.

그녀는 아주 가느다란 실로 대동맥 속에 이식 조직의 머리 부분을 꿰맸다. 그 다음 이식 조직의 꼭대기 부분을 제자리에 꿰매고 떨어져 있는 바닥을 죄면서 다시 혈액을 가득 채워 그것을 엉기게 만들었다.

수술의 이런 과정들을 거치면서 진저는 이마에 맺힌 땀방울을 닦을 필요가 없었다. 그녀는 해너비 박사가 자신이 다시 냉정함을 되찾은 모습을 알아채 주기를 바랐다. 다시 한 번 음악을 틀라고 말할 필요도 없이 순환 간호사가 얼른 바하의 테이프를 뒤집었다.

수술이 끝나려면 앞으로 몇 시간이 더 남아 있었지만 진저는 눈꼽만치도 피곤한 기색이 없이 수술을 계속해 나갔다. 그녀가 시트를 덮은 몸 아랫도리로 내려와서 초록색 시트를 접자 환자의 양쪽 넓적다리가 드러났다. 순환 간호사의 도움으로 아가사는 기구 쟁반을 다시 채우고, 진저가 앞으로 두 번 더 환자 몸통의 대동맥에 연결된 서혜의 외음부 바로 아래 부분의 양쪽 다리를 한 군데씩 절개하는 데 필요할지도 모르는 기구들을 모두 준비했다. 진저는 혈관을 죄어서 묶고 대퇴부 동맥을 드러내 갈라놓았다. 앞서 대동맥 수술에서 했던 것처럼 그녀는 얇은 고무관과 여러 가지 종류의 겸자를 가지고 혈액이 통하지 못하도록 그 관을 잠가 버렸다. 그 다음에는 이식 조직에서 두 갈래 다리가 연결되어 있는 대동맥을 열었다. 두 번 정도 그녀는 음악에 맞춰 편안한 마음으로 콧노래를 따라 불렀다. 진저가 편안하고 수월하게 수술을 하는 모습을 보면 마치 전생에 의사였다가 지금은 제우스의 사자인 헤르메스의 지팡이(두 마리의 뱀이 감기고 꼭대기에 쌍날개가 달린 지팡이로, 평화와 상업, 의술의 상징 — 역주)를 든 엘리크로 환생해서 이런 일을 하도록 타고난 사람처럼 보였다.

하지만 진저는 아버지와 아버지가 즐겨 쓰던 금언들을 기억해야만 했다. 물론 그럴 일은 별로 없었지만 아버지는 진저가 좀더 잘 행동해 주었으면 하고 바라거나 학생으로서의 임무에 최선을 다해지 못했을 때, 모아 두었던 여러 가지 경구들을 그녀에게 조심스럽게 가르쳐 주거나 참을성 있게 타일러 주곤 하셨었다. 〈시간은 아무도 기다려 주지 않는다〉,

〈하늘은 스스로 돕는 자를 돕는다〉, 〈아끼는 것이 버는 것이다〉, 〈일소일소(一笑一少) 일로 일로(一怒一老)〉, 〈심판받지 않으려거든 심판하지 말라〉 등등의 여러 가지를 비롯해서 진저의 부친은 그런 말들을 천 개쯤은 족히 알고 있었지만, 다른 어떤 것보다도 〈자만은 커다란 몰락을 가져온다〉라는 말보다 더 좋아하고 즐겨 쓰던 말은 없었다.

진저는 그 경구를 명심해야만 했다. 수술이 아주 잘되어가고 있고, 자신도 그 일을 대단히 만족스럽게 생각하고, 자신의 솜씨로 이렇게 어렵고 힘든 대수술을 맡아서 치르는 모험을 훌륭하게 해내는 데 대해서 너무 자랑스럽게 생각하다 보면 피할 수 없이 엄청난 몰락이 닥쳐오리라는 사실을 까맣게 잊고 있었던 것이다.

절개해 열어 놓은 복부 부위로 다시 돌아와서, 그녀는 데이크론 이식 조직의 바닥을 다시 열어 밖으로 흘려 보내고 손이 닿지 않는 샅의 살 아래를 지나 서혜 부분의 성기 아래로 해서 대퇴부 동맥으로 들어가는 똑같은 모양의 다리를 터널로 만들었다. 진저는 두 갈래로 갈라진 대동맥의 양쪽 경계를 실로 꿰매고 나서 조여 있는 성기의 망상 조직을 다시 열고는 헝겊을 댄 대동맥에 맥박이 살아나는 모습을 즐겁게 지켜보았다. 그녀는 20분 정도 피가 새는 곳이 없나를 살펴보고 가늘고 질긴 실로 그런 부분들은 단단히 꿰맸다. 진저는 5분간 잠자코 더욱 자세히 이식 조직을 살펴보면서 다른 양호한 동맥관처럼 만성적인 삼출의 흔적이 없이 정상적으로 맥박치는 모습을 확인했다.

드디어 진저가 입을 열었다.

"이제 마무리할 때가 됐군요."

"아주 잘됐군."

박사가 말했다.

진저는 자신이 수술 마스크를 쓰고 있기에 망정이지, 그렇지 않았으면 이렇게 입이 찢어져라 크게 웃고 있는 모습이 틀림없이 멍청한 바보처럼 보였을 거라고 생각했다.

진저는 환자의 다리에 있는 절개 부분을 봉했다. 그녀는 간호사들로부터 장을 건네 받았다. 그들은 한눈에 보기에도 지쳐 보이는데다 한 시라도 빨리 견인기를 손에서 놓고 싶어서 몸살을 내고 있는 것 같았다. 진저는 몸에 내장을 다시 집어 넣고 다시 가만히 그것들을 움직여 보면서 이상이 있는 부위가 없나를 자세히 살펴 보았지만 아무 곳도 없었다. 그 나머지 과정은 간단한 일이었다. 지방과 근육을 도로 제자리에 넣고 제대로 막은 다음 층층이 쌓아 넣고서 두툼한 검정색 실로 최초로 절개한 부분을 봉해 버렸다.

마취 담당 의사를 돕는 간호사는 바이올라 플레처를 덮어씌운 시트를 벗겼다.

마취 전문의는 환자의 눈에 붙인 테이프를 떼고서 마취 상태를 풀어주었다.

순환 간호사는 바하의 테이프를 중간에서 꺼 버렸다.

진저는 플레처 부인의 얼굴을 쳐다보았다. 창백하기는 하지만 유달리 눈길을 끌 만한 곳은 없었다. 아직도 인공 호흡 장치 마스크를 쓰고 있기는 하지만, 부인은 산소 혼합물만 얻을 수 있을 뿐이었다.

간호사들은 수술대에서 물러나와 수술 장갑을 벗었다.

바이올라 플레처의 눈꺼풀이 파르르 떨리더니 마취에서 깨어나는지 신음 소리를 냈다.

"플레처 부인?"

마취 담당 의사가 큰소리로 물었다.

환자는 아무 대답도 하지 않았다.

"바이올라 플레처! 제 말 들리세요, 부인?"

진저가 다시 물었다.

눈을 뜨지는 않았지만, 부인의 의식은 마취 상태라기보다는 깨어 있는 쪽에 가까웠다. 부인은 입술을 움직이면서 정신이 몽롱한 상태에서 "예, 선생님." 하고 대답했다.

수술팀은 진저에게 축하의 인사를 보냈고 진저는 해너비 박사와 함께 수술실을 나섰다. 두 사람은 수술 장갑을 벗고 마스크와 수술 모자도 벗었다. 그들은 마치 언제 터질지도 모를 만큼 빵빵하게 공기를 채운 풍선을 타고 두둥실 떠다니는 기분이었다. 하지만 수술실 복도에 있는 세면대를 향해 발걸음을 떼어놓을 때마다 그녀는 조금씩 흥분이 가라앉기 시작했다. 엄청난 피로가 몰려왔다. 목과 어깨가 뻐근하고 등이 욱신거렸다. 다리가 뻣뻣하고 발이 피곤하게 느껴졌다.

"전 완전히 기진 맥진했어요!"

진저가 말했다.

"그럴 걸세. 아침 7시 반에 수술 시작해서 지금 벌써 점심 시간이 지났잖나. 대동맥 이식은 대단히 힘든 수술이지."

"박사님도 수술을 끝내신 다음 이런 기분이셨어요?"

"물론이지."

"하지만 전 너무 갑자기 그런 기분이 들어요. 수술실에서는 기분이 아주 좋았거든요. 아까는 몇 시간이라도 더 할 수 있을 것 같았는데."

"수술실에서 보니까 자네는 꼭 죽음과 싸워서 이기려는 귀신 같더구먼. 그것도 절대로 지칠 줄 모르는 귀신 말야. 아주 즐기는 것 같던 걸."

두 사람은 세면대로 가서 초록색 병원복 위에 입은 수술 가운을 벗고서 수돗물을 튼 다음 비눗갑의 뚜껑을 열었다.

진저는 몸을 수그려 손을 씻으면서 피곤에 지쳐 세면대에 몸을 기댔다. 그리고 세면대의 수챗구멍을 내려다보았다. 수돗물이 소용돌이처럼 휘말리면서 스테인리스 스틸로 만든 세면대를 돌아 부글거리는 비누 거품과 함께 전부 수챗구멍으로 모여들어 가고, 다시 돌아서 수챗구멍으로 들어가고……. 이번에는 불안감을 동반한 공포심이 그녀를 압도해 왔다. 그 공포심은 번슈타인 반찬 가게나, 지난 수요일 박사의 사무실에서 느꼈던 것보다는 훨씬 경계심이 덜한 것이었다. 일순간 진저의 모든 관심은 수챗구멍으로 쏠렸다. 그것은 마치 갑자기 불길한 생명력을 얻고서 고동치듯 펄떡거리더니 점점 커지는 것 같았다.

진저는 겁에 질려 우는 소리를 내며 비누를 떨어뜨렸다. 그녀는 깜짝 놀라 세면대 뒤로 펄쩍 물러서다 아가사 탠디와 부딪히자 또 놀라서 다시 한번 소리를 질렀다. 그녀는 어렴풋이 박사가 자신의 이름을 부르는 소리를 들었다. 하지만 박사는 마치 영화 속에 나오는 영상마냥 점점 희미해지더니, 연기인지 구름인지 모를 뿌우연 안개 속 같은 곳으로 사라져 갔다. 박사는 더 이상 존재하지 않는 것 같았다. 아가사 탠디도 복도도 수술실로 들어가는 문들도 모두 사라져 갔다. 세면대를 빼놓고는 모든 것이 희미해졌다. 세면대는 점점 커지면서 시야에서 또렷해지더니 마치 초현실적인 물체처럼 보였다. 당장이라도 죽을 것만 같은 위협감이 그녀를 엄습해 왔다. 하지만 그것은 분명히 여느 세면대나 다름없는 것이었다.

그녀는 그 자리에서 도망치기 시작했다. 사방에서 안개가 그녀를 둘러싸기 시작했다. 그리고 진저는 자신이 무슨 행동을 하고 있는지도 모를 정도로 모든 의식을 잃고 말았다.

그녀가 정신이 들기 시작하면서 가장 먼저 본 것은 바로 눈이었다. 바람이 불지 않기 때문에 커다란 함박눈송이는 진저의 얼굴을 스쳐 휘날리다가 솜털처럼, 민들레 홀씨처럼, 가만히 땅을 향해 소용돌이쳤다. 진저는 고개를 쳐들고서 자신을 둘러싸고 있는 높고 낡은 건물의 벽 너머로 눈길을 돌렸다. 눈이 쏟아지며 낮게 내려앉은 잿빛 하늘이 직각형으로 보였다. 겨울 하늘을 가만히 바라보고 있는 동안, 진저는 순간적으로 자신이 어떤 상태로 어디에 있는지를 알아채고 당황했다. 그녀의 머리와 눈썹은 하얗게 변해 있었다. 얼굴 위에서 눈송이가 녹고 있기는 했지만, 진저는 그제서야 서서히 자신의 뺨이 눈물로 젖고 있으며 아직도 조용히 흐느껴 울고 있다는 사실을 깨달았다.

점점 추위가 몸 속으로 파고들었다. 바람이 불지는 않지만 공기는 칼날처럼 차가웠다. 쌀쌀한 공기가 뺨과 턱을 에는 듯하고, 손은 꽁꽁 얼어 손가락이 벌레에 물린 듯이 전부 마비가 돼서 움직일 수가 없었다. 입고 있는 초록색 병원복 속으로 한기가 새어 들어와 진저는 억제할 수 없을 만치 몸을 덜덜 떨었다.

그 다음으로 그녀가 알아챈 것은 자신이 꽁꽁 언 콘크리트 바닥 위에서 얼음처럼 차가운 벽을 등지고 앉아 있다는 사실이었다. 그녀는 모퉁이에 몸을 바싹 갖다대고 무릎을 세워 턱을 파묻고서 팔로 다리를 감싸 안았다. 그것은 일종의 방어 의식과 공포심을 나타내는 자세였다. 진저는 몸이 닿는 포장 도로와 벽돌에 체온을 슬금슬금 빼앗겨 갔지만, 자리에서 일어나 안으로 들어갈 힘도 용기도 없었다.

세면대의 수챗구멍에 시선을 못박았을 때 일어났던 일들이 머릿속에 떠올랐다. 완전히 절망한 채로 진저는 아까의 상황들을 더듬어 보았다. 정신을 잃은 듯이 겁에 질려 아가사 탠디와 부딪히던 일이며, 그녀가 비명을 지르면서 도망칠 때 해너비 박사가 깜짝 놀란 표정을 짓던 일들이 주마등처럼 머릿속을 스쳐갔다. 그 나머지 일들은 하나도 생각이 안 나지만, 진저는 그때 자신이 마치 미친 여자처럼 가상의 위험으로부터 도망쳐서 동료들을 놀라게 했으리라는 것쯤은 짐작하고도 남았다. 그리고 그것이 자신의 경력에 치명적인 오점으로 남으리라는 것도 능히 짐작할 수 있었다.

진저는 벽에 등을 더욱 바싹 갖다붙이면서 자신의 체온을 훨씬 더 빨리 빼앗겨 버렸으면 하고 빌었다.

그녀는 널따란 골목 끝에 앉아 있었다. 그 곳은 병원 단지의 중심부로 통하는 컴컴한 샛길이었다. 그녀의 왼편으로는 연료실로 통하는 이중 철제문이 있었고, 그 너머로는 비상 계단에서 나오는 비상구가 있었다.

어쩔 도리 없이 진저는 뉴욕의 콜롬비아 장로교 대학 병원에서 인턴 생활을 하는 동안 강도와 만났던 일을 떠올리지 않을 수 없었다. 그날 밤 강도는 그녀를 바로 이런 골목으로 끌고 들어갔었다. 그러나 뉴욕의 그 골목에서 그녀는 기선을 제압해 승리를 거두었다. 하지만 지금 여기서 그녀는 그때의 상황보다 나아지기는커녕 오히려 더 형편없게 돼 버려서 나약하고 비참한 패자의 몰골로 앉아 있는 것이다. 문득 진저는 지금 이런 장소처럼 자신을 최악의 지점까지 몰고 온 냉혹한 현실과 놀랄만치 대칭된 상황을 감지했다.

의학부 예과와 본과 시절이며 오랫동안 고생 끝에 끝마친 인턴 시절을 비롯한 온갖 노력과 희생, 그리고 지금까지의 모든 꿈과 희망들이 물거품처럼 사라져 버리고 말았다. 성공에 다다른 거의 마지막 순간에, 그것도 의사로서의 경력을 인정받을 수 있는 기회를 손아귀에 거의 다 잡아 놓고도, 그녀는 해너비 박사와 부모님은 물론이고 자기 자신마저 실망시키고 만 것이다. 그녀는 더 이상 진실을 부정하거나 명확하게 일어난 사실을 무시할 수도 없었다. 그녀에게 무언가 나쁜 일이 생긴 것이 틀림없었다. 분명히 의사로서 그녀의 인생을 송두리째 앗아가리라는 것을 예고하는, 뭔가 대단히 절망적인 일이 일어난 것이다. 정신 이상일까? 뇌종양? 아니면 뇌의 동맥류일까?

문 경첩에 기름칠을 하지 않아서 덜커덩거리고 삐그덕거리는 소리를 내며 비상 계단으로 통하는 문이 활짝 열리더니, 해너비 박사가 숨을 헐떡이면서 눈발이 휘날리는 밖으로 나왔다. 반질반질 닳은 미끄러운 빙판길 위로 4분의 1인치쯤의 눈이 새로 쌓여서 길은 위험했다. 그러나 박사는 아랑곳하지 않고 골목으로 재빨리 몇 걸음 들어섰다. 진저의 모습을 보는 것만으로도 그는 충분히 충격을 받을 만했다. 그는 그녀의 모습을 보고서 비틀거리며 그녀 앞에 멈춰 섰다. 그의 얼굴에는 유령처럼 창백한 표정이 어렴풋이 스치고 지나갔다. 진저는 박사가 시간과 공을 들여서 자신에게 특별한 관심과 지도를 베풀어 준 것을 후회하고 있으리라 추측했다. 박사는 진저가 남달리 총명하고 착하고 훌륭한 인물이라고 생각했었겠지만, 지금 진저는 박사의 생각이 틀렸다는 것을 여실히 증명해 준 셈이었다. 박사는 이제껏 진저에게 너무나 친절했으며 물심 양면으로 아낌 없는 후원을 해 주었는데, 비록 자신이 어떻게 해 볼 수 없는 상황이었다치더라도 박사의 그런 믿음을 깨뜨렸다는 사실이 진저 자신을 혐오스럽게 만들었고, 그런 생각들 때문에 더욱더 뜨거운 눈물을 흘렸다.

"진저? 진저? 괜찮은가?"

몸을 떨면서 박사가 말을 건네왔다.

진저는 대답 대신 비참한 기분에 젖어 자신도 억제할 수 없을 정도로 흐느껴 울 수밖에 없었다.

눈물 너머로 박사의 모습이 흐릿하게 아른거렸다. 진저는 박사가 그냥 가 줘서 죽이 되든 밥이 되든 자신을 굴욕감 속에 혼자 그대로 내버려두었으면 하고 바랐다. 자신이 그런 상태에 있는 동안 박사가 자신을 지켜보고 있는 것이 그녀에게는 얼마나 잔인한 짓인지 박사는 모르고 있는 것 같았다.

눈발이 점점 거세졌다. 다른 사람들도 박사가 나온 출입구에서 나타났지만, 진저는 그들의 얼굴을 알아볼 수가 없었다.

"진저, 제발 나한테 말해 봐요."

박사가 진저에게 가까이 다가왔다.

"대체 무슨 문제지? 뭐가 잘못된 건지 말해 봐요. 내가 해 줄 수 있는 일이 뭔지."

진저는 입술을 꼭 깨물면서 눈물을 참으려고 애썼지만, 눈물이 멈추기는커녕 그녀는 오히려 아까보다 더욱 서럽게 흐느껴 울기 시작했다. 자신의 나약함을 증명해 보이는 것 같아서 마음이 더욱 상하게 된 진저는 울음 섞인 가느다란 목소리로, "뭐……뭔가 제게 문제가 생긴 것 같아요."라고 대답했다.

박사가 진저에게 몸을 수그렸다.

"무슨 문제지? 뭐가 잘못된 거냐구?"

"모르겠어요."

그녀는 이제껏 누구의 도움도 받지 않고 자기 식대로 혼자서 어떤 문제든 척척 처리할 수 있었다. 그녀는 바로 진저 바이스이다. 다른 사람도 아닌 진저 바이스! 어디 가든 제 몫을 할 수 있고, 길거리에 혼자 던져놓아도 알아서 먹고 살 수 있는 사람이었다. 그리고 그녀는 이런 정도, 이런 식의 문제에 대해서 남에게 도움을 구하는 방법도 몰랐다.

계속 진저에게 몸을 숙인 채로 해너비 박사가 말했다.

"문제가 뭐든지간에 우린 얼마든지 문제를 깨끗이 해결할 수 있어요. 나도 자네가 지금까지 혼자서 잘해 왔다는 사실을 얼마나 자랑스럽게 생각하고 있는지 잘 알고 있다네. 내 말 들리나? 난 자네가 남에게 도움을 받는 것에 하도 질색해서 자네랑 함께 있을 때는 늘 조심스럽게 다가가야 했다네. 자넨 늘 전적으로 혼자 힘으로 하고 싶어했지. 하지만 이번에는 혼자서 처리할 수도 없는 문제고, 또 그럴 필요도 없어요. 내가 여기 있지 않나. 자네가 좋아할런지 어떨런지는 몰라도 내게 기대어 보지 않겠나? 내 말 들리나?"

"전……전 모든 걸 다 망쳐 버렸어요. 박사님을 실……실망시켜 드린 걸요."

박사는 그제서야 여유를 찾고 가볍게 미소를 지었다.

"그렇지 않아요. 절대로 그렇지 않아. 리타와 난 아들밖에 없지만, 만일에 딸이 하나만 있다면 자네 같은 딸로 자랐으면 하고 바랐다네. 더도 말고 덜도 말고 딱 자네같이 말야. 자넨 정말 특별한 아가씨일세, 바이스 박사. 아주 사랑스럽고도 남다른 아가씨지. 나를 실망시켰다구? 그럴 리가 있나. 자네가 지금 내게 이 일을 믿고 맡겨 준다면 내겐 더없이 영광스럽고 기쁜 일일 걸세. 마치 내 딸처럼 말야. 그럼, 나도 마치 돌아가신 자네 부친처럼 이 문제를 끝까지 도와주겠네."

박사가 진저에게 손을 내밀었다.

진저는 박사의 손을 잡고 꼬옥 쥐었다.

그 날은 12월 2일 월요일이었다.

그녀가, 다른 장소에 있는 다른 사람들이, 그것도 자신이 전혀 모르는 낯선 타인들이 자신의 악몽과 비슷한 끔찍한 경험들을 하면서 지내고 있다는 사실을 알게 된 것은, 이 일이 있은 뒤로부터 몇 주가 지난 후였다.

2

뉴저지 트렌톤

자정이 되기 몇 분 전에 잭 트위스트는 창고의 문을 열고 밖으로 나왔다. 바람과 함께 진눈깨비가 날리는 궂은 날씨가 계속되고 있었다. 가까운 선적 경사로 발치에서 한 사내가 회색 포드 용달 트럭에서 막 내리고 있는 중이었다. 화물 기차가 지나가면서 시끄러운 소음을 내는 바람에 트럭이 도착하는 소리가 묻혀 버렸던 모양이었다. 거의 보수를 하지 않은 채로 그냥 내버려 두어서 희미한 보안등에서 비치는 어둑한 호박색 불빛을 빼놓고는 창고 주위는 깊은 어둠이 깔려 있었다. 불행하게도 그 등들 중의 하나가 잭이 빠져 나온 문의 바로 위에 달려 있었다. 그리고 그 희미한 불빛이 트럭의 조수석 쪽 문은 물론이고 먼 곳까지 정확하게 비춰서 사물을 식별할 수 있었다. 트럭의 조수석 문에서 예기치 않은 방문객이 모습을 나타냈다.

그는 경찰의 인상서(人相書)에 나오는 범죄자의 얼굴처럼 생긴 사내였다. 둔탁한 턱하며 일자로 쭉 찢어진 입, 두어 번쯤 무너졌을 법한 코에다 돼지처럼 조그맣고 쭉 째진 눈……. 그는 마피아의 집행자로서 상부의 명령에 충실히 따르는 무자비한 새디스트 중의 하나로, 만일 다른 시대에 태어났더라면 징기스칸의 군대에서 강간이나 약탈 전문가로 일했거나, 악명 높은 나치 돌격 부대의 흉악범, 아니면 스탈린 사형 부대에서 고문의 명수가 되었거나, H. G. 웰즈의 〈타임 머신〉이라는 책 속에서 가상된 밀이라는 곳에서 온 몰록이 되었을지도 모를 인물이었다. 잭에게 그 사내는 아주 심각한 골칫덩어리로 보였다.

그들은 서로를 발견하고서 깜짝 놀랐다. 원래는 그렇게 했어야만 했겠지만, 잭은 숨기고 있던 38구경 권총을 재빨리 들어서 그 녀석을 쏘지 않았다.

"대체 넌 누구냐?"

몰록 같은 녀석이 먼저 물었다. 그리고 나서 사내는 잭이 왼손에 질질 끌고 오던 캔버스 천으로 만든 포대 자루와 오른손에 든 채로 아래쪽으로 총구를 내려놓은 총을 보았다. 사내는 눈썹을 갑자기 치켜 뜨면서 "맥스!" 하고 소리쳤다.

맥스는 아마도 그 트럭을 운전하고 온 사람이었겠지만, 잭은 사내들에게 형식적인 소개의 말을 듣고 기다리고 서 있을 여유가 없었다. 그는 재빨리 창고로 돌아가 문을 닫고 밖에 있는 사람이 총을 쏠 경우에 대비해서 문 옆으로 물러섰다.

창고 안으로 들어오는 빛이라고는 건물 뒤편 멀리 있는 사무실의 환한 불빛과, 밤새도록 불이 켜지도록 주석 갓을 씌워 널찍하게 간격을 잡아 머리 위에 일렬로 매달아 놓은 전력 낮은 전구에서 나오는 불빛밖에 없었다. 그러나 잭은 그 불빛만으로도 방안에 있는 두 남자의 얼굴을 충분히 알아볼 수 있었다. 그들은 모트 거쉬와 토미 성으로, 그를 함께 따라온 사람들이었다. 그들은 2분 전만 해도 아주 행복해 보였었지만, 지금은 아까만큼 그렇게 좋아 보이지 못했다.

마피아의 돈을 현금으로 싣고 오는 기차가 지나는 노선상의 주요 간이역에서 그 기차를 습격하는 데 성공했을 때만 해도 그들은 아주 행복했었다. 그 역은 뉴저지 주 전체의 절반 정도에서 나오는 마약 판매 대금을 수금하는 지점이었다. 현금이 가득 찬 스티로폼 아이스 박스와 종이 상자, 여행 가방과 항공 가방이 그 곳에서 대개 토요일과 일요일에 십여 명의 하수인들에 의해 창고에 도착했다. 매주 화요일마다 피에르 가르뎅 정장을 빼입은 마피아의 회계사들이 약을 만들어서는 그 주에 얼마나 수익을 올렸는가를 계산하러 거기로 오곤 했었다. 매주 수요일마다 달러 지폐를 밴드로 단단하게 묶은 꾸러미가 가득 든 여행 가방이 마이애미와 라스베가스, 로스엔젤레스, 뉴욕을 비롯해서 마피아 상부의 재정을 관리하는 다른 중심지들로 보내졌다. 거기서 마피아에 고용된 하버드나 콜롬비아 대학에서 경영 관리학 석사를 받은 투자 고문들, 말하자면 암흑가에서는 프라텔란자로 통하는 사람들이 빈틈없이 돈세탁을 맡게 된다. 잭과 모트와 토미는 그저 회계사들과 투자 고문들 사이에 잠시 끼어들어서 현금이 가득 든 무거운 가방 4개만 슬쩍 해 온 것뿐이었다.

"그냥 우리가 수도 없이 얽히고 설킨 중간 브로커들 중의 하나라고 생각해."

라고 잭이 말하자, 지금까지 창고 사무실에서 꼼짝도 못하고 험악한 얼굴을 하고 있던 모트와 토미는 웃음을 터뜨렸다.

모트는 지금 웃음도 제대로 나오지 않았다. 그는 올해 쉰두 살로, 배는 올챙이처럼 볼록하게 나오고 어깨는 구부정하게 굽고 대머리가 벗겨진 남자였다. 그는 어두운 색깔의 양복에다 꼭대기가 납작한 소프트 모자를 쓰고 회색 외투를 입고 있었다. 그는 늘 어두운 색깔의 양복에다 꼭대기가 납작한 소프트 모자를 쓰고 다니지만, 그 회색 외투는 늘 입고 다니는 편은 아니었다. 잭은 모트가 그 외의 다른 옷을 입고 다니는 것을 한 번도 본 적이 없었다. 그날 밤 잭과 토미는 청바지에다 안을 누빈 방수 재킷을 입고 있었지만, 거기서 옛날 에드우드 G. 로빈슨의 영화에 등장하는 사내들 중의 하나로 보이는 것은 바로 모트였다. 그는 다 낡아서 챙의 모서리가 너덜너덜할 정도로 모자를 많이 쓰고 다녀서 이제는 그 모자가 마치 모트의 신체의 일부처럼 보일 지경인데다가, 양복은 구겨질대로 구겨져 있었다. 그의 목소리는 피곤하고 음침하게 들렸다. 잭이 문을 쾅 닫고 급히 문에서 몸을 피하자, 모트는 "저기 밖에 있는 게 누구야?"라고 물었다.

"포드 트럭에 최소한 두 놈은 타고 있었어."

잭이 대답했다.

"놈들일까?"

"넌 놈들 중의 하나밖에 못 봤잖아. 그 녀석은 아직 만들다 만 프랑켄슈타인 박사의 실험물처럼 생겼더군."

잭이 말했다.

"어쨌든 문은 모두 잠겨 있어."

"놈들이 열쇠를 갖고 있을 거야."

세 사람은 재빨리 출구에서 몸을 피해서 나무 궤짝 더미와 짚 위에 겹겹이 쌓아 놓은 종이 판자 사이에 난 통로의 어두컴컴한 그늘 속으로 다시 몸을 숨겼다. 재고품들은 20피트나 되는 높은 벽을 이루고 있었다. 천장이 아주 넓고 둥근 돔 모양의 창고에는 온갖 종류의 상품들이 쌓여 있었다. 수백 대나 되는 텔레비전 수상기를 비롯해서 전자 레인지와 믹서기, 수천 대나 되는 토스트기, 트랙터 부품과 배관 공급 시설 등등. 그 곳은 깨끗하고 시설을 잘 관리해 놓은 곳이었다. 거대하게 지은 공업용 건물이라서 밤에 일꾼들이 다 가 버리고 난 다음의 그 곳은 너무나 음산하게 느껴졌다. 미로 같은 통로를 따라서 뭔가 해괴하고도 속삭이는 듯한 메아리가 울려 퍼졌다. 마치 정체를 알 수 없는 수많은 생물체들이 서까래를 뚫고 벽 안으로 들어오기라도 하는 것처럼 바깥에서는 진눈깨비가 아까보다 더 거세게 퍼붓기 시작했다.

"마피아를 습격하는 것은 실수하는 거라고 자네한테 분명히 말했었잖아."

토미 성이 말했다. 그는 중국계 미국인으로, 나이는 서른 살 정도 되었지만 잭보다 일곱 살 가량은 어려 보였다.

"차라리 보석상이나 무장 차량을 털거나, 심지어 은행을 터는 것까지도 괜찮지만, 무슨 일이 있어도 마피아는 안 된다고 했잖아. 마피아를 습격하다니 이건 정말 미친 짓이라구. 차라리 해병들이 쫙 깔려 있는 술집에 들어가서 성조기에 대고 침을 뱉는 편이 더 낫지."

"그래도 어쨌든 자네도 여기까지 왔잖아."

잭이 대꾸했다.

"그래, 좋아. 늘 좋은 꼴만 보고 살 수는 없으니까."

토미가 말했다.

"이 시각에 트럭이 나타났다면 그건 한 가지 뜻밖에 없어. 놈들이 어떤 물건을 싣고 오는 걸 거야. 아마 코카인이나 마약이겠지. 그러니까 잭이 본 사람은 단순한 운전사나 부랑자가 아니란 말이 되겠지. 틀림없이 트럭 뒤에 물건이랑 두 녀석이 더 있을 거야. 개조한 우지 박격포나 더 지독한 무기를 갖고 있을걸."

체념한 목소리로 모트가 말했다.

"그렇다면 왜 진작 총을 쏘면서 쳐들어오지 않는 거지?"

토미가 물었다.

"놈들은 우리가 인원도 한 열 명쯤 되는데다 바주카포라도 들고 있는 줄 아는 게지."

잭이 대답했다.

"마약 거래에 쓰는 트럭이라면 틀림없이 무선 장치가 되어 있을 거야. 벌써 놈들이 지원 부대를 불렀을지도 몰라."

모트가 말했다.

"자네는 지금 마피아가 트럭에다 전화 회사라도 통째로 달고 다니는 줄 아나?"

"요새 놈들이 손대지 않는 사업이 뭐가 있겠나."

모트가 말했다.

그들은 트로이의 목마 계획을 조금 바꾼 것같이 해서 건물 안으로 들어갔었다. 철야로 계속 작동되는 정교한 보안 시스템을 교묘히 피할 수 있는 방법이라고는 그것밖에 없었다. 그 창고는 명목상으로는 재고품을 보관하는 창고이자 불법적으로 마약 거래를 하는 데 이용하는 아지트였지만, 실제로 과잉 생산된 제품을 임시로 보관해 둬야 할 필요가 있는 합법적인 사업을 위해서 정기적으로 선적 물품을 수납하는 진정한 의미의 창고적인 기능을 가진 쓸모 있는 곳이기도 했다. 그래서 잭은 자신의 아파트에 있는 퍼스널 컴퓨터와 모뎀을 가지고 창고와 창고를 이용하는 이름난 고객들 중의 한 사람을 골라 양쪽의 컴퓨터를 몰래 연결시켜서, 거대한 궤짝을 배달하는 작업을 합법적으로 만드는 전자 사무 처리 목록을 만들어서는 컴퓨터의 명령에 의하면 그 날 아침 그 물건이 도착해서 창고에 보관되게끔 일을 꾸며 놓았다. 잭과 모트와 토미 세 사람은 사전에 다섯 개의 출구를 설계해 만들어 봉해 놓은 궤짝 안에 들어 있다 다른 궤짝들이 사방에 막혀 있더라도 무사히 밖으로 빠져 나올 수 있도록 계획을 짜 놓았었다. 그날 밤 11시가 조금 지나서 세 사람은 조용히 궤짝에서 빠져 나왔고, 그 사실을 안다면 사무실에 있는 녀석들은 아마 깜짝 놀라게 될 것이다. 사람들은 겹겹으로 복잡하게 설계해 놓은 경보 장치만 믿고 마음 푹 놓고 있을 테고, 문만 잘 잠가 두면 그 창고는 아무도 침범할 수 없는 철옹성으로 탈바꿈하게 되어 있었다.

"우린 그냥 궤짝으로 돌아가면 되는 거야. 그리고 결국 우리를 못 찾으면, 놈들은 우리가 어떻게 도망쳤는지를 알아내려고 미친 듯이 날뛰겠지. 내일 밤쯤 되면 모든 일이 잠잠해질 거야. 그 다음에 몰래 빠져 나가서 도망치면 되는 거라구."

토미가 말했다.

"말도 안 되는 소리야. 놈들은 금방 알아챌 거라구. 우리를 찾을 때까지 여기를 이잡듯이 샅샅이 뒤질걸."

모트가 못마땅한 듯이 말했다.

"그건 모트 말이 맞아, 토미."

잭이 맞장구를 쳤다.

"자, 이제부터 우리가 해야 할 일은……."

잭은 즉석에서 금세 탈출 계획을 생각해냈고, 그들 모두 그의 생각에 동의했다.

토미는 서둘러서 사무실의 전등 스위치가 연결되어 있는 두꺼비집으로 가서 창고에 켜 있는 불을 전부 다 꺼 버렸다.

잭과 모트는 기다란 구조의 건물 남쪽 끝을 향해 묵직한 돈자루 네 포대를 질질 끌고 갔다. 캔버스 천이 콘크리트 바닥에 긁히면서 나는 성마른 소리가 오싹한 공기 속에서 계속해서 울려 퍼졌다. 그 건물의 다른 쪽 끝에는 재고품들이 쌓여 있는 대신 차량 집결 지역에 트럭들이 몇 대 세워져 있어서, 내일 아침 제일 먼저 물건을 선적할 채비가 되어 있었다. 잭과 모트가 미로의 반도 채 못갔을 즈음, 흐릿하던 불빛이 깜박거리며 나가더니 창고는 한 치 앞도 내다볼 수 없는 캄캄절벽이 되어 버렸다. 잠시 멈춰 서 있는 동안 잭은 손전등에 스위치를 켜고서 어둠을 뚫고 계속 앞으로 나갔다.

토미도 갖고 있던 손전등을 켜 들고서 두 사람과 합류해 잭과 모트로부터 자루를 각각 한 포대씩 받아들었다.

폭풍우가 조금 누그러들자, 진눈깨비가 지붕 위로 떨어져 속삭이듯 지붕 위로 굴러가며 똑딱거리는 소리가 조금 잠잠해지기 시작했다. 잭은 밖에서 날카롭게 브레이크를 밟는 소리를 들은 것 같았다. 지원 부대가 그렇게 빨리 도착한 것일까?

창고 내부의 선적 지역에는 피터빌트가 한 대, 화이트 한 대, 그리고 맥 트럭 두 대 해서 전부 네 대의 트레일러 트럭이 있었다. 트럭들은 모두 밖으로 나가기 쉽도록 선적 구역 문을 향해 세워져 있었다.

잭은 가장 가까이에 있는 맥으로 가서 돈자루를 떨어뜨리고 발판으로 올라가 문을 열고 자동차 계기판을 손전등으로 쭉 비춰 보았다. 열쇠가 시동 장치에 그대로 걸려 있었다. 잭이 생각했던 그대로였다. 겹겹으로 되어 있는 보안 장치만 철석같이 믿고서 창고를 지키는 사람들은 밤새 이 차들이 도난당할지도 모른다는 사실은 꿈에도 생각하지 못하고 있었던 모양이었다.

잭과 모트는 나머지 트럭으로 가서 트럭에 전부 열쇠가 그대로 꽂혀 있다는 걸 확인하고서 엔진에 시동을 걸기 시작했다.

첫 번째에 세워져 있는 맥에는 운전석 뒤쪽에 침대가 있어서 장거리 운전을 할 경우 동료가 핸들을 잡고 있는 동안 나머지 사람은 잠깐 눈을 붙일 수 있게 되어 있었다. 토미 성은 거기에 돈자루 네 포대를 전부 틀어박았다.

토미가 돈자루를 차에 전부 다 실었을 즈음, 잭이 맥으로 돌아왔다. 그는 운전석에 앉은 후 손전등을 껐다. 모트는 조수석에 앉았다. 잭은 엔진을 걸기 시작했지만, 헤드라이트는 켜지 않았다.

지금은 트럭 네 대가 시끄럽게 엔진 소리를 내면서 한가롭게 세워져 있는 상태가 되었다.

손전등을 들고서 토미는 선적 지역에 있는 커다란 말이문 네 군데 중에서 가장 멀리 있는 쪽의 문으로 달려갔다. 조종 장치를 건드리자 문이 천천히 위로 올라가기 시작했고, 잭은 커다란 트럭의 운전석에 앉아서 긴장한 채로 토미의 모습을 지켜보고 있었다. 토미가 달릴 때마다 손전등의 불빛이 위아래로 까딱거렸다. 토미는 바깥쪽 벽을 따라 급히 달리면서 지나갈 때마다 문의 조종 장치를 손바닥으로 찰싹 때리면서 되돌아왔다. 그리고 나서 손전등을 재빨리 끄고서 맥을 향해 급하게 달려오는 사이, 커다랗게 삐걱거리고 덜컹거리는 소리를 내면서 네 군데의 문들이 천천히 열려지기 시작했다.

바깥에 있는 몰록같이 생긴 악한들도 분명히 문이 열리는 것을 보고 트럭의 엔진 소리도 듣고 있을 것이다. 그리고 그들은 건물 안을 들여다보려고 하겠지만 안에서 불빛을 비추기 전에는 빠져 나가려는 트럭이 어느 것인지 분간할 수 없을 것이다. 녀석들은 기관단총을 들고서 트럭마다 전부 총을 쏘아대겠지만, 잭은 그런 끔찍한 사태가 벌어지기 전에 최소한 몇 초 동안 시간을 벌 수 있을 것이다.

토미는 맥의 운전석 안으로 잽싸게 뛰어올라와 문을 쾅 닫고서 얼른 모트와 잭 사이에 끼어 앉았다.

"빌어먹을 놈의 롤러가 너무 느리게 올라가는군."

천장을 향해 문이 천천히 올라가면서 진눈깨비가 휘몰아치는 어두운 바깥 정경이 조금씩 드러나기 시작하자, 모트가 초조한 듯이 투덜거렸다.

"그냥 뚫고 달려 버려."

토미가 재촉했다.

안전 벨트를 단단히 매면서 잭이 대꾸했다.

"목숨까지 걸고 그런 모험을 할 수는 없어."

문이 3분의 1쯤 열렸다.

다시 양손으로 운전대를 단단히 잡은 잭은 찌무룩한 날씨의 어두컴컴한 바깥을 살펴보았다. 바깥에는 흐릿한 보안등 몇 개만이 어둠을 쫓고 있었다. 왼편에서 두 명의 사내가 진눈깨비에 젖어 얼어붙은 아스팔트를 가로질러 미끄러져 가면서 급히 이쪽을 향해 달려오고 있었다. 그들은 모두 무장을 하고 있었고, 그 중의 하나는 우지로 보이는 무기를 들고 있었다. 그들은 상대의 총격을 받지 않으려고 자세를 잔뜩 낮춘 채로 점점 올라가는 주차 구역의 문 아래로 엿보이는 캄캄한 창고 안을 들여다보면서 계속 창고로 다가오려고 애쓰고 있었다. 그들은 아직도 자신들이 어디서 총알이 날아와 맞을지도 모르는 위험 속에 있다는 생각을 미처 못하고 있었다.

잭의 바로 앞에 있는 첫 번째 문이 반쯤 올라갔다.

불현듯 왼쪽에서 빛이 들어오면서 같은 방향에서 두 대의 차량의 뚜껑이 보이는 것 같았다. 불빛 속에서 깃털 같은 진눈깨비를 짓밟으면서 회색 포드가 나타났다. 그 차는 속력을 낮추면서 두 번째와 세 번째 경사로 사이의 착륙장 출구를 막고 있었다. 앞바퀴를 세 번째의 나지막한 경사로 가장자리에 올려 놓은 채 차는 헤드라이트를 비추었다. 헤드라이트 불빛이 네 번째 주차 구역 안을 비추자 트럭에 사람이 아무도 타고 있지 않다는 것이 드러났다.

잭의 앞에 있는 문이 3분의 2쯤 올라갔다.

"고개 숙여."

잭이 말했다.

모트와 토미는 할 수 있는 한 가장 낮은 자세로 몸을 수그렸고, 잭은 등을 활처럼 구부렸다. 육중한 회전식 철문이 다 올라간 것은 아니지만,

잭은 운만 나쁘지 않다면 그 아래로 충분히 빠져 나갈 수 있다고 생각했다. 그는 재빠르게 연속적인 동작으로 브레이크를 풀고 클러치를 불쑥 움직인 다음 힘껏 액셀러레이터를 밟았다.

트럭에 기어를 넣자마자, 바깥에 있는 녀석들은 첫 번째 주차 구획에서 차가 불쑥 튀어나와 한밤중에 총 소리가 진동하리라는 것을 금세 알아차렸다. 트럭이 출구에 다다랐을 즈음, 잭은 트럭을 향해 빗발치듯 때리는 총소리를 들을 수 있었다. 그는 출구를 지나 콘크리트 경사로 아래로 내달렸는데, 다행히도 총알이 운전석을 맞추거나 바람막이 유리를 깨지는 못했다.

아래쪽에는 또 다른 다저 트럭 한 대가 경사면 발치에 불쑥 나타나 잭이 탄 트럭이 가는 길을 막으려고 했다. 정말로 지원 부대가 도착한 모양이었다.

그 순간 잭은 브레이크를 걸기는커녕, 액셀러레이터를 더욱 힘차게 밟고서 육중한 맥의 그릴로 다저를 들이받았다. 다저에 탄 사람들이 경악을 금치 못하는 표정을 짓는 것을 보자, 잭은 이를 드러내며 싱긋이 웃어 보였다. 트레일러가 트럭을 너무 세게 들이받는 바람에, 덩치가 작은 트럭은 뒤로 밀려나 옆으로 뒤집어져서는 머캐덤 도로를 가로질러 15내지 20피트 정도쯤 미끄러져 굴렀다.

그 여파로 잭의 몸이 심하게 흔들렸지만, 다행히도 안전 벨트를 단단히 매고 있던 덕분에 아무런 피해도 입지 않았다. 모트와 토미는 앞으로 꼬꾸라져 충돌한 부분에서 아래로 몸이 쏠려 아래쪽의 비좁은 공간으로 떨어졌다. 두 사람은 고통에 찬 비명을 지르며 몸의 균형을 잡으려고 버둥거렸다.

잭은 작전대로 일을 수행하기 위해 원래 생각하고 있었던 것보다 더욱 빨리 경사로를 내려갔다. 창고에서 빠져 나갈 수 있는 차선 쪽으로 트럭을 좌회전시키려고 할 때, 아까의 트레일러가 비틀거리고 기우뚱한 채로 달려오고 있었다. 중심을 잃고 차체가 부서지든지, 아니면 아까 다저가 당했던 것처럼 차가 전복되든지 둘 중의 하나가 벌어질 것처럼 위태로운 모습이었다. 욕을 해대면서 그는 계속 운전대를 잡고 달렸다. 어깨가 빠질 정도로 운전대를 꽉 움켜쥐고서, 잭은 차선으로 곧장 들어섰다.

그의 앞에는 세 명의 남자가 감청색 뷕 둘레에 대기하고 서 있었다. 그들 중에서 최소한 두 명은 무장을 한 상태였다. 잭이 트럭을 몰아 그들을 기습하자, 사내들은 일제히 발사를 개시했다. 그 중의 한 녀석은 트럭의 낮은 쪽을 겨냥해서 총을 쏘아댔다. 탕하는 총성과 함께 총탄들이 맥의 그릴 꼭대기를 맞추면서 총탄이 맞은 자리마다 환한 불똥이 일었다. 또 다른 녀석은 트럭의 아주 높은 쪽을 겨냥했다. 잭은 총알이 바람막이 유리 위쪽의 운전석 꼭대기를 맞추고 튕겨나가는 소리를 들었다. 머리 위에 장치한 경적 두 개 중의 하나가 총에 맞아 산산조각이 나서 운전석 옆으로 떨어졌다. 경적은 전선에 그대로 매달린 채로 토미가 앉은 자리의 창 옆으로 쿵 소리를 내며 떨어졌다.

잭은 거의 뷕의 꼭대기에 있었다. 총잡이들은 잭이 자신들의 차를 박으려고 한다는 것을 알아차렸다. 그들은 사격을 멈추고 뿔뿔이 흩어졌다. 잭은 마치 커다란 탱크라도 되는 것처럼 거대한 트레일러를 몰면서, 차를 옆으로 돌려 길 밖으로 밀고 나갔다. 그는 계속 앞으로 나가 창고 끝을 지나 다른 창고를 향해 달리면서 속도를 올렸다.

모트와 토미는 신음 소리를 내면서 좌석 뒤로 몸을 바싹 갖다 붙였다. 둘 다 온몸이 멍투성이었다. 모트의 코에서는 코피가 터지고, 토미는 오른쪽 눈이 약간 찢어져서 피가 흐르고 있었지만, 다행히도 두 사람 모두 심하게 다치지는 않았다.

"왜 그렇게 차를 거칠게 모는 거야?"

모트가 뚱해서 물었다. 코피가 나서인지 그의 음성은 평소보다 더욱 콧소리가 났다.

"난 차를 엉망으로 몬 적 없어."

잭은 와이퍼의 스위치를 켜서 반짝거리는 진주처럼 바람막이 유리창에 녹은 진눈깨비를 닦아냈다.

"예상했던 것보다 일이 더 재미있게 된 것뿐이야."

"난 흥분하는 건 정말 질색이야."

모트가 손수건을 코에 갖다대면서 말했다.

잭은 사이드 미러로 프라텔란자의 창고 쪽을 흘낏 돌아보았다. 포드 트럭은 아직도 그들을 쫓아오고 있었다. 다저와 뷕은 아예 못 쓰게 만들어 버렸으니까, 이제는 포드에만 신경을 쓰면 되는 상황이었다. 하지만 그 차를 멀리 따돌릴 수 있는 가망은 없었다. 길이 엄청나게 미끄러운데다, 잭은 이런 악천후 속에서 상대방이 죽기 살기로 막판까지 따라붙는 상황에 트레일러의 운전대를 잡아본 적이 거의 없었다.

잭은 트럭과 뷕을 들이받은 다음부터 엔진 쪽에서 나는 조그마한 소음에도 줄곧 신경이 거슬렸었다. 나지막하게 뭔가 계속 덜덜거리는 소리가 들렸다. 게다가 쉿쉿거리는 소리도 들렸다. 도중에 맥이 망가진 채로 궁지에 몰린다면, 몰록 같은 저 악한들은 따발총을 쏘듯 쉴 새 없이 총격을 가해서 세 사람을 모두 죽이고 말 것이다.

현재 그들이 있는 지점은 공장과 작업장들로 빵 둘러싸인 넓은 공업 창고 구역이었다. 거기서부터 가장 가까운 시내로 나가려고 해도 앞으로 1마일도 더 넘게 달려야 한다. 비록 그들이 달리고 있는 길에 쭉 늘어선 공장들 중에서는 야간 작업을 하느라 일부가 아직도 가동되고 있기는 하지만, 공업 단지 내의 주요 측면 도로에는 통행인들이 아무도 없었다.

잭은 사이드 미러를 흘낏 쳐다보고서 포드가 지금 뒷꽁무니에서 점점 바싹 따라붙고 있는 것을 알았다. 그는 갑자기 핸들을 오른쪽으로 확 꺾어서 '하크라이트 보세 발포 포장 상사'라고 적힌 간판이 달린 공장을 지나 샛길로 들어섰다.

"지금 뭐하는 거야?"

토미가 물었다.

"저 놈들은 따돌릴 수가 없어."

잭이 대꾸했다.

"그렇다고 해도 끝까지 버틸 수는 없잖아. 우지에 대항할 권총 한 자루도 없다구."

모트가 코피를 손수건으로 닦아내면서 말했다.

"나한테 맡겨."

잭이 말했다.

하크라이트 보세 발포 포장 상사는 야간 교대 작업을 하지 않고 있었다. 불이 꺼져 건물 전체가 어두웠지만, 건물 주위의 도로와 뒤편의 커다란 트럭 주차장에는 호박색나트륨등이 밝혀져 있었다.

잭은 건물 뒤편에서 차를 좌회전시켜서 커다란 나트륨등 불빛 아래 금빛으로 빛나는 진눈깨비 위를 지나 트럭 주차장으로 들어섰다. 운전석이 달려 있지 않은 수십 대의 트레일러가 나트륨등의 불빛을 받아 겨자색으로 물든 채 목이 잘린 선사 시대의 야수처럼 일렬로 세워져 있었다. 그는 트레일러를 몰아 커다랗게 한 바퀴를 돌고서 공장 뒷벽 가까이로 달렸다. 그리고 헤드라이트를 끄고 다시 길을 되돌려 건물 벽을 타고서 주차장으로 들어서는 도로를 향해 달렸다. 그는 건물 모퉁이에서 차를 세우고 샛길로 들어서는 각도로 공장 벽에 차를 바싹 갖다댔다.

"정신 단단히 차려."

잭이 말했다.

모트와 토미는 벌써 무슨 일이 벌어지고 있다는 것을 알아차렸다. 그들은 충돌이 일어날 경우를 대비해 발을 계기판에 바싹 갖다대고 등을 의자 뒤에 단단히 붙였다.

마치 쥐가 나타나기만 잔뜩 벼르며 몸을 도사리고 있는 고양이처럼, 잭이 맥을 건물 모퉁이에 갖다대자마자 통행 도로에 불빛 하나가 나타났다. 불빛은 공장 앞쪽 오른편 방향에서부터 다가오고 있었다. 멀리 있어서 확실히 보이지는 않지만 틀림없이 아까의 포드가 분명했다. 불빛이 점점 더 밝아올수록 바짝 긴장이 되긴 했으나 잭은 마음을 가라앉히고서 차선으로 뛰어들기 전의 절호의 기회를 기다려야 했다. 이제는 그 불빛이 뚜렷한 두 줄의 평행선으로 변해서 맥의 주둥이를 지나 창처럼 날카롭고 환한 빛을 쏘면서 점점 밝아졌다. 마침내 잭은 액셀러레이터를 힘껏 밟았다. 맥은 불쑥 앞으로 나아가기는 했지만 워낙 트럭의 덩치가 크다 보니 생각만큼 그렇게 빨리 움직일 수는 없었다. 포드는 잭이 생각했던 것보다 훨씬 더 빨리 달려서 맥의 앞머리를 곧장 지나 총알처럼 모퉁이를 돌았다. 잭은 시간에 맞춰 그 꽁무니를 쫓아 앞으로 밀어닥쳤다. 그것은 조그만 트럭을 헛돌게 할 만큼 충분한 효과가 있었다. 용달은 한 바퀴를 뱅 돌고 나서 다시 주차장의 얼음판 위를 돌다가 겨자색 선적 트레일러에 부딪쳤다.

충돌을 했는데도 밖으로 나오는 사람이 아무도 없는 것을 보니 포드에 있는 사람들이 밖으로 나올 만한 상태가 못 된다는 것은 확실했지만, 그대로 꾸물거리고 있을 시간이 없었다. 그는 재빨리 차를 돌려서 하크라이트 보세 발포 포장 상사를 지나 다시 차머리를 돌렸다. 주요 측면 도로에 다다르자, 잭은 저기 보이는 프라텔란자 창고로부터 더욱 멀리로 우회전을 해서 공업 단지와 바깥 도시의 도로망으로 들어가는 입구를 향해 달렸다.

그들은 쫓아오지 않았다.

그는 며칠 전에 이미 정찰을 마친, 버려진 텍시코 주유소로 가는 직선 노선을 따라 3마일을 달렸었다. 그는 쓸모 없는 펌프를 잡아당겨서 방치되어 있는 조그만 건물 옆에 차를 세웠다.

잭이 트레일러를 멈추는 순간, 토미 성은 재빨리 문을 열고 뛰어내려 어둠 속으로 걸어갔다. 그는 3블록쯤 떨어져 있는 인근 지역의 중하류층이 모여사는 주택 지구를 향했다. 그 세 사람은 월요일에 거기에다 낡고 녹슨 폐차 직전의 폭스바겐 래빗을 세워 두었었다. 그 차는 뚜껑도 달려 있고 바깥에 있는 차보다 더 새 것인데다 훨씬 빠른 것이었다. 그 차를 타고 맨하탄으로 가서 차를 버리기만 하면 되는 것이었다.

그들은 월요일에 마피아의 창고에서 불과 2분도 안 되는 거리에 위치한 공업 단지 안에다 추적할 수 없을 정도로 빠른 폰티악을 숨겨 두었다. 원래는 돈가방을 싣고 폰티악을 타고 도망친 다음, 이리로 와서 래빗으로 갈아탈 계획이었다. 그러나 상황이 바뀌는 바람에 어쩔 수 없이 그들은 트레일러를 타고 왔고, 폰티악은 숨겨둔 곳에서 그대로 썩을 수밖에 없게 되어버렸다.

잭과 모트는 트레일러 밖으로 돈가방을 꺼내서 셔터를 내린 주유소의 옆면 벽을 등지고 섰다. 옆으로 들이치는 진눈깨비가 돈자루에 껍질처럼 들러붙기 시작했다. 모트는 다시 운전석으로 돌아와 손이 닿는 곳은 어디나 표면을 닦아내기 시작했다.

잭은 가방을 옆에 놓고 서서 트레일러 너머로 거리를 살펴보았다. 차 한 대가 진눈깨비로 반짝거리는 도로를 지나 엉금엉금 기어가고 있었다. 지나가는 차들의 운전자 중에서 오랫동안 버려진 주유소에 세워 둔 트럭에 관심을 두는 사람은 아무도 없었다. 하지만 경찰차라도 순찰을 도는 날이면…….

마침내 토미는 노변에서 차를 끌고 나와 주유 펌프들이 줄지어 늘어선 사이의 공간에 차를 댔다. 모트는 돈자루 두 개를 단단히 쥐고서 차쪽으로 급히 달려가다 미끄러져 넘어졌지만 금세 다시 일어나 래빗에 겨우 다다랐다. 잭은 매우 조심스럽게 나머지 두 개의 자루를 질질 끌고서 그 뒤를 따랐다. 잭이 래빗에 다다랐을 즈음, 모트는 벌써 뒷좌석에 자리를 잡고 앉아 있었다. 잭은 모트와 함께 돈가방을 안에 던지고 문을 닫은 다음 토미와 함께 앞자리에 탔다.

"제발 차 좀 천천히 조심해서 몰라구."

모트가 잭에게 일렀다.

"그냥 맡겨 둬."

토미가 말했다.

주유 펌프 사이에 세워 둔 차를 빼다가 아스팔트 위에 진눈깨비가 더깨처럼 깔린 바람에 차가 잠시 도로 위에서 빙빙 돌았다. 그들은 주차장을 빠져 나와 도로로 들어서서 타이어가 접지면에 채 닿기도 전에 노변으로 미끄러져 들어갔다.

"왜 이렇게 모든 일이 엉망진창이지?"

모트가 툴툴거렸다.

"그렇게 엉망은 아니었잖아."

잭이 말했다.

래빗은 길에 패인 구멍에 걸리는 바람에 세워 둔 차쪽으로 미끄러지기 시작했다. 하지만 토미는 차가 미끄러지지 않도록 손을 썼다. 차는 점점 느린 속도로부터 고르게 달리다가 고속 도로를 발견하고는 〈뉴욕 시〉라고 적힌 표지판 아래의 경사로로 올라갔다.

경사로 위쪽 끝에서 바퀴가 다시 한번 미끄러지고 나서, 차는 마침내 고속 도로 위로 올라갔다.

모트는 "하필이면 오늘 진눈깨비가 내리고 난리지?"라고 투덜거렸다.

"여기에 소금과 재를 듬뿍 뿌렸을 테니까 이제 시내까지 가는 길은 괜찮을거야."

토미가 말했다.

"두고 보자구. 정말 악몽이었어."

모트가 여전히 뚱하게 대꾸했다.

"악몽이라구? 모트, 죽었다 깨어나도 자네는 평생 낙천자 클럽에는 끼지 못할 거야. 우린 이제 모두 백만 장자라구. 자넨 지금 두둑한 돈보따리를 안고 있잖아!"

잭이 말했다.

아직도 진눈깨비가 뚝뚝 녹아 내리는 모자를 쓴 채로, 모트는 놀라서 눈을 깜박거렸다.

"그나마도 없으면 고생한 보람도 없게?"

모트의 말에 토미 성이 웃음을 터뜨렸다.

잭도 함께 웃었고, 모트도 따라서 웃었다.

"지금까지 우리가 건진 것 중에서 가장 큰 건수야. 게다가 세금을 물 필요도 없고 말야."

잭이 말했다.

갑자기 모든 것이 참을 수 없을 만치 우습게 보였다. 노란 신호등을 깜박거리면서 트럭을 타고 유유히 달리는 동안, 그들은 창고에서 도망쳐

나올 때의 아슬아슬했던 순간들을 떠올리면서 즐거워했다.

나중에 긴장이 다소 풀리고 발작을 일으킬 듯 박장 대소하던 것이 흐뭇한 미소 정도로 바뀔 무렵, 토미가 말을 꺼냈다.

"잭, 이번 일은 정말 백만 불짜리 작전이었어. 컴퓨터를 써서 궤짝에 짐을 싣는 것처럼 서류를 처리해 놓은 것하며……금고를 폭파할 필요 없이 뭐든 다 할 수 있는 그 조그만 전자 장치를 쓴 것도 그렇고……잔머리 굴리는 데 자네는 정말 천재적이야."

"그것보다 자네는 내가 이제껏 본 것 중에서 위험한 상황에서 가장 뛰어난 강도야. 자넨 정말 머리 회전이 무척 빠른 친구야. 잭, 자네가 그 머리를 좋은 쪽으로 잘만 살렸다면, 정말 세상을 말아 먹고도 남았을 걸세."

모트가 말했다.

"좋은 쪽이라고? 그런다고 누가 나한테 밥 먹여 주나?"

잭이 대꾸했다.

"내 말은 그런 뜻이 아니라는 건 자네도 잘 알잖아."

모트가 말했다.

"난 영웅 호걸이 아니야. 게다가 도덕 책에 나오는 것 같은 좋은 나라의 일부가 되고 싶지도 않아. 거기엔 모두 위선자들만 있을 뿐이라구. 사람들은 곧잘 정직이나 진실, 혹은 정의나 사회적인 도의 따위에 대해서 얘기하지……. 하지만 그들 대부분은 서로 제일 꼭대기에 앉으려고 혈안이 되어 있을 뿐이라구. 물론 그들은 그걸 인정하려 들지 않겠지. 내가 세상 사람들을 밥맛 없어 하는 것도 바로 그 때문이야. 하지만 난 그 사실을 분명히 인정하네. 난 최고가 되고 싶어. 다른 놈들 모두 지옥에나 가라고 해."

그렇게 말하는 사이, 잭은 스스로가 듣기에도 처음에는 즐겁게 들떠 있던 목소리가 이제는 아주 삐뚤어진 적개심에 가득 찬 어조로 변하는 것을 느꼈다. 하지만 그건 자신도 어쩔 수가 없었다. 그는 진눈깨비가 녹아 있는 바람막이 유리 위로 와이퍼가 왔다갔다 하는 모습을 보면서 얼굴을 찡그렸다.

"좋은 쪽이라고? 흥! 자네들이 평생 바르게 살려고 아무리 몸부림쳐도, 소위 선량한 시민들은 결국 자네들 가슴에 못만 박고 말걸. 뒈질 것들!"

"자네 신경을 건드리려고 했던 말은 아니었어."

모트는 잭이 의외의 반응을 보이자 몹시 놀라서 말했다.

잭은 아무 대꾸도 하지 않았다. 그는 쓰라렸던 과거의 기억 속에 빠져 있었다. 2, 3 마일쯤 더 가서, 잭이 다시 한번 조용히 말했다.

"난 영웅이 아니야."

그 말을 하면서 잭은 자신이 앞으로 얼마나 더 스스로를 학대하고 지낼 수 있을 것인가 자문해 보았다.

그날은 12월 4일 수요일이었고, 그때의 시각은 새벽 1시 12분이었다.

3

일리노이 시카고

12월 5일 목요일 아침 8시 50분쯤 스테판 비카직 신부는 1부 미사를 집전하고 나서 아침 식사 후 커피나 한잔 마시려고 수도원 사무실로 내려왔다. 책상 앞에 앉아 의자를 돌려서, 신부는 프랑스풍의 커다란 창을 마주보았다. 창 밖의 뜰에는, 잎이 다 떨어진 나뭇가지에 눈이 껍질처럼 붙어 있는 나무들이 보였다. 그는 교구에 관한 문제에 대해서는 어떤 것이든 생각하지 않으려고 애썼다. 지금은 자기 혼자만의 시간이었고, 신부는 그 시간을 무척이나 소중하게 여겼다.

하지만 그의 생각은 어쩔 도리 없이 브렌던 크로닌 신부에게로 흘러가고 말았다. 망나니 성직자. 성배를 내던진 신부. 교구의 화제 거리가 되고 있는 브렌던 크로닌. 성 베네딕트의 난폭자. 모든 사람들의 구설수에 올라 있는 브렌던 크로닌. 아무리 생각해도 전혀 이치에 닿지 않는 이야기다. 전적으로 말도 안 되는 얘기.

스테판 비카직 신부는 32년 동안 성직에 몸담아 왔으며, 거의 18년간 성 베네딕트 성당의 수도원장으로 지내왔다. 성직에 몸담은 숱한 세월 동안, 그는 믿음에 대한 의심으로 고통을 당한 적이 한번도 없었다. 바로 그 생각 때문에 그 사건은 신부를 더욱 당혹스럽게 만들었다.

그는 성직 수여를 받고 나서 곧 성 토마스 교구의 신부로 임명되었다. 그곳은 일리노이의 시골 농가에 있는 조그만 교구로, 일흔 살인 댄 튤린 신부가 거기서 목회를 하고 계셨었다. 튤린 신부는 스테판 비카직이 지금까지 본 중에서 가장 마음이 따뜻하고, 친절하고, 다정 다감하면서 사랑스러운 분이셨다. 댄은 관절염에다 눈이 제대로 보이지 않아서 고생을 하고 있는데다, 당시 너무 나이가 들어서 교구를 맡기가 어려운 상태였었다. 여느 성직자 같았으면 진작 면직되어서 조용히 은퇴를 했을 테지만, 댄 튤린 신부는 40년 동안이나 성 토마스에 있었고 어느새인가 그 교구의 신도들에게 생활의 일부로 완전히 자리잡아 버렸기 때문에 그대로 직책을 맡도록 허가를 받았다. 튤린 신부의 대단한 숭배자였던 추기경은, 보통 신출내기에게 기대되는 것 이상으로 상당한 책임감을 감당할 만한 능력을 갖춘 신부를 찾고 있었고, 마침내 스테판 비카직이 낙점되었다. 성 토마스에서 겨우 하루밖에 지나지 않아서, 스테판은 사람들이 자신에게 기대하는 것이 무엇인지를 깨달았고 그것을 알고 나서도 전혀 겁을 먹지 않았다. 사실상 그는 교구의 모든 일들을 전적으로 떠맡게 되었다. 젊은 신부치고 그러한 임무를 감당할 만한 능력을 가진 사람은 퍽 드물었을 것이다. 비카직 신부는 자신이 그것을 능히 해낼 수 있다는 사실을 한 번도 의심하지 않았다.

3년 후 어느 날 튤린 신부가 잠자다가 조용히 세상을 떠나자, 성 토마스에는 새로운 신부가 임명되었고, 추기경은 비카직 신부를 시카고 교외의 다른 교구로 보냈다. 그 교구의 수도원장인 오질 신부는 알코올로 인한 문제를 가지고 있었다. 오질 신부는 완전히 이성을 잃을 만큼 주정뱅이 성직자는 아니었다. 그는 자신을 지킬 만한 힘을 가진 사람이었고, 구원해 볼 만한 가치가 있는 성직자였다. 비카직 신부의 일은 오질 신부에게 기댈 만한 어깨가 되어 주고 그 신부가 눈치채지 못하도록 은근하면서도 확고하게 그를 바른 신앙의 길로 인도해서 그가 빠져 있는 딜레마로부터 출구를 찾게 하는 것이었다. 신앙에 대한 의심으로 제동이 걸리는 일 따위는 한번도 없이, 비카직 신부는 프란시스 오질에게 필요한 것을 제공해 주었다.

그후로 3년 동안 스테판은 골치 아픈 문제를 가진 두 군데의 교구에서 일했었다. 대주교의 관구에서 성직자들의 계급을 조정하는 사람들은 그를 "예하(猊下 추기경에 대한 존칭 — 역주)의 해결사"라고 부르기 시작했다.

그의 임무 중에서 가장 색달랐던 것은 베트남 사이공에 있는 성모 마리아 자선 고아원과 학교로 보내졌을 때였다. 그는 악몽 같은 6년 간 빌 네이더 신부 밑에서 시중을 들었다. 고아원은 시카고 대주교의 관구에서 재원을 맡고 있는 기관이자, 추기경의 특별 계획 사업 중의 하나였다. 그때 빌 네이더 신부는 왼쪽 어깨와 오른쪽 장딴지에 두 군데나 총상을 입었고, 베트콩 테러리스트들에 의해서 두 명의 월남인 신부와 그전에 있었던 미국인 신부 하나가 목숨을 잃었다.

스테판은 그 곳에 도착하던 순간부터 전쟁 발발 지역에서 그 임무를 맡고 있는 동안 내내 자신이 끝까지 살아 남을 것이라든가, 지옥 같은 전장에서 자신이 하는 일이 보람 있는 일이라는 사실을 한 번도 의심한 적이 없었다. 사이공이 함락되자, 빌 네이더와 스테판 비카직, 그리고 13명의 수녀들은 126명이나 되는 아이들을 데리고 베트남을 탈출했다. 수만 명이 피를 흘리며 죽어 갔지만, 스테판 비카직은 대량 학살을 바로 눈앞에 둔 상황에서도 126명의 아이들이 살아 남았다는 것이 아주 중대한 의미를 지닌 인명 수라는 사실을 절대로 의심치 않았으며, 어느 한순간도 절망하지 않았다.

다시 미국으로 돌아온 후 15년 간은 기꺼이 추기경의 해결사가 돼 준 데 대한 보상으로, 스테판에게 고위 성직으로 승진할 수 있는 기회가 주어졌지만 그는 겸손하게 그 제의를 거절했다. 대신 그는 겸손히 자신의 교구를 달라고 요청했고, 그 동안 그가 노력한 만큼의 당연한 결과이기는 하지만 드디어 자신의 교구를 수여받게 되었다.

그렇게 해서 발령을 받은 곳이 바로 성 베네딕트였다. 그 교구가 스테판 비카직의 손으로 들어올 당시만 해도 그다지 풍족하고 여유로운 교구가 아니었다. 성 베네딕트는 12만 5천 달러의 부채를 지고 있는 상태였으며, 성당도 슬레이트 지붕을 새로 이어야 하는 것을 비롯해 크게 손을 대서 공사해야 할 부분이 한두 군데가 아니었다. 수도원은 그냥 낡은 정도가 아니라 거의 허물어져 가고 있었다. 강풍에 날아가면 어쩌나 겁이 날 정도였다. 교구 내에는 학교도 없었다. 일요 미사에 참석하는 신도들의 수도 거의 10년 동안 꾸준한 숫자로 줄고 있었다. 제단의 준비를 거드는 복사들 중의 몇몇 아이들이 부르는 식으로 성 베네딕트는 비카직 신부를 흥분시킬 만큼 자신의 능력을 갖고 도전해 볼 만한 좋은 대상이었다.

그는 자신이 성 베네딕트를 구해 낼 수 있으리라는 사실을 추호도 의심치 않았다. 4년도 채 못 돼서 그는 미사에 참석하는 신도 수를 40퍼센트 가량 늘려 놓았고, 교구의 빚도 전부 갚고, 성당도 모두 보수했다. 5년이 지나자 교구에 있는 가옥들을 모두 새로 지었다. 그리고 7년이 지나자 미사에 참석하는 신도 수를 두 배로 늘려 놓았고, 학교 부지를 다져 놓았다. 비카직 신부가 그 지방에서 가장 오래된 그 성당을 위해 지칠 줄 모르고 열성적으로 봉사한 공로를 인정해서, 추기경은 숨을 거두기 일주일 전에 그에게 성직자라면 누구나 선망하는 종신 수도원장직의 영예를 수여함으로써, 영적으로나 재정적으로나 파멸 직전에 몰려 있던 위기에서 혼자 힘으로 구해낸 그 교구에서 평생 봉사할 수 있도록 허가해 주었다.

바위처럼 굳건한 비카직 신부의 믿음으로는 바로 지난 일요일 1부 미사에서, 브렌던 크로닌이 절망과 격분에 못 이겨 신성한 성배를 성단소(聖壇所) 건너편으로 집어 던질 만큼 철저하게 신앙이 무너진 이유를 쉽사리 이해할 수가 없었다. 그것도 거의 1백 명이나 되는 예배자들의 눈앞에서 그런 짓을 하다니. 나중에 열리는 세 차례의 미사에는 신도들이 더 많이 모이니까 최소한 그런 때 그 일이 일어나지 않은 것만으로도 불행중다행인 셈이었다.

성 베네딕트에 온 지 1년 반쯤 지났을 무렵 브렌던이 처음 그 곳으로

왔을 때, 비카직 신부는 과히 그가 썩 마음에 내키지 않았다.

무엇보다도 브렌던이 로마에 있는 노스 아메리칸 대학에서 수학했다는 점이 가장 마음에 들지 않았었다. 그 곳은 교회의 권한 내에 있는 교육 기관 중에서 가장 유명하고 훌륭한 시설이었다. 물론 그 곳에서 수학한 인재를 초청해서 함께 일한다는 게 영광스러운 일이기도 하거니와, 그 곳의 졸업생들이 성직자들 중에서도 뽑히고 뽑힌 엘리트로 인정을 받는 것도 사실이었지만, 그들은 대개가 나약하고 까다로운데다 궂은 일을 극히 싫어하고 자부심도 여간이 아니었다. 그들은 아이들에게 교리 문답 따위를 가리치는 일은 자신들의 능력 이하의 일이며, 훨씬 더 형이상학적인 사상을 가진 자신들의 수준에는 맞지 않는 소모적인 일이라고 생각했다. 게다가 몸져 누운 병자들을 찾아가는 임무가 로마에서 지냈던 왕년의 영광에 비해서 말로 표현할 수도 없을 만치 혐오스러운 일이라고 여겼다.

로마에서 훈육을 받았다는 점 외에도 브렌던 크로닌은 뚱뚱했다. 아니 실제로 그렇게까지 뚱뚱한 건 아니었지만, 분명히 포동포동하게 살이 찐 편이었다. 얼굴은 두리뭉실하고, 물기에 젖은 초록색 눈동자는 처음 대면했을 때 무척 게을러 보이는데다 어쩌면 쉽사리 타락해 버릴 것 같은 사람처럼 보였다. 그와는 달리 비카직 신부는 골격이 커다란 폴란드인으로서, 가족 중에도 뚱뚱한 사람이 단 한 명도 없었다. 비카직 일가는 폴란드에서 광부를 하다가 1900년대 초에 미국으로 건너온 이민들로, 제철소나 채석장, 건설 현장 등에서 육체 노동을 하면서 먹고 살았었다. 그들은 엄청난 대식구에 죽도록 막노동을 해야만 입에 겨우 풀칠을 할 수 있는 형편이라서 살이 찔 틈이 없었다. 스테판은 자라면서 본능적으로 진짜 사나이라면 체구가 다부지되 야윈 듯한 체격에, 목은 굵고, 어깨는 떡 벌어지고, 힘든 일을 해서 관절에서는 삐걱삐걱 소리가 나야 한다고 생각하게 되었다.

나중에 비카직 신부도 놀란 일이지만, 브렌던 크로닌은 예상 외로 궂은 일을 잘하는 사람이었다. 로마에 있는 동안 한 번도 우쭐대거나, 고상한 척하거나, 까다로움을 피워본 적이 없었다. 그는 똑똑하고, 착하고, 재미있고, 사람의 마음을 끄는 매력이 있었다. 그는 18년 간 비카직 신부가 만난 사제 중에서 가장 좋은 보좌 신부였다.

일요일에 브렌던이 믿음을 잃고 그로 인해 격렬하게 감정을 폭발시킨 일이 스테판 비카직 신부에게 몹시도 심란하게 느껴지는 이유도 바로 그 때문이었다. 물론 다른 면으로 생각해 볼 때, 브렌던 크로닌을 다시 제자리로 돌려놓는 일에 도전할 것이 은근히 기다려지기도 했다. 그는 문제가 있는 사제들을 위해 그들의 오른팔 노릇을 하면서 교단에서 경력을 쌓기 시작했고, 이제 한번 더 충실히 그 역할을 하도록 부름을 받은 것이다. 그 사건을 기회로 그는 웬지 젊음을 되찾은 것 같기도 하고, 중대한 목적을 수행한다는 데 대해 흥분도 되었다.

그가 천천히 커피 한 잔을 더 마시고 있을 때, 사무실 문을 두드리는 소리가 들렸다. 그는 벽난로 선반 위의 시계로 시선을 돌렸다. 그 시계는 도금을 한데다 마호가니로 상감을 한 스위스 제품으로, 교구의 신도로부터 선물받은 것이었다. 제대로 조화도 되지 않는 가구들을 철저하게 필요에 의해서 갖다 놓은데다, 페르시아 양탄자를 본따서 만든 너덜너덜하게 닳아 빠진 카펫이 깔려 있는 방안에서 우아하게 보이는 장식품은 그 시계 하나뿐이었다. 시계가 가리키고 있는 시각은 정확히 8시 30분이었다. 스테판은 문을 향해 "브렌던, 들어오게." 하고 대꾸했다.

문을 열고 들어섰을 때 브렌던 크로닌의 얼굴은 일요일이나 월요일, 화요일, 수요일에 본 것이나 마찬가지로 우울해 보였다. 그들은 일주일에 나흘씩 그 사무실에서 만나서 브렌던의 믿음이 왜 위기를 맞게 됐으며 신앙심을 다시 되찾을 수 있는 길이 무엇인가를 함께 모색해 보기로 했다. 브렌던의 안색이 너무 창백해서 마치 얼굴에 불꽃이라도 터진 것처럼 주근깨가 벌겋게 보였고, 그와 대조적으로 적갈색 머리는 평소보다 훨씬 더 빨갛게 보였다. 그의 발걸음에는 힘이 하나도 없었다.

"앉아요, 브렌던. 커피 한잔 하겠어요?"

"아뇨, 괜찮습니다."

브렌던은 갈기갈기 찢어진 소파와 의자를 지나서 대신 바닥이 휘어진 등받이 의자에 털썩 몸을 파묻고 앉았다.

'아침은 제대로 먹었나요?' 라고 스테판은 묻고 싶었다. 아니면 '토스트 조각에다 커피 한 잔으로 그냥저냥 때웠나?' 라거나.

하지만 자기보다 세 살이나 많은 자신의 보좌 신부를 괴롭힐 것 같은 질문은 하고 싶지 않았다. 대신 그는 "내가 권한 책들은 읽어 봤나요?" 라고 물었다.

"예."

스테판은 브렌던에게 교구의 일을 잠시 쉬게 하고 그 대신 신의 존재와 이지적인 관점에서 무신론의 우를 범하는 것에 관해서 반박하는 책이나 에세이들을 권해 주었다.

"그러면 읽은 내용에 대해서 좀 생각을 해 봤겠군요. 그럼, 지금까지 깨달은 것이……조금 도움이 되던가요?"

비카직 신부가 물었다.

브렌던은 한숨을 내쉬더니 고개를 저었다.

"당신을 바른 길로 인도해 달라고 계속 기도하고 있나요?"

"예. 하지만 아무 응답도 받지 못했습니다."

"이렇게 계속 신에 대해서 의심하게 된 근본적인 동기를 찾아 보고 있는 중인가요?"

"아무리 생각해도 모르겠습니다."

스테판은 크로닌 신부가 평소의 그답지 않게 말없이 입을 꼭 다물고 있자 점점 맥이 빠져갔다. 언제나 브렌던은 속이 툭 트이고 달변인 친구였다. 그러나 그날 일요일의 사건 이후로 그는 내성적으로 변해서 말수도 줄고 나직하면서 느릿느릿하게 말하기 시작하더니, 이제는 말 한마디가 금이라도 되는 양 마치 한 푼 한 푼 쓸 때마다 벌벌 떠는 수전노처럼 입을 굳게 다물어 버렸다.

"당신이 의심을 가지게 된 데는 분명히 근본적인 동기가 있을 거예요. 틀림없이 의심의 씨앗이 자라게 된 시발점이 될 만한 중요한 일이 있었을 겁니다."

비카직 신부는 계속 뜻을 굽히지 않았다.

"그냥 원래 그랬어요."

브렌던은 거의 들릴락말락하게 모기만한 소리로 중얼거렸다.

"그냥 늘 의심이 제 마음속에 그런 식으로 존재하고 있었던 것 같아요."

"하지만 그렇지 않았어요. 당신이 정말로 열심히 믿어 왔다는 건 나도 잘 알고 있어요. 대체 언제부터 의심을 품기 시작한 거죠? 신부는 분명히 지난 8월이라고 했지만, 대체 그 불씨가 된 것이 뭐죠? 자신의 철학을 다시 생각해 보게끔 만들 만한 특별한 사건이나 사고 따위가 있었던 게 틀림없어요."

브렌던은 가볍게 한숨을 내쉬면서 "아뇨."라고 대답했다.

비카직 신부는 브렌던에게 소리라도 버럭 지르고 멱살이라도 잡고 흔들어서 그의 입을 단단히 봉하게 만든 우울함에서 벗어나게 해 주고 싶었다. 하지만 그는 참을성 있게 말했다.

"훌륭한 사제들 중에서도 수없이 많은 사람들이 믿음을 잃게 될 위기를 겪곤 해요. 심지어 성인(聖人)들 중에서도 천사들과 씨름을 하시는 분들이 계시지. 하지만 그들 모두 두 가지의 공통점을 가지고 있어요. 바로 믿음을 잃는 것은 그런 위기에 도달하기 전에 이미 수많은 세월 동안 계속 차츰 그 과정이 진행되고 있었다는 거죠. 그리고 그러한 의심이 자라게 된 특별한 사건이나 계기가 반드시 있었다는 점이오. 예를 들어서 아이가 어처구니없게 죽었다거나, 신앙심이 깊으셨던 모친께서 암으로 돌아가셨다거나 하는 식으로 말입니다. 살인을 당했다거나, 강간을 당했다거나……. 왜 신은 이 세상에 그런 악이 일어나도록 내버려 두시는 것일까? 왜 전쟁은 일어나는 걸까? 의심의 근원을 가까이에서 찾아 보자면 셀 수도 없이 많지요. 게다가 교회의 논리가 그 대답이 되어 준다 쳐도, 냉정하리만치 객관적인 교리가 때로는 전혀 위로가 되어 주지 못할 수도 있을 테니까. 브렌던, 의심이란 항상 신께서 우리에게 자비심을 베풀고 계신다라는 개념과 인간이 실제로는 슬픔과 고통을 겪고 있다는 현실 사이의 모순에서 생겨나는 것입니다."

"제 경우에는 그렇지 않습니다."

브렌던이 대답했다.

부드러우면서도 단호한 말투로 비카직 신부가 계속 말을 이었다.

"그리고 그런 의심을 누그러뜨릴 수 있는 방법은 자신을 괴롭히는 모순점들에 초점을 맞추고 영적인 인도를 따라 그 모순점들에 관해서 토론하는 것뿐이죠."

"제 경우에 저의 신앙은 그저……제 자신 밑으로 무너져 내렸어요. 그것도 갑자기……. 겉으로 보기에는 완벽하고 탄탄한 것 같지만 속은 전부 썩어 버린 마룻바닥처럼 말입니다."

"신부는 부당한 죽음이나 질병, 살인이나 전쟁에 대해서 곰곰이 생각해 본 적이 없으신가요? 그때는 그저 썩은 마루 같았다구요? 그냥 하룻밤 새에 갑자기 무너져 버린 거라구요?"

"그렇습니다."

"새빨간 거짓말!"

스테판은 의자에서 벌떡 일어나면서 소리쳤다.

과격하고도 갑작스런 스테판 신부의 동작에 크로닌 신부는 깜짝 놀랐다. 그는 갑자기 고개를 쳐들었다. 그의 눈은 놀라서 휘둥그래져 있었다.

"거짓말!"

비카직 신부는 보좌 신부에게 등을 돌리고 있을 때 혼자 얼굴을 찡그리면서 그 말들을 하나하나 되새겨 보았다. 어떤 면으로는 젊은 사제에게 충격을 줘서, 반쯤 정신이 나가 있는 그를 자기 연민에서 벗어나게 해 줄 요량으로 한 말이기도 했지만, 한편으로는 크로닌이 좀처럼 속을 털어놓지 않고 움츠리고 있는데다 극심한 절망감에 빠져 있는 것이 안타깝기도 했다. 신부는 계속 창 쪽으로 얼굴을 돌린 채로 보좌 신부에게 말을 건넸다. 창틀에는 서리가 엉겨 있고 바람이 창을 때리고 있었다.

"8월에는 임명을 받은 사제였는데 12월에는 무신론자로 타락했다구?

그럴 리가 없어요. 신부는 틀림없이 그런 경험이 없다고 말하겠지만, 아무리 감추려고 해도 분명히 신부의 마음이 변하게 된 데는 그럴 만한 이유가 있을 거예요. 자신이 아무 거리낌없이 그것을 인정하고 맞부딪칠 때까지는 신부께서는 계속 이런 파멸 상태로 남아 있게 될 겁니다."

말로는 표현할 수도 없는 무거운 침묵이 방안을 가득 메웠다.

그때 방안에 들리는 소리라고는 도금을 한 마호가니 시계에서 희미하게 나는 똑딱거리는 소리뿐이었다.

마침내 브렌던 크로닌은 "신부님, 제발 제게 화내지 말아 주십시오. 전 신부님을 존경하고 있습니다. 또 신부님과 저와의 관계를 대단히 소중하게 여기고 있어요. 그렇기 때문에 신부님께서 화를 내시면…… 어떤 다른 것보다……제게는 그것이 가장 중요합니다."라고 말했다.

비록 아주 미미한 반응이기는 하지만 브렌던을 감싸고 있던 단단한 껍질에 틈이 생긴 것이 만족스럽기도 하고, 자신의 조그마한 계획이 효과를 나타내는 게 기분이 좋아서, 비카직 신부는 창에서 고개를 돌리고 재빨리 크로닌이 앉아 있는 의자로 다가가 보좌 신부의 어깨에 손을 얹었다.

"난 신부에게 화가 난 게 아닙니다. 걱정이 돼서 그래요. 너무 염려가 돼서. 브렌던이 내가 자신을 돕도록 허락해 주지 않는 게 맥이 풀려서 그래요. 하지만 화난 건 아니예요."

젊은 사제는 고개를 들었다.

"신부님, 저를 믿어 주십시오. 저는 이 문제에서 벗어날 수 있는 방법을 찾는 데 신부님의 도움 외에는 아무것도 원치 않습니다. 하지만 맹세코 제가 갖게 된 의심은 신부님께서 말씀하신 것들로부터 생겨난 것이 아닙니다. 정말로 어디서부터 시작된 건지 저도 모르겠어요. 아직도…… 그건 수수께끼예요."

스테판은 고개를 끄덕이고서 브렌던의 어깨를 잠시 쥐었다가 다시 자신의 책상으로 돌아왔다. 그는 자리에 앉아 잠시 눈을 감고 생각에 잠겼다.

"좋아요, 브렌던. 당신이 자신의 믿음을 잃게 된 동기를 찾아내지 못하는 것은 그 문제가 단순히 지적인 사고를 요하는 성질의 것이 아니라는 걸 말하는 거예요. 그러니까 영적인 저서들을 아무리 많이 읽는다 해도 도움이 될 수 없는 거죠. 만일 그것이 심리적인 문제라면, 그 뿌리는 당신의 잠재 의식 속에 있는 것이니까 그것이 밖으로 발현되기를 기다려야 하는 겁니다."

눈을 뜨자, 스테판은 보좌 신부가 자신의 속마음이 제대로 작용되지 못하고 있다는 암시에 의해서 몹시 당혹스러워 하는 것을 알 수 있었다. 그것은 어쨌든 신이 브렌던을 버리지 않았다는 뜻이기도 했다. 자기 스스로 자책감을 느끼고 있는 걸로 보아 그것은 신이 실제로 존재하지 않는다거나 신이 자신에게서 등을 돌렸다거나 하는 식으로 생각하는 것보다는 훨씬 다루기가 쉬운 문제였다.

"신부도 알고 계실지 모르겠지만, 예수회의 일리노이 대교구장은 리켈로그가 맡고 있어요. 하지만 그분이 정신의들을 관리, 감독하고 있다는 사실은 잘 모를 겁니다. 그들 제수이트 수사 두 사람은 우리 교단 내의 사제들의 정신적 혹은 정서적인 문제들을 다루고 있지요. 신부를 위해서 그 의사들 중 한 사람에게 부탁해서 당신의 정신 상태를 분석해 보도록 주선할 수도 있어요."

"그래 주시겠어요?"

브렌던이 의자에서 몸을 일으키며 물었다.

"그렇게 합시다. 나중에 정 안 되면 말예요. 하지만 그게 좋은 방법은 아니예요. 일단 신부의 정신 상태를 분석하기 시작하면, 대교구장께서는 당신 이름을 대교구의 규율 감독한테 말해 둘 테고, 그렇게 되면 그 사람은 지난날 신부가 맹세한 내용 중에서 어느 것을 어기는지 모든 행동을 면밀히 검토하기 시작할테니까요."

"하지만 전 한번도……."

"물론 나도 잘 알고 있어요."

스테판은 안심을 시켜 주듯 말했다.

"하지만 규율 감독의 임무는 사람을 일단 의심하고 보는 거지요. 최악의 일은……비록 브렌던 당신이 정신 분석을 해 봐서 완치가 된다 해도, 감독은 앞으로도 몇 년 간은 더 당신을 주시하면서 죄를 재서 성직자답지 못한 행동을 하는 일이 없도록 지도를 하게 된다는 것이죠. 그러면 신부의 앞날은 그만큼 제한을 받게 되는 겁니다. 게다가 이 문제를 일으키기 전까지는 당신은 앞날이 유망한 사제가 아니었습니까? 몬시뇨르, 아니 그 이상도 될 수 있었을텐데."

"아, 아닙니다. 전 그렇게 되지 못했을 거예요. 저는 정말 그렇게 되지 못했을 겁니다."

브렌던은 겸손하게 답했다.

"아니, 당신은 될 수 있었을 거예요. 그리고 이 문제를 깨끗이 고치기만 한다면, 틀림없이 당신에게는 아직도 그렇게 될 수 있는 기회가 올 거예요. 하지만 일단 그 감독관의 블랙 리스트에 오르고 나면, 신부는 평생 의심을 받고 지내야 하는 것입니다. 기껏해야 나같이 평범한 교구의 사제 정도밖에는 되지 못할 거예요."

브렌던의 입가에 잔잔한 미소가 감돌았다.

"신부님께서 말씀하신 것처럼……신부님만큼만 될 수 있다면, 그건 제게 더없는 영광이자……보람일 겁니다."

"하지만 당신은 더욱 성장하고 뻗어 나가서 교회에 더 크게 봉사할 수 있는 사람입니다. 게다가 틀림없이 그런 기회를 가질 수 있을 게구요. 그러니까 당신이 그런 수렁에서 빠져 나올 수 있는 방법을 찾을 수 있도록 내게 크리스마스 때까지만 기회를 줬으면 해요. 더 이상 기운을 북돋워주려고 위로하는 말은 하지 않겠소. 선악에 관한 논쟁도 더 이상 하지 않겠구. 대신 정신적인 장애에 관해서 내가 가지고 있는 이론들 중의 일부를 적용해 보고 싶어요. 물론 나한테는 아마추어 수준 정도의 치료밖엔 받지 못하겠지만, 내게 기회를 한번 주지 않겠소? 딱 크리스마스 때까지만 말이오. 그리고 나서도 여전히 당신의 고통이 엄청나고, 우리가 해답 근처에도 전혀 미치지 못한다면, 예수회의 정신의들 손에 당신을 맡길 수밖에요. 어떻소? 이젠 된 거죠?"

비카직 신부의 말에 브렌던은 고개를 끄덕였다.

"좋습니다."

"됐어요!"

비카직 신부는 의자에 몸을 바로 하고 앉아 힘차게 두 손을 비볐다. 그 모습은 마치 나무를 잘게 부숴뜨리거나 다른 과격한 운동을 힘차게 하고 있는 것처럼 보였다.

"지금 우리한테 남은 시간은 3주가 조금 넘으니까……. 우선 첫째 주에는 먼저 성복부터 벗고 평복을 입고서 성·요셉 아동 병원에 있는 맥머트리 박사에게 매일 일어난 상황을 보고하도록 해요. 박사가 병원 요원으로서의 일을 주고서 당신이 어떻게 하는지를 지켜 볼 겁니다."

"지도 신부로서 말인가요?

"아니, 잡역부로서……. 침대 시트를 갈고, 환자들의 변기를 치우고, 시키는 건 뭐든 다 해야 합니다. 당신이 사제라는 건 맥머트리 박사만 알고 있는 거죠."

뜻밖의 대답에 브렌던은 의아한 듯 눈을 깜박거렸다.

"하지만 대체 그 일을 하는 목적이 뭐죠?"

"그 주가 다 지나기 전에 당신도 그 이유를 알게 될 겁니다."

스테판은 만족스러운 듯이 대답했다.

"그리고 내가 당신을 왜 그 병원에 보냈는지 알게 될 무렵이면, 신부께서는 자신의 마음을 열 수 있도록 도와줄 아주 중요한 열쇠를 찾게 될 겁니다. 문을 열고 자신의 속마음을 들여다볼 수 있도록 해 주는 열쇠 말이오. 어쩌면 그때 왜 자신이 믿음을 잃게 되었는지 그 원인을 알 수 있을지도 모르죠……. 그리고 그것을 이겨낼 수 있는 방법두요."

하지만 브렌던은 스테판의 말을 별로 미더워하지 않는 눈치였다.

"분명히 나한테 3주를 주겠다고 약속한 거죠?"

비카직 신부가 다져 물었다.

"좋습니다."

브렌던은 무심결에 성복의 칼라를 손가락으로 매만져 보았다. 그는 성복을 벗어야 한다는 생각에 혼란을 느끼고 있는 것 같았다. 그것은 비카직 신부에게는 아주 좋은 조짐으로 받아들여졌다.

"크리스마스 때까지는 수도원에서 나가 있도록 해요. 그리 좋은 곳은 아니지만 식비랑 호텔비는 내가 대 주겠소. 성직자들만 사는 울타리에서 벗어나 현실 세계에서 사람들과 부딪치고 일하면서 살아 보도록 해요. 자, 우선 옷부터 갈아입고, 짐을 꾸려서, 나한테 다시 보고하도록 하세요. 난 곧 맥머트리 박사에게 전화를 걸어서 필요한 준비를 하도록 시킬 테니까."

브렌던은 한숨을 내쉬고는 자리에서 일어나 문 쪽으로 향했다.

"어쩌면 제가 지니고 있는 문제가 논리적인 성질의 것이 아니라, 정신논리학적인 것이라는 생각을 뒷받침할 수 있을지도 모르는 일이 한 가지 있습니다. 전 요새 계속 꿈들을 꾸고 있어요……. 그것도 매번 똑같은 꿈을요."

"계속 같은 꿈을? 그거 대단히 프로이드 학설에 걸맞는 이론이로군요."

"8월부터 한 달에 몇 차례씩 그 꿈을 꾸곤 했어요. 하지만 이번 주에는 아주 규칙적으로 계속 같은 꿈을 꾸고 있어요……. 지난 나흘간은 세 번이나 꾼 걸요. 물론 악몽이었죠……. 하룻밤에도 짧은 꿈을 계속 반복해서 꾸어요. 짧지만……너무나 생생했어요. 그건 검정색 장갑에 관한 꿈이에요."

"검정색 장갑이라고요?"

브렌던은 얼굴을 찡그리며 대답했다.

"전 이상한 곳에 있었어요. 거기가 어딘지는 잘 모르겠지만, 아무튼 저는 침대에 누워 있었어요. 마치……무언가에 꽁꽁 묶여 있었던 것 같았어요. 제 팔은 뭔가에 꽉 눌려 있었고, 제 다리도 그랬어요. 몸을 움직여서 거기서 도망치고 싶었지만 그럴 수가 없었죠. 불빛이 몹시 희미해서 모든 게 제대로 보이지가 않았어요. 그때 그 손이……."

그 말을 하면서 브렌던은 몸을 부르르 떨었다.

"검정색 장갑을 낀 손 말인가?"

비카직 신부가 이야기를 재촉했다.

"예, 반짝거리며 윤이 나는 검정색 장갑이었어요. 비닐인지 고무인지는 잘 모르겠지만, 아주 손에 꽉 끼게 만든 반짝거리는 장갑이었어요. 하지만 여느 장갑과는 뭔가 달랐어요."

브렌던은 문고리를 놓고서 방 가운데로 두 발짝 더 물러서더니 눈앞으로 손을 들어올렸다. 손을 들여다보면 그 꿈속에 나타났던 무시무시한 손의 세세한 부분을 다시 기억하는 데 도움이 되는 모양이었다.

"그게 누구 손이었는지는 잘 모르겠어요. 제 눈이 웬지 이상해졌었나봐요. 그 손이랑 장갑은 분명히 봤는데……손목까지밖에 볼 수가 없었어요. 그 나머지 부분은……온통……흐릿했어요."

뒤늦게 생각난 것이기는 하지만, 브렌던은 그 이야기를 들려줌으로써 그 꿈이 별 중요한 의미가 없다는 걸 믿고 싶어하는 것을 스테판은 분명히 알아챌 수 있었다. 하지만 브렌던의 얼굴은 아까보다 훨씬 더 창백해 보였다. 그의 목소리에는 뭐라고 딱 꼬집어서 말할 수는 없지만 동요의 기색이 역력했다.

쌀쌀한 겨울 바람이 휘몰아치면서, 흔들거리던 창틀이 더욱 심하게 덜거덕거렸다.

"검정색 장갑을 낀 사람이……뭐라고 하던가요?"

스테판이 물었다.

"그 사람은 제게 한마디도 하지 않았어요."

브렌던은 다시 한번 몸을 떨었다. 그는 손을 내리고 주머니에 찔러넣었다.

"그 사람은 제게 손을 댔어요. 그 장갑은 아주 차갑고 매끄러웠어요."

보좌 신부는 아직도 그 장갑의 감촉이 생생히 느껴지는 것 같았다.

웬지 말초적인 흥미를 느끼면서, 비카직 신부는 책상 앞으로 바싹 다가가 "그 장갑이 당신의 어디를 만졌나요?"라고 물었다.

젊은 사제의 눈이 반짝 빛을 발했다.

"그 손은……제 얼굴을 만졌어요. 이마랑 뺨이랑 목……그리고 가슴을요. 그건 몹시 차가웠어요. 제 몸을 거의 다 만졌습니다."

"당신을 해치지는 않았나요?"

"아니오."

"하지만 신부께서는 아직도 그 장갑이랑 장갑을 끼었던 사람을 두려워하고 있지 않소?"

"소름이 끼칠 정도로 끔찍했어요. 하지만 저도 왜 그랬는지 그 이유를 모르겠습니다."

"프로이드가 꿈이라는 걸 어떻게 설명할지 짚어 봐야겠군요."

"그래야 할 것 같습니다."

보좌 신부가 답했다.

"꿈이란 잠재 의식이 어떤 메시지를 의식으로 전달하는 하나의 수단이죠. 그리고 이런 경우에는 검정색 장갑에 대한 프로이드식의 상징적인 의미를 살펴보는 것이 쉽겠군요. 그건 당신에게 손을 뻗쳐서 신의 은총에서 벗어나 실족하게 하려는 악마의 손이거나, 당신 스스로가 품고 있는 의심의 손길일지도 모르겠군요. 아니면 당신을 방종하게 만드는 죄악과 유혹의 상징이 될 수도 있을 겁니다."

브렌던은 비카직 신부가 제시한 가능성들에 놀라서 인상을 찌푸렸다.

"특히 육체적인 죄를 말이죠. 어쨌든 그 장갑은 제 몸을 거의 다 만졌으니까요."

보좌 신부는 문으로 돌아가 문고리에 손을 올려 놓다가 다시 잠시 멈칫했다.

"제가 신부님께 이상한 점을 한 가지 말씀드려도 될까요? 전 웬지 그 꿈이……그저 상징적인 의미를 가진 게 아니라는 생각에 대해 반쯤 확신이 들거든요."

브렌던은 스테판과 마주보고 있던 눈길을 슬그머니 피하고서 낡아서 너덜너덜해진 양탄자를 내려다보았다.

"저는 장갑을 끼고 있던 그 손이 그저 장갑을 끼고 있던 손 이상의 의미는 아무것도 없다고 생각합니다. 제가 보기에는……그 상황이 언제 어디서 벌어진 건지 확실히 알 수는 없지만, 그것이 실제로 존재하고 있었다는 생각이 들거든요."

"그럼, 브렌던 신부께서는 꿈속에 나타난 것과 비슷한 상황을 겪었던 적이 있다는 말씀이신가요?"

계속 양탄자를 내려다보고 있는 채로 보좌 신부가 말했다.

"모르겠습니다. 어쩌면 어린 시절에 그런 일이 있었을지도 모르겠어요. 그 꿈이 제가 믿음을 잃게 된 것과 아무 상관도 없을지도 모르구요. 그 두 가지 사실이……어쩌면……전혀 상관없는 일일지도 모르겠어요."

스테판은 고개를 내저었다.

"믿음을 잃은 것과 계속되는 악몽이라……별나고도 심각한 증상이 두 가지나 동시에 당신을 괴롭히고 있는데, 브렌던 신부께서는 내가 그 두 가지 일이 아무런 상관도 없다고 생각하기를 바란단 말이신가요? 그건 우연의 일치치고는 너무 지나치군요. 거기에는 어떤 관련이 있는 것이 분명해요. 어쨌든 신부께서는 어떤 식으로든, 그렇게 얼굴도 보이지 않은 채 장갑을 낀 인물에게 위협을 느끼신 적이 있었나요?"

"글쎄요. 어렸을 때 두 번 정도 크게 병을 앓았던 적이 있긴 합니다. 어쩌면 열병을 앓았을 때, 꽤 거칠고 무서운 인상을 가진 의사에게 진찰을 받았을지도 모르죠. 그래서 그 경험이 어린 제게 너무나 큰 상처로 남아서 기억 속에 묻혀 있다가 지금 꿈으로 표출되고 있는 건지도 모르겠습니다."

"하지만 의사들이 환자들을 진찰할 때 끼는 장갑은 한번 쓰고 버리게 되어 있는 흰색 라텍스 장갑이지, 검정색이 아니오. 게다가 그런 두꺼운 고무 장갑이나 비닐 장갑은 더 더욱 아니죠."

보좌 신부는 심호흡을 크게 하고 숨을 길게 내쉬었다.

"그건 신부님 말씀이 맞습니다만, 그래도 전 그 꿈이 그저 상징적인 의미를 가진 게 아니라는 느낌을 떨쳐 버릴 수가 없습니다. 제가 보기에도 사실 이건 미친 생각이죠. 하지만 그 검정색 장갑은 틀림없이 실제로 존재하는 것 같았어요. 바로 이 의자나, 선반 위의 책처럼 말입니다."

벽난로 위에 있는 시계가 정각을 알렸다.

처마 끝에서 윙윙 소리를 내며 불어오는 바람이 마치 세찬 울음소리처럼 들렸다.

"오싹하군."

스테판은 음산한 바람 소리나 속이 텅 빈 듯 공허하게 들리는 시계 소리를 두고 한 말이 아니었다. 그는 방 맞은편으로 건너가 보좌 신부의 어깨를 가볍게 툭툭 두드려 주었다.

"분명히 말하지만 당신의 말은 틀렸소. 그 꿈은 틀림없이 뭔가를 상징하는 것이에요. 그것도 당신의 믿음이 위태로운 상태라는 것과 관계가 있는 거라구요. 검정색 장갑은 당신의 마음속에 존재하는 의심을 상징하는 거지요. 당신의 잠재 의식 속에서 당신이 실제로 믿음을 가지고 싸우고 있다는 것을 경고하는 의미죠. 하지만 그 싸움은 브렌던 신부 혼자만 하는 것이 아닙니다. 당신 옆에 바로 내가 있으니까요."

"감사합니다, 신부님."

"그리고 무엇보다 먼저 신에게 감사를 드려야지요. 그분도 늘 당신와 함께 하시니까요."

비카직 신부의 말에 고개를 끄덕이기는 했지만, 브렌던의 얼굴이나 패배자처럼 축 처진 듯한 어깨 그 어디에서도 확신감을 엿볼 수가 없었다.

"자, 어서 가서 짐을 꾸리도록 해요."

비카직 신부가 말했다.

"제가 가고 나면 일손이 딸리실텐데요."

"학교에는 게라노 신부랑 자매님들이 계시지 않소. 자, 어서 가 보세요."

보좌 신부가 가고 나자, 스테판은 다시 책상으로 돌아왔다.

검정색 장갑. 그것은 그저 한낱 꿈에 불과하고, 실제로 따져 보면 겁낼 만한 것은 아무것도 없다. 하지만 그 장갑에 대해서 얘기할 때, 크로닌 신부의 목소리는 마치 뭔가에 홀린 것 같았고, 스테판은 아직도 번쩍거리며 윤을 내는 고무로 감싸인 손가락들이 흐릿한 안개 속에서 불쑥 나타나 금방이라도 자신에게 덤벼들 것 같은 영상을 머릿속에 생생히 떠올리고 있었다.

검정색 장갑.

비카직 신부는 웬지 이번 일이 지금까지 자신이 손대왔던 구원의 임무 중에서 가장 어려운 일이 될 것 같은 예감이 들었다.

밖에는 흰 눈이 내리고 있었다.

12월 5일 목요일의 일이었다.

4

매사추세츠 보스턴

바이올라 플레처의 대동맥 이식 수술을 끝내고 나서, 발작에 가까운 순간적인 기억 상실증을 일으킨 후 나흘이 지난 금요일에도 진저 바이스는 계속 메모리얼 병원의 환자 신세로 지내고 있었다. 그녀가 다시 정신을 차리고 나서 조지 해너비 박사가 그녀를 눈 내리는 골목길에서 데리고 나온 후, 진저는 곧바로 그 병원에 입원하게 되었다.

병원측에는 사흘 동안 그녀에게 여러 가지 철저한 검사를 실시했다. 의사들은 뇌파 검사와 뇌 엑스레이 검사, 음향 기록 장치를 이용한 검사, 흉곽 검사, 요추 천자(穿刺) 검사, 혈관 조영법을 비롯한 여러 가지 검사들을 반복하면서 진찰 결과를 비교 검토했다. 요추 천자 검사를 되풀이하지 않은 것만으로도 진저에게는 천만 다행으로 생각할 뿐이었다. 현대 의학의 복잡하고 정교한 기구들과 절차를 이용해서, 의사들은 진저의 뇌 조직에 종양이 생기지는 않았나 담낭 조직이나 종기, 혹은 응고된 덩어리나 동맥류, 악성 점액성 종양 같은 것이 없나를 살폈다. 잠시 동안 의사들은 신경 중추 주위의 신경에 악성 종양이 생기지 않았을까 하는 데 초점을 맞추고 검사를 했었다. 또 그들은 두개골 내부에 만성적인 압력이 존재하지 않나를 점검해 보기도 했다. 그리고 비정상적인 단백질이나 뇌 출혈을 찾아내려고 척추 천자에서 분비액을 체취해 분석해 보았다. 만일 당도가 낮으면 박테리아나 균상종에 감염된 것임을 의미하는 신호였기 때문이었다. 의사들이 항상 환자에게 최선을 다해야 하는 것은 당연한 일이겠지만, 특히 진저가 자신들의 동료였기 때문에 그녀를 담당한 의사들은 더욱 열과 성을 다해 진저를 돌봐 주었고, 사려 깊은 배려와 함께 진저가 문제를 일으킨 원인이 무엇인지를 집어내기 위해서 철두철미하게 검사를 해 주었다.

그날 오후 2시가 되자, 종합 진단에 필요한 최종 검사 결과와 고문 의사들의 최후 소견을 적힌 보고서를 가지고 조지 해너비가 진저의 방으로 찾아왔다. 종양 담당의나 그녀의 증상을 담당했던 뇌 전문의가 그 소식을 알리는 것보다 해너비 박사가 직접 찾아왔다는 것은 십중팔구 검사 결과가 썩 좋지 않다는 뜻이기 때문에, 진저는 박사를 보자 가슴이 철렁 내려앉았다.

진저는 친절하게도 박사의 부인인 리타가 비이콘 힐에 있는 아파트에서 필요한 물건들을 이것저것 가득 꾸려 온 짐 속에서 꺼낸 파란색 파자마를 입고 침대에 앉아 있었다. 그녀는 발작을 일으킨 것이 그저 가벼운 난치병쯤으로 자신하고 있는 듯이 보이려고 일부러 가벼운 추리물들을 읽고 있었지만, 내심으로는 검사 결과가 나쁠까 봐 대단히 겁을 먹고 있었다.

하지만 조지가 말한 것은 너무나 나쁜 결과여서, 진저는 제대로 몸을 가누고 있을 수도 없었다. 어떤 면으로는 진저가 각오하고 있던 것보다 훨씬 나쁜 결과였다.

의사들은 그녀에게서 아무런 이상도 발견하지 못했다.

그녀에게는 아무런 병도 없었다. 손상을 입은 부위도 없었고, 유전성 결함 따위도 없었다. 전혀 아무렇지도 않았다.

조지는 진지하게 최종 결과를 대충 간략하게 설명하고서 그녀가 정신이 몽롱한 상태에서 미친 듯이 뛰쳐나간 것은 병리학상으로 뚜렷한 동기가 없다는 점을 분명하게 밝혔다. 마침내 진저는 골목길에서 울음을 터뜨린 후 처음으로 자신의 감정을 자제할 수 없게 되었다. 그녀는 엉엉 소리를 크게 내어 울거나 눈물을 펑펑 쏟지는 않았지만, 심한 고뇌에 차서 조용히 흐느껴 울었다.

육체적으로 병이 든 것이라면 고칠 수 있을지도 모른다. 그리고 일단 치료가 되고 나면, 다시 외과 의사로 돌아가는 데 아무 지장도 없을 것이다.

하지만 검사 결과나 전문의들의 소견을 보면 모두 한결같이 그대로 참고 견딜 수 없는 메시지들이 담겨 있었다. 말하자면 현재 그녀가 갖고 있는 문제는 전적으로 그녀 자신의 마음에서 비롯된 것이라는 얘기였다. 정신 질환이라는 건 의사들이나 항원이나 약물 따위로 치료가 되는 것이 아니었다. 어떤 환자가 생리적으로는 원인을 발견할 수 없는 기억 상실증으로 인해서 계속 사건을 일으키게 된다면, 그런 발작을 멈추게 할 수 있는 가능성이라고는 오직 정신 치료밖에는 없었다. 게다가 아무리 훌륭한 정신과 치료의라고 해도 그런 증상으로 고통받고 있는 환자들을 치료하는 데 치료율이 높다고 자랑할 만한 명의는 아무도 없었다. 실제로 기억 상실증은 종종 정신 분열증의 초기 증상이기도 하였다. 그녀가 그런 상태로 정상적인 생활을 영위한다는 것은 극히 어려운 일이었다. 그녀가 병원에 수용될 가능성은 극히 높아진 것이었다.

평생토록 꿈꿔 온 목표에 도달하려는 찰나에, 의사로서의 경력을 막 쌓아 올리기 시작한 지 불과 몇 달 안 되서, 그녀의 인생은 총에 맞은 유리잔처럼 산산조각이 나고 만 것이다. 비록 상태가 대단히 심한 것은 아니어서 정신 치료를 통해 그 해괴한 발작을 고칠 가능성이 있다치더라도, 그녀는 절대로 개업의가 될 수 있는 면허를 딸 수는 없을 것이다.

조지는 침대 옆의 테이블에 놓여 있는 크리넥스 상자에서 휴지를 몇 장 뽑아 진저에게 건네주었다. 그리고 컵에다 물을 한 잔 따라서 가지고 있던 안정제를 주었다. 처음에는 안 먹으려고 하다가 진저는 결국 약을 받아 먹었다. 조지는 그녀의 손을 꼭 쥐어 주었다. 그의 커다랗고 억센 손에 잡힌 진저의 손은 아주 조그만 꼬마 계집 아이의 손처럼 보였다. 그는 나직한 목소리로 위로하듯 말해 주었다. 박사의 덕택으로 그녀는 차츰 안정이 되어갔다.

"하지만 저는 정신적으로 파탄을 일으킬 만한 분위기에서 자라지는 않았어요."

말을 할 수 있을 정도가 되자, 진저는 그 말로 처음 말문을 열었다.

"저희 집은 늘 평화로웠어요. 아주 행복했죠. 게다가 전 제가 받아야 할 몫 이상으로 듬뿍 사랑을 받고 자랐다고 자부해요. 신체적으로나, 정신적으로나, 정서적으로, 학대를 받거나 잘못될 만한 일은 없었어요."

그녀는 화가 난 듯 테이블에서 휴지 상자를 나꿔채더니 휴지를 꺼내 찢어 버렸다.

"그런데 왜 하필 저한테 이런 일이 일어난 거죠? 저 같은 환경에서 자라서 어떻게 정신 분열증이 일어날 수가 있죠? 어떻게 그럴 수가 있냐구요? 멋쟁이셨던 엄마와 남다르게 저를 사랑해 주시던 아빠와 함께 남부러울 게 없이 행복했던 어린 시절을 보낸 제가 어떻게 그런 심각한 정신적인 문제를 겪을 수가 있다는 거죠? 이건 공평하지가 못해요. 옳지 못하다구요. 도대체 믿어지지가 않아요."

박사는 침대 귀퉁이에 걸터앉았다. 덩치가 하도 커서 그렇게 앉아 있어도 그녀에게는 박사가 아주 커다랗게 보였다.

"무엇보다도 자문을 해 준 박사들의 말로는 신체, 특히 뇌 조직에서 생긴 미묘한 화학 변화로 인해서 여러 가지 정신 질환이 일어난다고 주장하는 학자들도 있다고 그러더군. 그 변화가 구체적으로 무엇인지를 확실히 밝혀낼 수 있는 단계까지 연구가 진척되지는 못했지만 말야. 그러니까 이 일이 자네가 어린 시절에 어떤 문제가 있어서 일어난 것이라고는 말할 수 없지. 난 이 일 때문에 자네의 인생 전체를 재평가해야 한다고 보지는 않네. 두 번째로……분명히 말하겠네만……난 절대로 자네의 상태가 심신을 쇠약하게 만드는 정신 분열증처럼 심각한 것은 아니라고 생각하네."

"박사님, 제발 저를 약하게 만들지 말아 주세요……."

"내가 환자를 얼러서 약하게 만든다구?"

그는 여지껏 지금 놀란 것의 반의 반만큼도 놀라 본 적이 없는 듯이 되물었다.

"난 지금 자네의 기분이나 살려 주자고 그러는 게 아닐세. 내가 말한 그대로야. 물론 우리가 이 문제에 대해서 물리적인 원인을 찾아내지는 못했네. 하지만 그렇다고 해서 신체적으로 문제가 전혀 없다는 뜻은 아니란 말일세. 자네의 상태가 아직 눈에 띌 정도까지 충분히 발현이 안 됐을 수도 있다구. 두 주나 한 달쯤 지나서, 아니면 증세가 훨씬 더 악화되서 병의 징후를 나타내면, 즉시 검사를 더 해 볼 걸세. 다시 한번 살펴보고 그 문제가 뭔지 끝내 밝혀 내고 말 걸세."

진저는 자신에게 희망을 불러일으키려고 애썼다. 그녀는 똘똘 뭉쳐 쥐고 있던 휴지들을 버리고서 휴지 상자를 들고 장난을 쳤다.

"정말로 그렇게 생각하시는 거예요? 뇌 종양이나 농양 같은 것이 너무 작아서 아직 밖으로 드러나지 않는다는 말씀이시죠?"

"물론이지. 자네는 정신적인 장애가 있다는 것보다 그 편이 더 쉽게 믿어지나 보군. 안 그런가? 자네는 내가 지금까지 알고 지낸 사람 가운데서 가장 꾸준한 타입의 사람 중의 하나라네. 게다가 자네가 정신 병자가 된다거나 신경증에 걸릴 수도 있다는 사실도 받아들일 수가 없다구. 이런 일시적인 기억 상실증에 걸려서 해괴한 행동을 보이리라는 것도 그렇구. 내 말은 정말 심각한 정신 질환이라면 그렇게 금세 진정되는 가벼운 발작 따위를 나타내지 않는다는 걸세. 그건 환자의 인생 전체를 망치는 병이라구."

그녀는 전에는 한 번도 거기에 대해서 심각하게 생각해 본 적이 없었다. 박사가 지적한 점들을 곰곰이 생각해 보는 사이, 희망에 가슴이 벅차오른다거나 행복한 정도는 아니지만 기분이 약간 나아졌다. 한편으로 생각해 보면 뇌 종양이기를 바란다는 것이 오히려 이상해 보였다. 하지만 종양은 뇌 조직 전체에 손상을 입히지 않고서도 제거할 수 있지만, 광기는 아무리 칼을 대도 소용없는 것이다.

"이제부터 몇 주가 될지, 몇 달이 될지는 잘 모르겠지만, 그 기간 동안이 자네에게는 아마 인생에서 제일 힘들고 고달픈 시간이 될 걸세. 가만히 참고 기다려야 하니까."

박사가 말했다.

"그 동안 병원 일은 할 수 없겠죠?"

"물론이지. 하지만 그건 자네의 상태에 달려 있네. 사무실에서 나를 도와주는 일 같은 건 못할 이유가 없지."

"그러다가 만약……제가 발작이라도 일으키면요?"

"발작이 멈출 때까지 내가 옆에서 자네를 지켜 주겠네."

"하지만 박사님이 돌보는 환자들이 어떻게 생각할까요? 분명히 박사님이 환자들을 보시는 데 전혀 도움이 안 될 거예요. 그렇죠? 갑자기 발작을 일으키고 소리를 지르면서 사무실에서 뛰쳐나가는 조수를 두신다면요?"

진저의 말에 박사는 조용히 미소를 지었다.

"내 환자들이 어떻게 생각하든 말든 그건 내가 걱정할 문제지. 어쨌든 그건 차차 앞으로 생각해 볼 문제고, 지금 당장은 적어도 한두 주 정도 푹 쉬도록 하게. 일은 절대로 안 돼. 그냥 마음 푹 놓고 편안히 쉬라구. 요새 며칠 동안 심신이 몹시 피곤한 상태였잖나."

"전 계속 침대에 있었는 걸요. 피곤하다뇨? 괜히 찻주전자 두드리지 마세요."

그는 당황해서 눈을 껌벅거리며 "뭐라고?"라고 반문했다.

진저는 입에서 갑자기 튀어나온 그 말을 듣고 자신도 깜짝 놀라서 해명했다.

"아……그건 저희 아빠께서 즐겨 쓰시던 말씀이세요. 유태인식 표현이죠. 〈호크 니트 카인 치닉〉. 끓고 있는 찻주전자를 두드리지 말아라. 그러니까 바보 같은 얘기 하지 말라는 뜻이죠. 하지만 왜 그런 뜻이냐고 묻지는 마세요. 저도 어렸을 때 늘 들어왔던 얘기일 뿐이니까요."

"그렇다면 난 찻주전자를 두드리고 있는 게 아니지. 자네는 이번 주

내내 침대에 누워 있었지만, 그래도 그건 아주 사람 진을 빼는 경험이라구. 게다가 자네는 잠시 긴장을 풀고 쉴 필요가 있어. 난 자네가 앞으로 몇 주 동안 리타랑 나랑 함께 지냈으면 하는데."

"네? 아……아니예요. 괜히 박사님께 폐를 끼치고 싶지 않아요."

"그건 폐가 아니야. 우리집에 가정부도 같이 살고 있으니까, 자넨 아침에 이부자리도 갤 필요가 없다네. 객실 창문에서 보이는 부두의 경치도 아주 멋지구. 물을 가까이에 두고 사는 건 사람의 마음을 가라앉혀 주거든. 사실 이건 어디까지나 말 그대로 의사의 지시라구."

"아뇨, 전 정말 괜찮아요. 말씀은 감사하지만 전 그렇게 할 수가 없어요."

진저가 거절하자 박사는 얼굴을 찡그렸다.

"말귀를 못 알아듣는군. 난 그냥 자네의 상급자가 아니라, 자네를 맡은 의사라구. 난 지금 자네가 해야 할 일을 말해 주고 있는 거라구."

"제 아파트로도 정말 충분해요."

"안 돼네."

박사가 단호하게 말했다.

"잘 생각해 보게나. 자네가 저녁을 짓다가 갑자기 발작이라도 일으키는 날에는 어떻게 되겠나? 불이라도 났다가, 자네가 만일 정신을 잃은 사이 아파트 전체가 불길에 휩싸여서 꼼짝없이 불 속에 갇히기라도 하는 날에는 어쩔 셈이냐구. 그건 자살 행위나 다름없는 짓이야. 어디 그런 경우가 한두 가지겠나? 그렇기 때문에 내가……당분간은 절대로 자네 혼자 지내서는 안 된다고 고집을 피우는 거라구. 나나 리타와 같이 지내는 게 정 싫다면, 당분간 함께 지낼 만한 친척이라도 있나?"

"보스턴에는 안 계시지만, 뉴욕에는 계세요. 숙모님들이랑 삼촌들께서……."

하지만 진저는 친척들과 함께 지낼 수가 없었다. 물론 그들은 그녀를 반갑게 맞아 주겠지만, 진저는 그들에게 지금 자신의 모습을 보여 주고 싶지 않았다. 그들에게 발작을 일으키는 자신의 모습을 보여 주는 것만 생각해도 끔찍해서 견딜 수가 없었다. 프랜사인 숙모랑 레이첼 숙모가 부엌에 모여 혀를 끌끌 차면서 나지막한 목소리로 "제이콥과 애너가 어디가 어떻게 잘못된 거였지? 애를 너무 다그쳤었나? 하기는 애너가 애를 너무 짓조였지 뭘. 게다가 애너가 죽은 다음에 제이콥이 조그맣고 어린 애한테 너무 기댔지 뭐야. 열두 살 먹은 것이 집안 살림을 다 떠맡았으니 어린 것한테는 너무 벅찼을 거야. 너무 무리였다구."라고 숙덕거리는 소리가 당장이라도 들려 오는 것 같았다. 진저는 그들로부터 엄청난 동정과 이해와 사랑을 받게 되겠지만, 그것은 자신에게 언제나 자랑스럽게 기억되는 부모님들에 대한 아름다운 추억들을 모두 망쳐 버릴 수도 있는 모험이기도 했다.

박사는 계속 침대 귀퉁이에 걸터앉은 채로 진저의 대답을 기다리고 있었다.

"부두가 잘 보이는 손님방을 쓰겠어요."

자신을 몹시 염려해 주는 박사의 사랑에 깊이 감동되어 진저가 대답했다.

"잘 생각했어!"

"정말 제가 폐 많이 끼치게 될 거예요. 분명히 경고 드리지만, 거기가 정말 좋아지게 되면 박사님께서는 저를 영원히 쫓아내지 못하게 되실런지도 몰라요. 어떤 때 집에 돌아와 보면 제가 말썽을 일으켜 놓았을지도 모르구요. 제가 사람들을 불러다 놓고 벽을 다시 칠한다거나 커튼을 다시 달고 있을지도 몰라요."

진저의 말에 박사는 그저 싱긋이 웃고만 있었다.

"멋대로 까불면 자네 엉덩이를 발로 힘껏 걷어차서 길바닥으로 내쫓아 버릴 걸세."

그는 진저의 뺨에 가볍게 입을 맞추고 자리에서 일어나 문으로 향했다.

"당장 퇴원 수속을 밟을 테니까, 아마 두 시간쯤 있으면 여기서 나갈 수 있을 걸세. 리타한테 전화를 할 테니까 이따 태우러 올거야. 난 틀림없이 이번 일을 말끔히 해결할 수 있으리라 믿네. 하지만 희망을 버리지 말고 계속 긍정적으로 생각해야 하네, 진저."

박사가 방을 나서고 복도를 내려가는 발자국 소리가 희미해지자, 진저는 죽을 힘을 다해 억지로 짓고 있던 미소를 거두었다. 그녀는 베개를 등에 받치고서 천장에 오래돼 누렇게 변한 방음 타일을 힘없이 바라보았다.

잠시 후 그녀는 자리에서 벌떡 일어나 옆에 붙어 있는 화장실로 들어갔다. 그녀는 겁을 집어먹은 채로 세면대로 다가갔다. 잠시 망설이다가 그녀는 수도를 틀고서 수챗구멍으로 물이 휘말리듯 빨려 들어가는 모습을 지켜 보았다. 월요일에 바이올라 플레처의 대동맥 이식 수술을 무사히 마치고서 손을 씻으려다 수챗구멍으로 물이 소용돌이치며 말려들어가는 모습을 보고 기겁을 했었는데, 그녀는 그 이유를 알 수가 없었다.

'대체 왜 그랬지?'

그녀는 필사적으로 그 이유를 알고 싶어했다.

'아빠! 아빠가 살아 계셨으면 얼마나 좋을까요. 여기 와서 제 말 좀 들어 주세요. 저를 좀 도와주세요!'

그녀는 마음속으로 계속 외쳤다.

인생에 있어서 견디기 어려우리만치 가장 놀라운 것은, 예전에 자신의 부친이 가벼운 농담처럼 내던지면서 진저를 재미나게 해 주었던 말들 중 한마디의 주제가 너무나도 적절히 들어맞는다는 것이었다. 누군가 앞날에 대해서 걱정을 하면, 제이콥은 고개를 설레설레 내젓고 장난스럽게 윙크를 하면서 "왜 내일 일을 걱정하지? 바로 오늘 당장 무슨 일이 일어날지 누가 알겠어?"라고 말하곤 했었다.

그 말처럼 명언이 또 어디 있겠는가? 그리고 지금 그 말은 그녀에게 전혀 우스운 농담 거리가 아니었다.

진저는 자신이 심각한 병자처럼 느껴졌다. 어떻게 해야 할지를 몰랐다.

12월 6일 금요일의 일이었다.

5

캘리포니아 라구나 비치

돔은 12월 2일 월요일 아침 파커 페인을 데리고서 코우블레츠 박사를 찾아갔다. 박사는 최근에 돔을 철저히 검사해 보았지만 아무런 신체적인 이상이 없었기 때문에 좀체로 진단을 해 보라고 권하지 않았다. 박사는 돔이 자기 멋대로 자신이 잠결에 자기 방어의 수단으로 자기 집을 철옹성으로 만들기 위해 허둥지둥 난리를 피우게 된 것이 뇌에 장애가 있기 때문이라는 성급한 결론에 도달하기 전에 다른 치료법을 먼저 시도해 봐야 한다는 점을 두 사람에게 재차 강조했다.

지난번 11월 23일에 돔이 병원을 찾은 이후로, 박사는 몽유병에 관심을 갖고서 그에 관한 여러 가지 책들을 살펴보았다고 했다. 박사의 말에 의하면 몽유병이란 어른의 경우에는 얼마 지나지 않아 곧 없어지는 게 보통이지만, 어떤 경우에는 만성적인 증상으로 굳어질 염려도 있다고 했다. 가장 심각한 형태는 악성 신경증에 늘 나타나는 과정과 방식에다 강박 관념적인 행동과 유사한 구석이 있는 경우였다. 일단 습관적으로 굳어지고 나면, 몽유병은 치료하기가 훨씬 더 힘들어지고, 밤이 되고 잠이 드는 것을 두려워하게 되며, 심한 무력감에 시달리다 종국에는 훨씬 심각한 정서 장애로 발전해서 환자의 인생을 좌지우지하는 요인이 될 수도 있다고 했다.

돔은 벌써 자신이 위험 수위에 도달했다고 느꼈다. 그는 침실 문 앞에 쌓아 놓은 바리케이드를 생각해 보았다.

코우블레츠는 돔의 증상에 흥미도 느끼고 관심도 있었지만 크게 염려하지는 않았다. 그는 몽유병이 계속될 경우 가장 일반적인 사례에서 볼 때 잠들기 전에 진정제를 복용함으로써 밤에 자면서 돌아다니는 버릇을 고칠 수 있다면서 돔을 안심시켜 주었다. 일단 며칠간 밤에 아무 문제 없이 지나가게 되면, 대개 그 환자는 완치가 된다는 것이었다. 박사는 만성적인 증상을 나타내는 환자의 경우에는 밤에 진정제를 복용하는 것 외에 환자가 불안과 초조감을 느낄 경우 낮 동안 다이아제팜(신경 안정제의 일종 — 역주) 혼합물을 보강해서 복용하도록 하면 된다고 했다. 돔이 잠결에 한 행동들은 몽유병 환자치고는 기이할 정도로 격렬한 것이기 때문에, 코우블레츠 박사는 그에게 낮에는 발륨(정신 안정제의 일종 — 역주)을 복용하고 매일 밤 잠자리에 들기 바로 직전에는 달매인(진정제의 일종 — 역주) 정제 15밀리그램을 복용하도록 조제해 주었다.

뉴포트에 있는 코우블레츠 박사의 사무실에서부터 라구나 비치의 집으로 가는 드라이브 코스는 오른편에 바다가, 왼편으로는 사면이 펼쳐져 있었다. 차를 타고 오면서 파커 페인은 몽유병이 고쳐질 때까지 돔이 계속 혼자 사는 것은 별로 좋지 않을 것 같다고 말했다. 수염이 북슬북슬하게 기른 그 화가는 핸들에 허리를 잔뜩 구부린 채로 자신의 볼보를 신나게 몰았다. 그는 좀처럼 태평양 연안 고속 도로에서 눈길을 떼지 않았지만, 그의 성격이기도 한 순수함과 강한 힘으로 그의 눈과 관심은 온통 돔에게 쏠려서 계속 집요하게 고정되어 있다는 인상을 느낄 수 있었다.

"우리 집에 방이 여러 개 있으니까, 우리 집으로 오면 내가 늘 자네를 지켜 볼 수 있잖나. 자네를 괴롭히거나 신경 쓰이게 하지 않겠네. 이래라 저래라 하지도 않을 거구. 하지만 최소한 내가 거기 있다는 것만으로도 안심이 되지 않겠나. 게다가 우리가 이 문제에 대해서 말할 기회도 많으니까, 진지하게 그 문제의 실마리를 찾아볼 수도 있구. 자네와 나 단 둘이서 자네가 재작년 여름 마운틴 뷰우 대학에서의 일을 때려치웠을 때 어떤 변화를 겪었고, 또 그것이 몽유병과 어떤 관계가 있는지 알아낼 수도 있구. 틀림없이 내가 자네를 도와줄 수 있을 거야. 만약에 내가 이놈의 화가가 되지 않았다면, 분명히 정신과 의사가 됐을걸. 난 사람들이 자기 이야기를 하게 만드는 데 특별한 재주가 있거든. 어떤가? 잠시 나랑 같이 지내면서 나한테 치료사의 역할을 맡기지 않겠나?"

돔은 파커의 제의를 완곡히 거절했다. 그는 자기 집에서 혼자 지내고 싶었다. 파커와 함께 지내는 것이 그에게는 수많은 세월 동안 숨어서 지내왔던 바로 그 토끼굴로 다시 물러가게 되는 것처럼 느껴졌다. 재작년 여름 유타에 있는 마운틴 뷰우까지 가는 동안 자신이 겪었던 변화는 너무나 극적이어서 말로 제대로 설명할 수가 없지만, 그렇다고 해서 그 이상의 의미를 가진 것도 아니었다. 서른셋이라는 나이에 마침내 그는 인생에 대한 느낌과 애정을 파악하게 된 것이고, 화려하게 인생의 정점에 올라서 새로운 영역으로 들어섰던 것뿐이었다. 그는 변신한 스스로의 모습을 매우 좋아했다. 그는 자신도 모르는 사이에 끔찍했던 예전의 모습으로 다시 돌아가는 것이 두려웠다.

어쩌면 몽유병은 파커의 말처럼 예전에 자신이 겪었던 갑작스런 태도의 변화와 수수께끼처럼 얽혀 있을지도 모른다. 돔은 그 관계가 수수께끼처럼 미묘하고 복잡하리라는 의혹을 가졌다. 더욱 그럴 듯하게도 두 가지 경우의 성격 분리 사이에서 뭔가 관련이 있다는 사실은 그다지 중요한 의미가 없어 보였다. 몽유병은 그런 난제나 흥분감, 또는 새로운 생활에 대한 스트레스로부터 물러나려는 일종의 변명인 셈이었다. 그에게는 어느것도 허용될 수가 없었던 것이다. 따라서 돔은 자기 집에 혼자 지내면서 코우블레츠 박사가 조제해 준대로 발륨과 달메인을 먹고서 끝까지 버텨낼 생각이었다.

그것은 바로 월요일 아침에 볼보를 타면서 한 결정이었다. 12월 7일 토요일까지만 해도 그는 그렇게 하기를 잘했다고 생각했었다. 어떤 날은 발륨을 먹어야 할 때도 있었고, 또 그렇지 않은 날도 있었다. 매일 저녁 그는 우유나 핫초코와 함께 달메인을 먹었다. 전만큼 그렇게 자주 몽유병이 그를 괴롭히지는 않았다. 약물 치료를 시작하기 전에는 매일 밤 잠결에 돌아다녔었는데, 지난 닷새 동안에는 겨우 두 번 수요일과 금요일 아침 새벽녁에 침대를 벗어난 것 외에는 돌아다닌 적이 없었다.

게다가 잠결에 한 행동들은 전보다는 덜 해괴하고 불온한 것이었다. 더 이상 무기를 모으거나, 바리케이드를 치거나, 창에 못을 박으려고 한 적도 없었다. 두 경우 모두 그저 침대 대신 옷장 뒤의 간이 침대에서 잠을 잤을 뿐이었다. 생각은 잘 안 나지만 꿈속에서 그를 괴롭혔던, 정체를 알 수도 없는 그 무엇에 겁을 먹은 채 쑤시고 결리는 몸으로 잠에서 깨어났다.

신께 감사하게도 최악의 사태는 모두 지나간 것 같았다.

목요일부터는 다시 글을 쓰기 시작했다. 그는 몇 주 전에 손을 놓은 부분부터 새로운 소설을 계속 써 나가기 시작했다.

금요일 뉴욕에서 그가 일하고 있는 출판사의 편집인인 타비다 비콤으로부터 좋은 소식을 알려 주는 전화가 왔었다. 〈바빌론의 황혼〉에 대한 사전 출판 평론 두 편이 지금 막 들어왔는데 둘 다 아주 훌륭하다는 내용이라는 것이었다. 그녀는 평론들을 직접 읽어 주고 나서 훨씬 더 좋은 소식을 전해 주었다. 그 책이 출판계에서 대단한 평판을 불러일으키면서 벌써부터 도매업자들로부터 수백 권씩 예약 주문이 들어온 상태인데다 계속 주문이 쏟아지고 있어 앞으로 엄청난 판매고를 올릴 전망이라는 것이었다. 그녀는 또 초판은 내놓자마자 벌써 품절이 되어 버렸고 지금 계속 재판을 찍고 있는 중이라고 전해 주었다. 그들은 거의 30분 간이나 통화를 했다. 전화를 끊고 나자, 돔은 다시 자기 인생이 제 궤도를 찾은 것 같은 느낌이었다.

하지만 토요일 밤 그는 전혀 새로운 국면을 맞게 되었다. 그것은 더 좋은 징조일지도 모르지만, 더 나쁜 징조일지도 모른다. 그는 매일 밤 잠결에 돌아다니는데도 자신을 침대에서 몰아내는 악몽들을 하나도 기억해낼 수가 없었다. 그런데 토요일에 그는 기괴하리만치 끔찍하고도 생생한 악몽을 꾸며 괴로워하다가 몽유병적인 발작을 일으키면서 집안 여기저기를 도망쳐 다녔다. 하지만 이번 잠에서 깨었을 때는 그 꿈의 일부가 생각났다. 대부분은 기억이 나지 않았지만, 최소한 꿈이 끝나갈 무렵의 일들은 똑똑히 기억났다.

꿈에서 깨어나기 1, 2분 전에 그는 모든 것이 흐릿해서 반 정도밖에 보이지 않는 욕실에 서 있었다. 보이지 않는 한 사람이 그를 세면대로 밀쳤다. 돔은 허리를 구부리고 있었고, 그 사람은 세면대 속으로 그의 얼굴을 처넣으려고 했었다. 누군가 그의 팔을 단단히 붙잡고서 그를 똑바로 서 있게 만들었다. 그는 몸에 힘이 하나도 없어서 혼자 힘으로는 제대로 서 있을 수도 없을 지경이었다. 사지가 후들거리고, 배는 뒤틀리고 울렁거렸다. 보이지 않는 제2의 사람의 손이 그의 머리를 잡고서 세면대에 머리를 강제로 처박았다. 그는 말을 할 수가 없었을 뿐만 아니라, 제대로 숨을 쉴 수도 없었다. 스스로도 자신이 죽어가고 있다고 생각했다. 그는 그 사람들의 손아귀에서 빠져 나와 얼른 그 방에서 도망쳐야 했지만 그렇게 도망칠 만한 기력이 없었다. 시야는 여전히 흐릿했으나, 매끄러운 세면대와 크롬으로 도금한 수챗구멍은 아주 세세한 부분까지 똑똑히 볼 수가 있었다. 그의 얼굴은 세면대 바닥에서 몇 인치 떨어지지 않은 곳까지 다다랐다. 그것은 자동 조작되는 스토퍼가 달려 있는 것이 아닌 구식 수챗구멍이었다. 고무 마개가 벗겨진 채로 옆에 놓여 있었지만, 그 곳이 어디인지는 눈에 보이지 않았다. 수도꼭지에서 세차게 터져 나온 수돗물이 그의 얼굴을 지나 흘러 세면대 바닥에 튀어 소용돌이처럼 휘말려서 수챗구멍으로 흘러들어 가고 다시 물은 돌아서 수챗구멍으로 들어가고 ……휘말리고……또 수챗구멍으로 들어가고 있었다. 그는 최면에 걸린 듯이 조그만 소용돌이처럼 돌아가는 물을 가만히 내려다보았다. 그는 어딘가 깊숙한 곳에서 악취를 풍기며 자신의 몸을 빨아당기려고 만들어진 구멍처럼, 껄떡껄떡 소리를 내며 물을 빨아들이는 수챗구멍을 보면서 차츰 겁이 나기 시작했다. 갑자기 그는 그들이 수챗구멍으로 자신을 강제로 처넣어서 없애려고 한다는 것을 깨달았다. 거기에 쓰레기 처리 장치가 있을 수도 있다. 그를 산산조각 내 버리고 아무 일도 없었던 것처럼 흘려 보내 버릴 수 있는 무엇인가가 있을지도…….

그는 비명을 지르다가 잠에서 깨어났다. 그는 욕실 안에 있었다. 자면서 걷고 있었다. 그는 세면대에 몸을 구부린 채로 수챗구멍을 보고 비명을 질렀다. 그는 입을 쫙 벌리고 있는 수챗구멍에서 뒤로 펄쩍 물러나면서 비틀거리다가 욕조 끝에 걸려 넘어질 뻔했다. 그는 몸의 중심을 잡으려고 수건 걸이를 움켜잡았다.

숨을 헐떡거리며 몸을 떨고 있던 그는 마침내 정신을 차리고서 다시 세면대로 돌아와 그 안을 들여다보았다. 광택이 나는 흰색 도기. 놋쇠로 테를 두른 수챗구멍과 돔 모양의 놋쇠 스토퍼. 별다른 것은 아무것도 없었고, 나쁠 것도 없었다.

꿈속에서 본 방은 이 방이 아니었다.

도미니크는 세수를 하고 침실로 돌아갔다.

머리맡에 놓은 시계는 겨우 새벽 2시 25분을 가리키고 있었다.

그것은 전혀 말도 안 되는 얘기인데다가 상징적이든 실제적이든 그의 생활과 아무 관계도 없는 것 같았지만, 그 악몽은 너무나 집요하게 그를 괴롭혔다. 하지만 잠결에 창에 못을 박거나 무기를 모아 두지는 않았다. 그래서 그의 좌절은 그저 아주 가볍게 보일 뿐이었다.

사실 그것은 병이 호전됐다는 신호일 수도 있다. 그가 단편적인 부분들이 아니라 처음부터 끝까지 그 꿈을 모조리 기억할 수만 있다면, 자신을 몽유병자로 만든 근심의 원인을 알아낼 수 있을지도 모르고, 그렇게 되면 몽유병을 다루기가 더 수월해질 것이다.

그런데도 그는 다시 잠자리로 돌아가 꿈속에 나타난 이상한 장소로 돌아가는 모험을 하고 싶지는 않았다. 달메인이 든 약병은 침대 옆 테이블의 맨윗서랍에 있었다. 원래는 그 약을 매일 저녁 한 알 이상 먹으면 안 되었지만, 한 알 더 먹는다고 해서 갑자기 어떻게 되거나 할 일은 절대로 없을 것이다.

그는 거실에 나가 술장에서 시바스 리갈을 꺼냈다. 벌벌 떨리는 손으로 그는 입에 약을 집어 넣고 술을 함께 마시고는 침대로 돌아왔다.

틀림없이 병은 나아질 것이다. 그것도 아주 금방 말이다. 몽유병 증상은 그치게 될 것이다. 지금부터 일주일만 지나면 그는 정상으로 돌아올 것이다. 한 달이 지나면 이 증세는 그저 한때 호기심을 끌었던 정신 장애처럼 보이게 될 것이고, 그는 자신이 어떻게 그런 병을 앓게 되었는지를 궁금하게 생각하게 될 것이다.

잠이 쏟아지는 가운데 가물거리는 의식 속에서 그는 차츰 불안해지며 안정을 잃기 시작했다. 그것은 자신의 육체가 스르르 멀리로 빠져 나가는 듯하면서도 상쾌한 기분이었다. 하지만 잠에 빠져들 무렵, 그는 어두운 침실에서 자신이 뭔가를 중얼거리는 소리를 들었다. 그가 말하고 있는 내용은 너무나 해괴한 것이어서 그는 화들짝 놀라지 않을 수 없었다. 위스키와 함께 달메인을 먹고서 자신도 어쩔 도리 없이 스르르 잠에 빠져들었던 것만큼이나 그것은 강렬하게 그의 호기심을 자극시켰다.

"달."

그는 쉰 듯한 목소리로 중얼거렸다.

"달. 달."

그는 그 말이 대체 무슨 뜻일까 의아했다. 그는 자신이 한 말을 곰곰이 생각해 볼 만한 정도의 시간을 벌기 위해서 잠을 쫓아 버리려고 애썼다. 달이라니?

"달."

그는 다시 속삭이듯 중얼거렸다. 그리고 나서 정신을 잃었다.

12월 8일 일요일 새벽 3시 11분이었다.

6

뉴욕 주 뉴욕 시

프라텔란자로부터 3백만 달러 이상 되는 돈을 강탈하고 나서 닷새 후인 일요일에, 잭 트위스트는 아직도 숨을 쉬고는 있지만 거의 죽은 것이나 다름없는 한 여자를 만나기 위해 집을 나섰다.

그는 오후 1시에 지체 높은 사람들이 주로 모여 사는 이스트 사이드의 한 사설 요양원 지하 차고에 자신의 승용차인 카마로를 주차시키고는 엘리베이터를 타고 로비로 올라갔다. 그는 접수계에 이름을 적고 방문객에게 주는 통행증을 받았다.

그 곳을 병원이라고 생각할 만한 사람은 아무도 없을 정도로 훌륭한 시설이었다. 사람들이 많이 모이는 곳은 그 건물이 지어진 시대의 흐름에 맞도록 아르 데코 양식으로 멋지게 장식되어 있었다. 에르테의 원작 두 점이 걸려 있는 것을 비롯해서 소파들과 안락 의자, 깔끔하게 잡지들을 정돈해 놓은 테이블과 가구들이 모두 1920년대 풍으로 통일되어 있었다.

모두가 지나치게 사치스러운 것들이었다. 에르테의 작품들은 굳이 걸어 둘 필요도 없는 것들이었다. 좀더 가격이 저렴하면서 좋은 것들도 많이 있을테지만, 병원의 경영진들은 계속 상류층 고객들의 관심을 끌고 지속적으로 연간 수익을 백 퍼센트 신장시키기 위해서는 그런 이미지들이 아주 중요하다고 생각하고 있었다. 환자들 중에는 온갖 부류의 인간들이 다 모여 있었다. 긴장성 정신 분열증을 앓고 있는 중년의 환자에서부터 자폐증 아동들, 그리고 오랫동안 혼수 상태에 빠져 있는 청년이나 노인들……. 하지만 그들 모두에게는 두 가지 공통점이 있었다. 그들의 상태가 급성이 아니라 한결같이 만성이라는 점과 능력이 닿는 한 최선을 다해서 치료를 받을 수 있을 만큼 여유롭고 풍족한 가문의 사람들이라는 점이 바로 그것이었다.

그런 상황을 생각하면서 잭은 사고로 뇌에 손상을 입거나 정신 질환을 앓고 있는 환자들을, 합당한 가격으로 훌륭하게 보호하고 치료해 줄 만한 시설이 뉴욕에는 한 군데도 없다는 사실에 자신도 모르게 화가 나기 시작했다. 어느 곳에 있든 공공 시설은 늘 그렇듯이 뉴욕의 보통 시민이라면 누구나 그 도시의 공공 시설들에 대해서 별다른 대책이 있을 수 없다는 냉혹한 현실을 그대로 받아들일 수밖에 없었다.

만일 그가 대단히 노련하고 성공한 도둑이 아니었더라면, 과도하리만치 값비싼 그 요양원의 비용을 매달 충당할 수 없었을 것이다. 다행히도 그는 남의 물건을 훔치는 데는 남다른 재능을 가지고 있었다.

통행증을 가지고 그는 다른 엘리베이터를 타고서 전부 6층으로 되어 있는 그 건물의 4층으로 올라갔다. 위층의 복도는 로비보다는 훨씬 더 병원다운 냄새를 풍겨 주는 편이었다. 복도를 밝히고 있는 형광등하며 흰색 벽, 그리고 깔끔하면서도 상큼하게 느껴지는 듯한 톡 쏘는 소독약 냄새…….

4층 복도 맨끝의 오른편 방에는 식물 인간으로 지내고 있는 한 여자가 살고 있었다. 잭은 육중한 여닫이 문의 누름판에 손을 얹어 놓은 채 잠시 망설였다. 그는 침을 삼키고 심호흡을 한번 한 다음 마침내 문을 열고 안으로 들어갔다.

그 방은 로비만큼 화려하지 않았으며, 아르 데코 양식으로 장식되어 있지도 않았다. 그래도 플라자 호텔의 중간 정도의 객실을 본뜬 듯한 아주 훌륭한 방이었다. 높은 천장과 흰색 장식 쇠시리, 흰색 틀로 장식된 벽난로, 짙은 카키색의 양탄자, 연두색 계통의 커튼, 나뭇잎 무늬로 꾸며진 초록색 소파와 의자 한 쌍. 겉으로만 따지자면 보통 입원실에 있는 것보다는 이런 방에서 지내는 것이 환자에게는 훨씬 행복한 일일 것이다. 물론 대부분의 환자들이 자신이 어떤 환경 속에 있는지도 까맣게 모르고 있겠지만, 방안 분위기가 아늑해야 최소한 환자를 찾아오는 친구들이나 친척들이 덜 처량하게 느껴질 것이다.

병원에 있는 것들 중에서 실용적으로 설계해 놓은 것은 유일하게도 병원 침대뿐이었으며 병실에 있는 다른 장식들과 극적인 대조를 이루고 있었다. 하지만 그것마저도 디자이너가 직접 디자인한 초록색 무늬의 시트를 덮어놓았다.

그 방의 근사한 분위기를 깨뜨리고 있는 것은 오직 환자뿐이었다.

잭은 침대의 안전 난간을 낮추고서 몸을 구부려 아내의 뺨에 입을 맞추었다. 하지만 그녀는 꼼짝도 하지 않았다. 그는 아내의 손을 양손으로 꼭 쥐었다. 그녀는 그에 대한 응답으로 그의 손을 잡아 주지도 않았을 뿐 아니라, 심지어 손가락조차도 구부려 주지도 않았다. 손은 힘없이 흐늘거리고 아무 감각도 없었지만, 최소한 그 손에는 여전히 따뜻한 피가 흐르고 있었다.

"제니? 나야, 제니. 오늘 기분이 어때? 흐음……아주 좋아 보여. 아주 예쁘다구. 당신은 언제 봐도 정말 아름다워."

사실 8년 동안이나 혼수 상태로 단 한 발짝도 움직이지 못한 채 햇살은커녕 신선한 공기도 쐬지 못하고 있는 사람치고, 그녀는 정말로 아주 좋아 보였다. 어쩌면 잭 혼자만 그녀가 아직도 아름답다고 우길지는 모르지만, 그것은 정말 사실이었다. 그녀가 예전과 같은 미모를 지닌 미녀는 아니지만, 거의 10년에 가까운 세월 동안 죽음과 싸우고 있는 사람처럼 보이지 않는 것은 분명한 사실이었다.

14년 전 그녀의 직장이던 블루밍데일의 남성용 향수를 파는 카운터에서 처음 그녀를 봤을 때나 마찬가지로 그녀의 머리카락은 풍부한 밤갈색에다 여전히 빳빳했지만, 그래도 더 이상 예전처럼 반짝거리며 윤을 내지는 않았다. 여기서 일하는 간호 보조사들이 일주일에 두 번씩 그녀의 머리를 감기고 매일 머리를 빗겨 주고 있었다.

아내의 머리카락 밑으로 손가락을 집어 넣어서 두개골 왼쪽을 따라 만져 보면 뭔가 움푹 들어간 이상하게 생긴 구멍이 나 있는 걸 알 수 있다. 그 곳을 만져도 그녀는 전혀 아프지 않을테지만, 그는 그렇지가 못했다. 그것을 만지는 것은 그의 마음을 아프게 만드는 일이었다.

그녀는 이마나 얼굴에 주름이 하나도 없었다. 심지어 줄곧 감고 있는 눈가에도 주름 하나 잡히지 않았다. 그렇게 심할 정도는 아니지만 그녀는 몹시 수척했다. 디자이너가 디자인한 초록색 시트 위에서 꼼짝도 하지 않고 있는 그녀의 모습은 나이가 없는 사람같아 보였다. 그녀는 마치 백 년 동안 잠에 빠져서 자신에게 입을 맞춰 잠을 깨워 줄 왕자님을 기다리는 마법에 걸린 공주 같았다.

그녀가 살아 있다는 유일한 신호는, 아주 뚜렷한 것은 아니지만 숨을 쉴 때마다 리드미컬하게 그녀의 가슴이 부풀었다 내려갔다 하는 움직임과 이따금씩 침을 삼킬 때마다 조용히 목으로 침이 넘어갈 때의 움직임뿐이었다. 침을 삼키는 것도 자신의 의지에 의해서가 아니라 기계적인 움직임일 뿐이니까 어느 정도 의식이 있다는 신호는 아니었다.

그녀가 입은 뇌 손상은 광범위하고도 치명적인 것이었다. 그녀가 지금 당장 할 수 있는 동작이라고는 결국 나중에 죽기 직전 몸을 부르르 떠는 것뿐이었다. 그녀는 가망이 없었다. 그도 그녀가 가망이 없다는 사실을 잘 알고 있었다. 그녀가 계속 오랫동안 그런 상태로 갈 거라는 사실을 인정하고 있었던 것이다.

그런 정성스런 간호를 받지 못했다면 그녀는 훨씬 더 나빠 보였을지도 모른다. 물리 치료사 팀이 매일 그녀의 병실로 와서 그녀에게 수동적인 운동 치료를 시켜 주었다. 썩 좋은 상태는 아니었지만 최소한 근육의 박동은 있었다.

잭은 아내의 손을 붙잡고서 한참 동안 그녀를 바라보았다. 7년 동안 그는 일주일에 두 번씩, 매주 일요일 오후에는 6, 7시간 정도 아내를 돌보러 왔었고, 때로는 평일 오후에도 찾아오곤 했었다. 하지만 그녀의 상태가 마냥 그 타령인데다 그렇게 자주 찾아 오는데도 불구하고, 그는 그녀를 보러 오는 일에 지칠 줄 몰랐다.

계속 아내의 손을 붙잡고 얼굴을 바라보면서, 그는 침대 밑에서 의자를 꺼내 아내의 옆에 다가와 앉았다. 한 시간이 넘도록 그는 아내에게 이런저런 이야기를 해 주었다. 전에 보았던 영화 얘기며, 읽었던 책 얘기까지 모두 아내에게 말해 주었다. 날씨에 대해서 말해 주기도 하고, 바깥의 겨울 바람이 얼마나 차갑고 매서운지도 자세히 설명해 주었다. 그리고 쇼윈도에서 본 가장 예쁜 크리스마스 장식물에 대해서 그림을 그리듯 아주 생생하게 이야기해 주었다.

그녀는 그토록 열심으로 자신을 즐겁게 해 주려는 남편의 정성에도 불구하고 한번 움찔해 주지도 않았다. 늘 그렇듯이 그녀는 가만히 자리에 누워 있기만 했다. 몸을 움직이지도 않았으며, 움직일 수도 없었다.

그래도 그는 어쩌면 아내가 혼수 상태라는 깜깜한 절벽 아래로 비치는 한 줄기 빛처럼 아주 희미하게나마 의식을 갖고 있을지도 모른다는 기대에서 그녀에게 말을 건넸다. 어쩌면 그녀는 그 말들을 전부 알아듣거나 이해할 수 있을지도 모른다. 그저 운 나쁘게도 몸이 말을 듣지 않아서 아무런 반응도 못하고 그저 답답하게 일방적인 의사 소통을 하고 있는 것인지도 모른다. 그저 사람들이 그녀가 그 말들을 알아듣지 못하리라 지레 짐작하고서 아무 말도 하지 않기 때문에 그녀에게서 아무런 반응도 얻지 못할 수도 있다. 의사들은 잭의 그런 우려들이 전혀 근거가 없는 것이라고 분명히 확인시켜 주었다. 그들은 박살난 두뇌의 단락된 염색체들을 통해서 갖가지 이미지와 영상들이 빠르게 지나치는 것을 빼놓고는, 그녀는 아무것도 보거나 들을 수도 없으며, 그게 뭔지 알지도 못한다고 일러 주었다. 하지만 만일 의사들의 말이 잘못된 것이라면, 백만 분의 일이라도 그들이 틀린 거라면, 그는 그녀를 그렇게 끔찍하리만치 절대적인 소외감 속에 내버려둘 수가 없다. 그래서 그는 더욱 열심히 아내에게 창문 너머로 내다보이는 겨울 하늘이 잿빛에서 다른 색조로 바뀌는 모습을 설명해 주었다.

5시 15분쯤 그는 옆에 붙은 욕실로 가서 세수를 했다. 수건으로 얼굴을 닦고서 그는 눈을 깜박이며 거울에 비친 자신의 모습을 살펴보았다. 셀 수도 없이 많이 생각한 것이지만, 그는 제니가 지금까지 자신의 모습을 어떻게 보고 있을까가 몹시 궁금했다.

그의 얼굴 중에서 잘 생겼다고 말할 만한 구석은 어느 한 군데도 없었다. 이마는 너무 넓고, 귀는 지나치게 컸다. 시력은 양쪽 눈 모두 2.0이었지만, 왼쪽 눈동자가 조금 왼쪽으로 쏠려 있어서, 실제로 두 눈 모두 상대를 똑바로 바라보고 있는데도 사람들은 그와 말할 때마다 대체 시선이 어느 쪽을 향하고 있는 건지 신경이 쓰여서 제대로 말하기가 어려울 지경이었다. 그가 미소를 지을 때면 웃는 모습이 꼭 어릿광대처럼 보였고, 얼굴을 찡그릴 때면 아무리 난다 긴다하는 살인마라도 단숨에 걸음아 나 살려라 하고 도망치게 만들 만큼 무시무시하게 보였다.

하지만 제니는 그에게서 뭔가 중요한 점을 알아보았다. 그녀는 그를 진심으로 사랑했고, 필요로 했고, 그를 원했었다. 자신의 뛰어난 외모에도 불구하고, 그녀는 상대의 외모에 대해서는 별로 신경을 쓰지 않았었다. 그게 바로 그가 그녀를 너무나 사랑했던 이유 중의 하나이자, 그녀를 그토록 그리워하는 이유 중의 하나이기도 했다. 그녀를 그리워하는 수천 가지의 이유 중의 하나…….

그는 거울에서 멀찌감치 물러섰다. 그는 자신이 지금보다 더 외롭게 될 수 있다면, 제발 신께서 자신을 그런 지경에 빠뜨리지 말아 주셨으면 하고 빌었다.

그는 다른 방으로 가서 자신이 왔다가는지도 모르고 있는 아내에게 작별 인사를 하고 입을 맞춘 다음 한번 더 아내의 머리카락을 매만지고서 5시 30분에 병원을 나섰다.

거리에서 그는 차에 탄 채로 지나가는 행인들과 다른 운전자들을 혐오스런 눈초리로 쳐다보았다. 똑같은 인간들. 올바른 세상의 선량하고 친절하고 온순하고 정의로운 사람들. 그들은 그가 직업적인 도둑이라는 걸 안다면 비록 그를 그런 범죄의 소굴로 몰고간 것이, 바로 그들 자신이 제니와 그에게 저지른 일 때문이라쳐도, 그들은 경멸에 차고 혐오스런 시선으로 그를 대할 것이다.

그는 분노나 독기가 아무것도 해결하거나 바꿔 주지 못한다는 사실을 잘 알고 있었다. 상처를 입는 것도 단지 자기 자신뿐이라는 것도. 독기를 품은 모진 마음은 세월이 흐르면 점점 누그러들 것이다. 그도 그렇게 모질게 살고 싶지는 않았지만, 살다 보면 자신도 어쩔 수가 없을 때가 종종 있는 법이 아닌가.

나중에 그는 중국 식당에서 혼자 저녁을 들고 나서 아파트로 돌아왔다. 5번 가에 있는 최상급 건물에 위치한 아파트는 널찍한 침실이 하나 있는 조합식 공동 주택으로 센트럴 파크가 내려다보이는 곳이었다. 그곳은 명목상 리히텐슈타인을 활동 근거지로 둔 한 주식 회사의 소유로 되어 있었다. 그 회사에서는 스위스 은행의 서명이 적힌 수표로 그 건물을 매입했고, 매달 미국 은행에 의해 신탁 계정으로 이용료와 사원 조합비가 지불되고 있었다. 잭 트위스트는 "필립 들롱"이라는 이름으로 거기에 살고 있었다. 도어맨들이나 건물에서 일하는 다른 종사원들, 혹은 이야기를 나누고 지내는 몇몇 이웃들에게, 그는 명목상으로는 어디 투자할 곳이 없나 살펴보러 미국에 온 것 같지만 실제로는 하도 속을 썩여서 집안에서 미국으로 보내 버린 프랑스 부유층 가문 출신의 괴짜에다 스캔들을 몰고 다니는 상속인으로 알려져 있었다. 그는 프랑스어를 유창하게 했으며, 사람들과 몇 시간 동안 떠들어대도 자신이 사기 친 사실이 우연히라도 들통나지 않을 정도로 그럴 듯한 프랑스식 억양으로 말할 수 있었다. 물론 그에게 프랑스인 가족 따위는 있을 리가 없었으며, 리히텐슈타인에 있는 회사나 스위스 은행의 계좌도 사실은 모두 그의 것이었다. 그가 투자할 만한 재산이라고는 전부 남들에게서 훔쳐온 것들 뿐이었다. 그는 그저 평범한 도둑이 아니었다.

그는 아파트로 돌아오자 곧장 침실로 들어가 사람이 서서 드나들 수 있을 만한 크기의 옷장으로 가서 그 뒤에 있는 가짜 벽을 움직였다. 그는 남의 눈에 띄지 않게 만든 3피트 깊이의 보관함 같은 곳에서 가방 두 개를 꺼내 불을 켜지 않은 채 그것을 가지고 어두운 거실로 갔다. 그는 커다란 창문 옆에 있는, 자신이 제일 아끼는 안락 의자 옆에 그 가방들을 쌓아 놓았다.

그는 냉장고에서 맥주 두 병을 꺼내 병 마개를 따서 거실로 가지고 왔다. 그는 잠시 어두운 창가에 앉아 공원을 내려다보았다. 공원에는 가로등 불빛이 헐벗은 나뭇가지에 반사되어 눈 덮인 땅 위로 해괴한 느낌을 주는 그림자를 드리우고 있었다.

그는 시간을 끌고 있었고, 자신도 그것을 잘 알고 있었다. 마침내 그는 의자 옆에 있는 스탠드를 켰다. 두 개의 가방 중에서 작은 것을 열고 그 안에 든 것들을 펴 올리기 시작했다.

보석들하며 다이아몬드 펜던트, 다이아몬드 목걸이와 눈부시게 반짝거리는 짧은 다이아 목걸이, 다이아몬드와 에메랄드 팔찌, 반지, 브로우치, 머리 핀, 넥타이 핀, 보석이 박힌 모자 핀 등 갖가지 패물들이 들어 있었다.

그것들은 모두 6주 전에 그가 단독으로 저지른 한 강도 사건으로 생긴 장물들이었다. 그 일은 원래 두 사람이 해야 하는 것이었지만, 철두철미하고도 기상천외한 계획으로 그는 혼자 힘으로 그 일을 해낼 수 있는 방법을 찾아냈고 다행히 그 일을 잘 끝냈다.

문제는 그가 그 일을 성공하고 나서 아무런 쾌감도 느끼지 못했다는 것뿐이었다. 그는 언제나 일을 성공적으로 마치고 나면 그 후로 며칠 동안 굉장히 기분이 좋았었다. 그의 시선에서 보면 그 일들은 단순한 범죄가 아니라 올바른 세상에 대한 보복 행위이자 세상이 자신과 제니에게 저지른 일에 대한 당연한 대가이기도 했다. 스물 아홉때까지 만 해도 그는 사회와 국가를 위해서 굉장히 많은 일을 했었다. 하지만 그 보답으로 그는 중남미의 한 독재자의 지옥 같은 감방에 갇혀서 청춘을 썩히며 지냈다. 그리고 제니의 청춘마저도……. 마침내 그가 그 곳을 탈출해서 귀국했을 때, 아내를 발견했을 당시 그녀의 상태가 어땠는가를 생각하기만 해도 참을 수가 없었다. 이제 그는 더 이상 사회에 무언가를 주지 않았다. 그저 사회로부터 무언가를 뺐는 데 강렬한 쾌감을 느낄 뿐이었다. 그가 가장 커다란 만족감을 느끼는 부분은 사회의 규칙을 깨고 자신의 원하는 것을 갖고 도망친다는 것이었다……. 최소한 6주 전에 보석상을 강탈했을 때까지만 해도 그랬다. 그는 그 일을 마치고 나서 아무런 승리감이나 보복감을 느낄 수가 없었다. 더 이상 흥분 따위를 느낄 수 없다는 것이 무엇보다도 가장 그를 겁나게 만들었다. 어쨌든 그가 살아가고 있는 목적은 바로 그 때문이었다.

창가에 놓인 안락 의자에 앉아서 그는 무릎 위로 보석들을 높이 쌓아 놓았다. 그리고 그 중에서도 가장 값비싼 보석들을 불빛 가까이로 들어 올려서 다시 한번 성취감과 복수심을 회복해 보려고 애를 써 보았다.

원래 그는 강도 사건을 저지른 후에는 며칠 내로 곧장 보석들을 처분해야 했다. 하지만 조금이라도 강탈한 장물들로부터 만족감을 얻을 수 있을 때까지는 그 물건들을 팔고 싶지 않았다.

자신의 감정이 메말라 버렸다는 데 괴로워하면서, 그는 자루에 도로 보석들을 집어 넣었다.

또 다른 자루에는 닷새 전에 프라텔란자 창고에서 강탈해 온 장물들 중에서 자신의 몫으로 받은 돈이 들어 있었다. 그들은 금고 두 개 중에서 하나밖에 딸 수가 없었다. 하지만 거기에는 3백 10만 달러가 넘는 돈들이 들어 있었다. 그것도 자금의 출처를 추적할 수 없도록 20달러짜리와 50달러짜리, 그리고 1백 달러짜리로 각각 1백만 달러가 들어 있었다.

지금까지 그는 현금을 보증 수표나 기타 유통 가능한 예금 증서로 바꿔서 우편으로 스위스 은행에 예치해 왔다. 하지만 보석들이나 마찬가지로 그 돈을 가지고 있다는 사실이 그에게 아직 승리감을 안겨 주지 못했기 때문에 그는 그대로 계속 돈을 가지고 있었던 것이다.

그는 가방에서 밴드로 단단히 묶은 두툼한 지폐 뭉치들을 꺼내 손바닥에 올려 놓았다. 그는 얼굴에 돈을 들이대고 냄새를 맡아 보았다. 돈에서 나는 독특한 냄새는 그 자체만으로도 그에게는 대단한 흥분감을 가져다 주었다. 하지만 이번만은 그렇지가 않았다. 더 이상 승리감이나 자신이 똑똑하다거나 법망을 교묘히 피해 다녔다는 고소한 기분이나, 또 어떤 면으로 배운대로 곧이곧대로 미로 같은 사회를 지나 요리조리 도망다니면서 시키면 시키는 대로 하는 생쥐들보다 자신이 훨씬 낫다는 우월감도 느끼지 못했다. 그에게 느껴지는 건 그저 허탈감뿐이었다.

그에게 일어난 변화가 창고에서의 사건으로 인해서 생긴 거라면, 그는 올바른 세상으로부터가 아니라 다른 도둑들로부터 그것들을 훔친 탓으로 돌릴 수도 있다. 하지만 보석상을 강탈한 다음의 반응도 마찬가지였으며, 그 희생자는 분명히 합법적인 사업을 하는 사람들이었다. 그가 지금까지와는 달리 다른 일을 계속하도록 만든 것은 바로 보석상을 턴 이후에 느낀 권태감 때문이었다. 대개 그는 서너 달에 한 번씩 한 건씩 올리곤 했었는데, 가장 최근에는 5주 만에 다시 다른 사건을 저질렀다.

어쩌면 그에게 중요한 건 더 이상 돈이 아니었기 때문에 최근에 저지른 두 가지 사건에서는 스릴을 느끼지 못한 것인지도 모른다. 그는 살아 있는 동안 풍족하고 멋지게 살 수도 있고 제니를 잘 돌봐 줄 만큼 돈도 모아 두었다. 그럴 가망성은 거의 없지만 만일 제니가 혼수 상태로 제명껏 살아간다 해도 충분히 쓸 수 있을 만큼의 돈이었다. 어쩌면 지금까지 그가 그런 일들을 하면서 가장 중요하게 생각해 온 부분은 자신이 생각했던 것처럼 사회에 대한 반항이나 도전이 아니었을지도 모른다. 어쩌면 그는 오직 돈 때문에 그 일을 했을지도 모르며, 그 나머지는 그저 값싼 자기 합리화나 자기 기만이었는지도 모른다.

하지만 그는 그 점을 믿을 수가 없었다. 그는 자신이 무엇을 느끼고 있는지 잘 알고 있었다. 그는 지금 자신이 얼마나 절실하게 그런 감정들을 느끼고 싶어하는지도 잘 알고 있었다.

그에게 분명 무슨 일인가가 벌어지고 있었다. 그의 내부에서 커다란 변모가 일어나고 있는 것이다. 그는 아무런 목적도 없이 표류하는 듯한 허탈감을 느꼈다. 그는 자신이 강도 행위를 즐기는 기분을 잃어버리고 싶지 않았다. 그것이야말로 그가 살아 남을 수 있도록 지탱시키는 삶의 목표였다.

그는 가방에 도로 돈을 집어 넣었다. 그리고 불을 끈 채 그대로 어둠 속에 앉아서 맥주를 천천히 마시면서 센트럴 파크를 내려다보았다.

최근에 자신의 일에서 기쁨을 찾지 못하는 것 외에도, 그는 여태껏 꾼 악몽 중에서도 가장 강렬한 악몽을 계속 되풀이해 꾸는 바람에 밤마다 고통을 겪고 있었다. 그 꿈을 꾸기 시작한 것은 보석상을 털기 전인 바로 6주 전부터였다. 그는 그 후로 여덟 내지 열 번 정도 그 꿈을 계속 꾸었다. 꿈속에서 그는 시커먼 바이저가 달린 오토바이 헬멧을 쓴 남자로부터 도망치고 있었다. 헬멧을 쓴 남자의 다른 부분이나 헬멧의 세세한 부분까지는 제대로 볼 수 없었지만, 최소한 그는 그것이 오토바이 헬멧이라는 것은 알 수 있었다. 얼굴을 알아볼 수 없는 한 낯선 사내가 어딘지 모를 방을 지나 아무런 특색도 없는 복도를 따라 달빛에 물든 공허한 느낌의 배경을 가로지르는, 사람이 아무도 다니지 않는 고속 도로를 따라 걸어서 그를 쫓아다녔다. 매번 잭의 공포심은 주전자에서 끓고 있는 물처럼 점점 심해져서 결국 그 공포심이 폭발해 잠에서 깨어나곤 했다.

그 꿈에 대한 해몽으로 분명히 알 수 있는 뜻은 그것이 일종의 경고라는 것뿐이었다. 말하자면 헬멧을 쓴 그 사내는 경찰인 셈이고, 잭은 곧 잡히게 될 거라는 의미였다. 하지만 그것은 단순히 악몽을 꾸었을 때의 느낌하고는 차원이 다른 기분이었다. 꿈속에서 그는 헬멧을 쓴 남자가 경찰이라는 인상을 받아 본 적이 한번도 없었다. 뭔가 다른 느낌이었다.

그는 그날 밤 또 그 꿈을 꾸지 않게 해 달라고 하느님께 간절히 빌었다. 그날은 한밤중에 그런 악몽을 꾸지 않더라도 충분히 운수가 사나운 날이었다.

그는 맥주를 또 한 병 가지고 와서 창가 의자로 돌아와 다시 한번 어둠 속에 앉아 있었다.

그날은 12월 8일이었다. 군에서 특별히 선발돼서 게릴라전 훈련을 받은 특수 부대의 장교 출신에, 비정규전에서 적에게 사로잡힌 전쟁 포로였고, 중남미에 사는 천 명도 넘는 인디언들의 목숨을 구할 수 있도록 애쓴 사람이자, 다른 사람들의 마음을 아프게 한 사건을 겪고도 그 무거운 슬픔의 짐을 안고서 제대로 살아온 사람이 바로 잭 트위스트였다. 그는 자신이 계속 살아갈 수 있도록 지탱해 주는 가장 단순한 용기마저 잃은 것인가 궁금했다. 강도를 저지르면서 예전과 같은 목적 의식을 다시 회복할 수 없다면, 그는 다시 새로운 삶의 목표을 찾아내야 한다. 그것도 아주 필사적으로.

7

네바다 엘코 군

어니 블록은 엘코에서 트랭퀼러티 모텔을 향해 전속력을 다해서 달리고 있었다. 그가 그렇게 신명나게 차를 몰아 빠른 속도로 질주하는 것은 월남에서 해군 정보부에서 복무하던 어느 우울한 월요일 아침 이후로는 처음이었다. 그는 지프의 운전석에 앉아 자신의 부대가 주둔하고 있는, 눈에 익은 지역을 지나고 있었다. 그러나 그는 뜻밖에도 적군의 포화 속으로 들어가게 되었다. 지프의 앞뒤 범퍼에서 불과 몇 피트 떨어지지 않은 곳에 포탄이 떨어지면서 흙먼지와 삐죽삐죽한 쇄석(碎石) 덩어리가 솟구쳤다. 발사 구역에서 겨우 빠져나올 때까지 그는 20발도 넘는 지근탄(至近彈)을 간신히 피해야 했고, 크기는 작지만 생각만 해도 끔찍할 정도로 뾰족한 모르타르 덩어리를 세 개나 맞았으며, 천둥 소리처럼 커다란 폭발음 때문에 잠시 귀가 멍멍해질 지경이었다. 그는 타이어 네 개가 모두 펑크가 나는 바람에 바퀴의 테만 남은 지프를 몰아서 간신히 그곳을 겨우 빠져 나왔다. 그런 위기에서 살아 남은 잭은 지금까지 살아온 어느 때보다도 더욱 마음 깊이 공포가 무엇인지를 알게 되었다.

하지만 엘코에서 돌아오는 길에서의 그의 두려움은 차츰 새로운 클라이맥스를 향해 치닫고 있었다. 서서히 어둠이 다가오고 있었다. 그는 모텔에서 쓸 조명 기구들을 싣고서 소형 트럭을 몰고 엘코의 화물 운송 사무소에 갔다오는 길이었다. 정오가 막 지나서 그는 카운터를 페이에게 맡기고 모텔을 나섰다. 해가 지기 전에 집으로 돌아오려는 계산으로 시간을 넉넉히 잡아 두었다. 하지만 가는 도중에 타이어가 펑크 나는 바람에 새 타이어로 갈아 끼우느라 시간을 많이 잡아먹고 말았다. 그리고 나서 일단 엘코에 도착해서도 스페어 타이어 없이 집으로 출발하기가 싫어서 타이어를 수리하느라고 거의 한 시간이나 시간을 잡아먹어 버렸다. 이런저런 이유로 그는 예상보다 거의 두 시간이나 늦게 엘코를 떠나게 되었다. 해는 벌써 대분지의 먼 끝을 향해 서쪽으로 기울고 있었다.

그는 쌩쌩거리는 소리가 나도록 간선 고속 도로를 달리는 차들을 추월해 돌아오는 길 거의 내내 전속력으로 액셀러레이터를 밟았다. 그는 날이 완전히 캄캄해지고 나면 집까지 제대로 차를 몰고 갈 수 있을 것 같지가 않았다. 아침이면 사람들은 노변에 그대로 세워 둔 트럭 운전석에서, 사방이 온통 칠흑 같은 어둠 뿐인 가운데 갖가지 무서운 상상을 하느라 여러 시간 동안 시달려서 거의 미친 사람처럼 보이는 그의 모습을 발견하게 될 것이다.

추수 감사절 후로 보름이 좀 지난 지금까지 그는 어둠에 대해서 자신이 불안해 하고 두려워하는 증상을 페이한테 계속 감추고 있었다. 페이가 위스콘신에서 돌아온 후로 어니는 아내가 없는 사이 매일 밤 불을 켜 놓고 잠을 청하던 것이 버릇이 되었는지 불을 켜 놓지 않고는 잠들기가 더욱 어려워졌다. 매일 아침이면 잠을 제대로 못 자서 벌겋게 충혈된 눈에 몰래 안약을 넣어야 했다. 다행히도 페이는 밤에 영화를 보러 엘코에 가자고 조른 적이 한 번도 없었기 때문에, 어니가 굳이 다른 핑계를 댈 필요도 없었다. 해가 지고 나서 두세 번 정도 그는 이웃에 있는 트랭퀼러티 그릴로 가야 한 적이 있었다. 모텔 밖에 조명과 표지판들을 환하게 켜 놓았기 때문에 걷는데 앞이 잘 보이기는 했지만, 그래도 그는 뭔가가 불쑥 나타나서 자신을 해칠 것 같은 느낌 때문에 겁에 질려 있었다. 하지만 그는 그런 말을 아무에게도 하지 않았다.

해군 사단에 몸담고 있었던 시절이나 제대를 하고 나서도 지금까지 살아오면서 내내, 어니 블록은 자신의 능력이 닿는 한 그에게 요구된 것은 모두 다 해냈었다. 그리고 무엇보다도 지금은 절대로 자신의 아내를 실망시킬 수가 없었다.

오렌지색과 진홍빛이 끈끈하게 어우러진 하늘을 배경으로 트랭퀼러티 모텔을 향해 서쪽으로 질주하면서, 어니 블록은 자신에게 알츠하이머 병이라고도 불리는 노인성 치매가 너무 일찍 찾아온 것이 아닌가 하는 생각이 들었다. 아직 쉰두 살밖에 되지 않았지만, 그의 증세는 알츠하이머 병과 거의 비슷한 것 같았다. 그런 사실이 놀랍기는 하지만, 적어도 한편으로는 그것을 이해할 수 있기도 했다.

스스로 이해한다고 생각하면서도 그는 그걸 인정할 수가 없었다. 페이는 그를 철석같이 의지하고 있는데, 정신 병자가 돼서 그녀에게 짐이 될 수는 없는 노릇이었다. 블록 가의 남자들은 한 번도 자신의 아내를 실망시킨 적이 없었다. 아니 그런 일은 상상도 할 수 없는 일이었다.

고속 도로는 나직한 언덕을 타고 돌았다. 주간(州間) 고속 도로의 북쪽으로 1마일 전방에 모텔이 위치하고 있다. 모텔은 드넓게 펼쳐진 사방 전경 속에 서 있는 유일한 건물이었다. 파랑색과 초록색 네온 사인이 벌써 불을 밝히고서 땅거미가 내려앉은 하늘과 대조적으로 강렬한 빛을 발하고 있었다. 늘 보아온 것이지만 그날처럼 그렇게 반갑게 느껴진 적은 한 번도 없는 것 같았다.

아직도 해가 완전히 떨어지려면 10분 가량의 시간이 남아 있었다. 그쯤에서 그는 자신의 피난처에 그렇게 가까이 왔는데 과속으로 경찰에게 걸릴 만한 모험을 하는 것은 바보 같은 짓이라는 생각이 들었다. 그는 천천히 액셀러레이터를 늦췄다. 속도계의 바늘이 재빨리 뚝뚝 떨어지기 시작했다. 90……85……75……60…….

그런데 그가 모텔에서 4분의 3마일쯤 떨어진 지점에 다다랐을 무렵, 갑자기 이상한 일이 벌어졌다. 그 길에서 멀리 남쪽 방향을 얼핏 쳐다본 순간, 그는 그 자리에서 숨이 멎는 줄로만 알았다. 무엇이 그토록 자신을 놀라게 만들었는지는 그도 알 수 없었다. 무언가 주위의 경치에 연유한 것 같았다. 내리막길인 벌판을 가로질러 빛과 어둠이 공존하고 있는 상태와 관련된 것 같았다. 그는 불현듯 고속 도로 건너편에서 반 마일 전방에 있는 지면의 특정한 부분이, 지난 두세 달 동안 그에게 일어났던 이상한 변화들을 이해하는 데 대단히 중요한 의미를 갖고 있다는 묘한 생각에 사로잡혔다.

55……45……40…….

그는 그 부분의 지면이 수만 에이커나 되는 주위의 땅들과 별다르게 보일 만한 것은 아무것도 찾아내지 못했다. 게다가 전에도 수없이 그 땅을 보아 왔지만, 그에게 그 곳이 특별히 인상에 남았던 적은 한 번도 없었다. 그럼에도 불구하고 경사진 지형이나 완만한 지면의 윤곽, 협곡을 양분하는 굴곡, 골고루 섞여 있는 쑥과 잔디, 여기저기 산재해 있는 바위의 울퉁불퉁한 노두(露頭) 등이 뭔가 자신들에 대해서 조사를 해 달라고 아우성치고 있는 것 같았다.

그는 땅이 마치 "여기예요, 여기! 여기가 바로 당신의 문제에 대한 해답을 갖고 있는 곳이에요. 당신이 밤이면 겁을 먹는 이유를 설명해 줄 수 있는 곳이라구요. 여기예요. 여기……."라고 말하는 것처럼 느껴졌다. 하지만 그것은 너무나 우스꽝스러운 생각이 아닐 수 없었다.

놀랍게도, 그는 고속 도로 노변으로 들어서서, 지방 도로로 빠지는 경사로 출구에서 그리 멀지 않은 지점이자 모텔에서 4분의 1마일쯤 떨어진 곳에 차를 세웠다. 그는 고속 도로를 지나 얼핏 남쪽을 바라보았다. 그곳이 바로 수수께끼처럼 그의 관심을 끌었던 지점이었다.

그는 무언가 금세라도 불쑥 나타날 것 같은 아주 묘한 느낌에 사로잡혔다. 엄청나게 중대한 일이 그에게 당장이라도 일어날 것 같은 느낌을 떨쳐 버릴 수가 없었다. 등줄기를 따라 살갗이 따끔거렸다.

그는 트럭에서 내렸고, 차는 그대로 뒤에 남겨 두었다. 자신도 이해할 수 없는 엄청난 기대감에 들뜬 채로 그는 고속 도로의 먼 끝을 향해 걸어갔다. 그 곳이라면 자신을 홀린 조그만 땅덩어리가 더 잘 보일 것이다.

그는 2차선으로 되어 있는 아스팔트 포장 도로를 건너서 고속 도로의 절반을 가로지르는 20피트 높이의 골짜기를 기어올라 멀리 보이던 그 땅의 경사면으로 올라가기 위해 기를 썼다. 그는 세 대의 트럭이 지나가기를 기다렸다가 그 트럭들이 커다랗게 부르릉거리는 소리를 내며 바람을 일으키고 지나가자 동쪽으로 향하는 차선을 건넜다. 그의 가슴은 형언할 수 없는 흥분으로 쿵쾅거렸다. 잠시 동안 그는 밤이 다가오고 있다는 사실을 까맣게 잊고 있었다.

그는 남쪽과 함께 서쪽 방향도 약간 보이는 고속 도로의 오르막 꼭대기의 벼랑턱에서 걸음을 멈췄다. 양 가죽으로 안감을 댄 두툼한 수웨드 재킷을 입고 있기는 하지만, 짧게 자른 허연 머리카락이 쌀쌀한 바람을 막아 주지 못해서 차가운 바람이 그의 머릿가죽 전체를 세게 부벼대는 것 같았다.

그는 엄청나게 중대한 일이 벌어질 것 같은 느낌을 떨쳐 버릴 수가 없었다. 대신 그는 멀리 저편에 줄무늬 같은 그림자가 진 밭에서부터 무슨 일인가가 벌써 일어났다는 생각이 차츰 깊숙이 자리잡기 시작했다. 요사이 자신이 어둠에 대해서 느끼고 있는 공포심의 원인이 되는 것일까, 아니면 자신의 기억 속에서 주도 면밀하게 억제된 그 무엇일까?

하지만 그건 전혀 이치에 닿지 않는 얘기였다. 여기서 정말 그렇게 중대한 사건들이 일어났다면, 그가 그것들을 단순히 잊어버렸을 리가 없었다. 그는 그런 것을 쉽사리 잊어버릴 수 있는 사람이 아니었고, 더더구나 불쾌한 기억들을 마음속에 억누르며 지낼 수 있는 타입도 못 되었다.

아직도 목덜미가 얼얼하게 쑤셨다. 지금 자신으로부터 그리 멀지 않은 곳, 저 멀리 끝없이 펼쳐져 있는 네바다 평원 가운데에 그 동안 잊고 지내다가 이제 잠재 의식 깊이 가라앉아 있던 기억이 그를 자극하는 중대한 일이 그에게 일어났던 것이다. 그것은 마치 누빈 이불 속에 남아 있다가 때때로 잠자는 사람을 콕콕 쑤셔서 깜짝깜짝 놀라게 하는 바늘 같았다.

다리를 쫙 벌리고 발을 땅에 단단히 붙이고서 머리를 옴츠리고 있는 어니의 모습이 마치 그 곳의 경치를 향해 자신에게 더 분명하게 얘기를 해 달라고 도전하는 것처럼 보였다. 그는 그 장소에 얽힌 가물가물해진 기억들을 되살려 보려고 애썼다. 만일 그것이 사실이라면, 그 비밀은 단 한 가지밖에 없을 것이다. 하지만 잘 생각나지 않는 비밀을 붙잡으려고 노력하면 할수록, 그것은 더욱 빠른 속도로 사라져 버렸다. 그리고 그나마 가물거리던 모든 영상들마저 모두 사라졌다.

무언가 금세 나타날 것 같던 느낌이 가셔 버린 것처럼 가시적인 환각 현상도 깨끗이 사라져 버렸다. 머릿가죽과 목줄기에 쿡쿡 쑤시는 듯한 통증이 남아 있었다. 미친 듯이 쿵쿵 뛰던 심장의 박동도 차츰 정상적인 속도로 진정되기 시작했다.

점점 빠른 속도로 날이 어두워져 가는 가운데, 그는 뒷통수를 얻어맞은 듯 다소 멍해진 상태로 자신의 눈앞에 펼쳐진 정경을 자세히 살펴보았다. 울퉁불퉁 모가 진 땅, 바위 줄기와 이빨처럼 튀어나온 날, 잡목과 잔디, 오래된 지층에서 볼 수 있는 풍화된 돌출부와 움푹 패인 함몰부. 그것들이 어째서 자신에게 그렇게 특별하게 느껴졌는지 이해가 안 갔다. 그 곳은 실제로 여기서부터 엘코나 배틀 마운틴까지 이르는 지역에 있는 수천 군데의 다른 장소들과 거의 구별할 수 없을만치 고원의 극히 평범한 일부분에 지나지 않는다.

갑작스레 일시적인 의식의 공백 상태에 빠진 데 대해 당혹스러워하면서, 그는 트럭이 있는 쪽을 돌아보았다. 트럭은 고속 도로의 북쪽에 그대로 세워져 있었다. 그는 이상한 흥분에 휩싸여 트럭을 세워 둔 곳에서부터 거기까지 정신없이 달려온 것을 생각하니까 자신이 너무나 바보처럼 느껴졌다. 그의 모습은 분명히 다른 사람들의 눈에 띄었을 것이다. 그는 페이가 자신을 보지 않았으면 하고 바랐다. 모텔은 여기서 불과 4분의 1 마일밖에 떨어지지 않은 곳에 있었으므로, 그녀가 우연히 창문을 내다보다 그쪽을 보았다면, 분명히 그녀는 기겁을 하고서 일손을 놓고 말았을 것이다. 점점 빠른 속도로 내려앉는 어둠 가운데 단연 가장 눈에 띄는 것은 깜박거리는 트럭의 비상등뿐이었다.

어둠.

불현듯 어둠이 점점 다가오고 있다는 생각이 어니 블록의 뇌리를 스치고 지나갔다. 자석처럼 그 곳으로 그를 끌어당긴 신비한 마력이 잠시 동안 어둠에 대한 공포보다 더 강했던 것이었다. 하지만 동쪽 하늘의 절반가량이 벌써 검붉은빛으로 물들고 불과 몇 분 지나지 않아 서쪽 하늘에 희미하게 남아 있는 땅거미가 완전히 져 버릴 거라는 생각이 들자, 금세 사태는 변해 버렸다.

갑작스럽게 밀려드는 공포심에 소리를 지르면서 그는 몸을 사리지 않고 트레일러 앞을 그대로 지나 동쪽으로 향하는 차선을 건넜다. 커다랗게 클랙슨 소리가 울렸다. 하지만 그는 그 소리에 아랑곳하지 않고 그대로 정신없이 내달렸다. 점점 어둠이 그를 붙잡고서 짓누르는 것 같은 기분이 느껴졌다. 그는 차선 분리 점 구실을 하는 얕은 개울에 다다랐다. 그는 그 곳으로 내려가다가 넘어지는 바람에 뒤로 벌렁 나자빠졌다. 그는 깊숙하게 패인 지면의 골과 바위 아래에서 솟아오르는 어둠이 무서웠다. 그는 협곡 건너편으로 펄쩍 뛰어넘어서 서쪽으로 향하는 차선으로 도망치듯 달렸다. 길을 제대로 살펴보지 않고 달렸지만 다행히도 이쪽으로 오는 차들은 한 대도 없었다. 트럭에 다다르자, 그는 차 문을 열려고 손잡이를 더듬거렸다. 재빠르게 그는 트럭 밑이 매우 어둡다는 사실을 눈치챘다. 어둠은 그의 발목을 세게 잡아당기고 있었다. 마치 트럭 아래로 그를 잡아당겨서 몸 전체를 통째로 삼켜 버리려는 것 같았다. 그는 허겁지겁 문을 열었다. 자신을 단단히 붙잡고 있는 그 어둠의 손아귀에서 있는 힘을 다해 발을 빼냈다. 그리고 운전석으로 기어올라 재빨리 문을 닫고 고리를 잠갔다.

아직도 완벽하게 안전한 것은 아니지만 한결 안심이 되었다. 집에서 그렇게 가까운 곳에 있지만 않았다면, 그는 아마 그 자리에서 뻣뻣하게 얼어붙었을 것이다. 다행히 집까지는 불과 4분의 1마일밖에 남지 않았다. 헤드라이트를 켜자 어둠이 물러나면서, 그에게 다시 용기가 솟아났다. 그러나 그는 너무나 몸이 떨려서 다시 차들 사이로 들어설 자신이 없었다. 그래서 그는 고속 도로의 노변을 따라 경사로 출구까지 달렸다. 경사로는 아래까지 줄곧 나트륨 아크등이 밝혀져 있었다. 그 노란 불이 환하게 밝혀져 있는 지점에 차를 세울까 하는 유혹도 들었지만, 그는 이를 악물고서 불빛이 비치지 않는 주(州)간 도로 위로 들어섰다. 겨우 2백 야드쯤 달리자, 어느새 트랭퀼러티 모텔의 입구에 다다랐다. 그는 주차 구역을 지나쳐 그대로 내달려서 사무실 앞의 한 구역에 트럭을 몰고 들어간 다음 헤드라이트를 끄고 엔진의 시동도 껐다.

커다란 사무실 창 너머로 프론트 데스크에 앉아 있는 페이의 모습이 보였다. 그는 문을 세게 닫고서 허겁지겁 안으로 들어갔다. 페이가 고개를 쳐들자, 어니는 아내에게 미소를 지어 보였다. 그는 마음속으로 그 미소가 실제보다 훨씬 더 자신감에 차 보였으면 좋겠다고 생각했다.

"너무 늦는 것 같아서 슬슬 걱정이 되던 참이었어요, 여보."

페이도 마찬가지로 어니에게 미소를 보내 주었다.

"가다가 타이어에 펑크가 나서 말이지."

어니는 대답을 하면서 재킷의 지퍼를 내렸다.

다소 마음이 놓이는 것 같았다. 혼자가 아니라는 사실만으로도 한결 밤을 맞아들이기가 수월하게 느껴졌다. 페이가 힘이 되어 주는 것은 사실이었지만, 그래도 어니는 계속 마음이 불안했다.

"보고 싶었어요."

아내가 말했다.

"겨우 오후만 집을 비웠을 뿐인데 뭘."

"그럼 제가 당신한테 중독됐나 보죠, 뭐. 당신이 나간 시간이 훨씬 더 길어 보이니까 말예요. 난 두 시간에 한 번 정도 당신을 안 보면 금단 증상 같은 게 나타나는 것 같거든요."

그는 카운터 앞쪽으로 몸을 기댔고, 그녀도 앉은 자리에서 몸을 앞으로 내밀어서 둘은 다정한 입맞춤을 나누었다. 그들이 나누는 키스에 가식적인 몸짓 따위는 없었다. 그녀는 남편을 더욱 가까이 끌어안으려고 한 손으로 남편의 머리를 붙잡았다. 결혼 생활을 오래한 부부간에는 비록 애정이 남아 있다 하더라도 애정을 표시할 때, 마음은 없이 그저 흉내만 내는 가식적인 행위로 그치는 데 불과한 게 보통이지만, 어니와 페이 부부의 경우는 그렇지 않았다. 결혼하고 31년이란 세월이 지났지만, 페이는 아직도 남편에게 청춘을 느끼게 해 주었다.

"새로 산 조명 기구들은 어디 있어요? 안 갖고 들어오셨어요? 아니면 운송 사무소에서 뭐가 잘못된 건가요?"

페이가 물었다.

그 질문을 듣는 순간, 그의 뇌리에는 바깥의 어둠에 대한 생각이 언뜻 스치고 지나갔다. 그는 창밖을 흘낏 내다보고는 재빨리 눈길을 돌려 버렸다.

"아니. 그렇지는 않지만 오늘은 너무 피곤해서 그냥 쉬어야겠어. 꼼짝도 하기 싫거든."

"상자 네 개만 들고 오면 되는데……."

"아침에 하는 게 낫겠어. 물건은 트럭 안에 있으니까 괜찮을 거야. 건드릴 사람은 아무도 없잖아. 그나저나 당신 크리스마스 장식을 해 놓았군!"

그는 떨리는 목소리를 진정시키려고 애쓰면서 말했다.

"겨우 이제서야 눈치챈 거예요?"

소파 위쪽 벽에는 솔방울들과 호도로 만든 커다란 화환이 걸려 있었다. 마분지로 만든 실물 크기의 산타클로스 그림이 엽서를 쌓아 놓은 곳의 옆쪽 구석에 세워져 있었고, 기다란 카운터의 한쪽 끝에는 도자기로 만든 순록이 끄는 모양의 조그만 썰매가 진열되어 있었다. 크리스마스 트리를 장식하는 빨강과 금색 방울들이 눈에 잘 안 보이는 가느다란 낚싯줄에 묶여서 천장의 조명 기구에서부터 기다랗게 매달려 있었다.

"이거 하느라 사다리를 타고 위에 올라갔었겠군."

어니가 말했다.

"발판 사다리만 타고 올라가면 되는데요 뭘."

"그러다 떨어지면 어쩌려구? 그런 일은 나한테 맡겨 두라니까."

어니의 말에 페이는 고개를 내저었다.

"여보, 전 그렇게 약하지 않아요. 그러니까 이젠 그만 입 다무시라구요. 아무리 해병대 출신이라지만 어떨 때 보면 당신 남성미가 너무 지나치다니까요."

"그런가?"

그때 바깥 현관이 열리면서 트럭 운전수 한 명이 모텔로 들어와 방이 있는지를 물었다.

어니는 그 문이 닫힐 때까지 숨도 제대로 쉴 수가 없었다.

그 운전수는 카우보이 모자를 쓰고서 카우보이 셔츠와 진 재킷 그리고 청바지를 받쳐 입은 호리호리한 체구의 사내였다. 페이는 그 운전수에게 모자가 멋있다고 칭찬을 해 주었다. 모자는 초록색 다이아몬드처럼 번쩍거리는 장식을 달고 세심하게 조각을 내서 박아 가죽 띠를 맨 것이었다. 그녀는 손님들이 체크 인을 하는 사이 그들의 모습을 유심히 살피면서 그렇게 간단한 방법으로, 처음 보는 사람도 마치 오랫동안 알고 지내는 친구처럼 느껴지게 만드는 재주가 있었다.

일은 아내에게 맡겨 두고서, 어니는 카운터 뒤로 물러나 고속 도로에서 겪었던 이상한 경험과 함께 이미 찾아든 밤에 대해서 깊이 생각하지 않으려고 애썼다. 그는 서류 캐비닛 옆쪽 구석에 세워 둔 놋쇠 옷걸이에 코트를 걸고 나서 장부 위에 우편물들이 잔뜩 쌓여 있는 참나무 책상으로 갔다. 거기에는 물론 세금 계산서도 들어 있었다. 광고 전단을 비롯해서 자선 단체에서 보내는 호소문, 그 해 들어 첫 번째로 도착한 크리스마스 카드와 군 연금 지급 수표까지…….

마지막으로 발신인의 주소가 적혀 있지 않은 하얀 봉투가 한 장 있었다. 그 안에는 그 모텔의 9호실 문 옆에서 찍은 폴라로이드 칼라 사진이 들어 있었다. 성인 남녀와 아이 모두 세 사람이 함께 찍은 사진이었다. 20대 후반 정도의 남자는 검게 그을려 건장해 보이는 피부에 준수한 외모를 갖추고 있었다. 여자는 그보다 두 살 정도 어려 보였는데, 피부색이나 머리카락, 눈동자 색깔이 모두 검은 색으로 건강미가 넘쳐 보이는 미인이었다. 아이는 대여섯 살 정도로 보이는 아주 귀여운 계집아이였다. 세 명 모두 카메라를 향해 미소를 짓고 있었다. 반바지와 티셔츠 차림도 그렇고 사진에 나타난 햇빛의 강도로 보았을 때, 어니는 그 사진이 한여름에 찍은 것이라는 걸 쉽게 짐작할 수 있었다.

그는 어리둥절해져서 혹시 간단하게 한 줄이라도 그 내용을 설명해 놓은 메모가 있는지 살펴보려고 사진을 뒤집어 보았다. 하지만 뒷면에는 아무것도 적혀 있지 않았다. 그는 다시 한번 봉투 안을 살펴보았지만 아무것도 들어 있지 않았다. 편지나 카드는 물론이고, 심지어는 발송인의 신원을 알려줄 만한 명함조차 들어 있지 않았다. 우표에는 바로 지난 주 토요일인 12월 7일 엘코 소인이 찍혀 있었다.

그는 사진에 나와 있는 사람들을 다시 살펴보았다. 그들이 누군인지 기억이 나지는 않지만, 그는 아까 고속 도로를 달리다 어느 특정한 부분으로 이끌리듯 달려갔을 때와 마찬가지로 피부가 따끔따끔 쑤시는 것 같았다. 맥박이 점점 가빠지자 어니는 재빨리 사진을 옆으로 치워 버리고 눈길을 돌렸다.

페이는 아직도 카우보이 차림의 트럭 운전수와 농담을 주고받으면서 열쇠함에서 객실 열쇠를 꺼내 카운터 건너편에 있는 손님에게 건네주었다.

어니는 아내에게 계속 눈길을 고정시켰다. 그녀는 온화하면서도 사람에게 뭔가 영향을 끼치는 면이 있는 여자였다. 그가 페이를 처음 만났을 때, 그녀는 아름다운 시골 처녀였으며, 이후로 그녀는 점점 더 아름다운 여인으로 성장했다. 그녀의 눈부신 금발이 차츰 하얗게 세기 시작하고 있을지도 모르겠지만, 그는 그녀가 백발의 노파가 되는 모습을 도저히 상상할 수가 없었다. 그녀의 푸른 눈동자는 너무나 맑고 재기에 넘쳐 보였다. 그녀의 얼굴은 활달하고 친근한 느낌을 주는 전형적인 아이오와의 미인이었다. 약간 도도해 보이는 인상이기는 하지만, 그녀는 늘 건강하고 행복에 넘쳐 보였다.

카우보이 차림의 트럭 운전수가 카운터를 떠났을 무렵, 어니는 몸이 떨리던 증세가 진정되었다. 그는 폴라로이드 사진을 페이에게 건네주었다.

"당신 이 사진에 대해서 알고 있는 것 있소?"

"여기는 우리 모텔 9호실이네요. 우리 모텔에 묵었었나 봐요."

그녀는 얼굴을 찌푸리면서 사진에 나온 젊은 부부와 어린 소녀의 모습을 자세히 살펴보았다.

"그런데 전혀 기억이 안 나요. 처음 보는 사람들 같은데요."

"그러면 왜 쪽지 한 장 없이 사진을 보낸 걸까?"

"글쎄……. 아마 틀림없이 우리들이 자기네를 기억하고 있을 줄 알았나 보죠."

"하지만 그 사람들이 그렇게 생각했을 때는 그들이 아마 며칠 동안 여기에 묵으면서 우리랑 친해졌으니까 그런 것 아니겠소? 그런데 난 전혀 모르겠거든. 이렇게 귀여운 개구장이라면 분명히 기억이 날 텐데 말야."

어니는 정말로 아이들을 좋아했고, 아이들 역시 대부분 어니를 좋아했다.

"이 애는 영화에 나와도 될 만큼 아주 귀엽고 예쁘게 생겼잖아."

"아이 엄마도 모르시겠어요? 아주 화려하게 생겼는데."

"엘코 소인으로 되어 있는데, 왜 엘코에 사는 사람들이 여기에서 묵었을까?"

어니가 물었다.

"어쩌면 엘코에 살지 않을지도 모르죠. 지난 여름에 여기 왔다가 늘 사진을 보내 줘야지 하고 생각은 하고 있었는데 보내지 못했을 거예요. 그러다가 요사이 여기를 지나면서 시간이 없어 찾아오지는 못하고 그냥 잠깐 들러서 사진만 부치고 간 건지도 모르잖아요."

"쪽지 한 장 없이 말야?"

"그게 이상하기는 하네요."

페이가 어니의 말에 수긍을 했다.

그는 아내로부터 그 사진을 빼앗아 들었다.

"게다가 이건 폴라로이드 사진이라구. 찍은 다음 일 분만 있으면 현상이 되잖아. 정말 우리에게 사진을 주고 싶었다면, 여기 있는 동안 줄 수도 있지 않겠어?"

문이 다시 열리면서 텁수룩하게 수염을 기른 곱슬머리의 사내가 몸을 떨며 사무실로 들어왔다.

"빈 방 있나요?"

페이가 손님을 맞고 있는 동안, 어니는 폴라로이드 사진을 가지고 다시 참나무 책상으로 돌아갔다. 그는 우편물을 쌓아 놓고 위층으로 올라가려다가 책상 옆에 서서 다시 스냅 사진에 나온 사람들의 얼굴을 자세히 살펴보았다.

12월 10일 화요일 저녁의 일이었다.

8

일리노이 시카고

브렌던 크로닌이 잡역부로 일하기 위해서 성 요셉 아동 병원으로 갔을 때, 그가 실제로 신부라는 사실을 아는 사람은 짐 맥머티 박사밖에 없었다. 비카직 신부는 박사로부터 브렌던에게 잡역부로서 온갖 궂은 일을 될 수 있는 한 많이 시키겠다는 것과, 사제들한테 전적으로 브렌던의 신분을 비밀로 하겠다는 것을 보장하는 중대한 약속을 받아 냈다. 그래서 브렌던은 그 일을 시작한 첫날부터 환자들의 변기를 비우고, 소변으로 흠백 젖은 이부자리를 갈고, 물리 치료사들을 도와 침대에서 꼼짝도 못하는 환자들을 운동시키고, 반신 마비가 된 여덟 살짜리 사내 아이에게 숟갈로 밥을 떠먹이고, 휠체어를 밀어 주고, 낙심하고 있는 환자들에게 용기를 북돋워 주고, 화학 치료로 인해서 구토를 일으키는 암환자들 두 명이 토해낸 것을 깨끗이 치우는 일을 했다. 자신이 하고 싶은 일을 하게 해 주는 사람도, 그를 "신부님"이라고 불러 주는 사람도 없었다. 간호사들과 의사들, 잡역부들, 간호사들을 돕는 자원 봉사자들, 그리고 환자들 모두가 그를 그냥 브렌던이라고 불렀다. 그는 마치 사기꾼 차림을 하고 가장 무도회에 나온 사람처럼 마음이 불편하기 그지없었다.

첫날엔 성 요셉 병원에 입원한 아이들이 너무나 불쌍하고 가슴이 미어지듯 슬퍼서, 그는 두 번이나 직원실을 몰래 빠져 나와 창고로 가서 문을 잠근 다음 혼자 자리에 주저앉아 엉엉 목놓아 울었다. 류마티스성 관절염으로 고통을 겪고 있는 사람들의 비틀린 다리와 부풀어오른 관절들이며 선량한 젊은이들이 폐인이 된 모습은 정말 눈뜨고 볼 수가 없을 정도였다. 근육 영양 실조에 걸린 환자들의 뼈만 앙상하게 남은 살가죽하며, 화상을 입은 환자들의 상처에 난 염증, 그리고 학대를 당한 아이들의 상처투성이의 몸뚱어리……. 그는 그들 모두를 생각하며 눈물을 흘렸다.

브렌던은 어째서 비카직 신부가 그런 일들이 자신의 잃어버린 믿음을 다시 되찾게 해 주리라 생각했을까 그 이유를 알 수가 없었다. 수많은 아이들이 고통을 당하고 있다는 사실은 오히려 자신의 의심을 더 강하게 만들 뿐이었다. 카톨릭교에서 말하는 신이 정말로 존재한다면, 정말로 예수님이 계셨다면, 왜 그는 죄없는 사람들에게 그런 고통을 겪도록 한 것일까? 물론 브렌던도 모든 신학적인 논쟁점들이 거기에 집중되어 있다는 것을 잘 알고 있었다. 교회에서 말하기로는, 인류는 자신의 선택에 의해서 신의 은총으로부터 등을 돌리게 되면서 모든 종류의 악을 자초하게 된 것이라고 한다. 그러나 교회에서 보면 아주 미미한 존재들처럼 보이지만, 그런 운명의 희생자들을 직접 눈앞에서 목격할 때는 신학적인 논쟁들이 다 부질없이 느껴지는 법이었다.

둘째 날부터, 직원들은 그를 계속 브렌던이라고 불렀지만 아이들은 그를 땅딸보라고 부르기 시작했다. 그것은 브렌던이 아이들에게 재미있는 이야기를 해 주는 동안 자신도 모르게 들통난 별명으로, 그는 아주 오랫동안 그 별명을 잊고 지냈었다. 아이들은 이야기나 농담, 시와 우스꽝스런 재담을 아주 좋아했다. 그는 거의 쉴 새 없이 아이들을 웃게 만들었다. 그날 그는 남자 직원실로 가서 단 한 번 눈물을 흘렸다.

셋째 날부터는 아이들 뿐만 아니라 직원들 모두가 그를 땅딸보라고 불렀다. 만일 그가 성직 외의 다른 직업을 가졌었다면, 그는 틀림없이 성요셉에서 일했을 것이다. 잡역부로서 해야 하는 일상적인 일 외에도, 그는 익살스런 농담으로 환자들을 즐겁게 해 주고, 마음을 위로해 주고, 그들의 관심을 끌었다. 그가 가는 곳마다 사람들은 돈보다 더 귀한 보수로서 "땅딸보!"라고 소리치면서 그를 반겨 주었다.

그 후로 그는 비카직 신부의 별난 치료법이 지속되는 동안 쓰도록 얻어 준 호텔 방으로 되돌아올 때까지 한 번도 눈물을 보이지 않았다.

병원에 온 지 일주일째로 접어드는 수요일 오후 무렵에서야 그는 비카직 신부가 왜 자신을 성 요셉으로 보냈는지 그 이유를 알아차렸다. 그것은 그가 희귀한 골질 질환으로 불구가 된 열 살짜리 소녀의 머리를 빗기고 있는 사이에 문득 깨닫게 되었다.

그 소녀의 이름은 에미였다. 그 애는 자신의 머리카락을 대단히 자랑스럽게 생각했다. 그도 그럴 만한 것이 그 애의 머리는 숱도 많고, 칠흑같이 검은색에다 윤기가 반지르르 도는 머릿결이었다. 윤기가 도는 건강한 모발 상태는 소녀의 몸을 좀먹고 있는 병에 대해서 무례하게 도전을 하고 있는 것처럼 보였다. 그 애는 매일 정성껏 머리를 빗는 것을 좋아했지만, 비틀린 관절과 마디가 너무 심하게 염증을 일으켜서 빗을 제대로 들고 있을 수도 없었다.

수요일에 브렌던은 그 애를 휠체어에 태우고서 방사선과로 데려갔다. 그 애는 거기서 골수 치료에 쓸 새로운 약의 효과를 검사하기로 되어 있었다. 그리고 나서 한 시간 후 소녀를 다시 병실로 데려와서, 그 애의 머리를 빗겨 주었다. 에미는 창문을 내다보면서 휠체어에 앉아 있었다. 브렌던이 보드라운 브러쉬로 비단같이 부드러운 소녀의 머리카락을 빗겨주고 있는 동안, 그 애는 창문 너머로 내다보이는 겨울 풍경에 완전히 매료되어 가고 있었다.

마디가 툭툭 튀어나와 있어서 여든 살 먹은 할머니의 몸에 더 걸맞을 듯한 손으로 소녀는 병원 건물의 나직한 익벽(翼壁)의 또 다른 지붕을 손으로 가리켰다.

"저기 눈밭 좀 봐요, 땅딸보!"

건물에서 나오는 열기로 지붕에 쌓인 눈이 대부분 녹아서 흘러내렸다. 하지만 커다란 눈덩이는 그대로 남아서 시커먼 슬레이트 지붕의 윤곽을 따라 쌓여 있었다.

"배 같죠. 꼭 그렇게 보이지 않아요? 화려한 돛을 세 개 단 아주 예쁜 구식 배 말예요. 암청색 바다를 미끄러지듯 달리는 배요."

잠시 동안 브렌던은 그 애가 무엇을 보고 있는지 제대로 알 수가 없었다. 하지만 소녀는 상상 속의 배에 대해서 계속 그에게 설명해 주었다. 그가 네 번째로 소녀의 머리로부터 눈길을 쳐들었을 때, 그는 불현듯 지붕에 쌓인 눈덩이가 정말로 눈에 띄리만치 유람선과 비슷하다는 것을 알 수 있었다.

브렌던에게는 에미가 앉아 있는 창문 앞에 매달린 기다란 고드름이 마치 투명한 창살처럼 느껴졌다. 병원은 소녀를 절대로 풀어 주지 않는 감옥 같았다. 하지만 에미의 말에 의하면 그 애는 창문에 매달린 고드름이 자신을 축제 분위기에 휩싸이게 해 주는 신기한 크리스마스 장식처럼 느껴지는 모양이었다.

"예수님이 봄을 좋아하는 것만큼 하느님은 겨울을 좋아하세요."

에미가 말했다.

"여러 가지 계절을 주신 것은 세상을 살아가면서 우리가 지루해 하지 않도록 하느님이 내려 주신 귀한 선물 중의 하나예요. 캐더린 수녀님이 우리에게 그렇게 말씀하셨어요. 그리고 저는 그것이 틀림없는 사실이라는 걸 알았어요. 해가 금세 저 고드름들을 때리면, 내 침대 전체에 무지개가 비칠 거예요. 지금까지 본 것 중에서 가장 예쁜 무지개 말예요, 땅딸보. 얼음이랑 눈은 꼭……꼭 보석같아요……. 하느님이 겨울에 세상을 예쁘게 해 주려고 입혀 주시는 새하얀 외투는 언제나 우리들의 마음을 기쁘게 해 주잖아요. 하느님께서 눈송이들을 모두 다르게 만들어 주신 게 바로 그 때문이라구요. 하느님께서 만들어 주신 세상이 아름다운 곳이라는 걸 우리들에게 알리시려구요."

마치 약속이라도 한 것처럼 12월의 잿빛 하늘에서 갑자기 눈송이들이 쏟아지기 시작했다.

다리는 거의 못 쓰게 되고, 손은 비틀어져 제대로 쓸 수 없는 상태인데다, 엄청난 고통을 견뎌 내야 하는 데도 불구하고, 에미는 신의 은총을 굳게 믿고 있었다. 그리고 신이 창조하신 세상은 감격스럽게도 아주 공정하다는 점에 대해서도…….

그는 마음속에서 비카직 신부가 말하는 소리가 들리는 것 같았다.

'이런 죄 없는 사람들도 그렇게 커다란 고통을 당하고도 믿음을 잃지 않고 있는데, 브렌던 당신은 뭐라고 한심한 변명을 할 수 있겠소? 어쩌면 그런 순수하고 깨끗한 마음을 가진 그 사람들이야말로 당신이 로마에서 학자연하는 고상한 교육에 쫓기고 있는 동안 진정 잊고 지냈던 것들을 알고 있었을지도 모릅니다. 아마 당신이 여기서 배우는 바가 있을 거예요. 그렇지 않나요?'

하지만 그 교훈은 브렌던의 믿음을 되찾아 줄 만큼 충분한 정도는 아니었다. 그가 계속 깊은 감동을 받고 있는 것은 사실이지만, 그것은 우리를 염려하고 불쌍히 여겨 주시는 신이 존재하리라는 가능성 때문이 아니라, 그런 역경을 겪고 있는 아이들의 표정에 나타난 놀라운 용기 때문이었다.

그는 에미의 머리를 정성껏 빗어 주고 나서 그 애를 기쁘게 해주기 위해 다시 세심하게 머리를 매만져 주었다. 그리고 소녀를 휠체어에서 들어올려 침대에 뉘였다. 보는 사람의 마음이 애처로울 정도로 심하게 구부러진 다리에 이불을 잡아당겨 덮어 주면서, 그는 두 주 전 성 베네딕트 교회에서 미사를 집전할 때 그랬던 것처럼 가슴속 가득히 분노가 들끓는 것을 느꼈다. 만일 가까운 곳에 성배가 있었다면, 그는 주저하지 않고 곧장 다시 한번 벽에 집어 던졌을 것이다.

에미는 가쁘게 숨을 몰아쉬었다. 브렌던은 소녀가 벌써 자신의 불경한 생각을 읽은 것이 아닌가 하는 이상한 생각이 들었다.

하지만 소녀는 "땅딸보 아저씨 어디 다치셨어요?"라고 물었다.

그는 어리둥절해져서 소녀를 보고 눈을 깜박거렸다.

"그게 무슨 뜻이니?"

"어디 데셨냐구요? 아저씨 손 말이에요. 이 상처 언제 나신 거예요?"

그는 영문을 모르는 채 자신의 손등을 내려다보고 나서 다시 손바닥을 뒤집어 보았다. 그는 자신의 손바닥에 난 상처를 보고서 화들짝 놀랐다. 양손 모두 손바닥 가운데에 살이 동그랗게 곪아서 벌겋게 부풀어올라 있었다. 그 상처는 지름이 족히 2인치 정도는 되어 보였다. 상처 가장자리를 따라 원 모양이 선명하게 드러나 있었다. 성이 나서 동그랗게 부풀어 올라 있는 살점의 테두리는 너비가 1인치 정도되는 고리 모양을 하고 있었다. 테두리의 고리는 완전히 동그란 원 모양이었다. 동그란 모양의 상처 가장자리와 그 안의 피부는 아주 정상이었다. 그 상처 자국은 마치 거의 그린 것 같았다. 하지만 그가 손가락으로 고리를 만져 보았을 때, 분명히 손바닥에 뭔가가 불룩 솟아오른 느낌이 들었다.

외과 레지던트인 스탠 히이튼 박사는 그날 성 요셉 병원 응급실에서 근무를 서고 있었다. 박사는 브렌던을 검사대에 앉혀 놓고 그의 손에 난 이상한 고리를 관심 있게 살펴보았다.

"상처 나신 건가요?"

"아뇨, 그런 적 없었는데요."

"그럼 물리신 건가요? 데신 적은요?"

"아뇨, 전혀 없었습니다."

"최소한 따끔거리는 느낌도 없으신가요? 없으시다면, 전에 이런 적이 있었습니까?"

"한 번도 없었는데요."

"혹시 알레르기는 없으신가요? 그것도 없으시다면……글쎄……언뜻 보기엔 가볍게 덴 것 같지만……. 이렇게 델 만한 뜨거운 것에 기대신 적 없으시죠? 틀림없이 이 정도 뎄다면 몹시 아팠을 텐데요. 덴 거라면 상처는 없어질테지만……. 혹시 산(酸)에 데신 것일지도 모르겠군요. 어린 소녀를 방사선과에 데리고 가신 적이 있다고 하셨죠?"

"그렇기는 하지만 엑스레이 촬영을 하는 동안에 저는 방에 없었는데요."

"방사성 화상 같지는 않아요. 어쩌면 피부근염일지도 모르겠군요. 말하자면 일종의 세균성 감염이죠. 아니면 아직 증상이 충분이 나타나지 않았지만 백선계에 의한 것일지도 모르구요. 살갗이 벗겨지거나, 물린 것도 아니구. 게다가 고리 모양이 대단히 뚜렷한 걸로 보아 소포자(小胞子)나 효소에 의해서 감염된 염증과는 패턴이 다릅니다."

"그러면 어떻게 해야 이게 전부 가라앉죠?"

브렌던의 질문에 히이튼은 대답을 잠시 망설였다.

"그다지 심한 것은 아닌 것 같습니다. 지금 상태로 봐서는 아직 확인되지 않은 어떤 알레르기와 관련된 발진 같은 거라고 보는 게 좋을 것 같아요. 계속 그런 상태로 있으면, 표준 첩포(貼包) 검사를 받아 보고 그 원인을 찾아봐야겠죠."

그는 브렌던의 손을 놓고 구석에 놓아 둔 책상 앞에 앉아 조제 용지를 작성하기 시작했다.

어리둥절해 하면서, 브렌던은 잠시 손을 들여다보고 나서 손을 무릎 위에 가지런히 내려놓았다.

책상에서 계속 조제 용지를 쓰면서, 히이튼이 말했다.

"우선 가장 간단한 치료부터 시작하죠. 코티손 도포 물약입니다. 이틀이 지나서 발진이 없어지지 않으면 다시 오십시오."

박사는 검사대로 돌아와서 조제지를 내밀었다.

"애들한테 옮거나 하는 일은 없겠죠?"

브렌던이 종이를 받아들면서 물었다.

"아뇨. 조금이라도 그럴 가능성이 있다고 생각되면 곧장 말씀 드리죠. 그럼 마지막으로 한번 더 상처를 살펴봅시다."

히이튼이 말했다.

브렌던은 검사를 하려고 손바닥을 위로 뒤집었다.

"세상에 이런!"

히이튼 박사가 깜짝 놀라 소리쳤다.

고리는 어디론가 사라져 버리고 없었다.

그날 밤 브렌던은 홀리데이 인에 있는 자신의 방에서, 전에 비카직 신부와 말한 적이 있는, 이제는 아예 몸에 익어 버린 악몽을 다시 견뎌야 했다. 지난 주까지 벌써 두 번이나 그 악몽 때문에 잠을 설쳤다.

그는 이상한 장소에 누워 있는 꿈을 꾸었다. 그것도 그는 늘 사지가 끈이나 사슬로 꽁꽁 묶인 상태였다. 몽롱한 상태에서 두 개의 손이 그를 향해 뻗어 왔다. 그 손에는 번쩍거리는 검정색 장갑이 끼워져 있었다.

그는 땀에 흠뻑 젖은 채로 잠에서 깨어나 자리에 벌떡 일어나 앉았다. 그리고 침대 머리맡에 등을 기대고 앉아 이마의 땀이 마르는 동안 그 꿈이 자신의 기억 속에서 사라져 주기를 기다렸다. 어둠 속에서 그는 손으로 얼굴을 감쌌다. 손바닥이 뺨에 닿았을 때, 뭔가 딱딱한 것이 느껴졌다. 손바닥에 다시 염증이 나서 부풀어오른 고리가 나타났다. 하지만 그것을 자세히 지켜 보고 있는 사이, 그 상처는 다시 사라져버렸다.

12월 12일 목요일의 일이었다.

9

캘리포니아 라구나 비치

돔 콜베이시스는 수요일 밤 내내 아무 일 없이 편안히 잠을 잤다고 생각했다. 그는 마치 밤새도록 꼼짝도 하지 않고 잤던 것처럼 전날 밤 잠잘 때의 위치와 정확하게 똑같은 자리에서 잠을 깼다.

하지만 작업을 하러 컴퓨터 앞에 앉았을 때, 그는 현재 작업 중인 내용을 수록하고 있는 디스켓에서 자신이 잠을 자면서 돌아다녔다는 증거를 발견하고는 심한 절망감에 빠졌다. 다른 때도 몇 번 그랬던 적이 있듯이 그는 분명히 밤에 집안을 돌아다니다 워드 프로세서로 가서 단 한마디만을 반복해서 타이핑했던 것이었다. 전에는 "나는 두렵다"라고 적었지만, 이번엔 전혀 다른 말이 적혀 있었다.

달. 달. 달. 달. 달. 달. 달. 달.

그 글자는 몇 백 번이나 반복해서 적혀 있었다. 그는 지난 주 일요일에도 비몽사몽 얼핏 잠에 빠져 든 상태에서 자신이 같은 말을 중얼거리는 소리를 들었던 것이 생각났다. 돔은 오싹한 한기를 느끼면서 물끄러미 모니터를 바라보았다. 하지만 도대체 "달"이라는 말이 그에게 어떤 특별한 의미를 가지고 있는지 알 수가 없었다.

안정제와 진정제를 이용한 치료는 잘되어 가고 있었다. 그때까지 몽유병에 얽힌 새로운 사건도 없었거니와, 지난 주말 이후로는 자신의 얼굴을 세면대에 처박으려는 끔찍한 악몽도 꾸지 않았었다. 다시 코우블레츠 박사를 찾았을 때, 박사는 돔의 병이 빠른 회복을 보이는 데 몹시 기뻐했었다.

"계속해서 처방 기간을 늘려 보도록 하죠. 하지만 절대로 1회 이상 안정제를 복용해서는 안 됩니다……. 아무리 봐드린다 해도 하루에……2회 이상은 절대로 안 돼요."

박사가 주의를 주었었다.

"그런 적은 한 번도 없었어요."

돔은 거짓말을 둘러댔다.

"그리고 하루에 진정제는 한 알만 드셔야 됩니다. 약에 너무 의존하는 것도 좋지 않으니까요. 이번에는 틀림없이 고칠 수 있으리라 믿습니다."

돔은 박사의 말이 옳다고 생각했지만, 하루에 안정제를 두세 알씩, 그것도 어떤 때는 맥주나 스카치랑 같이 먹기도 했었노라 고백해서 박사를 걱정시키고 싶지 않았었다. 그리고 두 주가 지나 그는 자신이 또다시 몽유병에 시달리고 있지 않나 두려워할 필요도 없이 약을 복용하던 것을 중단하게 되었다. 치료는 제대로 들어맞고 있었다. 그것은 돔에게 대단히 중요한 일이었다. 신에게 감사하게도 박사의 치료는 제대로 척척 들어맞고 있었다. 지금까지는.

'달.'

좌절감과 분노에 휩싸인 채 그는 디스켓에서 한 줄에 네 차례씩 반복되어 적혀 있는 그 말들을 삭제해 버렸다.

그는 한참 동안 모니터를 노려보면서 차츰 신경이 날카로워졌다.

마침내 그는 안정제 한 알을 먹었다.

그날 아침 돔은 아무 일도 하지 못했다. 11시 반에 파커 페인과 함께 전미 청소년 선도 위원회 오렌지군 지부에서 그들에게 위탁한 데니 움즈와 뉴젠 카오 트랜이라는 소년들을 만나기로 되어 있었다. 그들은 해변에서 한가롭게 오후를 보내다가 햄버거 '햄릿'에서 저녁을 들고 나서 영화를 한 편 볼 계획이었다. 돔은 밖으로 놀러 나가기를 이제나저제나 기다리고 있었다.

그는 오레곤의 포틀랜드로 가기 바로 몇 년 전에 처음으로 청소년 선도 프로그램에 참가하기 시작했다. 그것은 그가 사회라는 공동체 생활에 참여하는 유일한 통로이자, 토끼굴에서 벗어나 할 수 있는 유일한 일이었다.

그는 어린 시절 보육원을 전전하면서 외롭고 소외된 채 지냈고, 자라면서 사람들로부터 점점 더 단절된 채 틀어박혀 살아왔다. 그는 언젠가 자신이 결혼을 하게 된다면, 아이들을 입양해서 키웠으면 했다. 조금 있으면 그는 아이들과 시간을 보내면서 단순히 그 아이들을 돕는 데 그치는 것이 아니라 자신의 마음속에 자라고 있는 외로운 아이의 마음도 편안하게 느끼게 될 것이다.

뉴젠 카오 트랜은 자신이 제일 좋아하는 영화 배우 존 웨인을 흉내내서 "주먹"이라는 이름으로 불리는 것을 더 좋아했다. 올해 열세 살인 주먹은 "평화 시"에서 월남하는 불안한 공포 상황에서 도망쳐 나오던 보트 피플 중에서 가장 나이가 어린 사내아이였다. 그 아이는 똑똑하고, 머리 회전도 빠른데다, 몸이 마른 만큼 놀랄 정도로 행동이 날쌨다. 소년의 아버지는 그 야만적인 전쟁에서 살아 남아 포로 수용소로 보내졌고, 허름한 배를 타고 망망대해를 두 주 동안 항해한 후 미국에 정착하게 되었다. 그러나 햇살이 눈부신 남캘리포니아에 살면서 미국에서 두 번째로 얻은 직업으로 24시간 편의점인 쎄븐 일레븐에서 야간 교대 근무를 서다가 권총 강도의 습격을 받아 3년 전에 사망하고 말았다.

파커와 결연을 맺은 데니 움즈는 올해 열두 살로 아버지를 암으로 여읜 꼬마였다. 그 애는 주먹보다는 훨씬 말수가 적은 편이었지만, 둘은 유명할 정도로 잘 어울려 다녔고, 돔과 파커도 아이들을 데리고 놀러갈 때

종종 함께 어울리곤 했다.

파커는 돔이 하도 권하는 바람에 울며 겨자 먹기식으로 마지못해 청소년 선도 사업의 결연자가 되었다.

"나더러 그런 일을 하라구? 나는 아빠 노릇을 할 만한 사람이 못 돼. 한 번도 그런 일을 한 적이 없고, 앞으로도 그럴 생각 없다구. 난 술도 너무 퍼마시고, 여자도 너무 밝혀. 어떤 애건 간에 나한테 애를 맡기고서 선도니 뭐니 하라는 건 완전히 애를 망치는 짓이야. 난 게으름뱅이에다 몽상가에 자기만 아는 이기주의자라구. 그리고 난 지금 이대로가 좋아! 신의 이름을 걸고 맹세하지만 내가 애들한테 뭘 해 줄 수 있겠어? 난 개도 별로 안 좋아한다구. 개만큼이나 난 아이들도 싫어. 그런데 나한테 결연자가 되어 달라구? 자네 머리가 돈 게 틀림없군."

파커는 한사코 고집을 부렸었다.

하지만 목요일 오후 해변에서 파커는 물이 너무 차서 수영하기가 어렵자 배구 경기를 하자고 제안했고 파도가 밀려오는 해변을 달리는 경주를 계획해냈다. 그는 플라스틱 원반 두 개랑 비치볼, 빈 깡통을 가지고 하는 자신이 직접 만들어낸 복잡한 룰의 게임에 돔과 두 아이들을 끌어들였다. 나머지 사람들은 그가 시키는 대로 모래성을 쌓아서 승천하는 용의 모양을 만들기도 했다.

조금 이른 시간이기는 하지만 코스타 메사에 있는 햄버거 '햄릿'에서 저녁을 들 때, 나중에 아이들이 화장실에 가고 나자 파커가 돔에게 말했다.

"아이들을 선도하는 일은 여지껏 자네가 생각해낸 일 중에서 가장 근사한 생각인 것 같아."

"그건 전적으로 자네 생각 아니었나? 난 자네를 억지로 끌어들인 것뿐이지."

돔은 고개를 내저었다.

"바보 같은 소리 마. 난 늘 아이들을 잘 다루어 왔어. 예술가들은 모두 마음속에 동심을 지니고 살지. 우리들은 예술을 창조하기 위해서 젊음을 유지해야 한다구. 오늘 난 아이들이 내게 활기를 주고, 내 마음을 신선하게 유지시켜 준다는 사실을 알았다네."

"그럼 자네 다음엔 개를 기르게 되겠군."

돔의 농담에 파커는 껄껄 웃으면서 잔에 남아 있는 맥주를 전부 마셔버리고서 돔에게 몸을 수그렸다.

"자네야말로 괜찮나? 오늘 몇 번이나……정신이 멍해지는 것 같던데. 조금 기운도 없어 보였구."

"부담이 돼서 그랬을 거야. 하지만 괜찮네. 몽유병도 많이 좋아졌구. 그리고 꿈도……. 박사가 치료법을 잘 알고 있으니까 괜찮을 거야."

"새로운 책은 잘 되어가고 있나? 이제 나를 속이려는 생각은 하지 말게."

"잘 돼가네."

돔은 거짓말로 답했다.

"때때로 자네는 그런 표정을 짓고 있다구."

파커는 주의 깊게 돔의 표정을 살폈다.

"뭐랄까……약에 중독된 것 같은 멍한 표정이랄까……. 조제한 약은 정량대로 복용하고 있겠지?"

화가의 뛰어난 통찰력 때문에 돔은 몹시 당황해 했다.

"그게 무슨 사탕이라도 된다고……. 제멋대로 날름날름 먹다가는 바보가 되게? 물론 의사의 지시대로 따르고 있다구."

파커는 돔을 뚫어질 듯 빤히 쳐다보고 나서 너무 그 문제로 그를 몰아붙이지 않기로 했다.

그들이 함께 본 영화는 좋았었다. 하지만 처음 30분 동안 돔은 아무 이유도 없이 신경이 곤두서 있었다. 차츰 마음이 불안해지자, 그는 몰래 남자 화장실로 빠져 나갔다. 그는 그런 비상 사태에 대비해서 안정제 한 알을 가지고 있었다.

중요한 사실은 자신이 병을 이겨 내고 있다는 것이었다. 그는 점점 회복되고 있었다. 그를 단단히 사로잡고 있던 몽유병의 손아귀에서 점점 헤어나고 있었다. 그것은 정말 사실이었다.

화장실에서는 강한 송진향의 소독약 냄새에 어우러진 지릿한 오줌의 악취가 톡 쏘듯이 풍겨 나왔다. 돔은 구역질이 날 것 같았다. 그는 물을 마시지 않고 안정제를 그대로 꿀꺽 삼켜 버렸다.

그날 밤 약을 먹었는데도 불구하고 그는 다시 그 꿈을 꾸었다. 그리고 사람들이 자신의 머리를 세면대로 처박으려고 하는 그 순간 외에도 더 많은 상황들을 기억해냈다.

꿈속에서 그는 어딘지 알 수 없는 어떤 방의 침대에 누워 있었다. 그 방안은 기름기가 도는 노랑색 안개에 싸여 있는 것 같았다. 그렇지 않았다면, 모든 것이 제대로 보이지 않았던 걸로 미루어 보아 그의 눈에만 황갈색 안개가 끼어 있었던 것인지도 모른다. 침대 너머로 가구들이 어렴풋이 보였다. 그 방에는 적어도 두 사람이 있었다. 하지만 그들의 모습은 그 곳이 순전히 연기와 액체로만 되어 있는 듯 물결처럼 일렁이고 비틀거려서 고정된 형체를 갖고 있지 않은 것 같았다.

그는 자신이 물 속에 있는 것이 아닌가 하는 느낌이 들었다. 아주 차갑고 신비한 바다 밑의 아주 깊은 곳. 꿈속에서 본 방안의 대기는 보통 공기보다 더 무겁게 느껴졌다. 거의 숨을 들이마실 수가 없었다. 숨을 들이쉬고 내쉴 때마다 너무나 고통스러웠다. 자신이 점점 죽어가고 있는 것이 아닌가 하는 의심이 들었다.

흐릿한 두 개의 형체가 가까이 다가왔다. 그들은 그의 상태를 염려하는 것 같았다. 그들은 서로 영어로 급히 무언가를 말했다. 그들이 영어로 말하고 있다는 것은 알고 있었지만, 그 말을 알아들을 수가 없었다. 차가운 손이 그에게 닿았다. 유리잔이 쨍그랑 소리를 내면서 부딪히는 소리가 들렸다. 어디선가 문이 닫혔다.

영화에서 갑자기 필름이 잘리고 장면이 전환되듯, 꿈에 나타난 배경은 욕실인지 주방인지 알 수 없는 곳으로 바뀌었다. 누군가가 그의 얼굴을 세면대에 처넣으려고 했다. 숨을 쉬기가 더욱 힘들어졌다. 공기가 마치 먼지처럼 느껴졌다. 숨을 들이쉴 때마다 먼지 때문에 코가 막혔다. 그는 질식할 듯 숨을 헐떡이면서 먼지가 가득 찬 공기를 불어 버리려고 애썼다. 그와 함께 있던 두 남자가 그에게 뭐라고 소리쳤지만, 아까처럼 그들이 무슨 말을 하고 있는지 알아들을 수도 없었고, 그들은 계속 그의 머리를 세면대 안으로 내리눌렀다…….

돔은 잠에서 깨어나 그대로 자리에 누워 있었다. 지난 주말에 그는 꿈도 꾸지 않고 돌아다녔었고, 잠결에 걸어다니면서 악몽에서 본 장면을 자신의 욕실 세면대에서 무의식적으로 재현하고 있는 것을 알아냈을 뿐이었다. 하지만 이번에는 시트 아래서 얌전히 자고 있는 모습을 발견하고서 그는 적이나 마음이 놓였다.

'나는 꼭 나을 거야.'

돔은 스스로에게 말했다.

몸을 떨면서 그는 자리에 앉아 불을 켰다.

바리케이드나 몽유병으로 인한 공포의 흔적은 없었다.

그는 디지탈 시계를 쳐다보았다. 시계는 정확히 새벽 2시 9분을 가리키고 있었다. 반쯤 비어진 채 뜨뜻해진 맥주가 테이블에 놓여 있었다. 그는 진정제를 또 한 알 먹고 맥주를 삼켰다.

'난 나아지고 있어.'

12월 13일 금요일의 일이었다.

10

네바다 엘코 군

고속 도로를 달리다가 기괴한 경험을 겪고 난 후 사흘이 지난 금요일 밤, 어니 블록은 쉽사리 잠을 청할 수가 없었다. 주위가 온통 어두워지자, 그는 신경이 예민해질대로 예민해져서 한번 소리라도 지르게 되면 도저히 멈출 수가 없을 것 같았다.

할 수 있는 한 소리를 죽여 가며 그는 침대에서 몰래 빠져 나왔다. 그는 잠시 자리에 멈춰 서서 페이가 고른 숨소리를 내며 잠든 것을 확인하고 나서 욕실로 들어가 문을 잠근 다음 불을 켰다. 그는 한참 동안 불빛 속에 서 있었다. 그는 변기 뚜껑을 내리고서 파자마 차림 그대로 15분 정도 그냥 빛 속에 자신을 내맡기고 앉아 있었다. 그는 다른 데는 별달리 신경을 쓰지 않았고 행복한 기분으로 앉아 있었다.

하지만 마침내 자신이 침실로 돌아가야 한다는 것을 알고 있었다. 만일 여기에 너무 오랫동안 앉아 있다가 페이라도 깨서 온다면, 그녀는 그에게 뭔가 문제가 있다는 사실을 알아차릴 것이다. 그는 아내가 의심할 만한 일을 할 수는 없었다.

볼일을 보지는 않았지만, 그는 눈가림으로 변기에 물을 내리고 손을 씻으러 세면대로 갔다. 비누로 손을 다 씻고 나서 벽걸이에 걸린 수건을 잡아당겼을 때, 그는 욕실에 단 하나밖에 없는 창 쪽으로 눈길이 쏠렸다. 창문은 욕조 바로 위쪽에 있었다. 창은 폭이 3피트, 높이가 2피트인 직사각형으로, 위에 경첩이 달려 여닫게 되어 있었다. 유리창에 성에가 껴 있는데다 창 너머로 바깥 경치가 제대로 내다보이지는 않지만, 칙칙한 창틀을 쳐다보았을 때 어니는 온몸에 전율이 일었다. 전율이 일었다기보다는 그것과 함께 불현듯 밀어닥치는 묘한 긴박감으로 혼란스러웠다.

'창문은 몸이 빠져 나갈 수 있을 정도로 크다. 나는 저기로 빠져 나가 도망칠 수도 있다. 게다가 다용도실의 지붕이 그 창 밑에 있으니까 그다지 멀리로 떨어질 일도 없다. 내가 도망쳐 모텔 뒤의 골짜기로 해서 언덕길로 올라가 동쪽으로 달려가다 보면 목장 어딘가에 다다라 도움을 얻을 수도 있을 거야……'

쉴 새 없이 이어지는 그런 생각들이 그의 마음속을 휙휙 스쳐 가는 동안 겁에 질려 눈을 깜박이면서, 어니는 어느새 자신이 세면대에서 욕조까지 와 있다는 사실을 깨달았다. 언제 거기까지 왔는지 기억도 나지 않았다.

그는 자신이 급박하게 도망치려는 생각을 한다는 게 어리둥절했다. 누구로부터 도망치려는 것일까? 무엇으로부터. 그리고 무엇 때문에? 그 곳은 바로 자신의 집이다. 자기 집 울타리 안에 있는데 두려워할 이유가 뭐란 말인가.

하지만 그는 성에가 낀 뿌연 창에서 눈길을 뗄 수가 없었다. 꿈처럼 덧없는 생각들이 그를 엄습해 왔다. 그는 그 생각들이 부질없다는 것을 알고 있으면서도 그것들을 떨쳐 버릴 수가 없었다.

'밖으로 빠져 나가야 해. 멀리로 달아나야 돼. 다시는 이런 기회가 없을 거야. 지금 같은 이런 기회는. 지금 가야 돼. 바로 지금……'

자기도 모르는 사이에 그는 욕조 안으로 들어가서 곧장 창문 앞으로 갔다. 창은 얼굴 정도의 높이였다. 맨발이라 도기로 방수 처리를 한 욕조가 몹시 차갑게 느껴졌다.

'빗장을 뒤로 미끄러뜨려 창을 밀어 올리고 나서 욕조 가장자리를 밟고 창턱 위에 기어올라 가면, 충분하지는 않지만 뛰어내리기 전에 3, 4분 정도 시간을 벌 수 있을 거야……'

갑자기 아무 이유도 없이 공포심이 솟아올랐다. 창자에 경련이 일고 가슴이 답답해지는 것 같았다.

자신이 왜 그런 일을 하는지 알 수는 없지만, 그는 거의 자제력을 잃고서 창문 밑쪽에 달린 빗장을 미끄러뜨렸다. 그리고 창을 밖으로 밀자, 창문이 위로 훽 열렸다.

그는 혼자 있던 것이 아니었다.

무언가가 지붕에서 먼 쪽으로 창문 맞은 편에 있었다. 뚜렷한 특징은 없지만 시커멓고 번쩍거리는 얼굴을 한 것이. 놀라서 뒷걸음질을 치면서도, 그는 줄곧 그것이 시커먼 바이저가 달린 흰색 헬멧을 쓴 남자라는 걸 의식하고 있었다. 바이저의 색깔은 너무 진하게 색을 넣어서 거의 검정색에 가까왔다.

검정색 장갑을 낀 손이 마치 그를 잡아가려는 듯 창문 틈으로 뻗쳐 왔다. 어니는 소리를 지르면서 뒤로 한 발짝 물러서다가 그만 욕조에 걸려 넘어지고 말았다. 욕조 밖으로 쓰러지면서 그는 얼떨결에 샤워 커튼을 붙잡았다. 고리 몇 개가 빠지면서 커튼이 찢어졌지만, 그가 쓰러지는 것을 제대로 막아 주지는 못했다. 쿵 하는 소리를 내면서 그는 욕조 바닥에 나동그라졌다. 오른쪽 엉덩이가 몹시 아팠다.

"어니!"

페이가 소리를 지르면서 잠시 후 욕실로 뛰어들어왔다.

"세상에……어니, 도대체 어떻게 된 일이에요? 어디 다친 데 없어요?"

"뒤로 물러서! 저기 밖에 누군가가 있어."

어니는 고통스러운 얼굴로 자리에서 일어섰다.

열려진 창문 사이로 차가운 밤 공기가 몰려들어 오면서 반쯤 망가진 샤워 커튼을 흔들어 부스럭거리는 소리를 냈다.

파자마 셔츠에다 팬티 차림으로 자고 있던 페이는 추위에 몸을 떨고 있었다.

어니도 몸을 떨고 있긴 했지만, 그것은 부분적으로는 그녀와 전혀 다른 이유 때문이었다. 엉덩이 전체에 욱신거리는 듯한 통증이 느껴지는 순간, 꿈 같은 그 환상은 사라져 버렸다. 갑자기 정신이 맑아지면서 그는 헬멧을 쓴 사람이 실제로 존재한 인물이었는지, 아니면 하나의 환각에 불과했는지 의아했다.

"지붕 위에요? 창문에 말이죠? 그게 누군데요?"

페이가 물었다.

"모르겠어."

욱신거리는 엉덩이를 부비면서 그는 다시 욕조 안으로 들어가 창 밖을 살펴보았다. 이번에는 아무도 보이지 않았다.

"어떻게 생긴 사람인데요?"

페이가 물었다.

"뭐라고 설명할 수가 없어. 그 사람은 오토바이를 타고 있었어. 장갑에다 헬멧을 쓰고서……."

어니는 자신의 이야기가 얼마나 황당하게 들릴까 하는 것을 알고 있었다.

그는 창턱 위에서 몸의 균형을 잡고 몸을 밖으로 쭉 내밀고서 다용도실 지붕을 따라 주위를 살폈다. 군데군데 그늘이 지기는 했지만 사람의 몸을 숨길 만큼 그늘이 짙게 드리운 곳은 아무데도 없었다. 침입자는 어디론가 사라져 버렸다. 만일 그런 게 정말로 있었다면…….

문득 어니는 모텔 뒤 공터에 광활하게 펼쳐진 어둠을 인식했다. 그 공터는 언덕을 가로질러 멀리 떨어져 있는 산까지 뻗어 있었다. 어두운 벌판을 비추고 있는 것은 별빛밖에 없었다. 금세 몸이 마비될 듯 무언가가 자신을 해칠 것 같은 무력감이 그를 엄습해 왔다. 그는 숨을 헐떡이면서 창턱에서 떨어져 다시 욕조로 물러나며 창문에서 눈길을 돌렸다.

"창문을 닫아요."

페이가 말했다.

또다시 바깥의 어둠을 보게 될까 봐 그는 눈을 재빨리 감고서 안으로 몰려들어 오는 차가운 밤 공기를 다시 한번 느끼며 창문을 더듬었다. 너무나 고리를 세게 잡아당기는 바람에 창틀이 거의 부서질 뻔했다. 떨려서 제대로 가눌 수도 없는 손으로 그는 빗장을 단단히 잠그려 기를 썼다.

그가 욕조에서 걸어나오자, 예상했던 대로 페이는 그를 염려하는 눈빛으로 쳐다보았다. 그리고 역시 예상했던 대로 페이의 눈에 비친 놀라움도 역력했다. 하지만 자신이 미처 대비하고 있지 못했던 점이지만 페이에게서 남편의 마음속을 꿰뚫어 보는 듯한 날카로운 시선이 느껴졌다. 그들은 한참 동안 아무 말도 하지 않고 서로를 바라보았다.

페이가 먼저 입을 열었다.

"이제 제게 그 얘기 좀 해 주실래요?"

"내가 말한 건 그저……지붕 위에서 한 남자를 보았다는 것뿐이야."

"난 지금 그 얘기를 하고 있는 게 아니예요, 어니. 당신한테 무슨 문제가 있는지 묻고 있는 거라구요. 당신을 괴롭히는 게 대체 뭐죠?"

그녀는 그의 눈을 똑바로 응시하였다.

"벌써 두 달째예요. 어쩌면 더 오래 되었을지도 모르지만요."

그는 뒤통수를 얻어맞은 기분이었다. 그 동안 자신이 잘 숨겨 왔다고 생각했었는데…….

그녀가 다시 말했다.

"여보, 당신 무척 근심에 차 보였어요. 당신이 그러는 모습은 한 번도 본 적이 없었다구요. 그리고 겁을 먹은 것 같았구요."

"아니야, 정말로 겁먹은 건 아니었어."

"아뇨, 겁먹고 있었어요."

그렇게 말하고 있지만, 분명히 페이가 자신을 비웃는 것 같지는 않았다. 그건 단순히 아이오와 출신다운 솔직한 성격과 남을 돕고자 하는 순수한 바람에서 우러나온 말이었다.

"당신이 그렇게 겁먹은 걸 본 건 지금까지 단 한 번밖에 없었어요. 루시가 다섯 살 때 근육열에 걸리자, 사람들이 근육 영양 실조일지도 모른다고 했었잖아요."

"그래, 그때는 정말 몹시 겁이 났었지."

"하지만 그때 이후로는 그런 적이 한 번도 없었잖아요."

"그랬지. 하지만 월남에서도 때때로 겁이 났었다오."

그의 말소리가 욕실 벽에 반사되어 공허하게 울려 퍼졌다.

"하지만 내게 그런 모습을 보인 적이 없었잖아요. 이런 적이 거의 없었기 때문에 당신이 겁 내면 나도 정말 겁이 난다구요. 나도 어쩔 수가 없어요. 뭐가 잘못되어 가고 있는지도 모르니까 더 무섭다구요……. 내 말 알아듣겠어요? 지금 내 모습처럼 캄캄한 어둠 속에 있는 건……그건 당신이 나한테서 비밀을 숨기고 있는 것보다 더 끔찍해요."

페이의 눈에서 눈물이 흘러내렸다.

"여보, 제발 울지 말아요. 다 괜찮아질 거야, 페이. 정말로 괜찮다구."

"제발 말해 줘요, 여보!"

"좋아."

"지금 당장 모두 다요."

그는 지금까지 아내를 너무 과소평가해 왔다. 어니는 자신의 생각이 무척 아둔했다고 느껴졌다. 어쨌든 그녀는 특전단의 아내였다. 게다가 그녀는 유능하고 똑똑한 여자였다. 그녀는 남편을 따라 콴티코에서부터 싱가포르, 캘리포니아의 펜들통, 심지어는 알래스카까지 해서 월남을 빼놓고는 거의 모든 곳을 돌아다녔고, 나중에는 베이루트에도 따라갔었다. 그녀는 특전단에서 부양 가족이 따라가도록 허용하는 곳이라면 어디든지 남편을 따라가서 살림을 차렸다. 그리고 혀를 내두를 정도의 침착하고 안정된 마음으로 그 어려운 시절을 견뎌냈고, 그러면서도 남편에게 한 마디 불평을 하거나, 바가지 한번 긁어 본 적이 없었다. 그는 자신이 어떻게 그런 사실을 잊어버리게 됐는지 상상할 수도 없었다.

"다 털어놓지."

그는 자신의 짐을 함께 나눌 수 있다는 점에 적이 마음을 놓으면서 그러기로 약속했다.

페이는 커피를 끓였다. 그들은 가운과 슬리퍼 차림으로 식탁에 마주앉았다. 그는 아내에게 모든 것을 다 털어놓았다. 그녀는 어니가 어찌할 바를 모르고 당황해 하고 있다는 것을 눈치챘다. 그는 아주 더딘 속도로 상세하게 얘기를 털어놓았지만, 페이는 커피를 천천히 마시면서 참을성을 갖고 그가 자기 나름대로 편안하게 얘기를 하게끔 도와주었다.

어니는 한 여자의 입장에서 더 이상 바랄 데가 없는 최고의 남편에 거의 근접한 남자였지만, 때때로 블록 가의 사람들이 갖고 있는 고루한 생각에 단단히 세뇌되어 있어서 페이가 그에게 몇 가지 보수적인 사고 방식들을 흔들어 깨우쳐 주고 싶은 마음이 굴뚝 같았던 적도 여러 번 있었다. 블록 가의 구성원들 모두가 그런 고통을 겪고 있었지만, 특히 남자들의 경우는 더한 편이었다. 블록 가의 사람이라면 누구나 이런 식으로 해야지 저런 식으로 해서는 안 된다고 배워 왔고, 왜 그러냐고 묻는 일도 있을 수 없는 행동이었다. 블록 가의 남자들은 러닝 셔츠를 다려 입기를 좋아했지만, 속바지는 절대로 입지 않았다. 여자들은 쪄 죽는 듯한 복더위에도 집에서까지 항상 브래지어를 착용해야 했다. 그리고 여자든 남자든 늘 정확히 12시 반에 점심을 먹고, 6시 반이 되면 칼같이 저녁을 먹어야 했다. 설령 2분이라도 늦게 상을 차린다면 하늘에서 벼락이라도 내릴 것처럼 난리를 쳤고, 그로 인해서 쏟아지는 불평도 귀청이 찢어질 듯했다. 블록 가의 사람들은 제너럴 모터스제 차만 몰았다. 그 이유는 제너럴 모터스 사의 차가 다른 메이커의 제품보다 더 나아서가 아니라 예전부터 제너럴 모터스의 차만 몰아왔기 때문이었다.

신께 감사하게도, 블록 가의 10대 손인 어니는 부친이나 형제들만큼 그렇게까지 고루하지는 않았다. 그는 몇 대에 걸쳐서 블록 가가 이웃에 모여 살아오던 피츠버그를 벗어날 만큼 머리가 깨친 사람이었다. 그는 블록 가의 금역에서 멀리 떨어져서 실제로 바깥 세상에서 부딪쳐 살 만큼 여유가 있었다. 해군 특전단에서는 블록 가의 전통이 요구하듯이 매끼마다 정확한 시각에 식사를 기대할 수가 없었다. 페이는 남편을 위해서 현모 양처로서 최선을 다하겠지만, 블록 가의 어리석은 전통에 매어 있지는 않겠노라는 사실을 분명히 밝혔다. 그렇게 쉬운 일은 아니었지만, 어니는 그녀의 말을 순순히 따랐다. 블록 가에서는 거의 죄악에 가까운 행동으로, 제너럴 모터스 사에서 생산하지 않은 다른 회사의 차들을 몰고 다니는 것을 비롯해 어니는 집안에서 말썽꾸러기로 통했다.

하지만 실제로 아직도 블록 가의 완고한 구석이 어니를 지배하고 있는 부분은 바로 유일하게도 남녀간의 문제에 관한 점이었다. 그는 남편이라면 나약한 여자들이 처리할 수 없는 온갖 궂은 일들로부터 아내를 보호해야 한다고 굳게 믿고 있었다. 그리고 남편은 아내에게 절대로 약한 모습을 보여서는 안 된다고 믿었다. 그들의 결혼 생활이 그런 규칙에 따라 실행되지 않았다면, 어니는 25년이 넘게 지켜 온 블록 가의 전통을 그들이 전부 포기하고 지내왔다는 사실을 늘 깨닫지 못했을 것이다.

몇 달 동안 그녀는 무언가 심각한 일이 일어나고 있다는 것을 눈치채고 있었다. 하지만 어니는 계속 발뺌을 하면서 해군을 퇴역하고 나서 선택한 제2의 인생을 더없이 행복하게 살고 있는 것처럼 보이려고 애쓰고 있었다. 그녀는 무언가 정체를 알 수 없는 불길한 것이 내부로부터 차츰 그의 마음을 좀먹고 있는 모습을 지켜 보고 있었다. 그 동안 그녀는 참을성을 갖고 기다리면서 남편이 마음을 털어놓을 수 있는 기회를 만들려고 여러 차례 교묘한 시도를 해 보았다.

지난 몇 주 동안 추수 감사절을 지내고 위스콘신에서 돌아온 이후로, 그녀는 어니가 밤에 밖에 나가는 일을 꺼려하는 것을 차츰 뚜렷하게 눈치채기 시작했다. 어떤 때는 아예 밤에 나가지도 못하는 경우도 자주 있었다. 심지어는 불을 켜 놓지 않고서는 방에서도 편안히 있지 못하는 것 같았다.

그들은 셔터를 단단히 잠그고 불을 모두 켜 놓은 채, 모락모락 김이 피어오르는 커피잔을 들고 마주앉아 있었다. 페이는 주의 깊게 어니의 이야기를 들어 주었다. 그가 계속 말할 수 있도록 용기를 북돋아 줄 필요가 있다고 생각할 때 한마디씩 거드는 것을 빼놓고는, 그가 말하는 도중에 거의 끼어들지 않았다. 그가 말한 것 중에서 그녀가 그 대신 뭔가 해 줄 만한 일은 아무것도 없었다. 그러나 그녀는 차츰 정말 기운이 나기 시작했다. 그녀는 그가 무엇이 잘못된 것인지, 어떻게 그를 도울 수 있을지 점점 확실히 알 수 있었다.

그는 가늘고 나지막한 목소리로 말을 끝마쳤다.

"그럼……이게 바로 그토록 오랫동안 열심히 일하고 푼푼이 돈을 모아 온 것에 대한 보상이란 말이야? 아니면 내가 나이보다 일찍 노망이 든 걸까? 이제야말로 우리가 지금까지 힘들게 모아 온 돈으로 즐기면서 살려고 했는데, 내 머리가 온통 뒤죽박죽이 돼 제정신이 아닌 채 침이나 질질 흘리고 똥오줌도 못 가리는 쓸모 없는 인간이 돼서 당신한테 짐이나 되야 한다는 말이냐구? 그것도 앞으로 20년 동안이나? 페이, 난 인생이 공평하지 못하다는 것을 늘 깨닫고 있기는 했지만, 이렇게까지 내게 가혹한 벌이 내려질 줄은 정말 몰랐어."

"그렇지 않아요."

페이는 손을 뻗어서 맞은편에 앉아 있는 남편의 손을 잡아 주었다.

"물론 알츠하이머 병이 당신보다 더 젊은 사람들한테도 닥칠 수 있겠지만, 이건 알츠하이머 병이 아니예요. 내가 들어 본 얘기로 보나, 전에 친정 아버지께서 그 병을 앓으셨을 때의 증상으로 봐도 노인성 치매나 노망 같은 건 아니예요. 내가 듣기엔 그건 일종의 징후인 것 같아요. 공포증 말이에요. 비행 공포증이나 고소 공포증 같은 걸 가진 사람들도 있잖아요. 이유를 잘은 모르겠지만, 당신은 어둠에 대한 공포심이 병적으로 발현된 것뿐이에요. 그건 고칠 수 있어요."

"하지만 공포증은 그저 하룻밤새에 발병하는 게 아니잖아. 그렇지 않아?"

그들은 계속 오른손을 맞잡고 있었다. 페이는 어니의 손을 꼬옥 쥐어 주었다.

"당신 헬렌 도르프만 기억나죠? 거의 24년 전의 일이 됐네요. 우리가 펜들톤 캠프로 처음 발령을 받았을 때 우리 집주인 여자 말예요."

"아! 바인 스트리트에 있는 건물 앞쪽의 1층 1호실에 살았었지. 우리는 6호에 살았었구."

그는 자세한 사항들을 기억해 내려고 온갖 노력을 다 기울이는 것 같았다.

"그 여자는 고양이를 한 마리 키웠었지. 검은 고양이었어. 그 빌어먹을 놈의 고양이가 우리를 얼마나 좋아했는지 기억 나? 문 앞에 꼭 조그만 선물을 남겨 놓고 가고……."

"죽은 쥐 말이죠?"

"그래, 그것도 꼭 조간 신문이랑 우유 바로 옆에다 말야."

그는 웃음을 터뜨리면서 눈을 찡긋거렸다.

"당신이 왜 헬렌 도르프만 이야기를 꺼내는지 나도 잘 알아요. 그 여자는 무척이나 아파트를 나서는 일을 두려워했지. 자기네 집 잔디밭에도 나가지 못했으니까."

"가엾게도 부인은 광장 공포증이었어요. 말하자면 탁 트인 공간에서는 마음이 불안해지고 공포를 느끼는 거죠. 부인은 자신의 집에 갇혀 사는 죄수나 마찬가지였어요. 밖에 나가면 겁에 질려서 꼼짝도 할 수가 없었죠. 의사들은 그런 걸 '공포심 발작'이라고 하죠."

"공포심 발작이라고? 그래, 그거 맞는 얘기로군."

어니가 나직한 목소리로 말했다.

"그런데 헬렌은 35세까지는 광장 공포증이 없었대요. 남편이 죽었을 때까지는요. 공포증이 노년에 갑자기 생기는 수도 있대요."

"대체 공포증이 무엇이든, 그게 어디서 생기는 것이든지 간에……그게 노망나는 것보다는 훨씬 낫잖소. 하지만 난 어둠을 무서워하면서 여생을 보내고 싶지는 않아."

"그렇지 않을 거예요. 24년 전만 해도 공포증이 무엇인지 아무도 몰랐다구요. 연구도 그다지 많이 이루어지지 않았을 뿐만 아니라 효과적인 치료법도 없었어요. 하지만 지금은 그렇지 않잖아요. 확실히는 잘 모르겠지만……."

페이의 말에 어니는 잠시 침묵을 지키고 있었다.

"페이, 난 미치지 않았어."

"나도 알고 있어요."

그는 '공포증'에 대해서 곰곰이 생각해 보았다. 그리고 아내의 해결책을 있는 그대로 믿고 싶었다. 그녀는 남편의 푸른 눈동자 속에서 희망이 다시 샘솟는 것을 알아챌 수 있었다.

"하지만 화요일 고속 도로에서 있었던 이상한 경험이며……지붕 위에 있던 오토바이를 탄 사람의 망상은……. 그래, 그건 틀림없이 망상이었어. 그런 건 어떻게 설명해야 하지? 그게 어떻게 공포증으로 인한 증상이 될 수 있냐구?"

"모르겠어요. 하지만 그 분야에 관한 전문가라면 모든 상황들을 연관시켜서 설명해 줄 수 있을 거예요. 그건 보기보다 그렇게 별난 것 같지는 않아요, 어니."

그는 잠시 생각에 잠기더니 고개를 끄덕였다.

"좋아. 하지만 어디서부터 시작하지? 어디서 도움을 받아야 하구? 어떻게 해야 이런 빌어먹을 놈의 병을 고칠 수 있냐구?"

"제가 벌써 생각해 둔 게 있어요. 엘코에는 아마 이런 병을 치료할 줄 아는 의사가 없을 거예요. 우린 전문가가 필요해요. 공포증 환자들을 전문적으로 치료하는 사람요. 아마 리노에도 없을 테니까 더 큰 도시로 가봐야죠. 밀워키에 있는 큰 병원이라면 이런 일에 경험이 있는 의사가 있을지도 몰라요. 루시와 프랭크와 함께 지낼 수도 있구……."

"그리고 겸사겸사 손주 녀석들도 실컷 보고."

어니는 손주들을 생각하면서 미소를 지었다.

"좋아요. 예정보다 일주일 일찍 크리스마스를 보내러 가야겠어요. 우리 다음 주 일요일 말고 이번 주 일요일에 출발해요. 그러고 보니까 내일이네요. 오늘이 벌써 토요일이 됐으니까……. 밀워키에 도착하면 의사를 찾아봐요. 거기서 설날까지 더 있어야 한다면, 내가 비행기편으로 다시 여기로 돌아와 모텔을 대신 봐줄 수 있는 부부를 찾은 다음 다시 거기로 갈게요. 어쨌든 올 봄에는 사람을 더 써야겠어요."

"모텔을 일주일 먼저 닫으면, 샌디와 네드가 하는 식당이 상당히 손해를 보게 될 텐데."

"그래도 네드라면 충분히 고속 도로에서 트럭 운전수들을 데려올 수 있을 거예요. 그리고 만약에 평소처럼 장사가 잘 되지 않으면, 나중에 벌충을 해 주죠 뭐."

페이의 치밀한 계획에 어니는 웃으며 고개를 내저었다.

"모든 계획을 잘도 세워 놓았군. 당신은 정말 보통내기가 아니야. 정말 대단해. 당신은 정말 알 수 없는 여자야."

"나도 당신의 그런 거짓말에 넘어갈 때가 있다구요."

"당신을 본 순간부터 매일 신에게 감사하고 있소."

어니가 말했다.

"당신을 만난 걸 후회해 본 적은 단 한 번도 없었어요, 어니. 그리고 앞으로도 그런 일은 절대 없을 거예요."

"당신도 알겠지만, 난 우리가 맨처음 여기에 앉았을 때보다 기분이 천 배나 좋아졌어. 왜 그렇게 오랫동안 그런 빌어먹을 놈의 일에 대해서 당신에게 도움을 청하지 않았을까?"

"그건 당신이 바보니까 그렇죠. 누가 블록 가 사람 아니랄까 봐."

페이가 놀리듯이 핀잔을 주었다.

"내 성이 왜 블록이겠어? 이름부터가 돌 아닌가."

어니의 농담에 두 사람 모두 웃음을 터뜨렸다. 어니는 아내의 손을 꼬옥 잡고서 입을 맞추었다.

"정말로 이렇게 마음 편히 웃어 보기는 몇 주만에 처음이야. 페이, 우리는 정말 천생 연분 아니오? 우리 둘이 함께 있으면 어떤 일이든 맞서 싸울 수 있다구. 그렇지 않소?"

"그래요, 어떤 것이든지."

그녀도 맞장구를 쳐 주었다.

12월 14일 토요일. 여명이 밝아 오는 새벽녘이었다. 페이 블록은 지금 자신들이 갖고 있는 문제를 분명히 잘 처리할 수 있는 해답을 얻었다고 확신했다. 그들이 일을 함께 하기 전에 제일 먼저 언제나 좋은 답을 얻었듯이…….

그녀도 어니와 마찬가지로 지난 주 화요일 아무것도 적혀 있지 않은 봉투에 넣어 보내 온 신원을 알 수 없는 사람들의 폴라로이드 사진에 대해서 벌써 까맣게 잊고 있었다.

11

매사추세츠 보스턴

번쩍번쩍 윤이 나는 단풍나무 경대를 덮고 있는, 정교한 솜씨로 짜여진 테이블보 위에는 검정색 장갑과 스테인리스 검안경이 놓여 있었다.

진저 바이스는 경대 왼편으로 부두가 내다보이는 창가에 서 있었다. 어슴푸레한 바다가, 12월 중순의 잿빛 하늘을 거울에 비친 풍경처럼 보였다. 멀리로 보이는 해변이 늦게까지 남아 있는 아침 안개에 가리운 채 진주 같은 광채를 내며 반짝이고 있었다. 해너비 가의 저택 끝쪽의 바위로 된 비탈길 아래에는 눈에 잘 띄지 않는 선착장이 물결치는 항구를 향해 삐죽이 튀어나와 있었다. 선착장은 눈으로 덮여 있었고, 거기서부터 다시 저택으로 이르는 길은 줄곧 잔디가 깔려 있었다.

그 집은 1850년대에 지어진 커다란 저택으로, 1892년에 새로 방들을 더 만들었다가 1905년과 1950년에 다시 방을 지어 놓았다. 벽돌을 깔아 놓은 차도는 널찍한 정문 현관 아래로 커브를 돌도록 만들어져 있었다. 넓고 높다란 계단을 올라가면 육중한 문에 이르게 되어 있다. 장식 기둥과 문이나 창 위에 조각해 놓은 화강암 상인방, 수많은 박공벽과 돔 형의 지붕창, 부두를 면하고 있는 뒤뜰의 2층 발코니, 그리고 지붕 위에 난 커다란 창으로 통하는 샛길이 위엄에 넘치는 인상을 주었다.

조지 해너비처럼 성공한 외과 의사라 해도 가격이 너무나 비싸서 그 집을 사기가 힘들었겠지만, 굳이 그 집을 살 필요도 없었다. 그는 아버지로부터 그 집을 물려받았고, 그의 아버지는 조지의 조부로부터 그 집을 물려받아서 1884년에 그 집을 팔았었다. 그 곳은 영국 소설에 등장하는 배경처럼 조상 대대로 물려받은 옛저택답게, 아니 어쩌면 그 이상의 느낌을 갖게 하는 베이워치라는 이름까지 갖고 있었다. 그녀가 태어난 브룩클린에서는 이름을 갖고 있는 집들이 없었기 때문에, 그것은 진저에게 경외감을 불러일으킬 만한 사실이었다.

메모리얼 병원에서 진저는 조지의 주위에 있다는 사실이 불편하게 느껴진 적이 한 번도 없었다. 거기서 그는 권위도 있고 존경받는 인물이었지만, 다른 사람들이나 마찬가지로 그 역시 주식으로 상당히 재미를 보고 있는 것 같았다. 하지만 진저는 베이워치에서 귀족적인 유산의 냄새를 맡았고, 그것이 자신과 조지를 다르게 만드는 점이라는 것도 잘 알고 있었다. 그렇다고 해서 그가 귀족적인 특권을 주장한 적은 없었으며, 그런 행동은 그답지 않은 것이기도 했다. 하지만 베이워치의 방과 복도 여기저기에서는 뉴잉글랜드 귀족의 기품 어린 영혼이 숨쉬고 있었으며, 그것이 바로 진저로 하여금 자신이 있어야 할 제자리에 있지 않은 것 같은 느낌이 들게 만드는 점이었다.

지난 열흘 동안 진저가 쓰고 있는 손님방은 모퉁이에 위치하고 있으며, 침실 하나에다 후미진 곳에 서재가 있고 욕실이 딸려 있는 방으로 베이워치에 있는 다른 방들보다 훨씬 단순한 구조로 되어 있었다. 거기서 그녀는 거의 자신의 아파트에 있는 것만큼이나 편안한 마음으로 지냈다. 말뚝을 박아 놓은 마룻바닥은 파랑색과 살구색 톤으로 꾸며져 있는데다 무늬가 들어 있는 카펫이 덮여 있었다. 벽은 살구색으로, 천장은 흰색으로 꾸며져 있었다. 스탠드를 놓아 둔 침대맡의 테이블과 책상, 그리고 여러 종류의 커다란 단풍 나무로 짠 경대 등은 조지의 증조부 소유였던 19세기 유람선에서 떼어 낸 것이었다. 장식용 안락 의자 두 개에는 브런스윅 앤드 필즈에서 만든 살구색 비단이 덮여 있었다. 침대맡 테이블에 놓아 둔 스탠드는 실제로 그 안이 바카랫 촛대로 되어 있었다. 조명이 우아하게 꾸며진 방안은 한눈에 보기에도 심플하게 느껴졌다.

진저는 경대로 가서 테이블보 위에 놓여 있는 검정색 장갑을 내려다보았다. 지난 열흘 동안 수도 없이 그랬던 것처럼, 그녀는 그 장갑을 끼고 손을 구부려 보면서 두려움이 몰려들기를 기다렸다. 그것은 병원에서 퇴원하던 날 가져온 보통 장갑일 뿐이었다. 하지만 그것은 그녀를 견딜 수 없을 만치 떨리거나 몽롱한 상태로 몰아갈 만한 힘을 갖고 있지 않았다. 그녀는 장갑을 벗어 버렸다.

노크 소리에 이어, 리타 해너비의 목소리가 들려왔다.

"진저, 준비됐어요?"

"네, 가요."

진저는 침대에서 지갑을 집어 들고서 마지막으로 화장대 거울에 자신의 모습을 비춰 보았다.

그녀는 목 부분에 연두색 끈을 매는 크림색 블라우스에다 연두색 니트를 걸쳐 입었다. 또 정장 차림에 어울리는 초록색 무도회 신발을 신고, 그에 어울리는 뱀가죽 지갑을 들고, 금과 공작석(孔雀石)으로 만든 목걸이를 했다. 옷차림이 그녀의 얼굴과 금발을 더욱 돋보이게 해 주었다. 그녀는 자신이 아주 멋져 보인다고 생각했다. 아마 멋지다고까지는 할 수 없다 쳐도, 최소한 분위기는 있어 보였다.

하지만 복도로 내려가서 리타를 처음 보았을 때, 진저는 웬지 자신이 초라한 느낌이 들었다. 마치 상류층 사람들을 따라가려고 기를 쓰는 것 같다는 기분이 들었다.

리타는 몸매도 진저만큼 날씬하고 진저보다 거의 20센티 정도 더 큰 180센티 가량의 훤칠한 키에다 모든 면에서 여왕처럼 보였다. 리타는 호도색이 도는 갈색 머리를 완벽하게 깎아 준 얼굴 뒤로 살짝 넘겼다. 만약에 얼굴을 좀더 날카롭고 정교하게 깎았더라면, 그녀의 인상은 굉장히 엄해 보였을 것이다. 하지만 그녀의 인상은 아름다운 것은 물론이고 온화한 빛을 발하는 회색 눈동자와 그다지 창백하지 않을 정도로 다감해 보이는 색조의 피부, 그리고 온화해 보이는 입가의 미소로 더욱 훌륭하게 포장되었다. 리타는 세인트 존에서 산 회색 정장에 진주 목걸이와 귀걸이를 매치시키고 챙이 널찍한 검정 모자를 쓰고 있었다.

진저에게 있어서 더욱 놀라운 것은 패셔너블해 보이는 리타의 모습이 전혀 억지로 꾸민 것처럼 보이지 않는다는 점이었다. 준비를 하느라고 몇 시간을 보냈다는 것은 전혀 말도 안 되는 소리 같았다. 오히려 그녀는 원래부터 나무랄 데 없는 차림새와 패셔너블하게 재단한 의상을 갖고 있었던 것 같았다. 우아함은 그녀의 타고난 덕목이었다.

"정말 멋져요!"

리타가 소리쳤다.

"사모님 옆에 서면 제가 청바지에다 스웨터 걸친 것처럼 후줄근해 보일 것 같아요."

"바보 같은 소리 말아요. 내가 지금보다 20년이 더 젊었다 해도, 진저한테는 상대도 못될 거야. 점심 때 웨이터들이 누구한테 더 잘해 주는지 잘 보라구."

진저는 일부러 가장해서 겸손을 떨지는 않았다. 그녀는 자신이 매력적이라는 사실을 잘 알고 있었다. 하지만 그녀의 미모가 요정처럼 깜찍하고 예쁘다고 한다면, 리타의 미모에는 자신감에 찬 위엄과 함께 귀족의 혈통을 지닌 사람들만이 가질 수 있는 고귀한 품격이 있었다.

리타는 최근에 진저에게 새로 생긴 열등감을 일으킬 만한 행동은 아무것도 하지 않았다. 그녀는 진저를 딸로서는 아니지만, 자매나 동년배처럼 대해 주었다. 진저가 아직도 그 집의 분위기에 적응하지 못하고 있다는 느낌을 갖는 것은 일차적으로 그녀의 컨디션이 좋지 않아서 생긴 결과라는 사실을 자신도 잘 알고 있었다. 두 주 전까지만 해도 진저는 연령에 상관없이 어떤 사람에게도 의지한 적이 없었다. 하지만 지금의 진저는 혼자 힘으로는 자신을 돌볼 수가 없을 만치 남에게 의지하는 상황이 되어 버렸다. 그녀의 자존심은 매일 조금씩 사라져가고 있었다. 리타 해너비의 훌륭한 유머와 세심하게 계획한 차림새, 같은 여자가 봐도 물씬 여성미가 풍기는 매력, 지칠 줄 모르는 격려의 말도, 서른 살의 나이에 다시 한번 어린 아이로 돌아가게 만든 비참한 현실에 빠진 잔인한 운명으로부터 진저의 관심을 돌릴 수가 없었다.

두 사람은 바닥을 대리석으로 만든 홀로 함께 내려갔다. 거기서 그들은 옷장에서 외투를 꺼낸 다음 문을 나서서 계단으로 내려갔다. 그들은 현관 아래로 내려가 대기하고 있던 검정색 메르세데스 500 SEL을 타고 차도를 내려갔다. 집사 겸 시종 역할을 하고 있는 허버트가 5분 전쯤 차를 대놓고 엔진을 켜 두어서인지 쌀쌀한 겨울 날씨에도 불구하고 차 안이 따뜻하게 데워진 안식처 같았다.

리타는 평소와 다름없이 자신감 넘치는 태도로 차를 몰았다. 그들은 고풍스런 저택을 벗어나 앙상한 가지만 남은 느릅나무와 단풍나무가 줄지어 늘어선 조용한 길로 나와 사람들의 왕래가 그리 빈번하지 않은 도로로 해서 번화한 스테이트 가에 있는 임마뉴엘 구트하우센의 사무실로 향했다. 진저는 지난 주에도 구트하우센 박사와 두 번 만난 적이 있었는데, 그날은 11시 반에 만나기로 약속이 되어 있었다. 그녀는 기억 상실증으로 인한 발작의 근원을 찾아낼 때까지 매주 월, 수, 금 세 차례씩 그를 찾아가기로 약속을 정했다. 어쩌다 마음이 구슬퍼질 때면 진저는 지금부터 30년 후까지도 구트하우센 박사의 소파에 누워 있을 것 같은 확신한 느낌이 들기까지 했다.

진저가 의사를 만나는 동안, 리타는 쇼핑을 할 생각이었다. 그 다음 두 사람은 근사한 레스토랑에서 점심을 들 계획이었다. 물론 그 레스토랑의 실내 장식은 리타 해너비의 마음을 즐겁게 해 줄테고, 진저는 다른 사람들한테 어른처럼 보이려고 애쓰는 여학생 같은 기분을 느끼게 될 것이다.

"저번 금요일에 내가 말한 얘기 생각해 봤어? 병원의 여성 자원 봉사대 말야."

리타가 차를 몰면서 물었다.

"전 못할 것 같아요. 너무 어줍잖은 것 같은 느낌이 들어서요."

"그건 대단히 중요한 일이에요."

리타가 〈글로브〉 신문 배달 트럭을 앞질러 노련하게 앞으로 빠지면서 밀리는 차들 사이로 끼어들었다.

"저도 그건 알아요. 저도 사모님이 병원 기금 모금을 얼마나 많이 하고 계시고, 새로운 장비를 얼마나 많이 구입하셨는지도 잘 알고 있어요……. 하지만 전 당분간은 메모리얼 병원에서 떨어져 있어야 해요. 전 어찌나 기가 죽었는지 그 근처에도 가고 싶지 않거든요. 계속 전에 있었던 일들이 생각나서 훈련받은 일도 제대로 할 수가 없을 것 같아요."

"나도 그건 잘 알아요. 다른 건 신경 쓰지 말아요. 하지만 병원에는 교향악단 위원회나 노인들을 위한 여성 단체, 혹은 어린이 보호 위원회 같은 것도 있잖아요. 누구든지 도우려면 도울 수 있어요."

리타는 봉사 단체에서 일하는 데 있어서 지칠 줄 모르는 자원 봉사자였다. 그녀는 위원회의 의장직이나 위원직을 맡아 보면서 자선 단체를 조직하거나 그런 조직들을 운영하는 데 팔을 걷어붙이고 궂은 일을 하는 데 대단한 활약을 보이고 있었다.

"어때요?"

리타가 대답을 재촉했다.

"진저라면 특히 어린애들이랑 잘 어울릴 것 같은데……."

"그러다가 만일에 아이들이랑 있다가 발작을 일으키면 어떻게 하죠? 아이들이 무척 놀랄텐데. 그러면 전……."

"그건 말도 안 돼. 내가 지난 두 주 동안 밖으로 데리고 나올 때마다 진저는 방에서 안 나오려고 버티면서 똑같은 변명을 했다구. 진저는 늘 '리타, 제가 갑자기 발작을 일으켜서 놀라실지도 몰라요.' 라고 했었지? 하지만 실제로 그런 적은 한 번도 없었잖아요. 그리고 앞으로도 계속 그럴 거예요. 비록 정말 그랬다 치더라도, 나 그렇게 쉽게 놀라지 않아요."

"전 사모님께서 수줍음을 잘 타시는 내성적인 분이라고 생각해 본 적은 한 번도 없었어요. 하지만 제가 발작할 때의 모습을 한 번도 보신 적이 없으시잖아요. 사모님은 모르세요. 전 꼭……."

"마치 자기가 지킬 박사와 하이드 씨에 나오는 주인공 하이드 씨 같다는 말처럼 들리네. 분명히 말하지만 진저는 그렇지 않아요. 아직까지는 지팡이로 다른 사람을 쳐 본 적 없잖아. 그렇죠, 하이드 씨?"

진저는 고개를 내저으며 웃음을 터뜨렸다.

"사모님은 정말 특별한 분이세요."

"좋아. 이제부터는 진저를 단체에 자주 데리고 가야겠어."

어쩌면 리타는 진저를 다른 자선 단체의 환자로서 생각한 것은 아닐는지 몰라도, 진저에게 새로운 동기를 부여함으로써 병을 치료하고 사회로 복귀시키려는 방법을 모색하고 있는 것만은 확실한 것 같았다. 그녀는 본격적으로 소매를 걷어붙이고 진저가 현재의 위기에서 빠져 나오는 모습을 지켜 보기로 했다. 그녀를 막을 수 있는 것은 아무것도 없었다. 진저는 리타가 그토록 자신을 염려해 주는 데 깊은 감동을 받았다. 그리고 한편으로는 다른 사람의 도움이 필요하게 된 자신의 모습에 의기 소침해졌다.

두 사람은 신호등에서 잠시 멈춰 섰다. 승용차를 비롯해서 트럭과 버스, 택시, 그리고 화물 트럭들이 사방으로 꽉 막혀 있는 상태였고, 그들은 교차로에서 세 번째 위치에 서 있었다. 리타는 시끄러운 소리를 내지 않으려고 엔진 소음을 잔뜩 줄이고 있었지만, 그렇다고 해서 다른 차들도 엔진 소리를 줄여 주지는 않았다. 특별히 귀에 거슬리는 엔진 소리가 나는 곳을 찾아보려고 차창을 내다보았을 때, 진저는 커다란 오토바이 한 대를 보았다. 그 순간 오토바이를 탄 사내가 그녀에게 고개를 돌렸지만, 진저는 그의 얼굴을 알아볼 수가 없었다. 그는 검은 바이저를 단 헬멧을 얼굴 깊숙이 덮어쓰고 있었다.

열흘 만에 처음으로 진저에게 의식을 잃은 듯한 몽롱한 안개가 내려앉았다. 이번에는 전에 검정색 장갑이나 검안경, 세면대의 수챗구멍을 보았을 때보다도 훨씬 빠른 속도로 일어났다. 그녀는 뭔가 텅 비어 있는 듯한 느낌을 주는 번쩍거리는 바이저 안을 들여다보자 가슴이 쿵쾅거리면서 호흡이 가빠지기 시작했다. 금세 엄청난 공포감이 밀려와 그녀는 흐느껴 울기 시작했다.

진저의 귀에 맨처음 들리기 시작한 소리는 바로 차들의 클랙슨 소리였다. 여기저기 승용차와 버스, 트럭 등에서 울려대는 클랙슨 소리. 그것은 마치 야수들이 큰소리로 낄낄거리는 함성 같기도 하고, 나직하고 음산한 울음소리처럼 들리기도 했다. 흐느끼는 소리 같기도 하고, 고함이나 비명 소리 같기도 하고, 짖는 소리 같기도 하고, 말이 힝힝거리며 우는 소리 같기도 하고, 양이나 염소가 우는 소리 같기도 한 느낌의 소리…….

그녀는 번쩍 눈을 떴다. 그리고 가물가물한 시야에 차츰 초점을 맞추어갔다. 그녀는 아직도 차 안에 있었다. 분명히 2분 정도의 시간이 지나서 차가 조금 움직인 상태였지만, 그들은 아직도 교차로 앞에 서 있었다. 차가 멈춰 서 있는 동안 리타는 변속 레버를 빼놓고 엔진에 시동을 건 채로 횡단보도에서 10피트 정도되는 지점으로 가서 옆 차선으로 조금씩 꺾어져 들어갔다. 리타는 다른 차들을 향해서 클랙슨을 울려댔다.

진저는 자신이 흐느껴 우는 소리를 들을 수 있었다.

리타는 운전석과 옆 자리 사이에 놓여 있는 콘솔 너머로 몸을 기울여서 진저에게로 가까이 다가가 두손을 꼬옥 잡아 주었다.

"괜찮아요, 진저? 정신이 들어요, 진저?"

피. 귀청을 찢을 듯 정신없이 울려대는 클랙슨 소리에 이어 리타의 목소리가 들리고 나서, 진저는 그제서야 피가 눈에 보이기 시작했다. 그녀의 연두색 치마에 빨간 핏자국들이 선명히 나 있었다. 그녀의 재킷 소매에는 시커먼 핏자국이 얼룩져 있었다. 그녀의 손은 리타나 마찬가지로 온통 피로 범벅이 되어 있었다.

"세상에!"

진저가 신음하듯 소리쳤다.

"내 말 들려요, 진저? 정신이 드냐구요?"

매니큐어를 칠한 리타의 손톱 중에서 하나가 쪼개진 채로 너덜너덜하게 붙어 있다가 찢어져 버렸다. 양손 모두 홈이 파져 있는 것 같았다. 손등과 손바닥이 여자 손톱으로 긁힌 듯이 계속 피가 흐르고 있었다. 진저가 보기에 그것은 자신의 피가 아니라 모두 리타의 피인 것 같았다. 회색 정장의 소맷부리도 모두 피로 젖어 있었다.

"진저, 나한테 얘기를 해 봐요."

경적 소리가 계속 높아져 갔다.

진저는 힘없이 눈을 쳐들었다. 완벽하게 잘 매만진 리타의 머리가 온통 엉망으로 헝클어져 있었다. 그녀의 왼쪽 턱에는 2인치 정도의 기다란 상처가 깊이 패여 있었다. 화장한 얼굴 위로 입 근처에서부터 턱까지 피가 줄줄 흐르고 있었다.

"이제야 정신이 들었군."

리타는 진저의 손을 놓으면서 역력히 안도하는 듯한 어조로 말했다.

"제가 무슨 짓을 한 거죠?"

"그냥 나를 좀 할퀴었을 뿐이야. 괜찮아. 진저는 발작을 일으켜서 겁을 먹고 차에서 내리려고 한 것뿐이니까. 하지만 차에서 내리게 할 수가 없었어. 차에 치일지도 모르는데……."

교묘히 메르세데스 주위를 돌아 지나가던 운전수가 뭔지 알아들을 수 없는 말로 그들에게 소리를 질러댔다.

"제가 사모님을 다치게 했군요."

진저가 말했다. 자신이 한 일을 생각하자 몸 전체가 욱신거리고 쑤셔왔다.

다른 운전자들도 차츰 초조해져서 클랙슨을 세게 울리며 앞길을 재촉했지만, 리타는 그 소리를 무시해 버렸다. 그리고 다시 진저의 손을 잡았다. 이번에는 그녀를 붙잡으려는 뜻에서가 아니라 그녀를 안정시키고 기운을 북돋워 주려는 뜻에서였다.

"괜찮아요, 진저. 이젠 다 지나갔으니까. 난 소독약만 바르면 괜찮아질 거야."

오토바이를 탄 사람. 시커먼 바이저.

진저는 차창을 내다보았다. 그 사내는 어디론가 사라져 버리고 없었다. 어쨌든 그가 그녀를 위협하지는 않았다. 그는 그 거리를 지나가다 처음 만난 낯선 사람이었다.

검정색 장갑, 검안경, 세면대의 수챗구멍, 그리고 이제는 오토바이를 탄 사람이 쓴 헬멧의 바이저. 이런 것들이 왜 그녀에게 발작을 일으키게 한 것일까? 그것들은 도대체 어떤 공통점들을 갖고 있는 것일까?

뺨 위로 끊임없이 눈물이 쏟아지는 가운데, 진저가 말했다.

"죄송해요."

"그럴 필요 없어요. 자, 이제는 길을 좀 비켜 줘야 할 것 같은데."

리타는 콘솔 위의 휴지통에서 휴지를 한 움큼 꺼내서 핸들과 변속 레버를 잡고서 손에서 나는 피가 더 이상 다른 데 묻지 않도록 했다.

진저의 손은 리타의 피가 묻어서 축축해졌다. 진저는 의자를 뒤로 젖히고서 눈을 감고 눈물을 그치려 애썼지만 눈물이 멈춰지지 않았다.

5주 동안 벌써 네 번째 일으킨 발작이었다.

진저는 더 이상 언제 또 발작이 일어날까를 기다리거나 정신과 의사가 무엇이 잘못된 것인지 설명해 주기만 기다리면서, 아무런 방어도 하지 않고 이런 가혹한 운명의 변화에 순종하면서 편안히 마음을 놓은 채로 이 겨울을 우울하게 지낼 수는 없었다.

12월 16일 월요일. 진저는 다섯 번째로 기억 상실증을 겪기 전에 무언가를 해야겠다고 생각했다. 하지만 자신이 할 수 있는 일이 무엇인지 감을 잡을 수가 없었다. 그래도 그런 생각을 염두에 두고 자신의 상황을 비관만 하면서 지내는 일을 그친다면 반드시 무언가를 찾아낼 수 있으리라는 확신이 들었다. 더 이상 굴욕감과 두려움과 절망감이 그녀를 더 깊은 나락으로 빠뜨릴 수는 없을 것이다. 이제는 더 내려갈 바닥도 없었다. 그녀는 표면으로 다시 기어올라 가야 한다. 그렇게 하지 못한다 해도 최소한 자신이 빠져 있는 어둠 속에서 벗어나 빛을 향해서 위로 올라가야 한다.

제 3 장

크리스마스 이브부터 크리스마스까지의 이야기

I

캘리포니아 라구나 비치

12월 24일 화요일 아침 8시. 잠자리에서 일어난 돔 콜베이시스는, 지난밤 먹은 안정제와 진정제의 약기운이 계속 남아 있어 아침 내내 정신이 몽롱했다.

그는 지난 여드레 동안 몽유병이나, 세면대에 머리를 처박히는 꿈에 시달린 적이 한 번도 없었다. 약물 치료는 잘 되어가고 있었다. 심신을 지치게 만드는 한밤중의 순례에 종지부를 찍기 위해서라면 약을 통해서 세상으로부터 분리되는 기간도 기꺼이 참아낼 용의가 있었다.

그는 자신이 육체적으로 안정제와 진정제에 차츰 중독되어 가는 위험에 처해 있다고 생각하지 않았다. 심지어는 자신이 약에 정신적으로 의존하고 있다는 사실조차 믿으려 하지 않았다. 그는 지금까지 계속 조제된 정량보다 지나치게 약을 많이 복용하고 있었지만 그래도 전혀 걱정하지 않고 지냈다. 그는 거의 늘상 약이 모자랐었다. 그래서 의사로부터 약을 더 타내기 위해서, 밤에 도둑이 들어 스테레오와 텔레비전은 물론 약도 함께 들고 가 버렸다고 이야기를 꾸며대야 했다. 돔은 약을 얻기 위해서 의사에게 거짓말을 할 뿐만 아니라, 때로는 눈이 아플 정도로 곧장 내리쬐는, 별로 좋지 않은 불빛 아래서 자신의 행동을 살펴보기도 했다. 하지만 대부분의 시간 동안 그는 계속 은근히 몽롱한 가운데서도, 평온해 보이는 태도로 추잡한 자신의 모습을 꾸미고 지낼 수 있었다.

그는 약을 끊은 지 한 달 뒤에 다시, 몽유병으로 인한 사건들이 일어난다면 자신에게 무슨 일이 생길지 감히 상상도 할 수 없었다.

일이 제대로 손에 잡히지가 않아서, 10시쯤 그는 밝은 색 골덴 재킷을 입고 집을 나섰다. 12월 하순의 아침 공기는 꽤 쌀쌀했다. 가끔씩 철에 맞지 않게 따뜻했던 몇몇 날을 빼놓고는 4월까지 해변은 거의 늘 한산했었다.

돔은 화이어버드를 타고 시내 도심부를 향해 언덕을 내려갈 때, 어두침침한 잿빛 하늘 아래로 라구나 해변이 무척 찌무룩해 보인다고 느꼈다. 그는 납처럼 묵직한 어둠이 어디까지가 실제 상황이며, 약 때문에 멍하게 느껴지는 부분이 어느 정도나 되는지 궁금했지만, 재빨리 그런 골치 아픈 생각들을 그만두기로 했다. 자신의 의식이 다소 취한 듯 정신이 몽롱하고 반사 신경이 둔해진 것을 인정하면서, 그는 너무 지나치다 싶을 정도로 조심스레 차를 몰았다.

돔은 우체국에서 많은 양의 우편물을 받았다. 하도 여러 가지 간행물을 구독하고 있어서, 그는 상자가 아니라 아예 커다란 서랍을 빌려 쓰고 있었다. 크리스마스 바로 전날이라 서랍은 반이 넘게 우편물로 꽉 차 있었다. 그는 발신인이 누군지 주소도 제대로 보지 않고 아침을 먹으면서 그것들을 읽으려고 무작정 전부 차 뒤에 실었다.

몇 십 년 간이나 사람들로부터 사랑을 받고 있는 오두막이라는 레스토랑은 우체국이 있는 길을 따라가서 경사로를 타고 올라 태평양 연안 고속 도로 동편에 있었다. 그 시간이면 아침을 들려고 몰려든 손님들도 조금 빠지고, 점심을 먹으러 오는 손님들도 아직은 뜸한 때였다. 돔은 경치가 제일 좋은 자리로 안내되었다. 그는 자리에 앉자 계란 두 개와 베이컨, 연한 연어와 토스트, 그리고 포도 주스를 시켰다.

그는 식사를 들면서 우편물들을 뒤적였다. 잡지와 세금 계산서 외에도, 자신의 소설 스칸디나비아와 네델란드판 번역권을 가지고 있는 뛰어난 스웨덴인 에이전트 레너트 세인이 보낸 편지 한 통과, 랜덤 하우스에서 보낸 소포용 쿠션 봉투가 들어 있었다. 우표 위에 적힌 발행인의 주소를 보자마자, 그는 자신이 들고 있는 것이 무엇인지를 금세 알아차렸다. 마침내 머리가 확 깨는 듯하면서 홍분으로 몽롱했던 정신이 다소 맑아졌다. 그는 먹고 있던 토스트를 내려놓고서 커다란 봉투를 찢었다. 자신의 첫작품의 신간 견본이 미끄러져 나왔다. 여자들이 해산을 하고 나서 처음으로 자신의 아기를 품에 안아 봤을 때의 기분을 아는 남자는 아마 하나도 없을 것이다. 하지만 자신의 처녀작의 신간 견본을 품에 안아 본 소설가라면, 처음으로 산모가 자신이 낳은 아기의 얼굴을 쳐다보면서 아기가 입은 배내옷을 통해 전해지는 따스한 온기를 느꼈을 때의 기쁨과 거의 유사한 환희를 경험할 수 있을 것이다.

돔은 접시 옆에 책을 내려놓고서 거기서 눈길을 뗄 수가 없었다. 식사를 마치고서 커피를 주문했을 때, 그는 그제서야 〈황혼〉에서 눈길을 떼고서 나머지 우편물들을 살펴보기 시작했다. 다른 우편물들 사이에서 발신인의 주소가 적혀 있지 않은 하얀 봉투가 섞여 있었다. 거기에는 단 한 장의 백지 위에 타이프로 친 글씨체로 그의 마음을 동요시키는 다음과 같은 두 줄의 문장이 적혀 있었다.

충고하건대 몽유병 환자가 문제의 원인을 찾기 위해서는 자신의 지난 과거를 살펴보는 것이 좋을 것이다. 거기가 바로 그 비밀이 묻혀 있는 곳이다.

그는 다시 한번 그 편지를 자세히 읽어 보았다. 온몸에 전율을 느꼈고, 손에 들고 있던 종이가 덜덜거리며 떨리는 소리를 냈다. 그의 목덜미가 싸늘해졌다.

2

매사추세츠 보스턴

택시에서 내린 진저가 서 있는 곳은, 빅토리아 시대의 고딕 양식으로 지은 6층짜리 벽돌 건물 앞이었다. 사납게 휘몰아치는 바람이 그녀의 뺨을 찰싹 때리고 지나갔고, 뉴베리 스트리트를 따라 늘어선 앙상한 겨울나무들이 바람에 흔들리면서 달그락거리기도 하고, 휙휙거리거나 짤그락거리는 소리를 냈다. 그 소리는 마치 뼈가 부딪히는 소리처럼 느껴지기도 했다. 모진 혹한의 날씨에 진저는 되는 대로 옷을 걸쳐 입고 나와 추위에 벌벌 떨면서 나지막한 철울타리를 지나 종종걸음으로 걸었다. 그녀는 그 도시에서 가장 훌륭한 역사 유적지 중의 하나이자 예전에 아가시즈 호텔 자리였으며 지금은 콘도로 바뀐 뉴베리 127번지로 들어섰다. 그녀는 파블로 잭슨이라는 사람을 만나 볼 작정이었다. 그녀가 그에 대해서 아는 거라곤 어제 나온 〈보스턴 글로브〉지에서 읽었던 기사 내용밖에는 아무것도 없었다.

조지도 병원에 나가고, 리타도 막바지 크리스마스 쇼핑을 하러 집을 비운 사이 진저는 베이워치를 나섰다. 그들이 못 가게 막을까 봐 두려웠기 때문이었다. 사실 가정부 래비나는 그녀가 혼자 가지 못하도록 그녀를 붙잡았었다. 하지만 진저는 행선지를 적은 메모를 남기고 집을 나서면서 사람들이 너무 기분 상하지 않았으면 하고 바랐다.

파블로 잭슨이 문을 열었을 때, 진저는 그를 보고 깜짝 놀라지 않을 수 없었다. 그는 흑인에다 80대의 노인이었다. 하지만 그녀가 놀란 것은 그런 것 때문이 아니었다. 그에 관한 이야기는 〈글로브〉지에서 많이 보아 와서 익히 알고 있었지만, 80대 노인이 그렇게 생기 넘치고 정력적이리라고는 미처 생각지 못했었다. 그는 거의 180센티에 가까운 큰 키에다 훌쭉한 몸매였으며, 나이가 들었어도 다리가 휘었다거나, 등이 굽었다거나, 어깨가 쳐지지 않았다. 그는 군인처럼 아주 당당한 자세로 서 있었고, 하얀 셔츠에 말끔하게 다려 주름을 잡은 검정색 바지 차림이었다. 아파트 안으로 들어오라고 손짓을 하는 태도나 표정이 쾌활하고 젊음에 넘쳐 보였다. 그의 괴상하게 꼬부라진 빳빳한 머리카락은 아직 빠지지는 않았지만, 스펙트럼에서 빛을 발하듯 하얗게 변해 버려서 웬지 묘하고 신비한 느낌을 더해 주었다. 그는 자신의 나이보다 4, 50세는 훨씬 더 어린 사람들이 걷는 듯한 걸음걸이로 진저를 거실로 안내했다.

거실을 보고 진저는 다시 한번 놀라지 않을 수 없었다. 그곳은 아가시즈 호텔과 같은 격조에 넘치는 옛 기념물이나 파블로 잭슨이라는 늙은 홀아비의 집으로 예상했던 분위기가 아니었다. 크림색으로 꾸민 벽이 현대적인 감각의 소파와 의자들과 어울려 방을 더욱 돋보이게 만들었으며, 똑같이 크림색 색조로 통일한 에드워드 필즈 카펫은 아주 복잡하게 짠 물결 무늬로, 카펫의 재질을 잘 살리면서 무늬가 눈에 띄도록 포인트를 주었다. 소파는 노랑과 살구색, 초록과 파랑 등의 파스텔톤 바탕에 악센트를 준 쿠션과 커다란 유화 작품 두 점으로 색깔을 맞추었는데, 그 그림 중의 한 점은 바로 피카소의 작품이었다. 그렇게 해서 만들어진 실내 분위기는 아주 가볍고 경쾌하면서 환하고 온화해 보였으며 현대 감각이 물씬 풍겼다.

진저는 기다란 전망창 근처의 조그만 테이블 건너편에 서로 마주보고 놓인 두 개의 안락 의자 중 하나에 자리를 잡았다. 파블로가 커피를 권했지만, 진저는 정중히 거절하고 이야기를 시작했다.

"잭슨 씨께 제가 거짓말을 하고서 여기 와 있는 게 마음에 걸리는군요."

"첫인사를 참 재미있게 하시는군요."

그는 미소를 지으면서 의자에 앉아 다리를 꼬고는 의자 팔걸이에 유난히 손가락이 기다랗고 검은 두 손을 올려놓았다.

"아뇨, 전 기자가 아니예요."

"그럼 〈피플〉지에서 오신 분이 아니란 말인가요?"

그는 호기심 어린 눈초리로 그녀를 자세히 살폈다.

"어쨌든 좋아요. 안으로 들어오라고 했을 때, 이미 난 당신이 기자가 아니라는 걸 알고 있었으니까. 요즘 기자들은 괜히 자신들에 관해서 번지르르하게 감언 이설을 늘어놓으면서 거들먹거리는 녀석들이 많죠. 문 앞에서 당신을 보자마자, 난 속으로 말했어요. '파블로, 이 조그만 아가씨는 기자가 아니다. 진짜 사람이야.' 라고 말예요."

"전 도움이 필요해요. 그건 선생님밖에 하실 수 없는 일이에요."

"고통에 빠진 아가씨라?"

그는 구미가 당기는 모양이었다. 그는 진저가 예상했던 것처럼 화를 내거나 불쾌해 하지는 않았다.

"제가 왜 선생님을 만나고 싶어했는지 진짜 이유를 들으시고 나면 저를 만나고 싶어하지 않을지도 모를까 봐 걱정이 됐어요. 아시겠지만, 저는 의사입니다. 메모리얼 병원 외과 레지던트죠. 제가 〈글로브〉지에서 선생님에 관한 기사를 읽었을 때, 선생님이라면 저를 도와주실 수 있을 거라고 생각했어요."

"난 당신이 잡지를 팔려고 그랬다 쳐도 아주 즐거운 마음으로 당신을 만났을 겁니다. 여든하나된 노인이 사람을 문전 박대할 여유가 어디 있겠소? 벽보고 혼자 떠드는 걸 더 좋아하는 목석이 아니라면 말이오."

노인이 지내는 생활이 사실 자신보다도 훨씬 재미있으리라 내심 생각하면서도, 진저는 자신의 마음을 편안하게 해 주려고 애쓰는 노인에게 고마움을 느꼈다.

"게다가 아무리 나같이 송장내 나는 노인네라도 당신처럼 아름다운 아가씨를 쫓아 버릴 순 없죠. 어쨌든 이왕 이렇게 됐으니까 이제 내가 아가씨를 도울 수 있는 일이란 게 뭔지 이야기나 좀 들어 봅시다."

노인이 말했다.

진저는 노인에게 좀 더 가까이 다가갔다.

"우선 신문에 난 기사가 정확한 것인지 알고 싶어요."

그는 대답 대신 어깨를 으쓱거렸다.

"지금까지 신문 기사에 난 내용만큼은 정확한 것이죠. 우리 부모님은 신문에 난 대로 미국에서 추방당해 프랑스에 살고 계시오. 어머니는 제1차 세계 대전을 전후(前後)해서 프랑스에서 카페에서 노래하던 인기 가수였죠. 그리고 신문에 났듯이 부친은 음악가셨다오. 우리 부모님이 개인적으로 피카소를 잘 알아서 그의 천재성을 일찌감치 알아보셨다는 것도 물론 사실이오. 그래서 내 이름도 그의 이름을 본따서 지었지. 부모님은 피카소의 작품들이 싸구려였을 때 그의 그림을 두 점 사 주셨고, 그가 직접 우리 부모님에게 선물로 작품 몇 점을 준 적도 있어요. 부모님은 예술에 대한 조회가 깊으신 분들이었죠. 신문에서 말하는 것처럼 수백 점의 작품을 갖고 있지는 않았어요. 한 50점 정도는 될지 모르겠지만……. 아직도 그 소장품들이 많은 재산이 되는 것은 사실이에요. 부모님은 은퇴하신 후에 몇 년이 지나자 그 그림들을 조금씩 팔아서 경제적인 도움을 받으셨고, 나한테도 먹고 살 만한 재산을 남겨 주셨죠."

"과거에는 마술사로 무대에서 날리셨다죠?"

"아마 50년 좀 넘게 했을 거요."

그는 두 손을 들어올려서 자신의 오랜 연륜에 스스로도 깜짝 놀라는 듯한 감정을 우아하고 세련되게 표현해 보였다. 그것은 마치 마술을 하듯 리듬감과 유연성이 돋보이는 몸짓이었다. 진저는 마치 살아 있는 흰 비둘기가 공중으로 퍼드덕거리며 날아가는 모습이 눈앞에 보이는 것 같았다.

"꽤 유명한 편이었죠. 내 입으로 말하기는 쑥스럽지만 최고였다오.. 여기서는 그렇게 유명한 편이 못 되지만, 그래도 유럽 전역과 영국에서는 대단했었죠."

"그럼 관객들 중에서 몇 명을 데려다가 함께 최면을 거는 연기도 하셨었나요?"

진저가 묻자, 그는 고개를 끄덕였다.

"그건 가장 중요한 마술이었어요. 항상 관객들을 열광시켰으니까."

"그리고 현재는 경찰들을 도와서 어떤 범죄의 목격자들을 최면에 걸리게 해서 그들이 잊고 있었던 자세한 사항들을 기억나게 하시기도 한다죠?"

"글쎄요. 그건 직업적인 일은 아니라……."

그는 진저가 가지고 있을지도 모르는 쓸데없는 생각들을 쫓아 버리려는 듯 홀쭉한 손을 내저었다. 그 몸짓은 마치 꽃다발이나 카드를 가지고 마술을 할 때 마지막으로 기합을 넣는 연기와 거의 흡사해 보였다.

"사실 지난 2년 동안 그들이 나를 찾아온 건 단 네 건뿐이에요. 난 언제나 그들의 최후의 수단이 되는 셈이었지."

"하지만 선생님께서 하신 일이 그들에게 도움이 됐었나요?"

"물론이오. 신문에서 말한 그대로지. 예를 들면 지나가던 행인 하나가 살인이 일어나는 장면을 목격하고서 살인범이 타고 달아난 차를 얼핏 봤는데 차량 번호가 기억나지 않는다고 칩시다. 아무리 눈깜짝할 정도로 짧은 순간이었다 하더라도, 그 번호는 목격자의 잠재 의식 속에 묻히게 되는 법이죠. 실제로 사람들은 자기가 보았던 일은 무엇이든 절대로 잊지 않도록 되어 있어요. 절대로 잊어버리지 않지. 그러니까 최면을 걸어서 목격자를 혼수 상태에 빠지게 해서 그가 사고가 발생했던 그 시간을 여행하게 하는 겁니다. 말하자면 그를 사건이 일어났던 바로 그 시간의 기억 속으로 되돌리는 거죠. 그리고 그 사람에게 그 차를 보았던 상황을 말해 주면 차량 번호를 얻어낼 수 있는 겁니다."

"매번 성공하셨나요?"

"늘 그런 건 아니지만, 잃는 것보다는 얻는 게 많죠."

"왜 경찰이 선생님께 그런 일을 시키는 거죠? 경찰 내에는 최면술을 할 줄 아는 정신병 학자가 없나요?"

"물론 있기는 하지만, 그들은 정신병 학자이지 최면술사가 아니죠. 최면술은 그들의 전문 분야가 아니니까요. 나는 평생 동안 최면술을 연구하고 나 나름대로 일반적으로 사용하는 표준 방식이 실패하는 곳에서도 높은 성공률을 거두는 기술을 개발했죠."

"그럼 선생님은 최면술에 관해서라면 전문가시겠군요."

"전문가라구요? 그래요. 그건 사실이오. 전문가 중에서도 전문가죠. 하지만 왜 이런 일에 관심을 갖게 된 거죠, 박사?"

진저는 무릎 위에 지갑을 놓고서 그 위에 손을 포개고 앉아 있었다. 파블로 잭슨에게 자신의 발작에 대해 말하는 동안, 그녀는 손가락 관절이 하얗게 되도록 지갑을 꼬옥 쥐고 있었다.

아까는 여유 있어 보이던 잭슨의 표정이 진저의 말에 충격을 받은 듯 차츰 관심과 염려로 변했다.

"쯧쯧, 아주 가엾게 됐군. 아주 나쁜 경우야……. 아주 나빠! 끔찍하군! 당신은 거기서 기다려요. 꼼짝 말고."

그는 의자에서 벌떡 일어나 급히 방을 나갔다.

잠시 후 그는 브랜디 두 잔을 가지고 다시 방으로 돌아왔다.

"아뇨. 전 괜찮아요, 잭슨 씨. 전 술을 많이 못하거든요. 게다가 이런 아침 시간에는 절대로 안 마셔요."

그녀는 완곡히 거절하려고 했다.

"그냥 파블로라고 불러요. 어젯밤 몇 시간이나 잤죠? 그렇게 많이 자진 못했죠? 밤을 거의 새다시피하다가 벌써 몇 시간 전에 깼을 거 아니오? 그러니까 당신한테는 아침도 아니지. 아마 한낮 정도는 될 거요. 게다가 어디 낮술 하지 말라는 법이라도 있나요?"

그는 다시 의자에 앉았고, 잠시 동안 그들은 브랜디를 천천히 마시면서 입을 다물고 있었다.

진저가 먼저 입을 열었다.

"파블로, 전 당신이 제게 최면술을 걸어 주셨으면 해요. 저를 11월 12일 번슈타인 조제 식품점에 갔던 날 아침으로 되돌려 주세요. 바로 그 시간에 맞춰서 저를 멈춰 주셨으면 해요. 제가, 그 검정색 장갑이 왜 저를 그렇게 겁먹게 만들었는지 설명할 수 있을 때까지 이것저것 물어 봐 주세요."

"그건 불가능해요! 안 돼요! 절대 안 돼!"

그가 고개를 내저었다.

"돈은 얼마든지 내겠어요."

"돈이 문제가 아니예요. 난 돈 따위는 필요 없어요."

그는 얼굴을 찡그렸다.

"난 마술사지, 의사가 아니오."

"전 벌써 정신과 의사도 만나 봤어요. 이 문제를 의사한테 얘기해 봤지만, 그 의사는 아무것도 해결하지 못했어요."

"틀림없이 그 사람도 그럴 만한 이유가 있었을 거예요."

"그분은 최면 역행 치료가 너무 이르다고 하셨어요. 그분도 그 방법이 제가 발작을 일으킨 원인을 찾아내는 데 도움이 될지도 모른다는 사실은 인정하셨어요. 하지만 제가 아직 그 사실을 맞닥뜨릴 준비가 되어 있지 않으면 일이 잘못될 수도 있다고 하셨죠. 제가 문제의 원인에 너무 성급하게 맞닥뜨리다 보면……정신 쇠약을 일으킬지도 모른다구……."

"그 사람이 뭘 제대로 알고 있군. 내가 괜히 쓸데없는 잔소리를 한 셈이군요."

"그분은 정말로 제대로 알고 있는 게 아니예요."

진저는 요사이 정신과 의사와 나눈 이야기를 생생하게 기억하면서 화가 나서 소리쳤다. 그 의사는 해 준 것도 없으면서 벌컥 울화가 치밀 정도로 생색을 냈었다.

"아마 그 의사가 다른 환자들한테는 명의였을지 몰라도, 저한테는 그렇지 못했어요. 저는 이런 식으로 계속 살기는 싫어요. 구트하우센 박사가 최면술을 거는 방법을 써 줄 때까지 저는 계속 이런 문제의 손아귀에 단단히 붙잡혀서 그것에 휘둘려 무슨 일을 저지르고 말 거라구요."

"하지만 분명히 말해서 그건 내가 책임질 수 없는 일이에요."

"잠깐만요."

그녀는 그의 말을 가로막으면서 브랜디 잔을 옆으로 치웠다.

"파블로, 당신이 해 주지 않으리라 예상하고 있었어요."

그녀는 지갑을 열고서 그 안에 접어 넣은 타이프 용지 한 장을 꺼내 그에게 내밀었다.

"이걸 받으세요. 제발."

파블로는 그 종이를 받아들었다. 그녀보다 쉰 살 가량 나이가 많은 탓도 있지만, 그의 손은 그녀보다 훨씬 더 안정되어 있었다.

"이게 뭐죠?"

"그걸 보시면 제가 얼마나 다급해서 여기까지 찾아왔는지 아실 수 있을 거예요. 미리 서명까지 해 놓은 포기 각서예요. 무슨 일이 잘못되더라도 당신에게 절대로 책임을 묻지 않겠다고 약속하는 증서죠."

그는 그것을 읽으려고도 하지 않았다.

"정말 아가씨를 이해할 수가 없군요. 난 지금 당신에게 고소를 당할까봐 걱정하고 있는 게 아니예요. 내 나이로 봐서, 법정이 얼마나 굼벵이처럼 느릿느릿 판결을 내리는가 하는 점을 고려하면, 판결이 내려질 때까지 내가 살아 있을런지도 모르겠소. 하지만 인간의 정신이란 대단히 복잡한 구조를 가진 거예요. 뭔가 잘못돼서 만약에 당신이 어떻게라도 되는 날이면, 난 틀림없이 지옥행일 거요."

"당신이 저를 도와주지 않으면, 그래서 제가 앞으로 어떻게 될지도 모르는 채 정상적인 치료를 받느라고 쓸데없이 몇 달을 허비해야 한다면, 어떤 식으로든 전 망쳐지고 말 거예요."

진저는 죽을 힘을 다해서 목소리를 드높여 자신의 좌절감과 분노를 터뜨렸다.

"만일 저를 내쫓으시고 구트하우센에게 저를 맡기신다면, 전 정말 끝장이에요. 제발 부탁이에요. 맹세코 전 끝장날 거라구요. 계속 이런 식으로 살 수는 없어요! 저를 도와주시지 않겠다면, 제가 망치는 것을 막아주시지 못한 거니까 당신에게도 책임이 있는 셈이에요."

"미안해요."

"제발 부탁이에요."

"난 못해요."

"이 냉정한 검둥이 자식!"

진저는 자기가 말을 해 놓고도 자신의 입에서 터져 나온 욕설에 화들짝 놀랐다. 온화하면서 장난꾸러기처럼 보이던 그의 얼굴이 상처를 입은 듯한 표정으로 변하자 그녀는 괴로울 정도로 부끄러움을 느꼈다. 이제는 '용서하세요. 정말 죄송합니다.' 라고 말할 차례였다. 그녀는 손으로 얼굴을 감싸쥐고서 의자 앞에 쭈그리고 흐느끼기 시작했다.

파블로가 그녀에게 다가가 몸을 수그렸다.

"바이스 박사, 제발 울지 말아요. 너무 절망하지 말아요. 다 잘될 거예요."

"아니예요. 절대 그렇지 않을 거예요. 전 절대로 예전의 모습으로 돌아가지 못할 거예요."

그는 얼굴을 감싸쥐고 있던 진저의 두 손을 살며시 떼어 주었다. 그는 그녀의 턱을 쥐고서 그녀가 자신을 바라볼 때까지 고개를 들었다. 그는 미소를 지으면서 윙크를 한 다음, 그녀의 눈앞에 자신의 손을 펼치고는 그 안에 아무것도 없다는 것을 보여주었다. 그 다음에 그는 놀랍게도 그녀의 오른쪽 귀에서 25센트짜리 동전을 꺼냈다.

"이제 그만 말해요."

파블로 잭슨은 그녀의 어깨를 툭툭 두드려 주었다.

"당신은 멋지게 해냈어요. 그리고 난 분명히 그렇게 비열한 인간이 아니오. 그렇게 도량이 좁은 인간은 아니라구. 여자의 눈물은 세상을 움직이게 할 수도 있죠. 잘 생각해 봤는데 할 수 있는 일은 해 보겠소."

그녀는 울음을 그치기는커녕 도와주겠다는 그의 말에 감격해서 다시 흐느껴 울기 시작했다. 그녀의 눈에서는 뜨거운 감사의 눈물이 흐르고 있었다.

"……그러면 이제 당신은 깊은 잠에 빠진 겁니다. 깊고도 아주 깊은 잠. 완전히 긴장을 푸세요. 그러면 모든 질문에 대답하게 되는 겁니다. 내 말 알아듣겠죠?"

"예."

"대답을 거부할 수는 없어요. 거부할 수 없어요. 거부할 수 없어."

파블로는 창에 커튼을 모두 내리고서 진저 바이스가 앉은 의자 옆의 램프를 빼놓고는 불을 전부 꺼 버렸다. 황갈색 빛줄기가 그녀에게 쏟아지자, 그녀의 머리는 가느다란 금색 실처럼 보이면서 부자연스러우리만치 피부 색깔이 두드러지게 창백하게 강조되었다.

그는 그 옆에 서서 그녀의 얼굴을 쳐다보았다. 그녀의 얼굴은 가냘퍼 보이는 아름다움에 섬세한 여성미를 갖고 있었지만, 거의 남성적이리만치 강한 힘이 느껴졌다. 중용의 미. 완벽한 균형미와 황금 같은 중용의 미. 개성과 미모를 똑같은 비중으로 갖추고 있는 그녀의 모습을 그것보다 더 적절하게 설명해 줄 수 있는 말은 없을 것이다.

그녀는 계속 눈을 감고 있었다. 눈꺼풀 아래에서 눈동자가 거의 움직이지 않는 걸로 보아 그녀가 깊은 혼수 상태에 빠진 것이 입증되었다.

파블로는 스탠드에서 비치는 황갈색 불빛 그늘 속에 서 있었다. 진저는 다리를 꼬고 앉아 있다.

"진저, 왜 검은 장갑을 보고 그렇게 놀란 거죠?"

"모르겠어요."

그녀가 조용히 말했다.

"나한테는 거짓말을 할 수 없어요. 내 말 알겠죠? 나한테는 아무것도 숨길 수가 없어요. 왜 검은 장갑을 보고 그렇게 무서워한 거죠?"

"몰라요."

"왜 검안경을 보고 무서워했죠?"

"모르겠어요."

"스테이트 스트리트에서 오토바이를 타고 있던 남자를 알고 있었나요?"

"아뇨."

파블로는 한숨을 내쉬었다.

"좋아요, 진저. 이제부터 우리는 아주 재미있는 일을 할 겁니다. 겉보기에는 불가능할 것 같지만, 틀림없이 할 수 있다고 내가 보장하죠. 사실 그건 손쉬운 일이에요. 진저, 이제부터 우린 시간을 거꾸로 되돌리는 겁니다. 당신은 아무것도 할 필요없어요. 내가 당신을 천천히, 하지만 분명히 그 시간으로 되돌려 놓을 겁니다. 당신은 훨씬 젊어지는 거예요. 그 일은 벌써 일어나고 있어요. 당신은 절대로 그걸 저항할 수 없어요……. 강물처럼……시간은 거꾸로 흘러갑니다……. 자꾸만 뒤로……. 그리고 이제 지금은 더 이상 12월 24일이 아닙니다. 오늘은 12월 23일 월요일이에요. 그리고 시계는 계속 거꾸로 돌아갑니다……. 약간 빨리 돌려 보죠……. 이제 지금은 22일이고……지금은 20일…18일……."

그는 그런 식으로 해서 진저를 11월 12일로 되돌려 놓았다.

"당신은 지금 번슈타인 조제 식품점에 있습니다. 당신이 장바구니를 들고 가득 장을 보려고 하는군요. 따끈따근한 훈제 요리랑 양념 냄새가 나죠?"

그녀는 고개를 끄덕였고, 그는 계속 말했다.

"지금 무슨 냄새가 나는지 한번 말해 봐요."

그녀는 숨을 한번 깊이 들이쉬면서 냄새를 맡아 보았다. 얼굴 가득 기쁜 표정이 나타났다. 그녀의 목소리가 점점 더 생기에 넘쳐갔다.

"훈제 쇠고기랑 마늘 냄새가 나요. 그리고 달콤한 쿠키향……치즈랑 계피 냄새……."

그녀는 계속 눈을 감은 채 의자에 앉아 있는 상태였지만, 고개를 쳐들고서 식품점 여기저기를 살피듯이 고개를 좌우로 돌렸다.

"초콜릿……꼭 코코아 파운드 케이크 냄새 같아요!"

"좋아요. 이제 주문한 물건의 값을 치르고 카운터를 돌아서……지갑에 돈을 넣느라고 정신이 팔려서 문을 향해 갑니다."

"돈을 지갑 안에 넣을 수가 없어요."

그녀가 얼굴을 찡그리면서 불평을 터뜨렸다.

"당신은 한 팔에 장바구니를 들고 있어요."

"지갑을 치워야 해요."

"꽝! 당신은 지금 러시아 모자를 쓴 남자랑 부딪힙니다."

진저는 숨을 헐떡거리면서 놀라움으로 얼굴이 일그러졌다.

"그 사람은 당신 쇼핑 백이 떨어지지 않도록 붙잡아 줍니다."

파블로가 말했다.

"오!"

"그 사람은 미안하다고 말하는군요."

"제 잘못이에요."

진저가 말했다. 파블로는 그녀가 한 말이 자신에게 하는 것이 아니라, 러시아 모자를 쓴 창백한 얼굴의 사나이에게 하고 있는 것이라는 걸 알고 있었다. 이제 그녀에게 그 남자는 화요일에 식품점에서 마주쳤던 현실의 인물로 존재하고 있었다. 미안한 듯한 표정으로 그녀가 말했다.

"제가 길을 제대로 안 보고 가다가 그만……."

"그 사람은 당신의 물건을 집어 주고 당신은 그 사람으로부터 물건을 건네받습니다."

늙은 마술사는 그녀를 가까이에서 자세히 지켜보았다.

"그리고 당신은……그 장갑을 봤습니다."

순식간에 그녀의 표정이 감전된 것처럼 변해 버렸다. 그녀는 자세를 바로하고 앉아 눈을 번쩍 떴다.

"그 장갑이에요! 바로 그 장갑이라구요!"

"나한테 그 장갑에 대해서 말해 줘요, 진저."

"검정색에……반짝반짝 윤이 나고……."

그녀는 조그맣고 떨리는 목소리로 말했다.

"그밖에는요?"

"안 돼요!"

그녀는 자리에서 벌떡 일어나면서 소리쳤다.

"자리에 앉아요, 진저."

파블로가 말했다.

그녀는 표정이 굳은 채로 자리에서 반쯤 일어서 있었다.

"진저, 난 당신에게 자리에 앉아서 긴장을 풀라고 명령했어요."

그녀는 주먹을 꼭 쥔 채 뻣뻣한 자세로 앉았다. 그녀는 광채를 띤 파란 눈을 휘둥그렇게 뜨고서 파블로가 아니라 자신의 기억 속의 검정색 장갑에 초점을 맞추고 있었다. 그녀는 조금만 자극을 줘도 금세 도망칠 것처럼 보였다.

"진저, 이제 긴장을 풀어요. 그리고 마음을 가라앉혀요. 차분하게…… 아주 편안하게……내 말 알아듣겠죠?"

"예, 좋아요."

그녀가 대답했다. 숨소리는 아까보다 덜 가빠졌고, 어깨도 약간 내려앉았지만, 그녀는 아직도 긴장하고 있었다.

보통의 경우 누군가를 혼수 상태로 빠뜨릴 때, 파블로는 그 대상자에 대해서 즉각적으로 완전한 통제력을 발휘해 왔었다. 긴장을 풀라는 명령에도 불구하고 진저가 계속 고통스러워하자, 그는 깜짝 놀라면서 내심 마음이 불안해졌다. 하지만 더 이상 그녀의 마음을 가라앉힐 수 있는 방법이 없었다. 마침내 그가 다른 주문을 했다.

"그 장갑에 대해서 말해 봐요, 진저."

"오, 제발!"

그녀의 얼굴이 공포심으로 일그러졌다.

"마음을 푹 놓고서 나한테 그 장갑에 대해서 얘기해 봐요. 왜 그게 그렇게 무서운 거죠?"

그녀는 고개를 내저었다.

"제……제발……그것들이 나를 만……만지지 못하게 해 줘요."

"왜 그렇게 무서워하는 거죠?"

그가 계속 그녀를 다그쳤다.

그녀는 자신의 몸을 감싸 안고서 의자에 다시 앉아서 부르르 몸을 떨었다.

"내 말 잘 들어 봐요, 진저. 그 순간은 정지되어 있는 상태예요. 시계는 앞으로도 뒤로도 갈 수 없어요. 시간은 정지되어 있어요. 난 시간을 멈출 수 있는 힘을 가지고 있고, 시간을 멈춰 버린 거예요. 하지만 당신은 안전해요. 내 말 들려요?"

"예."

그렇게 말하면서도 그녀는 안락 의자의 등받이에 바싹 기대 몸을 움츠렸다. 그녀의 목소리에는 의심과 공포심을 억누르고 있는 것이 역력했다.

"당신은 완벽하게 안전한 상태예요."

파블로는 그토록 아름다운 아가씨가 겁에 질려 심하게 고통을 당하는 모습을 지켜보고 있는 것이 괴로웠다.

"시간은 멈춰졌어요. 그러니까 그 검은 장갑이 당신을 붙잡을까 봐 두려워하지 말고 장갑을 자세히 살펴봐요. 자세히 보고 나서 왜 그것들이 당신을 겁먹게 만들었는지 내게 말해 봐요."

그녀는 입을 굳게 다문 채로 몸을 떨었다.

"진저, 당신은 내 말에 대답을 해야만 해요. 왜 그 장갑을 무서워하는 거죠?"

그녀는 그저 흐느껴 울기만 할 뿐 대답을 하지 않았다. 마침내 잠시 생각을 해 보고 나서 그가 다시 말했다.

"당신을 겁준 게 바로 이런 장갑인가요?"

"아……아뇨. 그렇지는 않아요."

"식품점에 있는 남자가 끼고 있는 장갑은……당신에게 뭔가 다른 장갑을 생각나게 하죠? 아마 오래 전의 어떤 사건과 관련된 장갑일 거예요. 그렇죠?"

"그래요. 맞아요."

"이런 일이 언제 또 일어났었죠? 진저, 이 장갑들이 어떤 다른 장갑을 연상시키고 있죠?"

"모르겠어요."

"좋아요, 물론 그럴 거예요."

파블로는 의자에서 일어나 커튼을 드리운 창가로 가서 그늘 속에 앉아 있는 그녀의 모습을 지켜보았다.

"좋아요. 시계 바늘이 다시 움직이기 시작합니다…….거꾸로……거꾸로……. 당신이 맨처음 그런 검정색 장갑을 보고서 놀랐던 때까지 계속 거꾸로 돌아갑니다. 당신은 지금 과거로 흘러 가고 있어요, 과거로……. 그리고 지금 당신은 바로 그 자리에 와 있어요. 바로 그 시각, 그 장소예요. 맨처음 검은 장갑을 보고 놀랐던 바로 그 순간, 그 장소예요."

진저의 눈이 다른 시간 속의 공포의 대상에게 고정되었다. 그곳은 번슈타인 식품점이 아니라 전혀 다른 장소였다.

파블로는 초조한 표정으로 그녀를 지켜 보았다.

"당신이 지금 어디 있죠, 진저?"

그녀가 계속 입을 다물고 있자, 그가 다시 캐물었다.

"지금 당신이 어디 있는지 내게 말해야 돼요."

"그 얼굴이에요……. 그 얼굴……무표정한 얼굴이오."

넋나간 듯한 그녀의 목소리를 듣자, 파블로는 소름이 쭉 끼쳤다.

"자세히 설명을 해 봐요, 진저. 어떤 얼굴이죠? 당신이 보고 있는 것을 말해 봐요."

"검은 장갑하고……검은 안경을 낀 얼굴이에요."

"그럼……오토바이를 타는 사람들처럼 말이죠?"

"장갑이랑……바이저."

그녀는 두려움으로 발작을 일으키듯 온몸을 몹시 떨었다.

"진정하고 마음을 놓아요. 당신은 안전해요. 안전하다구요. 자, 당신이 지금 어디 있건간에 바이저가 달린 헬멧을 쓴 남자가 보이죠? 그리고 검은 장갑두요?"

그녀는 공포로 경련을 일으키듯 그저 노래하듯 외마디 소리로 중얼거리기 시작했다.

"우 - 우 - 우 - 우 -."

"진저, 진정해요. 진정하고 마음을 놓아요. 편안히 마음먹고……아무것도 당신을 해칠 수 없어요. 당신은 안전해요."

그는 자신이 그녀에 대한 통제력을 잃었으며 그녀를 재빨리 혼수 상태에서 꺼내 와야 한다는 사실이 두려웠다. 파블로는 재빨리 그녀에게 다가가 그녀의 옆에 무릎을 꿇고 앉아 한 손으로 그녀의 팔을 붙잡고 그녀를 달래면서 가볍게 몸을 두드려 주었다.

"지금 당신은 어디 있죠, 진저? 얼마나 먼 시간까지 가 있는 거죠? 지금 어디 있는 거예요? 언제쯤으로?"

"우 - 우 - 우우 -."

그녀의 입에서 애처로운 울음소리가 새어 나왔다. 그 소리는 마치 엇박자의 메아리처럼 들렸다. 오랫동안 억눌려 있던 공포심과 절망감에 대한 고통스러운 반응 같았다.

그는 아주 근엄하게 변했다. 그는 부드럽게 말하던 목소리를 단호하게 바꾸었다.

"나는 지금 당신에게 명령을 내리고 있는 겁니다. 당신은 깊이 잠들어 있고 완전히 내 통제력 안에 있어요, 진저. 나한테 대답할 것을 명령합니다, 진저."

그녀는 심한 경련을 일으키듯 온몸을 심하게 부르르 떨었다.

"대답할 것을 명령합니다. 지금 당신은 어디 있죠, 진저?"

"아무데도 없어요."

"지금 어디 있죠?"

"아무데도 없어요."

갑자기 그녀는 몸을 떨던 것을 그쳤다. 그리고 의자에 털썩 주저앉았다. 그녀의 얼굴에 나타났던 두려움이 눈 녹듯이 사라져 버렸다. 그녀의 표정은 아주 부드럽고 느슨해 보였다. 무덤덤하고 가느다란 목소리로 그녀는 "죽었어요."라고 말했다.

"그게 무슨 뜻이죠? 당신은 죽지 않았어요."

"죽었어요."

그녀는 고집을 부렸다.

"진저, 당신은 나한테 지금 당신이 어디 있으며 얼마나 먼 시간 속에 가 있는지 말해야 해요. 검은 장갑에 관한 이야기를 해야만 합니다. 첫 번째로 본 검은 장갑 말이에요. 식품점에 있는 그 남자가 끼고 있는 장갑을 보았을 때 생각난 장갑 말예요. 무슨 일이 있어도 말해야 합니다."

"죽었어요."

그녀의 옆 가까이에 무릎을 꿇고 앉아 있던 파블로는 갑자기 진저의 숨소리가 극히 나직하게 잦아드는 것을 깨달았다. 그는 그녀의 손을 잡아 보고서 손이 너무나 차가워서 깜짝 놀랐다. 그는 그녀의 손목을 짚어 보았다. 아직도 맥박이 뛰는 것이 느껴졌다. 아주 희미하고 미약하게. 다급해져서 그는 그녀의 목에 손끝을 대보았다. 느릿하고 희미하게 맥박이 뛰고 있었다.

그녀는 그의 질문에 대한 답변을 회피하기 위해서 최면에 걸린 상태보다도 훨씬 더 깊은 잠으로 빠져 들어가고 있는 것 같았다. 아마 그녀는 지금 혼수 상태에 빠져서 그가 묻는 소리를 들을 수 없을 만치 완전한 망각 상태 속에 빠져 있는 것 같았다. 파블로는 전에 한 번도 이런 반응을 당했던 적이 없었다. 심지어는 그런 일에 대해서 책에서 읽어 본 적도 없었다. 단지 곤란한 질문을 피하기 위해서 본인의 의지로 자신을 죽어가게 만들 수 있다는 것이 과연 가능한 일일까? 정신적인 쇼크를 받은 특정한 경험 주위에 기억 장애가 세워지는 것은 그리 흔하게 일어나는 케이스가 아니었다. 심리학 잡지에서 보면 가끔씩 과거의 회상에 대한 이런 심리학적인 장벽에 대한 설명이 나와 있었다. 하지만 그것은 실험 대상자의 생명에 지장을 주지 않고도 제거할 수 있는 장벽이었다. 그런 일들을 분명하게 기억해 내느니 차라리 죽는 편이 낫다고 생각할 만큼 그렇게 무시무시한 경험은 없었다. 하지만 파블로가 진저의 목에 손가락을 대고서 맥을 짚어 보고 있는 동안에도 그녀의 맥박은 점점 희미해지고 불규칙해졌다.

"진저, 내 말 좀 들어 봐요."

그가 다급하게 말했다.

"굳이 대답할 필요는 없어요. 더 묻지 않겠어요. 당신은 뒤로 돌아올 수 있어요. 더 이상 대답하라고 하지 않을게요."

그녀는 아주 끔찍한 절정에 다다른 듯 몸을 비틀거렸다.

"진저, 내 말 좀 들어 봐요! 더 이상 묻지 않겠어요. 이제 질문은 이것으로 마칠게요. 맹세해요."

놀라서 한참 동안 멈칫하다가 그가 다시 그녀의 맥을 짚어 보았을 때, 그는 그녀의 맥박이 뛰는 속도가 약간 나아지는 것을 감지했다.

"난 더 이상 그 장갑이나 다른 것에는 관심 없어요. 그저 당신을 현재로 돌려놓고서 혼수 상태에서 깨어나게 하고 싶을 뿐이에요. 내 말 들려요, 진저? 제발 내 말 좀 들어 봐요. 제발! 더 이상 질문하지 않겠어요."

그녀의 맥박은 놀라우리만치 펄펄 뛰다가 차츰 크게 안정이 되어갔다. 호흡도 한결 나아졌다. 그가 자꾸 그녀의 마음을 안심시키려고 이런저런 말들을 해 주자, 그녀의 상태는 훨씬 좋아지기 시작했다. 그녀의 아리따운 얼굴에 혈색이 되돌아왔다.

1분도 채 못돼서 그는 다시 그녀를 12월 24일로 데리고 왔으며 혼수 상태에서 깨웠다.

그녀가 눈을 깜박거렸다.

"잘 안 된 건가요? 제가 최면술에 제대로 걸리지 않았었나요?"

"아뇨, 효과가 있었어요. 너무 깊은 곳까지."

그가 몸을 떨었다.

"파블로, 떨고 계시는군요. 왜 그러시죠? 무슨 일이에요? 무슨 일이 일어난 거죠?"

그녀가 물었다.

이번에는 그녀가 부엌으로 가서 브랜디를 따라왔다.

시간이 흐르고 파블로의 아파트 문에서 그가 부른 택시를 기다리면서, 진저가 말했다.

"전 무슨 일이 있었는지 아직도 생각이 안 나요. 그런 끔찍한 일이 제게 일어났던 적은 한 번도 없었거든요. 그걸 밝히느니 차라리 죽는 게 낫다고 생각할 만큼 나쁜 일은 분명히 없었어요."

"과거에 뭔가 정신적으로 굉장히 커다란 쇼크를 받았던 적이 있을 거예요. 검은 장갑을 낀 사내가 연관된 사건 말예요. 당신이 '까만 유리 같은 걸로 얼굴을 덮어쓰고 있었다'고 말한 남자 말예요. 아마 스테이트 스트리트에서 당신을 겁에 질리게 했던 남자와 비슷하게 오토바이를 탄 사람일 거예요. 당신 마음속에 아주 깊숙이 묻어 둔 사건이죠……. 그리고 당신은 어떤 대가를 치르더라도 계속 그 기억을 묻어 둔 채로 지내겠다고 작정한 것 같아요……. 내 생각으로는 오늘 여기서 있었던 일을 구트하우센 박사에게 말하고 나서 거기서부터는 박사한테 치료를 진행시키는 게 좋을 것 같아요."

"구트하우센은 너무 관습에만 얽매여 있어요. 너무 느리구요. 전 당신의 도움이 필요해요."

"난 위험을 무릅쓰고까지 당신을 다시 혼수 상태로 몰고 가서 심문하는 일을 하고 싶지 않아요."

"오늘과 비슷한 일이 또다시 나타나지 않는다면요?"

"그럴 가능성은 그다지 많지 않아요. 나는 지난 55년 동안 심리학과 최면술에 관해서 많은 책들을 읽었어요. 하지만 이런 경우에 대해서는 한 번도 들어 본 적이 없어요."

"그래도 조사를 해 주실 거죠, 그렇죠? 저랑 약속하셨잖아요."

"내가 찾을 수 있는 건 알아보겠소."

"그리고 만일 누군가 이런 기억 차단을 치료할 수 있는 기술을 개발했다는 걸 알아내시거든, 제게 그 방법을 사용해 주세요."

진저는 아직도 어리둥절하기는 해도 파블로 잭슨의 아파트에 처음 도착했을 때 막막하게 갈피를 못 잡고 있었던 것보다는 상당히 마음이 안정되었다. 최소한 그들은 그녀가 어딘가에 갔었다는 것을 알아냈다. 비록 그 곳이 어디인지는 아직 알 수 없지만, 그들은 그 문제를 알아낸 것이다. 과거에 뭔가 수수께끼 같은 사건이 일어나 그녀가 정신적으로 쇼크를 받은 경험이 있다는 사실을. 비록 그것에 관한 자세한 사항은 한 가지도 알아내지 못했지만, 그들은 최소한 그것이 배경이 되었다는 사실을 알아낸 것이다. 언젠가 폭발할 때만 기다리고 있는 시커먼 유령. 그들은 조만간 그것을 밝혀낼 수 있는 길을 찾아낼 것이고, 그것이 밝혀지고 나면 그녀가 일시적인 기억 상실증에 빠지는 원인을 알 수 있을 것이다.

"구트하우센 박사에게 말하도록 해요."

파블로가 다시 말했다.

"전 당신에게 모든 희망을 걸 생각이에요."

"대단한 고집 불통 아가씨로군."

늙은 마술사는 고개를 내저었다.

"아뇨. 그냥 죽기살기로 버텨 보는 것뿐이에요."

"그것도 아주 막무가내야."

"그냥 의지가 강한 것뿐인 걸요."

"정말 악착같군!"

그는 진저가 알아듣지 못하도록 프랑스어로 말했다.

"베이워치로 돌아간 다음 그 말을 찾아봐서 만약에 그게 욕이었다면, 제가 목요일에 다시 찾아 뵐 때 저한테 사과하셔야 할 거예요."

"목요일은 안 되겠어요. 조사를 하려면 시간이 좀 걸릴 거요. 내가 그와 비슷한 사례에 관한 기록들을 찾아보고 다른 사람들이 시행했던 치료 절차를 따라해 봐서 성공하지 못하면, 다시는 최면을 쓰지 않을 거요."

"좋아요. 하지만 금요일이나 토요일까지 전화 주지 않으시면, 아마 다시 여기로 쳐들어와서 훼방을 놓을지도 몰라요. 제가 가장 크게 희망을 걸고 있는 건 선생님뿐이라는 사실을 똑똑히 기억해 주세요."

"내가 당신의 가장 큰 희망이라……. 봉사 중에는 애꾸가 최고라더니만 나 같은 돌팔이한테……."

"지나친 겸손이세요. 그럼 전화 기다리겠어요."

그녀는 노인의 뺨에 입을 맞추었다.

"오르브와!"

그는 다시 프랑스말로 작별 인사를 했다.

"샬롬!"

그녀도 히브리어로 답해 주었다.

밖으로 나와서 택시로 들어서면서, 진저는 아버지가 제일 좋아하던 경구들 가운데 하나를 기억해 냈다. 그리고 그 말은 납같이 묵직한 무게로 그녀에게 새로운 활력을 불어넣어 주었다.

〈어둠이 오기 직전이 가장 밝은 법이다.〉

3

일리노이 시카고

윈톤 토크는 무장 경호를 하고 있는 흑인 순찰 대원으로 큰 키에 활달한 성격의 소유자였다. 그는 길모퉁이에 있는 샌드위치 가게에서 햄버거 세 개와 콜라를 사려고 운전대를 잡고 있는 동료 폴 애덤즈를 그대로 두고 순찰차에서 내렸다. 차 뒷좌석에는 브렌던 크로닌 신부가 앉아 있었다. 브렌던은 차창 밖으로 가게를 내다보았지만 명절을 맞아 커다란 앞창 가득히 여러 가지 장식을 해 놓아서 안을 제대로 들여다볼 수가 없었다. 산타 클로스와 사슴, 화환, 그리고 천사 장식……. 가벼운 눈발이 날리기 시작했다. 일기 예보에 의하면 자정까지 8인치 가량의 눈이 내리리라 예상하고 있었다. 예보가 맞는다면 어쩌면 내일은 화이트 크리스마스가 될지도 모른다.

윈톤이 차에서 내렸을 때, 브렌던은 몸을 앞으로 내밀고 폴 애덤즈에게 말했다.

"글쎄, 〈나의 길을 가련다〉를 흠잡을 만한 사람은 아무도 없다구요. 하지만 〈멋진 인생〉은 어떨까요? 그것도 굉장한 영화였는데!"

"짐 스튜어트와 도나 리드가 나온 영화 말이군요."

폴이 말했다.

"배역진이 아주 좋았죠."

그들은 크리스마스를 소재로 한 명화들에 관해서 이야기를 나누고 있던 중이었고, 지금 브렌던은 자신이 명작 중에도 최고 걸작을 생각해 냈다고 자부하고 있었다.

"라이오넬 배리모어가 구두쇠 역을 했었죠. 글로리아 그레엄도 그 영화에 나왔었구."

"토마스 미첼."

윈톤이 샌드위치 가게의 문 앞에 다다랐을 무렵, 폴 애덤즈가 말했다.

"〈수용소 연합〉 배우들이 정말 쟁쟁했죠!"

그 말을 하는 순간, 윈톤이 가게 안으로 들어갔다.

"하지만 그것 말고 아주 뛰어난 작품을 잊으셨어요. 〈34번가의 기적〉."

"물론 그것도 굉장한 영화지만, 그래도 난 카프라의 영화가 더 낫다고 생각하는데……."

그 말을 하는 순간, 깜짝 놀랄 듯한 총성과 함께 유리가 깨져서 우수수 떨어지는 것 같은 소리가 들려 왔다. 불과 일 초도 안 되는 짧은 순간에 벌어진 일이었다. 심지어 차 문을 굳게 닫고 있는데도 권총이 연속 발사되는 소리가 시끄럽게 들려 오고, 경찰 본부의 무선기가 치직거리고 짤가닥거리는 소리가 났다. 총성은 지금 형을 집행중에 있는 브렌던의 말을 멈추게 할 만큼 커다란 소리였다. 폭발음은 크리스마스를 맞은 인근 주택 지역의 평화로운 거리를 일시에 쑥대밭으로 만들었고, 여기저기에 깨진 유리 조각들이 흩어져서 번쩍거리고 있었다. 조금 전의 사건 보고가 무색하게 또 다른 총성이 연이어 들려 오면서, 폭발음에 이어 순찰차의 지붕과 앞뒤 트렁크에 유리가 부딪히면서 무언가가 깨지는 듯한 단조로운 소리가 들려왔다.

"빌어먹을!"

폴 애덤즈는 계속 유리가 줄줄 쏟아지는데도 불구하고 차문을 열어제치고 갑작스런 소동이 벌어진 곳을 향해 뛰어나갔다.

"엎드려요."

그는 브렌던에게 소리치면서, 몸을 낮춘 자세로 차를 방패로 삼아 돌아서 밖으로 달려나갔다.

브렌던은 어리둥절한 채 옆 창문을 내다보다 다시 샌드위치 가게의 입구로 눈길을 돌렸다. 갑자기 그 문이 활짝 열리더니 두 명의 젊은 남자들이 모습을 나타냈다. 한 명은 흑인이었고, 한 명은 백인이었다. 흑인은 털실로 짠 모자에 기다란 해군 페이코트를 입고 있었으며, 총신을 짧게 자른 반자동 엽총을 들고 있었다. 수수한 수렵용 재킷 차림의 백인 사내는 연발 권총으로 무장하고 있었다. 그들은 몸을 반쯤 수그린 채 재빨리 밖으로 빠져 나왔다. 흑인은 순찰차를 향해 미친 듯이 총부리를 휘둘러댔다. 브렌던은 총부리를 똑바로 쳐다보았다. 불꽃이 한번 번쩍 일었다. 그들이 자신에게 총을 쏘고 있는 것이 틀림없었다. 하지만 그의 면전에 있는 뒷좌석 창은 아무런 손상도 입지 않았다. 대신 앞창이 깨져서 유리 조각들과 납으로 만든 총탄들이 계기판을 맞고서 달그락거리는 소리를 내며 좌석 전체에 쏟아져 내렸다. 눈을 번쩍 뜨이게 만드는 지근탄이 발사되자, 브렌던은 깜짝 놀라 의자에서 바닥으로 굴러 떨어졌다. 심장이 거의 포화 소리에 가깝게 망치로 치듯 크게 쿵쿵거렸다.

불행하게도 윈톤 토크는 한창 무장 강도 사건이 벌어지는 현장으로 아무 눈치도 채지 못하고 들어갔던 것이다. 그는 아마 벌써 죽고 말았을 것이다.

경찰차 바닥에 바짝 엎드려 있는 상태에서 브렌던은 폴 애덤즈가 밖에서 "그만 둬!" 하고 소리치는 것을 들었다.

귀청을 찢을 듯한 두 발의 총성이 들려 왔다. 그것은 단순한 엽총 소리가 아니었다. 연발 권총에서 나는 총성이었다. 하지만 누가 방아쇠를 당긴 것일까? 폴 애덤즈일까, 아니면 단색의 수렵용 재킷을 입은 사내일까?

또 한 발의 총성이 들려왔다. 곧이어 누구의 목소리인지 알 수 없지만 비명 소리가 들려 왔다.

하지만 누가 총을 맞은 것일까? 애덤즈일까, 아니면 강도들 중의 한 명일까?

브렌던은 밖을 내다보고 싶었지만, 감히 몸을 일으킬 수가 없었다.

비카직 신부가 그 지방의 관할 구역 내의 경찰서장과 약속을 해 준 덕택으로, 브렌던은 지난 닷새 동안 윈톤과 폴과 함께 입회인으로서 순찰을 돌고 있었다. 그는 양복 정장에다 타이를 매고 코트를 걸친 평상복 차림으로, 사람들을 모두 설득시킬 수 있을 만한 내용의 특집 기사로서, 카톨릭 자선 빈민 단체 구조 프로그램에 대한 필요성을 조사하기 위해 교회에 의해 고용된 평신도 고문을 맡기로 되어 있었다. 윈톤과 폴의 순찰 구역은 북쪽으로는 포스터 애비뉴, 동쪽으로는 레이크 쇼어의 고층 건물들이 줄지어 늘어서 있는 차도, 남쪽으로는 어빙 파크 로드, 서쪽으로는 노스 애쉬랜드 애비뉴에 이르는 지역의 주택가였다. 그곳은 시카고에서 가장 못살고 범죄가 끊이지 않는 지역으로서, 흑인과 인디언들의 본거지이기는 하지만 주민들 대부분이 아팔라치안과 스페인계 사람들이었다. 윈톤, 폴과 함께 닷새를 지내고 나서, 브렌던은 두 남자에 대해서 강한 호감을 갖게 되었고, 다 쓰러져 가는 낡은 건물들과 더러운 거리에서 인간 자칼떼들의 먹이가 되고 있는 수많은 선량한 사람들에 대해서 깊은 동정심을 갖게 되었다. 그는 그들과 순찰을 돌면서 늘 혹시 무슨 일이 생길지도 모른다고 예상하고는 있었지만, 샌드위치 가게에서 갑자기 총격전이 벌어진 것은 예상했던 것보다도 훨씬 최악의 사태였다.

또 한 발의 총탄이 차를 정확히 맞추자, 차체가 심하게 흔들렸다.

브렌던은 어린 아기처럼 바닥에 엎드려 웅크린 채 기도를 해 보려고 했지만, 아무 말도 할 수가 없었다. 신은 아직도 그에게 돌아와 주지 않았고, 그는 끔찍할 정도의 엄청난 고독감을 느끼면서 그대로 엎드려 있었다.

밖에서 폴 애덤즈가 소리쳤다.

"항복해라!"

하지만 총잡이는 항복을 하기는커녕 그에게 욕을 퍼부었다.

성 요셉 병원에서 일주일을 보내면서 그에 대한 보고가 비카직 신부에게 올라가고 나서, 그는 다시 다른 병원으로 보내졌다. 거기서 그는 병의 말기에 이른 환자들이 입원해 있는 병동에서 일하게 되었다. 병동은 어린이라고는 아무도 없는 끔찍한 곳이었다. 브렌던은 성 요셉 병원에서와 마찬가지로 스테판 비카직 신부가 자신이 거기서 배우게 되리라 예상하고 있을 교훈이 무엇인지를 금세 알아차렸다. 죽음을 앞둔 환자들 가운데 대부분의 사람들에게 있어서 죽음은 더 이상 두려운 것이 아니라 반가운 것이었다. 그것은 신을 욕하게 만드는 것이 아니라 신에게 감사를 보내게 만들어 주는 하나의 축복이었다. 그리고 죽음을 맞게 되면서 그때까지는 한번도 신앙을 가져 본 적이 없던 수많은 사람들이 결국은 신자가 되거나, 신앙에서 멀어져서 타락에 빠져 있던 사람들도 결국 신의 품으로 돌아오게 되었다. 마치 모든 사람이 잠시 동안 십자가라는 신비로운 짐을 나눠지고 있는 것처럼 인간이 이 세상으로부터 탈출하면서 수반되는 고통 속에서도 고상하고 깊은 감동을 주는 무언가가 종종 존재하고 있었다.

하지만 그 교훈을 분명히 깨달으면서도, 브렌던은 여전히 그것을 믿을 수가 없었다. 이제는 맹렬하게 고동치는 심장의 박동이 그가 기도를 미처 입으로 말하기도 전에 기도의 말들을 망치로 깨부수어 모두 먼지처럼 날려 버리는 것 같았다. 입술이 가루처럼 바싹 말라붙었다.

밖에서는 뭐라고 외치는 소리가 들렸지만, 그는 더 이상 그 말들을 알아들을 수가 없었다. 아마 소리를 지르는 사람들도 모두 제정신이 아닌데다, 총성으로 그의 귀가 약간 멍멍해진 탓일지도 모른다.

그는 통상적인 치료법이 아닌 비카직 신부가 생각해 낸 특이한 치료법의 일부로서 이런 주택 지구에서 순찰을 돌면서 어떤 교훈을 배우기를 바라는 것인지 아직도 완전히 이해가 안 갔다. 그리고 지금 밖에서 난장판이 벌어지는 소리를 들으면서, 그는 본질이야 어떻든지간에 신이 지금 여기저기 날아다니는 총탄처럼 실재하는 존재라는 것을 확신시키기에 충분하지 못하다는 교훈을 배웠다. 죽음은 잔인하고 피비린내 나는 악취를 풍기는 실제적인 존재인 반면에 내세에 보상을 받으리라는 약속은 최소한도의 설득력도 없어 보였다.

뒤이어 폭동 진압용 산탄총이 발사되면서, 소리를 지르고 줄지어서 터벅거리며 달리는 소리가 계속 들려 왔다. 마치 밖에서 하나의 전쟁이 벌어지고 있는 것처럼 들렸다. 폭동 진압용 산탄총에서 또 한 발이 발사되었다. 아까보다 더 많은 수의 유리들이 깨지는 소리가 들렸다. 아까보다 더 끔찍한 비명 소리가 또 한 번 들려왔다. 그리고 또 한 발의 총성이 들렸다. 그후 잠시 동안 아무런 소리도 들려 오지 않았다. 그것은 아주 완벽하고 깊은 침묵이었다.

운전석의 문이 갑자기 벌컥 열렸다.

브렌던은 놀라움과 공포로 소리를 질렀다.

"엎드려요!"

폴 애덤즈가 몸을 계속 나직이 엎드린 자세로 앞좌석에서 소리쳤다.

"두 놈이 죽었지만, 안에 다른 녀석들이 있을지도 몰라요."

"윈톤은 어디 있죠?"

브렌던이 물었다.

폴은 아무 대답이 없었다. 대신 그는 앞좌석의 무전기를 움켜잡고서 본부를 호출했다.

"아래로 인원 배치 요망! 아래로 지원 요청!"

애덤즈는 자신이 처한 상황과 샌드위치 가게의 주소를 알려 주고는 지원을 요청했다.

차의 바닥에 엎드린 채로 브렌던은 눈을 감았다. 그는 두근거리는 가슴으로 윈톤 토크가 지갑에 넣어 가지고 다니면서 가족들에 대해서 물어보면 언제나 자랑스럽게 보여 주던 사진들을 그려 보았다. 아내 레이넬라와 세 아이들의 사진.

"개자식들!"

폴 애덤즈가 떨리는 목소리로 말했다.

브렌던은 나지막하게 찰칵거리면서 무언가 긁히는 듯한 소리를 듣고서 잠시 어리둥절해 하다가 애덤즈가 다시 총탄을 장전하고 있다는 것을 깨달았다.

"윈톤이 총에 맞았나요?"

브렌던이 물었다.

"모르겠어요."

애덤즈가 말했다.

"그를 도와줘야 하잖아요."

"그렇게 하려는 중이에요."

"하지만 그는 지금 당장 도움이 필요할지도 몰라요."

브렌던이 말했다.

"지금 당장은 그 안에 들어갈 수가 없어요. 또 다른 녀석이 있을지도 모릅니다. 두 녀석이 더 있을지도 모른다구요. 몇 명이 더 있을지 누가 알겠어요? 우리는 지원 부대가 올 때까지 기다릴 수밖에 없어요."

"윈톤은 지혈을 시켜야 할지도 몰라요……. 다른 응급 처치가 필요할지도 모르구요. 지원 부대가 여기 도착할 때까지 기다리다가 그대로 죽을지도 모른다구요."

"그럼 저더러 어쩌란 말입니까?"

폴 애덤즈는 화가 치민 듯 사납게 소리쳤다. 그는 가게 안을 지켜볼 수 있는 곳에 자리를 잡으려고 다시 총탄을 장전하던 손길을 멈추고 차에서 슬그머니 내렸다.

브렌던은 윈톤 토크가 가게 바닥에 엎드려서 버둥거리고 있는 모습을 생각할수록 점점 화가 치밀어 올랐다. 자신이 아직도 하느님이 존재하는 것을 믿는다면, 그는 기도를 하면서 분노를 억누를 수 있을지도 모른다. 하지만 그의 감정은 너무나 화가 치밀어 올라서 차츰 격렬한 분노로 변해 갔다. 자신이 있는 데서 몇 인치 떨어지지 않은 곳에 산탄총이 날아와 부딪히자, 가슴이 훨씬 거세게 뛰기 시작했다. 윈톤이 맞이한 지극히 불공평하고 부당하고 더러운 운명이 마치 브렌던을 통째로 삼켜 버리는 거대한 산처럼 느껴졌다.

그는 차에서 내려 떨어지는 눈발을 헤치고 샌드위치 가게 입구를 향해 인도를 건너기 시작했다.

"브렌던! 거기 서요! 제발 서라구요!"

폴 애덤즈는 저 멀리 보이는 순찰차 쪽에서 소리쳤다.

브렌던은 격분해서 쉬지 않고 계속 걸어갔다. 그의 머릿속에는 윈톤 토크를 살리려면 지금 당장 응급 처치를 해야 한다는 생각뿐이었다.

무늬 없는 수렵용 재킷을 입은 사나이의 시체가 인도 위에 엎어진 채 널브러져 있었다. 애덤즈가 연발 권총으로 일제 사격을 가한 총탄이 그의 가슴을 관통했고, 두번째 일제 사격으로 목이 관통되어 있었다. 탈장된 창자에서 악취가 풍겨 나왔다. 시체 옆의 눈발에 권총 한 자루가 놓여 있었다. 그것이 윈톤 토크를 쏜 바로 그 총일지도 모른다.

"크로닌! 여기로 돌아와요. 이 바보 같으니!"

폴 애덤즈가 소리쳤다.

깨진 창문을 지나 움직이면서, 브렌던은 가게 안을 들여다볼 수 있었다. 안은 놀라우리만치 깜깜했다. 총에 맞아서 조명이 전부 깨진 것인지, 아니면 스위치를 전부 꺼 버린 것인지 알 수 없지만, 주위는 온통 캄캄절벽이었고, 밖에서 새어 들어오는 희미한 햇살에 의지해서 겨우 몇 발치 앞만 볼 수 있을 뿐이었다. 사람의 모습은 보이지 않았지만, 그렇다고 해서 마음놓고 안으로 들어갈 수는 없었다.

"크로닌!"

폴 애덤즈가 소리쳤다.

브렌던은 입구로 다가갔다. 거기에서 그는 코트를 입은 흑인을 발견했다. 그 사내는 산탄총에 맞은 것 같았고, 그 총에 맞아 유리가 깨져 있었다. 그는 여기저기 흩어져 반짝거리는 유리 조각 위를 우그적거리며 밟고 걸었다.

시체를 건너서 브렌던은 가게 안으로 들어갔다. 그는 카톨릭 신자들이 거는 목걸이를 하지 않고 있었다. 그는 그 목걸이를 하고 있으면 마치 방패라도 달고 다니는 것 같은 기분이 들었다. 하지만 이런 타락한 사람들은 경찰관들을 죽였듯이 거의 반사적인 행동으로 성직자 하나쯤은 파리 목숨처럼 쉽사리 죽이고도 눈 하나 깜짝하지 않을 것이다. 그는 양복 차림에 넥타이를 매고 가벼운 외투를 입고서 여느 사람이나 마찬가지로 총을 쏘면 쉽게 죽을지도 모르는 보통 사람이었지만, 그래도 아랑곳하지 않았다. 그는 신이란 아예 처음부터 존재하지 않았거나 지금 이 자리에 존재하지 않고 계실지도 모른다는 게 화가 났지만 아랑곳하지 않고 안으로 들어갔다.

조그만 가게 뒤는 종업원들이 사용하는 조리대였다. 조리대 뒤에는 음식을 조리하는 열원과 다른 장비들이 있었다. 가게 안에는 아주 조그만 테이블 다섯 개와 의자 열 개가 놓여 있었는데, 대부분이 쓰러져 있었다. 바닥에는 냅킨 디스펜서 두 개, 케첩과 겨자병, 1달러짜리와 5달러짜리 지폐가 여기저기 흩어져 있었고, 엄청나게 피를 많이 쏟은 채로 윈톤 토크가 널브러져 있었다.

혹시 무장한 강도가 그 뒤에 숨어 있지나 않나 뒤집혀 있는 테이블을 살펴볼 필요도 없이, 브렌던은 곧장 그 경찰관에게로 가서 그 옆에 무릎을 꿇었다. 윈톤은 가슴에 두 발의 총탄을 맞았다. 그것은 산탄총으로 쏜 것이 아니었다. 아마 흉악범 중의 한 놈이 쏜 연발 권총에 맞은 것 같았다. 보기에도 역겨운 상처였다. 너무 상처가 깊고 심해서 단순히 지혈을 하거나 응급 처치를 할 수도 없을 정도였다. 가슴에는 피가 응어리져 있었고, 그의 입에서는 피가 줄줄 흘러 나와 있었다. 그가 누워 있는 곳 주위에는 피가 흥건히 괴어 있어서 마치 그의 몸이 핏속에 둥둥 떠 있는 것처럼 보일 지경이었다. 그는 눈을 계속 꼭 감은 채 꼼짝없이 누워 있었다. 의식이 없거나 죽은 것이 거의 확실했다.

"윈톤?"

브렌던이 말했다.

하지만 그는 아무 대답도 하지 않았다. 눈꺼풀조차 깜박거리지 않았다.

미사를 보다가 벽에 성배를 내던질 때나 비슷한 분노로 가득 차서, 브렌던은 윈톤 토크의 목에 살며시 손을 갖다 댔다. 목의 양 옆에 한 손씩 대고서 맥이 뛰는지를 살폈다. 숨이 붙어 있는 것 같지가 않았다. 불현듯 그의 머릿속에서 레이넬라와 토크의 세 아이들의 사진이 떠올라 다시 눈 앞에 아른거렸다. 순간 그는 세상의 무관심에 대한 강한 적개심이 들끓어 올랐다.

"이대로 죽어서는 안 돼. 절대로 그럴 수 없다구."

그는 분노에 차서 말했다. 갑자기 토크의 맥이 실처럼 여리게 뛰는 것 같은 느낌이 들었다. 그것은 너무나 희미해서 실제로는 거의 뛰고 있는 것 같지도 않았다. 그는 손을 이리저리 움직여서 토크가 살아 있다는 사실을 확인하기 위한 증거를 찾으려고 애썼다. 그리고 그는 드디어 그 증거를 찾아내고 말았다. 불규칙하기는 하지만 처음에 착각인 듯싶게 맥박이 얼핏 파닥거리는 것 같았는데 그보다 조금 약하게 맥이 뛰었다.

"죽었나요?"

누군가 말을 걸자, 브렌던이 고개를 쳐들었다. 종업원들이 사용하는 조리대 옆을 돌아 한 남자가 다가오고 있는 모습이 보였다. 종업원인지 주인인지 알 수는 없지만, 흰색 앞치마를 두른 스페인계 사람이었다. 그를 따라서 역시 흰 앞치마를 두른 한 여자도 카운터 뒤에서 일어섰다.

멀리서 사이렌 소리가 점점 가깝게 들려 오고 있었다.

브렌던이 느끼기에는 윈톤 토크의 목 옆의 맥박이 점점 더 강하고 규칙적으로 뛰고 있는 것 같았지만, 실제로 그런 것은 아니었다. 윈톤은 피를 너무 많이 흘렸기 때문에, 완전하지는 않지만 자동적으로 몸이 회복될 수 있는 상태가 못 되었다. 그의 상태로 보아 의료진들이 생명 유지 장치를 가지고 도착할 때까지 살 수 있을 것 같지가 않았다. 게다가 의사들이 전문적으로 치료를 한다 해도 제대로 살지 못할 것 같았다.

사이렌 소리가 불과 2블록밖에 떨어지지 않은 지점에서 들려왔다.

깨진 창문을 지나 눈송이가 날아 들어왔다.

샌드위치 가게의 종업원들이 하나씩 둘씩 가까이로 몰려들었다.

충격으로 넋을 잃은데다 변덕스러운 운명의 야수성에 분노를 느끼며 정신이 몽롱한 상태에서, 브렌던은 손으로 윈톤의 목을 따라 가슴까지 상처들을 쭉 만져 보았다. 손가락 사이로 새어 흐르는 피를 보면서, 자신이 아무 쓸모도 없는 인간이라는 무력감과 분노가 들끓었다. 그는 흐느껴 울기 시작했다.

윈톤 토크는 숨이 막혀 왔다. 기침이 났다. 눈을 떴다. 목에서 물기에 젖은 듯 약하게 그르렁거리는 숨소리가 났다. 나지막한 신음 소리가 그의 입에서 새어 나왔다.

브렌던은 깜짝 놀라서 윈톤의 목을 다시 한번 짚어 보며 맥박이 뛰고 있는지를 살펴보았다. 약하기는 하지만 아까처럼 그렇게 약하지도 않거니와 거의 고른 상태로 분명히 맥박이 뛰고 있었다.

이제는 아주 가까워져서 공기마저 울릴 듯이 날카롭게 울려 퍼지는 사이렌 소리보다 더욱 크게 목소리를 드높여서 브렌던이 말했다.

"윈톤? 내 말 들려요?"

경찰관은 브렌던을 알아보지 못하는 것 같았다. 심지어 거기가 어딘지도 모르는 것 같았다. 그는 다시 기침을 했고 전보다 더 심하게 목이 막혀 왔다.

브렌던은 재빨리 토크의 머리를 조금 들어올린 다음 고개를 옆으로 돌려서 입에서 나오는 피와 지저분한 불순물들을 다 토하게 만들었다. 여전히 숨쉴 때마다 시끄러운 소리를 내며 괴로워하기는 했지만, 상처를 입은 그 남자의 호흡이 금세 나아졌다. 그는 아직도 위독한 상태에 있었다. 무엇보다도 의료 처치가 필요한 상태이긴 하지만, 어쨌든 그는 살아 있었다.

'살아 있어.'

믿어지지가 않았다. 숨이 겨우 붙어 있는 상태이기는 하지만, 그는 아직도 살아 있었다.

밖에서는 세 대의 구급차에서 나는 사이렌 소리가 차례로 잦아들었다. 브렌던은 폴 애덤즈를 소리쳐 불렀다. 윈톤을 살릴 수 있다는 희망에 들떠 있으면서도, 한편으로는 의료 처치가 너무 늦는 것이 아닌가 해서 잔뜩 겁을 먹은 채로, 그는 샌드위치 가게에서 일하는 사람들을 향해 소리쳤다.

"나가서 사람들을 좀 불러와요! 사람들한테 여기가 안전하다는 걸 알려요! 의료진을 불러요! 빨리!"

앞치마를 두른 남자는 조금 망설이다가 문 쪽으로 향했다.

윈톤 토크는 피가 섞인 침을 뱉어 내고는 마침내 아무런 장애를 느끼지 않고 편안히 숨을 쉬게 되었다. 브렌던은 다시 윈톤의 머리를 바닥에 뉘었다. 나지막한 소리로 힘겹게 숨을 쉬고 있기는 했지만, 그래도 그는 계속해서 꾸준히 숨을 쉬었다.

밖에서는 사람들의 고함 소리와 함께 문을 부수고서 샌드위치 가게를 향해 달려들어오는 소리가 들렸다.

브렌던의 손은 윈톤 토크의 피로 흠뻑 젖어 있었다. 그는 아무 생각 없이 자신의 외투에 손을 닦았다. 그리고 바로 그때 그는 거의 2주만에 처음으로 자신의 손에 다시 그 고리 모양의 상처가 나타난 것을 깨달았다. 양손바닥에 각각 한 개씩 고리 모양의 상처 두 개가 곪아서 불룩 솟아 있었다.

경찰들과 의료진들이 앞문으로 급히 달려와 죽은 흑인의 시체를 뛰어넘어 가게 안으로 들어왔다. 브렌던은 재빨리 그들에게 길을 비켜 주었다. 그는 계속 뒤로 물러서다가 종업원들이 서 있는 조리대에 부딪히고 말았다. 그는 갑작스럽게 몰려드는 피로감으로 조리대에 몸을 기댄 채 자신의 손바닥을 바라보았다.

그는 고리 모양의 상처가 처음 나타난 후 며칠 동안 성 요셉 병원의 히이튼 박사가 조제해 준 코티손 연고를 사용했었다. 하지만 그 고리가 깨끗하게 사라져 버리자 그는 곧 그 약을 바르던 것을 중단했다. 그는 그 상처에 대해서 거의 잊고 지냈었다. 그 상처들은 정말 신기한 것이었다. 왜 그렇게 되었는지 알 수는 없지만 걱정스러운 것은 아니었다. 그가 그 이상한 상처를 바라보고 있을 때, 사람들이 주위로 모여들었다. 사람들이 웅성대는 소리가 희미하고 낯설게 들렸다.

"세상에 저 피 좀 봐!"

"저 사람 못 살 거야……. 가슴에 두 발이나 맞다니……."

"비켜요!"

"혈액!"

"그 사람 혈액을 검사해 봐. 안 돼! 잠깐만……구급차에서 하자구."

브렌던은 그제서야 윈톤 토크의 주위에 몰려든 사람들을 쳐다보았다. 그는 의료진이 총상을 입은 그 남자를 살리려고 애쓰면서 그를 들것에 올려 놓고 가게를 빠져 나가는 모습을 지켜 보고 있었다.

그는 경관 하나가 욕을 해대면서 의료진이 토크를 싣고 나가기 쉽도록 길을 비켜 주려고, 죽은 남자의 시체를 문밖으로 질질 끌고 나가는 모습을 지켜보았다.

폴 애덤즈가 들것을 따라가는 모습도 보았다.

토크가 누워 있었던 곳은 웅덩이 정도가 아니라 하나의 호수처럼 피가 흥건히 괴어 있었다.

그는 다시 한번 자신의 손바닥을 내려다보았다. 언제인지도 모르게 그 고리 모양의 상처는 온데간데없이 사라져 버렸다.

4

네바다 라스베가스

누구든지 걸리기만 하면 고자로 만들어 버리겠다고 그녀가 독한 마음을 가지고 있다는 사실을 알았더라면, 노랑색 데이글로 폴리에스테르 바지를 입은 그 텍사스 사내는 졸저 모나텔라를 침대 안으로 끌어들이려고 그렇게 기를 쓰지 않았을 것이다.

크리스마스 이브 오후였지만, 졸저는 아직도 크리스마스 기분이 들지 않았다. 그녀는 보통은 냉정하고 태평한 성격이었지만, 그날은 바에서부터 블랙잭 테이블로, 다시 바에서 카지노 여기저기로 돌아다니며 도박사들에게 마실 것을 서빙하면서 마음이 몹시 괴로웠다.

무엇보다도 그녀는 그 일을 하는 것이 너무나 싫었다. 칵테일을 나르는 웨이트리스 일은 보통 술집이나 라운지에서 일하는 것만큼 저급한 일이었지만, 그것보다도 축구장보다 더 큰 호텔에서 일하는 것은 거의 살인적이리만치 고된 일이었다. 교대가 끝날 무렵이면 다리가 쿡쿡 쑤시고 발목이 퉁퉁 붓기 일쑤였다. 그나마 교대 시간도 불규칙했다. 정상적인 시간에 일하는 직업을 갖지 못하고서 일곱 살짜리 딸에게 안정된 가정을 제공해 줄 수 있을 것인가?

그녀는 그 곳의 유니폼도 싫었다. 싸구려 같은 빨강색 조그만 천조각에, 엉덩이에서 가랑이까지 싹둑 잘린데다 가슴팍도 아주 깊게 파여 있어서 수영복을 걸친 것보다 노출이 더 심했다. 게다가 허리선을 날씬하게 만들고 가슴을 더 커 보이게 하기 위해서 안에 탄력성이 뛰어난 코르셋을 입어야 했다. 만일 원래부터 날씬한 허리에다 풍만한 가슴을 가진 여자라면, 그런 옷차림이 뭇남성들을 녹일 듯이 섹시해 보였을 것이다.

게다가 그녀는 지배인들이나 카지노 감독들이 늘 추근대는 것이 싫었다. 아마 그들은 그런 옷차림을 하고 여기저기 활보하며 다니는 여자들은 쉽게 잠자리에 응해 주리라 생각하고 있는 모양이었다.

그는 졸저라는 이름이 자신의 태도와 어떤 관계가 있다고 확실히 믿고 있었다. 그것은 귀여운 느낌을 주는 이름이었다. 아주 귀여운 느낌을 주는 이름. 그녀의 어머니는 틀림없이 조지아의 철자를 따서 이름을 짓다가 술에 취해 있었던 게 분명했다. 사람들이 그냥 귀로만 그 이름을 들었을 때는 괜찮았다. 사람들이 졸저 스스로가 일부러 귀엽게 보이려고 철자를 그런 식으로 바꿔서 이름을 지었으리라 생각해도 그녀로서는 어쩔 도리가 없었지만, 유니폼에 이름표를 달고 다니면 손님들 중에 최소한 하루에 12명 정도의 사람들이 이름에 대해서 이러쿵저러쿵 말을 걸어오곤 했다. 그것은 아주 가벼운 이름이고, 철자를 잘못 써서 만들어진 이름이어서 그런지 사람들로 하여금 그녀가 아주 가볍고 경솔한 여자라는 생각을 갖게 만들었다. 그녀는 자신의 이름 철자를 바르게 고쳐서 법적으로 개명해 보려고 법정에 갈까도 생각했었지만, 그러면 어머니의 마음이 매우 아프리라는 생각이 들었다. 하지만 일하는 동안 같은 데서 일하는 사내들이 계속 추근댈 때는 심지어 이름을 테레사 수녀로 고쳐서 그런 호색한들을 떼버릴까도 생각했었다.

그래도 지배인들의 요구를 피하는 것이 제일 힘든 경우는 아니었다. 매주 몇몇 도박판에서 큰돈을 거는 사람들 중에서 특히 디트로이트나 LA 혹은 달라스에서 와서 도박판에 돈다발을 푸는 거물들은 그녀에게 홀딱 반해서 지배인에게 그녀랑 한번 엮어 달라고 청을 넣곤 했었다. 아주 극소수에 불과하지만 웨이트리스들 중에는 돈만 준다면 기꺼이 잠자리 파트너가 돼 주는 여자들도 있었다. 하지만 지배인들이 그녀에게 그런 식으로 접근을 할 때면, 그녀는 늘 "그 자식 지옥에나 가라고 해요. 난 웨이트리스지, 창녀가 아니예요."라고 대답하곤 했다.

그녀가 그런 식으로 늘 쌀쌀하게 거절해도 그들은 가혹할 정도로 계속 압력을 넣으며 추근거렸고, 불과 한 시간 전에도 그들은 그런 짓을 했던 것이다. 휴스톤에서 온 사마귀 투성이의 얼굴에 동그란 눈을 가진 석유 사업가라는 사내는 호텔에서 가장 굵직한 물주 중의 하나로 생각하는 손님으로, 형광색이 도는 노랑색 바지에 파란 셔츠를 입고, 빨간 줄무늬 타이를 맨 유치한 차림을 하고 있었는데 계속 침을 흘리면서 그녀에게 눈독을 들였었다. 게다가 그 사내의 입에서는 점심에 먹은 부리토 냄새가 푹푹 풍겼었다.

이제는 지배인들도 그녀가 돈푼깨나 가지고 있는 귀한 손님들을 거절하는 데 몹시 화가 나 있었다. 그들 말로는 그녀가 "너무 뻣뻣하다"는 것이었다. 주간 교대를 맡은 블랙잭의 지배인인 레이니 타넬은 뻔뻔스럽게도 그녀에게 "여보, 당신 너무 뻣뻣하게 굴지 말라구."라고 하면서 그녀의 등을 억지로 떠다밀어서, 휴스턴에서 온 낯선 사내랑 한번 자 주는 일이 마치 전몰 장병 기념일 전이나 노동절 다음에 흰색 구두를 신듯이, 그냥 옷 한번 걸쳐 보는 것이나 마찬가지라는 투로 말했다.

그녀는 카지노에서 웨이트리스 일을 하는 것이 싫기는 했지만, 그 일을 그만둘 만한 여유가 없었다. 우선 다른 일을 하면 그만큼 보수를 받을 수가 없었다. 그녀는 이혼을 하고 남편으로부터 양육비도 받지 않고서 혼자서 딸을 키우고 있는 엄마였다. 그녀는 자신의 신용 평가 등급이 깎이지 않기 위해서, 남편 앨런이 자신을 버리기 전에 엄청나게 늘려 놓은 빚을 자신이 아직도 갚고 있는 중이라, 한푼의 돈이라도 얼마나 소중한 것인가를 누구보다도 뼈저리게 느끼고 있었다. 급료는 얼마 안 되었지만, 그 일은 팁이 상당히 많은 편이었고, 특히 자신의 손님들 중에서 카드나 주사위 게임에서 크게 걸리는 손님이라도 있는 날이면 팁이 상당히 두둑하게 나왔다.

크리스마스 이브인 오늘 같은 날에는 카지노의 3분의 2 정도가 텅 비고 팁도 형편없는 게 보통이었다. 라스베가스는 추수감사절이나 크리스마스 같은 휴일에는 언제나 공을 치기 마련이었고, 크리스마스 다음날이 돼서야 사람들이 카지노로 돌아오곤 했다. 하루 종일 쉴 새 없이 들려오던 숫자판 돌아가는 소리며, 동전이 덜그럭거리는 소리, 땡땡거리는 소리를 내며 돌아가는 슬롯 머신의 기계음도 오늘은 잠잠했다. 블랙잭의 딜러들 대부분이 텅텅 비어 있는 테이블 앞에서 지루한 듯 빈둥거리며서 있었다.

졸저는 그렇게 비참한 기분이 드는 것도 당연하다는 생각이 들었다. 다리는 욱신거리고, 등은 쿡쿡 쑤시고, 자신을 손님들에게 갖다 바치는 술 정도쯤으로 여기고서, 돈만 내면 얼마든지 살 수 있는 여자라고 생각하며 추근대는 호색한들과 실랑이를 벌이고, 레이니 타넬과 말다툼을 하고, 그나마 팁도 나오지 않으니…….

4시에 근무 교대를 마쳤을 때, 그녀는 아래층 탈의실로 허겁지겁 달려가 재빨리 타임 레코더에 퇴근부를 찍고서 올림픽에 출전한 육상 선수들 뺨칠 만큼 빠른 속도로 직원 전용 주차장으로 뛰어갔다.

예상 밖의 을씨년한 날씨도 그녀가 조금이나마 크리스마스 기분을 느끼도록 하는 데 아무런 도움도 주지 못했다. 라스베가스의 날씨는 겨울이면 뼛속까지 꽁꽁 얼어붙게 할 만큼 쌀쌀한 바람이 몰아치는 혹한이거나, 아니면 수영복에 가깝게 깊이 패이고 어깨와 팔을 다 드러낸 티셔츠에 반바지만 입고 다녀도 될 만큼 무더운 날씨였다. 올해 휴가 때는 날씨가 무척 무더웠었다.

그녀는 단 세 번만에 먼지가 잔뜩 끼고 찌그러질대로 찌그러진 쉐배트에 시동을 걸 수 있었다. 그 때문에 분명히 기분이 조금 나아진 것 같았지만, 시동 장치가 삐걱거리는 소리를 내고 엔진에서 불연소음이 나자, 그녀는 15개월 전에 앨런이 그녀와 말시를 버리고 집을 나갔을 때 타고 간, 새로 빼서 번쩍거리며 윤이 나던 뷱이 생각났다.

앨런 리코프. 그녀가 하는 일보다도, 그리고 그녀를 화나게 만드는 다른 어떤 일보다도 앨런은 졸저의 기분을 아주 불쾌하게 만드는 원인이었다. 결혼 생활이 파경에 이르렀을 때 그녀는 그의 성을 내버리고 다시 처녀 시절의 이름인 모나텔라로 돌아왔지만, 그가 자신과 말시에게 안겨 준 고통스런 기억들을 쉽사리 떨쳐 버릴 수는 없었다.

주차장을 빠져 나와 호텔을 뒤로 하고 차를 몰고 거리로 나왔을 때, 졸저는 자신의 머릿속에서 앨런을 쫓아 버리려고 애썼지만, 그는 계속 그녀의 생각을 온통 차지하고 있었다.

'나쁜 자식!'

그는 현재 잠자리 파트너인 "페퍼"라는 억지로 만들어 낸 것 같은 이름을 가진 멍청한 금발 미녀와 일주일 예정으로 아카폴코로 날아가 버렸다. 물론 말시에게 크리스마스 선물 같은 걸 남겨 놓았을 리가 없었다. 졸저는 일곱 살짜리 딸애가 왜 아빠가 자신에게 크리스마스 선물을 안 사 주는지, 아니 그것보다도 왜 자기를 보러 오지도 않냐고 묻는다면 어떻게 대답을 해야 할는지 가슴이 답답했다.

앨런이 빚만 잔뜩 남겨 놓고 졸저를 떠나 버렸을 때, 그녀는 스스로 이혼 수당을 포기해 버렸다. 그 당시의 기분으로는 경제적으로 그에게 의지하는 것이 죽기보다 싫었었다. 하지만 아이의 양육비를 청구했을 때, 말시가 자신의 아이가 아니기 때문에 책임질 수 없다고 반박하는 앨런의 말에 졸저는 아연실색하고 말았다.

'치사한 자식.'

졸저가 그와 결혼할 당시, 그녀의 나이는 겨우 열아홉이었고, 남편은 스물네 살이었다. 게다가 그녀가 남편을 배신한 적은 맹세코 단 한 번도 없었다. 물론 앨런도 그녀가 자신을 배신한 적이 없다는 건 잘 알고 있었지만, 멋진 옷을 사 입고, 씽씽 달리는 근사한 새 차를 사고, 여자들을 꼬시기 위해서는 돈이 한푼이라도 더 필요했고, 씀씀이가 헤픈 자신의 생활을 유지하는 것이 아내의 명예나 딸의 행복보다 더 중요했던 것이다. 어린 말시에게는 부끄럽고 고통스러운 일이었지만, 졸저는 앨런이 법정에 소송을 걸어서 얄팍한 거짓말을 늘어놓기 전에 양육에 대한 책임감에서 그를 해방시켜 주었다.

그와는 그렇게 끝장을 냈었다. 그리고 그녀는 마음속에서 그를 깨끗이 지워 버렸었다.

하지만 메릴랜드 공원로와 데저트 인 로드 사이의 교차로에 있는 쇼핑 센터를 지나면서, 졸저는 자신이 너무 어린 나이에 앨런과 결혼했었다는 생각이 들었다. 결혼이라는 걸 하기에 그녀는 너무 어린 나이였고, 그의 얼굴을 똑바로 쳐다보지도 못할 만큼 너무나 순진했었다. 열아홉 살짜리의 눈으로 보기에는 그는 너무나 학식이 풍부하고 매력적인 남자로 비쳤었다. 일 년여 동안 그들의 결합은 아주 행복해 보였었다. 하지만 그녀는 차츰 그의 실체에 대해서 알게 되었다. 그는 그저 얄팍한 멋이나 부리고, 허황되고, 게으른데다가 놀랄 만치 여자 관계가 복잡한 난봉꾼이었다.

헤어지기 두 해 전 여름부터 그들의 관계는 완전히 냉각 상태였다. 그래도 그녀는 정성들여 계획을 짜 놓은 3주간의 휴가를 통해서 앨런의 마음을 묶어 놓고 파경에 이른 결혼 생활을 구제해 보려고 애를 썼었다. 그녀는 두 사람의 결혼 생활이 문제를 일으킨 데는 그들이 함께 지내는 시간이 너무 적기 때문인 점도 일부 있다고 믿고 있었다. 당시 그는 호텔 카지노의 배커라 게임판의 딜러였고, 그녀는 다른 호텔에서 일하고 있었기 때문에 교대 시간이 서로 달라 각기 다른 스케줄에 따라 각자 잠자리에 드는 일이 많았었다. 말시가 있기는 했지만, 차를 타고 달리며 3주 동안 여행을 즐기면서 그들은 단둘만의 시간을 가질 수 있었고 금이 간 두 사람의 관계를 회복시켜 줄 수 있는 좋은 방법처럼 보였다.

어느 정도 예상을 하고 있기는 했지만, 불행하게도 그녀의 계획은 빗나가고 말았다. 휴가를 마치고서 라스베가스로 돌아오자마자, 앨런은 전보다 더 문란한 성관계를 맺고 다녔다. 그는 마치 치마만 두르면 눈이 벌개져서 어떤 여자든지간에 건드리려고 작정한 사람처럼 보였다. 마치 3주간의 자동차 여행이 그를 막다른 골목으로 밀어붙이기라도 한 듯, 그는 거의 광적이리만치 하룻밤 잠자리 상대의 숫자와 외도의 강도가 극에 달했었다. 그는 그 일에 거의 목숨 걸고 달려드는 사람 같았다. 석달 후인 그 해 10월에 앨런은 결국 그녀와 말시를 버리고 집을 나가고 말았다.

그녀가 그 자동차 여행에서 얻은 유일한 소득이라면 젊은 여자 의사 하나를 우연히 잠깐 만난 일뿐이었다. 그 의사의 말로는 그녀는 난생 처음 가져 보는 첫 번째 휴가에 스탠포드에서부터 보스턴까지 자동차로 전국 일주 여행을 하고 있는 중이라고 했었다. 졸저는 아직도 그녀의 이름을 똑똑히 기억하고 있었다. 진저 바이스. 그들은 딱 한 번밖에 만난 적이 없었고, 그것도 겨우 한 시간 남짓한 짧은 시간 동안 얘기를 나눈 것뿐었지만, 진저 바이스는 졸저 자신도 모르는 사이에 그녀의 생활에 변화를 주었다. 그 의사는 너무나 젊고 날씬하고 예쁘고 여자다웠다. 그녀가 정말로 의사라는 사실이 믿기지 않을 정도였다. 하지만 그녀는 비범하게 보이리만치 남다르게 자신감이 넘치고 유능해 보였다. 우연히 만나서 얘기를 나누는 동안 졸저는 진저 바이스에게 깊은 감동을 받았고, 나중에는 그 의사를 본받아야겠다는 자극을 받았었다. 그녀는 늘 자기 자신을 원래부터 칵테일을 나르는 웨이트리스가 되도록 운명지어진 채 태어났다고 생각하고 있었다. 그녀는 더 이상 다른 일에는 도전해 볼 수도 없다고 체념하고 지냈었다. 하지만 앨런이 집을 나갔을 때, 그녀는 바이스 박사를 기억해 냈고, 전보다 훨씬 더 자신을 소중하게 여기게 되었다.

지난 11개월 동안 졸저는 UNLV에서 경영학 코스를 밟느라 눈코 뜰 새 없이 바쁜 하루하루를 보냈었다. 앨런이 남겨 둔 빚들을 다 청산하고 나자, 그녀는 나중에 자신의 옷 가게를 시작해 보려고 장사 밑천을 모아 왔다. 그녀는 아주 구체적으로 계획을 짜서 그 계획이 실현될 때까지 계속 그것을 고치고 다듬었다. 그녀는 자신이 그 계획을 끝까지 잘 지키리라고 굳게 믿었다.

그녀는 진저 바이스에게 감사의 마음을 전할 만한 기회를 한 번도 갖지 못한 것이 몹시 송구스럽게 여겨졌다. 물론 그녀가 그렇게 바이스 박사로부터 깊은 감동을 받은 것은 그녀가 베푼 호의 때문이 아니었다. 그녀가 깊은 감동을 받은 것은 지금까지 박사가 해 온 업적 때문이 아니라 오히려 박사의 모습 그 자체 때문이었다. 어쨌든 스물일곱의 나이에 졸저가 장래에 대해서 품고 있는 기대는 전보다 훨씬 더 흥미진진한 것이었다.

그 순간 그녀는 데저트 인 로드를 벗어나 포니 차도로 들어섰다. 그곳은 불러바드 쇼핑 센터 뒤쪽의 편안하고 살기 좋은 집들이 늘어서 있는 거리였다. 그녀는 캐러 퍼새기언의 집앞에 차를 세웠다. 그녀가 도착하기 전에 벌써 그 집의 현관은 열려져 있었고, 말시가 밖으로 달려나와 그녀의 품에 안기면서 행복한 목소리로 "엄마! 엄마!"하고 소리쳤다. 그제서야 졸저는 직장에서 있었던 괴로웠던 일들을 잊어버릴 수 있었다. 텍사스 녀석과의 일이며 지배인과의 말다툼, 그리고 낡아빠진 세베트의 상태까지……. 그녀는 웅크리고 앉은 자세로 딸을 끌어안았다. 세상 모든 사람들이 그녀에게 뭐라고 손가락질을 한다 해도, 그녀는 말시만 보면 기운이 났다.

"엄마, 오늘 하루 아주 재미있게 지냈어요?"

딸아이가 물었다.

"그래, 아가. 아주 좋았지. 너한테서 맛좋은 땅콩 버터 냄새가 나는데."

"쿠키 냄새야! 캐러 아줌마가 땅콩 버터 쿠키를 만들어 주셨어. 나도 아주 재미있게 지냈어. 엄마, 왜 코끼리들이 오는지 알아? 음…… 왜 코끼리들이 아프리카에서 우리 나라로 오는지 아냐구?"

말시가 키득거리며 웃었다.

"그건 말이지……여기에는 오케스트라가 있기 때문이래. 왜냐하면 코끼리들은 춤추는 걸 아주 좋아하니까!"

아이는 즐거운 듯 다시 깔깔거리며 웃었다.

"이 얘기는 엉터리 아냐."

자기 자식에 대한 지나친 편견일지는 몰라도, 졸저는 말시가 정말로 사랑스러운 아이라고 생각했다. 아이는 엄마의 머리를 물려받았으며, 실제로 거의 흑갈색 머리는 물론이고 까무잡잡한 피부까지도 닮아 있었다.

하지만 아이의 눈만은 한눈에 딱 뜨일 정도로 다른 부분과 대조적인 분위기였다. 그것은 졸저와 같은 밤색 눈동자가 아니라 아버지처럼 파란 눈동자였다. 아이는 어딜 가든 사람들의 시선을 끌 만큼 대단히 매력적인 자질을 갖고 있었다.

말시의 커다란 눈이 휘둥그래졌다.

"엄마, 오늘이 무슨 날인지 알아?"

"물론 알고 말고. 조금 있으면 크리스마스 이브가 되지."

"어두워지면 곧 크리스마스 이브가 될 거야. 캐러 아줌마가 우리한테 집을 치우라고 쿠키를 주신 거야. 산타 할아버지는 벌써 북극을 떠나셨대. 벌써 굴뚝을 타고 내려오셨는지도 몰라. 물론 세상의 다른 곳에서 말이야. 벌써 밤이 된 곳은 그럴 거야. 여기는 굴뚝도 없잖아. 그리고 캐러 아줌마가 그러시는데 내가 일년 내내 말썽만 피워서 석탄으로 만든 목걸이밖에는 못받을 거래. 하지만 그건 아줌마가 날 놀리려고 그냥 하는 말이지? 그렇지, 엄마?"

"그럼, 그냥 놀리시려고 그러는 거야."

졸저가 아이의 마음을 안심시켜 주었다.

"난 그런 말 안 했어요!"

캐러 퍼새기언이 말했다. 그녀는 현관을 지나 앞문의 샛길로 나왔다. 그녀는 집에서 입는 수수한 차림에 앞치마를 두른 할머니처럼 보이는 여자였다.

"석탄 목걸이라니……거기다 아마 그것과 잘 어울리는 석탄 귀걸이도 받을지도 모른다고 했지."

캐러의 말에 말시가 다시 깔깔거리며 웃었다.

캐러는 말시의 친숙모는 아니었지만, 아이가 학교에 들어간 후로 아이를 돌봐 주는 보모였다. 하지만 말시는 그녀를 안 지 두 주 후부터 그녀를 "캐러 아줌마"라고 불렀었고, 아이를 돌봐 주는 할머니도 자신에게 수여된 애정이 담긴 명예로운 그 이름을 대단히 기쁘게 생각했다. 캐러는 말시의 재킷과 함께 두 사람이 며칠 동안 함께 칠했던 커다란 산타 그림책 한 권과 쿠키 한 접시를 들고 있었다. 졸저는 그림책과 재킷을 말시에게 주고, 감사하다는 인사와 더불어 다이어트를 해야겠다고 농담을 하면서 쿠키 접시를 받아들었다. 그때 캐러가 졸저에게 말했다.

"졸저, 잠깐만 얘기 좀 할 수 있을까요? 우리 둘만요."

"물론이죠."

졸저는 쿠키를 주고서 말시를 차로 보내고 나서 몹시 궁금한 얼굴로 캐러를 쳐다보았다.

"저……말시에 관한 얘기인가요? 저 애가 무슨 일을 저질렀나요?"

"아뇨, 한 번도 말썽부린 적 없어요. 저 애는 정말 천사예요. 보채거나 버릇없게 구는 법도 거의 없지요. 하지만 오늘은……글쎄……자기가 크리스마스 때 가장 갖고 싶은 게 〈꼬마 의사 아가씨 가방 놀이 세트〉라고 하대요."

"저 애가 장난감 사 달라고 조른 건 처음인데……. 왜 그걸 그렇게 갖고 싶어하는지 모르겠군요."

졸저가 말했다.

"매일 그 얘기만 해요. 사 주실 거예요?"

캐러가 물었다. 졸저는 차 쪽을 얼핏 쳐다보고는 말시에게 두 사람의 얘기가 들리지 않는다는 것을 확인하고 나서 미소를 지었다.

"그럼요. 산타 할아버지의 가방 속에 분명히 들어 있을 거예요."

"잘됐군요. 아마 그렇지 않으면 저 애는 상처를 받을 거예요. 그런데 오늘 정말 이상한 일이 있었어요. 그래서 저 애가 그렇게 심하게 아팠던 적이 있었는지 궁금하더군요."

"심한 병이라뇨? 저 애는 특별하다 싶을 정도로 건강한 애인걸요."

"그럼, 병원에 입원한 적이 한 번도 없었나요?"

"없었는데, 왜요?"

졸저의 대답에 캐러가 얼굴을 찡그렸다.

"글쎄, 오늘 〈꼬마 의사 아가씨 가방 놀이 세트〉에 대해서 이야기를 꺼내더니 자기는 커서 의사가 되고 싶다고 그러대요. 그래서 왜 그렇게 생각했냐고 물었더니, 몸이 아프면 자기가 자기를 직접 치료할 수 있도록 그런다고 하더라구요. 그러면서 옛날에 의사들이 자기를 너무나 아프게 만들어서 다시는 의사들이 자기 몸에 손도 못 대게 할 거라도 하던걸요. 그게 무슨 뜻이냐고 캐물었더니, 잠시 아무 말도 않고 있대요. 그래서 그런가 보다 하고 있는데 갑자기 저 애가 아주 침울한 목소리로 그러는 거예요. 옛날에 어떤 의사들이 자기를 병원 침대에 꼼짝 못하게 묶어 놓고서 몸 전체를 바늘로 다 찌르고 얼굴에 플래쉬를 비추고 온갖 끔찍한 짓을 다했다구요. 사람들이 자기를 너무나 아프게 해서 자기는 의사가 돼서 이제부터는 자신이 직접 자기를 치료할 거라고 하던걸요."

"정말요? 그런 일 없었어요. 그 애가 왜 그런 말을 꾸며댔는지 모르겠네. 정말 이상하네."

졸저가 말했다.

"제가 이상하게 생각한 부분은 그게 아니었어요. 저 애가 그 말을 저한테 해 줬을 때, 저는 당신이 나한테 한 번도 그 얘기를 해 준 적이 없어서 무척 놀랐어요. 만일 저 애가 그렇게 심하게 아팠었다면, 저 애가 재발할 가능성도 있을 테니까 당신이 틀림없이 그 얘기를 내게 해 줬으리라 생각했거든요. 그래서 제가 그 얘기를 물어 봤죠. 그것도 아주 슬쩍 구슬러서요. 그런데 갑자기 아이가 울음을 터뜨리는 거예요. 둘이서 부엌에서 쿠키를 만들고 있었는데, 갑자기 울기 시작하더니……몸까지 부르르 떨기 시작했어요. 마치 사시나무 떨 듯 벌벌 말예요. 저는 아이를 달래려고 애를 써 봤지만, 말시는 점점 더 심하게 울기만 하는 거였어요. 그리고 저를 떠밀고 도망가더군요. 거실에서 저 애를 찾았는데, 글쎄 커다란 초록색 인형 뒤에 몸을 감추고서 구석에 처박혀 있더라구요. 꼭 누군가로부터 숨으려고 하는 사람처럼 몸을 잔뜩 웅크리고서요."

"설마 그런 일이!"

졸저가 말했다.

캐러는 계속 말했다.

"울음을 그치게 하는 데 최소한 5분 정도는 걸렸을 거예요. 아이를 달래서 겨우겨우 저 의자 뒤의 구석에서 데리고 나오는 데는 한 10분쯤 걸렸구요. 그래서 제가 만약에 그런 의사들이 다시 오면 재빨리 너를 의자 뒤에 숨겨 주고서 네가 어디 있는지 그 사람들한테 절대로 얘기하지 않겠다고 약속해 줬죠. 졸저, 제가 보기에 그때 저 애는 정말로 제정신이 아닌 것 같았어요."

집으로 오는 길에 졸저가 말했다.

"너 아까 캐러 아줌마한테 무슨 얘기 했었지?"

"무슨 얘기?"

말시는 자동차의 계기판도 거의 보이지 않을 정도로 앞만 똑바로 쳐다보고서 대답했다.

"의사에 관한 얘기 말야."

"아……."

"침대에 묶였다니……. 왜 그런 거짓말을 했어?"

"그건 정말이야."

말시가 말했다.

"그렇지 않아."

"아냐, 정말이야."

아이의 목소리는 거의 속삭임에 가까왔다.

"네가 지금까지 병원에 입원했던 적은 이 세상에 태어났을 때밖에 없었어. 그리고 틀림없이 네가 그런 걸 기억할 리도 없구."

졸저가 한숨을 내쉬었다.

"몇 달 전에 우리 거짓말에 대해서 얘기한 적 있었지? 그때 사소한 거짓말을 해서 아빠 오리한테 무슨 일이 일어났었지?"

"진실의 요정이 아빠 오리를 딱따구리의 파티에 가지 못하게 만들었어."

"맞았어."

"거짓말을 하는 건 나쁜 짓이야. 꼭 딱따구리나 다람쥐가 아니더라도 거짓말을 하는 사람을 좋아하는 사람은 아무도 없어."

말시가 조용히 말했다.

졸저는 말시의 대답에 노여움이 풀리는 것 같았다. 그녀는 이를 악물고서 터져 나오려는 웃음을 애써 참으며 사뭇 근엄한 어조를 지키려고 애썼다.

"그래. 거짓말쟁이는 아무도 좋아하지 않아."

신호등 앞에 멈춰 서 있는 동안에도 말시는 계속 앞만 쳐다보고 있었다. 그녀는 졸저의 눈과 마주치고 싶어하지 않는 것 같았다. 아이가 말했다.

"엄마나 아빠한테 거짓말을 하는 것은 특히 나쁜 일이야."

"너를 돌봐 주는 사람한테 거짓말을 하는 것도 그래. 그리고 캐러 아줌마를 놀라시게 그런 얘기를 꾸며대는 것도 거짓말이나 똑같이 나쁜 일이야.

"난 아줌마한테 겁주려고 한 적 없어."

말시가 말했다.

"그럼 아줌마한테 동정을 얻으려고 그랬니? 넌 한 번도 병원에 입원한 적 없었잖아."

"있었어."

"그래?"

말시가 강하게 고개를 끄덕이자, 졸저는 다시 "언제?"하고 물었다.

"언젠지는 기억 안 나."

"기억이 안 난다구?"

"거의."

"거의 가지고는 안 돼. 그 병원이 어디 있었는데?"

"잘 모르겠어. 때로는……기억이 잘 났다가도……때로는……거의 기억이 안 나기도 하고……때로는 기억이 너무 잘 날 때도 있어. 그리고 그때 난……난 무지 겁났었어."

"지금 이 자리에서는 기억이 잘 안 나는 모양이구나. 그렇지?"

"응. 그렇지만 오늘은 아주 기억이 잘 났었어……. 그리고 굉장히 겁났었어."

신호가 바뀌자, 졸저는 이런 상황에 어떻게 대처해야 할까 생각하면서 굳게 입을 다문 채 차를 몰았다. 그걸 어떻게 받아들여야 할는지 전혀 짐작이 가지 않았다. 지금까지 자기 아이에 대해서 모두 알고 있다고 믿은 자신이 너무나 바보처럼 느껴졌다. 말시는 행동이나 말도 그렇고, 대단한 아이디어나 묵상이나 여러 가지 질문들로 늘 졸저를 놀라게 하곤 했었다. 그것들은 아이 내부에서 스스로 생각한 것이나 어른들에게 들은 소리가 아니라, 아이들 사이에 잘 알려져 있는 깜짝 놀랄 만한 행동에 관한 비밀 책자나 〈엄마와 아빠를 불안정하게 하려면〉같은 제목의 만화책 같은 데서 조심스레 골라온 것들처럼 보였다.

마치 다시 그 책에 빠져 들기라도 한 것처럼 말시가 물었다.

"왜 산타 클로스 할아버지네 애들은 불구가 되었어?"

"뭐라고?"

"생각해 봐. 산타 할아버지랑 할머니는 아이들이 엄청나게 많은데 모두 난쟁이로 변해 버렸잖아."

"난쟁이들은 산타 할아버지의 아이들이 아냐. 그냥 산타 할아버지를 도와서 일하는 거지."

"정말? 그럼 돈은 얼마나 받는데?"

"돈은 안 받아."

"그럼 뭘 먹고 살아?"

"그들은 아무것도 살 필요가 없단다. 산타 할아버지가 필요한 걸 모두 주시니까."

그 말을 하면서, 졸저는 말시가 산타가 있다고 믿는 것도 틀림없이 올해가 마지막이 될 것 같다는 생각이 들었다. 벌써 딸애의 급우들 중에서 거의 모든 아이들이 산타 할아버지가 없다고 의심하기 시작했고, 말시도 이런 질문들을 자주 캐묻곤 했다. 졸저는 이런 환상들이 깨어지고 신비감을 잃어 가는 모습을 보게 되는 것이 안타까웠다.

"난쟁이들은 전부 할아버지네 식구들이야. 그러니까 할아버지를 사랑하는 마음으로 그냥 함께 일하는 거란다."

"그럼 난쟁이들은 고아원에서 데려온 애들이야? 그럼 산타 할아버지는 자기 친자식이 없는 거네? 아이, 불쌍해라."

"그렇지 않아. 할아버지는 난쟁이들을 모두 사랑하시니까."

졸저는 대답을 하면서 속으로 기도를 올렸다.

'하느님! 저는 이 아이를 너무나 사랑합니다. 이 아이를 제게 주셔서 정말 감사합니다. 하느님! 앨런 리코프랑 결혼하게 된 것이 비록 이 아이를 얻기 위해서일지라도 정말 감사합니다. 어두운 구름 뒤로 눈부신 햇살이 있는 거나 마찬가지 이치겠지요.'

그녀는 라스 후에보스 아파트를 감싸고 도는 2차선 차도로 들어가 간이 자동차 창고의 네 번째 칸에 차를 세웠다. 라스 후에보스. 계란들이란 뜻의 라틴어였다. 이곳에서 산 지 5년이 되었지만, 그녀는 아직도 사람들이 왜 이 아파트 단지의 이름을 계란들이라고 지었는지 이해할 수가 없었다.

차가 멈추자, 말시는 그림책에서 나온 포스터랑 쿠키 접시를 들고서 차에서 내려 현관으로 들어가는 통로로 뛰어올라갔다. 아이는 차를 타고 오는 동안 교묘하게 그 화제를 피했고 얼른 차를 빠져 나갔다.

졸저는 그 얘기를 가지고 더 말할까도 생각했었다. 하지만 그날은 크리스마스 이브인데다 휴일을 망치고 싶은 마음이 없었다. 말시는 다른 아이들보다도 훨씬 착한 아이였다. 게다가 의사들이 자기를 괴롭혔다는 등의 이야기는 꾸며 낸 것이라고 하기에는 굉장히 드문 거짓말이었다. 졸저는 분명히 거짓말은 용서할 수 없는 행동이라는 점을 강조했고, 비록 병원에 관한 이야기는 사실이라고 약간 고집을 부리기는 했어도 말시도 그녀의 이야기를 잘 알아들었다. 어쩌면 이대로 갑작스럽게 화제를 바꾸는 것은 옳지 못한 행동을 그대로 묵인하는 것이 될지도 모른다. 그러나 같은 얘기를 귀에 못이 박히도록 반복한다고 해서 얻어지는 것은 아무것도 없었으며 특히 그것 때문에 크리스마스 기분을 망칠 위험도 있다.

5

캘리포니아 라구나 비치

오후 내내 도미니크 콜베이시스는 누가 한지 알 수 없게 서명도 없이 타이핑된 메모를 족히 백 번쯤은 읽어 보았다.

몽유병 환자는 문제의 근원을 찾기 위해서 자신의 과거를 더듬어 보는 것이 좋을 것이다. 그 곳이 바로 비밀이 묻혀 있는 곳이다.

서명이나 발신인 주소가 적혀 있지 않은 것뿐만 아니라 무늬 없는 흰색 봉투 위에 소인도 이중으로 찍혀 있는데다 심하게 뭉그러져 있었다. 그래서 그 편지가 라구나 비치에서 보낸 건지, 다른 도시에서 보낸 건지 판단할 수조차 없었다.

식사값을 내고 오두막이라는 레스토랑을 나선 후, 그는 차에 앉아서 옆 좌석에 놓아둔 〈바빌론의 황혼〉에 대해서는 까맣게 잊은 채 그 메모지를 여섯 번쯤 읽어 보았다. 너무나 신경이 날카로워져서, 그는 주머니에서 안정제 두 알을 꺼내 물도 없이 한 알을 입 속에 집어 넣었다. 하지만 입에 약을 문 채로 그는 잠시 멈칫거렸다. 그 메모가 과연 무슨 뜻을 갖고 있는지 알아내려면, 그는 정신을 차려야 한다고 생각했다. 몇 주만에 처음으로 그는 약물을 통해서 불안감에서 도망치려는 자신을 인정하고 싶지 않았다. 그는 안정제를 도로 주머니에 집어 넣었다.

그는 코스타 메사에 있는 거대한 쇼핑 센터인 사우스 코스트 플라자로 갔다. 막바지 크리스마스 쇼핑을 하기 위해서였다. 방문한 가게에서 점원들이 선물을 포장하는 것을 기다리고 있는 동안, 그는 매번 주머니에서 그 해괴한 메모를 꺼내 계속 읽어 보았다.

잠시 동안 돔은 그 쪽지가 파커한테서 온 것이 아닐까도 생각했었다. 어쩌면 그가 자신을 놀라게 해서 호기심을 자아내고, 약으로 인해서 몽롱해진 상태를 몰아내려고 그러는 것인지도 모른다고 생각했었다. 파커는 그런 극적이고도 아마추어적인 치료법을 능히 쓸 수 있는 사람이었다. 하지만 돔은 결국 그런 생각을 버리고 말았다. 그렇게 은밀한 방법을 쓴다는 것은 어느 모로 보나 그답지가 않은 것 같았다. 사실 그는 너무 지나칠 정도로 솔직한 사람이었다.

그는 비록 그 메모의 주인공은 아니지만 파커라면 틀림없이 그 배경인물에 대해서 뭔가 힌트라도 알고 있으리라는 생각이 들었다. 함께 머리를 맞대고 생각해 보면 그 편지가 도착함으로써 앞으로 사태를 어떻게 변화시킬 수 있으며, 일이 어떻게 진행되리라는 것을 판단할 수 있을 것이다.

나중에 라구나로 돌아가서 자신의 집에서 두 블록도 채 못 되는 거리에 있는 파커의 집으로 가다가, 그는 불현듯 전에는 생각하지 못했던 심각한 문제가 일어나게 될지도 모른다는 생각으로 몸을 떨었다. 이런 새로운 생각은 그를 너무나 혼란스럽게 만들었다. 그는 커브를 홱 틀어 차를 세웠다. 그리고는 주머니에서 쪽지를 꺼내서 다시 읽어 보고 손끝으로 종이를 가만히 만져 보았다. 가슴속이 싸늘해지는 것 같았다. 그는 백미러에 비친 자신의 눈을 쳐다보았다. 자신의 눈빛이 썩 좋지 않아 보였다.

'내가 직접 이 쪽지를 쓸 수 있었을까?'

그는 잠결에 컴퓨터로 그것을 썼을 수도 있다. 하지만 그가 옷을 입고 우편함으로 가서 그 쪽지를 넣고 다시 집으로 돌아와, 한잠도 깨지 않고서 다시 파자마로 갈아입었다고 추측해 보는 것은 황당 무계한 일이었다. 아니 그건 전혀 불가능한 일이었다. 그가 만일 그런 일을 했다면, 그의 정신적인 불균형 상태는 자신이 생각했던 것보다 더 심각한 것이다.

손이 땀으로 축축해졌다. 그는 바지에 손을 닦았다.

자신이 몽유병을 앓고 있다는 것을 알고 있는 사람은 이 세상에서 단 세 명뿐이었다. 자신과 파커 페인, 그리고 코우블레츠 박사. 그는 벌써 파커를 그 명단에서 지워 버렸다. 그렇지만 코우블레츠 박사가 그 쪽지를 보냈을 리도 없다. 그렇다면 돔 자신이 그걸 보내지 않았다면……누가 보냈단 말인가?

마침내 그는 커브길에서 돌아나와서 파커의 집으로 가는 대신 집을 향해 달리기 시작했다.

10분 후 그는 자신의 서재로 와서 주머니에서 꾸깃꾸깃해진 그 쪽지를 꺼냈다. 그는 그 문장 두 줄을 타이핑했고, 컴퓨터의 검은 스크린 위로 깜박거리는 초록색 글자들이 나타났다. 그 다음 그는 프린터의 스위치를 켜고서 컴퓨터에 명령을 실행해서 서류의 하드 카피를 불러냈다. 그는 프린터에서 그 문장들이 인쇄되어 나오는 동안, 글자 하나하나가 꼭꼭 찍혀 나오는 모습을 계속 지켜 보았다.

디스플레이 라이터는 활자의 인쇄면 두 개에 프린터의 원반형 인자(印字) 엘리먼트 두 개를 쓴 것이었다. 그는 다른 기능도 선택할 수 있도록 두 개를 더 샀었다. 돔은 그 메모를 전부 네 부 복사하기 위해서.보조 프린트 휠을 세 개나 사용했다. 그리고 연필을 가지고 그 타입에 따라 각각 분류를 해 보았다. 〈특권층 엘리트. 숙련공 10. 특사 10. 고딕 문자〉

그는 꾸깃꾸깃해진 원본 메모를 반듯하게 펴서 각각의 복사본들과 비교해 보려고 그 옆에 놓았다. 그는 자신이 스스로에게 쪽지를 보냈다는 이론을 여보란 듯 반박해 줄 수 있도록, 자신이 가지고 있는 네 가지 타입의 복사지들이 그 대상에서 제외되기를 바랐다. 하지만 특사 10은 정확히 들어맞는 것 같았다.

그렇다고 해서 그가 그 쪽지를 썼다는 것에 대한 결정적인 증거가 될 수는 없었다. 전국 각지의 수백 만 군데나 되는 사무실과 가정에서 특사의 자체(字體)와 똑같은 프린트 휠과 프린터 엘리먼트를 갖고 있었다.

그는 자신이 만든 복사부와 원본의 종이를 비교해 보았다. 그들은 둘 다 무게가 20파운드에, 8½″X11″ 크기에, 전부 50종의 상품 중에서 수천 개의 상점에서 수십 개의 상표를 달아 팔고 있는 표준 제품이었다. 그 종이는 내구성을 비롯해서 대단한 품질을 가진 것은 아니었다. 돔은 종이를 불빛에 비춰 보았지만 어떤 종이에도 타자기 도장이나 상표 이름이 적혀 있지는 않았다. 원본의 쪽지는, 자신이 가지고 있던 종이에 타이핑한 것이 아니라는 걸 증명해 줄 수도 있었다.

그는 다시 한 번 곰곰이 생각해 보았다. 파커, 코우블레츠 박사, 그리고 나. 그 밖의 다른 사람들 중에서 누가 그걸 알고 있을까?

그리고 그 쪽지를 통해서 그에게 정확하게 무엇을 알리려고 한 것일까? 그의 과거에는 어떤 비밀이 묻혀 있는 것일까? 어쩌면 어떤 정신적인 쇼크나 잊혀진 사건들이 감추어져 있다가 몽유병의 뿌리가 된 것은 아닐까?

책상에 앉아 커다란 창문 너머로 내다보이는 밤 풍경를 보면서 그 상황을 이해해 보려고 막무가내로 애쓰고 있는 동안, 그는 점점 더 긴장이 되어 갔다. 다시 안정제가 필요한 것 같았다. 거의 미칠 듯이 안정제가 필요했지만, 그는 약을 복용하지 않으려고 버텼다.

그의 호기심과 논리와 이성은 온통 그 메모에 쏠려 있었다. 그는 해결책을 찾으려고 지적인 능력에 초점을 맞추고서 최근에는 좀처럼 가질 수 없었던 긴장감을 가지고 메모에 온 신경을 집중했다. 그는 의지력만 있다면 마음을 평온하게 위로해 주는 약물 따위는 필요하지 않다는 것을 깨달았다.

그는 수주 만에 처음으로 자신에 대해서 기분이 좋게 느껴졌다. 비록 자신이 무기력하게 문제 속에서 허위적거리고 있는데도 불구하고, 결국 지금 그는 자신이 아직도 인생의 과정을 구체화하고 삶의 방향을 제시할 만한 능력을 갖고 있다는 것을 깨달았다. 그에게 필요한 것은 단지 그 쪽지 같은 것들뿐이었다. 그에게는 정신을 집중시킬 수 있을 만한 확실한 뭔가가 필요했다.

그는 쪽지를 들고 여러 가지 생각을 하면서 집 주위를 서성댔다. 마침내 그는 길모퉁이에 수은 램프의 푸르스름한 불빛 속에 서 있는 우편함이 보이는 앞 창으로 다가갔다. 우편함은 안이 회반죽을 칠한 벽돌로 되어 있는 원주 모양의 철제 케이스로 만들어진 것이었다.

그는 전부터 시내 우체국에 자신의 우편함을 따로 가지고 있었기 때문에, 집에 도착하는 우편물들은 그저 "거주자"로만 주소가 적혀 있는 우편물뿐이었다. 그리고 가끔씩 모든 우편물들이 우체국의 우편함으로 간다는 사실을 잊은 친구들로부터 날아드는 카드나 편지가 전부였다. 창가에 서서 길모퉁이의 우편함을 바라보면서, 돔은 그가 오늘 배달된 우편물들을 가져오지 않았다는 것을 깨달았다.

그는 바깥으로 나가서 앞쪽의 샛길 아래로 내려가 열쇠로 우편함을 열었다. 산들바람에 나뭇잎들이 바스락거리는 소리를 빼놓고는 아주 조용한 밤이었다. 바람에 바다 내음이 실려왔고, 공기는 한기가 오싹하게 느껴질 정도로 쌀쌀했다. 머리 위에서 내리비치는 수은 가로등 불빛은 돔이 우편함에서 꺼낸 우편물들이 어디서 왔는지를 충분히 확인할 수 있을 정도로 밝았다. 광고 전단이 여섯 장에, 카탈로그, 크리스마스 카드 두 장…… 그리고 발신인의 주소가 적혀 있지 않은 무늬 없는 흰색 봉투가 한 장 들어 있었다.

흥분감과 두려움으로 그는 허겁지겁 집으로 뛰어들어가 서재로 달려가서는 흰색 봉투를 뜯고 그 안에 들어 있던 흰색 종이 한 장을 꺼냈다. 그는 책상에 그 편지를 펼쳐 놓았다.

달

다른 어떤 말보다도 이것처럼 그를 기분 나쁘고 놀라게 한 말은 없었을 것이다. 마치 그는 이상한 나라의 엘리스에 나오는 흰 토끼굴에 빠져서 논리와 이성이 더 이상 적용될 수 없는 환상의 세계로 굴러 떨어진 것 같은 느낌이었다.

달. 이것은 정말로 있을 수도 없는 일이었다. 그가 악몽에서 깨어나 공포에 떨면서 입 속으로 "달, 달……."하고 중얼거렸다는 것은 아무도 모르는 일이었다. 그리고 잠을 자면서 걸어다니는 동안, 그가 그 말을 디스플레이 라이터에 타이핑했다는 것도 아무도 모르는 일이었다. 그는 파커나 코우블레츠 박사에게도 그 말을 한 적이 없었다. 약물 치료를 시작하고 나서 그 약들이 제대로 효과를 나타내는 것처럼 보인 후 생긴 사건들이라, 그는 남들에게 병의 회복이 퇴보한 것처럼 보이고 싶지 않았다. 게다가 그 단어가 그를 공포에 떨게 만들기는 했지만, 그것이 어떤 중요한 의미를 가진 말인지는 이해할 수가 없었다. 그는 어째서 그 말이 자신에게 닭살이 돋게 하는지 그 이유를 알 수가 없었다. 하지만 그는 본능적으로 그 말에 대해서 확실한 처리를 내릴 수 있을 때까지는 누구에게든 새로운 사실을 말하지 않는 것이 현명하리라 생각이 되었다. 그는 코우블레츠 박사가 그 약들이 별로 도움이 안 되니까 심리 치료를 위해서 복용을 중단하자고 말할까 봐 몹시 두려웠었다. 그리고 그는 무엇보다도 약이 필요했다.

〈달〉

그것은 아무도 모르고 있는 일이었다. 자기 자신을 빼놓고는 아무도…….

그는 가로등의 희미한 불빛 속에서 그 편지의 소인을 점검해 보지 않았었다. 하지만 이제 그것이 누가 어디서 보낸 편지인가 하는 것은 더 이상 수수께끼가 아니었다. 그는 그것이 오늘 아침에 온 편지와 같은 곳에서 보낸 것이리라 생각했다. 그것은 분명히 지난 주 수요일인 12월 18일자 뉴욕발 소인으로 되어 있었다.

그는 크게 웃음을 터뜨렸다. 결국 그는 정신이 나간 게 아니었다. 그는 자신에게 수수께끼 같은 메시지를 보내지도 않았을 뿐만 아니라, 그것을 보낼 수도 없었다. 그는 지난 주 내내 라구나에 계속 있었다. 그리고 그 이상한 메시지는 우편함과는 3천 마일이나 떨어진 뉴욕에서 보내 온 것이었다. 그러니까 의심할 필요도 없이 다른 편지 역시 마찬가지로 자신이 보내지 않은 것이 확실해졌다.

하지만 누가 그 편지들을 보낸 것일까? 그리고 왜 보낸 것일까? 뉴욕에 사는 사람들 중에 누군가가 그가 몽유병에 걸린 사실을 알고 있는 것일까? 아니면 자신이 컴퓨터에 〈달〉이라는 글자를 반복해서 타이핑한 것일까? 돔 콜베이시스의 마음속에는 수천 개의 질문들이 꼬리에 꼬리를 물고 이어졌다. 하지만 그는 어느 질문에도 대답할 수가 없었다. 설상가상으로 그 순간 해답을 찾을 수 있는 길조차 생각이 나지 않았다. 너무나 기괴한 상황이어서, 그는 어떤 식으로 조사를 해야 할지 논리적으로 생각을 할 수가 없었다.

지난 두 달 동안 그는 자신의 몽유병이 지금까지 자신에게 일어났거나, 어쩌면 앞으로 일어날지도 모르는 일들 가운데서 가장 해괴하고 놀라운 일로 생각했었다. 하지만 몽유병이 일어나게 된 배경에는 틀림없이 몽유병 그 자체보다도 훨씬 더 해괴하고 놀라운 일들이 있을 것이다.

그는 자신이 직접 컴퓨터에 남겨 놓은 첫 번째 메시지를 되새겨 보았다. 〈두렵다〉. 무엇이 그로 하여금 옷장으로 몸을 숨기게 만든 것일까? 잠결에 창문에 못을 박기 시작한 것은 언제부터이며, 그는 무엇으로부터 자신의 집을 보호하려고 한 것일까?

돔은 이제 자신의 몽유병이 단순히 스트레스에 의해서 생긴 것이 아니라는 것을 확실히 알았다. 첫 소설의 성공이나 실패를 두려워해서, 그 불안감으로 인해 발작을 일으킨 것이 아니었다. 그것은 그가 생각하고 있는 것만큼 세속적인 성격의 문제가 아니었다.

뭔가 다른 차원의 문제였다. 아주 해괴하고 끔찍한 문제.

깨어 있을 때는 알지 못하면서 잠속에서는 알고 있는 것은 과연 무엇일까?

6

코네티컷 뉴해븐 카운티

어둠이 내리기 전의 하늘은 맑게 개어 있었지만, 달은 아직 뜨지 않고 있었다. 별들이 차가운 대지 위에 희미한 빛을 던져 주고 있었다.

잭 트위스트는 둥근 바위에 등을 기댄 채로 소나무 숲 변두리 야산 꼭대기 위의 눈밭에 앉아서 가드매스터 무장 트럭이 나타나기를 기다리고 있었다. 혼자서 마피아의 창고에서 백만 달러가 넘는 돈을 그물로 쓸어 모으는 건수를 올리고 나서, 겨우 삼 주 만에 그는 벌써 또 다른 강도를 계획하고 있었다. 그는 장화를 신고, 장갑을 끼고, 흰색 스키복에 달린 후드를 푹 덮어쓰고 턱 아래를 단단히 여미었다. 그의 뒤로 3백 야드나 되는 공터와 조그만 삼림 너머 남서쪽으로 주택 개발 공사를 하느라고 밝혀 놓은 공사장의 불빛이 어둠을 밝혀 주고 있었다.

그의 앞으로 북동쪽 2마일 정도는 어둠의 장막이 뒤덮여 있었다. 황무지라고 해도 넓은 면적을 차지하고 있는 나무들 몇 그루와 함께 겨울답게 듬성듬성 보이는 잡목림들이 자라고 있었다. 텅 빈 공터 너머로 멀리에 전기 제품을 생산하는 공장들과 쇼핑 센터, 그리고 주택가들이 이어져 있었다. 수평선에서 빛나고 있는 전등의 불빛들을 통해 그런 곳들이 존재하고 있다는 것을 알고 있기는 했지만, 잭의 위치에서는 아무것도 보이지 않았다.

들판 주위의 멀리에서 나지막한 언덕길 너머로 자동차의 헤드라이트 불빛들이 보였다. 잭은 야간 망원경을 쳐들고서 들판을 가로지르는 2차선 도로를 따라 이쪽 방향으로 다가오는 차량에 초점을 맞추었다. 그의 왼쪽눈이 바깥쪽으로 쏠려 있음에도 불구하고, 잭은 시력이 상당히 좋은 편이었다. 야간 망원경을 가지고 자세히 살펴보고서, 그는 그 차가 가드매스터 트럭이 아니라는 것을 확인했다. 따라서 그 차는 그에게 그다지 중요하지 않은 것이었으므로 그는 망원경을 내렸다.

그는 눈 덮인 야산에서 고독을 느끼며, 중앙 아메리카 밀림에서의 무더웠던 밤의 기억을 되돌이켰다. 그때도 그는 이런 망원경을 가지고 야간 정찰을 돌곤 했었다. 그때는 몹시 걱정스런 마음으로 자신과 동료들을 에워싸고 살그머니 다가오고 있는 적군들을 수색하곤 했었는데…….

그가 몸담고 있던 소대는 레이프 에이크혼 중위의 지휘 하에 고도의 훈련을 받은 스무 명의 밀림 순찰 대원들로 구성되었고, 잭은 명령 서열 두 번째인 소위로 복무했었다. 잭의 소대는 불법으로 국경선을 넘어 적들에게 발견되지 않은 채 국경에서 15마일 지점까지 침투했었다. 그들이 거기에 갔다는 사실만으로도 그것은 하나의 전쟁 행위로 해석될 수 있는 것이었다. 따라서 그들은 계급과 무공을 나타내는 표지를 떼어 낸 위장복을 입고서 신분증 같은 것도 휴대하지 않았었다.

그들의 타게트는 불결하기 이를 데 없는 한 조그만 "재교육" 센터였는데, 아이러니컬하게도 그 곳은 〈친선 협회〉라고 불리고 있었다. 거기에는 천 명의 미스키토 인디언들이 인민군에 의해 감금되어 있었다. 그들이 감금되기 두 주 전에 용감한 카톨릭 사제들이 또다른 1천 5백 명의 인디언들을 국경 밖으로 빼돌린 일이 있었다. 그 사제들은 그 달 안에 협회에 있는 나머지 인디언들을 구조하지 않으면 그들이 살해돼서 공동 묘지에 매장될 것이라는 말을 전해 왔었다.

미스키토 인디언들은 최근 그 나라를 장악하고 있는 지도자들의 반윤

리적이고 집단주의적인 철학을 위해서 자신들의 풍부한 문화를 내버릴 수 없다고 버티고 있는 용맹스럽고 자부심이 강한 종족이었다. 그 인디언들이 계속해서 자신들의 전통에 대해 충성을 고집하다가는 그들 모두가 전멸될 위기에 처할 수도 있을 것이며, 실제로 정권을 장악한 위원회에서는 자신들의 힘을 공고히 하기 위해서 주저하지 않고서 발포 부대를 즉각 소집했다.

하지만 사복으로 위장한 스무 명의 밀림 순찰 대원들이 단순히 그 미스키토인들을 구하기 위해서 그렇게 위험한 습격을 감행하는 임무를 맡은 것은 아니었다. 좌익이건 우익이건간에 전세계의 독재 정권들은 통상적으로 자국의 일반 시민을 대량으로 학살하는 것이 정해진 순서였다. 그리고 그것은 아무리 미국이라고 해도 정권이라는 미명하에 정당화된 살인 행위를 막을 수는 없었다. 그러나 그 협회는 인디언들 외에도 위험을 무릅쓰고서 구조하지 않으면 안 될 만치 중요한 인물들이 무려 11명이나 갇혀 있었다.

그들은 전에 우익 독재자에 반대하는 정의로운 투쟁을 했었으나 좌익 전체주의자들의 배신으로 혁명이 실패로 돌아가자, 그들의 실상을 폭로하려고 했던 혁명가들이었다. 그들이 귀하고 값진 정보를 가지고 있으리라는 것은 의심할 여지도 없었다. 최소한 워싱턴에서 그 일에 관심을 갖고 있다면, 그들로부터 정보를 얻는 것이 천 명의 인디언들의 목숨을 구하는 것보다 훨씬 중요한 셈이었다.

다행히도 탐색에 걸리지 않고서 잭의 소대는 밀림 끝의 농업 지역에 있는 친선 협회에 다다를 수 있었다. 그 곳은 이름만 그럴듯했지 포로 수용소나 다름없는 곳이었다. 그 곳에는 가시 철망을 두른 울타리와 감시탑이 세워져 있었다. 그리고 울타리가 둘러쳐진 경계선 밖에는 건물 두 개가 서 있었다. 그 건물들은 정부에서 그 지구 전역을 가로지르도록 만든 2층짜리 콘크리트 벽돌 구조물과 대규모의 부대가 거처하는 다 허물어져 가는 목재 막사였다.

자정이 막 넘어가자, 잭의 소대는 조심스럽게 이동해서 막사와 콘크리트 건물에 로켓 공격을 개시했다. 우선 대포로 일제히 엄호 사격을 하는데 이어서 백병전이 계속되었다. 마지막 발사 후 30분이 지나서, 잭이 지금까지 본 중에서 제일 기뻐 날뛰는 인디언들과 다른 죄수들이 하나의 행렬을 이루어서 15마일 밖에 떨어져 있는 국경선을 향해 이동하기 시작했다.

두 명의 대원이 사살되었고, 세 명이 부상을 입었다.

소대를 지휘하는 최고 명령자인 레이프 에이크혼은 사람들이 대대적으로 탈출을 벌이는 행렬을 이끌면서 안보 조치를 감독하였다. 그리고 그 사이 잭은 세 명의 대원과 뒤에 남아서, 명령에 따라 마지막 죄수 한 명까지 캠프 밖으로 제대로 빠져 나갔는지를 확인하는 일을 맡았다. 인디언들과 인근 지역의 농부들에 대한 심문이나 고문, 살인과 관련된 서류를 주워 모으는 것도 그의 책임이었다. 그와 세 명의 부하가 친선 협회를 빠져 나왔을 때, 그들은 마지막으로 빠져 나가는 미스키토인과 2마일쯤 떨어진 지점에 있었다.

잭과 부하들이 빨리 쫓아간다고 따라가기는 했지만, 그들은 결국 나머지 소대원들을 따라잡지 못한 채 온두라스 국경에서 수마일 떨어진 곳에 남겨지고 말았다. 새벽이 되자,적군의 헬기들이 거대한 검정색 장수말벌들처럼 숲 위로 낮게 날면서 제거할 대상들이 발견된다 싶으면 어디든지 군인들을 풀어 놓기 시작했다. 나머지 대원들과 인디언들은 모두 무사히 국경을 넘어 자유를 찾았지만, 잭과 그의 부하 세 명은 적군들에게 사로잡혀서 친선 협회와 비슷한 시설로 이송되어졌다. 하지만 그 곳은 비밀포로 수용소보다도 더 지독한 곳이었다. 그 나라의 정권을 장악하고 있는 위원회에서는 이 지상에 새롭게 만들어진 노동자들의 낙원에 그러한 지옥 같은 곳이 존재한다거나, 그 벽 안에서 끔찍한 심문이 자행되고 있다는 사실을 인정하지 않았다. 진정한 오웰식의 전통에서는 감방들과 고문실로 이루어져 있는 4층짜리 단지(團地)에 대해서는 언급되어 있지 않았으므로, 어쩌면 존재하지 않는다고 말할 수 있을런지도 모른다.

그렇게 이름도 없고 벽이나 번호도 없는 감방 속에서 잭 트위스트와 세 명의 대원들은 온갖 정신적, 육체적 고문과 잔인한 학대, 모욕은 물론이고 조절된 기아와 계속되는 죽음의 협박에 시달렸다. 네 명 중에서 하나가 죽고, 하나는 정신 이상이 되었다. 잭과 그의 가장 친한 친구인 오스카 웨스톤만이 11개월 하고도 보름 간의 감금 생활 동안 죽음과 정신적인 광란 속에서 끝까지 살아 남았다.

8년이 지난 지금 코네티컷의 야산 꼭대기 둥근 바위에 기대서 가드매스터 트럭을 기다리는 동안 —실제로 그 겨울 밤에 휘몰아치는 바람에 실려올 리는 만무했지만 —뭔가 다른 소리가 들려 오고 악취가 풍겨 왔다. 기다란 군화를 신고 콘크리트 복도 위를 걸어오는, 딱딱거리는 발자국 소리였다. 그리고 그 악취는 감방에 있는 유일한 화장실 시설인 구정물 양동이가 흘러 넘쳐서 나는 것 같았다. 심문관들이 악쓰는 소리와 감방에서 끌려 나가 고문을 당하는 가엾은 사람들의 애처로운 고함 소리가 들려 왔다.

잭은 차갑고 깨끗한 코네티컷의 공기를 깊이 들이마셨다. 그는 그때의 끔찍한 기억들과 이름 없는 장소에서의 기억들 때문에 고통을 당한 적이 좀처럼 없었다. 그보다는 그 곳을 탈출하고 나서 그에게 일어났던 일들과 그가 없는 사이 제니에게 일어났던 일이 더욱 자주 그를 따라다니며 괴롭혔다. 그를 사회로부터 등 돌리게 만든 것은 중앙 아메리카에서 겪은 고통 탓이 아니었다. 오히려 그를 비뚤어지게 만든 것은 바로 그로 인해서 일어난 일련의 사건들이었다.

다른 차들의 헤드라이트 불빛이 나타나자, 그는 다시 망원경을 들어올렸다. 무장한 가드매스터 차량이었다.

그는 시계를 쳐다보았다. 9시 38분. 일주일 동안 매일 그랬던 것처럼 정확히 같은 시간이었다. 다음날이 휴일인데도 불구하고, 트럭은 계속 정상대로 운행되고 있었다. 신용할 수가 없다면, 아무리 날고 기는 보안 시설이라고 해도 아무 소용이 없을 것이다.

잭의 옆에는 땅바닥에 조그마한 서류 가방이 놓여 있었다. 그는 가방의 뚜껑을 열었다. 디지털 주사(走査) 공중선의 파랑색 숫자들이 가드매스터에서부터 본부의 통신 지령원에게 연결되어 있는, 밖으로 노출된 무선 장치를 발견해서 자동적으로 추적해 냈다. 거의 예술에 가깝게 뛰어난 장비를 가지고서도, 잭은 그 트럭의 주파수를 찾는 데 3일이나 걸렸었다. 그는 송신기의 볼륨 다이얼을 돌렸다. 쉬쉬거리거나 치직거리는 공전(空電) 상태의 잡음이 들렸다. 그 다음 정해진 암호에 따라 운전사와 먼 곳에 있는 통신 지령원이 교신하는 소리가 들리기 시작했다.

"3…0…1."

지령원이 말했다.

"사슴."

운전사가 말했다.

"루돌프."

지령원이 말했다.

"옥상."

운전사가 다시 말했다.

다시 한번 쉬쉿거리며 치직대는 소리가 들리더니 이내 잡음이 가라앉았다.

지령원은 트럭의 번호를 호출함으로써 교신을 시작했고, 그 나머지는 301이 예정대로 움직이고 있으며 아무 문제가 없다는 것을 확인하기 위한 그날의 암호들이었다.

잭은 송신기의 스위치를 꺼 버렸다. 불이 들어와 있던 다이얼이 어두워졌다.

무장 트럭 기관은 잭이 있는 곳에서 2백 피트도 채 안 되는 야산을 지나갔고, 그는 돌아서서 멀리로 사라져 가는 차의 미등(尾燈)을 지켜 보았다.

그는 이제 가드매스터 301이 어디로 갈 것인지 확실히 알고 있었다. 그리고 그 트럭을 강탈하기 위해서 잠정적으로 정한 1월 11일 토요일 밤까지는 이 벌판에 돌아오지 않을 것이었다. 이제는 여지껏 했던 일보다 더 많은 계획을 세워야 한다.

보통 하나의 범죄를 계획하는 것은 실제로 일을 저지르는 것과 거의 마찬가지로 흥미진진하고 만족스러운 것이었다. 하지만 잭은 야산을 떠나 조용한 골목에 차를 세워 둔 남서쪽의 주택가들을 향해 가면서도 아무런 스릴도 느낄 수가 없었다. 그는 한 건의 범죄를 저지른다는 기대 속에서도 기쁨을 느낄 수 있는 능력을 잃었다.

그는 변해가고 있었다. 그리고 그 이유를 자신도 알 수 없었다.

야산에서 남서쪽에 위치한 첫 번째 집 근처로 다가오면서, 그는 밤 하늘이 훨씬 밝아졌다는 것을 차츰 깨닫기 시작했다. 그는 하늘을 올려다보았다. 수평선 위로 달이 잔뜩 부풀어 있었고, 그 크기가 너무 커서 당장이라도 땅에 부딪칠 것만 같았다. 달이 솟아오르기 시작할 무렵에 경치가 이상하게 비춰지면서 생긴 엄청난 환영이었다. 그는 문득 걸음을 멈춰서서 고개를 뒤로 젖힌 채 환한 빛을 발하는 달을 올려다보았다. 한기가 몸 속 깊이 파고들면서, 겨울철의 한기와는 상관없이 몸 안이 얼음처럼 차갑게 느껴졌다.

"달."

그가 나직이 중얼거렸다.

자신이 입 밖으로 내뱉은 그 소리를 듣고서, 잭은 심하게 몸을 떨었다. 뭐라고 형언할 수 없는 공포심이 끓어 올랐다. 초조하고 불안한 긴박감에 사로잡혀서, 그는 그 자리에서 도망치면서 달로부터 몸을 숨기려고 애썼다. 마치 쏟아지는 달빛이 부식성을 갖고 있어서 산(酸)처럼 그를 그 자리에 녹게 만들기라도 할 것 같았다.

그 순간 빨리 도망쳐야 한다는 충동이 강하게 일었다. 왜 달이 그토록 그를 두렵게 만들었는지 이해할 수가 없었다. 그것은 그저 아름다운 사랑 노래나 로맨틱한 시에 나오는 옛날 그대로의 친숙한 달일 뿐이었다.

그는 다시 차를 향해 걸음을 옮겼다. 어렴풋이 보이는 달이 계속 그를 불안하게 만들었고, 그는 당황한 채로 몇 번이나 하늘을 올려다보았다.

그가 재빨리 차에 올라 뉴해븐으로 들어갔다. 95번 주간(州間) 고속 도로를 탔을 무렵에는 어느새 그 해괴한 사건에 대해서 잊어버리게 되었다. 그는 다시 한번 아직도 혼수 상태로 헤매고 있는 제니의 생각들로 머리가 꽉 차 있었다. 예년의 크리스마스보다 더욱 집요하게 아내의 상태는 그를 괴롭혔다.

아파트로 돌아오자, 그는 맥주 한 병을 꺼내 마시면서 창가에 서서 커다란 도시의 거리를 내려다보았다. 261번가서부터 파크 로우까지, 또 벤슨 허스트부터 리틀 넥까지 쭉 훑어보면서, 그는 그 커다란 도시에서 자기보다 더 외로운 크리스마스 이브를 보내고 있는 사람은 아무도 없을 거라고 확신하고 있었다.

7

크리스마스

네바다 엘코 군

샌디 사버는 고원에 여명이 밝아온 후 곧장 잠에서 깨었다. 새벽의 태양은 이동 주택의 침실 창에서 어렴풋이 반짝이고 있었다. 세상은 너무나 고요해서 마치 시간이 멈춘 것처럼 보였다.

그녀는 자신이 원한다면 다시 엎드려서 계속 잘 수도 있었다. 그녀에게는 앞으로 휴가가 8일이나 더 남아 있었다. 어니와 페이 블록 부부는 트랭퀼러티 모텔을 닫고서 손주들을 보러 밀워키에 가고 없었다. 모텔 옆에 붙어서 샌디와 남편인 네드가 경영하고 있는 트랭퀼러티 그릴도 휴가 기간 내내 문을 닫아 버렸다.

하지만 샌디는 다시 잘 수가 없었다. 잠이 완전히 달아나 버린데다, 그녀는 강한 성욕을 느끼고 있었다. 그녀는 이불 밑에서 고양이처럼 몸을 쭈욱 펴 보았다. 당장이라도 네드를 깨워서 그에게 키스를 퍼붓고 그를 자신의 몸 위로 끌어당기고 싶었다.

네드는 그저 어두운 침실의 그림자처럼 느껴졌다. 그는 곤하게 숨을 내쉬면서 아주 맛있게 자고 있는 것 같았다. 그녀는 그 순간 네드를 몹시 원했지만 남편을 깨우지 않았다. 나중에 그가 잠에서 깨고 나서도 사랑을 나눌 수 있는 시간은 얼마든지 있었다.

그녀는 침대를 조용히 빠져 나와 욕실로 가서 샤워를 했다. 그리고 마지막에는 냉수욕도 했다.

수년 동안 그녀는 섹스에 대해서 무관심하게 지내 왔었다. 거의 돌처럼 무감각하게 지내 왔다고 해도 과언이 아닐 정도였다. 지금으로부터 그리 오래 전의 일은 아니지만, 그녀는 자신의 알몸을 보는 것이 당황스럽고 창피해서 어쩔 줄을 몰랐다. 최근에 자신의 마음속에 솟아오르는 새로운 감정에 대한 이유를 잘 알 수는 없었지만, 그녀는 분명히 변해 가고 있었다. 그것은 재작년 여름부터 일어났을 것이다. 섹스가 갑자기……글쎄 뭐라고 해야 할까……대단히 흥미 있게 느껴진다고나 할까……그런 식으로 생각되기 시작한 것은. 지금 새삼스럽게 그런 말을 한다면 대단히 바보스럽게 들릴 얘기이다. 물론 당연히 섹스는 흥미를 돋구는 일이다. 하지만 그해 여름 이전에는 그녀에게 있어서 섹스를 하는 것은 억지로 참고 견뎌야 하는 정말 끔찍하게 싫고도 지루한 일이었다. 그녀가 뒤늦게 섹스에 대해서 참맛을 느끼기 시작한 것은 기쁘고도 놀라운 일이자, 뭐라고 설명할 수 없는 하나의 수수께끼였다.

그녀는 알몸으로 그림자가 아련히 비치는 어둑한 침실로 되돌아왔다. 그리고 옷장에서 스웨터와 청바지를 꺼내 입었다.

좁은 주방 안에서 오렌지 주스를 따라 마시려다 말고 그녀는 성적 충동을 이기지 못하고 하던 일을 멈추고 말았다. 그녀는 쪽지를 남기고서 양가죽으로 안감을 덧댄 재킷을 걸치고 바깥에 있는 포드 소형 트럭으로 향했다.

섹스와 운전. 그녀가 새롭게 좋아지기 시작한 두 가지 것이었다. 그리고 운전은 섹스나 거의 마찬가지로 그녀에게 중요한 것이었다. 그리고 또 하나의 우스꽝스럽게 느껴지는 일이기도 했다. 그녀는 재작년 여름까지만 해도 일을 하러 오갈 때를 빼놓고는 물건을 나르는 그 소형 트럭을 몰고 돌아다니는 것을 무척이나 싫어했었고, 좀처럼 차도 운전하지 않았었다. 그녀는 고속 도로를 달리는 것을 싫어했을 뿐만 아니라, 어떤 사람들이 비행기를 싫어하듯이 차를 타고 고속 도로를 달리는 것을 아주 무서워했었다. 하지만 이제는 섹스를 빼놓고, 트럭 운전대를 잡고서 목적지도 없이 스피드를 내면서 여기저기를 씽씽 달리는 것보다 더 좋은 일이 없을 정도였다.

그녀는 왜 언제나 자신에게 섹스가 혐오스럽게 생각되었는지, 또 지금까지는 왜 전혀 섹스에 대한 묘한 희열감 같은 것을 느끼지 못했는지 그 이유를 잘 알고 있었다. 그녀의 불감증은 전적으로 자신의 부친인 호튼 퍼니의 탓이라고 할 수도 있었다. 그녀의 어머니가 그녀를 낳다가 돌아가셨기 때문에, 그녀는 모친에 대해서 아는 것이 거의 없는 편이었다. 하지만 샌디는 아버지에 대해서는 지나칠 정도로 많은 것을 알고 있었다. 두 사람은 단 둘이서 캘리포니아 사막 끝에 있는 쓸쓸한 발스토우 교외의 곧 쓰러질 듯한 집에서 살았었다. 샌디가 어린 시절에 대해 기억하고 있는 것은 오직 성적 학대에 관한 것들뿐이었다. 호튼 퍼니는 성격도 변덕스럽고, 뚱하고 심술맞은데다 아주 위험하기 이를 데 없는 사내였다. 샌디가 열네 살에 집을 도망쳐 나올 때까지, 그녀의 아버지는 그녀를 성적인 노리개로 이용했었다.

그녀는 최근에서야 자신이 자동차를 타고 고속 도로를 달리는 것을 그토록 혐오하는 것도 자신의 아버지가 그녀에게 한 짓과 관계가 있다는 것을 깨달았다. 호튼 퍼니는 집 근처에서 오토바이 수리점을 경영했었다. 그러나 그 곳은 다 허물어지고 햇빛에 바랠 대로 바랜데다 페인트도 제대로 칠하지 않은 헛간에 불과한 곳이었다. 그는 한번도 거기서 많은 돈을 벌지 못했었다. 그래서 그는 일 년에 두 번씩 샌디를 차에 싣고 사막을 가로질러 2시간 반쯤 달려서 라스베가스로 가곤 했었다. 그는 거기에서 샘슨 체릭이라는, 기업적인 규모로 매춘업을 하고 있는 포주를 알고 있었다. 체릭은 특히 어린아이들에게 관심을 갖고 있는 성도착자들의 리스트를 가지고 있었고, 그는 늘 샌디를 보고 만족스러워 했었다. 라스베가스에서 두세 주가 지나면, 아버지는 짐을 꾸리고 샌디를 차에 싣고서 다시 발스토우로 돌아오곤 했다. 그 무렵이면 그의 주머니는 현금으로 두둑해져 있었지만, 샌디에게는 라스베가스까지의 오랜 시간 동안 차를 타고 달리는 일이 악몽처럼 느껴졌었다. 목적지에서 자신을 기다리고 있는 일이 무엇인지 그녀도 잘 알고 있었다. 발스토우까지 되돌아오는 길은 훨씬 더 나빴었다. 그것은 라스베가스로부터 도망치는 탈출구가 아니라, 다 허물어져 가는 집에서의 끔찍이 지겨운 생활과 호톤 퍼니의 만족할 줄 모르는 성욕을 만족시키도록 강요받는 어두운 생활로 돌아오는 일일 뿐이었다. 어느 쪽으로 가든 그녀에게는 모두 지옥처럼 느껴졌다. 그녀는 차의 엔진이 부르릉거리는 소리도, 포장 도로 위에서 타이어가 윙윙거리며 갈리는 소리도, 고속 도로를 타고 달리는 것도 몹시 혐오스러웠다.

그래서 지금 그녀가 운전과 섹스에서 즐거움을 발견했다는 것은 거의 기적 같았다. 그녀는 자신이 어디서 그런 참다운 기쁨을 발견하게 되었으며, 끔찍한 자신의 과거를 어떻게 극복하게 되었는지 이해할 수가 없었다. 재작년 여름부터 그녀는 그저……변한 것뿐이었고, 지금도 계속 변하고 있는 중이었다. 자기 혐오의 사슬과 공포심의 끈이 풀려 나간 듯한 느낌을 갖는다는 것과 생전 처음으로 자신이 소중하게 느껴지기 시작한 것, 그리고 자유로운 기분을 느끼는 것은 너무나도 기분 좋은 일이었다.

그녀는 포트 소형 트럭으로 들어가 엔진에 시동을 걸었다. 그들의 이동 주택은 2차선으로 된 21번 아스팔트 포장 도로를 따라 베이어웨이위의, 거의 존재하지도 않는 것처럼 조그만 마을의 남쪽 끝 반 에이커 면적의 공터에 설치되어 있었다. 샌디가 모는 트럭이 트레일러에서 멀어졌을 때, 그 곳에는 빈 들과 경사진 언덕, 들판 여기저기에 흩어져 있는 각각 고립된 언덕들, 바위가 많은 노두(露頭), 잔디, 잡목림, 사방으로 수천 마일 가량 뻗어 있는 물 마른 수로들 외에는 아무것도 없는 것처럼 보였다. 쪽빛 아침 하늘은 너무나 광활해 보여서, 포드의 스피드를 올렸을 때 샌디는 하늘이라도 날 수 있을 것 같은 느낌이 들었다.

21번 도로 북쪽으로 향한다면, 그녀는 베이어웨이위를 지나 금세 동쪽으로는 엘코로 가는 길이거나, 서쪽으로는 배틀 산으로 가는 80번 주간 고속 도로에 이를 것이다. 하지만 그녀는 남쪽으로 가서 황무지의 아름다운 경치 속으로 들어섰다. 그녀는 능란하고도 안정된 솜씨로 너무 심하게 풍화돼서 거의 못 쓰게 된 도로 위를 시속 70마일로 달렸다.

15분 정도 지나 21번 도로를 타고 23마일쯤 더 달리면, 사람이 살지 않는 한적한 지역을 지나 남쪽으로 향해 가면, 길은 차츰 포장 도로에서 자갈 노면으로 바뀌게 된다. 그녀는 그 길을 따라가지 않는 대신 동쪽으로 돌아 제멋대로 자라는 들풀과 수풀이 옆으로 쭉 늘어서 있는, 1차선으로 되어 있는 진흙길을 골랐다.

그렇게 많은 양은 아니지만, 크리스마스인 오늘 아침에 땅에는 눈이 약간 내려 있었다. 멀리서 보이는 사방의 경치가 모두 하얗게 보였다. 하지만 그 아래에서는 매년 강설량이 15인치 이하인데다가, 그나마도 눈다운 눈이 내린 적이 거의 없었다. 거기에는 눈이 1인치 정도 쌓여 있었고, 멀리로 얕은 여울을 이루는 조그만 언덕이 있었다. 바람에 휩쓸려 온 눈들 때문에 나무들마다 레이스로 만든 외투 같은 얼음이 껍질처럼 굳어 있었지만, 멀리까지 내려다보이는 거의 대부분의 땅들이 불모지에다 먼지투성이인 엷은 갈색을 띄고 있었다.

먼지 구덩이의 길이라도 샌디는 더욱 힘차게 달렸다. 트럭 뒤로 먼지가 구름처럼 피어 올랐다. 금세 그녀는 그 길을 지나서 거기서부터 멀리 떨어진 지점을 향해 달렸다. 마음속에 목적지를 딱 정한 것은 아니지만, 그녀는 북으로 서로 해서 마침내 눈에 익은 장소가 나타날 때까지 달렸다. 자신도 이해가 안 가는 일이지만, 그녀가 혼자서 차를 모는 동안 잠재 의식이 자신을 데리고 오는 장소는 종종 그녀를 놀라게 만들었다. 그것도 곧장 그런 곳으로 향하는 경우는 좀처럼 없었고, 늘 이리저리 돌아다니다가 결국 그런 곳으로 들어가곤 했었다. 그녀는 차를 세우고 브레이크를 걸었다. 엔진을 그대로 걸어 놓은 채로, 그녀는 먼지 낀 바람막이 창틈으로 잠시 밖을 내다보았다.

그 곳에 오면 기분이 나아지기 때문에 거기로 오는 것이기는 했지만, 왜 그런지는 그녀 자신도 잘 몰랐다. 그 곳의 경치가 대단히 아름답다거나 근처의 수천 군데의 다른 장소들과 별다른 점은 없었지만, 경사진 길이나 바위의 광맥, 들쑥날쑥 튀어나온 돌출부, 잔디와 잡목들이 나름대로 상쾌해 보이는 경치를 이루고 있었다. 하지만 그녀는 거기서 다른 장소에서는 얻을 수 없는 숭고한 평화로움 같은 것을 느낄 수 있었다.

그녀는 엔진의 시동을 끄고서 차에서 내렸다. 그리고 양가죽 재킷의 주머니에 손을 찔러 넣고는 살갗을 에는 듯한 쌀쌀한 날씨도 까맣게 잊은 채로 잠시 그 주위를 서성댔다.

황무지를 지나 달려서, 그녀는 다시 문명의 세계로 빠져 나왔다. 북쪽으로 2백 야드 거리에 80번 주간 고속 도로가 놓여 있었다. 지나가는 트럭들이 이따금씩 시끄럽게 부르릉거리는 소리가 멀리서 듣기에는 용이 울부짖는 소리처럼 울려 퍼지기는 했지만, 휴일에 통행하는 차량은 그리 많지 않은 편이었다. 고속 도로 너머 북서쪽으로 향하는 고지대에는 트랭퀼러티 모텔과 그릴이 있었으나, 샌디는 그저 그 방향으로 딱 한번 슬쩍 눈길을 주었을 뿐이었다. 그녀는 오히려 그 중간 지점에 더 많은 관심을 가지고 있었고, 그 곳은 그녀에게 아주 신비하고도 강한 매력을 느끼게 해 주었다. 그리고 마치 바위가 하루 종일 흡수했던 열을 저녁에 반사하듯 평화로운 빛을 던져 주고 있는 것처럼 느껴졌다.

그녀는 그 부분의 땅에 왜 그토록 자신이 강한 애착을 가지고 있는지 굳이 해석해 보려고 하지도 않았다. 분명히 그 곳의 지형에는 섬세한 조화미가 있었다. 뭐라고 정확하게 정의할 수는 없지만, 선과 형태와 그림자의 교묘한 상호 작용이라고나 할까. 그 곳의 매력에 대해서 해석해 보려고 시도하는 것은, 일출의 장관이나 예쁜 꽃을 보고 왜 그것들이 사람들의 눈길을 끄는가 하는 것을 분석하려는 짓이나 마찬가지로 바보스러운 일일 것이다.

그날 크리스마스 아침 샌디는 어니 블록이 12월 10일 그가 엘코에 있는 운송 화물 사무소에서 집으로 돌아오는 길에, 마치 무언가에 홀린 듯이 바로 그 곳으로 끌려 왔던 것을 아직 모르고 있었다. 그리고 그때 어니의 마음속에서 단순한 두려움 이상으로 당장이라도 뭔가가 나타날 것처럼 감전된 듯한 강렬한 느낌이 불끈 솟아올랐다는 것도. 그리고 그의 그런 감정이 그녀의 마음속을 휘저어 놓고 있는 감정과는 전혀 다른 것이라는 사실도 모르고 있었다. 그녀의 특별한 묵상이 자신을 제외한 다른 친구들과 낯선 사람들 모두에게 강한 매력을 지니고 있다는 사실을 안 것은 그로부터 수주가 지나고 난 뒤였다.

일리노이 시카고

단단한 체구에 언제나 힘이 넘치는 폴란드 이민이자, 성 베네딕트 성당의 수도원장이자, 또 문제가 많은 성직자들의 구원자인 스테판 비카직 신부에게 있어서, 그날은 지금까지 중에서 가장 바쁜 크리스마스 아침이었다. 게다가 낮이 지나면서, 그날은 즉각 그의 인생에 있어서 가장 의미심장한 크리스마스가 되었다.

그는 성 베네딕트 성당에서 두 번째 미사를 집전하고 나서 집에서 손수 만든 쿠키와 다른 선물들이 든 상자들과 과일 바구니들을 들고서, 교구관에 들린 교구 주민들과 인사를 나누느라 한 시간쯤 보냈다. 그 다음 차를 몰고 대학 병원으로 가서 그 전날 오후에 주택가의 샌드위치 가게에서 총격을 당한 윈톤 토크 경관을 방문했다. 토크는 전날 오후 내내는 물론이고 밤새도록 집중 치료를 받았다. 그렇게 위독한 상태는 아니었지만 계속 검사를 받아야 했기 때문에, 크리스마스날 아침 그는 집중 치료실 옆에 붙은 별실로 옮겨졌다.

비카직 신부가 도착했을 때, 윈톤의 아내인 레이넬라 토크는 남편의 병상을 지키고 있었다. 그녀는 보기 좋은 초콜릿 색깔 피부에 머리를 세련되고 짧게 자른 대단히 매력적인 용모의 여자였다.

"토크 부인, 저는 스테판 비카직이라고 합니다."

"설마……."

놀라는 부인을 향해 신부가 얼른 미소를 지었다.

"마음놓으십시오. 장례식을 거행하려고 여기에 온 게 아니니까요."

"그러셨군요. 전 아직 이이가 죽으리라고는 생각도 못해 본 일이라……."

부상을 당한 경찰관은 의식을 완전히 찾았을 뿐만 아니라, 정신도 아주 말짱했으며 그다지 심한 고통도 없는 상태였다. 그의 침대는 앉은 자세로 올려져 있었다. 그의 널찍한 가슴은 밴드로 두껍게 매어져 있었고, 목 주위에 심장 텔레미터법 장치가 매달려 있었으며 왼팔의 정중(正中) 정맥 척측피(尺側皮)에 포도당과 항생 물질을 섞어 만든 링거가 꽂혀 있는데도 불구하고, 그 전날의 엄청난 불상사를 고려해 볼 때 그는 상당히 건강해 보였다.

비카직 신부는 침대맡에 서 있었다. 그가 긴장하고 있다는 사실은 그가 무심코 그 억센 손으로 까만색 펠트제 중절모를 계속 돌리고 있다는 것 외에는 별로 드러나지 않았다. 그는 자신이 하고 있는 짓을 깨닫고서 재빨리 의자 위에 모자를 내려놓았다.

"토크 씨, 괜찮으시다면 어제 있었던 일에 대해서 몇 가지 여쭤 보고 싶습니다."

신부가 말했다.

토크와 그의 아내는 느닷없는 스테판의 청에 어리둥절한 표정을 지었다.

신부는 왜 자신이 그 일에 그렇게 관심을 보이는지에 대해서 완전하지는 않지만 부분적으로 설명을 해 주었다.

"지난 주 동안 윈톤 씨랑 같이 주택가를 순찰하던 동료 말입니다. 브렌던 크로닌이라고……그 사람은 제가 데리고 있는 사람입니다."

그는 계속 브렌던의 신분을 교회에서 일하는 평신도 일꾼처럼 가장했다.

"오! 그분을 정말 뵙고 싶군요."

레이넬라는 그 말을 하면서 표정이 밝아졌다.

"그 사람이 제 목숨을 구해 줬죠. 그 사람 정말로 정신나간 짓을 한 거예요. 저를 위해서 그렇게 해 준 건 고맙지만, 절대로 그런 일을 해서는 안 돼요."

토크가 말했다.

"크로닌 씨는 권총 강도들이 모두 죽었는지도 제대로 모르시면서 샌드위치 가게로 들어오셨대요. 자기도 총에 맞을지 모르는데……."

레이넬라가 말했다.

"그런 상황에서 그 가게 안으로 들어오는 건 엄격히 말해서 경찰들이 지켜야 하는 올바른 절차를 위배한 행위거든요. 만일 제가 그때 밖에 있었더라면, 전 아마 책에 나온 그대로 그 일을 처리했을 겁니다. 신부님, 브렌던이 한 일을 극구 칭찬할 수는 없지만, 그 사람이 그 일을 해 주지 않았더라면 전 틀림없이 죽었을 거예요. 그 사람은 제 생명의 은인인 셈이죠."

윈톤이 말했다.

"대단하군요."

비카직 신부가 말했다. 그가 브렌던의 용기 있는 행동에 대해서 들은 것은 이번이 처음인 것 같았다. 사실 어제 자신의 친구이자 윈톤 토크의 관할 구역을 담당하고 있는 경찰서장과 오랫동안 얘기를 나누면서, 신부는 브렌던이 한 일이 용기 있는 행동이라고 칭찬을 받기도 하지만, 그와 동시에 우둔할 정도로 바보스러운 짓이었다고 욕을 얻어먹는 소리도 들었었다.

"난 늘 브렌던이 믿을 만한 친구라는 걸 알고 있었지요. 그 사람이 응급 처치를 해 주었나요?"

"그 사람이 해 줬을지도 모르죠. 전 잘 모르겠어요. 제가 기억나는 건 다시 의식을 차리고……그때 제 옆에 그 사람이 있었어요……. 제 위에서 어렴풋이 보였죠……. 제 이름을 부르면서……. 하지만 전 안개 속에 싸인 듯이 정신이 몽롱한 상태였어요."

윈톤이 말했다.

"남편이 살아난 건 정말 기적이에요."

레이넬라가 떨리는 목소리로 말했다.

"진정해요, 여보. 나는 회복했잖소. 중요한 건 바로 그거 아니겠소?"

윈톤이 달래듯이 말했다. 아내가 진정된 듯하자, 그는 스테판을 쳐다보고 말했다.

"제가 그렇게 피를 많이 흘리고도 살아났다는 데 모두들 깜짝 놀랐어요. 제가 듣기로는 양동이 몇 개 정도 되는 양의 피를 흘렸대나 봐요."

"브렌던이 지혈을 해 주었나요?"

토크가 얼굴을 찡그리며 대답했다.

"모르겠어요. 아까 말한 대로 저는 정신이 몽롱한 상태였거든요. 거의 혼수 상태였어요."

비카직 신부는 자신이 직접 윈톤을 찾아온 이례적인 가능성에 대해 표내지 않으려고 애쓰면서 잠시 멈칫거렸다. 그리고 꼭 알아야 할 사항들을 어떻게 알아내야 하나 곰곰이 생각해 보았다.

"무슨 일이 일어났었는지 확실히 모르신다는 건 잘 압니다만…… 혹시 특별한 점을 눈치채지 못하셨나요? 브랜던의 손에 대해서 말예요."

"특별한 점이라뇨? 그게 무슨 뜻이죠?"

"그 사람이 선생의 몸을 만졌었죠. 그렇죠?"

"물론이죠. 제 맥을 짚어 보고……그리고 나서는 여기저기를 살펴보면서 출혈이 난 상처들을 찾아낸 것 같습니다."

"그렇다면 혹시 그 사람이 선생의 몸을 만졌을 때 이상한……그러니까 뭔가 다른 점을 못 느끼셨습니까? 조금 색다른 점이라든가?"

스테판은 상대에게 직접 대놓고 물어 보지 못하고 은근히 표 안 나게 떠봐야 한다는 것 때문에 조금은 암담해 하면서 다시 조심스럽게 물었다.

"신부님께서 어떤 뜻으로 그런 것들을 물어 보시는지 감이 잡히지를 않는군요."

토크의 말에 스테판 비카직은 고개를 흔들었다.

"아무 염려 마십시오. 다른 무엇보다도 중요한 건 선생께서 건강하게 계시다는 것뿐이니까요."

그는 시계를 얼핏 쳐다보고는 짐짓 놀라는 척하면서 말했다.

"세상에! 약속을 해 놓고서 그만 늦었군요."

그들 부부가 미처 대답을 하기도 전에 그는 의자 위에 놓인 모자를 얼른 집어 들고 윈톤의 회복을 빌며 급히 방을 나섰다. 갑작스런 그의 행동에 두 사람이 깜짝 놀란 것은 두말할 나위도 없는 일이었다.

대부분의 사람들은 비카직 신부가 자신에게로 걸어올 때면, 그가 교련 담당 하사관이나 축구팀의 코치리라 생각했다. 그의 단단한 체구와 자신감 넘치고 공격적인 태도는 사람들이 성직자 하면 떠올리는 그런 이미지와는 전혀 틀린 것이었다. 그리고 그가 서두르는 모습은 교련 담당 하사관이나 축구팀 코치라기보다는 아예 탱크처럼 보일 지경이었다.

비카직 신부는 토크의 방에서 나와 돌진하듯 복도 아래로 내려가서 두 짝짜리 육중한 자동식 문을 힘차게 밀치고 나갔다. 그리고 나서 또 다른 문을 지나 한 시간 전까지만 해도 부상을 당한 윈톤이 있었던 집중 치료실로 들어갔다. 그는 근무중인 내과의 로이스 앨브라이트 박사와 이야기를 나눌 수 있겠느냐고 물었다. 좋은 목적을 위해서 어쩔 수 없이 저지르게 되는 전혀 악의가 없는 사소한 거짓말을 신께서 용서해 주시길 빌면서, 스테판은 자신이 토크가의 담당 신부라고 밝히고 토크 부인이 아직도 확실하지 않은 남편의 건강 상태에 관해서 자세한 얘기를 들어 봐 달라고 자신을 보냈다고 넌지시 말을 던졌다.

앨브라이트 박사는 제리 루이스처럼 생긴 얼굴에, 헨리 키신저처럼 심하게 덜그럭거리는 시끄러운 목소리를 가지고 있어서 사람을 당황하게 만들기는 했지만, 비카직 신부가 알고 싶어하는 질문에 기꺼이 답해 주었다. 그는 윈톤 토크를 직접 진찰한 의사는 아니었으나, 그의 병세에 대해서 관심을 갖고 지켜 보고 있었다.

"토크 부인에게 더 이상 나빠질 위험이 없다고 안심시켜 주세요. 그분은 놀랄 정도로 빠르게 건강을 회복하고 있죠. 38구경으로 가슴에 두

발 맞았어요. 그것도 정통으로 말예요. 어제까지만 해도 여기에 있는 사람들 전부가, 그렇게 커다란 총탄을 가슴에 두 발씩이나 맞고서는 아무리 24시간 동안 집중 치료를 받는다 해도 못 살 거라고 생각했거든요. 토크 씨는 믿어지지 않을 정도로 운이 좋은 분이세요."

"탄환이 심장을 맞추지 못했나요? 아니면 다른 중요한 기관이라도?"

"그 뿐만이 아니라, 탄알 중에서 어느 한 개도 혈관이나 동맥계에 손상을 입히지 못했어요. 38구경의 총탄은 큰 구멍을 내게 되죠. 보통 그것으로 인한 출혈 때문에 희생자들이 목숨을 빼앗기게 되거든요. 토크 씨의 경우에는 주요 동맥과 혈관이 한 군데 맞기는 했지만, 그것도 그리 심한 편은 아니었어요. 정말로 운이 억세게 좋은 경우였죠."

"그렇다면 어떤 지점에서 총탄의 진행이 멈춰졌다고 생각해 볼 수도 있겠군요."

"글쎄요. 총탄이 빗나가기는 했지만, 멈춘 것은 아닙니다. 두 발의 탄알 모두가 부드러운 조직내에서 발견되었거든요. 게다가 또 한 가지 놀라운 점은 뼈가 부서지거나, 심지어 작은 골절조차도 생긴 곳이 없다는 겁니다. 거짓말처럼 운이 좋은 분이세요."

박사의 말에 비카직 신부는 고개를 끄덕였다.

"그의 몸에서 탄환 두 발을 빼냈을 때, 혹시 탄약이 표준 중량 이하였던 것 같은 표시는 없었나요? 그러니까 제 말은 혹시 탄알에 납이 너무 적어서 약포에 결함이 있었던 것은 아니냐는 거죠. 그런 경우라면 아무리 38구경 연발총이라고 해도 22구경짜리로 두 발 쏜 것보다 파괴력이 덜할 수도 있지 않을까요?"

앨브라이트는 얼굴을 찡그렸다.

"모르겠어요. 물론 그럴 수도 있겠죠. 그건 경찰이나……아니면 토크 씨 몸에서 탄환제거 수술을 하셨던 서넨포드 박사한테 물어 보시는 게 나을 겁니다."

"토크 씨는 출혈이 엄청났다고 들었는데요."

계속 얼굴을 찡그린 채로 앨브라이트가 대답했다.

"그 점에 관해서는 틀림없이 진료 차트에 착오가 있었던 것 같습니다. 그렇지 않아도 그것 때문에 서넨포드 박사께 말씀드리려던 참이었는데, 마침 오늘이 크리스마스라서요. 차트에 따르면 토크 씨는 수술실에 있던 4리터나 되는 양의 혈액 전체를 수혈받은 걸로 되어 있거든요. 물론 정확하지는 않은 것 같습니다만……."

"왜 정확하지는 않다는 말씀이죠?"

"만일 실제로 토크 씨께서 병원에 도착하기 전에 4리터 정도의 피를 흘렸다면, 최소한도의 혈액 순환도 할 수가 없는 상태였다는 얘기가 됩니다. 그렇다면 그분은 진작 죽었을 겁니다. 차갑게 돌처럼 굳어 있었을 거예요."

네바다 라스베가스

졸저의 양친인 메리와 피터 모나텔라 부부는 크리스마스날 아침 6시에 졸저의 아파트에 도착했다. 잠을 거의 못 자서 눈도 침침하고 기분도 약간 짜증스러웠지만, 그녀는 말시가 깨기 전에 깔끔하게 깎은 나무 둘레에 각자 적당한 위치를 잡아 놓기로 했다. 졸저만한 키의 메리는 지금은 비록 몸매도 뚱뚱하고 허리띠가 몸에 꽉 끼었지만 옛날에는 거의 딸만큼이나 몸매가 잡혔었다. 피터는 아내 메리보다도 키가 작은 편이었다. 그는 가슴도 두툼하게 살이 찌고, 점잖을 빼고 걷는 것처럼 건방져 보이는 인상이었지만, 지금까지 졸저가 아는 사람 가운데서 가장 겸손한 사람 중의 하나였다. 그들은 단 하나밖에 없는 손주에게 줄 선물을 잔뜩 가지고 왔다.

또한 그들은 졸저에게 줄 선물도 가지고 왔다. 물론 노부부가 보통 때 졸저를 찾아오면서 가지고 오는 선물하고는 다른 것이었다. 그 선물이란 바로, 좋은 뜻으로 하는 것이기는 하지만 그녀에게는 성가시게 느껴지는 비평과 원하지 않는 충고이자 그녀를 죄책감에 빠지게 만드는 말이었다. 메리는 문지방을 건너오기가 무섭게 졸저에게 가스 레인지 위의 환기통 뚜껑 청소를 해야겠다고 떠들더니 싱크대 밑칸을 뒤적거려서 세제와 걸레 같은 것을 찾아내어 직접 잡일을 했다. 그리고 아직도 크리스마스 트리가 충분히 장식되어 있지 않은 것처럼 보이자, "졸저, 트리에 조명을 더 달아야겠구나!"라고 의견을 말하기도 하고, 말시의 선물이 포장되어 있는 것을 보고는 실망스러운 듯이 "세상에! 졸저, 포장지가 너무 화사하지 못하구나! 리본도 너무 작아. 어린아이들은 산타클로스가 그려진 화사한 포장지랑 리본이 많이 달린 걸 좋아하거든." 하고 충고를 해 주기도 했다.

그녀의 아버지는 주방 조리대 위에 있는 커다란 쿠키 접시에 온통 불만이 집중되어 있었다.

"이건 전부 가게에서 산 것들이로구나, 졸저. 올해는 집에서 만든 쿠키는 없니?"

"아빠, 전 요새 계속 시간 외 근무를 섰어요. 그리고 나서 UNLV에서 수업을 받았구요."

"나도 여자 혼자서 아이를 키우는 것이 힘들다는 건 잘 안다, 얘야. 하지만 우린 아주 기본적인 이야기를 하고 있는 거야. 집에서 만든 쿠키를 먹는 것은 크리스마스의 가장 재미있는 거리 중의 하나잖니. 이건 어디까지나 아주 기본적인 일이야."

"그럼요. 아주 기본적인 것이고 말고요."

그녀의 어머니도 한마디 거들었다.

올해 졸저에게는 크리스마스의 기분이 꽤나 늦게 찾아오는 것 같았다. 심지어는 정작 크리스마스가 되어서도 크리스마스다운 기분이 거의 느껴지지 않았다. 물론 다 졸저가 잘되라고 해 주시는 말씀이기는 하지만 자신의 결점에 대해서 부모님들이 쉬지 않고 지적을 해대는 통에 그녀는 화가 치밀었다. 만일 말시가 6시 30분에 때맞춰 나타나지 않았더라면, 아마 그녀는 부모님과 함께 크리스마스를 지내고 싶은 기분을 잃어버렸을 것이다. 졸저는 말시가 나타나자마자, 살그머니 부엌으로 빠져나가 나중에 오후가 되면 함께 먹을 14파운드짜리 커다란 칠면조를 오븐에 집어 넣었다. 아이는 파자마 차림에 슬리퍼를 질질 끌면서 거실로 들어섰다. 오먼 락웰의 그림에 나오는 가장 이상적인 모습의 아이처럼 아주 귀여운 모습이었다.

"엄마, 산타 할아버지가 〈꼬마 의사 아가씨〉 진료 가방 가져오셨어?"

"그럼, 그것보다 더 좋은 걸 가져다 주셨어. 여기를 좀 봐! 산타 할아버지가 가져오신 걸 전부 봐요."

말시는 고개를 돌려서 지난밤 산타 클로스가 가져다 놓은 트리와 산더미처럼 쌓인 선물꾸러미를 쳐다보았다. 아이는 "와아!" 하고 소리치면서 숨을 헐떡였다.

아이의 흥분감은 졸저의 부모에게 그대로 전달되어서 환기통 뚜껑이나 가게에서 사온 쿠키 같은 하찮은 것들에 대해서는 까맣게 잊어버렸다. 잠시 동안 즐겁고 활기 찬 소리들로 아파트가 가득 찼다.

하지만 말시가 선물을 절반쯤 열어 보았을 무렵, 그 축제의 분위기가 차츰 바뀌기 시작했다. 그날 더 나중에 깜짝 놀랄 만한 모습으로 다시 나타나게 될 어두운 그림자가 조금씩 드리우기 시작했다. 아이는 축제 분위기에 걸맞지 않게 울음 섞인 목소리로 산타 할아버지께서 의사 놀이 세트를 잊어버리셨다고 투덜거렸다. 아이는 상자에서 선물들을 꺼낼 생각도 하지 않고 그렇게도 갖고 싶어하던 인형마저 버려 둔 채, 혹시 그 옆에 있는 선물 꾸러미 속에 진료 가방 세트가 들어 있나 보려고 포장을 손톱으로 정신없이 뜯어 보았다. 심상찮아 보이는 아이의 태도나 정신나간 듯한 눈빛이 졸저를 걱정스럽게 만들었다. 메리와 피터도 금세 그것을 눈치챘다. 그들은 말시에게 좀더 차분히 선물들을 잘 살펴보라고 말하기도 하고, 다음 것부터 너무 서둘러서 풀어 보지 말고 선물이 좋은지 안 좋은지 잘 살펴보라고 달래 보았지만, 그런 부탁도 아무 소용없었다.

아이는 결국 트리 아래에서 의사 놀이 세트를 찾아내지 못했다. 그것은 마지막 순간에 아이를 놀라게 해 주려고 옷장 속에 숨겨 놓았었다. 그러나 말시는 마지막 세 상자를 남겨 놓은 상태에서 〈꼬마 의사 아가씨〉

놀이 세트가 있으리라는 기대감에 하얗게 질리고 몸까지 벌벌 떨고 있었다.

도대체 그것이 왜 그렇게 중요한 것일까? 지금까지 풀러 본 장난감들 대개가 의사 놀이를 하는 진료 가방보다 훨씬 더 비싸고 재미있는 것들이었다. 그런데도 왜 아이는 유독 그것에만 온 신경을 집중하고 이상할 정도로 정신을 팔고 있는 것일까? 그리고 왜 그토록 그것 때문에 괴로워하고 있는 것일까?

말시는 트리 아래에 있는 선물들 중의 맨마지막 것과 메리와 피트가 준 선물을 열어 보았을 때, 마침내 울음을 터뜨리더니 비참할 정도로 흐느껴 울기 시작했다.

"산타 할아버지께서 가지고 오시지 않았어! 잊어버리셨다구!"

온갖 신기한 선물들이 방안 가득 어수선하게 널려 있는데도 아이가 그렇게 낙심한다는 것은 정말로 충격적인 일이었다. 졸저는 버르장머리 없는 말시의 태도가 몹시 걱정스럽기도 하고 한편으로는 기분이 언짢았다. 그녀는 말시가 뜻밖에 부당하게도 울화를 터뜨리자 부모님들이 깜짝 놀라셔서 풀이 죽은 채로 안절부절못하고 계신다는 것을 알 수 있었다.

불현듯 크리스마스 분위기가 와르르 무너져 가고 있다는 생각에 두려움을 느낀 나머지, 졸저는 급히 옷장으로 달려가 구두 상자 뒤에 숨겨 놓은 가장 중대한 선물을 꺼내서 다시 거실로 돌아왔다.

격한 절망감에 빠져 있던 말시는 선물을 보자 졸저로부터 그 상자를 빼앗듯이 낚아챘다.

"그게 저 애한테 무슨 뜻이라도 있는 거냐?"

메리가 물었다.

"글쎄, 그게 그리도 대단한 것이냐?"

피트도 궁금해 했다.

말시는 포장지를 정신없이 뜯고는 자기가 가장 갖고 싶어했던 물건이 들어 있는 것을 보았다. 아이는 금세 진정이 되었고 몸을 떨던 것도 그쳤다.

"〈꼬마 의사 아가씨〉야. 산타 할아버지가 잊어버리신 게 아니었어!"

"아가, 그건 아마 산타 할아버지께서 주신 선물이 아닐 거야."

졸저가 말했다. 그녀는 사랑하는 딸애가 이상하고 불쾌한 분위기에서 벗어나는 것을 보고 안심이 되었다.

"네가 받은 선물들 전부를 산타 할아버지께서 주신 것은 아냐. 붙어 있는 꼬리표를 좀더 자세히 살펴봐."

말시는 의심스러운 눈초리로 꼬리표에 적힌 글자들을 읽어 보고는 무슨 의미를 담은 건지 알 수 없는 묘한 미소를 지으면서 엄마를 올려다보았다.

"이건……아빠한테서 온 거네."

졸저는 부모님들의 시선이 자신에게 쏠리는 것을 느꼈지만, 그들과 눈길을 마주치지 않으려고 애썼다. 부모님들은 말시의 아빠인 앨런이 가장 최근에 사귀는 페퍼라는 이름의 머리가 텅 비고 몸가짐이 헤픈 금발 미녀와 함께 아카폴코로 날아가 버렸다는 것을 잘 알고 있었다. 게다가 말시에게 카드 한 장이라도 남겨 둘 만한 사람이 아니라는 것도 잘 알고 있었다. 그들이 졸저가 이런 식으로 그를 책임감에서 벗어나게 해 주려고 하는 것을 못마땅게 생각하고 있는 것이 틀림없었다.

나중에 졸저가 부엌으로 가서 오븐 앞에 쪼그리고 앉아 칠면조가 잘 익고 있는지를 살펴보고 있을 때, 그녀의 어머니는 그녀의 옆으로 다가와 허리를 굽히면서 조용히 물어 보았다.

"왜 그랬니, 졸저? 왜 저 애가 가장 갖고 싶어하던 선물에 그런 기생충 같은 녀석의 이름을 써넣은 거냐?"

졸저는 중도에 오븐 밖으로 선반을 빼서 칠면조를 불빛에 꺼내 보았다. 그녀는 국자로 납작한 냄비에서 떨어지는 국물을 떠서 구워지고 있는 칠면조 껍질에 뿌렸다. 마침내 그녀가 입을 열었다.

"변변치 못한 애비 때문에 말시의 크리스마스 기분을 망치게 하고 싶지 않았어요."

"진실을 숨겨서는 안 된다."

메리가 조용히 말했다.

"일곱 살짜리 아이에게 사실대로 알리기에는 너무 추악한 얘기들이에요."

"제 애비가 어떤 인간인지 빨리 알면 알수록 더 낫지. 앨런이 같이 살고 있는 여자에 대해서 네 아버지가 무슨 얘기를 들으셨는지나 아니?"

"정오까지는 틀림없이 익어야 될텐데."

졸저는 화제를 다른 데로 바꾸려고 했지만, 메리는 빠짐없이 그 얘기를 전했다.

"그 여자는 카지노의 전화 목록에 두 군데나 올라 있다는구나. 네 아버지가 들은 이야기가 바로 그거란다. 너 그게 무슨 뜻인지 아니? 그 여자는 전화만 걸면 언제든지 달려가는 콜걸이란 말이다. 앨런은 지금 콜걸이랑 동거하고 있어. 그놈 대체 어떻게 된 거 아니냐?"

졸저는 눈을 감고 길게 한숨을 내쉬었다.

메리가 계속 말했다.

"그 인간이 말시한테 아무것도 원하지 않는다면, 그걸로 된 거야. 그런 여자랑 살면서 어떤 병에 걸릴지는 아무도 모르는 일이잖니."

졸저는 칠면조를 다시 오븐에 넣고 문을 닫고서 자리에서 일어섰다.

"이제 그런 얘기 그만하시면 안 돼요?"

"난 그저 네가 그 여자가 어떤 여자인지 알고 싶어할 줄 알았다."

"그래요. 덕분에 이제 잘 알았어요."

그들의 목소리는 더욱 낮아졌고, 이야기가 점점 더 심각해져 갔다.

"만약에 어느 날 그 인간이 불쑥 나타나서 '페퍼와 난 말시를 데리고 아카폴코로 가고 싶소.'라고 말하면, 아니 디즈니랜드건, 아니면 그냥 뜨내기처럼 잠시 머무는 곳이든 어디든간에 그 애를 데리고 간다고 하면 그때는 어떻게 할래?"

메리의 말에 몹시 성이 난 듯 졸저가 대답했다.

"엄마, 그 사람은 말시랑 연관되는 건 어떤 것이든 하고 싶어하지 않아요. 그 애는 그 사람한테 책임감만 떠올리게 해 주는 존재일 뿐이라구요."

"하지만 만약에라도……."

"엄마, 제발 그만해요!"

목청을 드높이지는 않았지만, 그 세 마디에 졸저의 분노감은 그녀의 어머니에게 즉각적으로 효과를 나타났다. 메리의 얼굴에 상처를 받은 듯한 표정이 언뜻 스치고 지나갔다. 그녀는 괴로운 얼굴로 졸저로부터 얼굴을 돌렸다. 그녀는 재빨리 냉장고로 가서 냉장고 문을 열고 음식들을 지나치게 많이 넣어 둔 선반을 쭉 둘러보았다.

"오! 너 뇨키(간 치즈를 뿌려서 먹는 경단의 일종 — 역주)를 만들었구나."

"그건 가게에서 산 것 아니예요. 집에서 직접 만든 거예요."

졸저가 떨리는 목소리로 말했다. 사실은 엄마를 달래려는 뜻으로 한 말이었지만, 그녀는 자신이 한 말이 아까 아버지가 상점에서 사온 쿠키에 대해서 책망한 말에 대해서 꽁하고 있다가 고의로 따라한 말로 오해할 수도 있을 것 같다는 생각이 들었다. 그녀는 입술을 꼬옥 깨물고서 뜨겁게 솟구치는 눈물을 참으려고 애썼다.

계속 냉장고 안을 들여다보고 있었지만, 메리는 여전히 떨리는 목소리로 말했다.

"감자도 넣을 거지, 그렇지? 그리고 이건 뭐니? 오! 너 벌써 양배추 샐러드 만들려고 배추를 잘게 썰어 놓았구나. 나한테 도와 달라고 할 줄 알았더니, 이모저모 많이 생각하고 있었던 모양이로구나."

메리는 천천히 냉장고 문을 닫으면서, 시간을 끌어서 그런 어색한 순간을 넘길 수 있는 길이 없나 찾아보려고 애썼다. 그녀의 눈에서 눈물이 비쳤다.

졸저는 카운터에서 재빨리 밖으로 달려나가 엄마를 부둥켜안았다. 메리도 마찬가지로 딸을 껴안았다. 잠시 동안 그들은 서로 꼭 끌어안은 채로 있었다. 아무 말도 필요치 않았을 뿐만 아니라, 아무런 말도 할 수가 없었다.

딸을 꼭 껴안은 채로 메리가 말했다.

"내가 왜 이렇게 됐는지 모르겠구나. 우리 어머니도 나랑 똑같았지. 맹세코 너랑 이런 식으로 지내고 싶지는 않았었는데."

"지금 이대로의 모습으로 엄마를 사랑해요."

"아마 우리에겐 자식이라고는 너 혼자밖에 없어서 그럴지도 모르겠구나. 자식이 너 말고 둘만 더 있어도 이렇게 너한테 힘들게 굴지는 않았을 텐데."

"제 잘못이에요, 엄마. 제가 요새 너무 신경질적이어서."

"네가 이렇게 되지 않고 배기게 생겼냐? 다 그놈이 너를 이 모양 이 꼴로 만든 거야. 넌 말시도 키워야 되고, 학교에도 가야 되고……. 넌 얼마든지 신경질 낼 자격이 있어. 우리는 네가 너무나 대견하단다, 졸저. 네가 하고 있는 일들은 모두 용기가 필요한 일들인걸."

어머니는 졸저를 더욱 꼬옥 껴안았다.

거실에서 말시가 자지러지는 듯한 외마디 비명을 질러댔다.

'무슨 일이지?'

졸저가 궁금해 하면서 아치 모양으로 된 커튼을 들치고 거실로 들어갔을 때, 그녀는 아버지가 말시를 달래고 있는 모습을 보았다.

"여기 좀 봐라, 말시. 네가 이렇게 인형을 기울어뜨리면 인형이 울고, 요렇게 기울어뜨리면 인형이 웃는단다."

"난 그런 벙어리 인형하고는 놀기 싫어."

말시는 토라진 얼굴로 입을 삐죽거렸다. 그애는 의사 놀이 가방에서 플라스틱과 고무로 만든 가짜 피하 주사기를 꺼내 손에 쥐고 있었다. 뭔가 불안해 보이는 격렬함과 긴박감이 다시 그애를 사로잡고 있었다.

"제가 할아버지한테 또 한 대 놓아 드릴게요."

"하지만 넌 벌써 나한테 스무 대도 더 놓았는걸."

피트가 말했다.

"연습을 해야 한단 말예요. 지금부터 연습해 두지 않으면 나중에 커서 의사가 돼서 나를 치료할 수가 없단 말이에요."

아이의 대답에 피트는 격노한 얼굴로 졸저를 쳐다보았다.

"대체 이 애가 의사 놀이 장난감으로 뭘 하고 있는 거냐?"

메리가 말했다.

"저도 뭐하고 있는 건지 알았으면 좋겠어요."

졸저가 대답했다.

말시는 가짜 주사기의 피스톤을 밀면서 얼굴을 찡그렸다. 아이의 이마에 땀방울이 송글송글 맺혀 있었다.

"저도 뭔지 알았으면 좋겠어요."

졸저는 불안한 듯 되풀이해서 말했다.

매사추세츠 보스턴

오늘은 진저 바이스 생애에 있어서 최악의 크리스마스였다.

유태인인 아버지는 휴일이면 사람들과의 친교와 정이 더욱 화기 애애해지는 것을 좋아했기 때문에 늘 종교와는 상관없이 크리스마스를 축하했었다. 그리고 진저 또한 아버지가 돌아가시고 난 후 줄곧 12월 25일을 특별한 날로 생각하고 있었다. 오늘까지도 크리스마스가 그녀를 우울하게 만든 적은 한 번도 없었다.

조지와 리타는 진저가 그들 집안의 크리스마스 축하 파티에 한 가족 같은 기분을 느끼게 해 주려고 온갖 노력을 다 기울여 보았지만, 그녀 혼자 소외되었다는 느낌이 드는 것은 어쩔 수가 없었다. 해너비 가의 세 명의 아들들이 가족들을 동반해서 며칠 동안 베이워치에 지내러 오는 바람에 그 커다란 저택 전체가 아이들의 해맑은 웃음소리로 시끌벅적했었다. 팝콘을 꿰는 것에서부터 캐롤을 부르면서 이웃집을 돌아다니는 것까지, 모든 사람들이 진저를 해너비 가족의 전통 속으로 끌어들이려고 노력을 기울였다.

크리스마스 아침 그녀는 아이들이 산더미처럼 쌓여 있는 선물 꾸러미를 서로 앞다투어 풀어 보는 모습을 지켜 보기도 하고, 다른 어른들이 시범을 보이는 대로 아이들과 함께 마루 여기저기를 기어다니면서 새로운 장난감들을 조립하는 것을 돕고, 또한 아이들과 함께 장난감을 가지고 놀기도 했었다. 그렇게 지내는 두 시간 동안 그녀의 절망감은 다소 누그러 들고, 자신도 모르는 사이에 해너비 가족에 동화되는 듯싶었다.

그러나 점심 식사 시간이 되자, 진저는 다시 자신이 제자리에 앉아 있지 않은 것 같은 기분이 들었다. 점심 식탁은 휴일을 맞아 산해 진미로 풍성하게 차려져 있기는 했지만 다소 가볍게 들 수 있는 것들로 마련되어 있어서, 그날 저녁에 상다리가 휘어질 정도로 대단한 진수 성찬이 마련되어 있으리라는 것을 금세 알 수 있었다. 그들이 식탁에서 주고받는 대화들은 전부 예전에 가족들이 함께 지냈던 명절날에 대한 추억들을 회상하는 것이어서, 그녀는 감히 그 대화에 끼어들 수도 없었다.

점심을 들고 나서 그녀는 두통이 났다는 핑계를 대고는 자기 방으로 돌아왔다. 아름다운 부두의 경치가 마음을 다소 가라앉혀 주기는 했지만, 그녀는 웬지 계속 우울한 기분이 들었다. 그녀는 무엇보다도 파블로 잭슨이 내일 기억 장애에 관한 문제를 자세히 연구해서 다시 그녀에게 최면술을 걸 준비가 되었다고 전화를 걸어 주었으면 하고 바랐다.

진저가 파블로를 찾아간 일은 그녀가 예상했던 것보다 조지와 리타를 더욱 걱정스럽게 만들었다. 그들은 그녀가 도와줄 친구 하나 없이 기억 상실증의 발작을 일으킬 위험이 있는데도 불구하고 혼자서 제멋대로 밖에 나간 것에 기분이 상해 있었다. 그래서 그들 부부는 앞으로 그녀가 파블로의 아파트에 왕래할 때에는 반드시 리타나 일하는 사람들 중의 하나를 동반해서 차를 타고 가겠다는 약속을 받아냈다. 하지만 그녀가 그 마술사로부터 어떤 비정상적인 치료를 받으려고 했는지에 대해서는 이러쿵저러쿵 따지지 않았다.

부두의 경치를 바라보면서 마음을 가라앉히는 데는 어디까지나 한계가 있었다. 그녀는 창에서 고개를 돌리고 자리에서 일어나 침대로 갔다. 놀랍게도 침대맡의 테이블에 두 권의 책이 놓여 있었다. 하나는 그녀가 전에 그의 글을 읽은 적이 있는 팀 파워즈의 공상 소설이었고, 다른 하나는 〈바빌론의 황혼〉이라는 책의 사본이었다. 그녀는 대체 어디서 그 책들이 났는지 아무리 해도 생각이 나지 않았다.

그 방에는 그 책들 외에도 아래층에서 빌려온 다른 책들이 여섯 권 정도 더 있었다. 지난 두 주간은 책을 읽은 것 빼놓고는 한 일이 거의 없었다. 하지만 그녀가 파워즈의 책과 〈비빌론의 황혼〉이라는 책을 본 것은 처음이었다. 파워즈라는 작가의 책은 시간 여행을 하는 장난꾸러기 요정들이 미국 혁명 기간 동안 영국의 도깨비들에 대항해서 사람들의 눈에는 보이지 않는 은밀한 전쟁을 하는 이야기였다. 그녀의 아버지가 즐겨 읽으셨던 색다른 타입의 소설로 책의 내용이 무척 재미있을 것 같았다. 책 앞면에 종이 한 장이 허술하게 끼워져 있었다. 아마 그 책에 대한 평론 기사인 것 같았다. 리타의 친구 중에 〈글로브〉지에서 평론을 하는 사람이 하나 있어서, 이따금씩 책들이 서점에 나오기 전에 재미있을 것 같은 책들을 미리 넘겨주곤 했었다. 그 책들은 어제나 그제 사이에 얻은 것들이 분명했다. 리타는 진저가 소설을 읽는 것을 좋아하는 걸 눈치채고서 그녀의 방에 책들을 갖다 놓은 것이 분명했다.

그녀는 나중에 재미있게 읽으려고 파워즈의 책은 옆으로 치워 놓고, 더 가까운 자리에 있는 〈바빌론의 황혼〉을 집어 들었다. 도미니크 콜베이시스. 한 번도 이름을 들어 본 적이 없는 작가였지만, 그 책의 줄거리를 간단하게 요약해 놓은 내용이 그녀의 흥미를 돋구었다. 첫 페이지를 읽자마자, 그녀는 그 책에 홀딱 빠져 들었다. 진저는 본격적으로 계속해서 책을 읽기 전에 침대에서부터 안락 의자로 자리를 옮기고 난 다음, 그제서야 책 뒤표지에 나온 작가의 사진을 얼핏 쳐다보았다.

그 사진을 본 순간, 그녀는 숨이 탁 막히는 것 같았다. 공포심이 그녀의 온몸을 감쌌다.

그녀는 순간적으로 그 사진이 자신을 깜짝 놀라게 만들어서 다시 일시적인 기억 상실증에 빠지도록 자극을 주는 것이라는 생각이 들었다. 그녀는 책을 옆으로 내팽개치려고 했지만 그럴 수가 없었다. 게다가 자리에서 일어설 수도 없었다. 그녀는 심호흡을 몇 번 하고서 눈을 감고 맥박이 정상으로 가라앉을 때까지 기다렸다.

눈을 뜨고 다시 그 작가의 사진을 보았을 때, 아까 맨처음처럼 그렇게 심하지는 않았지만 그 사진은 여전히 그녀를 불안하게 만들었다. 그녀는 웬지 그 남자를 전에 본 적이 있는 것 같은 느낌이 들었다. 분명히 어디선가 만난 적이 있는 것 같았다. 그리고 그게 언제 어디서였는지는 기억할 수 없지만, 썩 좋은 상황은 아니었던 것 같은 생각이 들었다. 책 표지의 안쪽 부분에 적힌 작가에 대한 간략한 약력을 통해서 그녀는 그가 오레곤 주 포틀랜드에 살았었고, 현재는 캘리포니아의 라구나 비치에서 살고 있다는 것을 알았다. 두 군데 모두 그녀가 한 번도 가본 적이 없는 곳이었으므로, 언젠가 길을 가다가 우연히라도 마주친 적이 있다고 생각할 수는 없는 노릇이었다. 도미니크 콜베이시스. 나이는 35세 정도에, 젊은 시절의 안소니 퍼킨스의 모습을 연상하게 할 만큼 멋진 남자였다. 혹시 어디선가 그를 마주친 적이 있었다면 절대로 그를 잊어버릴 수 없으리라 생각할 만치 강하게 끌릴 만한 인상과 용모를 가진 사람이었다.

그 사진에 대해서 그녀가 순간적으로 그런 반응을 보였다는 것은 이상한 일이었다. 그리고 그건 지나치게 긴장한 상태에서 생긴 아무 의미도 없는 하찮은 일로 접어 둘 수도 있는 일이다. 하지만 지난 두 달 간 그녀는 자신에게 벌어지는 이상한 상태가 어떻게 발전되는지 신중하게 고려해 봐야 한다는 사실과 함께 비록 아무리 무의미해 보이는 일일지라도 거기서 뭔가 의미를 찾아야 한다는 점을 배웠다.

그녀는 콜베이시스의 사진을 가만히 들여다보면서 그 사진이 자신의 기억을 자극시켜 주었으면 하고 바랐다. 결국 거의 투시력적인 감각을 가지고 볼 때, 〈바빌론의 황혼〉이라는 작품은 분명히 그녀의 인생에 대단한 영향을 미치게 될 것이다. 그녀는 책을 펼쳐 들고 읽기 시작했다.

일리노이 시카고

스테판 비카직 신부는 대학 병원에서부터 시내를 가로질러 곧장 시카고 경찰국의 과학 수사 본부에서 운영하는 연구실로 차를 몰았다. 그날이 크리스마스이기는 하지만, 시 당국에 소속되어 있는 작업반원들은 아직도 거리에서 어젯밤 내린 눈을 치우고 있었다.

낡은 관청 건물 안의 경찰 연구실에서는 두 명의 남자들만이 근무를 서고 있었다. 칙칙한 방들이 사막의 모래 아래 깊숙이 묻혀 정교하게 만들어진 이집트의 고분처럼 황폐한 느낌을 주었다. 발자국 소리가 타일 바닥과 높은 천장 사이에서 계속 반사되어 복도에 울려 퍼졌다.

연구실의 사람들은 경찰과 치안계 이외의 다른 사람들과는 정보를 나누지 않는 것이 보통이었지만, 시카고의 경관들 중 반 이상이 카톨릭 신자였으며, 그것은 곧 비카직 신부가 경찰 쪽의 유력 인사들 중에서 두세 명 이상은 친구로 가지고 있다는 뜻이 되는 셈이었다. 스테판은 그런 친구들 중의 몇몇에게 자신의 이름을 대고 청원을 하게 해 달라고 귀찮게 졸라댔고, 그들은 그가 과학 수사 본부와 접촉할 수 있도록 주선을 해 주었다.

맨 먼저 그를 맞아 준 것은 머리가 홀딱 벗겨지고 콧수염을 팔자(八字)로 기른, 올챙이처럼 배가 볼록하게 나온 머피 에임즈 박사라는 남자였다. 신부가 대학 병원에 가려고 수도원장실을 떠나기 전에 미리 전화를 걸어 두어서 두 사람은 아까 이미 전화로 통화를 한 상태였었고, 그래서 머피 에임즈는 신부를 맞을 준비를 하고 있었던 것이다. 두 사람은 연구실 작업대의 걸상에 자리를 잡고 앉았다. 비둘기 똥이 줄무늬처럼 더덕더기가, 진 불투명한 기다란 창이 그들 앞에 거대한 모습을 드러내고 있었다. 에임즈는 대리석으로 만든 작업대의 꼭대기에 서류 접책과 몇 개의 다른 자료들을 펼쳐 놓았다.

"우선 이 말씀은 드려야겠군요, 신부님. 샌드위치 가게에서 일어난 충격 사건에 대해서 혹시라도 공판이 열릴 가능성이 있었다면, 절대로 이 사건에 대한 정보를 보여 드리지 않았을 겁니다. 하지만 가해자 두 명이 모두 죽었으니까 재판정에 설 사람도 없으리라고 생각했죠."

"감사합니다, 에임즈 박사. 정말로 고맙게 생각하고 있어요. 그리고 저를 위해서 시간과 노력을 들여서 애써 주셔서 정말로 감사합니다."

머피 에임즈의 얼굴에는 숨길 수 없을 만치 강한 호기심이 나타나 있었다.

"신부님이 이 사건에 대해서 그렇게 관심을 가지시는 이유를 잘 모르겠군요."

"이건 전적으로 나만 잘되자고 그러는 게 아닙니다."

스테판은 말뜻을 알 수 없는 모호한 말로 대답했다.

신부는 연구실에서 자신을 기꺼이 받아들이도록 손을 써 준 고위 당국자들에게도 자신의 방문 목적을 밝히지 않았고, 에임즈에게도 밝히지 않을 작정이었다. 무엇보다도 만일 그가 심중에 있는 얘기를 털어놓는다면, 사람들은 그가 머리가 돌았다고 생각하고 그에게 협조를 해 주지 않았을 것이다.

"신부님께서는 그 탄알에 대해서 말씀하셨죠?"

에임즈는 신부가 비밀을 털어놓지 않자 불끈해서 물었다. 그리고는 끈으로 봉해서 묶어 둔 노란색 서류 봉투를 열어서 그 안에 들어 있던 것들을 손바닥 위에 올려 놓았다. 그것은 두 개의 납덩어리였다.

"의사가 윈톤 토크의 몸에서 빼낸 것이죠. 말씀하신 대로 신부님께서는 특별히 총알에 관심이 있으시다구요?"

"그렇습니다."

신부는 에임즈가 건네주는 총알들을 자신의 손에 받아 들었다.

"물론 박사께서도 이 총알들의 무게를 재어 보셨으리라 생각합니다. 제가 알고 있기로는 그게 표준적인 절차라고 하던데요. 38구경 총일 경우 탄환의 무게가 얼마나 나가야 하죠?"

"그러니까 신부님 말씀은 그 총알들이 충돌하면서 혹시 파편이 되지 않았냐는 말씀이신가요? 아뇨. 그렇지 않았습니다. 총알들이 대단히 심하게 찌그러져 있는 걸 보면 분명히 뼈에 부딪혔을텐데, 놀랍게도 적게든 크게든 조금도 쪼개지지가 않았어요. 실제로는 너무나 완전한 상태죠."

비카직 신부는 자신의 손에 들려 있는 총알들을 내려다보면서 말했다.

"실제로……그러니까 제 말은 보통 38구경 탄환에 비해서 이 총알들의 무게가 덜 나가지는 않았나는 뜻입니다. 실수로 공장에서 탄약이 기형으로 만들어졌다거나……. 이 총알들은 정확히 규격 사이즈였나요?"

"물론이죠. 그건 틀림없습니다."

"엄청난 상해를 입힐 만큼 탄환이 크지 않았나요? 끔찍할 정도로 말예요……. 그 총은요?"

비카직 신부가 생각에 잠긴 채 물었다.

아까보다 더 커다란 봉투에서 에임즈는 윈톤 토크를 쏜 연발 권총을 꺼냈다.

"총신이 짧은 스미스 앤드 웨슨사의 38구경 취프스 스페셜입니다."

"그걸 검사하고 나서 시험 발사를 해 보셨나요?"

"그렇습니다. 그것도 표준적인 시험 절차 중의 하나니까요."

"뭔가 잘못된 것 같은 부분은 없었습니까? 특별히 총구가 잘못 만들어졌다든지, 아니면 총알이 원래보다 훨씬 더 느린 속도로 총구에서 발사되도록 만들어졌다든지……뭐 다른 이상한 점은 없었나요?"

"신부님, 그건 굉장히 색다른 질문이지만, 대답은 노우입니다. 그건 스미스 앤드 웨슨사의 제작한 다른 여느 총들이나 마찬가지로 훌륭한 품질 기준에 따라 아주 잘 만들어진 취프스 스페셜이에요."

에임즈가 총알을 꺼냈던 것을 보고서 발사돼서 탄약을 다 써 버린 두 개의 총알을 다시 그 조그만 봉투에 도로 집어 넣으면서, 비카직 신부가 물었다.

"이 총알들의 약포는 어땠습니까? 지나치게 화약이 조금 들어 있었을 가능성은 없었나요? 그래서 총을 쏴도 제대로 상대를 공격할 수 없게 말입니다."

신부의 질문에 에임즈 박사는 눈을 깜박거렸다.

"제가 한 가지 추측하건대, 신부님께서는 왜 그 38구경 탄환 두 발이 윈톤 경관에게 더 많은 손상을 입히지 못했는지, 그 이유를 찾아내려고 하시는 것 같군요."

신부는 고개를 끄덕였지만, 더 이상 상세한 설명은 하지 않았다.

"그 연발 권총에 아직 쏘지 않은 탄환들도 있나요?"

"예. 두 발요. 권총 강도가 입고 있던 재킷의 한쪽 주머니에도 여분으로 남겨 두었던 탄약이 있구요. 열두 발쯤 더 있었을 겁니다."

"혹시 그 탄환들의 장약이 제대로 채워지지 않았는지 알아보기 위해서 발사하지 않은 유탄들을 분해해 보셨나요?"

"그렇게 할 필요는 없었습니다."

머피 에임즈가 대답했다.

"그럼 지금 그것들 중에서 하나를 살펴보실 수는 없을까요?"

"가능하기는 하지만, 왜죠? 신부님, 대체 지금 하시는 일들이 전부 대체 뭐죠?"

박사의 추궁에 스테판은 나직이 한숨을 내쉬었다.

"저도 이게 너무 지나친 요구이고, 박사님께서 친절하게 도와주시는데 대한 보답으로 제가 당연히 이 일에 대한 설명을 해야 한다는 건 잘 알고 있습니다. 하지만 그럴 수가 없습니다. 아직은 안 돼요. 의사나 변호사들과 마찬가지로 우리 성직자들도 때로는 신용을 소중히 생각하고 비밀을 지켜 줘야 한다고 생각합니다. 그러니 제가 지금 저 혼자서 제멋대로 호기심을 가지고 지켜 보고 있는 일을 다른 사람에게 쉽게 털어놓을 수가 없군요. 만일 그 일을 누군가에게 털어놓게 된다면, 제일 먼저 박사님께 말씀 드리겠습니다."

에임즈는 스테판의 눈을 똑바로 응시했다. 마침내 박사는 또 다른 봉투를 열었다. 그 봉투에는 죽은 권총 강도의 38구경 취프스 스페셜에서 나온, 아직 사용하지 않은 탄약들이 들어 있었다.

"여기서 잠시 기다리십시오."

20분쯤 지나자, 에임즈는 내부를 둘로 절개한 38구경 특수총의 탄약이 들어 있는 흰색 에나멜 실험 접시를 들고 다시 연구실로 나타났다. 그는 연필로 지적을 해 가면서 탄환의 절개한 부분들에 대해서 여러 가지 설명을 해 주었다.

"이건 탄약 장전원(員) 조립품이 장착되는 케이스 머리 부분입니다. 격침(擊針)이 바로 여기를 치게 되는 거죠. 케이스의 다른 쪽 머리 부분 위에 있는 이 구멍은 탄약 장전원 패킷에서부터 화약 칸까지 이르는 발화 구멍입니다. 여기까지는 전혀 아무런 이상이나 공정상의 결함이 없습니다. 탄약의 다른 끝에서 그 바닥 위에 주름을 잡은 동으로 만든 가스잭이 장치된, 납으로 만든 반자동 구멍 차단기가 총알이 총구에 이르는 속도를 지연시키게 됩니다. 총알 주위의 조그만 탄피 홈들은 포신이 지나가기 쉽도록 기름을 채우는 거죠. 여기에도 잘못된 부분은 전혀 없습니다. 그리고 케이스 머리 부분과 총알 사이의 안쪽 부분이 화약 칸입니다. 때로는 연소실이라고도 불리죠. 거기서 제가 이런 조그만 회색 박편 물질들이 쌓여 있는 것을 빼낸 겁니다. 탄약 장전원에서부터 발화구를 지나서 불꽃을 내며 연소하게 되는 거죠. 탄약구에서 총알을 발사하면서 폭발하는 겁니다. 보시다시피 화약 칸을 가득 채우는 데 충분한 양의 니트로셀룰로오스가 들어 있죠. 확실히 하기 위해서 제가 다른 탄알 하나를 더 분해했습니다."

에임즈는 절개해 놓은 두 번째 탄약을 연필로 가리켰다.

"이것 역시 잘못된 부분은 아무데도 없었습니다. 아주 단단하게 잘 만들어지고, 성능이 확실한 레밍턴 탄약을 사용했죠. 토크 경관은 그저 운이 아주 좋은 사람일 뿐이었읍니다, 신부님. 그것도 아주 억세게 운이 좋은 사람이죠."

뉴욕 주 뉴욕 시

잭 트위스트는 제니와 함께 병실에서 크리스마스를 보냈다. 그녀를 아내로 맞은 지도 벌써 13년이 되었다. 그녀와 함께 명절을 보내는 것은 너무나 잔인한 일이었다. 하지만 그녀를 그렇게 혼자 내버려두고 다른 곳에서 휴일을 지내는 일은 훨씬 더 잔인한 짓일 것이다.

제니가 결혼 생활의 거의 3분의 2를 혼수 상태에서 보내기는 했지만, 서로 함께 지낼 수 있는 시간을 잃어버렸다고 해서 아내에 대한 잭의 사랑을 식게 만들 수는 없었다. 아내가 그에게 미소를 보내 주거나, 그의 이름을 불러 주거나, 서로 키스를 나눈 지도 벌써 8년이 넘었건만, 적어도 그의 마음속에서의 시간은 과거의 그 시간대로 멈추지 않고 있었다. 그의 마음속에서 그녀는 여전히 아름답고 생기에 넘치고 상큼한 얼굴을 한 어린 신부인 제니 메어 알렉산더로 남아 있었다.

중앙 아메리카의 감옥에서 감금되어 있는 동안, 그는 제니가 집에서 그를 기다리면서 그를 그리워하고 매일 밤 그가 무사히 돌아오기만을 기도하고 있으리라는 것을 생각하고 모든 것을 참고 견뎠었다. 모진 고문과 주기적으로 밥을 굶기는 호된 고통을 겪으면서도, 그는 언젠가 제니가 반갑게 자신을 껴안아 주고 그녀의 해맑은 웃음소리를 들을 수 있게 되리라는 희망으로 끝까지 버티어 냈었다.

붙잡힌 네 명의 대원들 중에서 잭과 단짝인 오스카 웨스톤만이 끝까지 살아 남아서 탈출하는 데 아슬아슬한 위기를 겪기는 했지만 무사히 집으로 돌아오게 되었다. 그들은 조국에서 자신들을 그 나라에 그대로 내버려두지는 않으리라 굳게 믿으면서 구조되기까지 거의 1년이라는 시간을 기다렸었다. 특공대원들이 자신들을 구해 줄 것인지, 아니면 외교 채널을 통해서 자신들을 구출해 줄지에 대해서 때로는 자기들끼리 논쟁을 벌이기도 했었다. 그 곳에 붙잡힌 지 7개월이 지난 후에도 그들은 조국에서 자신들을 구출해 주리라는 것을 변함없이 굳게 믿고 있었지만, 그때는 더 이상 그대로 앉아서 기다리고 있을 수만은 없는 상태가 되었다. 그들은 살이 몹시 빠진데다 영양이 부족해서 위험한 수위까지 말라 비틀어져 있었다. 게다가 이름도 모르는 풍토병을 앓고 있는데도 제대로 치료를 해 주지 않아서 극도로 쇠약해져 있었다.

그 곳을 탈출할 수 있는 유일한 기회는 그들이 재판을 받기 위해서 정기적으로 인민 부대로 가는 때뿐이었다. 4주에 한 번씩 잭과 오스카는 감방에서 나와 차를 타고 인민 부대로 가곤 했었다. 그 곳은 수도의 심장부에 위치한 깔끔하고, 빛도 잘 들고, 벽도 없이 개방되어 있는 시설로, 현정권의 인도주의 정신을 선전함과 동시에 외국 기자들에게 감동을 주려고 특별히 만든 일종의 전시용 감옥이었다. 거기서 그들은 공손하기 그지없어 보이는 심문을 받기 위해서 비디오 카메라 앞에 서기 전에 샤워를 하고, 이를 잡고, 깨끗한 옷을 입고 나서, 쓸데없는 짓을 하지 못하도록 수갑이 채워진 채 자리에 앉혀졌다. 대개 그들은 역겨운 말로 신랄한 질문을 받았었다. 어차피 테이프는 편집당할 것이었기 때문에, 그들이 대답하는 내용은 그다지 중요하지 않았다. 그리고 억양이 그다지 두드러지지 않도록, 영어를 할 줄 아는 언어학자들에 의해서 그들이 한 번도 한 적이 없는 말들이 더빙되었다.

일단 선전용 필름이 만들어지고 나면, 그들은 폐쇄 회로 텔레비전을 통해서 다른 방에 모여 있는 외국 기자들과 인터뷰를 했다. 카메라는 절대로 그들을 가까이에서 비추지 않았고, 그들의 대답은 질문을 한 사람들의 귀에 들리지 않게 되어 있었다. 보이지 않는 곳에 있는 정보부 요원이 카메라가 비추는 범위 밖에 장치한 다른 마이크를 통해서 다시 한번 그들 대신으로 기자들에게 답변을 했었다.

그들이 억류된 지 11개월째로 접어들 무렵, 잭과 오스카는 다음 번에 훨씬 보안이 덜 삼엄하고 호송원들도 훨씬 적은 대외 홍보용 시설로 이송될 때 탈출을 할 계획을 세우기 시작했다.

한때는 굉장한 힘을 가졌던 그들의 젊은 몸은 지칠 대로 지친 상태였고, 그들이 가지고 있던 무기라고는 쥐 뼈로 만든 바늘과 면도칼밖에 없었다. 그것도 그들이 감방의 돌벽에 대고 열심히 문지르고 갈아서 겨우 모양을 만들고 날카롭게 간 것들이었다. 비록 모양은 보잘것없는 것이었지만 그 무기들은 아주 날카로운 것들이었다. 하지만 아무리 그렇다고 해도 잭과 오스카는 그것들을 가지고 총을 맨 호송원들을 이겨 내야 했다.

놀랍게도 정말 그들은 호송병들을 이겨 내고 말았다. 일단 그들은 인민 부대 안에서 그들을 2층에 있는 샤워실로 호송해 준 단 한 명뿐인 호송병의 보호 아래서 다시 귀환되어졌었다. 그 경비병은 권총용 가죽 케이스에 총을 넣어 두고 있었다. 그 시설 자체가 수도의 가장 커다란 유치장 안에 있는 또 하나의 유치장이나 마찬가지였다. 그 경비병은 잭과 오스카가 몹시 사기가 죽고, 몸도 쇠약하고, 아무 무기도 갖고 있지 않다고 확신하고 있었기 때문에, 그들이 충격적이리만치 갑작스럽고도 잔인하고 야만적으로 그에게 달려들어서 옷 속에 숨겨 두었던 쥐 뼈로 만든 면도칼을 꺼내며 달려들자 몹시 놀라고 말았다. 그는 목을 두 번 찔린데다 오른쪽 눈이 완전히 꼬챙이에 찍히는 바람에 비명을 지르거나 다른 경찰이나 군인들을 부를 수가 없었다.

탈출한 사실이 발각되기 전에, 잭과 오스카는 죽은 경비병의 권총과 탄약을 빼앗아 서는 사람들의 눈에 띄거나 경보 장치가 울려서 붙잡힐지도 모르는 위험을 무릅쓰고 대담하게 복도로 도망치기 시작했다. 하지만 역시 그 곳은 축소판 보안 "재교육" 센터나 마찬가지였으므로, 그들은 조심해서 계단통으로 나가 어두운 지하실로 내려갔다. 거기서 그들은 줄지어 늘어서 있는 곰팡내 나는 창고들을 지나 남의 눈에 띄지 않도록 민첩하게 계속 앞으로 나아갔다. 그들은 그 건물 끝에서 물건을 선적하는 부두와 출구를 찾아냈다.

지금 막 화물 트럭에서 군수품들이 든 일고여덟 개 정도 되는 커다란 상자들을 내려놓아서, 널찍한 두 군데의 선창에서부터 그들과 그리 멀지 않은 곳까지 물건들이 쭉 물러나 있었다. 그리고 트럭을 모는 운전수는 다른 사내 하나와 뭔가 열심히 떠들어대고 있었다. 둘 다 서로에게 종이들을 끼워 둔 서류철을 흔들어대고 있었다. 눈에 보이는 사람들이라고는 그들 두 사람뿐이었다. 그들이 얼굴을 돌리고서 사방이 유리로 되어 있는 사무실로 향하는 순간, 잭과 오스카는 막 짐을 내린 상자들이 있는 곳까지 살금살금 달려가서 거기서 다시 운송 트럭 뒤로 갔다. 그리고 아직도 다 내리지 못한 짐꾸러미 뒤에 숨었다. 몇 분이 지나자, 운전수는 욕을 하면서 다시 트럭으로 돌아와서 화물칸의 문을 쾅 닫고서, 경보가 울리기 전에 그 곳을 떠나 시내로 향했다.

10분쯤 지나 인민 부대에서부터 여러 구획 떨어진 지점에서 트럭이 멈춰 섰다. 운전수는 뒷문의 빗장을 벗기고, 잭과 오스카가 벽처럼 쌓여 있는 상자들 뒤에서 불과 몇 인치 떨어지지 않은 곳 뒤에 숨어 있다는 것을 깨닫지 못한 채로, 짐 하나만 내리고 나서 물건을 가지고 어떤 건물 안으로 들어갔다. 그 사이 잭과 오스카는 숨어 있던 곳에서 빠져 나와 급히 도망쳤다.

그들은 몇 블록 가지 않아 진흙길로 되어 있는 낡고 초라한 오두막들이 있는 지역을 발견했다. 그 곳에 사는 사람들은 옛 독재자보다도 새로운 독재자를 더 싫어하는 가난으로 찌든 주민들로, 기꺼이 두 명의 미국인들을 숨겨 주었다. 어둠이 내린 후, 두 사람은 빈민촌의 주민들로부터 약간의 식량을 얻어서 교외를 향해 출발했다. 그들은 사람들이 밭을 매러 현관을 열고 밖으로 나오기 시작할 때, 얼른 헛간으로 숨어들어가 날카로운 쇠스랑과 시들어 빠진 사과 몇 개, 나중에 교도소에서 지급한 누더기가 떨어졌을 때에 입을 가죽 편자공의 앞치마와 신발로 대용할 수 있는 올이 굵은 삼베 가방, 그리고 말 한 필을 훔쳤다. 새벽이 오기 전에 밀림 끝에 다다른 그들은 거기서 말을 버리고 다시 걸어서 국경을 향해 가기 시작했다.

그들의 몸은 쇠약해질 대로 쇠약해진데다 음식도 제대로 먹지 못하고, 무기도 경비병으로부터 빼앗은 총과 낫밖에는 가지고 있지 않았다. 그들은 나침반도 없이 해와 별들에 의지해서 길의 방향을 정했고 열대림을 헤치면서 계속 북쪽으로 걸어 8마일쯤 떨어져 있는 국경으로 향했다. 그런 악몽 같은 여정을 마칠 때까지 잭이 끝까지 살아 남을 수 있도록 가장 큰 힘이 되어 준 것은 오직 제니였다. 그에게는 오직 그녀에 대한 그리움과 그녀에 대한 꿈과 그녀에 대한 갈망뿐이었다. 일주일 후 오스카와 함께 눈에 익은 지역에 다다르자, 잭은 자신이 끝까지 살아 남을 수 있었던 것은 밀림 정찰대에서 받은 훈련 때문이기도 했지만 그보다 더 큰 이유는 제니가 있었기 때문이라는 것을 잘 알고 있었다.

그 순간 그는 최악의 사태는 모두 그걸로 끝이라고 생각했었다. 하지만 그의 생각은 틀리고 말았다.

아내의 침대맡에 앉아 카세트에서 흘러 나오는 크리스마스 캐롤을 들으면서, 잭 트위스트에게 다시 불현듯 슬픔이 밀어닥쳤다. 그에게 크리스마스는 너무나 가혹한 시간이었다. 그는 감옥에서 보냈던 크리스마스를 되새겨 보면서, 자신을 끝까지 버티게 해 주었던 그녀에 대한 수많은 꿈들을 회상하고 있을 수밖에 없었다. 하지만 그 당시 이미 그녀는 혼수상태에 빠져서 그에 대한 생각을 할 수도 없었는데…….

그래도 그에게는 꿈이 있기에 행복했던 휴일이었다.

일리노이 시카고

성 요셉 아동 병원의 복도와 병동들을 지나가면서, 스테판 비카직 신부의 기분은 한껏 격양되어 있었다. 그는 벌써 붕 뜬 것처럼 유쾌하게 보였는데 그저 예사롭지만은 않은 일 같았다.

병원은 방문객들로 붐비고 있었고, 병원 안내 방송을 통해서 계속 크리스마스 캐롤들이 흘러 나오고 있었다. 어린 환자들의 부모와 형제 자매들, 할머니와 할아버지들, 친척들과 친구들은 모두 여러 가지 선물들과 맛좋은 음식과 옷들, 건강을 기원하는 카드나 물건들을 손에 들고 있었다. 평소에는 침울하기만 하던 병실에서, 보통 때 한달 내내 병실에서 흘러 나오는 것보다도 더 큰 웃음소리들이 새어 나왔다. 대부분 중병으로 심하게 고통을 겪고 있는 환자들까지도 잠시 고통을 잊은 채 환한 미소를 지으면서 생기에 넘쳐서 이야기꽃을 피우고 있었다.

그중 그 병원에서 열 살짜리 에멀린 햄버그의 침대맡에 모인 사람들 사이에서보다 더 많은 희망이나 웃음소리가 터져나오는 곳도 없었을 것이다. 비카직 신부가 자신을 소개하자, 소녀의 부모들과 두 명의 여자 형제, 그리고 조부모들과 각각 한 명씩 되는 숙모와 삼촌은 그가 병원의 담임 신부 중의 하나인 줄 알고 그를 반갑게 맞아 주었다.

그 전날 브렌던 크로닌에게 들은 바에 의하면, 스테판은 그 애가 운

좋게도 병이 치료된 어린 소녀이리라는 정도는 예상하고 있었다. 하지만 에멀린의 상태는 전혀 생각지도 못한 것이었다. 그 애는 볼에 홍조를 띠고 있었다. 브렌던의 말에 의하면 두 주 전만 해도 그 애는 불구에다가 점점 죽어 가고 있는 상태였었다. 하지만 현재 그 애는 더 이상 창백하지 않았으며 건강한 혈색이 되돌아와 있었다. 그 애의 까만 눈동자는 파리한 형광등 불빛 아래에서도 초롱초롱하게 빛났다. 그리고 그 애의 관절 마디는 부풀어 있지도 않았으며, 완전히 고통이 사라진 사람 같았다. 소녀는 건강을 회복하려고 죽음과 용감하게 맞서 싸우는 병자 같지가 않았다. 오히려 벌써 병이 다 나은 것 같았다.

그중에서도 가장 놀라운 사실은, 에미가 침대에 누워 있는 것이 아니라 목발을 짚고 자리에서 일어나, 기뻐하고 감탄해 마지않는 친척들 사이를 왔다갔다 하고 있다는 점이었다. 휠체어는 어디로 갔는지 이미 치워져 있었다.

비카직 신부는 곧 방을 나서면서 말했다.

"그럼, 전 이제 그만 가 봐야겠습니다. 전 그저 제 친구가 성탄을 축하한다는 메시지를 전하려고 잠깐 들른 것뿐이니까요. 브렌던 크로닌 말이에요."

"아! 땅딸보 아저씨! 그 아저씨는 정말 굉장해요. 그렇죠? 그 아저씨가 이제 여기서 일하지 않으신다고 해서 제가 얼마나 섭섭해 했다구요. 여기 있는 사람들 모두가 그 아저씨를 굉장히 보고 싶어해요."

소녀가 행복한 얼굴로 말했다.

에미의 어머니가 말했다.

"전 그 땅딸보 아저씨라는 분을 한 번도 못 뵈었지만 아이들이 말하는 걸 들어 보면 틀림없이 아이들에게 좋은 치료제가 되어 주셨던 것 같아요."

"그 아저씨가 여기서 일하신 건 딱 일주일밖에 안 됐어요. 그래도 아저씨는 병원에 돌아와 주셨어요……. 신부님도 알고 계셨나요? 이틀이나 사흘에 한 번씩은 꼭 놀러 오세요. 아저씨가 오늘도 오셨으면 좋겠는

데……. 그러면 전 아저씨한테 크리스마스 키스를 해 드릴 수 있을텐데 말예요."

"아저씨도 그러고 싶었는데, 지금은 가족들하고 크리스마스를 보내고 계신단다."

"참 잘 됐네요! 그런 게 바로 크리스마스잖아요. 그렇죠, 신부님? 가족들과 함께 지내고, 즐겁게 놀고, 서로 사랑을 나누고……."

"그래, 에미. 그게 바로 크리스마스의 참뜻이지."

스테판 비카직은 어떤 종교학자들이나 철학가들도 그것보다 더 나은 생각을 할 수 없으리라 생각했다.

아이와 단둘이서만 있을 수 있었다면, 스테판은 12월 11일 오후에 있었던 일을 아이에게 물어 볼 생각이었다. 그날은 바로 그 애가 그 창문 앞에서 휠체어에 앉아 있는 동안 브렌던이 아이의 머리를 빗겨 주었던 때였다. 스테판은 브렌던의 손바닥에 난 고리 모양의 상처에 대해서 알고 싶었다. 그 상처는 바로 그날 처음으로 나타나기 시작했었고, 브렌던 자신이 발견하기 전에 에멀린이 먼저 그 상처를 알아보았었다. 신부는 아이에게 브렌던이 머리를 빗겨 줄 때 뭔가 별다른 점이 느껴지지 않았는지 물어 보고 싶었다. 하지만 주위에 어른들이 너무 많았다. 그들은 틀림없이 그가 그런 걸 묻는다면 해괴한 질문을 한다고 생각할 것이다. 스테판은 자신이 왜 그 점에 대해서 그토록 호기심을 갖고 있는지에 대해서 아직은 아무에게도 털어놓을 만한 마음의 준비가 되어 있지 않았다.

네바다 라스베가스

하루를 불안하게 출발하고 나서, 모나텔라의 아파트에서는 크리스마스 분위기가 차츰 극적으로 고조되어 갔다. 메리와 피트는 좋은 뜻에서 하는 얘기이기는 하지만, 하도 귀에 못이 박히도록 해대서 별로 듣고 싶어하지도 않는 잔소리와 충고로 졸저를 계속 괴롭히는 일은 그만두기로 했다. 두 사람은 마음을 편히 먹고서 보통 할머니나 할아버지들이 당연히 그러하듯이 말시와 함께 놀아 주었다. 졸저는 자신이 부모님을 사랑하지 않을래야 않을 수 없다는 사실을 다시 한번 깊이 깨달았다. 휴일의 저녁은 딱 20분 늦은 12시 55분에 식탁에 차려졌고, 아주 맛있었다. 식탁에 앉았을 무렵, 아이는 의사 놀이에 대한 관심이 시들해진 상태였다. 아이는 급히 서두르지 않고 천천히 식사를 즐겼다. 조명이 반짝거리는 예쁘게 장식된 크리스마스 트리를 배경으로 이런저런 농담을 주고받는 동안 즐겁게 웃음을 터뜨리기도 하는 아주 여유로운 자리였다. 디저트를 먹는 동안 놀랄 만치 갑작스런 문제가 발생할 때까지는 아주 황금 같은 시간이었다. 하지만 너무나 갑작스럽게 축제 분위기 전체가 파국을 맞게 되었다.

"너같이 조그만 게 어디다 그렇게 많은 음식을 집어 넣지? 넌 우리 셋이 먹은 것보다 도 더 많이 먹은 것 같구나."

말시를 놀리려고 피트가 말했었다.

"정말이야, 할아버지? "

"그럼. 정말이고 말고! 넌 정말로 삽으로 퍼먹는 것 같더라. 호박 파이 한 숟갈만 더 먹으면 네 배가 빵하고 터지고 말걸."

할아버지가 자꾸 놀리자, 말시는 포크로 또 하나 가득 음식을 집고는 모두에게 보이게끔 포크를 들어올리고서 아주 과장된 몸짓으로 입에 음식을 집어 넣었다.

"오, 안 돼!"

피트는 마치 팡하고 터지는 폭발에서 몸을 보호하려는 듯 얼굴을 손으로 감쌌다.

말시는 음식을 한입 베어서 먹성 좋게 씹어 삼켰다.

"보셨죠? 내 배 안 터졌잖아요."

"한 입만 또 먹으면 터질걸……. 그러면 우린 널 데리고 병원으로 달려가야 될 거야."

그 말에 말시가 얼굴을 찡그렸다.

"난 병원엔 안 가요."

"그래, 알았어. 네가 음식을 모두 삼키고 나서 터질 정도가 되면 우리가 널 데리고 얼른 병원으로 가서 네 배에 든 가스를 빼 줄게."

졸저는 딸애의 목소리가 변하는 것을 느꼈다. 아이는 더 이상 장난을 치고 있는 게 아닌 것 같았다. 뭐라고 설명할 수는 없지만 아이는 정말로 겁을 집어먹은 것 같았다. 물론 배가 터질까 봐 무서워하고 있는 것이 아니었다. 분명히 병원에 대한 생각이 그애를 겁에 질리게 만든 것 같았다.

"난 병원에는 안 가요."

말시는 괴로운 표정으로 되풀이해서 말했다.

"그래. 알았다, 알았어."

피터는 아이의 태도가 변한 것을 아직도 눈치채지 못하고서 계속 말했다.

졸저는 아버지가 딴 데로 정신을 팔게 하려고 애썼다.

"아빠! 제 생각으로는 우리……."

하지만 피터는 계속 말을 이었다.

"물론 네 몸이 하도 커져서 구급차에도 제대로 싣지 못할걸. 너를 끌어 가려면 트럭을 빌려야겠다."

아이는 사납게 고개를 내저었다.

"난 절대로 벼, 병원에는 안 갈 거야. 의사들이 내 몸에 손도 못 대게 할 거야."

"아가, 그건 할아버지가 널 놀리려고 그냥 장난치시는 거야. 할아버지는 진짜로……."

졸저는 아이를 달래 보려고 했지만, 아이는 막무가내였다.

"병원 사람들은 전처럼 나를 아프게 만들 거야. 난 다시는 그 사람들이 나를 아프게 하도록 내버려두지 않을 거야."

아이의 말에 메리가 당황해서 졸저를 쳐다보았다.

"저 애가 언제 병원에 입원한 적 있었니?"

"아뇨, 그런 적 없었어요. 나도 저 애가 왜 그러는지 모르겠어요."

졸저가 대답했다.

"아니야, 난 입원했었어. 입원했었다구! 사람들이 나를 침대에 무, 묶고, 바, 바늘로 내 몸 전체를 마구 찔렀어. 난 너무 무서웠다구. 다시는 절대로 그 사람들이 나를 만지게 내버려두지 않을 거야."

어제 캐러 퍼세기언이 말시가 이상하게 갑자기 버럭 화를 냈다고 일러줬던 말을 기억하면서, 졸저는 재빨리 전날 있었음직한 비슷한 상황을 떠올려 냈다. 그녀는 말시의 어깨에 손을 얹고 말했다.

"말시, 넌 병원에 한 번도 간 적이 없었어……."

"아냐, 난 병원에 있었어!"

말시의 분노와 두려움은 금세 격노와 공포로 돌변했다. 갑자기 포크를 집어 던지는 바람에 피트는 포크를 피해서 급히 고개를 움츠렸다.

"말시!"

졸저가 화가 나서 소리쳤다.

아이는 의자에서 얼른 빠져나가 하얗게 질린 얼굴로 테이블에서 멀리로 도망쳤다.

"난 어른이 되면 내 몸은 내가 치료할 거야. 그래서 다른 사람은 아무도 내 몸에 바, 바늘을 찌르지 못하게 만들 거야."

한마디 한마디가 애처로운 신음 소리처럼 새어 나왔다.

졸저는 말시를 잡으려고 손을 뻗으면서 아이를 뒤쫓아갔다.

"말시, 그런 일은 절대로 없어."

말시가 두려워한 것은 졸저가 아니었지만, 아이는 마치 공격을 막으려는 것처럼 손을 내밀며 방어 자세를 취했다. 아이는 졸저를 뚫어져라 쳐다보았다. 어쩌면 상상 속의 위협적인 존재를 쳐다보고 있는 것인지도 모르겠지만, 아이는 정말로 두려워하고 있었다. 아이는 그저 얼굴이 창백해져 있는 것뿐만이 아니라, 일부러 어른들을 속이기 위해 연극을 하고 있는 것 같지도 않았다. 마치 엄청난 공포의 열기 속에 아이가 증발해 버릴 것 같았다.

"말시, 왜 그러니?"

아이는 몸을 덜덜 떨면서 구석으로 뒷걸음질쳤다.

졸저는 방어하듯이 올리고 있는 아이의 손을 얼른 움켜잡았다.

"말시, 엄마한테 말해 봐."

졸저가 말하고 있는 사이, 갑자기 지릿한 오줌 냄새가 방안을 가득 메웠다. 말시의 청바지 가랑이 사이로 어두컴컴한 얼룩이 보였다.

"말시!"

아이는 소리를 지르려고 했지만 그럴 수가 없는 모양이었다.

"무슨 일이니? 왜 그래?"

메리가 물었다.

"모르겠어요. 하느님 제발! 나도 뭐가 뭔지 모르겠어요."

말시는 여전히 자신에게만 보이는 어떤 사물에게 시선을 고정시킨 채로 말없이 흐느껴 울기 시작했다.

뉴욕 주 뉴욕 시

녹음기에서는 아직도 크리스마스 캐롤이 흘러 나오고 있었다. 제니 트위스트는 생명력이 없는 물체처럼 꼼짝도 하지 않고 누워 있었다. 잭은 더 이상 그녀를 찾아온 처음 몇 시간 동안 내내 그랬듯이, 기운 빠지는 일방적인 대화에만 빠져 있을 수는 없었다. 그는 말없이 자리에 앉아 있었다. 어쩔 도리 없이 그의 생각은 다시 수년 전으로 거슬러 올라가 중앙 아메리카에서 귀향하기까지의 시간 속으로 흘러갔다.

그는 미국으로 돌아오자 곧 친선 협회의 죄수들을 구출해 낸 것이 어떤 방면에서는 테러리스트들의 소행이나 대량 납치, 혹은 전쟁의 불씨를 일으키려는 도발적인 행위로 잘못 해석되고 있다는 사실을 깨달았다. 그 작전에 관련된 모든 대원들이 제복을 입은 범죄자들로 낙인 찍혀 있었고, 투옥되어 있던 사람들은 어떤 이유에서인지 비상한 초점이 맞춰져서 반대 세력들의 분노를 사고 있었다.

정치적인 위기감 속에서 미 의회는 심리중에 있던 네 명의 대원들을 구출하는 계획을 비롯해서 중앙 아메리카에서의 모든 비밀 활동들을 일체 금지시켰다. 그들을 석방시키는 것은 엄격하게 외교적인 채널을 통해서만 이루어질 예정이었다.

바로 그런 이유들 때문에 그들이 정부의 구조를 기다렸던 일은 모두 부질없는 짓이었다는 사실을 알게 되었다. 처음에 잭은 그런 사실을 믿기가 어려웠다. 그리고 마침내 그 사실을 믿을 수 있게 되었을 즈음, 그는 자신의 생애에서 두 번째로 최악의 사태를 맞게 되었다.

자유의 몸이 되어 다시 집으로 돌아오고 나서, 잭은 별로 호의적이지 못한 여러 기자들로부터 끊임없이 추적을 당했고, 그가 그 기습 작전에 관여했는지에 관해서 국회 상임 위원회에 나와 증언하라는 소환장까지 발부받았다. 그는 그 사건에 대해서 제대로 증언할 수 있는 기회가 오리라고 예상했었다. 그렇지만 그는 오래지 않아 사람들이 관심을 갖고 있는 것은 그 사건에 대한 그의 견해가 아니라는 것을 깨달았다. 정치가들은 텔레비전으로 방영되는 공청회를 통해서 사람들의 입에 오르내리는 조우 맥카시에 관한 스캔들을 가라앉히고 그의 인기를 다시 상승시킬 수 있을 만한 기회를 찾고 있는 것뿐이었다.

몇 달이 지나자 대부분의 사람들은 그에 대해서 까맣게 잊어버리게 되었고, 감옥에서 빠진 살이 다시 오를 무렵에는 더 이상 그를 텔레비전에서 본 전범(戰犯)으로 인식하지 않게 되었다. 하지만 세상에 대한 심한 배신감과 그로 인한 고통은 계속해서 그를 무서운 좌절 속으로 빠뜨렸다.

자신의 조국으로부터 버림받았다는 사실이 그의 인생에 있어서 두 번째로 견디기 힘든 충격이었다면, 그보다 더 최악의 사건은 그가 중앙 아메리카의 감옥에서 고통을 견디어 내고 있는 동안 제니에게 일어났던 일이었다. 어느 날 그녀가 일을 마치고 집으로 돌아오는 길에 아파트 복도에서 한 괴한이 그녀에게 말을 걸어 왔었다. 그는 그녀의 머리에 총을 들이대고 그녀를 아파트 벽에 세게 밀어붙이고서 그녀를 강간하고, 권총 머리로 잔인하게 그녀를 때린 다음, 거의 죽은 거나 다름없는 그녀를 그대로 내버려둔 채 사라져 버렸다.

나중에 잭이 집으로 돌아가서 제니를 만나게 되었을 때, 그녀는 이미 의식을 잃고서 혼수 상태에 빠져 있었다. 그녀는 말로 할 수 없을 만치 고도의 치료를 받았다.

현장에 남은 지문과 목격자들의 증언을 통해서 추적을 한 끝에 제니를 공격했던 강간범이 노먼 해저트라는 사실을 밝혀냈지만, 그 녀석은 대단히 뛰어난 변호사를 선임해서 그럭저럭 재판을 연기할 수 있었다. 잭은 자기 나름대로 수사에 착수해서 해저트가 성 폭력에 관한 전과를 가진 인물로, 그 사건을 저질렀을 가능성이 충분하다는 확신을 가지고 있었다. 하지만 그는 그런 조사를 통해서 또한 해저트가 재판 절차상의 문제로 무죄로 풀려나게 될 것이라는 사실도 분명히 알게 되었다.

언론과 정치가들로부터 호된 시련을 겪으면서 잭은 장래에 대한 계획을 세우기 시작했다. 그는 우선 앞으로 해야 할 일이 두 가지 있다고 생각했다. 첫째는 자신에게 혐의가 돌아오지 않도록 하면서 노먼 해저트가 제니에게 했던 것처럼 아주 잔인하고 야비한 방법으로 그 녀석을 죽이는 일이었다. 둘째는 제니를 훌륭한 개인 병실에 옮겨 놓을 수 있을 만큼 돈을 많이 버는 일이었다. 하지만 그렇게 갑자기 많은 현금을 얻어낼 수 있는 방법이라고는 돈을 훔치는 일밖에 없었다. 소수 정예 대원으로서 그는 거의 대부분의 무기와 폭탄들 그리고 온갖 격투기를 다룰 줄 알았으며 어떤 상황에서도 살아 남을 수 있는 기술을 훈련받은 사람이었다. 비록 사회가 그를 버리기는 했지만, 그가 복수를 할 수 있을 만한 지식과 수단만 제대로 갖고 있다면 아직도 사회는 그에게 무언가를 줄 수 있으리라 생각했다. 게다가 사회는 벌을 받지 않고도 법을 교묘하게 뚫을 수 있는 방법을 가르쳐 주었다.

노먼 해저트는 잭이 미국으로 돌아온 지 2개월 뒤에 "우연한" 폭발 사고로 사망하게 되었다. 그리고 두 주 후 군인다운 정확한 계산에 의해 실행된 한 순진한 은행 강도가 올린 수익으로 제니는 개인 병실로 옮겨졌다.

잭은 해저트를 죽인 것만으로는 만족할 수가 없었다. 사실 그를 암담하게 만든 것은 바로 그 점이었다. 전쟁터에서 사람을 죽이는 것과 민간인으로서 사람을 살해하는 것은 엄연히 다른 일이었다. 그는 자신을 방어하기 위해서 어쩔 수 없었던 경우를 빼놓고는 살인에 대해서 초연할 수가 없었다.

하지만 강도 행위는 엄청난 매력을 가지고 있는 일이었다. 은행을 터는 일에 성공하고 나자 그는 대단히 흥분했고 몹시 즐거웠으며 기운이 솟아나는 것을 느꼈다. 대담한 강도짓은 그에게 약효가 있는 것 같았다. 범죄는 그에게 살아갈 희망과 이유를 제공해 주었다. 적어도 최근까지는 그랬었다.

제니의 침대맡에 앉아서 잭 트위스트는 만약에 그런 범죄를 저지르지 않는다면 매일매일 무엇으로 자신을 지탱해야 할지 궁금했다. 그 외에 그가 가지고 있는 것이라고는 제니뿐이었다. 하지만 그는 더 이상 그녀를 위해 무언가를 줄 필요가 없었다. 그런 이유에서라면 그는 이미 필요한 것보다 훨씬 더 많은 돈을 쌓아 두었다. 따라서 그의 삶을 지탱시켜 주는 유일한 동기라고는 일주일에 몇 번씩 병원에 와서 제니의 평온한 얼굴을 들여다보고 그녀의 손을 잡고서 기적이 일어나기를 비는 일뿐이었다.

잭처럼 냉정하고 자기 자신만을 믿고 따르는 개인주의자가 신비주의 말고는 별달리 의지하고 빌 데가 없다는 것은 참으로 아이러니컬한 일이었다.

잭이 곰곰이 그런 생각에 잠겨 있을 때, 그는 제니가 나직하게 꼴깍거리는 소리를 들었다. 그녀는 빠르게 깊이 숨을 두 번 들이쉬었다 내쉬고는 걸걸거리는 소리를 내면서 길게 한숨을 내쉬었다. 그는 정신 나간 사람처럼 흥분해서 자리에서 벌떡 일어났다. 그는 제니가 그런 상태로 지낸 지 8년여 만에 처음으로 의식을 되찾고서 눈을 뜨는 모습을 지켜 보게 되는 장면을 상상해 보았다. 그는 그런 백일몽을 꾸고 있는 사이라도 당장 그런 기적이 일어나 주기를 바랐다. 하지만 그녀의 눈은 감은 채 그대로였다. 얼굴도 아까나 마찬가지로 느슨하게 풀어져 있는 상태였다.

그는 그녀의 얼굴에 손을 대 보고 나서 목 옆으로 옮겨 가 맥을 짚어 보았다. 사실 조금 전에 일어났던 일은 기적이 아니었다. 아니, 전혀 기적이라고 할 수도 없는, 대단히 세속적이고 피할 수 없는 일이었다. 제니 트위스트는 숨을 거둔 것이었다.

일리노이 시카고

크리스마스날 성 요셉 병원에서 근무를 서고 있는 의사들은 거의 없었지만, 자빌이라는 레지던트와 클리넷이라는 인턴 한 명이 에멀린 헬버그의 놀라운 회복에 대해서 비카직 신부와 열심히 이야기를 나누고 있었다.

숱이 많고 철사 줄처럼 빳빳한 머리카락을 가진 클리넷이라는 젊은이는 에미의 진료 기록들과 엑스레이 사진을 함께 검토해 보기 위해 스테판 신부를 진찰실로 데리고 갔다.

"그 환자는 5주 전부터 나밀록시피린를 가지고 치료를 시작했어요. 그건 FDA(식품 의약국)에서 막 승인을 받은 새로운 약품이죠."

레지던트인 자빌 박사는 말씨가 대단히 부드럽고 눈꺼풀이 두툼하게 생긴 남자였는데, 다른 두 사람과 함께 진찰실로 들어갔을 때, 그는 에멀린 헬버그의 병세가 극적으로 호전된 데 대해서 눈에 띄일 정도로 몹시 흥분하고 있었다.

"나밀록시피린은 에미 양의 경우처럼 골질 질환에 대해 몇 가지 효능을 갖고 있죠. 여러 가지 사례로 볼 때, 그 약은 골막(骨膜)의 파괴를 중지시키고 건강한 골절 세포의 생성을 증진시키며 세포 사이에 있는 칼슘의 축적을 다소 촉진시키죠. 그리고 에미 양의 경우에는 골수가 그 병의 최우선적인 대상이었기 때문에 나밀록시피린이 골수강(腔)에 특이한 화학적 환경을 만들어 주죠. 그건 미생물에게는 대단히 적성적이지만, 골수 세포의 성장이나 혈액 세포의 생산, 또 헤모글로빈 형성을 촉진시키는 환경을 만들어 주는 겁니다."

"하지만 이렇게 빨리 반응을 나타낼 줄은 몰랐죠."

클리넷이 말했다.

"그리고 그 약은 기본적으로 장애 손실제라고 할 수 있죠. 질병의 진행을 막고 골절 악화를 중지시킬 수는 있지만 재생시킬 수는 없습니다. 물론 조직 재건을 촉진시킬 수는 있으리라 보지만, 저희가 에미 양의 경우에 본 재건과 같은 종류의 증상은 아니죠."

"정말 조직 복구가 빨라요."

클리넷은 마치 믿기 꺼려하는 자신의 머릿속에 그런 놀라운 사실을 두드려 넣기라도 하려는 듯 가볍게 쥔 주먹으로 자신의 이마를 두세 번 두드렸다.

그들은 지난 6주에 걸쳐 찍어 두었던 엑스레이 사진들을 연속해서 스테판에게 보여 주었다. 사진들을 통해서 에미의 뼈와 관절에 나타난 변화를 분명히 알 수 있었다.

"맨처음 3주 동안은 나밀록시피린을 가지고 치료를 해 보았지만 별로 효과가 눈에 띄지 않았어요. 그런데 갑자기 2주 전에 환자의 몸에 차도가 보이더니……. 그 뿐만 아니라 손상을 입은 조직이 복구되기 시작하더군요."

소녀의 병세가 전환되기 시작한 시기와 브렌던 크로닌의 손에 이상한 고리가 나타나기 시작한 시기가 정확하게 맞아떨어지고 있었다. 하지만 스테판 비카직은 그런 우연의 일치에 대해는 입도 벙긋하지 않았다.

자빌은 에미가 병을 앓던 부위가 눈에 띄게 회복되는 모습을 보여 주는 더 많은 엑스레이 사진들과 검사 자료들을 꺼냈다. 그 부위는 인체를 유지하고 회복시키기 위해서 뼈를 지나 혈관과 림프액을 실어 나르는 정교한 망상 조직으로 되어 있었다. 그런 조직들 대부분에는 그 부위 전역에 혈관에서 잘라 낸 페스트 발진 같은 물질이 들러붙어 있었다. 하지만 2주가 지나자, 그런 페스트 발진은 거의 사라지고 회복과 재생을 위해 필요한 완전한 혈액 순환이 이루어지게끔 되어 있었다.

"나밀록시피린이 이렇게 도관(導管)을 깨끗이 청소할 수 있으리라고는 아무도 생각하지 못했죠. 거기에 대한 기록도 없었구요. 심각하지 않은 방해 물질을 제거한 것은 그렇다 치더라도, 질병 자체를 억제할 수 있다는 결과만으로는요. 이런 경우는 한 번도 없었어요. 정말 놀라운 일이죠."

"이런 속도로 계속 조직이 재생된다면, 석 달만 지나면 에미 양은 정상적인 건강한 소녀로 돌아갈 수 있을 겁니다. 정말로 놀라운 일이죠."

클리넷이 거들었다.

"에미 양은 다시 건강해질 수 있을 겁니다."

지빌도 맞장구를 쳤다.

그들은 비카직 신부를 보고 만족스럽게 웃었다. 신부는 그들이 열심히 치료를 해 주거나 훌륭한 약으로 치료를 해 줘서 소녀가 회복된 게 아니라고 말할 용기가 없었다. 그들은 몹시 행복에 도취되어 있었고, 스테판도 현대 의학보다도 훨씬 신비한 어떤 힘에 의해서 에미가 완치되었을지도 모른다는 것을 다른 사람에게는 알리지 않기로 작정했다.

위스콘신 밀워키

딸 루시와 프랭크 부부, 그리고 손주들과 함께 보낸 크리스마스는 어니와 페이 블록 부부에게 있어서 대단히 즐거운 일이 아닐 수 없었다. 오후가 저물 무렵 단둘이서 산책을 하러 나갔을 때까지는 두 사람 모두 지난 몇 개월 동안보다도 훨씬 더 기분이 좋은 상태였었다.

그날은 산책을 하기에는 아주 적격인 날씨였다. 쌀쌀한 날씨에 공기가 싸하기는 했지만, 바람은 불지 않았다. 가장 최근에 쌓인 눈은 불과 나흘 전에 내린 것이라, 인도는 몹시 깨끗했다. 땅거미가 내리면서 하늘이 선명한 진홍빛으로 물든 채 희미하게 가물거리기 시작했다.

페이와 어니는 두툼한 외투에다 스카프를 두르고 팔짱을 낀 채 천천히 동네를 거닐었다. 두 사람은 그날 있었던 일들에 대해서 신나게 얘기를 나누면서, 루시와 프랭크의 이웃들이 각자 자기 집 앞의 잔디밭에 세워 둔 크리스마스 트리의 장식들을 즐거운 마음으로 구경했다. 그들은 세월이 화살처럼 빠르게 흘러가 버린 것 같다고 생각했다. 페이는 자신과 어니가 아직도 젊고 단꿈에 젖어 사는 신혼 부부처럼 느껴졌다.

열흘 전 12월 15일 밀워키에 도착한 순간부터 페이는 모든 게 제대로 잘 풀릴 것 같은 희망을 가져도 될 만한 충분한 근거를 가지고 있었다. 어니는 나은 것처럼 보였다. 걷는 것도 예전처럼 다시 활기 차 보였고, 웃는 것도 아주 순수하고 명랑해 보였다. 틀림없이 딸과 사위 그리고 손주들에 대한 사랑에 빠져 있는 것만으로도, 그의 인생에 있어서 중대한 문제가 되어 버린 채 그의 마음에 타격을 주고 있던 공포심의 일부를 없애 버리기에는 충분한 것 같았다.

지금까지 여섯 번밖에는 만나지 못했지만, 폰트레인 박사의 치료도 눈에 띄게 도움이 되는 것 같았다. 어니가 아직도 밤을 무서워하고 있기는 하지만, 네바다를 떠날 때보다는 훨씬 덜한 편이었다. 의사의 말에 의하면 공포증은 다른 정신 장애에 비해 치료하기가 수월하다고 했다. 최근 몇 년 간의 임상 결과를 통해서, 대부분의 공포증이 단순히 환자의 잠재의식 속에서 풀리지 않은 채 남아 있는 갈등에 의해 투영된 그림자라기보다는, 그 자체가 질병이라는 사실이 밝혀졌다고 했다. 그것은 결국 더 이상 치료를 위해서 환자의 상태에 대한 심리적인 원인을 찾는 일이 필요하지 않으며, 혹은 심지어 그런 일이 가능하거나 바람직하다고 생각되지 않는다는 뜻이기도 했다. 그런 의미에서 장기간의 쿠르를 요하는 치료법은 환자들에게 몇 달, 혹은 몇 주 동안 그 증상들을 근절할 수 있는 둔감법을 가르쳐 준다는 점에서 금해져 왔다는 것이다.

모든 공포증 가운데서 대략 3분의 2 정도가 그런 방법들이나 그 대안으로 행해지는 장기간의 치료, 또는 알프라졸람 같은 진통제로도 도움을 받을 수 없다고 했다. 하지만 어니의 병세는 천성적으로 낙천주의자인 폰트레인 박사까지도 놀랄 만치 빠른 속도로 호전되었다.

페이는 공포증에 대해서 온갖 종류의 책을 폭넓게 읽었고, 어니가 지금까지와는 다르게 두려움이 덜한 각도에서 자신의 상태를 살펴볼 수 있도록 해 줄 만한, 흥미롭고도 호기심을 돋우는 사실들을 밝혀냄으로써 그를 도울 수 있는 방법을 알아냈다. 특히 그는 자신의 어둠 공포증에 비해 훨씬 더 지독하고 해괴한 공포증에 대한 얘기를 듣는 것을 무척 좋아했다. 예를 들면 이 세상에 날개 공포증이라는 것이 있다는 얘기를 들으면서, 얼토당토않게도 날개나 깃털에 대해서 계속 무서워하면서 사는 사람들에 비하면, 어둠에 대해서 혐오감을 갖는 자신의 증세는 그럭저럭 참고 봐줄 만한 것이라고 생각되는 모양이었다. 뿐만 아니라 자신이 거의 평범하고 논리적인 사람이라고 생각하는 것처럼도 보였다. 말하자면 어류 공포증 환자들은 물고기를 우연히 마주친다는 생각만 해도 소름이 끼치고, 소아(小兒) 공포증 환자들은 인형만 봐도 비명을 지르고 도망을 간다는 식의 얘기였다. 그리고 어니의 야간 공포증은 확실히 성교(性交) 공포증 같은 것보다는 훨씬 바람직하거니와, 자아(自我) 공포증만큼 자신을 쇠약하게 만드는 것도 아니었다.

황혼녘에 산책을 하면서, 페이는 어니에게 전국 도서 시상식의 수상자이자 대교(大橋) 공포증 환자였던 고(故) 존 치이버 씨에 대해서 말해 주면서 그의 마음속에서 차츰 생기기 시작하려는 어둠에 대한 생각을 떨쳐 버리려고 애썼다. 치이버는 높은 곳에 놓인 다리에 대해서 무서워하는 공포증이 있었다.

어니는 그 이야기를 재미있게 들었지만, 그렇다고 해서 그때가 차츰 땅거미가 지기 시작하는 시간이라 사실을 눈치채지 못하고 있는 것 같지는 않았다. 그림자가 눈밭 위로 길게 늘어질 무렵이 되자, 그녀가 두툼한 스웨터와 외투를 입고 있지 않았다면 굉장히 고통스러웠을 정도로 그는 계속 그녀의 팔을 꽉 붙잡고 있었다.

일곱 번째 블록을 지나갔을 무렵, 그들은 집에서 너무 멀리까지 온 바람에 해가 지기 전에는 집으로 돌아갈 수가 없게 되어 버렸다. 하늘의 3분의 2 정도가 벌써 어둑해져 있었고, 나머지 3분의 1도 짙은 자줏빛으로 물들어 있었다. 그들의 그림자가 엎질러진 잉크처럼 길게 뻗어 있었다.

가로등의 불들이 하나씩 밝아 왔다. 페이는 불빛 속에 어니를 멈춰 세우고서 잠시 그의 마음을 가볍게 해 주려고 애썼다. 그의 눈은 제정신이 아닌 것 같았다. 맨처음 공포심을 나타내기 시작할 때의 속도로 그는 입에서 뜨거운 김을 훅훅 뿜어냈다.

"호흡을 골라야 한다는 점을 명심해요."

페이가 말했다.

그는 고개를 끄덕이고 금세 좀더 깊이 숨을 들이쉬었다가 천천히 내쉬기 시작했다.

하늘에서 밝은 빛들이 모두 사라지자, 그녀는 어니에게 "이제 돌아가도 되겠어요?"라고 물었다.

"됐어요."

그가 힘없이 대답했다.

두 사람은 가로등 불빛 밖으로 걸어나가서 집으로 향하려고 잠시 어둠 속으로 들어섰고, 그 순간 어니는 이빨을 악물면서 씩씩거리는 소리를 냈다.

두 사람이 세 번째로 사용할 수 있는 치료법은 "정동(情動) 홍수법"이라고 부르는 것이었는데 그것은 극적인 치료 효과를 가진 기법이었다. 정동 홍수법은 공포증 환자가 두려워하는 공포의 원인을 환자가 직면하도록 해서 환자 스스로 공포에서 벗어날 수 있을 정도로 충분한 시간을 견디게 하여 공포증을 치유하는 방법이었다. 정동 홍수법은 공포성 발작이 자기 제한적이라는 점에 근거한 치료법이었다. 인간의 육체는 아주 심한 정도의 공포심을 무한정 견뎌 낼 수 없을 뿐만 아니라 끊임없이 아드레날린을 생산해 낼 수도 없기 때문에, 두려워하는 대상에 적응해서 정신이 스스로 강화되거나, 혹은 최소한 휴전을 맺어야 한다. 무제한적인 정동 홍수법은 환자의 몸을 쇠약하게 만들 수 있기 때문에 공포증을 해결할 수 있는 방법 중에서 가장 잔인하고 야만적인 것일 수도 있었다. 폰트레인 박사는 정통적인 정동 홍수법을 수정해서 세 단계에 걸쳐서 공포의 원인에 직면하도록 한 변형적인 수법을 더 선호했다.

어니의 경우에는, 치료의 첫 단계로 그를 일부러 어둠 속에 15분 간 놓아 두는 대신 페이가 옆에 있으면서 그에게 도움을 줄 수 있도록 할 것과 조명을 밝힌 곳이 가까이에 있어야 한다는 조건을 달았었다. 가로등을 밝혀 놓은 인도에 도착할 때마다, 페이는 어니에게 용기가 생길 때까지 잠시 그대로 어둠 속에 내버려둔 다음 계속해서 다음의 어두운 부분을 가곤 했었다.

의사와 더 만나 보고 나서 정해야겠지만, 일이 주가 더 지난 후부터 시작하게 될 두 번째 단계는, 가로등도 없거니와 불빛조차 멀리 떨어진 장소까지 차를 몰고 가는 것이었다. 거기서 그들은 어니가 더 이상 참을 수 없을 때까지 계속 어두운 가로수 길을 지나 팔짱을 끼고 걷게 되어 있었다. 그리고 그때 페이는 플래시를 켜서 그가 잠시 휴식을 취하게 해 주도록 되어 있었다.

치료의 세 번째 단계는 완전히 어두운 지역에서 어니 혼자 돌아다니도록 되어 있었다. 그렇게 몇 번 산책을 시키고 나면 그는 거의 틀림없이 치료가 될 것이다.

하지만 그는 아직 치료가 되지 않았다. 게다가 그들이 집까지 일곱 블록을 되돌아오는 길에 여섯 개의 블록까지 왔을 무렵, 어니는 힘차게 달려온 경마말처럼 숨을 헐떡이고 있었으며 불빛이 비치는 범위 안의 안전한 곳을 향해 급히 달렸다. 하지만 여섯 블록 정도라면 그다지 나쁜 편은 아니었다. 그것은 전보다는 훨씬 나아진 것이었으며, 그런 속도라면 오래지 않아 회복될 것으로 보였다.

페이가 어니의 뒤를 쫓아 집 안으로 들어갔을 때, 루시가 벌써 아버지의 외투를 벗겨 드리고 있었다. 그녀는 그의 병세가 날마다 호전되고 있는 사실을 기분 좋게 받아들이려고 애썼다. 그런 속도로 계속 간다면 그는 예상보다 몇 주, 아니 어쩌면 두 달 정도 먼저, 마지막 세 번째 단계의 치료를 끝내게 될 것이다. 페이가 걱정스러워하는 것이 바로 그 점이었다. 그의 빠른 회복은 정말 놀라운 것이었다. 너무나 빠르고 놀라운 것이라 현실로 믿기지가 않을 정도였다. 그녀는 하루라도 빨리 악몽이 그에게서 깨끗이 사라져 주리라 믿고 싶었지만, 그의 회복 속도를 보면 혹시라도 악몽이 계속되지나 않을까 하고 의심이 날 지경이었다. 계속 긍정적으로 생각하려고 애쓰면서도, 페이 블록은 본능적으로 웬지 뭔가가 잘못되고 있는 것 같은 불안감이 끈질기게 마음속에서 떠나지 않았다. 그것도 아주 크게 잘못되었다는 느낌이…….

매사추세츠 보스턴

파블로 잭슨은 피카소의 대자(代子)이자 한때는 유럽에서 이름을 날렸던 무대 공연가로서, 또 그의 이국적인 배경 때문에, 피할 수 없는 운명적으로 보스턴 사교계에서 스타가 될 수밖에 없었다. 게다가 2차 세계대전 기간 동안 그는 영국 정보부와 프랑스 저항군 사이의 연락원으로 활동했었고, 최근에는 경찰 기관들을 위해서 최면술사로 일하고 있다는 사실이 그에 대한 신비감을 더해 주었다. 그는 어느 모로 보나 매력이 철철 넘치는 사람이었다.

크리스마스에 파블로는 2시 20분에 브룩클린에 있는 아이러 헤르겐쉐이머 부부의 집에서 열리는 정찬 디너 파티에 참석했다. 그 집은 조지 왕조 시대와 미국 초기 식민지 시대의 건축 양식을 따라 훌륭하게 지어진 벽돌집으로, 집주인인 헤르겐쉐이머 부부만큼이나 우아하고 따뜻하게 사람들을 맞이해 주는 것 같은 느낌을 주었다. 그들 부부는 1950년대에 부동산으로 한몫을 보았었다. 서재에서는 바텐더가 손님들의 시중을 들고 있었고, 흰색 정장을 입은 웨이터들이 샴페인과 카나페를 들고서 넓은 응접실 안을 돌아다니고 있었다. 홀에서는 현악 4중주 오케스트라가 파티의 분위기를 흥겹게 해 주는 음악을 연주하고 있었다.

파티에 참석한 수많은 매력적인 사람들 가운데서도 특히 파블로에게 가장 관심을 갖고 있는 사람은 알렉산더 크리스토퍼슨이었다. 그는 성 제임스 궁정(영국 궁정의 별칭 — 역주)의 전직 대사이자, 매사추세츠 출신으로 미 상원 의원을 한 번 지낸 바 있고, 나중에는 미 중앙 정보국의 국장을 지내다가, 현재는 현직에서 물러난 지 거의 10년이 되었으며, 파블로를 안 지는 벌써 50년 가까이 되었다. 현재 일흔여섯 살인 크리스토퍼슨은 손님들 중에서 두 번째로 나이가 많은 사람이었지만, 고령을 의식할 수 없을 만치 변함없는 노익장을 과시하고 있었다. 그는 큰 키에다 전통적인 보스턴 사람의 얼굴을 하고 있으며, 눈에 띄는 몇 가닥의 주름을 빼놓고는 출중한 외모를 가진 사람이었다. 또한 그는 예전 만큼이나 날카로운 감각을 지니고 있었다. 실제로 그 역시 다른 사람들이나 마찬가지로 어쩔 수 없이 나이가 들었다는 것을 알 수 있는 부분은, 약물치료를 했는데도 불구하고 아직도 오른손이 조금씩 떨리는 파킨슨병의 가벼운 흔적이 남아 있다는 것뿐이었다.

저녁 식사를 하기 30분 전에 파블로는 다른 손님들과 떨어져서 알렉스의 마음을 편안하게 해 주기도 하고, 마음놓고 은밀한 이야기를 나누기 위해서 응접실 옆에 붙어 있는 아이러 헤르겐쉐이머의 서재로 그를 데리고 갔다. 늙은 마술사는 서재의 문을 닫고 샴페인 잔을 들고서 창가에 놓인 한 쌍의 가죽 의자로 가서 앉았다.

"알렉스, 자네의 조언이 필요하네."

"알다시피 우리 또래의 사람들은 남에게 충고해 주는 일을 특히 만족스럽게 생각하지. 그 보상으로 더 이상 우리 자신의 좋지 못했던 전철을 밟지 않게 하려고 말야. 하지만 자네도 모르는 문제에 대해서, 내가 어떤 조언을 해 줄 수 있을 것 같지가 않군."

알렉스가 대답했다.

"어제 한 젊은 아가씨가 나를 찾아왔다네. 대단히 아름답고 매력적인데다 자기 문제는 스스로 처리하는 습관이 몸에 밴 아주 똑똑한 아가씨였지. 하지만 지금 그 여자는 아주 해괴한 문제에 부딪히고 말았다네. 그 아가씨는 지푸라기라도 잡아야 할 만큼 누군가의 도움이 필요하다네."

그 이야기를 들으면서 알렉스는 눈썹을 치켜 떴다.

"그렇게 아름다운 아가씨가 여든한 살이나 먹은 자네에게 도움을 청하려고 온단 말야? 대단히 부러운 얘기로군. 그에 비하면 난 너무나 보잘것없고 초라하게 느껴지는걸, 파블로."

"이건 내가 그 여자한테 첫눈에 반했다는 얘기가 아닐세, 이런 능구렁이 같은 친구야! 난 그 여자에게 흑심 따위는 품고 있지 않아."

파블로는 진저 바이스의 이름이나 직업에 대해서는 전혀 말하지 않은 채로, 말로는 설명할 수 없을 만큼 해괴한 그녀의 기억 상실증에 대해서 이야기를 해 주었다. 그리고 최면 역행법을 시행하는 동안 깜짝 놀랄 만한 금단 증상으로 치료가 끝나 버린 이야기까지 자세하게…….

"정말 그 여자는 내 질문에 대답하지 않으려고 자기 스스로가 깊은 혼수 상태에 빠져 들려고 했다니까. 잘못하다가는 죽을 수도 있었지. 당연히 난 그녀에게 최면을 걸어 그런 끔찍한 금단 증상을 나타낼지도 모르는 모험을 다시는 하지 않겠다고 했다네. 하지만 대신 그와 비슷한 사례가 기록에 나와 있는지를 알아봐 주겠다고 약속했지. 난 어제 저녁과 오늘 아침 거의 내내 책 속에 파묻혀서 자기 파괴를 일으키는 기억 장애에 관한 참고 문헌들을 찾아보았네. 결국 찾아냈지……. 바로 자네가 쓴 책 중에서 한 권이 있었어. 물론 자네 책은 세뇌의 결과로서 위장된 심리학적 상태에 관해서 쓴 것이었고, 그녀의 장애는 자신이 만들어낸 것이었지. 그렇지만 거기서 뭔가 유사한 점이 발견되었다네."

알렉스 크리스토퍼슨은 2차 세계 대전과 그 결과로서 이어진 동서 냉전 시기 동안 정보부에서 활동한 경험을 바탕으로, 세뇌에 관한 문제를 다룬 두 권의 책자를 비롯해서 몇 권의 책을 저술했었다. 그 중 한 권에서 알렉스는 아즈라엘 장애(아즈라엘은 죽음의 사자들 중의 하나였기 때문에, 그의 이름을 따서 지었다 — 역주)라고 부르는 수법에 대해서 설명하고 있었다. 그것은 진저 바이스의 과거에 있었던 정신적으로 커다란 충격을 준 사건에 대한 기억들을 둘러싸고 있는 장애처럼 위험스러워 보였다.

굳게 닫혀진 서재의 문틈으로 현악 연주음이 새어 들어오는 가운데, 알렉스는 손이 너무나 심하게 떨린 나머지 샴페인 잔을 책상 위에 내려놓았다.

"이 문제에 대해서 없었던 걸로 하고 모두 잊어버리는 게 어때? 자네를 위해서도 그게 가장 현명한 치료법 같네만……."

"글쎄. 내가 도울 수만 있다면 최선을 다해서 해 보겠다고 아가씨에게 약속한걸."

파블로가 대답했다.

"내가 현역에서 물러난 지도 8년이나 지났고, 내 육감도 옛날 그대로는 아니야. 하지만 이건 웬지 아주 나쁜 느낌이 드는군. 잊어버리게, 파블로. 다시는 그 여자를 만나지 말게. 더 이상 여자를 도우려고 들지 말라구."

"하지만 알렉스, 난 벌써 약속을 했다구."

"자네 입장이 정 그렇다면 정말 유감이군."

알렉스는 떨리는 손을 꼬옥 맞잡았다.

"좋아. 아즈라엘 장애는……그건 서구 정보 기관에서 흔히 사용하는 것이라기보다는 소련에서 매우 귀중한 가치가 있다는 걸 알아낸 방법이지. 예를 들면 이반이라는 소련 최고의 정보 요원이 있다고 가정해 보세. 그는 KGB에서 30년 간 활동한 비밀 요원이지. 이반의 기억 속에는 만일 서구로 넘어간다면 소련의 첩보망을 뿌리째 뽑아 버릴 수도 있을 만치 국가 기밀에 관계되는 엄청나게 중대한 정보가 있을 걸세. 이반의 상임자들은 이반의 신원이 밝혀지고 외국 어떤 나라에서의 임무에 관해 심문을 당할까 봐 계속 걱정을 하게 되겠지."

"내가 알기로는 현재 사용되고 있는 약물 투여나 최면술로는 정보를 불게 하려고 단단히 마음을 먹고 있는 심문관으로부터 그 누구도 정보를 숨기고 있을 수 없을텐데."

"정확히 맞췄네. 아무리 독한 사람이라 쳐도, 이반은 고문을 당하지 않고도 자신이 알고 있는 사실을 불게 될 걸세. 그런 이유 때문에 그의 상임자들은, 만일 붙잡힐 경우에도 자백하게 될 정보가 덜 중요한 편인, 이반보다 나이가 젊은 요원들을 보내는 것이 더 낫겠지. 하지만 대부분의 상황이 이반처럼 경험이 풍부한 사람을 필요하기 때문에 그를 파견하지 않을 수도 없다네. 그러니 한편으로 그가 가지고 있는 모든 정보들이 적의 손에 넘어가게 될지도 모른다는 가능성은 좋아하든 좋아하지 않든 간에 그의 상임자들이 가지고 살아야 할 악몽인 셈이지."

"정보를 가지고 거래를 할 위험도 있겠군."

"바로 맞췄네. 하지만 국가 기밀에 관계되는 사실들을 알고 있는 모든 사람들 중에서도 이반은 국가 기밀에 관계되는 더욱 특별한 사실 2, 3가지를 알고 있기 때문에 그런 사실들이 폭로된다면 자신의 조국을 파멸시킬 수도 있다고 가정해 보세. KGB의 활동에 관해서 이반이 갖고 있는 정보 가운데서 1퍼센트도 안 되는 그런 특별한 기억들은, 그가 활동하는데 전혀 영향을 받지 않은 채 잘 감춰질 수도 있을 걸세. 우린 바로 여기서 그의 기억 속에 존재하는 아주 조그만 부분을 억제시키는 문제에 관해 얘기할 차례가 된 걸세. 우선 그가 적의 포로가 되었다고 가정해 보세. 그렇다면 그는 심문관에게 심문을 받는 동안 엄청나게 많은 양의 아주 귀중한 정보들을 계속 누설하게 될 걸세. 하지만 최소한 그는 그중 가장 중대한 기억들 몇 가지는 누설할 수가 없게 되는 거지."

"아즈라엘 장애가 효력을 발생하는 곳이 바로 이런 거로군. 이반 쪽의 사람들은 그에게 다음 임무를 맡기기 전에 과거의 특별한 부분에 대한 비밀을 엄수시키기 위해서 약물과 최면술을 이용하는 거로군."

파블로의 말에 알렉스가 고개를 끄덕였다.

"예를 들자면…… 몇 년 전 이반이 교황 요한 바울 2세의 암살 기도에 관련된 요원들 중의 하나였다고 치세. 기억 장애가 적절하게 자리를 잡은 상태에서, 그 작전에 관련됐다는 의식은 새로운 임무의 활동에 영향을 받지 않게 된다네. 나중에 심문관들이 그 기억에 닿을 수 없도록 그의 잠재 의식 속에 깊이 간직해 두는 거지. 하지만 그런 장애만으로는 완벽하게 사실을 숨길 수가 없다네. 만일 이반의 심문관들이 전형적인 증상을 보이는 기억 장애가 있다는 사실을 발견하게 된다면, 그들은 그것을 털어놓게 만들려고 열심히 노력할 걸세. 왜냐하면 그들도 그 장애 뒤에 엄청나게 중요한 사실들이 숨어 있다는 것을 알고 있기 때문이지. 그러니까 그 장애는 함부로 다룰 수 있는 게 못 된다는 건 분명한 일일세. 아즈라엘 장애는 철저하다네. 그 대상이 억제된 주제에 대해서 질문을 받게 되면, 그는 심문관의 목소리를 들을 수 없는 깊은 혼수 상태로 역행하도록 계획되어 있지. 심지어는 죽을 수도 있다네. 사실 아즈라엘 방아쇠라고 부르는 편이 더 정확하겠군. 만일 심문을 하는 사람이 폐쇄된 기억들을 면밀히 조사하게 되면, 그는 그 방아쇠를 당겨서 이반을 혼수 상태로 쏘아 보내게 되는 셈이지. 만일 그가 계속해서 방아쇠를 당긴다면, 그는 결국 그 대상을 죽이게 되는 걸세."

무언가에 홀린 듯이 파블로가 물었다.

"하지만 그런 장애를 넘어설 만큼 잔존 본능들이 강하지 않나? 말하자면 이반이 자신이 잊고 있었던 것을 기억하고서 털어놓거나, 아니면 죽는 것, 그 둘 중의 하나를 선택해야 할 때 말일세……. 글쎄, 틀림없이 억눌려 있던 기억이 떠오르지 않을까?"

"아니, 그렇지 않아."

의자 옆 마루 위에 세워져 있는 스탠드의 따뜻해 보이는 진홍색 불빛 속에서도 알렉스의 얼굴은 어두워 보였다.

"요새 우리들이 흔히 쓰는 약물이나 최면술 가지고는 어림도 없네. 마인드 컨트롤은 놀라울 정도로 진보한 학문이지. 잔존 본능은 우리가 가진 것 중에서 가장 강한 것이기는 하지만, 심지어는 무(無)로 만들어 버릴 수도 있는 것일세. 이반은 자기 파괴를 하도록 계획될 수도 있네."

파블로는 자신의 샴페인 잔이 벌써 다 비어 버렸다는 것을 깨달았다.

"그 젊은 아가씨는 자신의 과거에 있었던 뭔가 특별하고도 끔찍했던 사건을 자기 자신에게 숨기려고 스스로가 아즈라엘 장애 같은 것을 만들어 낸 것 같아."

"아니, 그런 장애를 자기 혼자서 만들 수는 없다네."

알렉스가 말했다.

"아니야, 틀림없어. 그 여자는 아주 좋지 않은 상태일세, 알렉스. 내가 질문하려고 했을 때, 여자는 그저……, 그 질문을 어떻게든 빠져 나가려고만 했어. 그래서 자네가 이런 분야에 대해서는 잘 알고 있기 때문에, 내가 어떻게 이 일을 처리해야 할런지 자네에겐 좋은 생각이 있을 것 같았네."

"자네는 아직도 내가 왜 자네더러 이 일을 전부 잊어버리라고 경고하는지 이해를 못한 것 같군."

알렉스는 자리를 밀치고 일어나 근처의 창으로 가서 떨리는 손을 주머니에 찔러 넣은 채 눈 덮인 잔디밭을 내다보았다.

"스스로를 속이려고 저절로 일어난 아즈라엘 장애 같은 거라구? 그런 일은 있을 수도 없어. 인간의 정신은 자신의 자유 의사대로, 단순히 자신으로부터 무언가를 숨기려는 이유만으로 스스로 죽게 될지도 모르는 모험을 하지는 않네. 아즈라엘 장애란 늘 외부에서 적용되는 통제 수단이지. 만일 자네가 그런 장애에 맞부딪혔다면, 그건 틀림없이 누군가가 그 여자의 머릿속에 그것을 주입한 것일세."

"그럼 자네는 그 여자가 세뇌되었다는 말인가? 그건 말도 안 되는 얘기야. 그 여자는 스파이가 아니라구."

"나도 그 여자가 스파이가 아니라는 건 알고 있어."

"그 여자는 소련 사람도 아니라네. 그런데 왜 그녀가 세뇌를 당하지? 보통 시민들은 그런 종류의 일에 있어서 대상이 되지 않는 법이잖아."

알렉스는 창에서 고개를 돌리고 파블로와 얼굴을 마주보았다.

"이건 그저 내 경험에 기초한 추측일 뿐일세만……. 어쩌면 그 여자는 우연히 그녀가 보지 말아야 할 것을 보았을지도 모르지. 대단히 중요한 비밀 같은 것 말야. 결과적으로 그녀는 기억 억제의 정교한 과정을 거쳐서 그것에 관해서 누구한테도 절대로 말하지 못하도록 세뇌를 받지 않으면 안 되었을지도 모르지."

파블로가 놀라서 알렉스를 쳐다보았다.

"하지만 과연 그녀가 그렇게까지 극단적인 조치가 필요할 만큼의 중대한 일을 보았을까?"

파블로의 물음에 알렉스는 어깨를 으쓱거렸다.

"그리고 누가 그녀의 정신을 가지고 함부로 그렇게 할 수 있었을까?"

"소련 사람들 아니면 CIA 든지, 이스라엘의 모사드나, 아니면 영국의 M16이나……. 그런 일을 할 수 있는 기술을 가진 기관이라면 어디든 그럴 수 있지."

"그 여자는 미국 밖을 여행한 적이 한 번도 없는 것 같아 보였으니 CIA는 빼야겠군."

"꼭 그렇다고 할 수는 없지. 모든 나라들이 이 나라 안에서 각기 자신들의 목적을 위해서 활동을 하고 있네. 게다가 마인드 컨트롤의 기술에 대해서 잘 알고 있는 집단은 유일하게도 정보 기관들뿐이라네. 하기는 광신도 집단이나 광적이리만치 과격한 정치 집단들도 마찬가지기는 하지만……. 지식이 빨리 퍼지긴 하지만, 악은 그보다 더 빨리 전파되는 법이니까. 사람들이 그녀가 무언가를 잊게끔 하고 싶었다면, 자네가 그녀에게 그것을 기억나도록 도와주는 일은 하지 않는 게 좋을 걸세. 자네를 위해서나 그녀를 위해서나 모두 좋지 않은 일이야, 파블로."

"도대체 믿어지지가 않는군……."

"믿어지지 않아도 믿어야 하네."

알렉스가 진지하게 말했다.

"하지만 그런 기억 상실증의 정도나 검은 장갑이랑 헬멧을 보고 갑자기 공포를 느낀다는 것은……그녀의 기억 장애에 대한 실마리를 풀어 줄 수 있다는 것을 나타내 주는 것 같거든. 그렇다면 자네가 말한 그 사람들이 일을 제대로 처리한 게 아닌 셈이잖나. 안 그래? 그 사람들이 그런 장애를 주입시켰다면 완벽해야 할 것이 아닌가?"

알렉스는 의자로 돌아와 앉더니 몸을 앞으로 기울이면서 강렬한 눈빛으로 파블로에게 시선을 고정시켰다. 그에게 상황의 심각성을 강하게 느끼게 해 주려는 것이 분명했다.

"그게 내가 가장 걱정하는 부분일세. 보통 그렇게 확실하게 주입된 정신 장애는 절대로 자체적으로는 약화되지 않는 법이지. 자네 친구인 그 숙녀분에게 그런 짓을 한 사람들은 그 방면엔 전문가들이야. 절대로 실수를 하지 않지. 그렇다면 그 여자가 최근에 겪는 문제들이나 악화된 정신 상태는 단 한 가지를 뜻하는 것일세."

"그게 뭔데?"

"금지된 기억들 말일세. 그러니까 아즈라엘 장애 뒤에 묻혀진 비밀들이 틀림없이 너무나 과격하고, 놀랍고, 쇼크가 엄청나게 큰 것이어서 전문가들이 아무리 교묘하게 조종한 장애일지라도 그것들을 머릿속에 그대로 담아 둘 수가 없다는 뜻이지. 그 여자의 기억 속에 묻혀 있는 것은 분명히 엄청난 힘을 가진 충격적인 기억일 걸세. 그래서 그 기억은 그녀의 잠재 의식 속에 갇혀 있던 감옥에서 벗어나서 의식 속으로 들어가려고 기를 쓰고 있는 거지. 장갑이라든지 세면대의 수챗구멍 같은 것처럼 그녀를 일시적으로 기억을 잃어버리게 자극하는 대상들은 그런 억압된 기억의 요소들과 아주 흡사한 것들이지. 그녀가 그런 물건들에 병적으로 집착할 때는 그 일을 기억하기 직전에 돌파구에 가까이 와 있어서 안절부절못하는 상태지. 그때 그녀의 기억 속에 주입된 프로그램이 심한 반발을 일으키면서 여자는 일시적으로 의식을 잃게 되는 것일세."

파블로는 몹시 흥분해서 심장이 더욱 빨리 뛰었다.

"그럼, 결국 최면 역행법을 이용해서 아즈라엘 장애를 파고들어가서 여자를 혼수 상태에 빠뜨리지 않고도 그 안에 이미 생겨 있는 틈을 더 넓혀갈 수도 있다는 얘기로군. 물론 대단히 조심을 하지 않으면 안 되겠지만……."

"자넨 지금까지 내 말을 하나도 듣지 않고 있었군!"

알렉스가 다시 자리에서 벌떡 일어났다. 그는 의자들 사이에 서서 떨리는 손가락으로 파블로를 가리키면서 그가 앉아 있는 쪽으로 불쑥 다가섰다.

"이건 상상도 할 수 없을 만치 위험한 일이야. 자네가 다루기에는 너무나 커다란 문제에 걸려든 거라구. 만일 자네가 그 여자의 기억을 되찾도록 도와준다면, 자네는 어딘가에 강한 세력을 가진 적들을 만들게 되는 걸세."

"그 여자는 너무나 좋은 아가씨야. 이것 때문에 그녀의 인생이 망가져 가고 있다구."

"자네는 그 여자를 도울 수가 없어. 자네는 너무 늙었어. 그저 늙고 꼬부라진 노인일 뿐이라구."

"내 말 잘 듣게. 아마 자네는 이 상황을 제대로 이해하지 못하고 있는 것 같군. 내가 자네에게 그 여자의 이름이나 직업을 밝히지 않았었네만, 이제 말해 주지……."

"그 여자가 누군지는 알고 싶지도 않아!"

알렉스는 눈을 동그랗게 뜨고 소리쳤다.

"그 여자는 의사일세. 아니 거의 의사가 될 뻔했었지. 지난 14년 동안 의사가 되려고 열심히 공부해 왔었는데 이제 그 여자는 모든 걸 잃게 될 거야. 그건 정말 비극적인 일이 아닌가?"

"그럼 이렇게 생각해 보게. 그 여자는 분명히 그 사실을 아는 편이 알지 못했던 것보다도 훨씬 나쁘다고 생각하게 될 걸세. 억압된 기억들이 이런 식으로 누설된다면, 틀림없이 그때 정신적인 쇼크가 너무 커서 그녀를 정신적으로 완전히 파괴시킬지도 모른다구."

"어쩌면 그럴 수도 있겠지."

파블로는 그 말에 수긍하면서도 자신의 뜻을 굽히지 않았다.

"하지만 그 사실을 계속 파고들 것인가 아닌가 하는 걸 결정하는 것은 그 여자 자신이 해야 하는 것 아닌가?"

"만일 그녀가 그 기억 자체 때문에 망쳐지지 않게 된다 해도, 아마 그때는 그녀에게 그 장애를 주입시킨 사람들에 의해서 살해당할지도 모르네. 난 그 사람들이 그녀를 곧장 죽이지 않았다는 게 놀라울 뿐일세. 만일 이 일의 배후에 정보 기관이 관련되어 있다면, 그게 우리 나라건 다른 나라의 기관이건간에, 자네는 그들에게 있어서 민간인들이란 그저 작전상 희생시킬 수도 있는 존재들일 뿐이라는 사실을 명심해야 하네. 그들이 총탄 대신 세뇌를 사용했다는 것이 무척 드물고 신기한 예이기는 하지만. 즉 그녀는 집행 유예를 받은 상태나 마찬가지란 말일세. 총알이 세뇌보다는 더 빠르고 손쉬운 처리 방법일텐데 말야. 그들이 그녀에게 두 번이나 집행 유예를 시켜 주지는 않을 거야. 그들이 아즈라엘 장애가 허사가 됐다는 걸 알게 되는 날이면, 그래서 자신들의 비밀을 그녀가 알아챘다는 걸 알게 되면, 그들은 당장 그녀의 머리통을 날려 버릴 걸세."

알렉스는 완강하게 고집을 부렸다.

"자네가 그걸 장담할 순 없잖나. 게다가 그녀는 정말 수완도 있고 하고자 하는 것은 반드시 해내고야 마는, 실력도 쟁쟁한 아가씨라구, 알렉스. 그러니까 그녀의 관점에서 보면 최근에 그녀에게 일어난 상황들은 거의 총에 맞아 머리통이 박살난 것만큼이나 나쁜 일인 셈이지."

알렉스는 자신의 친구인 늙은 마술사에 대한 실망을 숨기려 들지 않고서 말했다.

"그렇다면 자네는 그 여자를 돕게나. 그러면 그들이 자네 머리통마저 박살내 줄 테니까. 그래야 자네도 조금 쉴 수 있을 것 아닌가?"

"내 나이 벌써 여든하나일세. 무슨 일이 일어나든 별 관심 없어. 일이 잘되거든 자네도 한몫 끼워 달라고 부탁해도 소용없어. 될대로 되라지 뭐! 운에 맡기고 해 볼 수밖에."

"자네는 지금 크게 잘못 생각하고 있는 거야."

"아마 그럴지도 모르겠네. 하지만…… 왜 이렇게 내 기분이 좋은 걸까?"

일리노이 시카고

샌드위치 가게에서 일어난 총격 사건으로 부상을 당한 윈톤 토크를 그 전날 수술했던 베넷 소네포드 박사는 비카직 신부를 넓은 사실(私室)로 안내했다. 박사의 방에는 표본을 만들어 놓은 물고기들이 벽면을 따라 사방에 장식되어 있었다. 청새치, 어마어마하게 큰 날개 다랑어, 송어를 비롯해서 30개도 넘는 유리로 만든 의안(義眼)들이 초점 없는 눈동자로 두 사람을 내려다보고 있었다. 트로피 상자에는 은색과 금색의 컵들과 큰 사발들과 메달들이 가득 들어 있었다. 언제나 헤엄을 치고 있는 것 같은 자세로 깜짝 놀란 듯 입을 벌리고 있는 청새치의 그림자가 드리워져 있는 소나무 책상에 박사가 앉아 있었고, 스테판은 책상 옆의 안락 의자에 앉았다.

병원에서는 소네필드 박사의 사무실 호수만 가르쳐 줬을 뿐이지만, 비카직 신부는 전신 회사와 경찰국에 있는 친구들의 도움으로 박사의 집 주소까지 추적할 수가 있었다. 그는 크리스마스 저녁 7시 30분에 소네포드의 집에 도착했고, 휴일의 축제 분위기를 방해한 데 대해서 박사에게 충분한 양해를 구했었다.

"브렌던은 성 베네딕트에서 저랑 같이 일을 하고 있죠. 전 그 친구를 대단히 아끼기 때문에 그가 곤경에 처해 있는 것을 보고만 있을 수는 없습니다."

스테판이 말했다.

창백한 안색에다 벽에 걸려 있는 물고기들과 약간 흡사해 보이는 조금 튀어나온 눈, 천성적으로 오므라진 입을 한 소네포드는 "곤경에 처하다뇨?"라고 되물었다. 그는 공구 세트를 열고 그 안에 든 조그만 스크류 드라이버를 고르면서 서류 장부 위에 놓아 둔 제물 낚시의 릴에 정신을 팔고 있었다.

"무슨 문제라도 있으신가요?"

"공무를 수행하는 경관들의 일을 방해했어요."

"그건 말도 안 되는 얘기입니다."

소네포드는 릴 통에서 조그만 나사들을 조심스럽게 빼내면서 계속 말을 이었다.

"만일 그 사람이 토크 씨를 돌봐 주지 않았더라면, 그 사람은 지금쯤 죽고 없었을 겁니다. 혈액을 4리터하고도 반이나 더 수혈했는 걸요."

"정말입니까? 환자의 진료 차트에 다른 착오는 없었나요?"

"아뇨, 전혀 없었습니다."

소네포드는 자동 릴에서 철제 용기를 빼내고 기계 내부를 조심스럽게 들여다보았다.

"그 사람 덩치를 보십시오. 윈톤 토크는 대단히 건장한 남자입니다. 몸무게가 거의 1백 킬로 정도는 나갈 거예요. 그 사람은 정상인 상태에서 7리터 정도의 혈액을 가지고 있어야 합니다. 그러니까 제가 맨처음 응급실에서 수혈을 지시했을 때는 벌써 자기 피의 60퍼센트 이상을 잃어버린 상태였죠."

그는 스크류 드라이버를 내려놓고 똑같은 모양의 조그만 렌치를 집어들었다.

"게다가 제가 그 사람을 보기 전에 벌써 구급차에서 1리터를 더 수혈했다더군요."

"그렇다면 사람들이 샌드위치 상점에서 그를 데리고 나왔을 무렵에 그가 실제로는 4분의 3이 넘는 피를 흘렸단 말씀이신가요? 하지만…… 그렇게 많은 피를 흘리고도 사람이 살 수가 있나요?"

"물론 살 수 없죠."

소네포드가 침착하게 대꾸했다.

스테판의 온몸으로 유쾌한 전율감이 퍼져갔다.

"게다가 총알 두 발이 연조직에 박혔는데도 다른 기관에는 전혀 아무런 손상도 입지 않았더군요. 갈비뼈나 다른 뼈를 맞고 총알이 빗나간 것입니까?"

소네포드는 한쪽 눈으로 계속 릴을 들여다보다가 마침내 어설프게 기계를 만지던 손을 멈추었다.

"만일 38구경 총으로 뼈를 맞췄다면, 그 충격으로 뼈가 부서지고 조각이 났을 겁니다. 하지만 그 환자의 경우에는 그런 곳을 전혀 발견하지 못했어요. 그렇지 않고 뼈에 빗맞은 게 아니라고 친다면, 총알이 틀림없이 엄청난 상처를 남기면서 환자의 몸을 관통했을 겁니다. 하지만 제가 살펴보았을 당시에 총탄은 그냥 근육 조직에만 박혀 있었을 뿐입니다."

스테판은 고개를 수그리고 있는 의사의 머리를 쳐다보았다.

"웬지 제게 하고 싶으신 말씀이 더 있는 것 같은데 말씀하기를 꺼려하신다는 느낌이 드는군요."

마침내 소네포드가 고개를 쳐들었다.

"그러면 왜 제게는 신부님께서 여기에 오신 이유에 대해서 솔직히 말씀해 주시지 않는 것 같다는 느낌이 들까요?"

"제가 졌습니다!"

스테판은 그 말에 대해 순순히 시인했다.

소네포드는 한숨을 내쉬고는 공구통에 연장들을 집어 넣었다.

"신부님 말씀이 맞습니다. 함몰된 상처를 보면 총알 한 발이 토크 씨의 가슴을 정확하게 맞춘 것이 분명합니다. 총탄이 흉골 아래 부분에 세게 부딪쳤으니까 신경이 끊어지거나 뼈가 부러져야 정상이죠. 총탄의 파편 같은 조각들이 내부의 기관들이나 중요한 혈관들을 관통해야 하는 것이 당연합니다. 하지만 언뜻 보기로는 그런 일들이 전혀 생기지 않았더군요."

"그런데 왜 '언뜻 보기로는'이라고 말씀하시는 거죠? 그런 일이 생겼으면 생긴 거구, 안 생겼으면 안 생긴 거죠."

"살집에 패인 상처들을 보고 그 총탄이 흉골을 맞췄다는 것을 알 수 있었으나, 그 총탄이 흉골의 다른 편 조직에는 아무런 해도 입히지 않은 채 그저 박혀 있기만 한 것을 찾아냈죠. 따라서……그 이유가 어쨌건간에……총알은 아무런 손상도 입히지 않고서 그 뼈를 관통했다는 얘기가 되는 겁니다. 물론 그건 있을 수도 없는 얘기지만 말입니다. 그러나 상처 바로 아래에 있는 아무런 손상도 입지 않은 흉골 위에서 총알이 박힌 상처 하나만 발견했을 뿐이죠. 그리고 나서 흉골 뒤의 안쪽 부위에 박힌 총알을 또 하나 찾아냈는데, 어떻게 그게 한 곳에서 다른 곳으로 옮겨갔는지 알 수 있을 만한 흔적이 전혀 없었어요. 게다가 두 번째 총탄이 박힌 상처는 오른쪽 네 번째 갈비뼈 밑 바로 위쪽에 나 있었지만, 그 갈비뼈도 마찬가지로 아무 피해도 입지 않았죠. 분명히 총알이 뼈를 박살냈어야 했는데 말입니다."

"어쩌면 박사님께서 잘못 아신 것일지도 모르잖습니까? 아니면 총탄이 갈빗대 사이의 뼈를 살짝 벗어난 곳에 박힌 것일지도 모르죠."

신부는 일부러 박사의 의견에 대해 반대하는 것처럼 가장해서 슬쩍 떠보았다.

"아뇨, 그렇지 않습니다."

소네포드는 고개를 쳐들기는 했지만 스테판을 쳐다보지는 않았다. 여전히 의사는 눈에 띄게 불안해 보였고, 이제까지 그가 말한 것으로는 제대로 다 설명되지 않은 부분이 있는 것이 틀림없었다.

"제가 진단상 착오를 범하지는 않았습니다. 게다가 환자의 몸 속에 박힌 총알들은 보통 총알이 뼈를 맞췄을 때보다 더 깊숙이 박혀서 관통했습니다. 사람의 근육이 견더낼 수 없을 정도의 엄청난 에너지를 가지고 있었죠. 하지만 총알이 들어간 지점과 박힌 지점 사이에 있는 조직들이 손상을 입은 곳은 한 군데도 없었습니다. 그런 일은 실제로 있을 수가 없는 일이죠. 총알이 사람의 가슴을 뚫지도 않고, 상처도 전혀 안 남길 수는 없는 법이니까요."

"마치 조그마한 기적이 일어난 것 같군요."

"조그마하다뇨? 그 이상이죠. 제게는 너무나 엄청나게 커다란 기적처럼 보이는 걸요."

"동맥과 혈관 한 군데만 다쳤을 경우, 아니 그래서 둘 다 정확하게 관통된 경우라면, 토크 씨가 어떻게 그렇게 많은 피를 흘린 걸까요? 그 상처가 그런 심한 출혈을 일으킬 만큼 그렇게 컸던 겁니까?"

"아뇨. 그만한 외상으로는 그렇게 엄청난 출혈을 일으킬 수 없습니다."

의사는 더 이상 아무 말도 하지 않았다. 그는 스테판이 이해할 수 없는 뭔가 불길하고 두려운 공포에 단단히 사로잡혀 있는 것 같았다. 대체 그가 가지고 있는 두려움이란 무엇일까? 만일 그가 기적을 목격했다고 친다면, 그는 당연히 기뻐해야 할 것이 아닌가?

"박사님, 과학이나 의학을 하신 분으로서 자신이 배운 지식으로는 도저히 설명할 수 없는, 아니 사실은 자신이 진실이라고 믿었던 모든 것에 위배되는 무언가를 보았다는 사실을 인정하는 것이 극히 어려운 일이라는 것은 잘 압니다. 하지만 박사님께서 보신 것을 전부 제게 말씀해 주시지 않으시겠어요? 제게 무언가를 숨기고 계신 거죠? 윈톤 토크 씨의 상처가 그렇게 경미한 것이라면 어떻게 그렇게 많은 피를 흘릴 수 있었죠?"

소네포드는 의자 뒤로 몸을 깊숙이 파묻었다.

"수술실에서 수혈을 시작하고 나서 저는 엑스레이 사진에 나타난 총탄들의 위치를 찾아서 그것들을 제거하기 위한 절개를 시작했습니다. 그 과정에서 위쪽의 장간막(腸間膜) 동맥에서 조그만 구멍 하나와 위쪽 늑간(肋間) 정맥주 한 군데에 조그맣게 찢어진 상처를 하나 더 발견했죠. 틀림없이 다른 곳에도 절단된 정맥들이 있으리라고 확신하고 있었지만, 그 위치를 찾아낼 수가 없었어요. 그래서 일단 환자를 회복시켜 놓고 보자 해서 상부 장간막과 늑간을 따서 덮어 놓고는 간호할 때 그 위치를 더 자세히 살펴볼 생각이었죠. 그 일을 하는 데는 시간이 딱 2분밖에 안 걸렸어요. 아주 간단한 일이었죠. 물론 동맥을 먼저 기웠습니다. 출혈이 너무 심했기 때문에요. 피가 마구 뿜어 나왔죠. 그런데……."

"그 다음에는요?"

비카직 신부는 은근히 말을 재촉했다.

"그런데 제가 재빨리 동맥을 꿰매고 나서 찢어진 늑간 정맥을 꿰매려는 참이었는데……그런데 찢어진 상처가 없어져 버린 거였어요."

"없어져 버렸다구요?"

스테판이 되물었다. 두려움으로 온몸이 떨려 왔다. 자신이 예상했던 그대로였다. 하지만 그것은 그가 무척이나 바라왔던 것처럼 놀라우리만치 중대한 사실을 나타내 주는 일이기도 했다.

"예, 없어졌어요."

소네포드가 되풀이해서 말했다. 그리고 마침내 그는 자신을 응시하고 있는 스테판과 시선을 마주쳤다. 눈물에 젖어 있는 박사의 우울한 눈동자에는, 어두운 바닷속 깊은 곳에서 거대한 배가 지나가는 모습이 반쯤 보이는 것처럼 희미한 그림자가 스치고 지나갔다. 그것은 분명히 공포의 그림자였다. 스테판은 박사가 어떤 설명할 수 없는 이유로 그 기적이 그에게 두려움을 일으키게 되었는지를 확인해 보았다.

"찢어졌던 정맥이 저절로 치료가 된 것이었어요. 전 분명히 그 상처가 거기 있었다는 것을 확인하고 직접 집어서 잠시 덮어 두었었는데……. 제 옆에 있던 의사들도 보았어요. 간호사도 분명히 봤었구요. 하지만 제가 그걸 들어서 꿰매려고 했을 때, 찢어진 상처가 온데간데 없이 사라져 버렸어요. 다 나아 있더라구요. 제가 겸자(鉗子)를 치웠을 때……정맥을 통해서 분명히 피가 흘러야 했는데, 피가 새는 곳도 한 군데도 없었어요. 그리고 나중에……제가 총알을 빼내는 수술을 할 때는 그 근육 조직이 ……글쎄, 바로 제 눈앞에서 접합되는 것처럼 보이더라구요."

"그렇게 보이다뇨?"

"아뇨, 그건 하나의 변명이에요."

소네포드가 순순히 시인했다.

"그건 정말로 제 눈앞에서 접합되었어요. 믿을 수가 없는 일이었지만, 제가 분명히 보았습니다. 그걸 입증할 수는 없습니다. 그 두 발의 총알은 정말로 토크 씨의 흉골을 정통으로 맞춰서 갈빗대를 부서뜨렸다는 것을 알고 있었거든요. 그 탄환들이 파편처럼 부서져서 그의 몸 속에서 뼛조각들을 돌아다니게 만들었다구요. 그렇다면 그는 분명히 중대하고도 치명적인 손상을 입었어야만 했어요. 하지만 그 환자가 수술대에 올라가 있을 무렵에는 그의 몸은 거의 다, 저절로 치료가 된 상태였습니다. 부서진 뼈들도……다시 맞춰져 있었구요. 하지만 위쪽의 상간막 동맥과 늑간 정맥이 가장 먼저 찢어지는 바람에 그 환자가 그렇게 급속한 속도로 많은 양의 피를 흘렸던 겁니다. 그러나 제가 환자의 몸을 절개했을 때는 각기 조그맣게 찢어진 상처가 남은 것을 빼놓고는 혈관 두 개가 모두 접합되어 있었죠. 미친 소리처럼 들리실지는 모르겠지만, 제가 동맥을 꿰매려고 손을 쓰지 않고 그대로 두었다면, 그것들도 틀림없이 저절로 다 봉합되어 버렸을 겁니다……. 마치 정맥에서 그랬던 것처럼요."

"박사님과 함께 수술에 참여한 간호사들이나 다른 조수들은 이 일을 어떻게 생각하고 있나요?"

"우스운 일이지만……저희들은 거기에 대해서 별로 얘기를 해 보지 않았습니다. 우리가 거기에 대해서 이러쿵저러쿵 논할 것도 거의 없었으니까요. 어쩌면 우리들이 기적이 용납될 수 없는 합리적인 시대에 살고 있기 때문일지도 모르겠습니다만……."

"만일 그것이 사실이라면 무척 슬픈 얘기로군요."

스테판이 말했다.

아직도 눈동자의 깊은 곳에서 두려움의 그림자가 희미하게 가물거리고 있는 채로 소네포드가 말했다.

"신부님, 만일 신이 정말로 계시다면……물론 저는 신이 존재한다는 걸 인정하지 않는 편이지만……왜 특별히 그 경관의 목숨을 살려 주신 걸까요?"

"그 사람이 착한 사람이기 때문이겠죠."

신부가 말했다.

"그래요? 하지만 저는 수백 명의 사람들이 죽어 가는 모습을 지켜 보아 왔습니다. 그런데 왜 그 경관의 목숨은 살려 주시면서 다른 사람들은 아무도 구해 주시지 않는 거죠?"

비카직 신부는 의자를 잡아당겨서 책상에 앉아 있는 박사 옆으로 다가가 앉았다.

"지금까지 박사님께서 제게 솔직한 얘기를 들려 주셨으니까, 저도 박사님께 솔직히 말씀 드리죠. 저는 이런 일들이 일어난 배경에는 인간의 힘 이상의 힘이 존재하고 있다는 예감이 듭니다. 신령한 힘 같은 것 말이죠. 게다가 그런 신통력은 윈톤 토크 씨와 상관없이 브렌던이라는 사람과 관련되어 있는 것 같습니다. 그 사람은……샌드위치 가게에서 토크 경관을 맨처음 구하려고 들어갔던 사제입니다."

베넷 소네포드는 깜짝 놀라서 눈을 깜박거렸다.

"그렇지만 그런 생각은……."

"만일 브렌던이 최소한 또 다른 기적적인 사건과 연관되어 있지 않는 한 그런 생각을 함부로 가질 수가 없겠죠."

스테판은 에미 헬버그의 이름은 들먹이지 않고서, 병으로 한때 불구로 지냈던 한 소녀의 사지가 멀쩡하게 고쳐진 이야기를 박사에게 들려 주었다.

베넷은 스테판이 말한 것을 듣고서 희망을 갖기는커녕, 묘한 절망감 속에서 더욱 심하게 몸을 떨었다.

박사가 지나치리만치 몹시 우울해 하고 있자, 비카직 신부가 풀이 죽은 채로 말했다.

"박사님, 어쩌면 제가 잘못 짚었는지도 모르겠습니다만, 제가 보기에는 누구보다도 박사님께서 제일 기뻐하셔야 될 것 같은데요. 박사님께서는……물론 저 혼자만의 개인적인 생각입니다만……하나님의 손으로 행하신 일을 직접 목격하신 분이시니까요."

그는 소네포드에게 손을 내밀었고, 자신의 손을 꼬옥 잡는 박사의 태도를 그다지 놀라지 않고 받아들였다.

"그런데 왜 그렇게 기운이 없어 보이시죠, 박사님?"

스테판이 묻자, 소네포드는 목청을 가다듬고 대답했다.

"저는 마틴 루터교 가정에서 태어나고 자랐습니다만, 25년 동안 무신론자로 지내 왔습니다. 그런데 지금……."

"아! 알겠습니다."

스테판이 말했다.

다행히도 스테판은 베넷 소네포드의 영혼을 낚시 소굴에서부터 살살 꾀어내는 데 성공했다. 그러나 그는 그날이 다 가기 전에 자신이 지금 느끼고 있는 행복감이 산산이 깨어지고, 더 비참한 실망감을 겪게 되리라고는 조금도 의심치 못하고 있었다.

네바다 리노

젭 로우맥은 크리스마스에 피비린내 나는 자살로 자신이 인생의 막을 내리게 되리라고는 한 번도 생각하지 못하고 있었지만, 그는 그날 밤까지도 계속 너무나 기분이 가라앉아 있어서 그대로 생을 마감하고 싶은 기분이었다. 그는 엽총에 탄환을 장전하고서 지저분한 주방의 식탁 위에 올려 놓았다. 그는 스스로에게 자정이 되기 전에 빌어먹을 놈의 달에 관한 모든 잡동사니들을 없애 버리지 못하면 그 엽총을 사용하겠다고 다짐했다.

달에 대한 그의 해괴한 환상이 시작된 것은 재작년 여름부터의 일이었다. 하지만 그것은 처음에는 그다지 해롭지 않은 것처럼 보였다. 그 해 8월 말부터 그는 자신의 아담하고 작은 집의 뒤쪽 현관의 차 대는 곳으로 나가서 천천히 맥주를 마시면서 달과 별들을 구경하곤 했었다. 9월 중순이 지나자, 그는 태스코 10VR 굴절 망원경과 함께 초보자용 천문학 서적을 두 권 구입했다.

젭은 자신이 갑자기 별을 관측하는 데 관심을 가지게 된 사실이 무척 놀랍게 느껴졌다. 그는 직업 도박사로서 거의 50년이나 되는 세월을 살아오면서 카드를 빼놓고 다른 것에는 거의 관심을 두지 않고 지내왔었다. 그는 라스베가스의 타호우 호(湖)의 리노에서 일했었다. 그곳에서 때때로 여행객들과 자칭 그 지방을 주름잡는 포커 챔피언이라는 사람들과 어울려 포커를 하면서 인생을 즐겼다. 리노는 엘코나 불헤드 시티와 마찬가지로 소규모 도박 도시 중의 하나가 되었다. 그는 카드 게임에만 능한 것은 아니었으나 여자나 술, 음식보다도 카드를 더 사랑했다. 젭에게는 돈도 중요한 것이 못 되었다. 그것은 그저 카드 게임을 해서 손으로 벌어들이는 부산물에 불과한 것이었다. 그에게 중요한 것은 게임에서 끝까지 버텨 내는 일이었다.

적어도 그가 망원경을 갖고서 달에 미쳐 돌아가기 전까지는 그랬었다.

2개월 동안 그는 이따금씩 망원경을 이용했을 뿐이었고, 천문학에 관한 책을 두세 권 더 샀을 뿐이었다. 그건 순전히 취미였을 뿐이었다. 하지만 작년 크리스마스경에 그는 별보다는 달에 더 관심을 갖기 시작했고, 그때부터 그에게 뭔가 이상한 일이 벌어지기 시작했던 것이다. 곧 그는 카드 게임만큼이나 새로운 취미에 흥미를 느끼기 시작했다. 그는 달 표면을 자세히 관찰하기 위해서 일부러, 카지노에 느긋하게 놀러 가서 풋내기 관광객들과 게임을 하던 일들도 취소해 버리기 시작했다. 2월에는 매일 밤 달을 보기 위해서 망원경의 접안 렌즈에 들러붙어 살았었다. 4월경에는 달에 관한 책을 1백 권도 넘게 사들였고, 일주일에 겨우 2, 3번 정도만 카드 게임을 하러 나가곤 했다. 그러다가 6월 말에는 갖고 있는 책이 5백 권으로 늘어났고, 오래된 잡지들과 신문에서 오려 낸 달에 관한 사진들이 침실 벽과 천장을 도배해 놓을 정도가 되었다. 그는 더 이상 카드 게임도 하지 않았고, 그 동안 모아 두었던 돈으로 먹고 살기 시작했다. 그리고 그때부터 달에 대한 그의 관심은 더 이상 단순한 취미의 차원이 아니라 광적인 집착으로 변해 가기 시작했다.

9월이 되자, 그의 좁은 집 여기저기에 쌓아 둔 책이 무려 1천 5백 권을 넘어서게 되었다. 그는 하루 종일 달에 관한 책을 읽거나, 그것보다 더 잦은 빈도로 몇 시간마다 한 번씩 달 사진들을 쳐다보고 앉아 있곤 했다. 도대체 달이 그토록 그를 매혹시킨 이유가 무엇인지 이해할 수도 없었고, 그렇다고 해서 그 매력에 저항할 수도 없었다. 집에 있는 다섯 개의 방들을 가득 메운 달의 분화구나 융기, 그리고 인공 위성들이 그에게는 낯익은 것들로 느껴지게 되었다. 그는 달을 볼 수 있는 밤이면, 더 이상 졸음을 참을 수 없어서 눈이 벌겋게 충혈이 되고 쿡쿡 쑤실 때까지 망원경으로 달을 관찰하곤 했다.

그렇게 달에 대한 지나친 망상에 사로잡히기 전까지만 해도 젭 로우맥은 억세게 툭 잘라 만들어 낸 듯이 생긴, 남들에 비해 대단히 건장한 남자였다. 하지만 그가 전보다 더 심하게 달과 비슷한 물건에 대해서라면 어떤 것이든 닥치는 대로 몰두하기 시작하면서부터 그는 아예 운동을 그만두고 케이크나 아이스크림, 데우기만 하면 즉석에서 먹을 수 있는 3분

요리나 대형 훈제 소시지 같은 간편한 즉석 식품만 먹기 시작했다. 더 이상 맛갈난 음식을 만들어 먹을 시간이 없었기 때문이었다. 게다가 달은 그에게 있어 신기하고 매혹적인 대상일 뿐만 아니라 불안과 두려움의 대상이 되었다. 그래서 그는 늘 신경이 곤두서 있는 상태였다. 그럴 때마다 그는 음식으로 마음을 진정시켰다. 그는 자신의 신체에 일어나고 있는 변화에 대해서 아주 조금은 눈치를 채고 있었지만, 어쨌든 그는 차츰 더 얌전하고 힘이 없어져 갔다.

10월 초 무렵에는 매일 매순간마다 달에 대한 생각만 하고, 달에 대한 꿈만 꾸고, 집 여기저기에 붙여 놓은 수백 가지의 달에 관한 사진들을 쳐다보았다. 그는 계속 달 사진으로 벽 전체를 다시 도배질하다가 결국 6월에는 침실 전체가 달 사진으로 둘러싸이게 되었다. 흑백과 칼라로 된 수많은 달 사진들은 여러 종류의 천문학 회지나 잡지, 책, 신문 등에서 오려 낸 것들이었다. 그리 자주는 아니지만 집에서 우연히 나갔던 모험 중에서 한번은 폭이 3피트에, 길이가 5피트인 달을 찍은 사진 포스터를 본 적이 있었다. 그것은 우주 비행사들이 찍은 칼라 사진으로, 그는 거실의 벽 전체와 천장에 다 붙일 수 있도록 그 포스터를 50장이나 샀었다. 그는 창문에도 포스터를 붙였고, 문간을 빼놓고 방 전체에 온통 같은 사진을 붙여 놓았다. 그는 가구들을 밖으로 옮겨 놓고서 전시된 작품이 한 번도 바뀌는 적이 없는 빈방을 천문관으로 바꾸어 버렸다. 때때로 그는 마루에 벌렁 드러누워서 천장과 벽에 붙여 놓은 50개의 달을 올려다보곤 했다. 그리고는 자신도 도저히 이해할 수 없는 신비하고도 상쾌한 기분과 함께 뭐라고 설명할 수 없는 두려움에 도취되곤 했다.

크리스마스 밤 젭이 바닥에서 버둥거리면서 뽐내듯 기세를 과시하고 있는, 벽과 천장 위에 붙여 놓은 50개의 달들을 쳐다보고 있는 사이, 그는 갑자기 그 달들 중의 하나 위에 뭔가가 적혀 있는 것을 눈치챘다. 달 사진 전체에 펠트 펜으로 갈기어 쓴 단 하나의 단어. 그 사진은 하나의 이름으로 달 표면이 망가져 있었다. 그것은 바로 도미니크라는 이름이었다. 그는 자기 손으로 직접 쓴 자신의 필체라는 걸 금세 알아챘지만, 언제 자신이 달 사진에 그런 이름을 휘갈려 썼는지를 도대체 기억할 수가 없었다. 그 다음 그는 또 다른 포스터 위에 쓰인 다른 이름 하나에 눈길이 끌렸다. 그것은 진저라는 이름이었다. 그리고 나서 세 번째 포스터 위에 적혀 있는 세 번째 이름은 페이였다. 그리고 네 번째 이름은 어니였다. 젭은 갑자기 마음이 초조해지기 시작했다. 그는 비틀비틀 방을 돌아다니면서 다른 포스터들을 살펴보았지만 더 이상 다른 이름들은 없었다.

그런 이름들을 언제 적었는지 기억도 나지 않는데다가, 그는 도미니크나 진저나 페이라는 이름을 가진 사람들을 알지도 못했다. 아주 친한 친구는 아니지만, 그는 어니라는 이름을 가진 부부는 알고 있었다. 그 달 중의 하나에 적혀 있는 그 이름은 나머지 세 개의 이름만큼이나 신기해 보였다. 그 이름들을 가만히 바라보면서, 그는 점점 불안해져 갔다. 자신이 그들을 실제로 잘 알고 있는데다, 그들이 자신의 인생에서 엄청나게 중요한 역할을 했으며, 자신이 제정신인가 하는 문제와 사느냐 죽느냐 하는 문제가, 바로 그들이 누구인지를 기억하는 일에 달려 있는 것 같은 이상한 느낌이 들었다.

꾸준하게 계속 부풀어오르는 풍선처럼 오랫동안 잊혀졌던 기억이 그의 머릿속에서 계속 커져만 갔다. 그는 본능적으로 그 풍선이 빵하고 터질 때 모든 일이 기억나리라는 것을 알아차렸다. 그 네 사람의 신원뿐만 아니라 달에 대해 열광적으로 홀려 있는 자신의 상태와 그 밑에 깔려 있는 두려움의 원인에 대해서도 기억이 날 것 같았다. 하지만 그의 내부에 기억의 풍선이 부풀어오르면서 그의 두려움도 함께 자라기 시작했다. 그는 식은땀을 흘리면서 주체할 수 없이 몸을 떨기 시작했다.

문득 그런 일들이 기억나는 것이 두렵게 느껴지면서, 그는 포스터에서 고개를 돌렸다. 그는 신경이 긴장되는 생각을 하면 늘 그렇듯이, 꼬르륵 소리가 날 정도로 허기에 지쳐서 비틀거리며 부엌으로 갔다. 그는 냉장고 문을 비틀듯 거세게 열었으나 선반이 휑하니 비어 있는 것을 보고 깜짝 놀랐다. 거기에는 음식이 들어 있던 더러운 접시들과 빈 플라스틱 용기들, 텅 비어 있는 우유팩 두 개, 깨져서 말라붙은 계란들이 든 계란 용기들이 들어 있었다. 그는 냉장칸을 들여다보았지만, 얼음 외에는 아무 것도 없었다.

젭은 마지막으로 슈퍼에 간 때가 언제인지 기억해 보려고 애썼다. 가장 최근에 쇼핑을 하러 간 것도 며칠, 아니면 몇 주가 지났을런지도 모른다. 달로 가득 찬 세계 속에서 시간은 더 이상 아무런 의미가 없었으므로 그는 그때를 제대로 기억해 낼 수가 없었다. 게다가 마지막으로 식사를 한 후로 얼마나 많은 시간이 흘렀을까? 그는 어렴풋이 캔에 들어 있는 푸딩을 조금 떠먹던 생각이 났지만, 그게 그날 아침 일찍인지, 어제였는지, 심지어는 이틀 전이었는지조차 분명히 기억이 나지 않았다.

젭 로우맥은 사태가 그 지경으로 되어가는 데 심한 충격을 받아서 몇 주 만에 처음으로 정신을 가다듬었다. 그리고 부엌을 둘러보고는 혐오감과 두려움으로 억눌려진 신음 소리를 냈다. 그는 처음으로 자신이 달에 온통 정신이 팔려 있는 바람에 전에는 미처 알아보지 못한 채 감추어져 있던 상황을 직시하게 되었다. 자신이 살고 있는 곳은 한마디로 난장판이었다. 쓰레기는 마루를 뒤덮고, 과일 주스를 담아 두었던 끈끈한 깡통들이 그대로 내팽겨진 채로 뒹굴고, 고기 국물 소스가 고약한 냄새를 풍기면서 끈적끈적하게 엉겨 붙은 자국이 여기저기에 나 있고, 곡류 상자들은 텅 비고, 수십 개나 되는 우유팩 상자에서는 우유 방울들이 뚝뚝 떨어져 내리고, 똘똘 뭉쳐서 내팽개친 포테이토 칩 껍질이 수십 개나 되는 데다 그 사이로 바퀴벌레들이 우글거리고 있었다. 바퀴들은 쓰레기 사이를 이러저리 헤치고 다니거나, 허겁지겁 도망을 치거나, 마루 여기저기를 달리거나, 벽을 기어오르거나, 조리대 위에 도사리고 있거나, 싱크대에 숨어 있기도 했다.

"세상에!"

젭은 목이 잠겨서 제대로 말도 할 수가 없었다.

"대체 내게 무슨 일이 일어난 거지? 내가 무얼 하고 있었던 거야? 뭐가 잘못된 거냐구?"

그는 한 손을 들어 얼굴을 감싸쥐다가 턱에 수염이 자란 것을 보고 놀라서 얼굴이 일그러졌다. 그는 늘 깨끗하게 면도를 하고 지냈었다. 그리고 바로 그날 아침도 자신이 면도를 했다고 생각하고 있었다. 그는 얼굴에 자란 빳빳한 수염에 놀라서 거울을 보려고 얼른 욕실로 달려갔다. 거울 속에서는 전혀 낯선 사람의 모습이 보였다. 꾀죄죄하게 자란 윤기 없는 머리카락에는 음식 찌꺼기들이 엉켜서 매달려 있고, 얼굴은 누렇게 떠서 병자처럼 보이는데다 기름기가 질질 겉돌고 있었다. 음식과 먼지로 딱지처럼 들러붙어 있는 2주쯤 자란 것 같은 텁수룩한 수염에다, 자신의 몸에서 나는 지독하게 역한 냄새에 당장이라도 토할 것 같았다. 분명히 며칠 동안, 아니 어쩌면 몇 주 동안 목욕을 하지 않았는지도 모른다.

그는 누군가의 도움이 필요했다. 몸이 아팠다. 혼란스럽고 괴로웠다. 자신에게 어떤 일이 일어난 건지 알 수는 없었지만, 전화로 달려가서 당장 누군가에게 도움을 청해야만 했다.

하지만 그는 즉시 전화기가 있는 곳까지 갈 수 없었다. 사람들이 손댈 수 없을 만치 미쳤다고 생각해서 영원히 그를 감금시켜 버릴까 봐 걱정이 되었던 것이다. 그들이 자신의 아버지를 가두었던 것처럼……. 젭이 여덟 살이었을 때, 그의 아버지는 끔찍한 발작을 일으켰었다. 그의 아버지는 무언가 도마뱀 같은 것이 벽에서 기어 나온다며 고래고래 소리를 지르고 소란을 피웠었다. 의사들은 그를 알코올 중독에서 벗어나게 하려고 병원으로 데리고 갔었다. 하지만 그때는 전과 다르게 알코올 중독에 의한 섬망증(譫妄症)은 쉽게 사라지지 않았고, 젭의 아버지는 여생을 정신 병동에 수용되어 지냈다. 그 이후로 젭은 자신의 정신 상태에도 혹시 문제가 있지 않을까 늘 걱정을 해 왔었다. 거울 속에 비친 자신의 창백한 얼굴을 보면서, 그는 누군가에게 도움을 청하는 전화를 걸더라도 남들에게 보여 줘도 될 만큼 집을 치우고 나서 전화를 해야 한다는 것을 알고 있었다. 그렇지 않으면 사람들은 그를 정신 병원에 가두고서 영영 꺼내 주지 않을런지도 모른다.

그는 면도를 하고 있을 만큼 오랫동안 거울에 비친 자신의 모습을 그대로 보고 있을 수가 없었다. 그는 우선 집을 치우기로 마음먹었다. 달이 조수에 영향을 미치듯이 그에게 주기적으로 변동하는 영향력을 행사하고 있는 달 사진들을 보지 않으려고 고개를 아래로 수그린 채로, 그는 침실로 허겁지겁 달려들어가 옷장을 열어 옷을 옆으로 치우고는 레밍턴 12구경과 탄환 한 상자를 찾아냈다. 그는 얼른 고개를 쳐들어야 한다는 충동과 싸우면서 계속 고개를 숙인 채로 부엌으로 곧장 달려가 엽총을 장전하고 온통 쓰레기로 뒤덮여 있는 식탁에 총을 내려놓았다. 그는 커다란 소리로 자신과 흥정을 벌였다.

"달에 관한 책들을 모두 없애 버리고, 그림들을 찢어 버려. 그리고 여기가 미친 사람 집처럼 보이지 않도록 부엌을 치우고 면도를 하고 목욕을 해. 그 다음에는 대체 네가 어디가 어떻게 잘못되었는지 알아볼 수 있도록 정신차려. 그런 다음이라면 사람들에게 도움을 청해도 돼. 단 물건들이 이렇지 않을 때에 한해서."

엽총에 대한 부분은 그 흥정에서는 언급되지 않았다. 그는 다행히도 냉장고에 음식들이 텅텅 비어 있는 것을 보고 충격을 받아서 자신이 빠져 있던 달에 대한 꿈에서 금세 벗어날 수 있었다. 하지만 다시 그런 악몽으로 빠져든다면, 그는 또다시 불현듯 기억이 되살아나 악몽에서 깨어나기를 바라는 수밖에 없는 것이다. 그러나 만일 그가 벽에 걸려 있는 사진 속에서 유혹하는 달의 힘에 저항할 수가 없다면……. 그는 재빨리 부엌으로 돌아가 엽총을 집어 들어 입 안에 처넣고는 방아쇠를 당기고 말 것이다.

그것보다는 죽는 편이 훨씬 나았다.

그리고 자신의 아버지처럼 영원히 정신 병원에 갇힌 채 지내느니 죽는 편이 더 나았다.

그는 다시 한번 바닥을 둘러본 후 거실 바닥에 떨어진 책들을 주워 모으기 시작했다. 어떤 책들은 달에 관한 사진들로 표지까지 불룩했지만, 그는 그런 사진들을 전부 오려 냈다. 그는 한아름 되는 사진들을 들어올려서 눈덮인 뒤뜰로 나갔다. 거기에는 콘크리트 벽돌에 나란히 세워 놓은 바비큐 화덕이 있었다. 서늘한 겨울 바람에 몸을 떨면서 그는 화덕에 책들을 털썩 던져 넣었다. 그리고 두려운 마음으로 밤 하늘에 매달려 있는 엄청난 광채를 발하는 달을 쳐다보지 않으려고 애쓰면서 책들을 더 가져오려고 집 안으로 향했다.

그는 조심스레 걸음을 옮겼다. 달 사진이 붙어 있는 서재로 돌아가려는 충동은 헤로인 중독자들이 계속 마약 주사를 맞고 싶게 만드는 끔찍한 생리적인 욕구만큼이나 강렬하고도 벅차고 힘겨운 것이었다.

그는 아까와 마찬가지로 계속 바비큐 화덕으로 오가면서, 오랫동안 잊혀졌던 사건에 대한 기억이 자신의 내부에서 샘물처럼 고여 오는 것을 느꼈다. 도미니크, 진저, 페이, 그리고 어니……. 본능적으로 그는, 그 네 명이 누구인지를 기억할 수만 있다면 자신이 달에 홀려 있는 원인을 알 수 있게 되리라는 것을 직감하고 있었다. 그는 그 이름들에 온통 정신을 집중하면서 그 이름들과 함께 달이 그토록 매혹적으로 자신을 끌어당기는 힘을 지워 버리려고 애썼다. 곧 바비큐 화덕에는 불에 태워질 채비가 끝난 2, 3백 권 정도 되는 책들이 가득 찼다. 이제까지는 모든 일이 잘 되어가고 있는 것처럼 보였다.

하지만 성냥을 긋고서 한 권의 책에 불을 붙이려는 그 순간, 화덕이 텅 비어 있는 것을 발견했다. 그는 충격과 공포에 질려서 그 곳을 다시 한번 쳐다보았다. 그는 성냥을 떨어뜨리고서 다시 집으로 달려가 부엌문을 벌컥 열고 비틀거리며 안으로 들어가다가 자신이 가장 두려워했던 것을 목격했다. 책들은 눈으로 축축하게 젖은데다 화덕에서 묻은 재에 더럽혀진 채로 그 자리에 쌓아 올려져 있었다. 그는 분명히 문제를 다 처리하고 정신을 차렸다고 생각했는데 어느 순간엔가 다시 광기 속으로 빠져들고 만 것이었다. 그는 자신이 무엇을 하고 있는지 알지도 못하는 채 발작을 일으키면서 다시 집 안으로 책들을 전부 가지고 들어간 것이었다.

그는 울기 시작했다. 하지만 아직도 사진이 덕지덕지 붙여져 있는 방으로 들어가지는 않겠다고 작정했다. 그는 수십 권의 책들을 집어서 마치 자신이 지옥에 빠져서 영원히 그런 광란적인 의식을 되풀이하도록 운명지워진 것처럼 다시 바비큐 화덕으로 발길을 향했다.

다시 화덕을 가득 채웠다고 생각했을 때, 그는 자신이 태울 장소로 책들을 가지고 가는 것이 아니라 거기서 차츰 멀어지고 있다는 사실을 깨달았다. 또다시 그는 달에 대한 꿈으로 빠져 들었고, 자신이 집착하고 있는 대상을 없애 버리는 대신 그것들을 다시 모으고 있었던 것이다.

집을 향해 돌아왔을 때, 그는 사방에 얼어붙은 눈이 빛에 반사되어 얼마나 반짝거리고 있는지를 눈치챘다. 그는 자신의 의지와는 달리 고개를 쳐들었다. 그리고 구름도 거의 없이 아주 캄캄한 하늘을 올려다보았다.

"달."

그 순간 그는 자신이 죽은 사람이라는 것을 깨달았다.

캘리포니아 라구나 비치

도미니크 콜베이시스에게는 늘 그래왔듯이 크리스마스라고 해서 다른 날과 별다를 것은 없었다. 그에게는 그날을 특별하다고 느끼게 해 줄 만한 아내나 자식도 없었다. 보육원에서 자란 탓에 칠면조 고기나 민스미트 파이를 나눠 줄 만한 친척들도 없었다. 파커 페인을 비롯한 두 명의 친구들이 늘 그를 자신들의 축제에 초대하곤 했지만, 그는 자신이 괜히 객식구처럼 느껴질 것 같아서 한사코 사양했다. 하지만 크리스마스가 슬프거나 외롭게 느껴지지는 않았다. 친구들로 인해서 결코 따분하지도 않았고, 그의 집에는 하루를 즐겁게 채울 수 있는 좋은 책들이 넘쳐흘렀다.

하지만 이번 크리스마스에는 그 전날 받은 정체를 알 수 없는 우편물에 대한 생각과 안정제 한 알을 먹고 싶은 충동을 버텨 내야 한다는 강박관념에 사로잡혀서 제대로 책에 집중할 수가 없었다. 자신이 잠을 자면서 돌아다니는 것이 두렵기는 했지만, 전날에 안정제나 진정제를 먹지도 않았었다. 그는 약을 쓰고 싶은 마음이 굴뚝 같았으나 더 이상 거기에 의존하지 않기로 결심했다.

사실 그런 갈망이 너무나 심해져서, 그는 변기에 약들을 전부 쏟아 넣고 물에 흘려 보냈다. 자신을 믿을 수가 없었기 때문이었다. 날이 갈수록 그의 불안감은 약물 치료법을 시작하기 전 정도까지 차츰 심해져 갔다.

크리스마스 저녁 7시경 돔은 언덕 중턱에 제멋대로 세워져 있는, 같은 동네에 사는 파커의 집을 찾아갔다. 그리고 그 곳에서 계피 막대를 넣고 우유와 설탕을 넣어 집에서 만든 달걀술 한 잔을 들었다. 덩치 큰 화가의 늘 제멋대로 텁수룩하게 기른 수염은 명절을 기념하는 뜻에서 깨끗하게 다듬어져 있었고, 단정하게 자른 머리카락은 기름을 발라 빗어 넘겨 놓았다. 그는 보통 때보다 얌전하고 차분하게 차려 입고 있기는 했지만, 그답다고 생각되어지는 원기 왕성한 모습 그대로였다.

"메리 크리스마스! 평화와 사랑이 오늘 이 집에 함께할지어다! 나의 소중한 형제가 나의 성공에 대해서 4, 50가지의 더럽고 질투심에 가득 찬 욕들을 했지만, 그것은 만약 신의 은총이 덜했었다면 자기 마음대로 지껄일 수 있는 말들의 2분의 1도 채 되지 않는 것이지. 성인인 체하는 나의 이복 동생 카를라, 한때는 개년이라고 불렀던 내 계수 도린, 그리고 도린이 카를라를 '심리 요법으로 가득 찬 어리석은 새 시대의 정신 병자'라고 부른 것으로부터 비롯되어, 그 사실에 비추어서 정당하다고 간주할 수 있는 것까지……. 오! 진실한 우정과 애정의 전성기여! 자네가 진정 믿는다면, 올해는 어떤 공격도 당하지 않으리라! 그리고 카를라의 남편이 평소처럼 취한다면, 물론 자신이 베트 미들러를 따라 한답시고 최소한 여섯 번 고집을 부리지 않는다면, 지난 수년 동안 그랬듯이 계단에서 급히 뛰어내리거나 떨어지는 일은 없을 것이다."

두 사람은 바다가 내다보이는 창 쪽의 벽 옆에 모여 있는 의자들을 향해 걸음을 옮기면서, 돔이 말했다.

"난 여행을 갈 걸세. 차를 타고 장시간 달리는 여행 말야. 비행기를 타고 포틀랜드로 가서 거기서 차를 빌릴 걸세. 그 다음에는 재작년 여름에 갔던 여정을 다시 되돌아가 볼 걸세. 포틀랜드에서부터 리노까지 80번 주간 고속 도로를 타고 네바다와 유타주 반을 횡단한 다음, 마운틴 뷰우로 갈 걸세."

그 말을 하면서 돔은 자리에 앉았지만, 파커는 아주 조용히 의자에 그대로 앉아 있었다. 그 선언은 그를 유쾌하게 흥분시켜 주었다.

"무슨 일 있었어? 그건 휴가 여행도 아니잖아. 자네가 재미로 갔던 길도 아니구. 다시 몽유병이 시작된 거야? 틀림없는 모양이군. 게다가 자네가 그 해 여름 겪었던 변화들과 이번 여행이 관련되어 있다고 확신할 만한 무슨 일인가가 일어난 거야."

"몽유병이 다시 시작된 것은 아니지만, 아마 틀림없이 오늘 밤 그럴 것 같아. 그 빌어먹을 놈의 약들을 전부 없애 버렸거든. 약을 먹고 약물요법도 내게는 아무런 효과가 없었어. 아무것도 치료된 게 없었어. 난 거짓말을 했네. 난 약에 중독되어 있었어, 파커. 내가 잠자면서 하는 짓들을 견뎌 내는 것보다는 약에 중독되는 편이 더 나을 것 같아서 별로 크게 신경쓰지 않았었네만, 지금은 이것들 때문에 모든 게 변해 버렸어."

그는 발신인이 누구인지 알 수 없는 두 통의 편지를 쳐들었다.

"문제는 단지 내 자신의 내부에만 원인이 있는 게 아니었어. 단순히 심리학적인 원인이 아니었다구. 뭔가 여기서 이상한 일이 벌어지고 있네."

그는 첫 번째로 온 편지를 파커에게 건네주었다. 그의 마음이 두려움으로 가득 차 있다는 것은 종이를 들고 있는 그의 손이 떨리고 있는 것으로 충분히 알 수 있었다.

파커는 편지의 내용을 다 읽고 나자 무척 당황한 듯이 보였다.

"우체국 사서함에 어제 그 우편물이 들어 있더군. 발신인의 주소가 적혀 있지 않았어. 집으로 배달된 편지가 또 한 통 있었네."

그는 자신이 잠을 자면서 컴퓨터에 수백 번이나 〈달〉이라는 글자를 타이핑한 사실과 입으로 바로 그 말을 계속 중얼거리다가 잠에서 깨어난 얘기를 설명해 주고 나서, 두 번째로 온 편지를 파커에게 건네주었다.

"하지만 자네가 이런 달에 관한 얘기를 나한테 처음 해 준 거라면, 대체 누가 어떻게 이런 편지를 보낼 만큼 그 일에 대해 알고 있는 거지?"

"그게 누구든 간에 그 사람은 내가 몽유병을 앓고 있다는 걸 잘 알고 있네. 어쩌면 내가 그 문제로 의사에게 갔을 때……."

돔이 말했다.

"자네 말은 누군가가 자네를 감시하고 있었단 말인가?"

"어느 정도까지는 틀림없어. 계속 지켜 보고 있지 않았다면 주기적으로 감시를 했을 걸세. 하지만 나를 감시하고 있던 사람이 내 몽유병에 대해서 알고 있었다 해도, 아마 내가 컴퓨터에 그 말들을 타이핑한 것을 몰랐거나, 내가 밤중에 그 말들을 중얼거리면서 깬 것을 모르고 있을 거야. 그 사람이 내 침대 옆에 들러붙어 서 있지 않았다면 말야. 그리고 실제로 그런 일은 없었지만……하지만 그 사람은 〈달〉이라는 그 말이 나를 놀라게 해서 뭔가 반응을 나타내리라는 것을 확실히 알고 있었지. 그러니까 그 사람은 이런 미치광이 같은 혼란 상태의 배경이 무엇인지를 잘 알고 있는 게 틀림없네."

마침내 파커는 의자 끝에 걸터앉았다.

"그 사람을 찾게. 그러면 앞으로 해야 할 일이 뭔지 알 수 있을 거야."

"뉴욕은 엄청나게 큰 곳이야. 어디부터 출발해야 할지도 모르겠어. 하지만 내 몽유병에 대한 해답을 과거에서 찾아보라고 쓴 이 편지를 처음 받았을 때, 난 이런 인격 위기가 과거와 관련되어 있다는 자네의 말이 틀림없이 옳았다는 걸 깨달았네. 포틀랜드에서 마운틴 뷰우로 가던 도중에 겪었던 극적인 변화가 다소 연관되어 있는 것 같아. 내가 다시 그 길로 여행을 간다면, 가능하다면 정확하게 그 길을 다시 가 보겠네……. 어쩌면 뭔가 발견할 수 있을지도 몰라. 내 기억들이 되살아날지도 모른다구."

"하지만 그렇게 중요한 일이 있었다면 어떻게 여지껏 그 일을 까맣게 잊고 있었을 수가 있던 거지?"

"어쩌면 잊지 않았을지도 모르지. 어쩌면 그 기억이 내게서 떨어져 나간 것인지도……."

파커는 돔이 나중에 답사를 할지도 모른다는 가능성을 남겨 둔 채로 말했다.

"대체 그 녀석이 누구인지 잘 모르겠지만 무슨 이유로 이런 쪽지들을 보낸 것일까? 그러니까 내 말은, 자네는 누군지 알 수 없지만 그들에 반대하는 상황에 있었던 것으로 볼 수 있고, 따라서 이 자식은 그들의 편에 있는 것이라구. 그놈은 자네 편이 아니야."

"어쩌면 그 사람은 내게 행해진 모든 일에 동의하지 않았을지도 몰라. 내가 까맣게 잊고 있는 것이지만, 내게 무슨 일을 했든지간에……."

"자네에게 행해진 일이라고? 대체 우리가 지금 무슨 말을 하고 있는 건가?"

돔은 초조한 듯이 손에 든 달걀술의 잔을 휘휘 돌렸다.

"모르겠네. 하지만 이 편지를 보낸 사람은……틀림없이, 내가 겪고 있는 문제가 심리적인 것이 아니라 그 배경에 뭔가 있다는 것을 알려 주고 싶었던 게 분명해. 내 생각으로는 어쩌면 그 사람이 진실을 밝혀낼 수 있도록 도와주고 싶어했을지도 모른다는 거야."

"그렇다면 왜 자네한테 전화를 걸어서 사실을 말해 주지 않았지?"

"내가 생각할 수 있는 건 그가 위험을 무릅쓰면서까지 감히 나한테 알려 주려고는 하지 않았으리라는 것뿐일세. 그 사람은 틀림없이 어떤 음모를 꾸민 사람들 중의 하나였던 게 틀림없어. 그게 누구인지는 하느님만이 아시는 일이겠지만, 그 단체의 일부는 진실이 드러나기를 원치 않고 있겠지. 만일 그 사람이 직접 내게 접근한다면 다른 사람들이 그걸 알게 될 테고, 그러면 자신도 깊은 위험에 빠지게 될 것 아닌가."

마치 그렇게 하면 조금이라도 생각이 나기라도 할 것처럼, 파커는 한 손으로 머리를 몇 번 긁적이고는 엉망으로 헝클어 버렸다.

"자네 얘기는 마치 모든 것을 알고 있는 전지 전능한 어떤 비밀 단체가 자네를 곤경에 빠뜨리고 있다는 것처럼 들리는군. 마치 장미 십자가회나 CIA나 비밀 공제 조합 같은 것들을 합쳐서 하나로 만든 것처럼 말야! 자네는 정말로 세뇌되었다고 생각하나?"

"자네가 그렇게 부르고 싶다면……. 내가 지금 까맣게 잊고 있는, 정신적으로 커다란 쇼크를 준 사건이 무엇이든지간에, 난 외부의 도움이 없었다면 그 사건을 잊지 못했을 걸세. 내가 보거나 겪은 일이 무엇이든간에 그건 틀림없이 굉장히 충격적이고 상처가 큰 일이라, 아직도 내 잠재 의식 속에서 나를 괴롭히면서 몽유병이나 내가 컴퓨터에 남긴 메시지 같은 것을 통해 내게 닿으려고 애쓰고 있는 걸세. 그건 세뇌로도 말끔히 지워 버리지 못할 만큼 아주 엄청난 사건이었지. 너무나 중대한 사건이었기 때문에 공모자들 중의 하나가 자신의 목숨을 내걸고서 내게 힌트를 보내 준 걸세."

한번 더 그 편지들을 읽고 나서, 파커는 돔에게 쪽지들을 돌려주고는 달걀술을 담은 잔을 탁하고 테이블 위에 내려놓았다.

"제기랄! 자네 말이 틀림없이 옳다고는 생각하지만, 그게 내 속을 뒤집어 놓는구먼. 난 그 말을 믿고 싶지 않아. 마치 자네가 자네 소설에 나오는 허구의 사건들을 들에 풀어 놓은 것같이 들리는군. 그것은 자네가 나에게 새로운 책의 구상을 시험삼아 들려 주는 것같이 들린단 말일세. 자네가 쓰려는 내용보다 훨씬 더 채색이 가미돼서 말이지. 하지만 전부 다 미친 소리로 들리겠지만, 다른 해답은 도저히 생각할 수가 없는 일이야."

돔은 자신이, 마치 손아귀에 든 술잔을 깨뜨리기라도 할 듯 꽉 쥐고 있는 것을 깨달았다. 그는 조그만 테이블 위에 술잔을 내려놓고 손에 묻은 물기를 바지에 닦아 냈다.

"그건 나도 마찬가지일세. 미치광이처럼 자면서 돌아다니는 짓이나, 포틀랜드에서 마운틴 뷰우까지 가는 도중에 불현듯 일어난 성격의 변화나, 이 편지들에 대해서 설명해 줄 수 있는 건 아무것도 없네."

돔의 말에 파커는 걱정이 되어 얼굴을 심하게 찌푸렸다.

"그걸로 무엇을 할 수 있지, 돔? 자네가 여행하는 도중에 거기서 빠져나올 때 우연히라도 발견한 것 없었나?"

"전혀 감이 안 잡혀."

"그게 지독하게 나쁜 것일 수도 있다고 생각해 본 적은 없었나? 차라리 모르는 게 더 나았다고 생각할 만큼 너무나 위험한 일 말야?"

돔은 고개를 끄덕였다.

"하지만 진실을 알 수 없다면 어떤 일이 있어도 내 몽유병은 멈춰지지 않을 걸세. 나는 잠속에서도 재작년 여름 여행 도중에 내게 일어났던 일에 대한 기억에서 도망치고 있어. 그러니까 도망치는 걸 그만두려면 그게 무엇인지를 알아내서 맞서야만 하네. 몽유병이 없어지지 않는다면, 난 결국 미쳐 버리고 말 걸세. 너무 드라마틱하게 들릴런지는 몰라도 사실이야. 사실을 알지 못할 경우, 그때 내가 꿈속에서 가장 두려워하고 있는 일은……깨어 있는 시간도 마찬가지로 두려워하는 그 무엇이 나를 따라다니며 괴롭히게 될까 봐 그러는 걸세. 그러면 난 깨어 있든 자든간에 한시도 편안하게 지내지 못할 거야. 그리고 결국에 해결 방법이라고는 내 입에 총을 넣고 방아쇠를 당기는 일뿐이라구."

"제발, 돔!"

"정말이야."

"나도 알고 있네. 하느님이 자네를 도와주실 걸세, 친구. 난 그렇게 믿네."

네바다 리노

구름 한 점이 젭 로우맥을 구해 주었다. 달에 대한 강박 관념이 그에 대한 지배력을 되찾기 전에 그 구름이 달을 지나 흘러갔다. 하늘 높이 걸려 있는 제등이 잠시 희미해지는 가운데, 젭은 문득 얼어붙을 듯한 12월의 밤 공기 속에 자신이 외투도 입지 않은 채 하늘을 올려다보고 있는 것을 깨달았다. 그는 숨을 헐떡이면서 최면에 걸린 듯 달빛을 받으며 서 있었던 것이다. 만약 그 구름이 몽롱하게 취해 있는 상태의 그를 깨워 주지 않았더라면, 그는 온몸이 꽁꽁 얼어붙을 때까지 그 자리에 서서 자신이 홀려 있는 대상이 수평선 아래로 질 때만을 기다리고 있었을런지도 모른다. 그 다음 그는 계속 정신 착란 상태로 그리스 사람들에게는 킨티아로, 로마인들에게는 다이아나로 불리우는 고대 신의 얼굴로 도배가 된 방들 중의 하나로 되돌아가, 거기서 며칠이고 굶어 죽을 때까지 혼미한 상태에서 누워 있었을지도 모른다.

구름에 의해 잠시 구제를 받은 그는 참담한 비명을 지르면서 집 안으로 달려들어갔다. 그는 눈 위에서 미끄러져 한 번 넘어지고 현관 계단에서 다시 넘어졌지만, 금세 그 자리에서 일어나 계단을 기어올라서는 죽을 힘을 다해 달의 모습이 그에게 직접적으로 마법의 힘을 미칠 수 없을 만한 집 안의 안전한 곳을 찾았다. 하지만 물론 집 안에도 안전한 곳이 없기는 마찬가지였다. 그는 눈을 감은 채로 당장 부엌 벽에 붙여 놓은 달 사진들을 떼어 내서 찢어 버리고는 쓰레기로 뒤덮여 있는 바닥에 던져 버렸지만, 다시 달에 대한 망상에 사로잡히기 시작했다. 눈을 꼭 감고 있어서 분화구가 나 있는 달의 사진들을 볼 수는 없었지만 그는 분명히 그것을 느낄 수가 있었다. 그는 자신의 얼굴 위로 백 개의 달에서 비추는 희미한 빛이 느껴졌다. 벽에서 그 사진들을 떼어 낼 때는 손에서 달의 둥근 윤곽을 느낄 수가 있었다. 그것들은 빛을 낸다거나 온기를 발산할 수도 없거니와 달이라는 구체(球體)의 둥그런 느낌을 전달할 수도 없는 단순한 사진들이므로, 물론 그것은 미친 소리처럼 들릴 테지만, 그런데도 그는 분명히 그런 느낌을 강하게 느끼고 있었다. 눈을 뜨자, 그는 금세 눈에 익은 천체에 사로잡히고 말았다.

자신이 마치 아버지처럼 느껴졌다. 평생을 정신 병원에서 보내신 아버지.

멀리서 쾅하는 소리와 함께 번개가 내리치는 것처럼, 그런 생각이 빠른 속도로 가물거리는 젭 로우맥의 마음을 언뜻 스쳐갔다. 그것이 다시 그를 깜짝 놀라게 만들어서 그의 의식을 회복시켜 주었다. 잠시 후 정신을 차리고 나서, 그는 거실 문간에서 발길을 돌려 부엌 식탁을 향해 달려갔다. 거기에는 장전된 엽총이 그를 기다리고 있었다.

일리노이 시카고

강한 의지력을 자랑하는 폴란드인의 후손이자, 문제를 안고 있는 사제들의 구원자이기도 한 스테판 비카직 신부는 실패에는 그다지 익숙하지 않은 편이었기 때문에 그런 상황에 대처하는 것도 대단히 서툰 편이었다.

"제가 박사님께 모든 걸 말씀 드렸는데도 어떻게 아직도 믿지 못하시는 거죠?"

신부가 박사에게 물었다.

두 사람은 아일랜드인들이 모여 사는 브릿지포트 지구에 있는 브렌던의 양친이 사는 벽돌집 2층 침실에 있었다. 그 곳은 주택 지구에서의 총격 사건이 터지고 난 후 전날 내려진 비카직 신부의 명령에 따라 그 젊은 사제가 휴가를 보내고 있는 곳이었다. 회색 바지와 하얀 셔츠 차림의 브렌던은 가장자리를 매듭실로 장식해서 만든 노란색 천을 덮어 놓은 더블 침대에 앉아 있었다. 스테판 신부는 자신의 보좌 신부의 완고함에 괴로워하면서 마치 자신이 실패했다는 사실에 대해서 뼈아픈 고통을 느끼지 않는 것처럼 보이려고 애쓰듯 옷장으로, 창으로, 침대로, 다시 화장대로 끊임없이 방안을 서성댔다.

"오늘 밤 난 토크 씨의 믿어지지 않는 회복으로 인해서 반은 개종이 된 무신론자 한 사람을 만났다네. 하지만 자네는 별로 크게 감명을 받지 못한 것 같군."

비카직 신부가 말했다.

"소네포드 박사로서는 다행한 일이지만, 그분의 신앙이 되살아난 것 가지고 제 자신의 신앙이 다시 불붙지는 않습니다."

브렌던이 온순하게 대답했다.

비카직 신부를 불안하게 만드는 것은 최근에 일어난 기적적인 사건들로 인해서 브렌던이 제대로 감명을 받지 않은 것뿐이 아니었다. 젊은 사제의 지극히 온화한 태도도 그를 괴롭히는 요인 중의 하나였다. 만일 브렌던이 다시 신이 존재한다는 것을 굳게 믿는 의지를 갖지 못한다면, 그때 브렌던은 틀림없이 자신이 계속 신앙심이 부족한 것으로 낙심하고 파멸하게 될 것처럼 보였었다. 그런데 오히려 브렌던은 자신이 영적으로 비참한 상태에 빠져 있다는 데 대해서 별로 괴로워하고 있지 않은 것 같았다. 비카직 신부가 마지막으로 그를 보았을 때의 태도와는 전혀 달랐다. 그는 극적이리만치 변해 있었다. 그 이유가 무엇인지는 분명하지 않지만, 브렌던에게는 커다란 평온함이 자리하고 있었다.

스테판은 여전히 단호한 태도로 자신의 요지를 역설했다.

"에미 핼버그를 치료하고, 윈톤 토크 씨를 낫게 한 것은 바로 자네였네, 브렌던. 바로 자네 손에 난 성흔(聖痕 성인들의 몸에 나타나는 것으로, 십자가에 못박힌 예수의 것과 비슷한 상처 자국 —역주)의 힘을 통해서 말일세. 하느님이 자네에게 머물다 가신 증거로서의 그 성흔 말일세."

브렌던은 자신의 손바닥을 내려다보았지만, 그때는 아무런 상처도 나 있지 않았다.

"전……어쨌든간에 제가 정말로 에미와 윈톤 씨를 고쳤다는 것을 믿습니다. 하지만 그건 신께서 저를 통해서 행하신 일이 아닙니다."

"하느님이 아니시라면 누가 자네에게 그런 치료의 능력을 주실 수 있단 말인가?"

"모르겠어요. 정말 저도 알고 싶습니다. 하지만 하느님이 아니신 것만은 분명해요. 저는 신이 존재한다는 것을 전혀 느끼지 못했습니다, 신부님."

"대체 자네는 그분께서 자신이 존재하신다는 것을 얼마나 강하게 느끼게 만드시리라 생각하나? 자네는 그분이 심판관들과 함께 자네 머리 위로 쿵 떨어져서 자네에게 면류관이라도 씌워 주고 자기가 누구라고 소개하실 줄 알았나? 그럼, 자네는 그분을 미리 마중나가야겠군, 브렌던."

브렌던은 미소를 지으면서 어깨를 으쓱거렸다.

"신부님, 전 이런 놀라운 사건들이 신앙적인 것 말고는 다른 어떤 것으로도 설명되지 않는 것처럼 보인다는 건 잘 압니다. 하지만 전 그 뒤에 신이 계시다는 것 말고 다른 뭔가가 있다는 느낌이 아주 강하게 듭니다."

"가령 예를 들면?"

스테판이 따지듯이 물었다.

"모르겠어요, 뭔가 엄청나게 중요한 것 같아요. 정말로 불가사의하고 중대한 것이요……. 하지만 하느님은 아니세요. 보십시오. 신부님께서는 고리 모양의 상처가 성흔이라고 말씀하셨죠? 하지만 그 상처들이 정말로 성흔이라면, 어째서 어떤 중대한 의미를 가진 그리스도의 가르침의 형태로 나타나지 않는 거죠? 왜 그 고리들이……그것들이 구세주의 메시지와는 아무런 관계가 없어 보이죠?"

3주 전 브렌던이 성 요셉 아동 병원에서 통상적인 관례를 벗어난 스테판 신부의 독특한 심리학적 치료 단계를 시작했을 때, 그 젊은 사제는 자신의 신앙심이 매우 빠른 속도로 사라져 가는 것이 너무나 당황스럽게 느껴졌었다. 하지만 이제는 몸무게가 주는 일 따위도 없어졌다. 아직도 평소보다 30파운드가 더 빠진 상태이기는 했지만, 12월의 첫째 날 미사를 보는 도중에 충격적이리만치 갑작스럽게 감정이 폭발한 이후에 그랬던 것처럼, 더 이상 안색이 파랗게 질려 있거나 초췌해 보이지도 않았다. 영적인 타락에도 불구하고 그는 얼굴에 홍조를 띠고 있었으며 그의 눈에서는 광채가 일었다. 거의 뭐라고 할까……그는 행복에 넘쳐 보였다.

"자네는 기분이 썩 좋은 모양이군. 그렇지 않나?"

스테판 신부가 물었다.

"왜 그런지 저도 잘 모르겠지만, 그렇습니다."

"자네의 영혼은 더 이상 고통을 당하고 있지 않으니까."

"아닙니다."

"비록 자네가 아직도 신에게 돌아갈 길을 찾지 못하고 있기는 하지만 말이야……."

"그건 그렇습니다. 어쩌면 어젯밤 제가 꾼 꿈과 어떤 관련이 있을지도 모르겠군요."

브렌던도 신부의 말에 수긍했다.

"다시 검정색 장갑에 대한 꿈을 꿨다는 말인가?"

"아뇨. 한동안 그것에 대한 꿈은 꾼 적이 없었습니다. 어젯밤 전 완전히 금빛으로 물든, 아주 아름다운 빛으로 물든 장소를 걸어 다녔죠. 그 빛은 너무나 밝아서 제 주위의 것은 아무것도 볼 수가 없었어요. 하지만 다행히도 제 눈을 버리지는 않았죠."

브렌던의 목소리에는 묘하다고 해야 할까, 아니 어쩌면 위엄이 깃들어 있다고 말하는 편이 더 옳을 정도였다.

"꿈속에서 전 계속 걷고 또 걸었어요. 어디 있는지도, 어디로 가고 있는 건지도 몰랐지만, 제가 대단히 중요하면서도 견딜 수 없을 만치 아름다운 장소나 대상을 향해 다가가고 있다는 느낌이 들었어요. 그저 다가가는 것이 아니라……나를 부르는 소리에 이끌려서요. 사실 그 소리가 어딘가에서 확실하게 들려 온 것은 아니지만 그냥……내 안에서 울려 퍼지듯 나를 오라고 부르는 소리였어요. 제 가슴은 두근거리면서도, 조금은 두려웠어요. 하지만 제가 그렇게 밝은 곳에 있다고 느끼는 것은 불쾌한 종류의 두려움은 아니었습니다, 신부님. 전혀 기분이 나쁘지 않았어요. 그래서 저는 그 빛 속을 계속 걸어갔죠. 눈으로 볼 수는 없지만, 분명히 거기에 있다는 것을 아는 중대한 무언가를 향해서 말입니다."

마치 자석에 이끌리기라도 한 것처럼, 쉰 듯한 브렌던의 목소리에 이끌려서 비카직 신부는 침대로 다가가 그 귀퉁이에 걸터앉았다.

"하지만 그건 분명히 영적인 꿈일세. 하느님께서 꿈속에서 자네를 부르시는 꿈 말일세. 그분은 자네에게 신앙심을 되찾게 하기 위해 부르셨던 걸세. 자네가 해야 할 일로 다시 돌아오라고 부르시는 거라구."

브렌던은 고개를 내저었다.

"아뇨, 그 꿈에는 전혀 종교적인 속성이 없었습니다. 신의 존재에 대한 느낌도 없었구요. 제 마음을 벅차게 만든 것은 색다른 종류의 경외감 같은 것이었죠. 제가 주님을 알게 되었을 때 느꼈던 희열과는 또 다른 종류의 희열감이었어요. 그날 밤 전 네 번이나 잠에서 깨었죠. 제가 잠에서 깰 때마다 그 고리가 제 손에 있었어요. 그리고 제가 다시 잠에 빠질 때마다 전 똑같은 꿈을 꾸곤 했죠. 아주 이상하고도 중요한 무슨 일인가가 일어나고 있었습니다, 신부님. 게다가 저도 그중의 일부였구요. 하지만 그게 무엇이든간에 그것은 제가 받은 교육이나 경험, 또는 과거에 신앙이 제게 가르치고 보여 주었던 것은 아무것도 없었어요."

비카직 신부는 꿈속에서 브렌던을 부르던 소리가 신으로부터가 아니라 사탄으로부터 온 것이 아닌가 하고 의심스러워졌다. 만일 그것이 사탄이 부르는 소리였다면, 사탄은 그 사제의 영혼이 매우 위험한 상태에 있다는 것을 눈치채고서 그를 미혹시키기 쉽도록, 그렇게 매력적인 금빛 속에서 비카직 신부가 가장 혐오하는 형태로 가장하고 나타난 것일런지도 모른다.

스테판 비카직은 아직도 자신의 보좌 신부를 양떼들의 우리 안으로 다시 데려오리라 단단히 작정하고 있으면서도 즉시 끝장을 보려는 계획에서는 잠시 벗어나 휴전을 하기로 결심했다.

"그렇다면……지금 어떻게 하겠다는 거지? 난 자네가 지금쯤이면 충분히 준비가 됐으리라 생각하고 있었는데, 자네는 아직도 사제복으로 갈아입고 미사를 집전할 준비가 되어 있지 않다는 말인가? 자네는 내가 일리노이 대교구의 리켈로그 씨에게 연락을 해서 정신과 상담을 허가해 달라고 청하기를 바라나?"

신부의 말에 브렌던이 미소를 지었다.

"아뇨, 그 얘기는 더 이상 제 마음을 끌지 못합니다. 그 방법으로는 전혀 도움이 되지 못하리라 생각하니까요. 제가 하고 싶은 건……만일 그것이 신부님께 아무런 지장을 드리는 것이 아니라면……수도원에 있는 제 방으로 다시 돌아가서 가만히 기다리다가 무슨 일이 일어나는지를 지켜 보고 싶습니다. 물론 제가 계속 믿음을 잃고 타락한 사제로 남아 있는다면, 전 사람들의 고해 성사를 들어주거나 미사를 집전할 수도 없습니다. 하지만 제가 무슨 일이 일어났는지 알 수 있을 때까지 기다리고 있는 동안에 요리를 하거나 서류 정리를 도와 드릴 수는 있을 겁니다."

비카직 신부는 그 말에 안심이 되었다. 그는 내심 브렌던이 수도원 밖의 생활로 되돌아가고 싶다는 뜻을 밝히리라 예상하고 있었던 탓이었다.

"그야 물론 대환영일세. 자네가 할 수 있는 일은 얼마든지 많이 있네. 내가 눈코 뜰 새 없을 정도로 자네를 가만히 놔두지 않을 테니까, 거기에 대해서는 아무런 걱정 말게. 하지만 내게 말해 보게, 브렌던……. 자네 정말로 자신이 다시 하느님의 품으로 되돌아올 수 있는 길을 찾을 만한 가능성이 있다고 생각하나?"

그 질문에 브렌던은 고개를 끄덕였다.

"전 더 이상 제가 신으로부터 멀어졌다고 느끼지 않습니다. 그저 그분이 계시지 않는 것처럼 보일 뿐이죠. 이런 상황이 계속 발전된다면, 신부님께서 확신하고 계시듯이 신부님께서는 저를 다시 교회로 인도하실 수 있으실 겁니다. 전 잘 모르겠어요."

브렌던이 에미와 윈톤을 고친 것에 대해서 기적처럼 신이 존재한다는 사실을 인정하려 들지 않는 점에 아직도 풀이 죽고 실망스럽기는 했지만, 어쨌거나 비카직 신부는 자신이 보좌 신부를 가까이에 두고서 계속해서 그를 다시 구원으로 인도할 수 있는 기회를 가지게 된 것이 무척 기뻤다.

브렌던은 비카직 신부와 아래층으로 내려갔다. 두 사람은 현관에서 자신들의 직업에 대해 의식하지 않고서, 마치 모르는 사람들이 보면 친부자지간처럼 서로를 꼬옥 껴안았다.

크리스마스라기보다는 할로윈 축제일에 더 적합하게 느껴질 정도로 바람은 으르렁거리는 소리를 내며 사납게 불어 닥쳤다. 현관 입구 계단까지 비카직 신부를 바래다 주면서, 브렌던이 말했다.

"스테판 신부님! 웬지 잘은 모르겠지만, 우리가 대단히 놀라운 사건에 이제 막 손을 대기 시작한 것 같은 느낌이 드는군요."

"신앙을 찾는다는 건……아니 다시 되찾는다는 일은 언제나 놀라운 사건일세, 브렌던."

비카직 신부가 말했다. 영혼을 위한 훌륭한 화이터가 늘 그래야 하듯이 마지막으로 깨끗한 한 방을 날리면서 그는 그 자리를 떠났다.

네바다 리노

흐느껴 울고, 숨을 헐떡이고, 달에 대한 지나친 망상이 갖는 이상한 효력에 대항해 용감히 맞서 싸우면서, 젭 로우맥은 부엌을 온통 뒤덮고 있는 쓰레기들과 꿈틀거리는 바퀴벌레들을 지나 힘겹게 기어갔다. 그리고는 식탁 위에 놓여 있는 엽총을 움켜쥐고 이빨 사이에 총신을 강제로 들이밀었다. 그러나 그때 그는 문득 손이 방아쇠에 닿지 않는다는 것을 깨달았다. 자신에게 마법을 걸고 있는 벽 위에 붙여 놓은 달들을 올려다보고 싶은 충동이 너무나 강렬해서, 마치 누군가가 그의 시선을 마룻바닥에서부터 강제로 위로 향하게 하려고 머리카락을 잡아당기는 것 같은 기분이 들었다. 그리고 그가 그 힘에 저항하듯 눈을 감았을 때, 보이지 않는 상대방이 그의 눈꺼풀을 끈덕지게 지렛대로 들어올리기 시작하는 것 같았다. 자신의 부친처럼 정신 병원으로 보내질지도 모른다는 두려움 속에서, 그는 스스로 최면술을 걸듯 달이 자신을 부르는 것을 막을 수 있는 저항력을 찾아냈다. 그대로 눈을 감은 채로, 그는 의자에 털썩 주저앉아 한쪽 신발을 발로 차서 벗어 버리고, 양말을 벗어 던지고, 양손에 엽총을 끌어안고서 입에 총신을 집어 넣었다. 그리고 신발을 신지 않은 발을 들어올려서 차가운 감촉이 느껴지는 방아쇠에 맨발 발가락을 올려 놓았다. 머릿속에 상상한 것이 그대로 피부에 느껴지는 달빛과 상상 속의 달로 인해서, 조수의 간만이 생기듯 그의 피 속에서 느껴지는 —가상하는 것에 비해서 훨씬 격심한 — 그의 눈이 번쩍 뜨일 만큼 강력한 힘이 그의 주의를 끌었다. 그는 벽에 붙어 있는 수많은 달들을 보고는 총구에 대고 "안 돼!" 하고 소리쳤다. 주문을 거는 듯한 달의 부름이 그를 차츰 혼수상태로 빠뜨리고 있는 순간에도, 그리고 그가 발가락으로 방아쇠를 내리누르는 순간에도 차츰 부풀어오르던 기억력의 풍선은 마침내 그의 마음속에서 터져 버렸고, 그는 자신에게서 지워졌던 모든 일을 기억해 냈다.

'재작년 여름. 도미니크. 진저. 페이. 어니. 그 젊은 사제. 그리고 다른 사람들. 80번 주간 고속 도로. 트랭퀼러티 모텔. 그리고 하느님 맙소사! 달!'

어쩌면 젭 로우맥은 자신의 맨발이 아래로 움직이고 있는 것을 살펴보지 못했을지도 모른다. 아니 어쩌면 오히려 머릿속에 떠오른 기억이 너무나 끔찍해서 차라리 자살을 하도록 부추겼을지도 모른다. 그 사건이 무엇이든지간에 12구경 총은 귀청을 찢을 듯한 총성를 내면서 발사되었다. 그의 머리 뒷부분이 박살났다. 그리고 그에게 있어서는 —그 밖의 다른 사람들에 관한 한 그렇지 않았지만 —두려움이 모두 끝나 버렸다.

매사추세츠 보스턴

진저 바이스는 크리스마스 오후 내내 〈바빌론의 황혼〉을 읽었다. 그 날 저녁 7시 해너비 가족들과 함께 저녁을 들고 한잔 마시려고 아래층으로 내려갈 때, 진저는 책을 읽는 시간을 방해받는 것이 너무나 싫었고 손에서 책을 놓고 싶지가 않았었다. 그녀는 마음을 빼앗는 그 이야기에도 기꺼이 사로잡혔지만, 무엇보다도 작가의 사진에 더욱 매료되었다. 위풍당당해 보이는 도미니크 콜베이시스의 눈과 어둡지만 선량해 보이는 인상이 계속해서 그녀의 마음속에서 두려움에 가까운 불안감을 일깨워 주었고, 그녀는 자신이 그를 잘 알고 있는 것 같은 묘한 느낌을 떨쳐 버릴 수가 없었다.

도미니크 콜베이시스가 그녀에게 신비하리만치 강력하고도 비상한 관심을 끌지 않았더라면, 그 집 주인들과 아이들 그리고 손자들과 함께하는 저녁 식사는 대단히 즐거웠을런지도 모른다. 10시쯤 되자, 그녀는 마침내 다른 사람들의 감정을 상하지 않게 하면서 자연스럽게 그 자리를 빠져 나올 구실을 잡아, 행복과 건강을 기원하는 크리스마스 인사들을 주고받고는 자신의 방으로 돌아왔다.

그녀는 아까 읽다가 남겨 둔 부분부터 책을 읽기 시작했다. 다시 한번 작가의 사진을 찬찬히 뜯어보느라고 잠시 책 읽는 것을 중단한 것을 빼놓고는 새벽 3시 45분까지 책을 통독했다. 베이워치에 내려앉은 심야의 깊은 침묵 속에서 진저는 무릎 위에 놓인 그 책을 덮었다. 그녀의 시선이 뇌리에서 떠나지 않는 도미니크 콜베이시스의 낯익은 얼굴에 고정되었다. 차츰 시간이 흐르고 침묵 속에 앉아서 작가의 영상과 기묘하고 일방적인 영적 교섭을 나누면 나눌수록, 진저는 점점 어디선가 그를 만난 적이 있으며 그녀가 최근 일으키고 있는 문제들의 일부가 그와 관련되어 있을 거라는 확신이 들었다. 그러나 한편으론, 이런 예감은 자신이 일시적으로 일으키는 기억 상실증과 마찬가지로 정신 장애의 일부가 될 수도 있으며, 따라서 그 예감을 믿을 수 없을지도 모른다는 각성이 들었다. 그런 그녀의 확신은 어느 정도 진정이 되었지만, 그녀가 느끼는 흥분과 동요는 계속 커져만 가서, 마침내 그녀는 괴로운 심경으로 몸이 덜덜 떨릴 지경이었다.

지나칠 정도로 조심스럽게 그녀는 몰래 방을 빠져 나가 아래층으로 내려갔다. 집안 전체가 잠속에 빠져 있는 어두운 빈 방들을 지나, 그녀는 살금살금 부엌으로 들어섰다. 그녀는 불을 켜고서 벽에 붙은 전화로 라구나 비치 지역의 전화 번호를 문의하는 곳으로 전화를 걸었다. 그때 캘리포니아 새벽 1시였기 때문에 전화를 걸어서 콜베이시스를 깨우기에는 너무나 무례한 일이라는 생각이 들었다. 하지만 만일 그녀가 그의 전화 번호를 알 수 있다면, 아침에 그와 통화를 할 수 있다는 사실만으로도 그녀는 훨씬 편안히 잠들 수 있을 것이다. 그다지 놀라지는 않았지만, 실망스럽게도 그의 전화 번호는 전화 번호부에 올라 있지 않았다.

부엌의 불을 끄고 다시 살금살금 자기 방으로 기어가면서, 진저는 아침에 출판사를 통해서 콜베이시스에게 편지를 쓰기로 마음먹었다. 그녀는 편집인에게 즉시 그 편지를 발송해 달라는 간곡한 부탁을 적어서 특급으로 편지를 부치기로 했다.

어쩌면 그에게 연락을 하려는 것은 너무나 경솔하고 분별없는 짓일런지도 모른다. 그녀는 그를 한 번도 만난 적이 없었으며, 더군다나 그와 그녀의 해괴한 병과는 아무런 관계가 없을런지도 모른다. 또한 그는 그녀를 정신 병자라고 생각할런지도 모른다. 하지만 만일 백만 분의 일의 확률일지라도 자신의 추측이 사실인 걸로 밝혀진다면, 그녀는 뜻밖의 구원을 받게 될런지도 모르는 일이다. 그렇게만 된다면, 자신이 놀림감이 될지도 모르는 모험에 대해서는 충분한 보상이 될 것이다.

캘리포니아 라구나 비치

자신이 쓴 소설의 신간 견본이 심각한 고통을 겪고 있는 보스턴에 사는 한 여인과 자신 사이에서 지극히 중요한 연결 고리가 되었다는 사실을 아직도 깨닫지 못한 채로, 돔은 자정까지 파커 페인의 집에 남아서 그 음모에 대해서 가능한 여러 가지 종류의 이론을 세워 보았다. 그나 파커 모두 음모를 꾸민 사람들에 대해서 상세하면서도, 심지어는 아주 사소한 이미지까지도 짜 맞출 수 있을 만큼 충분한 정보를 가지고 있었지만, 친구와 함께 수수께끼를 조사하는 과정이 그 문제에 대한 놀라움을 덜하게 해 주었다.

두 사람은 돔이 신경 안정제와 진정제를 모두 없애 버린 이상, 포틀랜드로 날아가서 자신의 몽유병이 얼마나 나빠지는가를 알 때까지 멀고도 긴 여행을 감행한다는 것은 절대로 안 된다는 데 의견을 같이했다. 어쩌면 몽유병은 그의 생각처럼 다시 재발하지 않을 수도 있고, 그럴 경우가 되면 집으로부터 멀리 떨어져 있는 곳에서 자신에 대한 자제력을 잃을까봐 염려하지 않고도 여행을 할 수 있을런지 모른다. 하지만 만일 밤마다 돌아다니는 짓을 다시 시작하게 된다면……. 그는 포틀랜드로 향하기 전에, 잠자는 사이에 자신을 자제할 수 있는 최상의 방법을 결정하는 데만도 2주일 정도의 시간이 더 필요할 것이다.

게다가 잠시 기다리는 사이 정체를 알 수 없는 사람으로부터 온 편지들을 더 받게 될지도 모른다. 그 편지들에 대한 실마리를 찾게 된다면 포틀랜드에서 마운틴 뷰우로 가는 여행이 필요 없어질지도 모르고, 아니면 돔이 자신의 구속된 기억들을 자유롭게 해방시킬 수 있는 어떤 광경이나 경험을 우연히 발견할 수 있는 특정 지역을 목표로 정할 수 있게 될지도 모른다.

자정 무렵까지 이야기를 나누다가 돔이 파커의 집을 나서려고 자리에서 일어섰을 때, 파커는 그때까지 몇 시간 동안 그런 상황에 완전히 빠져 버린 데 너무나 당황해서 정신이 혼미해질 지경이었다.

"오늘 밤 혼자서 지내는 게 현명하다고 할 자신 있나?"

파커가 현관에서 물었다.

그리고는 두 사람 다 말없이 현관에서 길까지의 통로로 걸어 나갔다. 예쁜 철제 장식등은 예리한 기하학적 모양의 종려 나무 잎들에 반쯤 가려진 채 V자 모양으로 조화를 이루며 바닥에 그림자를 만들고 있었다. 돔이 파커를 뒤돌아보며 말했다.

"우린 전에도 이렇게 헤어졌었잖나. 현명하지 않은 짓일런지는 모르겠지만, 그래도 어쩔 수 없는 일이지."

"도움이 필요하면 언제든지 전화하게?"

"물론이지. 고맙네."

돔이 대답했다.

"그리고 우리가 말허던 예방책대로 조심하라구."

돔은 나중에 집으로 돌아와서 잠시 동안 그들이 이야기를 나누었던 예방책을 그대로 따랐다. 침대 옆의 총을 책상 서랍에 넣고 잠가 버린 다음, 냉동칸에 든 아이스크림 통 아래에 책상 열쇠를 숨겨 놓았다. 깊이 잠들어 있는 동안 스스로에게 총을 쏠지도 모르는 모험을 하느니 강도가 침입해서 불의의 습격을 당하는 편이 훨씬 나을 테니까. 그 다음에는 둘둘 말아서 차고에 놓아 둔 로프를 10피트 정도 잘랐다. 이빨을 닦고 옷을 벗은 다음, 그는 오른손 손목에 끈 한쪽 끝을 단단히 감고서 매듭을 같은 식으로 해서, 각기 다른 네 개의 매듭을 풀러야지만 침대를 빠져 나갈 수 있도록 만들어 놓았다. 그는 침대 머리판의 기둥 하나에 로프의 다른쪽 끝을 단단히 잡아매고는 신경을 써서 단단히 묶어 두었다. 로프의 1피트는 매듭을 짓는 데 썼지만, 침대의 안전한 범위 내에 계속 매어 있으면서도 편안하게 움직일 수 있도록 9피트 정도는 여유를 남겨 두었다.

전에 자면서 돌아다니는 동안 일어났던 사건들을 보면, 그는 상당한 집중력을 요하는 복잡한 일들도 무리 없이 해내곤 했었다. 물론 그때는 잘 만들어진 매듭을 푸는 것 같은 지루하고도 장황한 일은 없었지만, 어쨌든 그에게 있어 그 일은 깨어 있을 때조차도 꽤나 어려운 일이 아닐 수 없었다. 그러므로 잠에 빠져 있는 동안 그는 틀림없이 끈에서 몸을 빼낼 수 있을 만한 조정 능력과 집중력이 부족할 것이고, 결국 끈을 풀려고 하는 노력이 좌절되면서 그를 잠에서 깨게 만들 것이 분명했다.

그렇게 밧줄에 묶여 꼼짝 못하도록 방해를 받는다는 것은 상당한 위험을 수반하는 일이기도 했다. 만일 밤에 불이 나거나 지진으로 집이라도 무너지게 된다면, 그는 끈을 풀려고 꾸물대다가 연기에 질식하거나 무너진 벽에 깔려 죽을 수도 있었다. 하지만 그는 기꺼이 그런 모험을 걸어야 했다.

그가 한 손으로 로프의 길이를 조절해 가면서 침대맡의 스탠드를 끄고 담요 밑으로 미끄러져 들어갔을 때, 디지털 시계의 빨간 불빛은 정확히 12시 58분을 가리키고 있었다. 어두운 천장을 바라보면서, 그는 재작년 여름 여행길에서 자신이 휘말렸던 일이 대체 무엇일까 하는 것에 관해 이런저런 생각을 하며 잠을 청했다.

침대 곁의 테이블 위에 놓인 전화는 아주 조용했다. 만일 그의 전화번호가 전화 번호부에 기재되어 있었더라면, 그 순간 그는 보스턴에 사는 어떤 외롭고 겁먹은 한 젊은 여자로부터 장거리 전화를 받았을런지도 모른다. 그 다음 몇 주 동안 사건의 경과를 급작스럽게 변화시키고, 어쩌면 여러 사람의 목숨을 살릴 수도 있을런지 모르는 한 통의 전화를.

위스콘신 밀워키

남편의 공포증을 생각해서 페이 블록은 하나밖에 없는 딸의 집 객실에서 침대맡 스탠드의 불을 밝게 켜 놓았다. 그녀는 남편이 비몽 사몽간에 베개로 입을 틀어막은 채 소리 죽여 뭔가를 중얼거리는 소리에 열심히 귀를 기울였다. 몇 분 전 그녀는 남편이 나지막하게 고함 소리를 토해 내면서 잠시 이불 속에서 엎치락뒤치락 하는 바람에 잠에서 깼었다. 그녀는 이제 아예 한 팔로 남편의 고개를 받쳐들고서 남편이 소리 죽여 중얼거리는 말이 뭔지를 해석하려고 애쓰면서, 신경을 잔뜩 곤두세우고 그 이야기를 경청했다. 남편은 계속 똑같은 말을 하고 있었다. 그의 목소리에 깃들어 있는 거의 공포에 가까운 다급한 느낌이 페이의 신경을 곤두서게 만들었다. 그녀는 남편 가까이에 몸을 기대고서 잔뜩 긴장한 채 그 말뜻을 알아내려고 애썼다.

그때 갑자기 그가 베개에서 입을 떼고 고개를 홱 돌렸다. 베개에 대고 소리 죽여 말할 때만큼이나 불가사의하게 느껴지는 내용이기는 했지만, 그가 하는 말들이 분명해졌다.

"달. 달. 달. 달……."

네바다 라스베가스

졸저는 그날 밤 말시를 자기 침대로 데리고 왔다. 그날 그렇게 골치 아픈 사건들이 일어난 다음에 아이를 혼자 내버려둔다는 것은 그리 좋은 생각 같지가 않아서였다. 그녀는 깊이 잠들 수가 없었다. 말시는 밤새도록 자주 이불을 걷어차면서 마치 묶여 있는 손을 빼내려고 하듯 사납게 몸을 꿈틀거렸다. 또한 잠결에 의사들과 바늘에 대해 이야기를 나누는 악몽으로 종종 잠을 깨는 것처럼 보였다. 졸저는 이런 상태가 얼마나 오랫동안 계속되었는지 궁금했다. 두 사람의 침실은 옷장이 서로 등을 맞댄 채 떨어져 있어서 걸려 있는 옷들로 인해 소리가 제대로 들리지 않았다. 아이가 아주 조그만 소리로 잠꼬대를 했었다면 그런 상태에서 졸저는 아무것도 눈치채지 못했을 것이며, 아이는 의식이 없는 상태에서 두려움으로 몇날 며칠을 보내야 했을 것이다. 아이의 목소리를 듣고서 졸저는 팔에 소름이 쭈욱 끼쳤다.

아침이 되면 말시를 데리고 의사에게 가 봐야 하겠지만, 아이가 의사들을 전부 무서워하기 때문에 오히려 아이를 질색하게 만들지도 모르는 일이었다. 왜 그런지 도무지 이유를 알 수가 없었다. 하지만 말시가 의사에게 가는 것을 두려워하는 만큼이나 졸저도 말시가 의사에게 가지 않겠다고 할까 봐 두려웠다. 만약에 크리스마스날에 있었던 일에 관해서 좋은 치료를 해 줄 수 있는 제대로 된 의사를 찾아내는 일이 그리 어렵지 않았다면, 졸저는 진작에 도움을 청하러 갔을 것이다. 그녀는 몹시 겁이 났다.

말시의 할아버지가 말시를 병원에 데려가겠다고 놀리는 바람에 아이가 갑자기 감정을 폭발시키면서 저녁 식탁을 광란과 공포의 도가니로 몰아넣은 후, 그날의 분위기는 내리막길로 곤두박질 쳐 버렸다. 아이는 두려움에 압도당해서 오줌를 지렸고, 소름 끼칠 정도로 당황하고 겁에 질려서 10분 내지 15분 동안 졸저가 몸을 닦아주겠다고 아무리 달래도 전혀 말을 듣지 않았었다. 아이는 졸저에게 소리를 지르고, 그녀를 할퀴고, 발로 찼다. 마침내 마음이 가라앉자, 아이는 목욕을 하겠다고 졸저를 따라나섰다. 하지만 아이는 마치 얼빠진 사람 같았다. 멍해 보이는 얼굴과 공허해 보이는 눈빛을 하고 있던 아이의 모습은, 마치 공포가 아이를 엄습하면서 그애로부터 모든 힘과 마음마저 빼앗아 간 것처럼 보였다.

졸저가 여기저기 십여 통의 전화를 걸어서 베선코트 박사의 행방을 찾아낼 때까지 긴장병과 유사한 그런 상태는 거의 한 시간 동안이나 계속되었다. 거의 드물게이기는 하지만, 박사는 말시가 아플 때 치료를 해 주었던 소아과 의사였다. 메리와 피트는 급작스럽게 발작을 일으킨 아이를 웃겨 보려고, 아니 최소한 아이로부터 대답이라도 들어 보려고 이런저런 애를 써 봤지만 아무런 소용도 없었다. 말시가 계속 벙어리나 귀머거리처럼 행동하자, 졸저는 반쯤 잊어버리기는 했지만 자폐증 아동에 관해서 읽었던 잡지 기사의 내용이 차츰 머릿속을 가득 메우기 시작했다. 그녀는 자폐증이 유아기에 시작되는 병인지, 또 완벽하게 정상인 일곱 살짜리 어린 소녀가 갑자기 은밀한 장소로 물러나서 영원히 세상의 나머지 것들을 폐쇄해 버리려고 하는 일이 가능한 것인지 도대체 기억이 나질 않았다.

그러나 차츰 말시는 멍한 상태에서 벗어나기 시작했다. 아까 비명을 지를 때와 거의 비슷한 상태로 불안정하면서 딱딱하고 감정이 없는 목소리로 짤막하게 한마디 정도만 대꾸하는 것이기는 했지만, 메리와 피트에게도 대답을 하기 시작했다. 아이는 — 적어도 최근 2년 동안 한 번도 한 적이 없는 짓이었는데 — 엄지손가락을 빨면서 거실로 들어가 새로운 장난감들을 가지고 놀았다. 오후 대부분의 시간 동안 아이는 눈에 띌 정도로 즐겁게 놀지는 않았다. 아이는 아무것도 도전할 수 없을 만큼 그녀를 완전히 점유하고 있는 듯한 감정 때문에 조그마한 얼굴을 어렴풋이 찌푸리고 있었다. 그런 변화가 있다고 해서 졸저의 걱정이 덜어진 것은 아니지만, 그녀는 말시가 의사 놀이 세트에 더 이상 관심을 보이지 않는다는 데 우선 마음이 놓였다.

4시 30분쯤에 아이의 찌푸렸던 인상이 희미해지면서, 아이는 다시 상냥한 모습을 되찾아 갔다. 아이는 원래의 모습 그대로 매력적인 아이로 돌아왔고, 다시 집안의 분위기가 화기 애애해졌다. 마치 식탁에서 있었던 일은 아이가 한순간 성질을 참지 못하고 발칵 폭발시켰던 것 이상의 나쁜 의미를 가진 것은 아닌 일로 보였다.

사실 아파트 단지의 바깥 계단에서 졸저의 어머니는 차를 타려고 내려가다 말고 잠시 멈춰 서서 말시가 들리지 않을 만한 소리로 말했다.

"저 애는 그저 자기가 마음에 상처를 받고 당황하고 있다는 것을 우리한테 알려 주려고 했던 것뿐이야. 저 애는 아빠가 집을 떠난 이유를 모르잖니. 게다가 저 애에게는 특별한 관심이 많이 필요하단다, 졸저. 사랑도 많이 해 주어야 하구. 그것뿐이야."

졸저는 그 문제가 이것보다 더 나쁘다는 것을 잘 알고 있었다. 말시가 자기 아버지의 행동으로 인해서 아직도 마음에 동요를 받고 있고, 아버지가 자신을 버렸다는 데 대해서 깊은 상처를 받은 채 풀려지지 않는 갈등들로 가득 차 있다는 것은 의심할 여지도 없는 일이었다. 하지만 그밖에 다른 뭔가가 아이의 마음을 좀먹어 들어가고 있었다. 마음을 불안하게 할 정도로 불합리해 보이는 일은 대체 무엇인가? 그리고 졸저는 그것에 대해 겁을 먹고 있었다.

피트와 메리가 가고 난 지 얼마 되지 않아서, 아이는 아까 보여 줬던 것과 마찬가지로 위태로워 보일 만치 강한 집중력을 가지고 의사 놀이 가방을 가지고 놀기 시작했다. 그리고 잠잘 시간이 되자, 아이는 그 장난감 가방을 침대에 가지고 가고 싶어했다. 그 순간에도 침대에서 말시가 누워 있는 자리 옆에는 의사 놀이 가방의 장난감 기구들 중 몇 개가 놓여 있고, 어떤 것들은 침대맡의 테이블 위에 놓여 있었다. 그리고 어두운 침실에서 아이는 의사와 간호사들과 바늘에 관한 꿈을 꾸고 있는지 뭐라고 중얼거리면서 훌쩍거리더니 신음 소리를 냈다.

말시가 완전히 조용하게 잠을 잔다 해도, 졸저는 전혀 잠이 올 것 같지가 않았다. 졸저는 하도 걱정이 돼서 불면증이 생겨 버렸다. 그것은 커피를 열두 잔 마신 것보다도 더 탁월한 효과를 내는 것 같았다. 어쨌든 잠이 달아났으니까, 혹시라도 자신이 말시를 이해하는 데 도움이 되거나 의사가 아이의 병을 진단하는 데 도움을 줄 수 있을 만한 뭔가가 들리지 않을까 바라면서, 딸애가 자면서 중얼거리는 소리를 주의 깊게 전부 귀 기울여 들었다. 말시가 전에 중얼거리던 것과 다른 말을 중얼거린 것은 새벽 두 시가 지나서의 일이었다. 그것은 의사들이나 간호사들, 그리고 커다란 주사 바늘 같은 것과는 전혀 상관없는 것이었다. 아이는 세차게 이불을 걷어차면서 허둥지둥 엎드려 누워 있다가 얼른 몸을 뒤척여 바로 눕더니 숨을 헐떡거렸다. 그리고 생각이 고정된 것처럼 정확한 소리로 중얼거렸다.

"달. 달. 달……."

아이의 목소리는 놀라움과 두려움으로 가득 차 있었다.

"달……."

그것은 졸저가 보기에도 그저 단순히 아무런 의미도 없는 잠꼬대가 아니라는 것을 알 정도로, 소름이 오싹 끼치는 휘파람 소리에 가까운 다급한 목소리였다.

"달. 달. 다……알……."

일리노이 시카고

아직은 보호 관찰 대상인 브렌던 크로닌 신부는 담요와 누비 이불 밑의 따뜻한 잠자리에서 자고 있었다. 그는 꿈속에 나타난 뭔가를 보고서 미소를 지었다. 겨울 바람이 바깥의 거대한 소나무를 지나 한숨 같은 바람 소리를 내고 있었다. 그 바람은 다시 처마 끝에서 피리 소리를 내며 윙윙거렸고 곧이어 그의 방 창문에 부딪혀 신음 같은 소리를 냈다. 마치 자연이 밤에 거대한 기계적인 통풍 장치를 가지고 단 1분도 틀리지 않은 채 충실하게 8박자로 숨을 내쉬는 듯이 느껴졌다. 자연은 정확하게 똑같은 속도로 지속적으로 그 힘을 행사했다. 심지어 꿈속에서조차도 분명히 브렌던은 느리게 들려오는 바람의 박자를 느낄 수 있었다. 잠꼬대를 하기 시작하면서 최면에 걸린 듯 저절로 그 박자에 맞춰 그의 입에서 그 말들이 새어 나오고 있었다.

"달…… 달…… 달…… 달……."

캘리포니아 라구나 비치

"달! 달!"

도미니크 콜베이시스는 자기가 두려움에 가득 차서 질러댄 소리와 오른팔 손목의 타는 듯한 통증으로 잠에서 깨었다. 팔을 단단히 잡고 있는 무엇인가에서 벗어나려고 미친 듯이 세게 팔을 비틀면서, 그는 어둠 속에서 무릎을 꿇은 채 침대 옆의 바닥에 엎드려 있었다. 잠에 취한 몽롱한 상태에서 정신이 맑아질 때까지 몇 초 동안 그는 계속해서 사지를 버둥거렸다. 그로 인해서 그는 자신을 단단히 묶고 있는 로프만큼이나 단단하고 불길한 무언가에 의해 자신이 붙잡혀 있다는 사실을 깨달았다.

가슴이 두방망이질치는 가운데 기진맥진한 채 숨을 내쉬면서, 그는 손을 더듬어 스탠드의 불을 켰고 갑작스럽게 켜진 불빛에 눈이 부셔서 얼굴을 찌푸렸다. 재빨리 자신을 단단히 묶고 있는 로프를 보았다. 그는 자신이 잠을 자면서, 그것도 어둠 속에서 단단히 동여맨 네 개의 매듭들 중의 하나를 완전히 푸는 일을 하는 사이, 인내심을 잃어버리기 몇 초 전에 그 로프의 일부가 부분적으로 풀려 있는 것을 발견했다. 그순간 틀림없이 그는 몽유병에 늘상 따라다니는 공포심에 휩싸여서, 마치 사슬에 묶인 짐승처럼 단단히 감아 맨 밧줄을 힘껏 잡아당기고 비틀기 시작했을 것이다. 그 바람에 오른팔 손목의 껍질이 벗겨져서 아팠던 것이 분명했다.

돔은 바닥으로 내려와 뒤엉켜 있는 담요를 옆으로 치우고서 침대 가장자리에 걸터앉았다.

그게 어떤 내용이었는지는 잘 모르겠지만, 자신이 꿈을 꾸고 있었다는 것만은 잘 알고 있었다. 하지만 그것은 지난 몇 달 동안 참고 지내왔던 악몽이 아니라는 것도 분명했다. 지난 몇 달 간의 꿈은 달과는 아무런 상관이 없었다. 이것은 다른 종류의 꿈이었고, 조금 다른 식이기는 하지만 이전의 꿈들이나 마찬가지로 그를 겁나게 만들었다.

잠에서 깨는 데 다소 원인이 되기도 했지만, 그가 지른 소리는 너무나 끈질기고 그를 지치게 만드는데다 몹시 공포에 차 있어서, 지금까지도 맨처음 "달! 달!" 하는 소리를 들었을 때처럼 분명하게 그 말들을 기억해 낼 수 있을 정도였다. 그는 어깨를 움츠리면서 욱신거리는 머리에 손을 얹었다.

달. 그건 대체 무엇을 의미하는 것일까?

매사추세츠 보스턴

진저는 날카로운 비명을 지르면서 침대에 똑바로 일어나 앉았다.

"미안합니다, 아가씨. 놀라게 할 생각은 아니었어요. 악몽을 꾸시는 것 같길래."

해너비 가의 가정부인 래비니아가 말했다.

"악몽이라구요?"

진저는 꿈이 도통 기억나지가 않았다.

"예. 그것도 아주 나쁜 꿈인 것 같았어요. 복도를 지나가는데 비명을 지르는 소리가 들리더군요. 당장 안으로 들어와 보니까 분명히 꿈을 꾸고 계신 것 같더라구요. 어떻게 할까 망설이고 있는데 자꾸만 계속 소리를 지르시길래 깨우는 편이 낫겠다고 생각했죠."

래비니아가 말했다.

눈을 깜박이면서 진저가 되물었다.

"소리를 질러요? 뭐라고요?"

"계속 똑같은 말이었어요. '달. 달. 달……' 하구요. 아주 놀라신 것 같더라구요."

가정부가 대답했다.

"전 기억이 안 나요."

"분명히 '달' 이라고 하셨어요. 계속해서 '달' 이라구요. 제가 언뜻 보기에 누군가 아가씨를 죽이는 게 아닌가 싶을 정도로 소리를 지르셨어요."

래비니아가 그녀에게 다시 한번 확인시켜 주었다.

제1부 고통의 시간 END

제2부

발견의 나날들

우리는 신의 계시를 나타내는 빛줄기가 인간들의 소망 위에 비춰지기를 고대한다.

— 헤아릴 수 있는 슬픔의 서(書)에서 —

제 4 장

12월 26일부터 1월 11일까지의 이야기

I

매사추세츠 보스턴

12월 27일에서부터 1월 5일 사이에 진저 바이스 박사는 파블로 잭슨의 아파트를 여섯 차례나 방문했다. 그 여섯 차례의 방문 동안 그는 그녀를 면밀히 조사하기 위해서 그녀의 기억의 파편들이 묻혀 있는 아즈라엘 블록에 조심스럽고도 참을성 있게 최면 요법을 사용하였다. 늙은 마술사에게는 그녀가 자신의 방문 앞에 이를 때마다 날이 갈수록 아름답게 성장하고 있으며, 지적이고 세련되어 사람의 마음을 강하게 끄는 호소력을 가진 것처럼 보였다.

그는 그녀를 딸처럼 생각했고 진저 역시 전에는 결코 알지 못했던 감정이지만, 자신을 보호해 주는 아버지 같은 느낌으로 그를 대하였다. 그는 그녀에게 헤르겐쉐이머의 크리스마스 파티에서 알렉산더 크리스토퍼슨으로부터 모든 얘기를 들었다고 말해 주었다.

진저는 자신의 기억이 자연스럽게 발단된 것이 아니라, 누군가에 의해 주입된 것이라는 사실에 대해 반감을 나타냈다.

"그건 너무나 괴상망측한 얘기잖아요. 그런 일들이 저같이 평범한 사람에게 일어나다니……. 저는 그저 브룩클린에서 온 〈보통 사람〉일 뿐이지, 그런 국제적인 음모에 관련될 만한 사람이 아니라구요."

은퇴한 첩보 요원인 알렉스 크리스토퍼슨과의 대화 내용 중에서 그녀에게 밝히지 않는 단 한 가지 사실은, 그녀가 그런 음모에 실제로 연루되었을지도 모른다고 경고했다는 점이었다. 만약 알렉스가 그 얘기를 듣고서 상당히 동요되고 있다는 것을 진저가 알았더라면, 그녀는 파블로가 그 상황에 연관되어 진실을 밝혀 내는 일이 너무 위험하고도 불가능한 일이라고 결론지었을 것이다. 그러나 파블로는 진저가 걱정할까 봐서 그녀의 삶의 일부분이 될 수도 있는 그 소식을 전달하는 일을 잠시 보류하기로 했다.

그들이 처음으로 만난 12월 27일, 최면 요법 치료에 앞서 점심으로 키쉬(파이의 일종 — 역주)와 샐러드를 준비할 때였다. 점심을 들면서 진저가 말했다.

"저는 삼엄한 경비를 서고 있는 군사 시설 주위에는 한 번도 얼씬거려 본 적도 없었고, 방위 조사에 연루된 적도 없었는데다가 스파이가 되고자 하는 사람들과 어울려 본 적도 없었어요. 정말 우스운 일이군요."

"만일 당신이 다소 위험한 어떤 정보로 인해서 곤란을 겪고 있는 것이라면, 그건 그다지 심각하고 중대한 비밀은 아닐 거요. 어딘가에 분명 정의가 존재하는 곳이 있을 거예요……. 좋지 않은 때에 당신이 그 곳에 있었다는 것만을 제외하면."

"내 말 좀 들어 보세요, 파블로. 만일 사람들이 나를 세뇌했다면, 아마 상당한 시간이 걸렸을 거예요. 그들은 틀림없이 나를 어딘가에 감금했을 테구요. 안 그래요?"

"내 생각으로는 한 며칠 정도 소요됐을 테지."

"틀렸어요. 물론 그들이 제 기억을 모두 잊어버리도록 만드는 동안에 저를 철저하게 세뇌시키기 위해서 감금당했던 장소에 대한 기억마저 모두 저지했을 거라는 것도 잘 알아요. 하지만 만약에 그랬다면 제 과거의 어떤 시점에 분명히 빈 공간이 있어야 하잖아요? 내가 어디 있었는지, 무엇을 했는지 하는 것을 전혀 기억할 수 없는 시간상의 공백 말이에요."

"천만에! 그들은 그 잃어버린 공백을 메우기 위해서 당신이 전혀 차이를 느낄 수 없는 다른 기억들을 주입시켰을 거요."

"맙소사! 정말로 그들이 그랬을 거라고 생각하세요?"

"단 한 가지 바라는 것이 있다면 또 다른 기억을 찾아내는 것뿐이오."

파블로는 마치 자신의 앞에 놓인 키쉬를 다 먹어 치우듯이 단숨에 사실을 설명하기 시작했다.

"그것은 아주 오랜 시간을 요할 테고, 또 나는 매주 당신과 함께 호흡을 맞춰 가면서 서서히 당신이 기억을 회복할 수 있도록 도울 거요. 그리고 그 날조된 기억들을 찾아낸다면 끈질기게 그것들을 조사해 볼 것이오. 그 기억들은 진짜 기억의 세부 사항이나 내용들이 전혀 들어 있지 않을 테니까 말이오. 아주 미약한 정도라도 당신의 기억을 되찾을 수 있을 만큼 기억이 정립된다면, 그래서 만일 우리가 아주 희미하게라도 하루나 이틀 정도의 기억만이라도 발견해 낼 수 있다면, 우리는 당신이 갖고 있는 문제의 진원지를 끄집어 낼 수 있을 것이오. 그것이 바로 당신이 누군가의 손아귀에 있었던 바로 그 날들일 테니까요."

"그래요. 그래, 알았어요. 그 희미하게 가물거리는 기억의 첫째 날은 제가 보아서는 안 될 것을 본 날이었을 테고, 마지막 날은 그들이 저를 세뇌시키는 작업을 마친 날이었을 거예요. 믿어지지 않는 일이지만요. 그러나 만일 누군가가 정말로 그 기억들을 주입시켰다면 말이죠, 또 만일 몽유병이라든가 기억 상실증 같은 제 증상들이 모두가 그 억제된 기억들이 표출되고자 하는 과정에서 비롯된 것이라면, 제 문제는 전혀 심리적인 것이 아니잖아요. 약물 요법을 다시 써야 할 가능성이 있을지도 모르구요. 제가 해야 할 일이라고는 단지 저의 숨겨진 기억을 찾아내서 빛을 보게 해야 하는 일뿐일 테고, 그럼 저는 그 압박으로부터 해방될 수 있을 것 아니예요?"

그녀가 갑자기 흥분해서 말했다.

파블로는 그녀의 손을 꼬옥 잡아 주었다.

"그래요. 나는 이 문제가 깨끗이 해결될 것이라고 굳게 믿어요. 그렇지만 그건 결코 쉽지 않을 거예요. 내가 당신 기억 속의 그 구역을 조사할 때마다, 나는 당신을 혼수 상태에 빠지게 하거나, 어쩌면 더 나쁜 결과를 일으킬지도 모르는 위험을 무릅써야 할 겁니다. 나도 조심에 조심을 거듭해 보겠지만, 위험은 항상 따르게 마련이오."

최초로 두 번에 걸쳐 깊은 최면을 거는 치료는 커다란 내받이창 옆의 팔걸이 의자에서 시행되었는데, 한 번은 12월 27일에, 또 한 번은 12월 29일 일요일에 각각 네 시간씩 계속되었다.

파블로는 지난 아홉 달 동안 매일같이 그녀의 기억을 되살리기 위해 노력해 보았지만,도저히 날조된 기억을 찾아낼 수가 없었다.

마찬가지로 그날 일요일에 진저는 파블로에게 독특한 방식의 최면술로 자신에게 깊은 감명을 주었던 작품의 작가인 도미니크 콜베이시스에 대해 질문해 달라고 청했다. 파블로는 그녀에게 최면을 걸어 그녀의 깊은 잠재 의식 속에 존재하는 그녀 내부의 진저와 대화할 수 있도록 한 후, 그녀에게 콜베이시스를 실제로 만난 적이 있느냐고 물었다. 약간 망설이다가, 그녀는 "네"라고 대답했다.

파블로는 신중하고도 착실하게 요점을 추적하려 했으나, 그녀로부터 거의 아무것도 찾아낼 수가 없었다. 거의 마지막 순간에 수증기처럼 희미한 기억이 그녀에게서 되살아났다.

"그가 소금을 제 얼굴에 뿌렸어요."

"콜베이시스가 당신에게 소금을 뿌렸다고요?"

파블로는 어리둥절해서 물었다.

"왜죠?"

"그건 잘……기억이……안 나요."

"어디에서 그랬죠?"

그녀는 몹시 얼굴을 찡그렸다.

파블로가 계속 그 화제에 대해서 질문하자, 그녀는 급속도로 혼수 상태에 빠져 들었다. 그는 그녀가 전에 그랬던 것처럼 심한 혼수 상태로 빠져 들기 전에 재빨리 그녀의 의식을 회복시켜 주었다. 그가 진저에게 회복되기만 한다면 다시는 콜베이시스에 대해서 묻지 않겠다고 약속하자, 그녀는 서서히 혼수 상태에서 회복되었다. 분명히 진저는 언젠가 콜베이시스를 만난 적이 있었으며, 두 사람의 우연한 만남은 강탈당한 그녀의 기억과 연관이 있는 것이 틀림없었다.

그후 12월 30일 월요일과 새해 첫날인 수요일에 있었던 두 차례의 치료 기간 동안, 파블로는 마인드 컨트롤 전문가들이 그녀의 기억을 조작했다는 것을 나타내 줄 만한 아주 희미한 실마리조차 찾아내지 못한 채 두 해 전 여름의 7월 말까지 기억 속의 시간을, 또다시 8개월 전으로 되돌려 놓았다. 1월 2일 목요일 진저는 파블로에게 그 전날 밤에 자신이 미처 기억해 내지 못했던 것에 대해 질문해 달라고 청했다. 그녀는 크리스마스 이래로 벌써 네 번이나 그녀는 잠결에 울다가 "달!"이라고 외치면서 잠에서 깨어나곤 했었다.

"제 생각으로는 그 꿈이 제가 기억 속에서 빼앗긴 시간과 장소에 관한 것들인 것 같아요. 제게 다시 최면을 걸어 보세요. 틀림없이 뭔가를 알아내실 수 있을 거예요."

파블로가 그녀를 어젯밤 꿈속으로 다시 돌아가도록 최면을 시도했을 때, 그녀는 질문에 답하기를 거부했고, 희미한 몽환의 상태보다 더 깊은 잠속에 빠져 들었다. 그는 한번 더 아즈라엘 트리거를 당겼는데, 그것은 그녀의 꿈과 금지된 기억이 서로 연관되어 있다는 유력한 증거였다.

두 사람은 금요일에는 서로 만나지 않았다. 파블로는 이제까지 발견해 낸 모든 기억의 구역들을 좀더 자세히 관찰하고 앞으로 어떻게 치료를 진행시키는 것이 좋을지 생각해 볼 시간이 필요했다.

게다가 그는 크리스마스 이후 모두 다섯 차례에 걸친 치료 시기의 과정들을 테이프에 담아 두었고, 그는 서재에서 책상 앞에 앉아 여러 시간 동안 그 테이프의 내용들을 들어 보았다. 그는 테이프에서 들려 오는 단어 하나하나와 특정한 부분에서의 진저의 목소리 변화를 자세히 조사했다. 그것들은 당시에 생각했었던 것보다 다시 들어 보는 것이 더 좋을 것 같다고 생각되는 특별한 대답들이었다.

언젠가 한 번 재작년 8월 31일까지 거슬러 올라간 적이 있었는데 그 당시 그녀는 최면 상태에서도 예민한 분노를 표시했었다. 하지만 특별히 주의를 끌 만한 사실은 아무것도 없었다. 그 기록이 만들어졌을 당시 그의 주의를 끌 만한 드라마틱한 사실은 하나도 없었다. 그러나 매번 환각 상태에 빠져 있는 시기들을 한날 오후로 묶어서 빠르게 진행시켜 하루씩 건너뛰어 훑어보는 동안, 그는 그녀가 지속적으로 불안감을 느끼고 있다는 것을 알 수 있었다. 또한 아즈라엘 구역에 감추어진 비밀에 점점 근접하고 있다는 확신을 갖게 되었다.

그래서 파블로는 크리스마스 이후 여섯 번째로 만난 1월 4일의 치료에서 문제의 돌파구가 될 만한 사실을 발견하게 되었을 때도 그다지 놀라지 않았었다. 평소와 마찬가지로 진저는 내받이창 옆의 팔걸이 의자에 앉아 햇빛 속에서 눈부시게 반짝이는 은발을 빛내고 있었다. 최면을 통해서 그녀의 기억을 다시 지난해 7월로 되돌렸을 때, 그녀는 눈살을 찌푸렸고, 그녀의 목소리는 은밀한 이야기를 하듯 작고 긴장되어 있었다. 파블로는 그녀가 자신이 고된 시련을 겪었던 순간에 점점 가까이 다가가고 있다는 것을 알았다.

그들은 적시의 과거에 돌아가 있었고, 그는 진저를 메모리얼 병원에서 외과 레지던트로서 매우 바빴던 시간들을 지나, 지금으로부터 17개월도 훨씬 더 지난 7월 30일 월요일 당직 근무를 서고 나서 조지 해너비 박사에게 처음으로 보고를 하던 때로 이끌었다. 다시 그녀를 새로 이사 온 아파트에서 짐을 정리하고 있을 때인 7월 29일 일요일로 인도했을 때, 그녀의 기억은 매우 예민하고 상세하게 남아 있었다. 7월 28일, 27일, 26일, 25일, 24일……여러 날 동안 그녀는 짐을 풀고, 가구를 샀다. 그리고 줄곧 7월 21일, 20일, 19일까지……. 그녀의 기억은 계속 과거로 되돌아갔다. 7월 18일 이삿짐 센터의 화물 트럭이 와서 그녀의 가구와 집기들을 내려놓았다. 그것은 그녀가 지난 2년간 맥관 외과의로서 고급 과정을 수료하는 동안 살았던 캘리포니아 팔로 알토에서 가져온 가구와 집기들을 실어 왔다.

7월 17일 그녀는 자가용으로 보스턴에 도착했고, 아파트에 침대가 없었던 관계로 잠잘 만한 곳이 마땅치 않아 베이컨 힐에서 가장 가까운 홀리데이 인 공영 센터에서 하룻밤을 지내려고 방을 정했었다.

"차로요? 당신이 스탠포드에서 차로 대륙을 횡단했다는 겁니까?"

"그게 저에게는 첫 번째 휴가였거든요. 차를 모는 것을 워낙 좋아하는 데다, 전원의 향수를 조금이나마 느낄 수 있는 기회였죠."

하지만 진저의 말투는 즐거운 휴가라기보다는 마치 지옥에 갔다 온 여행이라도 되는 듯 기분 나쁘게 들렸다.

그래서 파블로는 최면을 걸어 그 여행에 대해서 이야기하도록 했다. 포틀랜드 중부를 거쳐 록키 산맥의 최북단 봉우리 근처까지, 거기에서 다시 유타를 거쳐 네바다까지……. 그들은 마침내 7월 10일 화요일 아침까지 기나긴 여정을 함께했다. 그녀는 그 전날 밤을 모텔에서 보냈는데, 파블로가 그 모텔의 이름을 묻자 그녀의 온몸에 전율이 스쳐갔다.

"트랭퀼러티!"

"트랭퀼러티 모텔이요? 그게 어디 있는 거죠? 설명해 봐요."

그녀는 의자 위에 올려 놓았던 주먹을 꼭 쥐었다.

"엘코 서쪽으로 30마일 떨어진 곳에 있는 주간 고속 도로 80번이에요."

그녀는 더듬거리는 말투로 힘겹게 트랭퀼러티 모텔과 그릴에 대해서 설명했다. 그 장소는 그녀를 혼비 백산하게 만들었고, 그녀의 온몸이 뻣뻣하게 굳었다.

"그래서 당신은 7월 19일 그 모텔에 묵었었고, 그날은 월요일이었다는 거죠? 좋아요. 지금은 월요일입니다. 날짜는 7월 19일. 당신은 모텔에 지금 막 도착했어요. 당신은 예전에 그 곳에 머문 적이 한 번도 없고, 지금 막 차를 몰고서 들어온 겁니다. 몇 시에 도착했지요?"

그녀는 아무런 대답도 하지 않았고, 더욱 심하게 몸을 떨었다. 그가 그녀에게 다시 묻자, 그녀는 "저는 월요일에 도착하지 않았어요. 그……

금, 금요일이었어요."라고 대답했다.

파블로가 깜짝 놀라서 되물었다.

"지난 금요일이었다구요? 당신은 7월 16일 금요일부터 7월 19일 월요일까지 트랭퀼러티 모텔에 묵었었죠? 당신은 나흘 동안 여기서 멀리 떨어져 있는 그 작은 모텔에 묵었죠?"

그가 의자 가까이로 몸을 구부렸을 때, 그는 그녀의 마음이 심하게 동요되고 있는 것을 알아냈다.

"왜 그렇게 오랫동안 머물렀지요?"

그녀는 퉁명스런 목소리로 "그 곳은 아주 평화로웠어요. 그리고 누가 뭐라고 해도 나는 휴가중이었다구요."라고 대답했다.

그녀는 가식적이리만치 과장된 목소리로 점점 더 단호하게 말했고, 그녀의 말 한마디 한마디에는 감정이 전혀 결부되어 있지 않았다.

"저는 휴식이 필요했어요. 그리고 그 곳은 휴식하기에는 더없이 적절한 장소였구요."

늙은 마술사는 시선을 돌려서 희미한 눈발이 흩날리는 황량한 오후의 창밖을 바라보았다. 그리고 조심스럽게 그 다음 질문을 계속했다.

"당신의 말로는 이 모텔에는 수영장이 없으며 방들도 그리 화려하지 않다고 했어요. 그러니 분명히 장기간 투숙할 수 있을 만한 피서지는 아닐 거예요. 진저, 도대체 나흘 동안 멀리 떨어진 그 곳에서 무엇을 했지요?"

"아까 말했듯이 저는 휴식을 취했어요. 그저 휴식을 했다구요. 잠도 자고, 책들도 읽고, 텔레비전도 보구. 그들은 야외에 아주 훌륭한 텔레비전 시설을 갖추어 놓고 있었어요. 지붕 위에는 모텔 자체 내에서 설치한 조그마한 인공위성 수신기까지 있었구요."

그녀의 말하는 스타일이 완전히 달라졌다. 그것은 마치 이미 작성된 원고를 그대로 읽는 것 같았다.

"스탠포드에서의 2년 동안 힘들게 지내면서 저는 단 며칠 간이라도 아무 일도 하지 않고서 편안하게 쉬고 싶었어요."

"그 모텔에서 어떤 책들을 읽었나요?"

"기억이 나질 않아요."

그녀는 계속 주먹을 꼭 쥔 상태였고, 몸은 여전히 뻣뻣하게 굳어 있었다. 그녀의 이마 가장자리에 이슬 같은 땀방울이 솟아나기 시작했다.

"진저, 당신은 지금 모텔 방에서 책을 읽고 있어요. 알겠어요? 그때 읽은 책 중에서 어떤 것이라도 상관없어요. 자! 이제 그 책의 제목을 나에게 말해 줘요."

"아…… 제, 제목이 없어요."

"책들이 전부 다 제목이 없나요?"

"없어요."

"그거야 책이 하나도 없으니까 그런 거 아닌가요? 틀림없이 책이 있어요?"

그가 물었다.

"그럼요. 저는 휴식을 취했어요. 잠도 자고. 책도 몇 권 읽고 텔레비전도 보구요."

그녀는 나지막하면서도 아주 무감각한 목소리로 대답했다.

"그들은 야외에 아주 훌륭한 텔레비전 시설을 갖추어 놓고 있었어요. 지붕 위에는 모텔 자체 내에서 설치한 조그마한 인공위성 수신기까지 있었구요."

"어떤 텔레비전 프로를 봤죠?"

파블로가 또 물었다.

"뉴스와 영화요."

"어떤 영화지요?"

그 질문에 진저는 잠시 주춤거렸다.

"자……잘 기억이 안 나요."

파블로는 그녀가 그것들을 기억하지 못하는 것은 그런 일들을 결코 한 적이 없었기 때문이라는 사실을 확신했다. 그녀가 그 모텔에 대해서 비교적 상세하게 묘사하는 걸 보면 그 모텔에 묵었던 것만은 확실했다. 그러나 책이나 텔레비전에 대해서는 전혀 기억하지 못했다. 그 당시 그녀는 결코 그런 일들을 하지 않은 것이 분명했다. 차후에 교묘한 최면을 통해서 그녀는 그러한 일들을 했다고 말하도록 조작되었고, 그저 막연하게 실제로 그러한 일들을 했었던 것처럼 기억하고 있었던 것이다. 그러나 그것들은 단순히 그 모텔에서 발생했던 일들을 은폐하기 위해 조작된 것들에 불과했다. 세뇌에 관한전문가라면 하나의 대상에게 그런 날조된 기억들을 쉽게 주입시킬 수 있을 것이다. 그러나 그가 열심히 기억을 조작하고, 실제 기억 대신 주입시킨 기억들이 아무리 상세하고 고도로 복잡하게 만들어졌다 하더라도, 날조된 기억들을 실제 기억과 똑같이 신빙성 있게 만들 수는 없었을 것이다.

"매일 저녁 식사는 어디에서 했나요?"

파블로가 다시 물었다.

"트랭퀼러티 그릴에서요. 거기는 아주 작은 곳이었고, 메뉴도 몇 가지 되지 않았어요. 하지만 음식은 꽤 맛있었죠."

그 대답 또한 감정이 전혀 섞여 있지 않은 채 공허하게 들렸다.

"트랭퀼러티 그릴에서 무엇을 먹었죠?"

파블로가 물었다.

"잘……기억이 나질 않아요."

진저가 주저하며 대답했다

"하지만 당신은 음식이 맛있었다고 했잖아요. 당신이 무얼 먹었는지 잘 기억을 못하겠다면, 어떻게 그런 결론을 내릴 수가 있지요?"

"음……그 곳은 아주 작은 식당이었고, 메뉴도 다양하지 않았어요."

파블로는 의도적으로 더욱 상세하게 질문했고, 그녀는 갈수록 더 긴장했다.

그녀는 프로그램된 대답을 감정이 섞이지 않은 목소리로 계속해서 반복했다. 그러나 그녀의 얼굴은 점점 분노로 일그러졌다.

파블로는 트랭퀼러티 모텔에서 보낸 나흘 간에 대한 그녀의 명확한 기억들이 모두 날조된 것이라고 말할 수 있을지도 모른다고 생각했다. 파블로는 오래된 책에서 먼지를 불어 내듯이 그녀에게 그 날조된 기억들을 모두 지워 버리도록 주문할 수 있을 것이며, 실제로 그녀는 그렇게 하게 될 것이다. 아즈라엘 블록 뒤에는 그녀의 진짜 기억들이 숨겨져 있었고 그 기억들을 되찾기 위해서는 그 블록들을 콩가루가 되도록 망치로 깨부셔야 한다고 말할 수도 있을 것이다. 그러나 만약 당장 그 자리에서 그렇게 한다면, 그녀는 아즈라엘 블록이 프로그램된 대로 혼수 상태에 빠지거나, 더 나쁜 결과를 일으킬지도 모르는 일이었다. 그리고 그 블록에 생긴 조그만 균열이 조심스럽게 커져서 새로운 사실들을 찾아내려면 여러 날을, 아니 어쩌면 몇 주일을 기다려야 할 것이다.

그날 파블로는 그녀가 자신의 인생에서 강탈당했던 소중한 몇 시간을 확인해 낸 것만으로도 기뻤다. 그는 그녀를 다시 두 해 전의 7월 6일 금요일로 역행시켜서 정확하게 언제 그 모텔에 투숙했는지를 물었다.

"8시가 조금 넘어서요."

그녀는 실제로 있었던 일을 말하기 시작했으므로, 더 이상 무뚝뚝한 목소리로 대답하지 않았다.

"해가 지기 한 시간 전쯤이었지만, 전 몹시 지쳐 있었어요. 제가 원하는 건 그저 저녁 먹고 나서 샤워를 하고 자는 것뿐이었어요."

그리고 그녀는 모텔 카운터에 있었던 여자와 남자에 대해서 자세하게 이야기했다. 그녀는 그들의 이름도 기억해 냈다. 그들은 페이와 어니였다.

"모텔에 투숙한 뒤 당신은 모텔 옆의 트랭퀼러티 그릴에서 식사를 한 적이 있죠? 그 장소에 대해서 말해 봐요."

파블로가 말했다.

그녀는 그 질문에 대답했고, 그 대답은 믿을 만했다. 하지만 그녀를 그 식당에서 나오기 직전으로 이끌고 가자, 그녀의 기억은 다시 날조된 희미하고 무감동한 것으로 변해 버렸다. 분명히 그녀의 기억은 그녀가 트랭퀼러티 모텔에 투숙했던 금요일부터 그 다음 화요일에 유타로 향해 모텔을 떠날 때까지의 어떤 시점에서 누군가에 의해 변조된 것이 틀림없었다.

파블로는 정확히 어느 시점에서 진짜 기억이 끝나고 대신 날조된 기억이 시작되는가를 파악하기 위해서 진저를 다시 그 조그만 식당으로 인도했다.

"당신이 트랭퀼러티 모텔에 들어간 금요일 저녁부터 당신이 어떤 저녁 식사를 했는지 하나도 빠뜨리지 말고 상세하게 말해 봐요."

진저는 의자에 몸을 똑바로 기대고 앉았다. 그녀의 눈은 감겨져 있었지만, 감겨진 눈꺼풀 속의 눈동자는 마치 트랭퀼러티 그릴에 들어가서 이쪽저쪽을 살피듯이 계속 움직이는 것 같았다. 그녀가 꼭 쥐었던 주먹을 펴고 자리에서 일어서자, 파블로의 놀라움은 더욱 커졌다. 그녀는 자리에서 일어나 방 한가운데를 향해 걸아갔다. 파블로는 그녀가 가구에 부딪치지 않도록 옆에서 따라 걸었다. 그녀는 자신이 지금 파블로의 아파트에 있다는 사실을 인식하지 못했고, 마치 레스토랑의 테이블 사이를 걸어가듯 몸을 요리조리 움직였다. 몸을 움직이면서, 그녀의 얼굴에서는 긴장감이나 두려움이 사라져 버렸고, 그리고는 완전한 고통에 앞서서 그 순간 긴장이나 두려움 따위가 전혀 없는 상태가 되었다.

잠시 후 그녀는 분노가 가신 목소리로 "잠시 기분 전환을 하고 쉬게 해 주세요. 땅거미가 지고 있어요. 바깥에는 잔디가 석양에 빨갛게 물들어 있고, 식당 안은 노을빛으로 가득해요. 저는 창 옆의 구석 자리에 앉겠어요."라고 말했다.

파블로는 그녀를 피카소의 그림을 지나 파스텔 색조의 쿠션으로 장식한 소파 쪽으로 데리고 갔다.

"음……. 냄새가 참 좋아요……. 양파하고……양념 냄새……감자 튀김……."

"진저, 식당 안에 사람이 몇 명이나 있지요?"

그녀는 잠시 말을 멈추고서 눈을 그대로 감은 채로 고개를 돌려 방안을 둘러보았다.

"카운터 뒤에 요리사하고 웨이트리스가 있구요. 남자 셋하고……제가 보기에는 트럭 운전사들인 것 같은 사람들이……카운터 앞의 의자에 앉아 있구요. 또……테이블에 세 사람이 있구……뚱뚱한 사제 한 명이 있구……또 저쪽에 다른 사람이 하나 더 있어요."

진저는 계속해서 사람 수를 세었다.

"오! 모두 열한 명이에요. 저까지 포함해서요."

"좋아요. 창 옆의 칸막이 자리로 가 봅시다."

그녀는 누군가에게 미소를 띄우면서 자기 혼자만 볼 수 있는 장애물들을 피해 옆걸음으로 걷기 시작했다.

그러다 갑자기 그녀는 놀라움으로 경련을 일으키면서 한 손으로 얼굴을 급히 가렸다.

"오!"

그녀는 꼼짝도 하지 않았다.

"왜 그래요?"

파블로가 물었다.

"무슨 일이 일어난 거예요?"

그녀는 잠시 동안 화가 난 듯 눈을 깜빡거리더니 금세 다시 미소를 지었다. 그리고는 지난해 7월 6일의 트랭퀼러티 그릴로 되돌아가서 누군가에게 이야기를 건넸다.

"아니예요. 전 괜찮아요. 아무 일도 아닌데요, 뭘. 벌써 다 털은 걸요."

그녀는 한 손으로 얼굴을 가볍게 쓸었다.

"보셨죠?"

그녀는 마치 다른 사람이 앞에 앉아 있기라도 한 듯 아래쪽을 내려다보며 말했다.

그리고 이제는 그가 자리에서 일어난 듯 그녀는 눈을 쳐들었다. 파블로는 그녀가 대화를 계속하도록 잠자코 기다렸다.

"소금을 치시려면 어깨 너머로 약간만 뿌리시는 편이 더 나을 거예요. 그렇지 않으면 무슨 일이 일어날지 어떻게 알겠어요? 우리 아버지는 늘

세 번씩 소금을 뿌리시곤 했어요. 만일 댁이 우리 아빠였다면, 저는 소금 더미 속에 완전히 파묻혀 버렸을걸요."

그녀는 다시 걷기 시작했고, 파블로가 재빨리 말했다.

"진저! 잠깐만 기다려요. 어깨 너머로 소금을 뿌린 사람이 어떻게 생겼는지 한번 말해 봐요."

"젊은 사람이에요. 서른둘? 아니면 서른셋쯤? 키는 180센티 정도에 깡말랐고, 까만 머리에 까만 눈동자를 갖고 있고, 얼굴은 아주 잘생긴 편이에요. 수줍은 듯하면서도 상냥해 보였어요."

두말할 것도 없이 그는 콜베이시스가 분명했다.

그녀는 다시 걷기 시작했다. 파블로는 그녀를 계속 식당의 좁은 칸막이 자리에 머물도록 했고, 그녀가 눈치채지 못할 만큼 은근하게 그녀를 소파로 데리고 왔다. 그녀는 다시 소파에 앉아 창밖을 내다보았다. 그리고 그녀는 자신에게만 보이는, 저물어 가는 석양이 드리워진 네바다 평원의 전경을 보고 미소를 지었다.

파블로는 진저가 웨이트리스와 농담을 건네면서 코어즈 한 병을 주문하는 모습을 지켜 보았다. 맥주가 나오자, 진저는 지는 해를 바라보면서 마치 한 모금씩 천천히 술을 마시는 것 같은 동작을 취했다. 시간이 조금 지났지만, 파블로는 그 상황 속에 빠져 있는 그녀를 재촉하지 않았다. 그는 진저가 그녀의 진짜 기억이 날조된 기억으로 바뀌는 중대한 순간에 다가가고 있다는 것을 알고 있었다. 그맘때쯤 그녀가 보지 말았어야 했던 사건이 일어났었고, 파블로는 그 상황에 이르기까지의 과정에 대해서 가능한 모든 것을 듣고 싶었다.

다시 과거의 시간 속에서 땅거미가 졌다.

웨이트리스가 돌아오자, 진저는 그 식당에서 직접 만든 야채 스프와 갖가지 고명을 얹은 치즈 버거를 주문했다.

네바다에 밤이 내려왔다. 주문한 음식이 나오기 전에 갑자기 진저는 얼굴을 찡그리며 "저게 뭐죠?"라고 물었다. 그녀는 가상의 창을 내다보면서 얼굴을 찡그렸다.

파블로는 "당신은 지금 무엇을 보고 있지요?"라고 물으면서, 현시점과 보스턴에서 그녀의 심기가 불편해 있는 시점을 연결시켰다.

그녀의 얼굴 전체에 걱정스런 표정이 나타나더니 자리에서 일어섰다.

"저게 대체 무슨 소리죠?"

그녀는 아주 곤혹스러운 표정으로 레스토랑 안에 있는 다른 사람들을 쳐다보면서, 그들에게 이렇게 말했다.

"전 몰라요. 그게 뭔지 모르겠어요. 난 그게 뭔지 모른다니까요."

그녀는 갑자기 옆으로 뒤뚱거리며 걷다가 거의 쓰러질 뻔했다.

"제발트!"

그녀는 칸막이나 테이블에 몸을 기대려는 듯 손을 뻗었다.

"흔들려요. 왜 모든 것들이 흔들리고 있는 거죠?"

그녀는 떨 듯이 놀랐다.

"제 맥주잔도 떨리고 있어요. 지진이 일어났나요? 무슨 일이 일어난 거죠? 대체 저건 또 무슨 소리죠?"

그녀는 다시 비틀거렸다. 그녀는 지금 겁을 집어먹고 있었다.

"문!"

그녀는 마음속에서 식당의 비상구를 향해 가려는 듯 실제로 거실을 지나 달려가기 시작했다.

"문."

그녀는 다시 소리치다가 갑자기 그 자리에서 멈추어 섰다. 그러더니 숨을 거칠게 몰아 쉬면서 몸서리를 쳤다.

파블로가 그녀를 뒤쫓아가자, 그녀는 털썩 무릎을 꿇고 고개를 떨구었다.

"진저, 무슨 일이 일어났죠?"

"아무 일도 없어요."

금세 그녀의 태도가 바뀌었다.

"그 소리는 뭐죠?"

"무슨 소리요?"

그녀는 다시 로보트처럼 무감정한 목소리로 말했다.

"진저, 대체 트랭킬러티 그릴에서 무슨 일이 일어나고 있는 거죠?"

그녀의 얼굴에 역력히 공포가 서려 있었는데도 그녀는 그저 "저는 저녁 식사를 하고 있는 중이에요."라고만 말했다.

"그건 날조된 기억이라니까요."

"저녁 식사를 하고 있어요."

그는 거의 알아낼 뻔했던 놀랍고도 중대한 사건을 그녀가 다시 기억해 내도록 유도했다. 그러나 그는 결국 그녀의 기억이 저지되어 있는 아즈라엘 블록을 받아들여야 했고, 그녀가 식당 문을 향해 달려가는 상황을 만들었다. 그리고 그 상황은 그녀가 그 다음 화요일 아침 솔트 레이크 시티를 향해 동쪽으로 여행하는 때까지 계속되었다. 때를 맞춰 파블로는 그 상황을 더 조그만 범위로 잘라 낼 수도 있었지만, 하루에 소화하기에는 너무나 많은 양이었다.

마침내 그들은 확실한 진전을 본 셈이었다. 그들은 재작년 7월 6일인 금요일 밤에 진저가 의도하지 않았던 무언가를 보게 되었다는 사실을 알게 되었다. 그것을 보았기 때문에 그녀는 트랭킬러티 모텔에 갇히게 되었고, 누군가가 그 비밀이 세상에 알려지는 것을 막기 위해서 그녀에게 고도로 복잡한 세뇌 기법을 사용한 것이 분명했다. 그들은 토요일과 일요일 그리고 월요일 사흘에 걸쳐 그녀를 세뇌하였고, 결국 그녀는 화요일 저녁에 있었던 비밀이 삭제된 새로운 기억을 가지고 그 곳에서 풀려난 것이었다.

도대체 신의 이름을 걸고 이 전지 전능한 일들을 한 사람은 과연 누구일까? 그리고 진저가 본 것은 과연 무엇이었을까?

2

오레곤 포틀랜드

1월 5일 일요일에 도미니크 콜베이시스는 포틀랜드로 가서 전에 살았던 아파트 근처의 호텔에 투숙했다. 그날은 비가 몹시 쏟아지고 공기도 차가웠다.

호텔 레스토랑에서 식사를 한 것을 제외하고서, 그는 자신의 방 창가의 테이블에 앉아 비가 휘몰아치는 도시의 정경을 바라보거나 도로 지도를 살펴보면서 일요일 나머지 오후와 저녁 시간을 보냈다. 그는 재작년 여름에 여행했던 여행지이자 다음날부터 다시 여행을 시작할 예정에 있는 그 곳에 대해서 계속 머릿속으로 재음미하고 있었다.

크리스마스에 파커 페인과 이야기를 했을 때, 그는 자신이 길에서 갑자기 아주 위험한 상황에서 빠졌었고 ― 다소 과대망상적인 이야기로 들리겠지만 ― 자신의 기억이 머릿속에서 말끔히 지워졌다고 확신했었다. 그렇지만 정체를 알 수 없는 사람으로부터 온 우편물도 아무런 결정적인 증거가 되지 못했다.

이틀 전에 그는 뉴욕 소인이 찍힌, 발신인 주소도 없는 세 번째 편지를 받았다. 지도를 보거나 골똘히 생각에 잠긴 채 비 내리는 창밖을 바라보는 일에 싫증이 나자, 그는 그 편지 봉투를 집어 들고서 그 안에 든 것을 털어 낸 다음 자세히 살펴보았다. 이번에는 폴라로이드 사진 두 장 외에는 아무런 쪽지도 없었다.

비록 그가 전혀 모르는 사람의 사진이라 불안하고 긴장되기는 했지만, 첫 번째 사진은 그에게 별로 크게 영향을 미치지는 못했다. 젊고 땅딸막한 체구에 흐트러진 황갈색 머리와 주근깨투성이의 얼굴, 그리고 초록색 눈을 가진 사제의 사진. 그는 조그만 책상 근처의 의자에 앉아 있었으며, 그의 옆에는 여행 가방이 놓여 있었다. 그는 고개를 쳐들고 똑바로 앉은 자세로 어깨를 펴고 두 손을 가지런히 모아 무릎 위에 단정히 올려 놓고 있었다. 그 사진 속에 나와 있는 사제의 얼굴은 생명력도, 시력도 없는 시체처럼 보였기 때문에 도미니크의 마음을 혼란스럽게 만들었다. 그 남자는 살아 있었다. 비록 그의 시선이 차갑고 공허해 보이기는 했지만, 그의 단정하고 꼿꼿한 자세로 보아 그는 분명히 살아 있었다.

두 번째 사진은 첫 번째 것보다 훨씬 더 그를 동요시켰고, 그 사진의 강력한 영향력은 친근감으로 인해 수그러들지 않았다. 바로 그 사진의 피사체는 한 젊은 여자였고, 그녀는 그에게 전혀 모르는 남남이 아니었다. 비록 두 사람이 서로 어디서 만났었는지 기억할 수는 없었지만, 그들은 분명히 서로 만난 적이 있으며 상당히 친숙한 사이라는 것을 도미니크는 금세 알 수 있었다. 그녀의 모습은 그가 경험했던 몽환의 상태에서 깨어날 때 느끼는 것과 같은 두려움으로 심장을 더욱 두근거리게 만들었다. 그녀는 20대 후반의 나이로 보였으며, 은발에 파란 눈을 가졌고 절묘하게 균형이 잡힌 얼굴이었다. 그녀의 표정이 그 사제와 마찬가지로 느슨하고 죽은 듯이 공허해 보이지만 않았다면, 그녀는 정말로 기막히게 아름다운 얼굴이었다. 그녀의 사진은 상반신만 찍혀 있었다. 그녀는 아주 작은 침대에 누운 채로 시트를 목까지 단정하게 덮고 있었으며 움직일 수 없도록 가죽 끈으로 몸이 묶여 있었다. 오른쪽 팔은 정맥 주사기의 바늘을 빼내느라 약간 벗겨져 있었다. 그녀는 작고 무기력하고 억눌린 것처럼 보였다.

그 사진은 금세 그의 마음속에서, 보이지 않는 누군가가 소리치면서 그의 머리를 하수구에 처박던 악몽이 되살아나게 했다. 두 차례에 걸친 그 악몽은 하수구에서부터 시작된 것이 아니라, 샛노란 안개로 얼룩져 앞이 잘 보이지 않던 그 이상한 방에서 시작되었다. 그 젊은 여자를 바라보면서, 도미니크는 어디엔가 이와 비슷한 상황에서 침대에 묶여 팔에는 링거를 꽂은 채 무표정한 얼굴로 누워 있는 자신의 폴라로이드 사진도 있으리라는 확신이 들었다.

그 사진들이 우송된 당일인 금요일에 파커 페인에게 그 두 장의 사진들을 보여 주자, 그도 지레 짐작으로 비슷한 결론을 내렸다.

"만약 내 말이 틀린다면, 나를 지옥 불구덩이에 넣고 구워서 악마에게 줄 샌드위치를 만들어도 좋아. 하지만 분명히 맹세하지. 이 사진 속의 여자는 틀림없이 자네가 경험한 것과 같은 세뇌를 당하던 중에 혼수 상태나 약물로 인해서 인사불성이 된 거라구. 맙소사! 날이 갈수록 상황이 해괴하고 기막히게 돼가는군. 그 상황이 자네가 경찰에 가 봐야 할 일일지도 모르겠지만, 섣불리 행동해서는 안 돼네. 그들이 어느 편인지 누가 알겠나? 우리 정부측 요원들의 짓이라면 아마 자네는 바깥에 나다니다가 그들과 맞부딪히게 될 걸세. 어쨌든 그런 위험에 처했던 사람이 자네 혼자만은 아닌 게 분명해. 이 사제와 여자도 마찬가지로 그런 위험에 처했던 거야. 이 일을 만든 사람이 누구건간에, 그는 우리가 전에 상상했던 것보다 훨씬 더 엄청난 비밀을 숨기고 있는 걸세."

도미니크는 양손에 사진을 나란히 들고서 호텔 방 창가에 있는 테이블에 앉아 사제와 여자의 사진을 번갈아 바라보았다.

"당신들은 대체 누구요?"

그가 큰소리로 물었다.

"당신들 이름이 뭐요? 저 밖에서 우리한테 무슨 일이 일어났었죠?"

밖에서는 마치 우주의 마부가 비를 재촉하듯이 번개의 채찍 소리가 한밤중의 포틀랜드 하늘을 뒤덮고 있었다. 천여 마리 말이 미쳐 날뛰는 것 같은 말발굽 소리처럼 굵고 세찬 빗줄기가 호텔 벽을 때리면서 창문으로 몰아쳤다.

후에 도미니크는 크리스마스 이후로 상당히 개량을 해서 만든 밧줄로 자신의 몸을 침대에 묶었다: 우선 끈으로 인한 찰과상을 방지하기 위해서 그는 외과용 거즈를 오른쪽 팔목에 두르고 접착 테이프로 단단히 붙여 놓았다. 그는 보통의 다용도 노끈을 사용하지 않고 단 0. 25인치만으로도 2천 6백 파운드의 무게를 견뎌 낼 수 있는 세 가닥으로 된 나일론 동아줄을 사용했다. 그 줄은 암벽 등반을 위해 특수 제작된 것이었다.

전에 쓰던 줄은 자면서 이빨로 물어뜯어서 풀어 버렸기 때문에, 이번에는 더 튼튼한 밧줄로 바꾼 것이다. 등산용 로프는 마모 방지용으로 만들어져 있어서 절대 이빨에 의해 손상되지는 않았다.

그날 밤 포틀랜드에서 그는 땀에 뒤범벅이 되어 숨을 헐떡거리며 밧줄과 싸우다가 세 차례나 잠에서 깨어났다. 격하게 날뛰던 심장은 공포의 무게에 짓눌려 거의 졸도 상태에 이르렀다.

"달! 달!"

3

네바다 라스베가스

크리스마스 다음날 졸저 모나텔라는 말시를 데리고 루이즈 베선코트 박사에게 갔다. 검사 결과 고된 체험에 의한 것으로 판명되었는데, 그 결과는 의사를 좌절시켰을 뿐만 아니라, 졸저를 놀라게 하고 두 사람 모두를 당황스럽게 만들었다. 그때부터 졸저는 아이를 데리고 박사의 대기실로 갔다. 아이는 비명을 지르고 눈물을 흘리다 못해 통곡하듯 울부짖었다.

"의사는 싫어! 그들은 나를 해칠 거야!"

말시가 이따금씩 그런 식으로 무례하고도 희귀한 행동을 ―그것은 정말로 희귀한 행동이었다 ―할 때면, 그녀는 아이가 다시 제정신이 들도록 하기 위해서 궁둥이를 한 대 철썩 때리곤 했다. 하지만 그 순간 졸저가 말시에게 그 일을 시도하려 하자, 그녀의 예상과는 달리 오히려 역반응이 일어났다. 말시는 더 크게 비명을 지르면서 날카롭게 울부짖었고 전보다 더 많은 눈물을 흘렸다.

자지러질 듯 비명을 질러대는 말시를 대기실에서 검사실로 옮기기 위해서는 이해심 많은 간호사의 도움이 필요했다. 졸저는 말시가 완전히 이성을 잃은 듯 행동하자 상심했을 뿐만 아니라 심한 굴욕감마저 느껴졌다. 베선코트 박사의 인자하고 부드러운 태도로도 소녀를 진정시키지 못했으며 더욱이 그의 출현으로 인해서 오히려 아이는 더욱 놀라고 난폭해졌다. 박사가 말시에게 손을 뻗으려 하자, 아이는 의사를 밀쳐내면서 비명을 질러댔고 발길질을 하고 주먹을 휘두르기도 했다. 아이를 진정시키기 위해서는 결국 졸저와 간호사가 와야만 했다. 박사가 말시의 눈을 검사하기 위해서 검안경을 사용했을 때는 ― 큰 낭패를 보았던 크리스마스날이 다시 생각나게시리 ― 급작스러운 방뇨를 할 만치 아이의 공포는 극에 달했다.

자제력을 잃은 상태에서 말시의 방뇨는 그애의 행동에 커다란 변화를 가져왔다. 아이는 크리스마스 때 그랬던 것처럼 무뚝뚝하고 말이 없어졌다. 그리고 얼굴은 무서우리만치 창백해지고 계속해서 몸을 부들부들 떨었다. 그애가 섬뜩할 정도로 혼자 있으려 들었기 때문에 졸저는 말시가 자폐증에 걸린 것이 아닐까 하는 생각마저 들었다.

로우 베선코트는 졸저의 마음을 편안하게 해 줄 만큼 간단한 진단을 내릴 수가 없었다. 그는 정신 신경 및 뇌 장애에다 심리적인 질병이 겹쳤다고 말했다. 그는 병의 정확한 검사를 위하여 말시를 며칠간 선라이즈 병원에 입원할 것을 권했다.

그러나 베선코트의 사무실에서 있었던 그 끔찍한 광경은 말시가 병원에서 지내는 동안에 일으킨 발작의 준비 운동에 불과했다. 단순히 의사나 간호사가 모습을 나타내기만 해도 말시는 공포의 도가니에 빠져 들었고, 그 공포는 늘 히스테리를 동반하여 말시가 지쳐서 거의 심신이 마비되고 혼수 상태에 빠질 때까지 계속되었다. 그리고 다시 의식을 회복하기까지는 상당한 시간이 필요했다.

졸저는 카지노에 일주일 간의 휴가를 냈고, 실제로 나흘 간 선라이즈 병원 말시의 입원실 침대 옆에서 아이를 돌보느라 밤을 꼬박 새우며 지냈다. 졸저는 거의 쉬지를 못했다. 말시는 약을 먹고 잠든 사이에도 줄곧 경련을 일으키거나 발길질을 해댔고, 훌쩍거리며 울거나 때로는 "달! 달!" 하고 소리치면서 소리내어 울기도 하였다. 병원에 입원한 지 나흘째

되던 12월 29일 일요일 무렵에는 너무나 마음을 졸이고 걱정을 한 나머지 녹초가 돼서, 졸저 자신이 입원해야 할 지경에 이르렀다.

놀랍게도 월요일 아침이 되자, 이성을 잃을 만치 심각했던 말시의 공포심은 봄눈 녹듯이 간단히 사라져 버렸다. 아이는 병원에 있기 싫다고 하면서 막무가내로 집에 가자고 했다. 아이는 더 이상 벽이 자신에게 가까이 다가와 자신의 몸을 누르려고 한다고 보채지도 않았다. 그애에게는 의사들이나 간호사들과 함께 있는 것이 여전히 심기가 불편한 일이기는 했지만, 이젠 그들이 자신의 몸을 만져도 공포로 몸을 움츠리거나 그들을 해치려고 들지도 않았다. 그애의 안색은 여전히 창백했고 신경이 몹시 예민한 상태인데다 주위를 경계하는 듯했다. 첫째 날을 제외하고는 그애의 식욕은 극히 정상이었다. 그애는 아침 식사로 나온 식판에 담겨 있던 음식들을 하나도 남김없이 다 먹어 치웠다.

그날 오후 늦게 최종 검사를 끝내고 나서 말시가 침대에 앉아서 점심을 들고 있는 사이에 베선코트 박사는 졸저와 현관에서 이야기를 나누고 있었다. 베선코트 박사는 주먹코에다 물기가 축축하게 젖은 친근해 보이는 눈매를 가진 것이, 꼭 사냥개처럼 생긴 사람이었다.

"음성입니다, 졸저. 모든 검사 결과가 음성으로 나왔어요. 뇌 종양도 아니고, 세포 손상도 전혀 없을 뿐만 아니라, 신경계의 기능 장애도 전혀 없어요."

졸저는 거의 울음을 터뜨리다시피 하면서 "하느님, 감사합니다!"라고 말했다.

"전 말시를 다른 의사에게 의뢰해 볼 생각입니다."

베선코트가 말했다.

"테드 코벌리 박사라고……그는 대단히 유능한 소아 심리 전문의죠. 전 그가 이 문제에 관한 정확한 원인을 찾아낼 거라고 확신합니다. 우스운 이야기지만……저는 우리가 무슨 일을 하는지도 모르면서 말시를 치료했을지도 모른다는 예감이 들거든요."

박사의 말에 졸저는 눈을 깜빡거렸다.

"치료했다구요? 대체 그게 무슨 뜻이죠?"

"가만히 생각해 보면 말시의 행동에는 공포증에 관한 갖가지 특성들이 전부 갖춰져 있다는 것을 알 수가 있습니다. 이성을 잃을 정도의 두려움이라든가, 공포심에 찬 공격 행위라든가……. 전 말시가 금세 모든 의료적인 것들에 대해서 극심한 공포증적인 혐오감을 나타내기 시작한 것이 아닌가 하는 생각이 들더군요. 그리고 '정동 홍수법'이라고 하는 치료법이 있는데, 그건 공포증 환자를 의도적으로, 심지어는 무자비할 정도의 강제적인 완력을 사용하여 그 환자가 오랫동안 — 시간 시간마다 — 두려워해 왔던 대상과 직면하게 함으로써 공포증의 힘을 무력하게 만드는 것이죠. 우리가 말시를 병원에 강제로 입원시켰을 때 말시에게 무심코 저질렀을지도 모르는 일이 바로 그것입니다."

"왜 그런 공포증이 말시에게 생긴 걸까요? 대체 그 공포증이 어디서부터 생긴 거죠? 말시는 한 번도 병원이나 의사에 대한 그런 나쁜 경험을 가지고 있지 않아요. 그렇게 심하게 아파본 적도 없구요."

졸저가 말했다.

베선코트는 어깨를 으쓱해 보였다. 환자가 누워 있는 바퀴 달린 침대를 밀면서 간호사가 옆걸음으로 현관을 들어왔다.

"저희도 그 공포증의 원인은 모르겠습니다. 비행기를 타는 일을 무서워하는 일이, 반드시 타고 있던 비행기가 추락해야만 생기는 건 아니니까요. 공포증은 그저……저절로 생겨나는 것일 뿐입니다. 비록 저희가 우연히 말시를 치료했다고 해도, 나머지 문제에 대한 것들은 테드 코벌리가 찾아낼 수도 있을 겁니다. 그는 공포증으로 인한 불안감의 나머지 결과들을 뿌리뽑아 줄 거예요. 너무 걱정하지 마세요, 졸저."

12월 30일 월요일 그날 오후 말시는 퇴원을 했다. 집으로 가는 차 안에서 아이는 거의 예전의 모습을 되찾은 듯 동물 모양을 한 구름들을 손가락으로 가리키면서 아주 행복한 것처럼 보였다. 집에 도착하자마자 말시는 즉시 거실로 달려가 그때까지 가지고 놀아 볼 기회가 없었던 인형 더미 속에 몸을 파묻었다. 비록 긴장감으로 인해서 크리스마스 때 보여 주었던 것처럼 사람의 신경을 거슬리게 할 정도로 푹 빠져서 놀지는 못했지만, 말시는 여전히 의사 놀이 기구가 든 가방을 가지고 놀았다.

졸저의 부모는 급히 딸의 아파트로 달려왔다. 졸저는 말시의 예민한 신경을 건드리지 않으려고 부모님을 병원에 오지 못하도록 했었다. 말시는 저녁 식사 때도 계속 아주 좋은 상태였고, 상냥하고 재미나게 구는 덕분에 졸저의 부모님은 마음을 푹 놓고 지낼 수 있었다.

그 다음 사흘 밤 동안, 말시는 겁에 질려서 발작을 일으킬 경우에 대비해서 졸저의 침대에서 잤지만, 별달리 특별한 일은 일어나지 않았다. 악몽도 전보다 그다지 심하지 않았고 빈도도 훨씬 줄어들어 말시가 잠꼬대를 해대는 바람에 졸저가 잠을 깬 적은 사흘 밤 동안 단 두 차례뿐이었다.

"달, 달, 달!"

그러나 그 잠꼬대는 예전의 고함 소리에 비하면 나직하면서도 거의 절망적인 것처럼 들렸다.

아침 식탁에서 졸저는 그 꿈에 관해 말시에게 물어 보았지만, 말시는 전혀 그 꿈을 기억하지 못했다.

"달이라고?"

말시는 자신이 먹고 있던 음식의 접시를 보면서 얼굴을 찌푸렸다.

"난 달에 관한 꿈이 아니라, 말에 관한 꿈을 꾼걸. 언젠가 나도 말을 가질 수 있을까?"

"아마 그렇겠지. 우리가 더 이상 아파트에 살지 않을 때 말야."

"나도 그건 잘 알아. 말을 아파트에서 키울 수는 없잖아. 이웃 사람들이 불평을 할걸."

말시가 킥킥대며 말했다.

목요일에 말시는 처음으로 코벌리 박사를 만났다. 말시는 코벌리 박사를 좋아했다. 만일 아직도 말시가 의사에 대한 비정상적인 공포심을 가지고 있었다면, 그애는 그 사실을 대단히 잘 숨기고 있는 셈이었다.

그날 밤 말시는 머피라는 이름의 장난감 곰을 갖고 자기 침대에서 잤다. 졸저는 한밤중에서부터 새벽녁까지 딸을 지켜보느라 세 번이나 자리에서 일어났다. 그녀는 이제는 아예 귀에 익어 버린 "달, 달, 달" 하고 중얼거리는 소리를 들으면, 그 소리에 뒤섞인 환희와 공포 때문에 섬뜩한 느낌이 들어 머리털이 쭈뼛 서곤 했다.

개학을 사흘 앞둔 금요일, 졸저는 말시를 캐러 퍼새기언에게 맡기고 다시 직장으로 나갔다. 카지노의 담배 연기와 소음 속으로 다시 돌아온 것이 그녀에게는 거의 구원처럼 느껴졌다. 오히려 담배와 김빠진 맥주, 그리고 때때로 풍겨 오는 구린내 나는 입 냄새 따위가 병원에서 맡아야 했던 소독약 냄새에 비하면 말할 수 없는 즐거움 같았다.

졸저는 캐러의 집에서 말시를 차에 태워 집에 데리고 왔다. 집으로 오는 길에 말시는 그날 하루 종일 캐러의 집에서 정육점에서 고기 싸는 종이에 그린 그림을 보여 주었다. 스무 장에 가까운 그림들은 동원할 수 있는 한 모든 색깔들을 써서 그린 달의 그림이었다.

1월 5일 일요일 아침, 졸저는 모닝 커피를 끓이려다가 말시가 주방에서 이상한 일을 하고 있는 것을 보았다. 말시는 잠옷 차림 그대로인 채 앨범에서 사진들을 전부 다 꺼내서 차곡차곡 쌓고 있었다.

"사진들을 신발통 속에다 넣어야겠어. 난 이…… 앨범이 필요하거든."

아이는 '앨범' 이라는 말을 몹시 힘들게 내뱉으면서 얼굴을 찡그렸다.

"내 달들을 모아 두려면 이게 필요해."

말시는 잡지에서 오려낸 달 사진 한 장을 집어 들며 말했다.

"나는 아주 많이 모을 거야."

"왜? 아가, 너 왜 그렇게 달을 많이 모아 두려는 거지?"

"예쁘니까."

말시는 앨범의 텅 빈 페이지에 그 사진을 붙이고 그것을 가만히 쳐다보았다. 사진을 응시하고 있는 말시의 시선에서도, 그 사진에 대해 매혹

되어 있는 그애의 열렬한 태도 속에서도 의사 놀이 기구를 가지고 놀 때에 그랬던 것처럼, 오로지 한 가지에만 마음을 쓰고 있다는 흔적이 역력했다.

졸저는 불안에 떨면서 내심 바로 이런 식으로 그 끔찍한 의사 공포증이 시작되었다고 생각했다. 말시 자신도 아무것도 모르는 채로. 말시는 단순히 하나의 공포증에서 다른 종류의 공포증으로 전이되고 있는 것일까?

비록 그날이 일요일이고 코벌리 박사가 비번이라 하더라도, 졸저는 그를 찾으려고 급히 전화기 앞으로 달려갔고 어쨌든 그와 연락이 닿았다.

그러나 그녀는 식탁 옆에 서서 말시의 모습을 지켜 보고 있는 동안, 자신이 너무 과민하게 반응했다고 생각했다. 말시는 하나의 공포증에서 다른 공포증으로 전이를 일으키고 있는 게 아닌 것이 확실했다. 어쨌든 말시는 달을 전혀 무서워하지 않았다. 단지……달에 대해서 이상하리만치 매료되어 있을 뿐이었다. 한순간에 지나지 않을 열정을. 일곱 살짜리 아이를 둔 어떤 부모라도 잠깐 동안 맹렬히 불타듯 타올랐다 사그라지겠지만, 그런 식으로 매료되고 심취해 하는 아이의 모습에는 익숙해 있을 것이다.

그런데도 졸저는 두 번째 진료 시기인 화요일에 말시를 데리고 코벌리 박사에게 갈 때, 그에게 그 얘기를 하기로 결심했다.

월요일 낮 12시 20분쯤 졸저가 그날 밤 일을 나가려고 눈을 붙이기 전에 말시가 제대로 자고 있는지를 보려고 아이의 잠자리를 살피러 갔었다. 아이는 침대에 있지 않았다. 아이는 어두운 방안에서 의자를 창가까지 끌고 가서 의자에 앉아 바깥을 내다보고 있었다.

"아가야, 왜 그러니?"

"아무것도 아니야. 이리 와 봐, 엄마."

말시는 꿈을 꾸듯 나직하게 말했다.

졸저는 아이에게 가면서 "뭔데, 아가?"라고 물었다.

"달."

말시는 시선을 둥그렇고 까만 천장처럼 생긴 하늘에 떠 있는 은빛 초승달에 고정시킨 채로 대답했다.

"달이야."

4

매사추세츠 보스턴

1월 6일 월요일, 대서양에서 불어 오는 바람은 몹시도 차갑고 강했으며, 보스턴 전체가 그 바람으로 인해서 잔뜩 움츠러든 것 같았다. 세찬 바람이 몰아치는 거리에는 두꺼운 옷으로 무장하고 목도리를 두른 사람들이 어깨를 곧추세우고 목을 잔뜩 움츠린 채 바쁜 걸음걸이로 자신들의 안식처로 향하고 있었다. 유리로 만든 현대적인 감각의 고층 빌딩들이 짙은 잿빛 겨울 햇살 속에서 마치 얼음으로 만들어 놓은 것처럼 보였다. 반면에 날씨가 좋을 때는 나름대로 세련되고 장엄하게 보이는, 보스턴의 역사만큼이나 오래된 낡은 건물들은 초라하고 멋대가리 없는 모습을 드러내면서 고층 건물들과 뒤섞여 있었다. 전날 밤에는 진눈깨비가 내렸었다.

앙상한 나무들은 반짝이는 얼음옷을 입고 있었고, 잎이 다 떨어져서 시커멓게 말라붙은 가지들은 마치 산산조각 난 뼈의 표피 아래로 드러난 골수처럼 흰 얼음 껍질을 뚫고서 삐죽이 나와 있었다.

해너비 집안의 살림을 효율적으로 잘 보살피는 유능한 집사인 허버트는, 크리스마스 이후 벌써 일곱 번째로 파블로 잭슨과의 면담을 위해 진저 바이스를 그의 집까지 데려다 주었다. 지난밤 불어 닥친 강풍과 눈보라로 송전선이 끊어졌고, 주간 고속 도로상의 신호등의 반 이상이 파손되었다. 결국 그들은 약속 시간인 11시보다 5분 늦은 11시 5분에 뉴베리 스트리트에 도착할 수 있었다.

지난 토요일 치료를 하는 사이 문제의 돌파구를 찾은 이후, 진저는 네바다의 트랭퀼러티 모텔에 있던 사람들과 연락을 해서 두 해 전 7월 6일 밤 그 곳에서 발생한 기억할 수 없는 사건들을 끄집어내고 싶어했다. 그 모텔의 주인은 진저의 기억을 날조한 자들과 공범이거나, 아니면 그녀와 마찬가지로 희생자일지도 모른다. 만일 그들도 세뇌를 당했다면, 그들도 어쩌면 이런저런 종류의 불안감으로 인한 발작을 경험했을 것이다.

파블로는 그들과 그렇게 금세 대면하는 데 대해서 강력하게 반대였다. 그는 위험 부담이 너무 크다고 생각했다. 만약 그들이 희생자들이 아니라 가해자들과 한패라면, 진저는 대단한 위험에 직면하게 될지도 모른다.

"참고 기다려야 해요. 그들에게 접근하기 전에, 당신은 가능한 모든 정보를 수집해야 한다구요."

진저는 신변 보호와 사건의 확실한 조사를 위해서 경찰에 가자고 제안했지만, 파블로는 경찰이 그 일에 별로 관심을 가지지 않을 것이라고 확신했다. 진저는 자신이 누군가로부터 정신적인 강탈을 당한 피해자라는 것을 증명해 보일 만한 아무런 증거도 없었다. 게다가 일개 지방 경찰관이 국무성 쪽의 연줄을 통해서 범죄를 해결할 수는 없다. 그녀는 연방 관리나 네바다 주의 경찰을 찾아가야만 하는데, 어느 경우든간에 그녀가 뜻하지 않게 자신에게 일어났던 일에 대한 책임이 있는 당사자들에게 도움을 청하는 꼴이 될지도 모른다.

풀이 죽기는 했지만 파블로의 반대에 대해서 이의를 제기할 만한 구석을 찾지 못한 채, 진저는 파블로의 다음 치료 프로그램에 계속 따르기로 동의했다. 그는 일요일에 혼자만 지낼 수 있는 시간을 가지면서 토요일의 치료 과정을 녹음한 대단히 중대한 테이프를 다시 검토해 볼 수 있기를 바랐으며, 월요일 아침에는 병원에 있는 친구를 만나러 갈 예정이라

약속을 하기가 곤란하다고 했다.

"하지만 당신이 월요일 오후 1시에 다시 오겠다면 불어로 '앙팡투플레'! 그러니까 말 그대로 하면 슬리퍼를 신고 있듯이 아주 편안하고 느긋하게 당신의 메모리 블록(기억 장애 — 역주)의 가장자리를 조금씩 깨뜨려 봅시다."

그날 아침 파블로는 진저에게 전화를 걸어서 자신의 친구가 생각보다 빨리 퇴원했다고 하면서, 만약 그녀가 빨리 올 수 있다면 11시까지 집에 가 있겠다고 했다.

"점심 식사 만드는 일 좀 도와주지 않겠어요?"

진저는 엘리베이터에서 내려서 좁은 복도를 따라 파블로의 아파트로 가고 있는 중이었다. 진저는 자신의 조급하고 참을성 없는 성질을 자제하고, 늙은 마술사가 결정한 '앙팡투플레' 요법의 진행을 불만스럽지만 받아들이기 위해서 모든 노력을 기울이기로 마음먹었다.

현관은 마치 그녀를 위해 열어 둔 듯이 자연스럽게 열렸다. 그녀는 현관으로 들어서서 문을 닫으면서 "어디 계세요, 파블로?" 하고 불렀다.

다른 방에서 누군가가 끙끙거리는 신음 소리와 함께 뭔가가 나지막하게 덜컥거리는 소리가 들렸다. 뭔가가 쾅하는 소리를 내면서 마루로 쓰러졌다.

"파블로?"

그는 아무런 대답이 없었다. 거실 쪽으로 가면서 그녀는 더 큰 소리로 "파블로?" 하고 소리쳤다.

여전히 조용했다.

양문으로 되어 있는 서재의 문 중 하나가 열려 있는 채로 불이 켜져 있었다. 진저는 서재로 들어섰다. 그리고 바로 뒤이어 파블로가 책상 근처의 바닥에 쓰러진 채 누워 있는 것을 보았다. 신발을 신고 코트를 입고 있는 것으로 보아, 그는 병원에 입원한 친구를 만나고 지금 막 들어온 것이 분명했다.

그녀는 급히 그에게 달려가 그 옆에 무릎을 꿇고 앉았다. 그녀의 머릿속에 뭔가 소름 끼칠 정도로 불길한 여러 가지 상상들이 떠올랐다. 뇌출혈? 혈전증? 아니면 색전증이나 엄청난 심장 마비 같은 것일까? 그러나 그녀가 그의 몸을 일으켜 뒤로 젖혔을 때 발견하게 될 사실이 무엇일지에 대해서는 미처 준비가 되어 있지 않았었다. 파블로는 가슴 위쪽에 총을 맞았고, 총알이 관통한 동맥에서 선홍색 피가 샘솟듯이 뿜어져 나오고 있었다.

그는 눈을 뜬 채로 눈꺼풀을 깜박거리고 있었고, 비록 초점을 잃은 상태이긴 하지만 그녀가 누구인지 알아본 것 같았다. 피가 그의 아랫입술 위로 거품을 터뜨리며 쏟아져 나왔다. 그는 급히 속삭이듯 겨우 단 한마디를 내뱉었다.

"도망가요!"

책상 앞에 납작 엎드려 있는 그를 보았을 때 그녀의 반응은 친구로서, 그리고 의사로서 취한 행동이었다. 그녀는 괴로워하면서 즉시 그를 돕기 위해 그에게로 다가갔었다. 그러나 파블로가 "도망가요!"라고 말하기 전까지 그녀는 자신의 목숨이 위태롭다는 사실을 미처 알지 못하고 있었다. 불현듯 그녀는 아무런 총소리도 듣지 못했다는 사실을 깨달았다. 그건 그 총이 소음 장치가 달린 연발 권총이라는 뜻이었다. 괴한은 단순한 강도가 아니었다. 누군지 어느 정도인지 알 수도 없을 만치 대단히 위험한 인물이다. 그러한 모든 생각들이 번개처럼 그녀의 뇌리를 스쳐갔다.

가슴이 쿵쿵 뛰는 가운데, 그녀는 자리에서 일어나서 문 쪽으로 향했다. 그때 문 뒤에서 총을 든 그 괴한이 튀어나왔다. 그 사내는 큰 키에 어깨가 떡 벌어졌으며, 허리를 꽉 맨 가죽 코트를 입고 있었다. 그는 체구가 컸으나 그녀가 상상했던 것보다 놀랄 정도로 훨씬 덜 위협적인 인상의 얼굴이었다. 나이는 그녀와 비슷한 또래인 것 같았고, 짧게 자른 머리에 맑고 푸른 눈동자를 가지고 있는, 남을 위협하기에는 적합치 않은 얼굴을 하고 있었다.

그가 드디어 입을 열자, 그리 특별하지 않은 그의 외모와 범죄 행위의 불균형은 더욱 심하게 눈에 띄었다. 그의 첫마디는 떨리는 듯한 목소리에 일종의 사과 같은 내용이었다.

"이런 일은 일어나지 말았어야 했는데……맹세코 일어나지 말았어야 했는데……난 그저……그냥 저 테이프들을 고속 복사기로 복사하려고 했을 뿐이었어요. 내가 원했던 건 그것밖에 없었어요……. 그 테이프들을 복사하는 것뿐이었다구요."

그는 손가락으로 책상 쪽을 가리켰고, 그제서야 진저는 처음으로 아주 조그만 사이즈의 전자 기기가 반쯤 덮여 있는 채로 열려 있는 서류 가방을 발견하였다. 책상 위에는 테이프들이 여기저기 흩어져 있었고, 그녀는 금세 그것들이 어떤 테이프인지 알 수 있었다.

"구급차를 불러야 돼요."라고 말하면서 그녀가 조금씩 전화 쪽으로 다가가자, 사내는 화가 난 듯 총으로 제스처를 하면서 그녀를 저지시켰다.

"고속 복사."

그는 당황스러움과 격분으로 어쩔 줄 모른 채 울먹이듯 말했다.

"당신의 여섯 차례의 진료 과정을 모두 복사해서 여기를 빠져 나갈 수 있었는데. 그가 최소한 한 시간 내에는 집에 돌아오지 않을 거라고 생각했었는데! 빌어먹을!"

진저는 목에서 올라오는 피나 가래 등으로 기도가 막혀 질식하지 않도록 의자 쿠션을 이용해서 파블로의 머리를 받쳤다.

그 자리에서 일어났던 일에 정신이 아찔해진 괴한은, "그는 아주 조용히 들어왔어요. 마치 망할 놈의 귀신이 들어오는 것처럼 말이오."라고 말했다.

진저는 파블로가 얼마나 고상하고 우아하게 행동하는지 똑똑히 기억하고 있었다. 그의 모든 행동은 마치 요술의 전주곡 같았다.

파블로가 눈을 감은 채로 기침을 해댔다. 진저는 파블로에게 더 많은 치료를 해 주려고 했으나, 지금 상태에서 그에게 가장 필요한 것은 외과적인 수술뿐이었다. 때문에 바로 그 자리에서 그녀가 할 수 있는 일이라곤 파블로를 안심시키기 위해 어깨를 토닥거려 주는 일밖에 없었다.

그녀는 간절한 눈빛으로 무장 괴한을 올려다보았다. 그러나 그는 그저 "그럼 대체 총을 가지고 다니면서 뭘 어떻게 하려는 거야? 제기랄! 팔십 먹은 영감이 손에 총을 쥐고서 마치 이런 걸 어떻게 다루는지 알기라도 하는 것처럼 쏘려고 덤비다니."라고만 말할 뿐이었다.

그때까지 진저는 파블로의 손으로부터 불과 얼마 떨어지지 않은 양탄자 위에 권총이 내팽개쳐져 있는 것을 보지 못했었다. 그것을 본 순간, 온몸을 마비시키는 듯한 날카로운 공포의 고통이 그녀를 스쳐 지나갔다. 그리고 파블로가 자신을 돕는 일이 매우 위험하다는 것을 줄곧 알아채고 있었다는 것을 안 순간, 그녀는 거의 실신할 지경에 이르렀다. 그녀는 메모리 블록을 면밀히 찾아보려는 단순한 시도가 그렇게 빨리, 그런 가죽 코트를 입은 침입자와 같은 사람들의 원치 않는 관심을 끌리라고는 미처 짐작도 못했었다. 어쩌면 그것은 그녀가 계속 감시를 당해 왔다는 뜻일지도 몰랐다. 비록 매시간, 아니 매일이 아닐지라도 그들은 계속 그녀를 감시하고 있었던 것이다. 그녀가 처음 파블로에게 전화를 걸었던 순간부터, 그녀는 자신도 모르는 사이에 이미 파블로의 목숨을 위태롭게 만든 것이다. 그리고 그가 총을 가지고 있었던 것으로 보아 어떻게든 그 자신도 그 사실을 눈치채고 있었던 것이다. 순간 진저는 죄책감의 무게를 느꼈다.

"저 멍청한 노인네가 22구경짜리 총만 빼 들지 않았어도……."

무장 괴한이 비통한 듯 말했다.

"게다가 계속 경찰에게 전화를 걸려고 버티지만 않았어도, 난 그에게 손대지 않고 그대로 나가려고 했는데. 정말로 그를 다치게 하고 싶지 않았어요. 제기랄!"

"제발 부탁이에요. 구급차를 부르게 해 주세요. 당신이 정말로 그를 다치게 하고 싶지 않았다면, 도움을 청해야 해요."

진저가 애원하듯 말했다.

하지만 침입자는 고개를 내저었고, 그는 무너져 버린 마술사에게로 눈길을 돌렸다.

"이젠 너무 늦었어요. 그는 죽었소."

마지막 그 두 마디는 마치 강한 펀치처럼 진저의 뒤통수를 내리쳤다. 순간 심장이 싸늘하게 얼어붙고 눈앞에는 어두운 커튼을 드리운 듯 시야가 캄캄해져, 아무것도 보이지 않았다. 그녀가 인정하지 않는다 해도, 노인의 흐릿한 눈빛으로 보아 한눈에 보기에도 무장 괴한이 말한 대로 파블로는 이미 죽은 것이 분명했다. 진저는 파블로의 왼손을 들어 맥박을 짚어 보려고 가늘고 시커먼 그의 팔목에 손끝을 대 보았다. 맥박은 전혀 뛰지 않았다. 그녀는 파블로의 목의 동맥을 쭉 훑어 가며 맥을 짚어 보았다. 그러나 체온이 아직 따뜻하게 남아 있음에도 불구하고 맥박은 전혀 뛰지 않았으며, 한때는 맥박이 뛰고 있던 그 자리에 오로지 끔찍한 정적만이 존재할 뿐이었다.

"안 돼요. 오! 안 돼."

그녀는 의사로서 환자를 진단하기 위해서가 아니라 사랑으로 부드럽게 파블로의 시커먼 이마를 어루만졌다. 그녀는 파블로를 안 지 겨우 2주일밖에 안 됐다는 사실이 믿기지 않을 정도로 깊은 고통과 비탄에 잠겼다. 마치 친아버지처럼 그녀는 파블로에게 쉽게 마음을 주었었다. 게다가 파블로는 자기 나름대로의 개성이 분명한 사람이었기 때문에, 보통의 경우보다 더 쉽게 애정과 존경을 줄 수 있었다.

"미안해요."

살인범은 떨리는 목소리로 말했다.

"정말로 미안해요. 만일 그가 나를 막으려고 하지만 않았다면, 난 그냥 여기서 그대로 나갔을 거예요. 난 지금 사람을 죽였어요. 그렇죠? 그리고……당신은 내 얼굴을 보았구요."

눈물을 참으려고 눈을 끔벅거리면서, 진저는 불현듯 자신이 지금 그 자리에서 비탄에만 잠겨 있을 상황이 아니라는 사실을 깨달았다. 진저는 슬며시 일어나서 그와 얼굴을 마주했다.

괴한은 자신이 생각하는 것을 커다란 소리로 내뱉듯이 말했다.

"이제 당신도 역시 똑같은 대접을 받아야겠어. 난 집안을 샅샅이 뒤지고 서랍을 몽땅 비워서 값나가는 물건들 몇 가지를 꺼내서는, 마치 당신들 두 사람이 우연히 강도에게 당한 것처럼 보이게 만들어야겠어."

그는 걱정스러운 듯 아랫입술을 지긋이 깨물었다.

"좋아. 그 일은 잘될 거야. 테이프를 복사하는 대신에 난 그냥 그것들을 가지고 가겠어. 그러면 여기에 괜히 남겨 두어서 의심을 불러일으킬 일도 없을 테니까."

그는 진저를 바라보며 잠시 움찔거렸다.

"오! 하느님. 미안해요. 정말 미안해. 그렇게 하고 싶지는 않지만, 그렇게 할 수밖에 없어요. 이 일의 일부는 분명히 내 실수예요. 저 노인네가 들어오는 소리를 들었어야 했는데. 그가 나를 놀라게 하지 않도록 했어야 했는데."

그는 진저에게로 다가왔다.

"어쩌면 내가 당신을 강간도 해야 하는 건가? 내 말은 어떤 강도가 당신 같은 미인을 단지 총으로 쏘기만 했겠냐는 거지. 아마 그들은 당신을 맨먼저 강간하지 않았을까? 그렇게 하는 게 상황을 더욱 진짜처럼 보이게 하지 않겠어?"

그는 차츰 가까이로 다가왔고, 진저는 뒷걸음질 치기 시작했다.

"제기랄! 내가 잘할 수 있을지 모르겠군. 내 말은 내가 나중에 당신을 죽여야만 한다는 걸 알면서 제대로 발기를 해서 그 짓을 잘 해낼지 모르겠다는 말이야."

그는 계속해서 그녀에게로 다가왔고, 그녀는 책장에 등을 기대고 섰다.

"나는 이런 일이 정말 싫어요. 날 믿어 줘요. 정말로 싫지만…….이런 일이 일어나지 말았어야 했는데. 난 정말 이런 일 하고 싶지 않았어요."

한눈에 보기에도 명백한 그의 순수한 동정심과 계속 되풀이되는 사과와 비애에 찬 자학이 진저를 섬뜩하게 만들었다. 만일 그가 무자비하고 피에 굶주린 사람이었다면, 그가 별로 겁나지 않았을 것이다. 그가 망설이고는 있지만, 한 사람을 강간하고 두 사람을 죽이는 짓을 저지를 만큼 오랜 시간을 끌 수 있다는 사실이……그를 더욱 괴물처럼 보이게 만들었다.

그는 진저로부터 6피트 떨어진 지점에서 걸음을 멈추더니, "외투를 벗어요."라고 말했다.

사정해도 소용없는 짓이었지만, 그녀는 그를 설득할 수 있기를 바랐다.

"절대로 당신에 대해 말하지 않겠어요. 맹세해요. 제발 나를 가게 해줘요."

"나도 그러고 싶어요."

그의 얼굴은 양심의 가책으로 인해 고통스럽게 일그러졌다.

"옷을 벗어요."

행동을 취해야 할 결정적인 순간이 올 때까지 시간을 벌면서, 진저는 천천히 외투를 벗었다. 손이 떨리고 있기는 했지만, 그녀는 더욱 심하게 몸을 떠는 듯이 과장하면서 단추를 붙잡고 손을 더듬거렸다. 마침내 그녀는 코트를 벗어서 마룻바닥에 떨어뜨렸다.

그는 더욱 가까이로 걸어왔다. 권총은 그녀의 가슴에서 불과 1인치 떨어진 거리에 있었다. 그는 한층 마음을 놓은 듯 총을 아까보다 훨씬 느슨하게 쥐고 있었다. 비록 절대로 마음을 놓지는 않았지만, 훨씬 덜 공격적인 자세로 총을 들이밀었다.

"제발 목숨만 살려 주세요."

진저는 괴한이 그녀가 비참하게도 공포심으로 거의 심신이 마비되었다고 생각하면, 어물거리다가 자신이 도망갈 수 있는 기회를 줄지도 모른다고 생각하면서 계속 그에게 사정했다.

"난 정말 당신을 해치고 싶지 않아요."

그는 자신이 그 문제에 대해서 다른 선택의 여지가 있는지 깊이 고심하기라도 한 것처럼 말했다.

"난 그 노인도 해치고 싶지 않았어요. 일이 이렇게 된 책임은 바보 같은 저 늙은이에게 있어요. 내가 아니라구요. 내 말을 잘 들어 봐요. 가능한 고통이 없도록 해 주겠어요, 약속하죠."

오른손에 여전히 총을 쥐고 있는 채로, 그는 왼손으로 스웨터 위로 그녀의 젖가슴을 어루만졌다. 그가 점점 흥분하게 되면 차츰 부주의해질지도 모르므로, 그녀는 그의 애무를 참고 견디었다. 그 상황에 자신의 몸이 제대로 말을 들어 주지 않을지도 모른다던 그의 공언에도 불구하고, 진저는 그가 자신을 강간하는 데 별로 어려움이 없으리라 확신했다. 그의 후회나 동정이랄까 예민한 성격을 뒤로 하고, 그는 진저보다는 자기 자신을 위해서 사정(射精)하고 싶어했다. 그는 자신도 모르는 사이에 자신이 저질렀고, 또 이제부터 하려고 하는 행위에 대해서 동물적인 쾌락을 즐기고 있었다. 부드러운 목소리에도 불구하고, 그의 한마디 한마디는 욕정에 불타고 있었고, 격정을 이기지 못하는 말투였다.

"대단히 아름다워. 몸집이 자그맣기는 하지만 대단히 균형이 잘 잡혔어."

그는 손을 스웨터 밑으로 쑥 집어넣고 브래지어를 움켜쥐고는 힘껏 잡아당겨 브래지어를 끊어 버렸다. 고무줄이 툭하고 끊어지는 듯하더니 브래지어의 끈이 그녀의 어깨 위로 아프게 튕겨지면서 쇠고리가 그녀의 등을 찰싹 때렸다. 그녀의 고통이 그대로 그에게 전달된 듯 그는 얼굴을 찡그렸다.

"미안해요, 아팠어요? 아프게 하려고 한 건 아니었는데. 앞으로 더 조심할게요."

그는 끊어진 브래지어를 옆으로 제껴 놓고 차갑고 끈적끈적한 손을 그녀의 맨가슴에 얹었다.

공포만큼이나 심한 혐오감에 휩싸인 채로 진저는 책장에 세게 등을 기대었다. 책장이 그녀의 등에 배겨서 더욱 심한 고통을 주었다. 괴한은 이제 한 팔 정도의 거리에 와 있었지만, 그는 계속 두 사람 사이에 총을 두고 있었다. 총구가 차갑게 그녀의 맨옆구리를 압박해 와 그녀가 전혀 다른 짓을 할 만한 여유를 주지 않았다. 만약 그녀가 몸을 비틀어 빠져 나오려고 한다면, 그런 만용으로 인해서 그녀의 창자에는 당장 구멍이 날 것이다.

그녀를 애무하면서 그는 계속 부드러운 말투로, 그녀를 겁탈하고 죽이지 않으면 안 되는 사실을 대단히 슬프게 생각한다고 말했다. 그의 말투는 마치 그녀가 간단하게 그일을 수긍하고, 그녀가 자신의 목숨을 빼앗는 죄악에 대해서 그에게 사죄를 해 주지 않는 것은 생각하기도 싫을 만치 잔인한 일인 것 같았다.

빠져 나갈 여지도 없는데다, 그가 자신을 정당화하기 위해 내뱉는 단조로운 한마디 한마디가 감각을 마비시키는 물결처럼 그녀를 세뇌시키고 있음을 느꼈다. 자신의 몸을 더듬거리는 그의 손아귀에 붙잡힌 채로 진저는 격렬한 밀실 공포증에 휩싸여, 당장에라도 그에게 달려들어 빨리 그가 방아쇠를 당기게 만들어서 모든 것을 끝장내고 싶은 기분이었다. 그의 입에서 금세 질리는 박하향이 확 풍기자 그녀는 자신이 마치 그와 함께 차임벨이 울리는 장난감 그릇 속에 들어가 있는 것 같은 느낌이 들었다. 그녀는 흐느껴 울었고, 말이라기보다는 그저 뭔가 소리를 내면서 애원하며 마치 현실을 부인하려는 듯 고개를 도리도리 내저었다. 연습할 날짜가 있었다면 그녀가 보여 준 타락과 공포의 사진보다 더 확신을 줄 만한 것은 없었지만, 불행하게도 거기에 계산 따위는 거의 없었다.

게다가 비탄에 잠긴 그녀의 모습은 그를 더욱 흥분시켰고, 그는 전보다 더 난폭하고 거세게 그녀에게 달려들었다.

"할 수 있을 것 같군, 베이비. 당신에게는 할 수 있을 것 같아. 당신도 날 느껴 봐요. 날 한번 느껴 보라구."

그는 자신의 몸을 그녀의 몸에 대고 꽉 누르면서 아랫도리를 그녀에게 들이댔다. 불가사의하게도 그는 그런 강압적이고도 비극적인 상황에서 자신의 왕성한 발기가 그녀의 관능적인 매력에 대한 일종의 찬사라고 생각하는 듯했다. 어쨌건 그자는 마치 그녀가 기분이 우쭐해져야 하는 것처럼 말했다.

그러나 그녀의 반응은 그에게 실망만 안겨 줄 뿐이었다.

그가 그녀의 몸에 자신의 몸을 누르고 비비는 사이, 그는 어쩔 수 없이 그녀의 배에 총을 들이대는 일을 그만두어야 했다. 그는 흥분으로 잔뜩 달아오른 채 진저가 나약하고 무기력한 여자라고 확신하였다. 그는 총구를 마루로 향하게 한 채 한쪽으로 밀어 놓았다. 진저는 공포심이라기보다는 혐오감과 분노로 가득 찼고, 총이 그녀로부터 멀어지는 순간 그런 울적한 감정이 행동으로 옮겨졌다. 고개를 옆으로 돌리면서 그녀는 마치 겁이 나서 기절하거나, 아니면 격정에 못이겨 졸도를 하듯이 그에게로 몸을 구부리면서 그의 목에 입을 갖다 댔다. 뒤이어 날랜 동작으로 그녀는 그의 결후(結喉)를 세게 물어뜯었다. 그리고는 한쪽 무릎으로 그의 사타구니를 힘껏 걷어차고서 총을 자신에게서 멀리로 떨어뜨려 놓으려고 그의 손목을 손톱으로 세게 할퀴었다.

그는 은밀한 부분의 손상이 가지 않도록 얼떨결에 무릎을 움츠렸지만, 그녀가 그 곳을 물리라고는 미처 생각치 못했었다. 몹시 놀라기도 하고 겁에 질리기도 한데다가, 목에 입은 지독한 통증으로 인해 비틀거리면서 그는 그녀를 멀찍이 밀쳐냈다.

자신의 생사가 달려 있는 이상 그녀는 있는 힘을 다해 그자를 물어뜯었던 것이다. 그녀의 입 안은 그의 피 냄새로 속이 메슥거렸지만 그렇게 비위가 상한다고 해서 역습을 지체할 수는 없었다. 그녀는 총을 들고 있는 그의 손을 움켜잡아서는 자신의 입으로 가져가 꽉 깨물었다.

귀청을 찢을 듯한 경악과 고통에 찬 비명 소리가 그의 입에서 터져 나왔다. 그는 그녀가 대단히 섬세하고 고상하다고 생각했기 때문에 설마 그런 짓을 하리라고는 전혀 예측하지 못하고 있었다.

그녀가 다시 그를 물어뜯자 그는 총을 땅에 떨어뜨렸다. 그러나 그와 동시에 그는 다른 손으로 주먹을 쥐고서 젖먹던 힘을 다해 그녀의 등을 세게 내리쳤다. 그녀는 털썩 무릎을 꿇으며 주저앉았고 순간적으로 자신의 척추가 부러졌구나 하고 생각했다. 전기가 흐르듯이 화끈화끈하고 싸한 통증이 그녀의 등줄기를 타고 올라가서 목을 거쳐 두개골로 전달돼 머리가 지끈거렸다.

기절한 것처럼 잠시 시야가 흐려졌다. 진저는 그가 다시 총을 주으려고 몸을 구부리는 것을 거의 보지 못했다. 그의 손이 총의 개머리판에 막 닿으려는 순간, 진저는 미친 듯이 몸을 날려 그의 다리를 향해 달려들었다. 그녀가 오는 것을 보는 것과 동시에 그는 몸을 날리면서 통나무를 똑바로 내리쳐서 단번에 잘라내듯이 재빨리 위로 점프를 했다. 정말 간발의 차로 그녀가 그에게 달려들자, 그는 단지 몸의 중심을 잡으려고 풍차처럼 팔을 휘둘러댔다. 순간 그는 중심을 잃고 뒤로 자빠지고 말았다. 그의 몸이 서재에 있던 의자 하나에 쾅하고 부딪히는 바람에 조그만 테이블과 스탠드가 뒤집어지면서 파블로의 시체 위로 굴렀다.

두 사람 모두 똑같이 숨을 헐떡이면서 경계의 눈빛으로 서로를 바라보다 잠시 망연 자실해졌다. 그들은 계속 서로의 위치를 고수한 채로 숨을 거칠게 몰아쉬면서 태아처럼 몸을 잔뜩 움츠렸다.

괴한은 자칫하다가 자신의 목숨을 잃을 뻔했다는 생각에 몹시 열을 받아 있다는 사실을 증명하듯이, 진저를 향해 눈을 접시처럼 아주 커다랗게 부릅뜨고 있었다. 그녀가 물어뜯은 상처가 치명적인 것은 아니었다. 그녀는 경정맥이나 동맥 줄기를 물지 못하고, 단지 갑상연골을 물어뜯어서 세포 조직이 파괴되고 모세 혈관이 약간 손상을 입은 것뿐이었다. 하지만 고통이 극심할 것이므로, 그는 그 상처로 인해서 자신이 죽을지도 모른다고 굳게 믿고 있을 것이다. 그는 물리지 않은 손으로 상처난 목을 만져 보고는 자신의 손에서 핏덩어리가 뚝뚝 떨어지는 것을 보고 소스라치게 놀랐다. 살인자는 자신이 죽어 가고 있다고 생각했다. 그로 인해서 그는 더욱 난폭하고 위험해질 수도 있고, 어쩌면 전혀 위험하지 않아서 걱정할 필요가 없게 될지도 모른다.

그들은 격투를 하는 사이 그의 총이 서재 가운데쯤에 멀찍이 떨어져 있는 것을 동시에 보았다. 총은 진저보다는 살인자 쪽에 더 가깝게 놓여 있었다. 목과 손목에서 피를 흘리면서 그는 씨근거리는 것 같기도 하고 꼴깍거리는 것 같기도 한 해괴한 잡음을 내면서, 총을 집으려고 마루를 가로질러 잽싸게 몸을 움직였다. 그리고 진저는 자리에서 일어나 도망치는 것 외에 다른 선택의 여지가 없었다.

진저는 처음보다는 덜하지만 깊은 물결이 출렁이듯 아직도 욱신거리는 등의 통증으로, 달린다기보다는 절룩거리면서 서재에서 거실로 도망갔다. 그녀는 앞문으로 아파트를 빠져 나가려고 했으나, 공동 복도에서 나가는 출구는 엘리베이터와 계단밖에 없기 때문에 그 쪽으로는 도망칠 길이 없다는 것을 깨달았다. 그 상황에서 엘리베이터를 기다릴 수도 없거니와, 계단으로 도망치다가는 그에게 쉽사리 잡힐 게 뻔하기 때문이었다.

진저는 등의 통증으로 몸을 구부리면서 게걸음으로 거실을 지나 복도를 따라 부엌으로 급히 달려갔다. 그녀의 뒤에서 여닫이문이 부드럽게 휙하는 소리를 내며 닫혔다. 그녀는 곧바로 난로 옆쪽 벽에 붙어 있는 부엌 선반으로 가서 식칼을 집어 들었다.

그녀는 섬뜩하고도 날카로운 통곡 소리가 자신에게서 터져 나오는 것을 알아차리게 되었다. 그녀는 숨을 멈추고 소리를 죽이면서 감정을 자제했다.

무장 괴한은 진저의 예상대로 곧장 부엌으로 뛰어들어오지는 않았다. 잠시 후 그녀는 그가 아직 나타나지 않은 것을 다행스럽게 생각했다. 불과 10피트 앞에 있는 총 앞에서 식칼은 무용지물에 불과했기 때문이었다. 소리를 내지 않고 거의 치명적인 실수를 저지를 뻔한 자신에 대해 욕을 퍼부으면서, 그녀는 까치발로 민첩하게 문으로 돌아가 한쪽 문 옆에 자리를 잡고 섰다. 등은 아직도 아팠지만 가장 심한 통증은 사라졌다. 이제 그녀는 똑바로 설 수가 있으므로 벽쪽에 바짝 달라붙었다. 심장이 너무나 심하게 요동쳐서, 마치 그녀가 기대고 있는 벽이 북이고 그녀의 심장의 박동 소리가 북채처럼 벽을 울려서 아파트 전체에 북소리가 울려퍼지는 것 같았다.

그녀는 칼을 아래로 향하게 쥐고서 그에게 재빨리 휘두를 준비를 했다. 그러나 그 무모한 시나리오는, 목의 상처로 인하여 자신이 죽어 간다는 생각에 제정신이 아닌 상태에서 맹목적인 복수심과 분노, 그리고 이성을 잃은 듯한 히스테리로 발작을 일으키며 그가 부엌 문을 박차고 들어올 때만 가능한 일이었다. 만약 일이 그렇게 되지 않고 그가 천천히 그리고 조심스럽게 총구로 문을 살짝 밀고서 조금씩 조금씩 들어온다면 진저는 곤경에 빠지게 되는 것이다. 그러나 시간이 흘러도 그가 나타나지 않자, 진저는 그가 자신이 바라는 각본대로 움직여 주지 않으리라는 절망감에 휩싸였다.

목의 상처가 그녀가 생각한 것보다 훨씬 심하지 않는 한은 그랬다. 만약 그런 경우라면 그는 아직도 서재에서 피를 흘리면서 중국제 양탄자 위에서 죽어 가고 있을 것이다. 그녀는 제발 일이 그렇게 되기를 바랐다.

하지만 그녀는 그렇게 바보는 아니었다. 그가 살아 있고, 게다가 그리로 오고 있었다.

그녀는 어쩌면 소리를 질러서 이웃에 알려 경찰을 부르게 할 수도 있었다. 그렇지만 괴한은 때맞춰서 사라져 주지는 않을 것이다. 그녀를 죽일 때까지는 절대로 도망치지 않을 것이다. 비명을 지르는 것은 그저 정력 낭비일 뿐이었다.

그녀는 마치 벽 속으로 녹아 들어가려는 듯 벽에 더욱 바싹 기댔다. 그녀의 코앞에 불과 몇 인치밖에 떨어져 있지 않은 여닫이문, 마치 들쥐를 발견한 먹구렁이가 온 신경을 집중하고 있는 것처럼 그녀의 신경은 온통 그 곳에 집중되었다. 그녀는 긴장해서 뭔가 움직이는 소리가 나기만 해도 당장 덤벼들 태세를 갖추고 있었지만, 문은 사람 피를 말리려고 작정이라도 한 것처럼 쥐죽은듯한 정적 속에서 움직이질 않았다.

대체 그는 어디에 있는 것일까?

5초가 지났다. 10초, 그리고 20초…….

그는 무엇을 하고 있는 거지?

입 안의 피비린내가 시간이 지날수록 더욱 역겹고 느끼해져서 욕지기가 났다. 그녀가 서재에서 그에게 한 짓을 생각할 만큼 시간적인 여유가 생기자, 그녀는 차츰 자신의 행위가 얼마나 잔인했나 하는 것을 뼈저리게 깨닫기 시작했다. 그리고 자신에게 야만성이 잠재하고 있다는 사실에 몸서리가 쳐졌다. 그리고 마찬가지로 그녀는 자신이 아직도 그에게 하려고 벼르고 있는 행동에 대해 생각할 시간을 가졌다. 무식하리만치 커다란 식칼로 그의 몸을 푹 찌르는 상상을 하자 그녀는 혐오감으로 치를 떨었다. 그녀는 살인자가 아니었다. 그녀는 단순히 교육받은 지식으로가 아니라 마음을 다해 사람을 치료하는 의사였다. 그녀는 그를 찌르는 상상을 하지 않으려고 애썼다. 거기에 대해서 너무나 많은 상상을 하는 것은 위험하고도 곤혹스럽고도 기운 빠지는 일이었다.

대체 그는 어디에 있지?

그녀는 더 이상 참고 기다릴 수가 없었다. 그렇게 꼼짝 않고 있는 것이 자신이 살기 위해 필요한 동물적인 교활함과 야만성을 약화시킬까 봐 두렵기도 하고, 불안하게도 시간이 흐를수록 어쨌든 그가 점점 더 유리해질 것 같은 확신이 들었던 것이다. 진저는 서서히 출입구 쪽으로 가서 문 가장자리에 한 손을 얹었다. 그러나 그녀가 막 문을 밀어서 열고 바깥 복도를 통해 거실 쪽을 힐끗 내다보려던 순간, 그녀는 불현듯 그가 불과 몇 인치 떨어지지 않은 다른 쪽 문짝 뒤에서 그녀가 먼저 움직이기를 기다리고 서 있을 것 같은 느낌이 들면서 소름이 쫙 끼쳤다.

진저는 잠시 멈칫하더니 숨을 죽인 채 귀를 기울였다.

몹시 조용했다.

그녀는 문짝에 귀를 대고 무슨 소리가 나나 귀를 기울여 보았으나 아무런 소리도 들리지 않았다.

칼을 잡고 있는 손이 온통 땀에 젖어 축축해졌다.

급기야 그녀는 문의 끄트머리를 잡고 문이 반쯤 열릴 때까지 안쪽으로 조심스럽게 잡아당겼다. 아무런 총성도 들리지 않자 그녀는 조심스럽게 문틈을 통해 복도를 내다보았다. 살인자는 그녀가 우려했던 대로 바로 코앞에 있지는 않았지만, 복도 맨끝 현관에 있었다. 그는 총을 들고서 공동 복도에서 막 아파트로 다시 들어오는 중이었다. 그는 맨먼저 엘리베이터나 계단에서 그녀를 찾았던 모양이었다. 그러나 그 곳에서 그녀를 찾지 못하자 그는 다시 아파트로 돌아온 것이다. 어쨌든 그는 문을 닫고 굳게 잠근 다음, 그녀가 빠져 나가는 시간을 지연시키기 위해서 문에 사슬을 걸었다. 그녀가 아직 안에 있다는 것을 확신한 것이 분명했다.

그는 물린 목을 역시 물려서 피가 뚝뚝 떨어지고 있는 손으로 잡았다. 비록 아주 가까운 거리에 있지는 않아도 그녀는 그가 씨근거리는 숨소리를 들을 수 있었다. 그러나 더 이상 당황하고 있지는 않은 것이 분명했다. 그는 시간이 갈수록 다시 자신감을 되찾은 모양이었다. 금방 죽을지도 모른다고 생각할 거라는 자신의 추측과는 달리, 자신이 살 수 있으리라는 것을 알아챈 것이었다.

현관 가장자리로 움직이면서 그는 눈을 좌우로 돌려 거실과 침실을 살펴보았다. 그 다음 다시 어두운 응접실 아래를 바라보았다. 진저는 마치 그가 바로 자신을 쳐다보는 것같아 잠시 동안 심장이 갑작스럽게 뛰고 정신이 하나도 없었다. 그러나 그는 너무 멀리 떨어져 있어서 겨우 1인치쯤 열려져 있는 문틈을 통해서 진저를 발견할 수는 없었다. 그녀 쪽으로 곧장 오는 대신 그는 침실로 들어갔다. 그는 그녀가 없다는 것을 확신한 듯이 단호하게 움직였다.

그녀는 불행하게도 자신의 계획이 더 이상 아무 쓸모도 없다는 것을 깨달으면서 조심스럽게 부엌 문을 닫았다. 그는 폭력에 관해서는 잔뼈가 굵은 프로였다. 비록 처음에는 예기치 못한 그녀의 광폭한 기습에 크게 당황하기도 했지만, 그는 이내 평정을 되찾았다. 그가 침실과 벽장을 뒤지고 있을 즈음이면, 그는 완전히 평정을 되찾아 다시 한번 근사하게 잔머리를 굴릴 것이다. 그는 부엌으로 서슴없이 들어서서 자신을 호락호락 공격대상으로 만들지는 않을 것이다.

그녀는 빨리 아파트를 벗어나야 했다. 그것도 아주 빨리.

그녀는 정문으로 갈 수 있는 가망이 전혀 없었다. 그는 이미 침실을 거의 다 뒤졌고 다시 복도로 오고 있는 중일 것이다.

진저는 칼을 바닥에 내려놓았다. 그녀는 스웨터 밑으로 손을 넣어서 망가진 브래지어를 잡아 빼어 바닥에 떨어뜨렸다. 진저는 조용히 식탁 근처로 다가가 창문의 커튼을 떼어 내고는 화재 대피용 비상 계단을 내다보았다. 그녀는 조용히 걸쇠를 비틀어 풀고서 아래쪽 창틀을 위로 밀었다. 운 나쁘게도 그 소리는 전혀 작은 편이 못 되었다. 나무로 만든 창틀은 겨울철 습기에 부풀어서 삐거덕거리는 마찰음을 내며 둔탁하게 움직였다. 오랫동안 열려진 적이 없었던 창문은 줄곧 둔탁하게 탕하는 소리와 덜커덩거리는 유리 소리를 내면서 조금씩 열려졌다. 진저는 분명 괴한이 그 소리를 들었을 거라고 짐작했다. 그녀는 그가 복도를 따라 달려오는 소리를 들었다.

그녀는 급히 창 밖으로 기어 나가서 화재 대피용 철제 계단을 따라 내려가기 시작했다. 매서운 겨울 바람이 그녀를 때렸고 송곳처럼 찌르는 영하의 혹한이 뼈 속에 파고 들었다. 금속 계단은 지난밤 몰아친 눈보라로 얼음 더깨가 덮여 있었고, 난간에 고드름이 매달려 있었다. 지그재그식으로 되어 있는 그 계단의 위험 천만한 상태에도 불구하고, 그녀는 빨리 내려가야만 했다. 그렇지 않으면 총알이 그녀의 뒤통수를 박살내고 말 것이다. 계속해서 발이 미끄러질 뻔했다. 장갑을 끼지 않은 손으로 얼어붙은 계단을 꼭 붙잡기는 힘든 일이었다. 그러나 얼음이 얼지 않은 쇠난간을 붙잡고 있기란 더욱 힘든 노릇이었다. 심장이 얼어붙을 듯한 혹한으로 하도 난간이 차가워져서 살살 잡기만 해도 손의 살갗이 벗겨져 나갈 지경이었다.

그 다음 층계참에서 겨우 계단 네 칸을 남겨 놓고 있을 때 그녀는 누군가가 뒤에서 자신의 욕을 해대는 소리를 들었다. 얼핏 뒤를 돌아보았을 때 파블로의 살인자가 거의 정신나간 듯이 그녀를 붙잡으려고 부엌 창문에서 빠져 나오고 있었다.

진저는 서둘러서 다음 계단으로 발걸음을 내딛었다. 얼음은 톡톡히 제구실을 했다. 그러나 발이 마지막 계단 세 칸을 남겨 두고 미끄러지면서 그녀는 층계참으로 굴러 떨어졌다. 옆으로 추락하는 바람에 등의 통증이 다시 되살아났다. 그녀의 추락으로 쇠창살을 덮고 있던 얼음이 산산조각이 났다. 커다란 덩어리들은 화재 대피용 계단의 아래쪽으로 우수수 떨어져 부서지며 내리면서 요란한 소리를 냈다.

윙윙거리며 몰아치는 바람 소리 덕분에 총성도 휙휙거리며 속삭이는 소리처럼 묻혀 버렸지만, 진저는 바로 코앞 얼마 떨어지지 않은 철제 계단에서 불꽃이 튀겨 나가는 것을 보았다. 그녀는 간신히 총알이 빗나간 거라는 사실을 잘 알고 있었다. 그녀가 다시 고개를 쳐들었을 때 살인자가 그녀를 겨누고 있는 것이 보였다. 그러다가 그가 미끄러져서 층계를 구르는 것도. 그는 앞으로 실족해서 곧바로 그녀 위로 떨어질 것 같았다. 그는 자제할 수도 없을 만치 빠르게 계단 아래로 굴러 떨어지는 가운데 추락을 멈추려고 난간을 세 번이나 움켜잡으려는 시도를 했다.

그는 등을 바닥에 대고서 한 손으로 층계를 붙잡고, 다리 한쪽을 좁은 쇠난간 틈에 집어 넣으려고 버둥거렸다. 다른 쪽 팔로 떨어지지 않도록 난간을 꽉 붙잡을 수 있었기에 그는 겨우 추락을 면하였다. 그의 손에는 아직도 총이 들려 있었지만, 한 손만으로 균형을 잡기가 힘들었기 때문에 그는 그녀를 즉시 재공격할 수가 없었다.

진저는 급히 버둥거리며 일어서서 최대한 빨리 아래로 내려가려고 했다. 그러나 그녀가 마지막으로 다시 한번 살인자를 얼핏 쳐다보았을 때, 그녀는 그의 외투에 붙어 있는 단추에 시선이 사로잡혔다. 그런 겨울날의 어둠 속에서 색깔을 가진 물체라고는 그것밖에 없었다. 오른쪽 앞발을 들고 있는 사자 형상으로 장식된 화려한 황동 단추. 그것은 눈에 익은 영국식 문장의 보조 마크였다. 전에 그녀가 다른 운동복이나 스웨터나 코트 따위에 달려 있던 그것과 비슷한 단추에서 특별한 것을 느껴본 적은 한번도 없었다. 그러나 그 순간 그녀의 시선은 그 단추에 고정되었고, 오직 그 단추만이 실재하는 것처럼 보였다. 주위의 다른 모든 것들은 희미해서 보이지 않았다. 뼈 속까지 구석구석 사무치도록 차갑고 거세게 몰아치던 바람마저도 단추에 대한 그녀의 의식을 흔들지는 못했다. 오직 그 단추만이 그녀의 관심을 끌었으며, 그것들은 그녀에게 괴한에 대한 두려움보다도 훨씬 더 강력한 힘을 가진 공포심을 생기게 만들었다.

"안 돼!"

그녀는 자신에게 일어나고 있는 일을 부인하듯 말했지만 그건 아무 소용도 없는 짓이었다. 바로 그 단추들.

"안 돼!"

바로 그 단추들. 가정할 수 있는 모든 상황 가운데서도 그녀가 자제력을 잃기에는 가장 최악의 시간과 장소였다.

그녀는 그 공격을 막아낼 수가 없었다. 3주 만에 처음으로 진저는 꼼짝할 수 없을 정도로 이성을 잃게 만드는 공포감에 압도되었다. 그것은 그녀 스스로를 너무나 작고 무기력하게 만들었다. 진저는 자신의 운명이 이미 다 결정지어져 버린 것처럼 느꼈다. 그것은 그녀를 무작정 도망쳐야 하는 이상하고 빛도 없는 캄캄한 전경 속으로 몰아넣었다.

단추에서 눈길을 돌리고서 그녀는 계단을 밟지 않고 곧장 바닥으로 뛰어내렸다. 완전한 암흑에 휩싸인 가운데, 그녀는 자신의 무모한 비행으로 결국 다리가 부러지거나 척추가 다치게 될지도 모른다는 것을 잘 알고 있었다. 그녀는 온몸이 마비된 채 땅바닥에 널부러질 테고, 그러면 그 살인범은 그녀에게 다가와 그녀의 머리에 대고 총을 쏠 것이다.

암흑.

추웠다.

다시 의식을 찾았을 때, 진저는 파블로가 살고 있던 건물에서 뉴베리 스트리트를 따라 얼마나 떨어져 있는지 모를 만한 거리에 위치한, 연립주택 뒤의 밖으로 난 지하실 계단 발치의 음지에서 낙엽과 눈 속에 아무렇게나 누워 있었다. 등줄기를 따라 묵직한 통증이 전해졌고 몸이 욱신거렸다. 오른쪽 전체가 쿡쿡 쑤셨다. 왼쪽 손바닥은 하도 심하게 부벼댄 탓에 껍질이 벗겨진 채 화끈거렸다. 그러나 무엇보다도 혹독한 추위는 제일 참기 어려웠다.

바닥에서 올라오는 눈과 얼음의 냉기가 몸속으로 파고들었다. 기대고 앉아 있는 콘크리트 옹벽에서부터 서리가 스며들었다. 으스스한 바람이 마치 살아있는 동물처럼 왕왕거리면서 가파른 계단 위의 층계참을 지나 불어왔다.

얼마나 오랫동안 거기에서 그렇게 웅크리고 있었는지 진저 자신도 알 수 없었다. 그러나 확실한 건 폐렴에 걸리지 않으려면 즉시 움직여야만 한다는 것이다. 하지만 살인자가 그녀를 찾으려고 이 근처를 뒤지고 있을지도 모른다. 그녀가 눈에 띄기라도 하는 때면 그는 다시 추적을 계속할 것이므로, 진저는 잠시 그 곳에서 기다리기로 했다.

그녀는 그렇게 얼음으로 전체가 뒤덮인 비상용 계단을 기어내려와서, 어떤 복잡한 경로를 통해서 그랬던간에 목이 부러지지 않고서 지금 몸을 숨기고 있는 곳까지 뛰어내려왔다는 게 몹시 놀라웠다. 정신이 몽롱한 상태에서 그녀는 겁에 질린 분별없는 동물의 비참한 상황으로 타락해서, 마치 동물처럼 질주하여 무사히 착지를 할 수 있었던 게 분명했다.

바람과 추위는 부지런한 장의사처럼 그녀로부터 체온을 계속 빼앗아 갔다. 좁다란 회색 콘크리트 계단통이 점점 더 뚜껑 없는 석관처럼 느껴졌다. 진저는 이제 가 봐야 할 시간이라고 생각했다. 그녀는 천천히 일어났다. 조그만 뒤뜰은 거리 양쪽에 있는 다른집들의 정원이나 마찬가지로 황폐했다. 얼음 껍질처럼 굳어 버린 눈과 몇 그루 안 되는 헐벗은 나무들. 겁을 줄 만한 것은 아무것도 없었다. 그녀는 몸을 와들와들 떨고 코를 훌쩍거리며 눈물을 참으려고 눈을 깜박거렸다. 계단을 기어올라 그 집 뒤쪽과 조그만 뜰 끝에 있는 문을 연결시키고 있는 벽돌 보도를 따라 걸었다.

그녀는 뉴베리 스트리트로 다시 돌아가는 길을 찾아서 전화를 걸어 경찰을 부르려고 했지만, 대문 앞에 다다르자 그 계획은 불현듯 까맣게 잊혀졌다. 문 기둥 양쪽에는 호박색 창유리로 된 철제 세공을 한 휴대용 전등이 있었다. 등은 우연히 불을 켠 채로 놓아 둔 것이 아니면, 음산한 겨울 아침 날씨를 황혼 무렵으로 착각하고 솔레노이드가 저절로 작동되어 켜져 있는 것일지도 모른다. 그 등들이 전등이기는 해도 가스등을 모방한 깜박등이라, 등 유리는 호롱불처럼 가물거리며 춤추듯 빛나고 있었다. 그 누르스름한 광채가 퍼덕거리며 흔들리는 모습은 진저의 호흡을 멈추게 하였고, 그녀는 다시 한번 이유를 설명할 수 없는 급작스런 공포 속에 내던져졌다.

안 돼. 다시는 안 돼!

그렇게 마음속으로 외쳐 보았지만, 그녀는 다시 그렇게 되고 말았다. 안개처럼 모든게 흐려졌다. 무의 상태였다. 아무것도 없었다.

더욱 추워졌다.

발과 손의 감각이 없어졌다.

그녀는 분명히 뉴베리 스트리트에 다시 와 있었다. 그녀는 세워져 있는 트럭 밑에 쪼그리고 있었다. 오일 팬 밑의 어두운 그늘 속에 누워서 그녀는 밖을 슬쩍 내다보았다. 거리 맞은편에 서 있는 차들의 바퀴가 힐끗 보였다.

은신. 일시적으로 의식을 잃었다가 다시 깨어날 때면, 그녀는 언제나 말할 수 없는 두려운 무엇인가로부터 몸을 숨기고 있었다. 그날은 물론 파블로를 죽인 살인범으로부터 몸을 숨긴 것이었다. 하지만 다른 날들은 어떻게 된 거지? 대체 무엇으로부터 몸을 숨긴 것일까? 그때까지도 그녀는 살인자로부터 뿐만 아니라 떠오를 듯 하면서도 감질나게 기억의 주변을 맴도는 무엇인가로부터 피신했다. 그녀가 네바다에서 보았던 무엇인가로부터……무엇인가로부터…….

"아가씨? 이봐요, 아가씨?"

진저는 눈만 껌벅거리고 있다가 한참 만에 소리가 나는 쪽으로 고개를 돌려 보았다. 그녀는 무릎과 손을 바닥에 짚고서 기는 자세로 아래쪽을 내려다보고 있는 사람을 보았다. 순간적으로 그녀는 그가 바로 살인범일 거라고 생각했다.

"아가씨, 무슨 일이에요?"

그러나 자세히 보니 그 사람은 살인자가 아니었다. 분명히 그 살인자는 그녀를 빨리 찾을 수 없자 포기하고 도망쳐 버린 것 같았다. 지금 이 사람은 전혀 본 적도 없는 사람이었다. 낯선 사람이 그렇게 반갑기는 처음인 것 같았다.

"도대체 이 밑에서 무엇을 하고 있는 거요?"

그가 물었다.

그녀는 자기 연민으로 가슴이 벅차 올랐다. 마치 미친 사람이 발광하듯이, 옆집을 통해 정신없이 도망쳐 나온 자신의 모습이 어떻게 보일까 하는 것을 그녀도 의식하고 있었다. 그녀에게서 모든 기품이 사라져 버렸다.

그녀는 머뭇거리다가 그녀에게 말을 건 남자가 내민 장갑 낀 손을 붙잡았다. 그리고 그의 도움을 받아 트럭 밑에서 빠져 나왔다. 그 차는 메이플라워 이삿짐 센터의 운반 트럭이었다. 트럭의 뒷문이 열려 있었다. 그녀는 안을 슬쩍 들여다보았고 그 곳에서 상자들과 가구들을 보았다. 그녀를 트럭 밑에서 꺼내 준 청년은 젊고 늠름해 보였으며, 가슴에 메이플라워라는 마크를 자수로 새긴 두툼한 누비 작업복을 입고 있었다.

"무슨 일이 있으셨나요?"

그가 물었다.

"누가 댁을 쫓아왔나요?"

그 청년이 말하는 사이, 진저는 반 블록쯤 떨어진 교차로 한가운데에 고장난 신호등 앞에 경찰관 한 명이 서 있는 것을 발견했다. 그녀는 그 경찰관을 향해 달려갔다.

그 청년은 그녀를 부르면서 따라왔다.

그녀는 자신이 어쨌든 뛰었다는 사실에 놀랐다. 그녀는 마치 온몸이 추위와 통증으로 똘똘 뭉쳐진 생물처럼 느껴졌었다. 아직도 그녀는 윙윙거리는 바람 속을 달리고 있었다. 하수구는 눈 덩어리로 가득 찼고, 거리는 거의 마른 제빙제 위에 차들이 달리면서 만든 타이어의 줄무늬가 새겨져 있었다. 달려오는 차들로부터 몸을 피하면서 그녀는 경찰이 있는 쪽으로 달려갔다. 그러면서 공포감에서 소리쳤다.

"사람이 죽었어요. 살인 사건이에요! 저기 좀 가 보세요. 살인이에요!"

그러자 아일랜드 사람처럼 넙적한 얼굴을 한 경찰이 근심스러운 얼굴로 그녀에게 달려오기 시작했다. 그때 경찰의 두툼한 동계 제복에 달려 있는 황동 단추를 보자, 그녀는 다시 모든 것을 잊어버렸다. 그것은 살인자가 입었던 옷에 달려 있던 것과 똑같은 것은 아니었지만, 사자와 비슷한 다른 동물이 앞발을 들고 있는 모습을 한 것이었다. 그러나 단추를 한 번 얼핏 본 것만으로도, 그녀의 생각은 금세 트랭퀼러티 모텔에서의 수수께끼 같은 사건이 일어났던 당시에 그녀가 보았던 단추들에 대한 기억으로 흘러갔다. 금지된 어떤 회상들이 표면으로 떠오르기 시작했고, 그것은 아즈라엘 트리거를 잡아당겼다.

그녀가 자제력을 잃고 그녀 혼자만 숨을 수 있는 어둠 속으로 도망치는 순간, 그녀가 마지막으로 들은 소리는 절망감에 찬 그녀 자신의 애처로운 울음소리였다.

몹시도 추웠다.

그날 아침 최소한 진저에게는 보스턴이 세상에서 가장 추운 곳이었다. 살 속으로 파고 들어와 뼈 속까지 꽁꽁 얼어붙도록 만드는 매섭고 쌀쌀한 정월의 추위는, 몸뿐만 아니라 영혼까지도 얼어붙게 만드는 것 같았다. 몽롱한 상태에서 깨어나 주위를 둘러보니 그녀는 얼음과 눈이 쌓인 땅바닥에 앉아 있었다. 그녀의 손과 발은 꽁꽁 얼어붙어서 뻣뻣하게 굳어 있었다. 입술은 갈라져서 엉망이었다.

이번에 몽환 상태에 빠져서 그녀는 고층 건물의 각진 벽이 건물 정면의 평면 부분과 마주보고 있는 그늘진 구석에 쭉 늘어선, 잘 다듬어진 덤불과 벽돌 건물 사이의 좁은 공간을 피난처로 택했다. 전에 아가시즈 호텔이 있던 자리이자, 파블로의 아파트가 있는 자리였다. 그녀는 거의 한 바퀴를 돌아 제자리로 돌아온 셈이었다.

누군가가 다가오는 소리가 들렸다. 눈옷을 입은데다 얼음으로 장식을 한 관상목들의 회백색 나뭇가지 사이에서, 진저는 인도와 앞뜰의 잔디밭을 갈라 놓은 나지막한 철 세공을 한 담장 위로 누군가가 기어올라가고 있는 것을 보았다. 그가 누구인지 자세히 보이지는 않았으며, 단지 부츠를 신은 발이라든가, 파랑색 바지를 입은 다리라든가, 두툼한 네이비 블루 롱코트 등이 그녀가 볼 수 있는 전부였다. 하지만 그가 잔디밭의 좁은 통로를 지나 관상목 쪽으로 오는 것을 보고서 그녀는 그가 누구인지를 알았다. 그녀가 되돌아서 도망쳤던 바로 그 교통 경찰이었다.

그의 코트에 달려 있는 단추를 보자 진저는 다시 두려움에 휩싸여서 눈을 질끈 감아 버렸다.

어쩌면 원상대로 복귀시킬 수 없을지도 모르는 그러한 심리적 손상은, 그녀가 겪은 세뇌의 부작용이자 맹렬하게 정체를 알리려고 기를 쓰고 있는 날조된 기억들에 의해 생긴, 엄청난 힘을 가지고 끊임없이 계속되는 스트레스들로 인한 불가피한 결과였다. 비록 그녀를 위해서 파블로가 했던 것 같은 그런 일들을 해 줄 수 있을 만한 다른 최면술사를 찾아냈다 하더라도, 어쩌면 그런 메모리 블록을 깨거나 심리적 압박에서 그녀를 구해낼 수 있는 길이 없을지도 모를 것이다. 두 경우 모두 그녀의 상태를 더 악화시킬 수밖에는 없을 것이다. 만일 어느 날 아침에 그녀가 갑작스럽게 세 번째로 그런 몽환 상태를 겪게 된다면, 그 이후에 있을 몽환 상태를 막아 줄 방법은 무엇일까?

그 경찰이 신고 있는 부츠는 진눈깨비가 표면에 얇게 덮여 있는 눈밭을 지나면서 시끄럽게 저벅거리는 소리를 냈다. 그는 그녀 앞에서 걸음을 멈추었다. 그가 덤불 사이를 헤치며 그녀가 숨어 있는 곳을 찾는 소리가 들렸다.

"이봐요, 아가씨! 무슨 일이에요? 살인 사건 어쩌구 소리치셨잖아요, 아가씨?"

이대로 그녀가 다시 몽환 상태로 빠져 든다면 영원히 그런 상태로 남아 있게 될지도 몰랐다.

"지금 뭐라고 소리를 치셨죠?"

경찰이 안타까운 듯이 물었다.

"아가씨! 뭐가 어떻게 됐는지 말씀해 주시지 않으면 제가 도와드릴 수가 없잖아요."

만일 자신이, 타인의 친절의 표시에 대해 우호적이고 적극적으로 대응

해 주지 못한다면 제이콥 바이스의 딸이 아니라고 생각하자, 경찰의 염려는 마침내 그녀의 마음에 감명을 주었다. 그녀는 눈을 뜨고 그의 코트 맨위에 달려 있는 황동 단추를 올려다보았다. 그것을 보아도 그녀에게 가증스러운 암흑이 닥쳐오지는 않았다. 하지만 그것은 별 의미가 없는 일이었다. 검안경이나 검은 장갑, 그리고 기타 그녀의 기억에 대해 방아쇠 구실을 했던 다른 물건들도 그녀가 자기 자신을 그것들과 다시 대면하게 했을 때는 아무런 영향을 주지 않았었다.

얼음이 부서지는 소리를 내면서 경찰은 덤불 사이를 비집고 들어왔다.

"그들이 파블로를 죽였어요. 파블로를 죽였다구요."

그녀는 말했다.

자신의 상황에 대한 그녀의 비탄감은 죄책감이 몰려들면서 더욱 심해졌다. 1월 6일은 그녀 자신의 인생에서 영원히 잊을 수 없는 가장 끔찍한 날이었다. 파블로는 그녀를 도우려고 했기 때문에 죽은 것이다.

그것도 그렇게 추운 날에.

5

길에서의 사건

1월 6일 월요일 아침 돔 콜베이시스는 전문 회사에서 일정 기간 동안 빌린 시보레를 타고 예전에 살았던 포틀랜드를 천천히 돌았다. 그는 18개월도 훨씬 더 된 과거에 오레곤을 떠나 유타 주의 마운틴 뷰우를 향해 떠났을 당시의 분위기를 다시 찾아보려고 애썼다. 여지껏 그가 본 중에서 가장 심하게 퍼붓던 폭우는 거의 새벽녘이 돼서야 멈추었다. 아직까지 수평선에는 구름이 잔뜩 낀 채 흐려 있었지만, 이제 하늘은 불타 버린 전장처럼 회색 중에서도 특별히 가루가 될 듯이 바싹 마른 듯한 색조를 띠고 있었다. 마치 폭탄처럼 떨어지는 모든 빗줄기를 전부 쏟아 부은 구름 뒤에 불꽃이 숨어 있기라도 한 것 같았다. 그는 차를 타고 대학의 캠퍼스 이곳저곳을 돌다가 눈에 익은 풍경이 나타나면 지나간 시절의 느낌이나 분위기를 불러일으키도록 차를 세우곤 했다. 그는 자신이 살았던 아파트에서 차도를 가로질러 차를 잠시 세워 두었다. 아파트 창문을 올려다보면서 그는 당시의 자신의 모습을 되찾아보려고 애썼다.

그는 지금의 자신과는 또 다른 돔 콜베이시스가 인생을 바라보던 소심함을 상기하는 일이 무척 어렵다는 사실이 놀라웠다. 자신이 살아왔던 방식을 생각해 낼 수는 있었지만, 그런 기억들에 대해서 친밀감이라든가 가슴이 아프다든가 하는 감정은 전혀 없었다. 그는 그런 옛 시절을 다시 그려 볼 수는 있었지만, 마음속으로 절실하게 느낄 수는 없었다. 그것은 그가 그럴 가능성에 대해서 얼마나 두려워하는가 하는 문제와는 상관없이 자신이 절대로 다시 예전의 돔이 될 수 없다는 것을 뜻하는 것 같았다.

그는 자신이 재작년 여름 여행을 하는 도중에 끔찍한 무언가를 보았다는 것과 소름끼치도록 기괴한 무슨 일인가가 자신에게 저질러졌다는 확신이 들었다. 하지만 그런 확신은 풀리지 않는 의문과 함께 모순을 낳는 것이기도 했다. 한 가지 의문점이라고 말할 만한 것은, 그 사건이 그에게 긍정적인 변화를 일으켰다는 것을 부정할 수 없다는 점이었다. 고통과 두려움이 가득 찬 경험이라면 어떻게 그의 사고 방식에 이로운 변화를 줄 수 있었던 것일까? 그것에 대한 모순이라면, 그의 성격에 이로운 영향을 주었음에도 불구하고 그 사건은 그의 꿈을 공포로 가득 채우고 있다는 사실이었다. 그가 겪은 고된 체험은 어떻게 그를 겁먹게 하는 동시에 그에게 긍정적인 영향을 미치기도 할 수 있으며, 두려운 동시에 그를 향상시킬 수도 있다는 말인가?

만일 해답을 찾을 수 있다고 한다면, 그것은 그 곳 포틀랜드에서가 아니라 바깥의 고속 도로상에 있을 것이다. 그는 엔진에 시동을 걸고 기어를 넣은 다음, 예전에 살던 아파트 건물에서부터 차를 빼서 문제를 찾으러 출발했다.

포틀랜드에서부터 마운틴 뷰우까지 곧장 갈 수 있는 지름길은 80번 주간 고속 도로부터 시작되었다. 그러나 돔은 19개월 전에 자신이 그랬던 것처럼 더 돌아가는 코스이기는 하지만 5번 도로를 향해 남쪽으로 차를 몰았다. 특별했던 그 해 여름에 그는 도박을 다룬 단편 소설 시리즈에 관한 소재를 찾기 위해서 잠시 리노에 들러 며칠 간 머물기로 예정되어 있었기 때문에 굳이 지름길로 갈 필요가 없었다.

현재 그는 시보레를 타고 눈에 익은 고속 도로를 따라 달리고 있었다.

그는 속력을 계속 50마일 이하로 조절하면서 달렸으며, 가파른 언덕에서는 40마일까지 속력을 낮춰서 차를 몰았다. 문제의 6월 바로 그날 그는 트레일러를 몰고 있었는데다, 그 당시에는 제대로 경치를 즐기지 못했기 때문이었다. 예전처럼 그는 유진에서 차를 멈추고 점심을 들었다.

자신의 기억을 자극시켜서 이전의 여행에서 일어났던 수수께끼 같은 사건들을 연결시키는 고리를 제공해 줄 만한 것을 찾아내기를 바라면서, 돔은 지나쳐 온 조그만 마을들을 대충 훑어보았다. 그러나 자신의 심기를 불편하게 만들 만한 것은 아무것도 보지 못했으며, 그랜츠 패스까지 오는 길 내내 나쁜 일은 아무것도 일어나자 않았다. 그는 스케줄대로 그날 저녁 6시가 조금 못 되서 그 곳에 도착했다.

그는 18개월 전에 투숙했었던 모텔에 머물렀다. 그는 전에 묵었던 객실 호수를 기억해 냈다. 그 방은 10호실로 청량 음료와 아이스크림을 파는 기계 근처였다. 그 기계들이 신경을 곤두서게 하는 시끄러운 소리를 내는 바람에 거의 밤에 제대로 잠을 못 잤던 곳이라 금세 기억할 수 있었다. 그 방은 마침 손님이 들지 않았고, 그는 그 방이 자신에게 감정적인 연상 작용을 한다는 식으로 종업원에게 모호하게 설명했다.

그는 모텔에서 길 건너편에 있는 같은 가게인 레스토랑에서 식사를 했다.

그는 '사톨트'를 찾아보았다. 그것은 "갑작스런 계몽", 즉 의미 심장한 계시를 뜻하는 선(禪)의 용어였다. 하지만 계몽은 그에게 찾아와 주지 않았다.

하루 종일 그는 백미러를 통해서 자신을 미행하는 사람을 찾게 되기를 바랐었다. 저녁 식사를 하는 동안에도 그는 다른 손님들의 모습을 은밀히 관찰했다. 그러나 정말로 그가 미행을 당하고 있었다면, 그를 미행하는 자는 대단히 노련한 솜씨를 가진 녀석인 모양이었다.

9시쯤 돼서 그는 자신의 방에서 전화를 거는 대신 근처의 전신 서비스 스테이션-ㅣ 공중 전화를 걸러 나갔다. 그는 크레디드 카드를 가지고 라구나 비치의 또 다른 공중 전화의 번호로 전화를 걸었다. 미리 약속한 대로 파커 페인은 그날 일찌기 돔 대신 모아 온 우편물에 관해 보고할 준비를 하고서 거기서 기다리고 있었다. 어느 쪽에서든 그들의 전화가 도청될 가능성은 거의 없었다. 그러나 신경을 거슬리게 만드는 폴라로이드 스냅 사진 두 장에 관한 이야기를 듣고 나서, 돔은 이번 경우에는 신중함과 과대 망상증이나 마찬가지 말이라는 생각을 했고, 파커도 그 말에 동감을 나타냈다.

"세금 청구서랑 선전물들이야. 다른 이상한 메시지나 폴라로이드 사진은 더 없어. 자네 쪽은 어떻게 되어가고 있나?"

파커가 물었다.

"지금까지는 아무것도 없어."

돔은 피곤한 듯이 플렉시 유리와 알루미늄으로 만든 공중 전화 부스 벽에 기댔다.

"어젯밤 잠을 제대로 못 잤어."

"하지만 돌아다닌 건 아니었겠지?"

"아직 매듭을 한 개도 풀지 못했어. 어제 악몽을 꾸었네. 또 달에 관한 꿈이었어. 자네 그 공중 전화까지 누가 따라오지 않았나?"

"누군가 눈에 거의 안 보일 정도로 바싹 마른데다 눈을 속이는 데 대가가 아니라면 없었네. 그럼 내일 밤 다시 여기로 전화하게나. 그들이 이 전화를 도청할까 봐 걱정할 필요는 없을 것 같네."

파커가 말했다.

"우리가 말하는 걸 들으면 꼭 두 사람 다 미친 놈 같겠군."

돔이 말했다.

"난 뭔가 재미있는데. 경찰과 도둑이 쫓고 쫓기는 것 같기도 하고, 숨바꼭질을 하는 것 같기도 하고, 스파이 노릇을 하는 것 같기도 하고…… 난 어렸을 때 늘 그런 게임을 잘했거든. 이보게, 친구. 자네는 그저 잘 버티기나 하라구. 그리고 만일 도움이 필요하면, 내가 금세 달려가겠네."

"알았네."

돔이 대답했다.

그는 차갑고 축축한 바람 속을 헤치고 모텔로 다시 돌아왔다. 포틀랜드의 호텔에서 그랬던 것처럼, 그는 새벽까지 세 번이나 잠에서 깨어났다. 매번 기억나지 않는 악몽에서 뭔가가 떠오르려는 순간, 늘 달에 관해 뭐라고 소리를 지르면서.

1월 7일 화요일 돔은 아침 일찍 일어나 차를 몰아 새크라멘토까지 간 다음 80번 주간 고속 도로를 타고 리노를 향해 동쪽으로 달렸다. 차를 몰고 가는 동안 거의 내내 차가운 은빛 비가 내렸다. 시에라 산맥의 작은 언덕에 다다랐을 무렵, 눈이 내리기 시작했다. 그는 알코 정비소에서 잠시 차를 세우고 산으로 들어서기 전에 스노우 체인을 사서 끼웠다.

재작년 여름 그랜츠 패스에서부터 리노까지 가는 데 10시간도 넘게 걸렸었지만, 이번에는 시간이 훨씬 더 오래 걸렸다. 마침내 그는 전에 묵었던 해러 호텔에 방을 정하였고 공중 전화에서 파커 페인에게 전화를 걸고 나서 커피숍에서 저녁을 한술 뜨고 나자 너무 피곤한 나머지 리노의 지방 신문 한 부를 집어 들고서 그대로 방으로 돌아왔다. 그날 저녁 8시 반에 그는 내의 차림으로 침대에 앉아 제버디어 로우맥에 관한 기사를 읽었다.

달에 미친 사나이의 재산
50만 달러 상당해

리노 ―크리스마스 당일 달에 대한 해괴한 강박 관념으로 인해 결국 자살한 것으로 밝혀진 제버디어 해롤드 로우맥 씨(50)는 시가 50만 달러가 넘는 재산을 남긴 것으로 알려졌다. 사망자의 여자 형제이자 로우맥 씨의 유언 집행인으로 지정된 엘리에이너 올시에 의해 유언 검인 재판소에 제출된 서류들에 의하면, 대부분의 자금은 여러 종류의 저축과 대부 협회의 예금 증서들과 채무용 증권들이다. 로우맥 씨가 살았던 와스 밸리로드 1420번지의 중간 수준의 집은 감정 시가 3만 5천 달러에 불과하다.

전문 도박사인 로우맥 씨는 주로 포커 게임으로 부를 축적한 것으로 전해지고 있다. 역시 전문 도박사이자 라스베가스의 비니온즈 호스슈 카지노에서 열린 세계 포커 챔피언 대회의 지난해 우승자이기도 한 리노의 시드니 "이에라 시드" 카포크는, "그는 내가 알고 있는 선수들 중에서 가장 뛰어난 솜씨를 가진 사람 중의 하나였다"고 말했다.

"다른 사람들이 야구나 수학이나 화학 따위에 관해서 자연적으로 요령을 익히는 식으로, 그는 겨우 꼬마였을 때 카드에 눈을 떴죠."

카포크나 그 외의 로우맥 씨의 친구들의 말에 의하면, 만일 그가 주사위 게임에 약하지만 않았다면 그 도박사의 재산은 훨씬 더 불어났을 것이라고 전했다.

"그는 주사위 게임을 하는 테이블에서 자신이 딴 돈의 절반 이상을 도로 잃었죠."라고 가포크는 말했다.

크리스마스 밤, 엽총이 발사되었다는 이웃 주민들의 신고에 따라 출동한 리노 경찰의 경관들은, 쓰레기들이 너절하게 흐트러져 있던 그의 집 부엌에서 로우맥 씨의 시체를 발견했다. 더 상세한 수사 결과에 따르면 경찰들은 벽과 천장, 그리고 가구들을 온통 장식하고 있는 달의 사진들이 무려 수천 장이나 발견됐다고 밝혔다.

그 외에도 기사 내용이 더 많았으며, 그 이야기는 지난 2주 동안 그 지방의 화제 거리가 되었음이 분명했다. 돔은 점점 커져 가는 호기심과 불안을 느끼면서 그 기사를 읽었다. 그럴 가능성은 거의 없지만, 젭 로우맥의 달에 대한 강박 관념은 돔 자신의 문제들과 별 관계가 없었다. 우연의 일치일 뿐이다. 그러나……그는 악몽에서 깨어났을 때 그의 가슴을 가득 메웠던, 정확하게 바로 그런 두려움이 용솟음치는 것을 느꼈다. 일종의 공포심이랄까, 전율이랄까, 경외감 같은 감정……그것은 그가 몽유병으로 돌아다니면서 창문에 못을 박으려고 했을 때 그를 엄습한 감정이기도 했다.

그는 그 기사를 여러 번 꼼꼼히 읽어 보았다. 그리고 9시 15분쯤 피곤한데도 불구하고 그는 로우맥의 집을 한번 둘러보기로 마음 먹었다. 그는 옷을 입고 호텔 주차장에서 렌트카를 꺼내 안내인으로부터 와스 밸리 로드로 가는 방향을 알아냈다. 리노는 설선(雪線) 아래에 있어서, 밤 공기가 건조하고 거리는 매우 깨끗했다. 돔은 24시간 영업을 하는 상점인 새브온에 들러 손전등을 샀다. 그는 10시가 조금 지나서 와스 밸리 로드 1420번지에 도착해서 길 건너편에 차를 세웠다.

그 집은 실제로 커다란 현관이 달린 방갈로였고, 뉴스 기사에서 본 것처럼 집 안을 장식하고 있는 모든 것이 수수했다. 대지는 50에이커 정도였다. 지난번 몇 차례 휘몰아쳤던 눈보라는 지붕 위 여기저기와 잔디밭을 뒤덮고 있었고, 그리고 몇 그루의 커다란 소나무의 나뭇가지도 무겁게 덮고 있었다. 창문은 불이 꺼져 캄캄했다.

리노 신문의 기사에 따르면, 로우맥의 여동생인 엘리에이너 올시는 그가 죽은 지 사흘 후인 12월 28일에 비행기편으로 플로리다에서 왔다고 했다. 그녀는 30일에 치러진 장례식을 준비했고, 로우맥의 재산이 처분될 때까지 거기에 머무를 것이라고 했었다. 그러나 그 방갈로가 너무 음산하다 보니, 그녀는 오빠의 집보다는 호텔에 머무는 편이 더 낫다고 생각한 모양이었다.

돔은 법을 준수하는 모범 시민이었다. 남의 집을 침범해 들어간다는 것은 그에게 아무런 스릴도 느끼게 해 주지 못했다. 하지만 강제로 들어가는 수밖에는 그 집을 들여다볼 수 없었기 때문에 그렇게 하지 않을 수 없었다. 그는 내일 엘리에이너 올시에게 자신의 방문을 허용해 달라고 설득할 만한 뚜렷한 용건도 없었다. 신문 기사에 의하면 그녀는 다른 사람들의 짓궂은 호기심 때문에 녹초가 되었고, 얼간이 같은 사람들 때문에 지쳐서 병이 났다고 나와 있었다.

5분 후 로우맥의 방갈로 뒷현관에서 돔은 보통 자물쇠 말고 또 다른 잠금 장치가 달려 있는 것을 발견했다. 그는 현관과 마주보이는 창문으로 들어가기로 했다. 부엌 싱크대 위의 창문은 열려 있었다. 그는 창문을 밀어 열고서 안으로 기어들어갔다.

밖에서 누가 볼까 봐 한 손으로 손전등의 렌즈를 꽉 막고서 그는 좁은 빛줄기를 이용해 부엌을 한번 쭉 훑어 보았다. 그 곳에는 크리스마스날 리노의 경찰들이 발견한 그런 역겨운 광경은 더 이상 없었다. 신문에 의하면, 불과 이틀 전에 로우맥의 여동생이 집을 팔려고 깨끗이 청소를 하기 시작한 탓이었다. 분명히 그녀는 거기서부터 청소를 시작한 모양이었다. 쓰레기는 깨끗이 치워졌고, 조리대도 깨끗했으며, 마루는 먼지 하나 없이 말끔했다. 방안의 공기는 새로 칠한 페인트 냄새로 가득 배어 있었다. 바퀴 벌레 한 마리가 깜짝 놀라 허둥지둥 벽 아래쪽을 따라 도망가서 냉장고 뒤로 숨어 버렸다. 하지만 그 이상 여러 마리가 나타나지는 않았다. 그리고 달의 사진도 없었다.

돔은 문득 엘리에이너 울시와 일꾼들이 너무 집 안을 많이 바꾸어 놓은 것은 아닌가 걱정스러웠다. 어쩌면 젭 로우맥의 망상에 관한 모든 흔적들이 말끔히 지워져 버렸을지도 모른다.

하지만 도미니크가 여린 손전등 불빛으로 거실 안을 비추었을 때, 그런 걱정들은 이내 사라지고 말았다. 거실의 벽과 창문, 그리고 천장에는 아직도 커다란 달 사진 포스터가 붙어 있었다. 그것은 마치 그가 깊은 우주 공간에 빠져 있는 것 같은 기분을 느끼게 만들었다. 분화구가 달린 쉰 개의 달들이 불가능하리만치 서로 가까운 거리에서 궤도를 돌고 있는 혼잡한 영역 속에 있는 것 같았다. 그 영향은 혼란스러운 것이었다. 그는 현기증이 나고, 입술이 바싹 말랐다.

그는 천천히 거실을 벗어나 복도로 갔다. 그 곳에는 수백 장의 달 사진들이 벽에 각각 1인치 간격으로 풀과 스카치 테이프, 보호용 테이프와 스테플러로 가득 붙여져 있었다. 어떤 것들은 칼라 사진이었고 어떤 것들은 흑백 사진이었으며 또 어떤 것은 대형 사진도 있고, 조그만 사진들도 있고, 겹쳐서 찍은 사진들도 있었다. 2개의 침실도 모두 마찬가지로 장식되어 있었다. 어디든지 존재하는 달들은 균류나 거의 마찬가지로 집안 여기저기로 번지고 퍼져서 모든 구석구석에 스며들고 있는 것 같았다.

신문 기사에서는 로우맥이 자살하기 전에 1년 넘게 혼자 그 집에 살았었다고 했었다. 돔은 그 기사의 내용을 굳게 믿었다. 만일 달에 미친 그 누군가가 미켈란젤로처럼 달의 사진을 여기저기서 잘라 집 전체에 더덕더덕 붙여 놓은 그런 작품을 보았다면 사람들은 당장에 그를 정신 병원에 입원시켰을 것이다. 이웃 사람들은 그 도박사가 다정한 친구에서 어느날 갑자기 은둔자로 변해 버렸다고 증언했었다. 분명히 달에 대한 그의 호기심은 재작년 여름부터 시작되었다.

재작년 여름……. 시기가 도미니크의 삶에 변화가 생긴 그때와 묘하게 맞아떨어진다.

시간이 흐를수록 돔은 점점 더 불안해졌다. 그는 이런 무시무시한 전시물들을 만들게 한, 제정신이 아닌 것 같은 그의 행동을 이해할 수가 없었다. 또한 로우맥의 흥분한 정신 상태에 자기 자신을 대입할 수도 없었다. 하지만 그는 로우맥의 두려움이 얼마나 중대한 의미를 가진 것인가 하는 것만은 정말로 역설할 수 있었다. 손전등으로 달의 모습을 비추고 달이 가득한 집안 여기저기를 돌아다니기만 하는데도 그는 목 뒷덜미가 쑤시는 것을 느꼈다. 그 달들은 분명히 로우맥을 홀렸던 것처럼 그를 홀리지는 못했지만, 그는 그 달들을 쳐다보면서 로우맥이 달에 관한 사진으로 집 전체를 도배하게 만든 충동이 돔 자신이 달에 관한 꿈을 꾸도록 만든 충동과 같다는 것을 본능적으로 감지했다.

그와 로우맥은 달이 상징하는 그 무엇이나 혹은 그 자체가 적절하고 강력한 상징이라는 것에 대한 어떤 경험을 같이 나누어 가졌다. 재작년 여름 그들은 같은 시간, 같은 장소에 있었다. 잘못된 시간과 잘못된 장소에서.

로우맥은 억제된 기억으로 인한 스트레스 때문에 미쳐 버린 것이었다.

나도 역시 미치게 될까? 돔은 안방 침실에 서서 천천히 한 바퀴를 둘러보면서 생각했다.

우울한 생각이 그의 뇌리를 스쳐 갔다. 만일 로우맥이 떨쳐 버릴 수 없는 강박 관념으로 인해 자살을 한 것이 아니라, 그 대신 재작년 여름 자신에게 일어난 일을 마침내 기억하게 돼서 자신의 입에 총구를 처넣지 않으면 안 되었을지도 모르는 상황이었다면? 어쩌면 그 기억은 수수께끼 이상으로 훨씬 더 나쁜 것이었을지도 모른다. 만약에 진실이 밝혀진다면, 몽유병과 악몽은 포틀랜드에서 마운틴 뷰우로 가는 동안 일어났던 일보다 훨씬 덜 끔찍하게 보일런지도 모른다.

달들……. 가물거리는 형상의 압박이 격렬할 정도로 더해 갔다. 폐쇄 공포증을 일으키는 벽의 포스터들은 숨조차 쉬기 힘들게 만들어져 있었다. 달들은 그를 기다리고 있는, 알 수 없는 불길한 어떤 숙명의 전조처럼 보였다. 그는 갑자기 그것들로부터 도망쳐야 한다는 절실한 갈망 속에서 비틀거리며 방을 빠져 나갔다.

껑충거리며 까치발로 걸음을 재촉하는 그림자가 까닥까닥 움직이는 손전등 불빛에 의해 채찍질 당하는 가운데, 그는 좝은 복도로 뛰어내려가 거실로 들어갔다. 그러다가 책더미에 걸려 쿵 소리를 내며 넘어졌다. 잠시 그는 멍하니 바닥에 누워 있었다. 하지만 그는 금세 정신이 맑아졌으며 오히려 "도미니크"라는 글자를 응시하고 있는 자신의 모습을 발견하고 충격을 받았다. 그것은 커다란 열두 장의 똑같은 포스터 중 한 장의 사진 위에, 빛나는 달 표면 전체에 걸쳐 펠트펜으로 휘갈겨 쓴 글씨였다. 그는 조금 전에 부엌을 지나갔을 때는 그것을 보지 못했었다. 하지만 넘어진 상태라서 그의 오른손에 든 손전등의 불빛이 정확하게 거기를 비췄던 것이었다.

한기가 돔의 온몸을 지나갔다. 그는 신문에서는 전혀 그런 사실에 대해 읽은 바가 없었다. 하지만 손으로 쓴 그 글씨는 분명히 로우맥의 필체였다. 자신이 아는 한, 아니 그는 그 도박사를 전혀 아는 바가 없었다. 아니면 그것은 터무니없을 정도로 묘한 우연의 일치를 겪은 또 다른 도미니크가 있다고 가정해야 했다.

그는 마루에서 일어나 자신의 이름이 적혀 있는 포스터 쪽으로 두어 발짝 걸어가 사진으로부터 6피트쯤 되는 거리에 멈춰 섰다. 반쯤 그늘이

드리운 손전등의 희미한 불빛 아래서 그는 옆에 붙어 있는 다른 포스터에 쓴 글씨를 보았다. 자신의 이름은 로우맥이 네 개의 달 표면에 휘갈겨 쓴 네 개의 이름 중의 하나에 불과했다. 「도미니크, 진저, 페이, 어니.」 만일 지금은 기억 속에서 지워진 악몽 같은 경험을 로우맥과 함께 했기 때문에 그의 이름이 거기 적혀 있는 것이라면, 비록 도미니크가 그들에 대한 것을 제대로 기억하지 못하고 있는 것일런지는 몰라도 다른 세 사람도 마찬가지로 똑같은 희생자들임에 틀림없다.

그는 폴라로이드 사진에서 본 그 사제를 생각해 보았다. 그가 바로 어니일까?

그러면 침대에 묶여 있던 금발의 그 미녀가 바로 진저일까? 아니면 페이?

그는 한 사람씩 차례차례 그 이름을 불빛으로 비춰 보았다. 또다시 그 이름들을 비추어 보는 동안, 정말로 어둡고 두려운 기억이 그의 마음속을 동요시켰다. 그러나 그것은 그의 잠재 의식 속의 아주 깊은 밑바닥에 남아 있었다. 그것은 어두운 바다의 얼룩덜룩한 표면 바로 아래를 지나 헤엄치는 거대한 대양의 생물체처럼 무정형의 얼룩이었다. 그 존재는 그것이 지나갈 때 잔물결처럼 파도치는 깨침과 물 속에서의 빛과 그림자의 명멸에 의해서만 드러날 수 있는 것이다. 그는 그 기억에 손을 뻗어서 그것을 꽉 움켜잡으려고 노력했다. 하지만 그러면 그럴수록 그것은 더 깊게 잠겨 버리고 사라져 갔다.

로우맥의 집에 들어온 이후, 돔은 공포의 손아귀에 사로잡혔지만 이제는 좌절감이 더욱 거세게 그를 조여 왔다. 그는 빈 집에서 소리를 질러 보았다. 그의 목소리는 달로 도배된 벽에 부딪쳐서 냉랭하게 메아리쳐 왔다.

"왜 기억할 수가 없지?"

물론 그는 그 이유를 알고 있었다. 누군가가 그의 기억 중에서 어떤 부분을 지워 버리면서 그의 정신을 엉망으로 만들어 놓은 것이었다. 하지만 그는 아직도 분노와 두려움에 가득 차서 계속 소리쳤다.

"왜 기억나지 않는 거지? 난 기억해야 해!"

그는 마치 로우맥이 "도미니크"라고 휘갈겨 쓸 때 그의 마음속에 있었던 기억을 그 실체로부터 비틀어서 짜 내는 것처럼, 자신의 이름이 새겨진 포스터를 향하여 왼손을 내밀었다. 심장이 격렬하게 뛰었다. 그는 강렬한 분노로 가득 차서 울부짖었다.

"빌어먹을! 대체 당신들이 누구든간에 난 꼭 기억해 내고 말 거야. 난 꼭 너희들을 기억해 내고 말 거라고. 이 개자식들아! 무슨 일이 있어도 난 꼭 해내고 말 거야."

그가 손을 대지 않았음에도 불구하고, 게다가 그의 손이 거기서 몇 피트 떨어져 있는 곳에 있음에도 불구하고, 갑자기 불가사의하게도 그의 이름이 적힌 포스터가 벽에서 떨어졌다. 그 포스터는 모퉁이 네 군데 전체에 보호용 테이프가 붙어 있었다. 하지만 지퍼가 열리는 것 같은 소리를 내면서 테이프가 뜯어졌고, 마치 바람이 벽에 붙어 있는 포스터 뒤에서 불어오기라도 한 것처럼 벽에서 툭 떨어졌다. 포스터 가장자리가 펄럭이며 바스락거리는 소리를 내더니 그를 향하여 떨어진 것이다. 그는 놀라서 거실을 가로질러 비틀거리면서 뒷걸음질 치다가 다시 책더미에 걸려 하마터면 넘어질 뻔했다.

불안정하하게 흔들리던 손전등이 그로부터 불과 두세 발짝 떨어진 거리에 있는 포스터를 비추었다. 포스터는 눈 높이 정도에 걸려 있었고, 옅은 바람에 의해 제대로 붙어 있지 못한 채 위에서 아래로 굽이쳤다. 처음에는 그의 앞에서 불룩 솟아오르더니 그 다음엔 방향이 바뀌어 구부러졌다. 달의 올록볼록한 표면에 파문이 일자, 로우맥이 자필로 쓴 이름은 마치 바람에 흩날리는 깃발처럼 나부끼며 펄럭거렸다.

환각. 그는 필사적으로 그렇게 생각하려고 애썼다.

그렇지만 그는 그것이 실제로 일어나고 있는 일이라는 것을 잘 알고 있었다.

그는 차가운 공기가 마치 농도가 너무 진한 시럽처럼 느껴져 숨을 제대로 들이쉴 수가 없었다.

포스터가 더 가까이로 떠다녔다.

손이 덜덜 떨렸다. 손전등도 지그재그로 흔들렸다. 불빛이 광택 있는 종이의 굽이치는 표면에 날카롭게 반짝였다.

시간이 멈춘 듯이 생명력을 얻은 포스터가 펄럭거리는 소리만 들리는 것 같은 순간이 지나자, 갑자기 방의 모든 부분에서 요란한 소리가 들려왔다. 포스터를 단단히 붙여 놓았던 테이프가 떨어질 때의 지퍼를 여는 것 같은 소리였다. 천장과 벽, 그리고 창문에 붙여 놓은 다른 포스터들이 동시에 저절로 떨어져 나갔다. 날카롭게 덜거덕거리는 소리와 함께 종이가 휙 떨어지면서 50개의 달들이 사방에서 도미니크를 향해 쏟아져 내리는 것 같았다. 그는 공포와 두려움에 휩싸여 비명을 질렀다.

자신이 내뱉은 고함 소리로 인해서 비로소 그는 자신의 숨통을 누르고 있던 장애물이 제거된 것처럼 숨을 쉴 수가 있게 되었다.

마지막 테이프가 떨어졌다. 50개의 포스터가 움직이거나 심지어는 펄럭이지도 않은 채 공중에 떠 있었다. 마치 무엇인지는 모르겠지만 허공에 풀로 단단히 붙여 놓은 것 같았다. 죽은 도박사의 집은 마치 신도들이 하나도 없는 사원처럼 쥐죽은듯이 고요했다. 어둠을 꿰뚫을 듯한 차가운 침묵은 그의 동맥과 정맥을 통해 피가 흐르는 소리도 들을 수 있을 정도로 매우 조용했다.

마치 하나의 기계 장치에 달린 50개의 부속품들이 한번 스위치를 찰칵 올리기만 하면 모든 부속들이 동시에 작동하는 것처럼, 폭 3인치에 길이가 5인치 되는 달의 영상들이 펄럭이고 바스락거리며 나부꼈다. 그 사진들을 벽에서 떼어 낼 만한 아주 잔잔한 미풍조차도 불지 않는데, 그것들은 회전 목마의 말처럼 일정한 형태로 방안을 돌기 시작했다. 돔은 섬뜩한 느낌을 주는 그 회전 목마의 한복판에 서 있었고, 달은 그를 중심으로 빙빙 방안을 맴돌았다. 그것들은 펄럭이고 나부끼다가 구부러졌다 펴졌다 하기도 하고, 휘어졌다가 퍼덕거리기도 하고, 보름달이 되었다 초승달이 되었다 하기도 하면서 더욱 빨리 주위를 빙빙 돌았다. 손전등 불빛 아래에서 그것은 마치 옛날 이야기에 나오는 마법사의 제자가 마술로 빛자루에 생명을 불어넣은 것 같았다.

방이 놀라운 신비의 장으로 변하자, 돔의 두려움은 사라졌다. 그 순간 그런 현상에 위협적인 것은 아무것도 없는 것 같았다. 사실은 원시적인 기쁨이 그의 마음속에 싹텄다. 그는 자신이 목격한 장면에 대해서 어떠한 설명도 할 수 없었다. 그는 다만 당황스럽기도 하고 놀라기도 한 채 말문이 막히는 경이로움 속에 서 있었다. 언제나 정체를 알 수 없는 것만큼 사람을 겁나게 하는 것은 없기는 하지만, 아마 그는 자비로운 힘이 작용하고 있는 것을 감지한 것일지도 몰랐다. 아연 실색해진 채로 그는 서서히 한바퀴를 돌아보면서 자신의 주위를 맴도는 달들을 구경했다. 그는 마침내 자신도 모르는 사이 몸 전체가 흔들릴 만큼 커다란 웃음을 터뜨렸다.

한순간 분위기가 극적으로 바뀌었다. 가짜 날개들의 불협 화음 속에서 포스터들은 마치 50개의 어마어마하고 무시무시한 박쥐처럼 돔을 향해 날아왔다. 그것들은 그의 머리 위를 급습했고 얼굴을 철썩하고 때리면서, 그의 등을 세게 쳤다. 비록 그것들이 살아 있지는 않았지만 그것들의 강습이 상당한 악의를 지닌, 의도적인 것이라고 생각했다. 그는 한 쪽 팔로 얼굴 전체를 가리고서 손전등을 든 손으로 달들을 후려쳤지만, 그것들은 뒤로 물러날 줄을 몰랐다. 냉랭한 공기 속에 종잇장들이 서로 부딪치면서 미친 듯이 날뛰는 소리가 더욱 커졌다.

조금 전의 즐거움도 잊은 채 돔은 경악하여 방을 가로질러 비틀거리면서 나가는 길을 찾았다. 하지만 그는 붕붕거리는 소리를 내면서 솟아올라 회전하는 달 이외에 아무것도 볼 수가 없었다. 문도 없었고, 창문도 없었다. 그는 정신을 제대로 못 차리고 비틀거리면서 길을 찾아다녔다.

복도와 방갈로 안의 다른 방들에서 수천 개의 달들이 벽에서 떨어져 나와 궤도를 벗어나 마음대로 움직이기 시작하자, 소란스러운 소리는 계속 커져만 갔다. 테이프가 떨어지고, 스테플러가 벽에서 뽑혀져 나가고, 풀이 갑자기 끈기를 잃었다. 분화구가 있는 천 개의 달 모양들이 떨어져 나왔으며, 또다시 천 개의 달들이 더 떨어져 나왔다. 그것들은 수만 가지의 바스락거리는 소리를 내면서 공중으로 떠올라 매달려서 허공을 돌았다. 그것들은 재깍거리거나 딱딱거리거나 쉿하는 소리 같은 수만 가지의 음향을 내면서 거실을 향해 뚝 떨어지더니, 마치 이글거리는 사나운 불꽃 속에 들어간 것처럼 서서히 격한 비명을 내지르는 돔의 주위를 돌았다. 잡지와 책에서 오려 낸 번쩍거리는 총천연색의 사진들은 손전등의 불빛을 받아 번뜩였고, 가물거리는 빛을 발하면서 그 불의 번쩍거리는 환영을 더해 주었다. 흑백 사진들은 열기 속의 한 줌의 재처럼 올라가더니 다시 폭포처럼 급작스럽게 꼬꾸라졌고 그러다간 어느새 천장 쪽으로 급히 올라갔다.

숨을 헐떡이면서 그는 매끄러운 종이와 신문 용지 위의 달을 빨아들였다가 다시 내뱉어야만 했다. 수천 장의 작은 종이로 된 세계가 그의 주위에 층층이 소용돌이쳤다. 그가 신경질적으로 가짜 달로 만들어진 커튼을 열어젖혔으며 그 뒤에서 또 다른 하나를 볼 수 있었다.

그는 직관적으로 이 믿을 수 없는 경이로운 전시물이, 기억나지 않는 자신의 악몽들을 완벽하게 재생시킬 수 있도록 도와주기 위한 의도를 가진 것이라고 감지했다. 그는 그 현상 뒤의 배경에 누가 혹은 무엇이 숨겨져 있는지 알 수가 없지만, 그 목적은 감지하고 있었다. 만일 그가 달들의 폭풍 속에 가라앉아서 달들이 그를 휩쓸게 두었다면, 그는 자신의 꿈을 알아내고 그 꿈이 자신을 왜 겁먹게 만드는지 그 이유를 알아낼 수도 있으며, 또 18개월 전에 길에서 자신에게 어떤 일이 일어났었는지도 알 수 있을 것이다. 그러나 그는 너무 두려운 나머지 일이 그렇게 되도록 내버려둘 수가 없었다. 창백한 달이 뒤엉켜서 떠다니며 최면으로 자신을 몽환 상태에 이르게 하도록 가만히 있을 수가 없었다. 그는 그 비밀이 밝혀지기를 바랐지만 그것이 한편으로는 몹시 두려웠다. 그는 "안 돼. 안 돼." 하고 말했다. 그는 두 손으로 귀를 틀어막았고 두 눈을 꼭 감았다.

"제발 그만 해! 그만!"

그가 크게 소리칠수록 심장은 더 격렬하게 뛰었다.

"제발 그만 하라니까!"

그는 목청이 찢어지도록 "그만!" 하고 소리쳤다.

그 소동이 마지막으로 뼈까지 떨리게 만들었다. 그때 천둥 소리 같은 클라이맥스로 오케스트라의 교향곡이 끝나듯 갑자기 조용해지자, 그는 깜짝 놀라지 않을 수 없었다. 그는 자신이 악쓰면서 명령하는 소리에 그 소동이 멈추어질 거라고는 상상도 못했었다. 게다가 그의 말이 여전히 그런 위력을 보일 거라고는 생각도 못했다.

그는 귀를 틀어막고 있던 두 손을 떼고서 눈을 떴다.

달로 가득 찬 은하수가 그의 주위에 걸려 있었다.

떨리는 손으로 그는 공중에 둥둥 떠 있는 횃대에서 사진 중의 하나를 뜯어냈다. 신기하게도 그는 그것을 손바닥 위에 올려 놓았다. 그는 두 손가락 사이에 그것을 끼고서 그 성분을 시험해 보았다. 그 사진에 특별히 다른 점은 전혀 없었다. 그러나 그것은 수천 장의 다른 사진들이 아직도 공중에 꼼짝 않고 떠 있는 것과 마찬가지로 마치 마술에 걸린 듯이 그의 앞에 떠 있었다.

"어떻게?"

마치 달의 사진들이 모두 공중에 뜰 수 있고, 그럴 수 있다면 역시 말을 할 수도 있는 것처럼 그는 떨리는 목소리로 "어떻게? 왜?" 라고 물었다.

달은 일제히 아래로 떨어졌다. 어떤 주문이 풀리기라도 한 것처럼 수천 장의 종이 조각들은 곧장 마룻바닥으로 뚝 떨어졌다. 종이들은 조금 전까지만 해도 그들이 소유했었던 신비한 생명력의 흔적도 없이 돔의 겨울 부츠 위에 돌아다니다가 바닥에 아무렇게나 쌓였다.

어리둥절해서 반쯤 정신이 나간 채로, 돔은 복도로 통하는 문쪽으로 질질 발걸음을 끌면서 걸어갔다. 달들이 마른 가을 낙엽처럼 부서져 바스락거렸다. 문간에서 그는 발걸음을 멈추고 손전등으로 좁은 복도 위를 서서히 비추어 보았다. 거기에는 스테플러나 테이프 혹은 풀로 붙여 둔 달들이 하나도 남아 있지 않았다. 벽에는 사진들이 전부 떨어져 나와 아무것도 없었다.

그는 돌아서서 다시 한번 거실 가운데로 두어 발짝 가서는 널브러져 있는 파편들 가운데에 무릎을 꿇고 앉았다. 그는 불을 밝혀 놓은 손전등을 내려놓고 떨리는 손으로 종이 달들을 면밀히 조사하면서 자신이 본 것이 무엇인지 알아내려고 애썼다.

그의 내부에서 두려움이 기쁨에 찬 혼란과 싸우고 있었고, 공포심이 경외감과 전투를 벌이고 있었다. 하지만 전에는 한 번도 경험해 본 적이 없는 감정이었기 때문에, 사실 그는 자신이 어떤 감정을 느껴야만 하는지 결정할 수가 없었다. 일순간 어처구니없게도 웃음이 터져 나오려고 했지만, 그때 차가운 공포심이 한번 후하고 바람을 일으키자 순식간에 웃음이 얼어붙었다. 그는 현재 말할 수 없을 만치 악한 것과 직면하고 있다는 것을 느꼈지만, 이제는 그것이 뭔가 선하고 순수한 것이라는 확신이 들기만 했다. 선. 악. 어쩌면 양쪽 다이거나……아니면 둘 다 아닐 수도 있다. 그저……중대한 의미를 가진 것일 뿐이다. 말이 가진 힘으로는 한계가 있어서 도저히 형언할 수 없는 뭔가 신비로운 미스터리라고나 할까.

그는 단 한 가지만은 확실히 알 수 있었다. 재작년 여름에 그에게 일어났던 일이 무엇이든간에 지금까지의 사건을 통해서 그가 깨달은 것보다도 훨씬 더 해괴한 일이라는 것이었다.

그는 여전히 손가락들로 종이 달들을 면밀히 관찰하는 사이에 손에 뭔가 별난 것이 있다는 것을 알아챘다. 그는 손전등의 불빛을 손바닥에 바로 비추어 보았다. 고리들. 양쪽 손바닥에 살갗이 빨갛게 부풀어오른 고리 모양의 상처가 화끈거리고 있었다. 벌겋게 성이 난 그 살점들은 마치 제도사가 콤파스로 그린 모양처럼 완전한 원 모양을 이루고 있었다.

그가 지켜 보고 있는 사이에 그 반점은 점점 엷어지더니 마침내 사라져 버렸다.

1월 7일 화요일의 일이었다.

6

일리노이 시카고

성 베네딕트 수도원 2층 침실에서 스테판 비카직 신부는 북이 둥둥 울리는 소리에 놀라 잠에서 깨어났다. 그 소리는 베이스 드럼이 깊게 울리는 소리같기도 하고, 속이 텅 빈 팀파니가 울리는 공허한 소리같기도 했다. 한편으론 심장이 두근거리는 두 마디의 단순한 리듬을 좀더 아름답게 만든 소리같기도 했지만, 만일 그것이 심장이 뛰는 소리라면 아마도 무지막지하게 커다란 심장이 둥둥거리는 소리인 것 같았다.

쿵쾅…… 쿵쾅…… 쿵쾅…….

여전히 비몽 사몽인 상태로 정신이 없는 가운데 스테판은 스탠드의 불을 켰다. 불빛에 눈이 부셔서 얼굴을 찡그리면서 그는 자명종을 쳐다보았다. 시각은 목요일 새벽 2시 7분. 분명히 퍼레이드 같은 것을 할 리는 만무한 시간이었다.

쿵쾅쾅…… 쿵쾅쾅…….

세 박자로 쿵쿵거리는 소리가 그친 다음에는 1.5초 정도 쉬었다가 다시 쿵쿵거리는 소리가 세 번 들리고, 또다시 1.5초의 휴식이 이어졌다. 정확한 타이밍과 한결같이 커다란 소리로 반복되는 리듬이 북을 두드리는 소리같지는 않았다. 오히려 그 소리는 아주 커다란 기계의 피스톤 장치를 힘겹게 움직이는 소리에 가까웠다.

비카직 신부는 잠자리를 박차고 나와 맨발로 수도원과 교회 사이의 뜰이 내려다보이는 창으로 달려갔다. 성물 안치소 문 위에 달린 휴대용 램프에서 반사되는 불빛 속에 보이는 것은 눈덮인 뜰과 잎이 다 떨어져 버린 앙상한 나뭇가지뿐이었다.

그 소리는 점점 더 커져 가고, 그 리듬 사이의 정지 시간은 약 2초로 짧아졌다. 그는 의자 등받이에 걸쳐놓은 가운을 집어 들고 파자마 위에 덧입었다. 낭랑하게 울려 퍼지는 쿵쾅거리는 소리는 이제 너무나 커져서 더 이상 듣기 괴롭거나 당황스러운 정도가 아니었다. 그 소리는 스테판을 겁먹게 만들기 시작했다. 그 소리가 한 번씩 터져 나올 때마다 창틀이 흔들거리고 문이 덜컹거렸다.

그는 위층 복도로 급히 올라갔다. 그는 어둠 속에서 벽을 더듬거리며 스위치를 찾다가 급기야 머리 위에 달린 전등의 불을 켰다.

그리 길지 않은 복도를 따라 좀더 내려가서 오른편에 있는 다른 방문을 열어 보았다. 스테판의 다른 보좌 신부인 미카엘 게라노 신부가 부랴부랴 가운을 걸쳐 입으면서 자기 방에서 튀어나왔다.

"무슨 일이죠?"

"모르겠어요."

스테판이 말했다.

그때 세 박자로 쿵쾅거리는 소리는 아까보다 두 배나 커졌다. 집 전체가 세 개의 거대한 망치로 두들겨 맞기라도 하는 것처럼 흔들거렸다. 몹시 날카로운 소리는 아니었지만, 음조가 높은 데 비하면 상당히 둔탁한 편이었다. 마치 망치에 얇은 헝겊 같은 것을 덧대고 엄청난 힘으로 휘두르는 것 같았다. 불빛이 껌벅거렸다. 이제 쿵하는 소리는 잠시도 끊어지지 않고 앞서의 굉음의 여운이 채 사라지기도 전에 연이어 울려 퍼졌다. 강력한 망치 소리가 들려 오는 가운데 불빛이 다시 껌벅거렸고, 스테판이 딛고 있는 마룻바닥이 흔들렸다.

바로 그 순간 비카직 신부와 게라노 신부는 그 시끄러운 소리가 어디서 나는 것인지를 알아차렸다. 그 소재지는 바로 브렌던 크로닌의 방이었다. 두 사람은 재빨리 복도 바로 맞은편에 있는 브렌던의 방으로 달려가 게라노 신부부터 안으로 들어갔다.

믿어지지 않는 일이었지만, 브렌던은 깊은 잠에 빠져 있었다. 비카직 신부가 월남전에서의 치명적인 폭발 사고를 연상하게 될 만큼 엄청나게 커다란 폭발음이었는데도, 브렌던은 아무 일도 없는 것처럼 계속 잠에 빠져 있었다. 깜박대는 불빛에 비친 그 젊은 사제의 얼굴은 실제로 입가에 희미한 미소마저 어려 있는 것 같았다.

창문이 흔들렸다. 커튼을 걸어 놓은 고리가 커튼 걸이 막대와 부딪쳐서 달그락거리는 소리를 냈다. 화장대에 놓여 있던 빗이 위아래로 퉁겨져 오르고, 몇 개의 동전들이 함께 맞부딪쳤다. 브렌던의 기도서가 왼편에서 다시 오른편으로 미끄러져 갔다. 침대 위쪽 벽의 못에 걸려 있는 십자가상이 미친 듯이 흔들거렸다.

게라노 신부가 뭐라고 소리를 쳤지만, 시끄러운 폭음이 쉴 새 없이 울리는 바람에 스테판은 그 신부가 말하는 소리를 듣지 못했다. 세 박자의 리듬이 울리는 가운데, 비카직 신부는 맨처음에 거대한 북소리를 연상했던 생각을 그만두었다. 그리고 분명 이 소리는 엄청나게 거대하고 강력한 기계가 쿵쿵대는 소리라는 확신이 서기 시작했다. 하지만 그 소리는 사방에서 들려 오는 것 같았다. 마치 온 집안의 벽 속에 기계가 숨겨져 있어서 아무도 모르게 열심히 돌아가기라도 하듯이…….

마침내 기도서가 화장대에서 미끄러져 떨어지고 동전들이 마룻바닥에 떨어지기 시작하자, 게라노 신부는 문간으로 물러서서 금세 도망이라도 칠 듯이 눈이 휘둥그래진 채 멀뚱히 서 있었다.

하지만 스테판은 침대로 다가가 몸을 굽히고서 세상 모르게 잠들어 있는 브렌던의 이름을 크게 불렀다. 아무런 반응이 없자, 그는 그 사제의 어깨를 움켜잡고 흔들어 깨웠다.

적갈색 머리의 그 신부는 눈꺼풀을 깜박거리다가 겨우 눈을 떴다.

집을 뒤흔들던 굉음이 갑자기 그쳤다.

천둥 소리처럼 커다란 소음이 갑자기 멈추자, 비카직 신부는 잠결에 처음 그 소리를 듣던 때만큼이나 몹시 놀랐다. 그는 브렌던을 잡고 있던 손을 놓고서 반신반의한 눈길로 방안을 둘러보았다.

"전 아주 가까이 갔었어요. 원장 신부님께서 저를 깨우지 마셨으면 했는데……. 전 아주 가까이까지 갔었다구요."

브렌던은 아직도 꿈을 꾸듯이 말했다.

비카직은 이불을 걷고서 그 신부의 손을 잡고 손바닥을 펼쳐 보았다. 양쪽 손바닥에 성난 듯이 새빨간 고리가 하나씩 있었다. 비카직은 뭔가에 홀린 듯한 눈으로 그것들을 쳐다보았다. 이런 성흔을 본 것은 이번이 처음이었기 때문이었다.

대체 이게 무슨 일이지? 신부는 의아해 했다.

게라노 신부는 거칠게 숨을 몰아 쉬면서 침대로 다가갔다. 그 고리를 보면서 그는 "저게 대체 뭐죠?"라고 물었다.

그 질문을 무시한 채로 비카직 신부는 브렌던에게 물었다.

"대체 그게 무슨 소리였지? 어디서 나는 소리였나?"

"그건 부르는 소리였어요."

브렌던은 아직도 잠이 덜 깬 것이 분명했지만 내심 흥분한 듯 유쾌한 목소리로 대답했다.

"저를 다시 오라고 부르고 있었죠."

"무엇이 자네를 불렀다는 거지?"

스테판이 물었다.

브렌던은 눈을 깜박거리면서 자리에서 일어나 침대 머리맡에 기댔다. 그의 눈은 몽롱한 채 계속 초점을 잃고 있었는데, 그제서야 그의 눈빛이 초롱초롱해지면서 처음으로 비카직 신부를 쳐다보았다.

"무슨 일이 있었나요? 원장 신부님께서도 그 소리를 들으셨나요?"

"물론 들었어요. 그 소리 때문에 집 전체가 흔들렸을 정도였죠. 깜짝 놀랐다니까요. 그게 대체 뭐였죠, 브렌던?"

"부르는 소리였어요. 저를 부르는 소리요. 전 그 소리를 따라가고 있었죠."

"하지만 신부를 부르는 소리가 대체 뭐였죠?"

"저, 저도 모르겠어요. 뭔가 저를……다시 오라고 부르고 있었어요."

"어디로 다시 오라고 말인가요?"

그 질문에 브렌던은 얼굴을 찡그렸다.

"빛 속으로요. 제가 말씀 드린 꿈에 나타난 금색 빛줄기 속으로요."

"그게 전부인가요?"

게라노 신부가 고집스레 물었다.

수도원장이나 동료 신부처럼 그런 기적에 익숙해 있지 않았기 때문에, 그의 목소리는 몹시 떨리고 있었다.

"두 분 중에서 누군가 제게 설명 좀 해 주시지 않으시겠어요?"

그러나, 둘 중 누구도 여전히 그의 말을 귀담아듣지 않았다.

스테판이 브렌던에게 말했다.

"그럼 금색 빛이……그게 대체 뭐였죠? 그건 신께서 다시 신부를 당신 품으로 돌아오라고 한 뜻일 수도 있지 않을까요?"

"아뇨. 그건 그저……뭔가 중요한 의미가 있는 것이었어요. 저를 다시 부르고 있었죠. 다음 번엔 아마 더 자세히 볼 수 있을 거예요."

비카직 신부는 침대맡에 걸터앉았다.

"이런 일이 다시 일어나리라고 생각하나요? 그것이 신부를 계속 부르리라고 말입니다."

"예, 물론이죠."

브렌던이 대답했다.

그날은 1월 9일 목요일이었다.

7

네바다 라스베가스

금요일 오후 졸저 모나텔라가 전 남편인 앨런 리코프가 자살했다는 소식을 알았을 때는 그녀가 일하던 카지노에서의 근무 시간중이었다.

그 소식은 앨런의 동거녀이자 매춘부 페퍼 캐러필드에게서 긴급하게 걸려 온 전화를 통해서 알았다. 졸저는 블랙잭 테이블에 있는 여러 대의 전화 가운데서 한 대의 수화기를 받아 들고서, 시끄럽게 떠드는 소리나 카드를 섞는 소리, 슬롯 머신이 돌아가는 소리가 들리지 않도록 수화기를 손으로 잘 감싸 막고서 통화를 했다. 앨런이 죽었다는 소식을 들었을 때 그녀가 심한 충격을 받고 마음이 아팠던 것도 사실이었지만, 슬프다거나 하는 감정은 눈곱만치도 들지 않았다. 앨런 자신의 이기적이고도 잔인한 행동을 생각하면, 그녀는 그를 위해서 자신이 슬퍼해야 할 이유가 없다는 생각이 확실히 들고도 남았다. 그것보다 더 그녀를 처량하게 만드는 것은, 자신이 그 일로 인해서 불려갈 수도 있으리라는 자기 연민이었다.

"그이가 오늘 아침 권총으로 자살을 했어요. 바로 두 시간 전의 일이에요."

페퍼는 열심히 상황을 설명하려고 들었다.

"지금 여기 경찰들이 와 있어요. 댁이 여기 와 줘야겠어요."

"경찰들이 나더러 만나재요? 왜요?"

졸저가 물었다.

"아뇨, 그런 건 아니예요. 경찰들이 오라고 하는 게 아니라, 당신이 와서 그 사람 소지품들을 정리해 줘야 할 것 같아서요. 될 수 있으면 빨리 오셔서 여기서 그 사람 물건들을 치워 줬으면 해요."

"하지만 난 그 사람 물건 같은 거 갖고 싶지 않은데요."

졸저가 대답했다.

"댁이 갖고 싶어하든 않든간에 그건 여전히 당신이 하셔야 할 일이잖아요."

"캐러필드 양, 우린 정이 떨어질 대로 떨어져서 이혼한 사이예요. 난 그런 거 갖고 싶지도 않고, 게다가……."

"그이는 지난 주에 벌써 유언장을 써 놓았더군요. 당신을 유언 집행인으로 지정해 놓았어요. 그러니까 여기 오지 않으면 안 된다는 거예요. 난 지금 당장 그 사람 물건을 여기서 싹 치워 버리고 싶어요. 그건 바로 당신 일이구요."

앨런은 플라밍고 가의 피너클이라는 호화로운 동네의 언덕 위에 있는 콘도에서 페퍼 캐러필드와 함께 살고 있었다. 그 곳은 콜걸인 앨런의 동거녀 소유로 되어 있었다. 콘도는 청동 창이 달린 한 채짜리 흰색 콘크리트 건물로, 모두 15층까지 지어져 있었다. 아직 미개발지인 불모지에 둘러싸여 있어서인지 콘도는 실제보다도 훨씬 더 높아 보였다. 게다가 그 건물만 홀로 우뚝 솟아 있어서, 마치 비석처럼 해괴하게 보였다. 세상에서 제일 커다랗고 멋진 비석처럼. 마당은 스프링클러로 물을 뿌려 준 잔디와 꽃들로 푸르게 우거져 있었지만, 모래와 관상목들이 경계선을 이루도록 조성해 놓은 곳에 바싹 말라붙은 회전초들이 군데군데 섞여 있었다. 회전초 사이로 불어오는 스산하고 황량한 바람이 콘도의 현관 아래서 힘없이 들려오는 플루트 소리처럼 들렸다.

두 대의 경찰차와 영구차가 건물 앞에 세워져 있었지만, 로비에는 경찰들이 아무도 보이지 않았다. 엘리베이터 근처의 40피트쯤 떨어진 곳에 있는 담자색 소파에 젊은 여자 하나가 앉아 있었다. 그리고 현관 근처의 책상에는 그 건물의 관리인이자 도어맨이기도 한, 회색 바지에 파란색 블레이저 코트를 입은 남자가 앉아 있었다. 벽화가 그려져 있는 대리석 바닥과 크리스탈로 만든 샹들리에, 동양풍의 양탄자와 헬레던 가구의 소파와 의자 세트, 그리고 청동으로 만든 엘리베이터 문은 고상한 격조를 나타내려고 기를 쓴 듯한 실내 분위기에 일조를 하고 있기는 했지만, 그렇다고 해서 그다지 품격이 있어 보이지는 않았다.

졸저는 도어맨에게 자신이 도착했다는 것을 위층에 알려 달라고 부탁하려던 참이었는데, 소파에 앉아 있던 젊은 여자가 자리에서 일어나며 말을 걸었다.

"리코프 부인? 저는 캐러필드예요. 저……이제는 미혼 시절의 성함으로 불러도 되겠죠?"

"모나텔라예요."

졸저가 대답했다.

살고 있는 그 건물이나 마찬가지로 페퍼는 뉴욕 5번가의 일류 디자이너들이 만든 최고급 의상으로 애써서 치장한 흔적이 역력했다. 하지만 피너클을 설계한 실내 장식가들이나 마찬가지로 그녀의 그런 노력은 별로 성공적이지 못해 보였다. 그녀의 금발 머리는 몸 파는 여자들이 대부분 그렇듯이 자다가 일어난 듯 부시시한 채 아무렇게나 쑥쑥 자른 스타일을 하고 있었다. 어쩌면 침대에 누워서 뒹굴다가 그대로 일어나서 손질하기 쉽도록 아무렇게나 자른 것인지도 몰랐다. 그녀는 할스톤이 만든 것일지도 모르는 고급스런 진홍색 실크 블라우스를 입고 있었지만, 단추를 너무 많이 풀어 헤쳐 놓는 바람에 젖가슴 사이의 움푹 패인 골이 훤히 다 들여다보일 지경이었다. 또한 입고 있는 회색 바지는 재단이 아주 잘 빠지기는 했으나 너무 몸에 꼭 끼어 보였다. 그녀는 다이아몬드가 박힌 카르티에 시계를 차고 있었는데, 그녀가 내 손가락에 낀 휘황찬란한 다이아몬드 반지를 가지고 조심하지 않고 휘두르다 기스를 내는 바람에 그 시계를 차고서 우아하게 보이려는 전시 효과를 망쳐 놓고 말았다.

"위층에 계속 있을 수가 없었어요."

페퍼는 졸저에게 소파에 와서 함께 앉으라고 손짓을 해 가면서 계속 말했다.

"사람들이 시체를 치울 때까지는 거기에 다시 올라가지 않을 거예요."라고 말하면서 그녀는 몸을 부르르 떨었다.

"지금 여기서 얘기하시면 돼요. 목소리를 낮춰서 말씀해 주세요."

그녀는 책상 앞에 앉아 있는 도어맨을 향해서 고개를 끄덕였다.

"하지만 만일 소란을 피우시면, 저는 그냥 일어서서 나가 버리겠어요. 제 말 아시겠죠? 여기 사는 사람들은 제가 뭘하고 먹고 사는지 아무도 몰라요. 저는 여지껏 그런 식으로 계속 지내 왔거든요. 전 한 번도 우리 집에서 일을 한 적이 없었어요. 철저하게 전화를 받고 나가서 일하는 식으로 해 왔으니까요."

졸저는 냉담한 시선으로 그녀를 쳐다보았다.

"댁은 저를, 남편에게 무시당하고 그 고통으로 괴로워하는 부인으로 생각하셨다면, 마음놓으세요, 캐러필드 양. 이제는 앨런에게 남아 있는 정 같은 것도 사라진 지 오래니까요. 그 사람이 죽었다는 걸 알았을 때도 전 아무 느낌도 없었어요. 별달리 아무 느낌도 없었다구요. 물론 자랑할 만한 일은 아니죠. 한때는 저도 그 사람을 사랑했었고, 둘 사이에 귀여운 아이도 하나 있으니까요. 전 당연히 뭔가를 느껴야 하겠죠. 아무것도 느끼지 못한다는 게 부끄럽군요. 하지만 분명히 난 소동을 일으킬 만한 이유가 없어요."

"잘 됐군요."

페퍼는 순수한 마음으로 기뻐했다. 그녀는 지금 자기 자신과 걱정거리에 너무 몰두한 나머지 졸저가 지금 방금 언급한 한 가정의 비극 따위에 대해서는 까맣게 잊고 있었다.

"아시겠지만 여기에는 상류층 사람들이 많이 살고 있어요. 만약 제 남자 친구가 자살했다는 얘기를 듣는다면 그들은 한참 동안 제게 서먹서먹하게 대할 거예요. 이런 부류의 사람들은 추잡한 소동 따위는 별로 좋아하지 않거든요. 게다가 만일 제가 뭐하는 사람인 줄 알기라도 하는 날이면……다시는 여기에 발붙이고 살 수 없을 거예요. 제 말 아시겠죠? 전 이사를 가야 한다구요. 물론 저는 그러고 싶지 않아요. 달리 방법이 없잖아요. 전 여기가 너무 너무 좋거든요."

졸저는 눈에 거슬릴 정도로 번쩍거리는 페퍼의 다이아 반지와 깊게 패인 목선을 쳐다보았다. 그리고 다시 탐욕스러워 보이는 그녀의 눈을 들여다보면서 말했다.

"당신은 사람들이 당신을……부잣집 상속녀쯤으로 알고 있다고 생각하시나요?"

너무 놀란 나머지 뭐라고 쏘아붙일 말도 잊은 채 페퍼가 대꾸했다.

"물론이죠. 당신이 그걸 어떻게 알죠? 전 백 달러짜리 현찰로 이 콘도를 빌렸어요. 그러니까 카드 따위로 그을 필요도 없었죠. 게다가 난 사람들 모두가 제 가족이 돈푼께나 가지고 있다고 생각하게 내버려뒀죠."

졸저는 진짜로 부잣집 딸이라면 백 달러짜리 현찰을 들고 가서 그런 콘도 따위를 빌리지는 않는다고 설명하고 말고 할 여지가 없었다. 그녀는 그저 "우리, 앨런에 대한 얘기 좀 할까요?"라고 말을 꺼냈다.

"무슨 일이 있었던 거죠? 대체 뭐가 잘못된 거예요? 난 앨런이……자살을 할 만한 타입이라고는 한 번도 생각해 본 적이 없었거든요."

페퍼는 도어맨이 근처에서 어슬렁거리지는 않나 살피면서 조심스럽게 말했다.

"저도 그랬어요. 그이가 그런 타입이라고는 한 번도 상상해 보지 못했어요. 그이는 너무나……사내다운 사내였어요. 제가 그이더러 이리로 들어와서 나를 돌봐 주고 내 일을 봐 달라고 부탁한 것도 바로 그런 이유에서였죠. 그이는 강한 터프 가이였어요. 물론 몇 달 전부터 그이는 수상한 짓을 하기 시작하더니, 최근에는 눈에 띄게 뭔가 꿍꿍이 속이 있는 것 같더라구요. 전 그이가 아마 나를 돌봐 줄 사람을 찾고 있나 보다 하고 생각하고 있었죠. 하지만 그이가 자살하려고 나를 감쪽같이 속여 왔다고는 전혀 상상도 못해 봤어요. 당신이라도 절대로 몰랐을 거예요. 안 그래요?"

"사람들 중에는 남에 대해서 사려 깊게 생각할 줄 모르는 사람도 있죠."

졸저가 대꾸했다. 그녀는 페퍼의 눈이 가늘어지는 것을 보았지만, 매춘부가 미처 뭔가를 말하기도 전에 졸저가 다시 말을 이었다.

"그렇다면 앨런이 당신의 기둥 서방 노릇을 하고 있었다고 생각해도 될까요?"

페퍼는 인상을 쓰면서 대꾸했다.

"내 말 잘 들으세요. 난 기둥 서방 따위는 필요 없는 사람이에요. 물론 몸 파는 창녀에게는 기둥 서방이 필요하겠죠. 창녀들은 한 번 몸을 팔 때 보통 50달러 정도를 받죠. 그리고 무엇이든 갖고 싶은 것을 얻기 위해 하루에 여덟 명이든 열 명이든 함께 잠을 자고, 인생의 절반쯤은 성병을 갖고 살다가 나중에는 돈 한푼 제대로 건지지 못하고 끝장나는 게 보통이죠. 하지만 제 경우엔 그렇지 않아요. 난 돈 많은 신사들의 파트너죠. 난 최고급 호텔의 VIP실에 들고, 작년에는 20만 달러나 벌어들였다구요. 거기에 대해서 댁은 어떻게 생각하시죠? 난 여기저기에 투자를 했어요. 앨런은 절대로 내 기둥 서방이 아니예요. 그이는 제 매니저였죠. 사실 그이는 제 여자 친구 두 명도 함께 돌봐 줬어요. 난 그 애들이랑 그이를 다른 데서 일하지 못하도록 묶어 놨었죠. 처음에, 그러니까 그이가 이상해지기 전까지 그이는 정말 최고였어요."

자기 도취에 빠져 있는 여자의 모습에 아연해 하면서 졸저가 말했다.

"그러면 앨런이 당신과……그 여자들의 뒷일을 봐주면서 대가를 받았다는 말인가요?"

졸저가 의도적으로 완곡하게 말을 돌려서 말하자, 페퍼는 다소 기분이 누그러졌는지 인상을 펴고 대꾸했다.

"아뇨, 그건 우리가 그이와 약속한 보상 가운데서 가장 좋은 조건 중의 하나였죠. 그이는 뭐니뭐니 해도 블랙잭 딜러였어요. 밥 먹고 사는 돈은 다 거기서 나왔었죠. 그이는 우리들 뒤를 봐주는 데 필요한 갖가지 계약서들을 다 갖고 있었어요. 하지만 그이가 정말 원했던 건 프리로 계약을 하는 것이었죠. 난 지금까지 그렇게 쉴 새 없이 섹스를 밝히는 남자는 한 번도 본 적이 없었어요. 그이는 그걸로도 만족하지 못했죠. 사실 지난 두 달 동안은 꼭 그짓에 걸신들린 사람 같았다니까요. 당신하고 살 때도 그랬었나요?"

페퍼가 갑자기 친한 사이처럼 말을 하자, 졸저는 섬뜩한 기분이 들었다. 그녀는 페퍼의 말을 막으려고 했지만, 페퍼는 잠자코 입을 다물고 있지 않았다.

"사실 지난 몇 주 동안에는 하도 쉬지 않고 그짓만 하길래 이제 슬슬 이 남자를 차 버려야겠다는 생각이 들기 시작하더군요. 거기에는 뭔가 광기 같은 게 있었거든요. 그짓을 하고, 또 하고, 그리고 또 하고……. 더 이상 자기 물건이 일을 할 수 없을 때까지는 쉬지 않고 계속 했어요. 그리고 나서 포르노 비디오를 보고 싶어했죠."

졸저는, 앨런이 자신을 유언 집행인으로 지정해서 그가 말년에 저지른 추잡하고 더러운 일들을 직접 목격하게 만든 데 대해서 갑자기 화가 치밀어 오르기 시작했다. 게다가 벌써 가느다란 줄에 올라타 심리적으로 아슬아슬한 곡예를 하듯이 어렵게 한발 한발을 내딛고 있는 말시에게, 아빠의 죽음을 어떻게 설명해야 하나를 생각하니까 더욱 화가 솟아올랐다. 하지만 실제로 페퍼 캐러필드에게 화가 난 것은 아니었다. 아무리 앨런 같은 인간이라도 함께 살았던 애인으로부터 지금까지 그가 상어 같은 그 여자에게 쏟았던 애정만큼은 최소한의 애도와 존경의 표시쯤은 받을 만하지 않을까 생각했다. 그렇지만 너무나 이기적이고 무덤덤한 페퍼를 보는 순간 화가 난다기보다는 오히려 소름이 쫙 끼쳤다. 하지만 상어가 상어라는 이유로 비난을 해 봤자 아무 소용도 없는 짓 아닌가.

엘리베이터 중의 한 대가 열리자, 정복을 입은 경찰들과 시체를 나르는 운반원들, 그리고 반투명한 플라스틱 부대에 시체를 넣어 실은 바퀴 달린 침대가 한꺼번에 몰려나왔다.

졸저와 페퍼는 소파에서 벌떡 일어섰다.

첫 번째 엘리베이터에서 들것이 굴러 나오는 와중에 두 번째 엘리베이터도 함께 열리더니, 네 명의 형사들이 몰려나왔다. 두 명은 정복을 입은 경찰이었고, 나머지 둘은 사복 형사 팀이었다. 형사 하나가 페퍼 캐러필드에게 다가오더니 최종적으로 몇 가지 질문을 던졌다.

졸저에게 질문을 하는 사람은 아무도 없었다. 그녀는 갑자기 말문을 잃은 채 자리에서 일어나 굳은 표정으로 자신의 전 남편의 시체가 들어 있는 비닐 부대를 쳐다보았다.

사람들은 마룻바닥의 석회화를 지나 바퀴 달린 침대를 밀었다. 끽끽거리는 소리를 내며 바퀴가 굴러가는 소리가 들렸다.

졸저는 침대가 멀리로 옮겨지는 모습을 말없이 지켜 보았다.

시체 공시소에서 온 일꾼들이 바퀴 달린 침대를 밖으로 밀고 나가는 동안, 두 명의 형사가 로비의 문을 붙잡고 있었다. 침대가 로비의 창을 지나갔다. 졸저는 고개를 돌리고서 침대가 지나가는 모습을 지켜 보았다. 그녀에게는 여전히 슬픔 따위의 감정은 전혀 남아 있지 않았지만, 웬지 주체할 수 없을 만큼 우울한 감정이 복받쳐 올랐다. 그것을 아마 이 세상에 존재할 수 있는 감정 중에서 표현한다면, 일종의 가장 깊은 슬픔 같은 종류의 감정인지도 모르겠다.

그녀로부터 가장 가까운 곳에 있는 엘리베이터의 문이 열렸다. 그녀가 문이 닫히지 않도록 잡고 있는 사이 페퍼가 말했다.

"우리, 제 방으로 올라가요."

밖에서는 검시관의 트럭 문이 닫히는 소리가 들렸다.

위층으로 올라가는 엘리베이터 안에서도 그렇고, 14층의 복도를 지나가면서도 그들은 계속 나지막이 목소리를 낮추고서 속삭이듯 대화를 나눴다. 그리고 커다란 거실로 들어서자 그들은 정상적인 어조로 바꿔서 계속 이야기를 나눴다. 페퍼는 계속해서 앨런이 유별나게 성적으로 굶주린 듯 게걸스럽게 굴었다는 얘기를 쉬지 않고 떠벌려댔다. 그가 늘 육욕적인 식탐을 가진 성적인 대식가였던 것은 사실이지만, 페퍼의 얘기를 들어 보니 분명히 그의 인생이 파국을 맞게 되기까지의 지난 두 달 동안 그에게 있어서 섹스는 병적이리만치 심한 일종의 강박 관념이 되었던 것 같았다.

졸저는 더 이상 그 얘기를 듣고 싶지 않았으나 그 매춘부의 입을 막기란 그저 꾹 참고 그 여자가 지껄이는 소리를 들어 넘기는 것보다도 훨씬 어려운 일처럼 보였다.

최근 몇 주 동안 앨런은 매일매일 관능적인 것을 탐하는 데에만 몰두하며 지냈었다. 그러나 그것은 어떤 쾌락을 찾기 위해서라기보다는 거의 열병에 가까운 필사적인 몸부림 같았다. 앨런은 페퍼나 자신이 관리하는 다른 "직업 여성"들과 침대에서 오랜 시간 동안, 그것도 대개는 광란에 가까운 시간을 보내느라고 자주 질병 휴가나 다른 핑계의 휴가를 얻곤 했으며, 더 크게 재미를 보기 위해서 변태적인 체위나 도착증에 가까운 자세로 섹스를 해 보기도 했지만 그다지 크게 재미를 본 적은 없었던 것 같았다. 페퍼는, 앨런이 처음에는 음탕한 물건이나 장치, 기구나 의상 따위에 이상한 호기심 같은 것을 가지고 있었지만, 그것이 나중에는 음경 모양의 성구(性具)나 페니스에 끼우는 고리, 송곳처럼 굽이 뾰족한 하이힐, 전기 안마기, 코카인 연고, 수갑 등 갖가지 이상한 물건들에까지 호기심을 갖게 되었다고 지껄여댔다.

아까 시체를 싼 비닐 부대를 보고 나서부터 가뜩이나 다리가 후들거리고 어찔한 상태였던 진저는 점점 속이 느글거리기 시작했다.

"제발 그만해요! 대체 이야기의 결론이 뭐죠? 그 사람은 죽었다구요."

진저의 말에 페퍼는 어깨를 으쓱거렸다.

"난 당신이 알고 싶어할 줄 알았죠. 그이는 그런……그런 성적인 쾌락에 엄청난 재산을 탕진해 버렸어요. 당신이 그이 유산을 처리하는 일을 집행하는 사람이기 때문에 알고 싶어할 거라고 생각했죠."

페퍼에게 보관하도록 맡겨 두었던 앨런 리코프의 사후 재산 처분에 관한 유언장은, 어느 곳의 소매점에서도 쉽게 구할 수 있는 간단한 양식의 먹지가 달린 한 장짜리 용지였다.

졸저는 래커칠을 한 검정색 태볼라 테이블 옆의 코발트 블루색의 쎄무 의자에 앉아서, 광을 잘낸 스테인리스 스틸로 만든 현대적인 감각의 원뿔형 램프 불빛에 유언장을 비춰, 얼른 그 내용을 훑어보았다. 유언장에 적혀 있는 내용 가운데 가장 놀라운 점은 앨런이 졸저를 재산 처분 집행인으로 지명했다는 사실이 아니라, 아버지로서의 책임과 의무를 저버렸던 딸 말시에게 자신의 재산을 물려주었다는 사실이었다.

페퍼는 벽 전체를 차지하고 있는 창 근처의 흰색 가구들과 선명히 대조되도록 배치해 놓은 래커칠을 한 검정색 의자에 앉았다.

"그다지 재산이 많지는 않을 거예요. 그이는 너무 흥청망청 돈을 써버렸거든요. 하지만 차량 패물은 몇 가지 있을 걸요."

졸저는 앨런의 유언장이 겨우 나흘 전에 공증을 받았다는 사실을 발견하고는 몸을 부르르 떨었다.

"이 유언장의 공증을 받았을 무렵에 틀림없이 그 사람은 자살을 하겠다고 결심하고 있었던 것 같군요. 그렇지 않다면 굳이 공증까지 받을 필요가 없었을 테니까요."

졸저의 말에 페퍼는 어깨를 으쓱거리면서 "아마 그랬을 거예요."라고 가볍게 대꾸했다.

"하지만 당신은 아무런 눈치도 못 채고 계셨나요? 아니면 그 사람에게 뭔가 고민이 있다는 걸 전혀 모르고 있었나요?"

"제가 말씀 드렸던 대로 그이는 지난 두 달 동안 좀 수상쩍기는 했었어요."

"그건 알지만 지난 며칠 동안 틀림없이 그 사람에게 뭔가 눈에 띌 만한 변화가 있었을 거예요. 지금까지 보였던 수상쩍은 행동들하고는 뭔가 다른 것 말예요. 그 사람이 당신에게, 유언장을 만들었으니 당신 금고에 보관해 달라고 했을 때 왜 그런가 궁금하지 않았나요? 그 사람 신변에 무슨 일이 있었나요? 그 사람 행동이라든가, 외모라든가, 정서 상태에서 걱정스러운 일들 말예요?"

졸저가 다그쳐 묻자, 페퍼는 초조한 듯 자리에서 일어섰다.

"미안하지만, 난 정신과 의사가 아니예요. 그의 물건들은 침실에 있어요. 그이 옷을 다른 사람에게 기부하시고 싶다면, 제가 전화를 해 드리죠. 하지만 그 외의 패물이라든가 개인적인 유품들은 지금 당장 갖고 가셔도 돼요. 물건들이 전부 어디 있는지는 제가 안내해 드리죠."

졸저는 앨런이 빠져 든 도덕적인 타락에 넌덜머리가 났지만, 한편으로는 그의 죽음에 대해서 상당한 죄책감을 느끼고 있기도 했다. 그 사람을 구할 만한 일을 해 줄 수 있지는 않았을까? 몇 가지 안 되지만 자신의 유품들을 말시에게 남겨 주고 졸저를 유언 집행인으로 지명함으로써, 그는 죽기 전 마지막 며칠을 그들에게 손을 뻗었던 것처럼 보였다. 그리고 그러한 몸짓이 다분히 그녀에게 반감을 주기도 하고 때늦은 일이기는 했지만, 그래도 졸저의 마음에 감동을 주는 것도 사실이었다. 졸저는 그와의 마지막 통화가 되었지만, 크리스마스 전에 전화상으로 그가 어떤 말을 했었는지 기억해 내려고 애썼다. 그녀는 그가 냉정하고 오만하고 이기적이었다는 것을 똑똑히 기억하고 있었다. 하지만 겉으로 나타난 잔인함과 허세의 밑바닥에 그녀가 반드시 들었어야 했던 다른 좀더 미묘한 것들, 말하자면 압박감이라든가 곤욕스러움, 고독이나 두려움 같은 것들이 있었을지도 모른다.

곰곰이 그런 생각을 하면서 졸저는 페퍼를 따라 침실로 들어갔다. 그녀는 앨런의 물건들을 함부로 손대야 한다는 사실이 끔찍하게 싫기는 했지만 어쩔 도리가 없었다.

긴 복도를 따라 반쯤 내려가다가, 페퍼가 갑자기 문 앞에 멈춰 서더니 문을 안으로 밀었다.

"세상에! 저 빌어먹을 형사 새끼들이 여기를 이렇게 놔 두고 갔을 줄 몰랐네."

졸저는 문틈으로 안을 들여다보고는 그 곳이 앨런이 자살한 욕실이라는 사실을 알아차렸다. 피가 베이지색 타일 바닥을 온통 뒤덮고 있었다. 샤워기가 세워져 있는 곳의 유리문과 세면대, 수건, 휴지통, 변기에는 더 많은 양의 피가 튀어 있었다. 변기 뒤쪽 벽에는 마치 잉크 얼룩처럼 섬뜩한 모양으로 피가 말라붙어 엉겨 있었다. 충분한 직관력을 가진 사람이라면 거기서 앨런의 심리 상태와 죽음의 의미가 무엇인지를 읽을 수 있었을지도 모른다.

"총을 두 발 쐈어요."

페퍼는 졸저가 듣고 싶지 않은 부분들까지 앨런이 죽은 상황에 대해서 세세히 설명해 주었다.

"가랑이에 첫 발을 쏘았죠. 그게 이상한가요? 그 다음에 입에 총을 넣고 방아쇠를 당긴 거예요."

졸저는 핏자국에서 어렴풋이 구리 냄새가 나는 것 같았다.

"형사 자식들이 더 끔찍한 데는 치워 놓았으면 좋았을텐데."

페퍼는 마치 형사들이 총이 아니라 수세미랑 비누로 무장을 하고 다니는 걸로 생각하고 있는 것 같았다.

"가정부도 월요일까지는 오지 않을 거예요. 게다가 이런 구역질 나는 쓰레기들을 치우고 싶어하지도 않을 거구요."

피투성이의 욕실이 졸저에게 걸고 있는 최면을 깨뜨리는 것 같아, 그녀는 비틀거리며 복도를 따라 무작정 몇 발자국을 들여놓았다.

"이봐요! 괜찮아요?"

페퍼 캐러필드가 물었다.

졸저는 속이 메슥거렸지만 이를 악물고 복도를 따라 재빨리 몸을 움직이고는 또 다른 문간의 기둥에 몸을 기댔다.

"이봐요! 당신 아직도 그이에 대해서 연정 같은 걸 갖고 있는 건가요? 그래요?"

"아뇨."

졸저는 나지막이 대꾸했다.

페퍼는 졸저의 옆으로 바싹 다가와서는 졸저의 어깨 위에 원치도 않는 위로의 손을 얹어 놓았다.

"물론 그렇겠죠. 저런! 미안해요."

페퍼는 겉으로는 잔뜩 동정어린 어조를 꾸며댔다. 졸저는 과연 이 여자가 자기 이익과도 상관없는 순수한 감정을 가질 수나 있을까 하고 의문스러웠다.

"당신은 이미 마음속에서 그이를 다 지워 버렸다고 하지만, 난 분명히 알고 싶었어요."

페퍼의 말에 졸저는 뭐라고 악다구니라도 지르고 싶었다.

'이 멍청한 개년아! 난 그 사람에게 연정 따위는 없어. 하지만 그 사람은 그래도 분명히 하나의 인격체야. 어떻게 너는 그렇게 무감각할 수가 있지? 대체 넌 어떻게 된 인간이냐구? 너라는 인간은 어디가 잘못된 거지?'

하지만 졸저는 그저 단 한마디만 했다.

"난 괜찮아요, 괜찮아. 그 사람 물건들은 어디 있죠? 물건들을 분류해서 여기서 갖고 가고 싶군요."

페퍼는 졸저를 데리고 복도를 지나 침실로 갔다.

"그 사람은 옷장 맨 밑 서랍하고, 화장대 왼편하고, 옷장의 반을 썼어요. 제가 도와드리죠."

그녀는 옷장 맨 밑 서랍을 당겼다.

졸저에게 그 방은 갑자기 꿈속에 나타난 장소처럼 섬뜩하고 비현실적인 것처럼 느껴졌다. 그녀는 심장이 쿵쾅대기 시작했다. 졸저는 자신을 공포로 가득 차게 만든 세 가지 물건 중의 하나를 향해서 침대 주위로 다가갔다. 책들. 침대 옆의 테이블에는 여섯 권의 책들이 쌓여 있었다. 그녀는 그 책들 가운데 두 권의 책 제목에서 "달"이라는 단어를 보았다. 벌벌 떨리는 손으로 그녀는 책들을 가려내다가 여섯 권의 책들이 모두 똑같은 주제를 다루고 있다는 사실을 알아냈다.

"뭐가 잘못된 거죠?"

페퍼가 물었다.

졸저는 농구공만한 크기의 스탠드가 세워져 있는 화장대 쪽으로 다가갔다. 거기서부터 전선이 길게 늘어져 있었다. 그녀는 스탠드의 스위치를 켰다. 그녀는 그 스탠드 안에 불투명한 전등이 달려 있다는 걸 알았다. 그것은 분화구라든가, 융기라든가, 평지 등으로 명백하게 구분할 수 있는 지질학적인 특징으로 보아서 지구본이 아니라 달의 천체의였다. 그녀는 불을 밝히고 있는 천체의를 한 바퀴 돌려 보았다.

그녀를 놀라게 만든 세 번째 물건은 창문 앞에 놓인 화장대 옆의 세 다리 걸상 위에 놓인 망원경이었다. 그 기구가 보통 아마추어용 망원경하고 다른 점은 하나도 없었다. 하지만 졸저에게 그것은 음산하다 못해 확실히 알 수는 없지만 음침한 무엇인가를 연상시키는 위험한 존재로 보였다.

"그것들은 전부 앨런의 물건들이에요."

페퍼가 말했다.

"그이가 천문학에 관심이 있었나요? 언제부터죠?"

"지난 두 달 동안이오."

페퍼가 대답했다.

앨런과 말시의 상태가 뭔가 유사하다는 점이 졸저의 마음을 몹시 괴롭혔다. 의사에 대한 말시의 이성을 잃을 정도의 공포심과 앨런의 충동적인 성적 욕구. 그 상황들은 한쪽은 강박 관념적인 공포심이고 다른 하나는 강박 관념적인 집착이라는 점에서 각기 다른 심리적인 문제처럼 보이지만, 두 경우 모두 강박 관념적인 요소를 가지고 있다는 점에서는 비슷한 점을 공유하고 있었다. 분명히 말시의 공포증은 완치되었다. 그렇게 따지고 보면 앨런은 운이 그다지 좋지 않은 사람이었던 셈이다. 그에게는 도와줄 사람도 아무도 없었다. 그래서 그는 그대로 그 덫에 걸리고 말았으며 자신을 자제해 보려고 자신의 성기를 총으로 날려 버리고 머리통에 총탄을 박고 만 것이었다. 졸저는 부르르 몸을 떨었다. 아버지와 딸이 동시에 정신적인 문제로 타격을 입었다는 것은 우연 치고는 지나친 우연의 일치였다. 하지만 그녀로 하여금 그것이 그저 단순한 우연의 일치가 아니라고 확신하게 만드는 이유는, 그 두 사람이 공통적으로 가지고 있던 각기 다른 종류의 해괴한 면 때문이었다. 그것은 바로 달에 대해 관심을 갖고 있다는 사실이었다. 앨런은 지난 6개월 간 말시를 본 적이 한 번도 없었다. 가장 최근에 통화를 한 것도 지난 9월이었고, 그때는 두 사람이 달에 대해서 호기심을 갖게 되기 몇 주 전이었다. 그 두사람이 서로 달에 대해서 호기심을 가지고 있다는 사실을 전할 수 있을 만한 접촉이나 연락도 없었다. 그것은 두 사람 각자에게서 자발적으로 생겨난 것 같았다.

잠결에 달 때문에 괴로워하던 말시를 기억해 내면서 졸저가 말했다.

"그이가 별난 꿈을 꾼 적이 있는지 혹시 아세요? 달에 관한 꿈 같은 것 말예요."

"그랬어요. 그런데 당신이 그걸 어떻게 알죠? 그이는 계속 그런 꿈을 꾸었지만, 깨고 나서는 꿈에 대한 자세한 내용들을 하나도 기억하지 못했어요. 그런 꿈은…… 지난 10월 말부터 시작됐을 거예요. 그런데 그건 왜 물으시죠? 무슨 중요한 뜻이라도 있는 일인가요?"

"그 꿈들은…… 악몽이었나요?"

졸저의 질문에 페퍼는 고개를 내저었다.

"꼭 그렇지는 않았어요. 그 사람이 잠꼬대하는 소리를 들었거든요. 때때로 겁먹은 것처럼 들릴 때도 있었지만, 대개는 미소를 짓곤 했어요."

졸저는 등골이 얼음처럼 싸늘해지는 것 같은 기분이 들었다.

그녀는 불이 밝혀진 달 모양의 천체의 쪽으로 눈길을 돌렸다.

대체 일이 어떻게 돌아가고 있는 거지? 각기 다른 사람이 똑같은 꿈을 꿀 수가 있는 걸까? 그런 일이 정말 가능한 것일까? 어떻게 그럴 수가 있지? 그리고 왜? 그녀는 스스로 반문했다.

그녀의 등뒤에서 페퍼가 "괜찮아요?"라고 물었다.

무언가가 앨런을 자살로 몰고 간 것이다.
말시에게는 과연 무슨 일이 일어날 것인가?

8

1월 11일 토요일

매사추세츠 보스턴

파블로 잭슨의 추도식은 1월 11일 토요일 아침 11시에 그가 묻힐 장지에 있는 비종파 예배당에서 열렸다. 목요일이 돼서야 검시관과 경찰 병리학자가 시체에 대한 검사 과정을 모두 끝마쳤기 때문에, 파블로가 살해되고 나서 닷새가 지난 다음에야 장례식이 거행될 수 있었다.

마지막으로 고인에 대한 덕을 기리고 나자, 조문객들은 관이 대기하고 있는 무덤으로 자리를 옮겼다. 파블로가 묻히게 될 무덤 근처의 눈들은 말끔히 치워져 있었지만, 사람들이 서 있을 만한 공간은 충분하지가 못했다. 수십 명의 사람들이 준비가 되어 있는 공간 밖에 서 있어야 했고, 몇몇 사람들은 신고 있는 부츠보다도 더 높이 쌓인 눈밭에 서 있어야 했다. 나머지 사람들은 추도식이 거행되는 공원을 가로지르는 보도에 남아서 멀리서 장례가 진행되는 모습을 지켜 보았다. 3백여 명의 사람들이 그 늙은 마술사에 대한 마지막 경의를 표하기 위해서 찾아 주었다. 쌀쌀한 날씨 속에서 부자나 가난한 사람이나, 유명 인사들이나 무명의 조문객들이나, 보스턴 사교계의 명사들이나 동료 마술사들이나 모두 한결같이 입에서 하얀 입김을 뿜어내고 있었다.

진저 바이스와 리타 해너비는 무덤 근처를 둘러싸는 원형의 제일 앞줄에 자리하고 있었다. 월요일부터 진저는 크게 식욕을 잃은데다 잠도 거의 자지 못했다. 늘상 안색도 창백하고 신경이 예민해져 있었으며 몹시 피곤한 상태였다.

리타와 조지는 진저가 장례식에 참례하는 문제 때문에 말다툼을 벌였었다. 두 사람은 그렇게 정서적으로 크게 충격을 줄 만한 경험으로 인해서 진저가 갑자기 의식을 잃게 될까봐 전전긍긍했다. 하지만 경찰들은 파블로를 죽인 살인범이 혹시라도 장례식에 참석할지도 모르니까 한번 찾아봐 달라고 그녀를 독려했다. 진저는 자위 수단으로 경찰들로부터 사건의 진상을 숨긴 채 살인범이 그저 단순한 강도이며, 강도들은 때때로 그런 병적인 충동에 의해서 범죄를 저지르기도 한다는 식으로 경찰들이 믿게끔 유도했다. 하지만 그녀는 범인이 그저 단순한 강도가 아니며, 장지까지 찾아와서 경찰에 체포될지도 모르는 모험을 걸 만한 위인이 못된다는 것을 잘 알고 있었다.

진저는 고인의 덕을 기리는 송덕문이 낭독되는 사이 계속 흐느껴 울었다. 예배당에서부터 무덤까지 걸어갈 무렵 그녀는 슬픔이 너무나 깊어서 마치 비수로 심장을 도려내는 것 같았다. 그러나 자제력을 잃지는 않았다. 그녀는 이런 엄숙한 상황을 구경거리로 만들지 않기로 결심했다. 그리고 파블로에게 위엄 있게 자신의 존경심을 표하기로 마음먹었다.

게다가 그녀가 그 자리에 참석한데는, 갑자기 몽환 상태에 빠지거나 정서적으로 파멸한다면 도저히 완수할 수 없는 부차적인 목적이 있었다. 그녀는 전(前) 주영 대사이자 미 상원 의원과 CIA 국장을 지낸 바 있는 알렉산더 크리스토퍼슨이 오랜 친구의 장례식에 반드시 참석하리라 굳게 믿고 있었고, 그와 만나서 많은 이야기를 나누고 싶었다. 파블로는 크리스마스 저녁, 진저의 문제에 관해서 바로 크리스토퍼슨에게 조언을 구했었다. 그리고 아즈라엘 블록에 관해서 파블로에게 얘기해 준 것도 바로 알렉산더 크리스토퍼슨이었다. 그녀는 그 대답이 무엇이 될지는 몹시 두려웠지만, 크리스토퍼슨에게 물어 보지 않으면 안 될 중요한 질문이 있었다.

그녀는 예배당에서 그의 모습을 보았다. 텔레비전이나 신문 지상을 통해서 그가 공직에 있던 시절부터 이미 그 모습을 익히 알고 있었기 때문에, 많은 사람들 속에서도 그를 찾아내는 일은 그리 어렵지 않았다. 그는 한눈에 확 뜨일 만큼 멋진 체구를 갖고 있었다. 큰 키에 마른 체구, 게다가 백발을 하고 있어서 눈에 띄지 않을 수가 없었다. 그들은 바로 무덤 맞은편에 서 있었고, 그들 사이에는 천으로 덮인 관이 놓여 있었다. 물론 그가 그녀를 알아볼 리는 만무하겠지만, 그는 진저를 두어 번 흘낏 훔쳐 보았다.

목사는 마지막으로 간단한 기도를 올렸다. 잠시 후 몇 명의 조문객들이 서로 인사를 하였고 곧 조그만 무리를 지어서 이야기를 나누기 시작했다. 크리스토퍼슨을 비롯한 나머지 사람들은 묘지에 허다하게 깔려 있는 묘석들을 둘러보더니 눈이 쌓여 있는 소나무와 헐벗은 단풍 나무를 지나서 주차장을 향해 사라져 갔다.

"저 남자랑 얘기를 좀 해야겠어요. 금방 돌아올게요."

진저가 리타에게 말했다.

리타는 깜짝 놀라서 진저를 불렀지만, 진저는 잠시도 지체하지 않고 더 이상 설명도 없이 그대로 가 버렸다. 그녀는 나무 전체가 시커멓게 변한 참나무 밑에서 크리스토퍼슨을 따라잡았다. 그 나무는 눈이 껍질처럼 두텁게 얼어붙어 있었으며, 해골처럼 앙상한 나뭇가지가 들쭉날쭉한 그림자를 드리우고 있었다. 진저가 그의 이름을 부르자, 그는 그녀에게로 고개를 돌렸다. 그는 사람을 꿰뚫어 보는 듯한 잿빛 눈동자를 가지고 있었고, 그녀가 자신이 누구인지를 말하자 그의 눈은 더욱 크게 휘둥그래졌다.

"미안하지만, 전 당신을 도와줄 수가 없군요."

그는 그렇게 말하더니 그녀에게서 돌아섰다.

"제발요! 만일 파블로에게 일어난 일 때문에 저를 원망하시고 계신 거라면…….”

그녀는 그의 팔을 붙잡고 늘어지면서 애원했다.

“내가 어떻게 생각하든간에 왜 당신이 신경을 쓰시죠, 박사?”

그녀는 팔에 더욱 힘을 주어 그를 붙잡으며 다시 말했다.

“잠깐만요! 제발 부탁이에요.”

크리스토퍼슨은 장지에서 서서히 흩어져 가는 사람들의 모습을 조심스러운 눈초리로 살펴보았다. 진저는 그가 오해를 받을까 봐 몹시 두려워하고 있다는 것을 잘 알고 있었다. 혹시나 나쁜 사람들, 아니 위험한 인물들이 그와 진저가 같이 있는 모습을 보고서 혹시 그가 파블로처럼 그녀를 돕고 있는 것은 아닐까 하고 의심받게 되는 것이 두려웠던 것이다. 갑자기 그는 머리를 가볍게 움찔거렸다. 진저는 그것이 그가 긴장하고 있다는 표시로 생각했지만, 곧 그것이 파킨슨병의 가벼운 증상이라는 것을 알아차렸다.

“바이스 박사, 만일 당신이 어떤 형태든 고통에서 벗어날 수 있는 방법을 찾고 있다면, 무슨 일이 있더라도 거기에 관해서 참고가 될 만한 사항들을 전부 말해 주셔야 합니다. 파블로는 그것이 대단히 위험한 일이라는 것을 잘 알고 있었고, 그걸 기꺼이 받아들인 겁니다. 그 친구는 자신의 목숨을 걸고 도박을 하는 데는 명수였죠.”

“그분께서 그 일이 위험하다는 것을 정말로 알고 계셨다는 말씀이신가요? 그 부분이 바로 제가 알아야 할 곳이에요.”

크리스토퍼슨은 놀란 것 같았다.

“내가 직접 그 친구한테 경고를 했었죠.”

“어떤 사람에 관해서 경고를 하신 건가요? 아니면 무엇인가에 관해서인가요?”

“난 그게 누구인지, 아니면 무엇인지 잘 모릅니다. 그렇지만 당신의 기억을 있는 대로 들쑤셔 놓는 데 막대한 노력을 들이기만 한다면, 틀림없이 엄청나게 중요한 무언가를 찾을 수 있을 겁니다. 난 분명히 파블로에게 경고했어요. 당신을 세뇌시킨 사람이 누구이건간에 틀림없이 아마

추어는 아닐 거라고요. 그리고 당신들 두 사람이 아즈라엘 블록을 깨뜨리려고 한다는 사실을 그들이 알았다면, 그 뿐만 아니라 당신도 쫓아올 겁니다."

크리스토퍼슨은 잿빛 눈동자로 잠시 그녀의 눈을 살피더니 한숨을 내쉬며 말했다.

"그 사람이 나랑 한 얘기를 정말 당신에게 했단 말인가요?"

"그분은 제게 전부 말씀해 주셨어요. 당신이 한 경고만 빼놓고는요."

그녀의 눈은 다시 눈물로 가득 찼다.

"그 얘기는 입 밖에 내지도 않으셨어요."

그는 우아하게 생기기는 했지만 중풍에 걸린 손 하나를 주머니에서 꺼내 마음을 달래 주듯 그녀의 팔을 꼬옥 잡았다.

"박사, 당신이 그런 얘기를 하니까 당신을 다그칠 수도 없잖소."

"하지만 전 제 자신이 너무나 원망스러워요."

진저는 비통하고 여린 목소리로 울먹였다.

"절대 그렇지 않아요. 그 일에 대해서 당신을 자책해서는 안 돼요."

크리스토퍼슨은 자신들이 누군가의 감시를 받지나 않는지 확인해 보려고 다시 한번 주위를 돌아보면서 오버코트 맨 위의 단추 두 개를 풀고 양복 상의의 가슴팍에 달린 주머니에서 액세서리용 손수건을 뽑아 진저에게 주었다.

"제발 자신을 자책하지 말아요, 박사. 우리들의 친구는 아주 행복하게 살 만큼 잘 살았어요. 그 친구의 죽음이 불행한 사고에 의한 것일지도 모르지만, 비교적 빨리 끝나서 훨씬 잘된 것일지도 몰라요."

그가 건네준 엷은 청색 실크의 천조각으로 눈물을 닦으면서 진저가 말했다.

"그분은 돌아가셨어요."

"그렇소."

크리스토퍼슨도 진저의 말에 맞장구를 쳤다.

"그리고 이제야 나도 왜 그 친구가 당신을 위해서 그런 위험한 모험을 했는지 알 것 같소. 그 친구가 말하기를 당신은 아주 사랑스럽고 좋은 아가씨라고 하더군요. 그리고 내가 보기에도 언제나 그랬듯이 그 친구의 판단은 정확하고 믿을 만한 것 같군요."

그녀는 눈물을 닦던 손길을 거두었다. 그녀의 가슴은 아직도 비수로 찌른 듯 아프고 쓰렸지만, 그녀는 죄책감과 슬픔도 결국은 슬픔 하나로 물러나고 말 수도 있다는 가능성을 믿기 시작했다.

"감사합니다."

그에게 말하기보다는 오히려 자신에게 말하듯이 진저가 말했다.

"이제부터 전 무엇을 해야 하죠? 저는 여기서 어디로 가야 하는 거죠?"

"난 당신을 도와줄 입장이 못 됩니다."

그는 단박에 잘라 말했다.

"난 거의 십 년 간이나 정보부 쪽의 일에서 손을 떼고 지내 왔는데다, 그 쪽하고는 더 이상 접촉할 만한 연줄이 없어요. 당신이 가지고 있는 기억 장애 배후에 누가 있을런지, 아니면 그 이유가 뭔지 알 수도 없구요."

"저를 도와 달라고 부탁하지는 않겠어요. 하지만 더 이상 아무것도 모르는 채 이대로 당하고 있을 수만은 없잖아요. 전 그저 당신이라면 제가 혼자서 어떻게 해 나가야 할지 조금이라도 알려 줄 수 있지 않을까 하고 생각했을 뿐이니까요."

"경찰에 알려요. 사람들을 도와주는 게 바로 그 사람들이 해야 할 일이니까."

그의 말에 진저는 고개를 내저었다.

"아뇨, 경찰은 너무 느려요. 대개가 과로에 지쳐 있는데다, 나머지 사람들도 그저 경찰복이나 입고 폼이나 잡는 사람들이죠. 제가 갖고 있는 문제는 너무나 긴박한 것이어서 경찰들이 해결해 줄 때까지 가만히 참고 기다리고 있을 시간이 없어요. 게다가 그들을 믿을 수도 없구요. 저는 어떤 종류든간에 관청 사람들을 믿지 않습니다. 우리가 치료를 하는 동안 파블로가 만들었던 테이프도 제가 파블로의 아파트로 다시 경찰들을 데려갔을 때 감쪽같이 없어져 버린 걸요. 그래서 그들한테 그 얘기는 입도 뻥긋할 수가 없었어요. 저는 속이 바싹 탔죠. 경찰들한테 제가 갑자기 의식을 잃는다거나 파블로가 어떻게 나를 도와주고 있었다는 얘기는 하지 않았어요. 전 그저 우리는 친구 사이였고, 우연히 점심이나 먹으려고 들렀다가 살인 현장을 발견하게 됐다고 말했죠. 경찰들이 그 사건을 그저 단순한 강도 사건으로 생각하게 내버려뒀어요. 좀 이상한 과대 망상증이죠? 하지만 전 그들을 도저히 믿을 수가 없었어요. 지금도 못 믿겠구요. 그러니까 경찰은 안 돼요."

"그렇다면 당신의 기억을 역행시킬 수 있을 만한 다른 최면술사를 찾아봐요."

"안 돼요. 더 이상 무고한 생명을 해치는 위험한 짓은 하지 않겠어요."

그녀는 다시 되풀이해서 강조했다.

"나도 그 심정은 잘 알지만, 더 이상 뾰족한 방법은 모르겠어요."

그는 오버코트 주머니에 양손을 깊숙이 찔러 넣었다.

"미안해요."

"아니, 그러실 필요까지는 없으세요."

그녀가 대꾸했다.

그는 그녀와 헤어져서 멀찍이 가다 말고 잠시 걸음을 멈추고서 한숨을 내쉬었다.

"박사, 나는 당신이 나를 이해해 줬으면 합니다. 난 전쟁에도 참전한 적이 있었소. 아주 큰 전쟁이었고 덕분에 훈장도 몇 개 받았지요. 나중에는 대사도 지냈었고, CIA 국장으로서나 상원 의원으로서 여러 가지 어려운 결정을 내린 적도 많았다오. 그 가운데 어떤 경우에는 개인적으로 위험을 겪었던 적도 있었구요. 난 절대로 위험하다고 몸을 사리고 물러서 본 적은 한 번도 없었다오. 하지만 이젠 나도 나이가 들었소. 벌써 일흔하고도 여섯이죠. 하지만 내가 느끼기에는 훨씬 더 늙은 것 같은 기분이 들어요. 파킨슨병을 앓고 있는데다 심장도 별로 좋지 않고 혈압도 높다우. 내게는 사랑하는 아내가 있어요. 만일 나한테 무슨 일이 일어난다면, 아내는 혼자가 되죠. 내 아내가 혼자서 제대로 잘 살아갈지는 나도 잘 모르겠소, 바이스 박사."

"자신을 합리화시키려고 애쓰실 필요는 없으세요."

진저는 그렇게 대꾸하면서, 서로의 입장이 금세 완전히 뒤바뀌어 버렸다는 것을 깨달았다. 처음에 그녀에게는 그가 자신의 마음을 안심시켜 주고 고통을 덜어 줄 수 있는 완전한 인간처럼 보였었다. 하지만 이제 진저가 그의 호의를 거절하고 있는 것이다. 부친인 제이콥은 자비심을 가질 수 있다는 것은 인간의 가장 커다란 덕목 중의 하나이며, 자비를 베풀고 남이 베푼 자비를 받아들이는 일이 인간 사이에 깨뜨릴 수 없는 깊은 연대감을 만든다고 종종 말하곤 했다. 진저는 알렉스 크리스토퍼슨이 자신의 죄책감을 덜어 주게끔 그 마음을 받아들이고, 또 자신도 그의 죄책감을 덜어 주려고 애쓰는 가운데 그러한 연대감을 느끼면서 다시 아버지의 말씀들을 되새겨 보았다.

그가 계속해서 자신의 입장을 변명하려고 애쓰고 있기는 했지만 그의 설명은 점점 개인적인 화제로 바뀌어 갔고, 아까보다 훨씬 덜 방어적이고도 조금 더 협상하는 듯한 어조로 바뀐 것을 보면 분명히 그 역시 그러한 감정을 느끼고 있는 것 같았다.

"박사, 툭 털어놓고 말하자면, 내가 이 일에 관련되고 싶어하지 않는 건 내 목숨이 엄청나게 아까워서라기보다는 죽는다는 것이 점점 두렵게 느껴지기 때문이오."

그렇게 말하면서 그는 안주머니에 손을 넣더니 메모지와 펜을 꺼냈다.

"지금까지 살아오면서 난 그다지 자랑스럽지 못한 일들을 몇 가지 저질렀죠."

마비된 오른손으로 펜을 쥐고서 그는 뭔가를 적기 시작했다.

"사실 그러한 죄들 대부분이 직무를 수행하는 중에 저지른 것이었죠. 정부와 첩보 활동은 둘 다 필요불가결한 것들이지만, 둘 다 깨끗한 일은 못 되죠. 그 당시 나는 신이라든가 사후의 세계 따위는 믿지 않았었소.

지금은 과연 그런 게 정말로 있을까 궁금해요……. 그리고 그렇게 궁금해 하는 가운데 때때로 두려워지죠."

그는 수첩의 맨 윗장을 뜯어냈다.

"죽은 다음에 과연 무엇이 나를 기다리고 있을까 생각하면 너무나 두렵소. 그게 바로 내가 가능한 끝까지 버티고 살아 보려는 이유요, 박사. 하느님이 도우셔서 늘그막에 겁쟁이가 되어 버린 이유가 바로 그거죠."

크리스토퍼슨이 뭔가를 적어 수첩에서 떼어 낸 종이를 접어서 그녀에게 건네주었을 때, 진저는 그가 외투에서 수첩과 펜을 꺼내기 전에 남아 있는 조문객들에게서 등을 돌리고 있으려고 애썼다는 사실을 알아차렸다. 그가 한 행동을 볼 만한 사람은 아무도 없었다.

"지금 막 건네준 것은 코네티컷 그리니치에 있는 골동품상의 전화 번호예요. 내 동생 필립이 그 가게의 주인이죠. 지금 나쁜 사람들이 우리가 얘기하는 모습을 봤을지도 모르니까 나한테 직접 연락해서는 안 됩니다. 난 당신과 관련돼서 위험에 빠지고 싶지는 않소, 바이스 박사. 게다가 난 당신의 문제를 쫓아다니면서 조사해 줄 수도 없구요. 하지만 여러 해 동안 이런 문제들에 관해서는 내가 폭넓은 경험을 쌓았으니까, 경험이 도움이 될 만한 때가 몇 차례 있을지도 모르겠군요. 이해가 안 가는 부분이나, 어떻게 대처해야 할지 모르는 상황이 있을 수도 있을 거고, 그때 내가 조언을 해 줄 수 있을지도 모르죠. 그냥 필립에게 전화해서 박사의 전화 번호만 남기면 됩니다. 그러면 그 애가 나한테 곧장 전화를 해서 미리 정한 암호로 메시지를 전해 줄 거예요. 그러면 내가 공중 전화로 나가서 그 애한테 전화를 해 주면, 그 애가 당신이 알려 준 번호로 가능한 빨리 연락을 해 줄 겁니다. 내가 당신에게 기꺼이 제공해 줄 수 있는 거라고는 경험밖에는 없소, 바이스 박사. 나만이 가진 특수하고도 불행한 경험 말이오."

"그거면 충분해요. 저를 굳이 도와주려고 하지 않으셔도 돼요."

"행운을 빕니다."

그는 얼른 몸을 돌리고서 얼어붙은 눈밭 위로 뽀드득거리는 발자국 소리를 남기며 멀리로 사라져 갔다.

진저는 다시 고인의 무덤으로 돌아갔다. 거기에는 리타와 장의사, 그리고 일꾼 두 명만이 남아 있었다. 무덤을 감싸고 있던 벨벳 휘장이 끌어 내려져 치워졌다. 플라스틱 방수포도 땅에 미리 만들어 놓은 작은 구덩이에서 벗겨졌다.

"대체 어떻게 된 거야?"

리타가 물었다.

"나중에 말씀 드릴게요."

진저는 그렇게 대답하면서 허리를 굽혀 파블로 잭슨의 마지막 안식처 옆에 놓인 꽃다발 더미에서 장미꽃 한 송이를 집어 들었다. 그리고 몸을 앞으로 수그려 구멍 속의 관 뚜껑 위로 그 꽃을 던졌다.

"알라브 하숄렘! 부디 이승과 더 나은 저승 사이에서 아주 짧은 단꿈처럼 편안히 잠드시기를! 바루흐 하셍."

리타와 함께 멀리로 걸어가면서, 진저는 일꾼들이 삽으로 흙을 떠서 관 위로 쏟아 붓는 소리를 들었다.

네바다 엘코 카운티

목요일, 폰트레인 박사는 사람을 무력하게 만드는 어니 블록의 야간 공포증을 완전히 고쳤다는 데 대해서 몹시 만족스러워했다.

"제가 지금까지 본 환자 중에서 회복이 가장 빠른 경우예요. 아마 해병들은 보통 사람들보다 훨씬 더 강한 모양이죠?"
라고 박사는 말했었다.

토요일인 1월 11일, 그러니까 밀워키에 온 지 겨우 넉 주 만에 어니와 페이는 다시 집으로 돌아가게 되었다. 그들은 유나이티드 에어 라인으로 리노로 가서 10인승 정기 승객용 항공 노선을 이용해 그날 아침 11시 27분에 엘코 공항에 도착했다.

어니가 그녀를 금세 알아보지는 못했지만, 샌디 사버는 엘코 공항으로 그들을 마중 나왔다. 그녀는 수정같이 맑은 겨울 햇살을 받으며 조그만 터미널에 서서 그들을 기다리고 있다가 어니와 페이가 도착하자 반갑게 손을 흔들어 주었다. 그녀에게는 이제, 용모는 예쁘장하지만 안색이 늘 창백했던 여자의 모습도, 늘 구부정하게 어깨를 늘어뜨리고 추레한 옛날 구닥다리 복장을 한 눈에 익은 여인의 모습도 모두 사라져 버렸다. 어니가 그녀를 본 이후 처음으로 샌디는 옅은 밑화장에다 아이 섀도와 립스틱을 바르고 있었다. 손톱도 더 이상 물어뜯은 모습이 아니었고, 전에는 늘 윤기 없고 제대로 손질도 하지 않은 채 아무렇게나 빗고 있던 숱이 적어 보이던 머리카락도 이제는 아주 풍성하고 윤기가 도는 모습이었다. 샌디는 10파운드 정도나 살이 올라 있었다. 전에는 늘 자기 나이보다 더 나이가 들어 보였으나, 지금은 자기 나이보다도 훨씬 앳되 보였다.

어니와 페이가 화장한 모습에 대해서 격찬을 해 주자, 샌디는 수줍어서 얼굴을 붉혔다. 그녀는 그러한 변화가 별다른 의미도 없는 척하려고 했지만, 분명히 그녀는 그들이 해 주는 칭찬이나 찬사, 인정 따위가 더없이 즐겁게 느껴졌다.

물론 그녀는 다른 면으로 변해 있었다. 우선 그녀는 늘 말수가 적고 수줍음을 잘 타는 편이었는데, 그들이 주차장까지 걸어가서 자신의 빨강색 소형 트럭 뒤에 짐을 실을 때, 그녀는 루시와 프랭크 부부와 아이들에 대해서 여러 가지 질문을 던졌다. 그녀는 어니가 야간 공포증을 갖고 있는지 전혀 몰랐기 때문에 거기에 대해서는 묻지 않았다. 그들은 그의 상태를 계속 비밀로 붙여 왔었고, 위스콘신에서 예정보다 훨씬 더 오래 머물러 있었던 것은 손자들하고 시간을 보내느라 시간 가는 줄 몰랐기 때문이라고 변명을 했다. 트럭을 몰고 엘코를 지나 주간 고속 도로를 달리면서, 그녀는 얼마 전에 막 지나간 크리스마스와 트랭퀼러티 모텔이 그동안 어떻게 돌아가는지에 대해서 솔직하고도 쾌활하게 떠들어댔다.

샌디가 차를 운전한다는 사실이 다른 어떤 것만큼이나 어니를 깜짝 놀라게 만들었다. 그는 그녀가 자동차를 타는 것을 극히 혐오했다는 사실을 잘 알고 있었다. 하지만 지금 그녀는 매우 빠른 속도로 차를 몰고 있으며, 그것도 전에는 어니가 그녀에게서 한 번도 느껴본 적이 없는 편안하고 노련한 솜씨로 운전대를 잡고 있었다.

어니와 샌디 사이에 앉아 있던 페이도 샌디의 그런 변화를 알아채고 있었기 때문에, 샌디가 유별난 기동성과 대담한 솜씨로 소형 트럭을 운전하자, 어니에게 의미 심장한 시선을 보냈다.

바로 그 순간 좋지 않은 일이 일어났다.

모텔에서 1마일도 채 남지 않은 지점에서의 샌디의 갑작스런 변신에 대한 어니의 관심은 12월 10일, 그러니까 그가 새로운 조명 기구들을 싣고서 엘코에서 집으로 돌아올 때, 처음으로 그가 갑작스런 발작을 일으켰을 때 느꼈던 이상한 감정으로 대체되었다. 고속 도로 남쪽으로 바로 반 마일 전방에 있는 특정한 지점이 그를 부르고 있는 것 같은 그 느낌. 바로 저 너머에서 뭔가 이상한 일이 그에게 일어났던 것 같은 그 느낌. 전에도 그랬듯이, 그것은 뭔가 터무니없게 느껴지는 동시에 자신을 꽉 움켜잡고 있는 것 같은 느낌이었다. 꿈속에 나타난 불가사의한 마력을 가진 장소에 대해서 뭔가 섬뜩하게 느껴지면서도 매력을 지닌 듯한 독특한 느낌…….

그 곳이 가진 특수한 마력이 얼마간은 어둠에 대해서 오금을 펴지 못할 정도로 두렵게 느끼게 만든 바로 그 정신 장애 증상의 일부라고 한다면, 어니에게 있어서 그것은 해결되지 않은 새로운 사태인 셈이었다. 야간 공포증은 이미 치료를 받았으므로, 그는 당분간 심리적인 불균형 상태로 인한 모든 징후들이 밤을 두려워하는 공포심과 함께 사라지리라 추측하고 있었다. 따라서 그것은 대단히 나쁜 징조처럼 보였다. 그는 그것을 자신이 영구적으로 치료를 받아야 할지도 모른다는 적신호라고는 생각하고 싶지 않았다.

페이는 크리스마스날 아침에 손주들과 함께 지낸 이야기를 샌디에게 해 주었고, 샌디도 그 얘기를 듣고 즐겁게 웃었다. 그러나 어니에게는 그 웃음소리와 대화가 점점 아련하게 들려 왔다. 최면에 걸린 듯 그에게 마력을 뻗쳤던 그 땅의 특정한 지점 가까이로 다가가자, 어니는 뭔가가 금세라도 나타날 것 같은 느낌에 사로잡혔다. 햇살이 줄무늬처럼 내리쬐었다. 어니는 바람막이 유리창을 통해 들어오는 햇볕에 얼굴을 찡그렸다. 대단히 중대하고도 엄청난 사건이 당장이라도 일어날 것만 같았고, 그는 공포심과 경외감으로 가득 찼다.

세 사람이 탄 트럭이 그의 정신을 빼앗아 갔던 바로 그 장소를 지나갈 무렵, 어니는 차의 속력이 늦어졌다는 사실을 알아차리기 시작했다. 샌디는 엘코에서부터 계속 내 오던 속도를 반으로 뚝 떨어뜨려서 시속 40마일 이하로 낮췄다. 어니가 트럭의 속도가 늦춰졌다는 사실을 알아차렸을 때 다시 속력이 점점 더 느려졌다. 그는 한참 지나서야 샌디의 모습을 보았는데 그녀도 그 곳의 바로 똑같은 지점에 잠시 홀려 있구나 하는 것을 확신했다. 그녀는 귀로는 페이의 이야기를 듣고 있으면서 눈으로는 앞에 펼쳐져 있는 길을 쳐다보았다. 그러는 동안에도 계속 트럭의 속력은 늦어지고 있었다. 하지만 그가 보기에 분명히 그녀의 표정에는 이상한 점이 있는 것 같았다. 그는 아주 평범하게 보이는 지면의 바로 그 부분에 대해서 최면술에 걸린 듯했다. 어니는 신비하면서도 한없이 불안한 느낌을 어떻게 같이 나눌 수 있을까 의아하고 당황해 하면서 그녀를 가만히 살펴보았다.

샌디가 우회전 깜박이를 켜고서 차선의 출구 쪽을 향해 트럭의 핸들을 꺾을 때, 페이가 말했다.

"집이 역시 좋군."

어니는 샌디가 자신이 느꼈던 것과 마찬가지로 뭔가가 기괴하게 자신을 부르는 소리에 대한 응답으로 트럭의 속도를 늦추고 있다는 것을 눈치챌 수 있었지만, 그 소리가 자신에게서 두려움을 느끼게 만든 것에 대한 눈치는 아무것도 찾아볼 수가 없었다. 그녀는 분명히 웃고 있었다. 그가 틀린 것이 분명했다. 그녀는 이런저런 이유로 트럭의 속도를 줄인 것 같았다.

뼈 속까지 오싹한 한기가 남아 있었다. 그리고 그들이 경사로를 올라가 모텔 주차장으로 들어가는 사이, 그는 손바닥과 머릿가죽이 땀으로 축축이 젖어 있는 느낌이 들었다.

그는 시계를 쳐다보았다. 시각을 알고 싶어서가 아니라, 해가 질 때까지 얼마나 시간이 남았는지를 알고 싶었기 때문이었다. 해가 지려면 대략 다섯 시간 정도 남았다.

대관절 그가 두려워하는 것이 어둠이 아니라면 대체 무엇일까? 그것이 특정한 상황하의 어둠이라면 일이 어떻게 되는 거지? 어쩌면 그는 실제로 바깥의 어둠에 대해서는 아주 미미한 정도밖에 놀라지 않았기 때문에 금세 야간 공포증을 이겨냈을지도 모른다. 어쩌면 그가 정말로 두려워하는 것은, 가슴속 깊이 두려워하고 있는 것은 네바다 평원의 어둠인지도 모른다. 좁은 범위에 초점이 맞춰지는 것이, 말하자면 국부적으로만 반응하는 것도 일종의 공포증이 될 수 있을까?

물론 그렇지 않을 것이다. 하지만 그는 시계를 쳐다보았다.

샌디는 모텔 사무실 앞에 차를 세웠다. 그들이 차에서 내려서 짐을 내리려고 트럭 뒤쪽으로 돌아갔을 때, 그녀는 페이와 어니를 한 팔에 껴안았다.

"두 분이 다시 돌아오셔서 기뻐요. 두 분 다 너무나 뵙고 싶었어요. 이제 저는 저녁 지으러 건너가서 네드를 좀 도와야겠어요. 벌써 점심 시간이잖아요."

어니와 페이는 급히 사라지는 샌디의 모습을 지켜 보면서, 페이가 "대체 샌디에게 무슨 일이 일어났던 것 같아요?"라고 물었다.

"낸들 알겠어?"

어니가 대답했다.

차가운 공기 속에 뜨거운 입김을 날리면서 페이가 말했다.

"처음에는 샌디가 애기를 가져서 저러나 싶었죠. 하지만 이제 보니까 그런 것 같지는 않아요. 임신을 해서 그렇게 들떠 있던 거라면, 틀림없이 샌디가 우리에게 말해 줬을 것 아니예요? 뭔가 샌디에게 새로운 소식이 아주 많이 생겼나봐요. 뭔가……특별한 뉴스 거리 말예요."

어니는 트럭 뒤에서 여행 가방 네 개를 꺼내서 땅바닥에 내려놓으면서 아무도 눈치채지 못하게 시계를 슬쩍 훔쳐보았다. 해가 떨어지려면 앞으로 5분 정도 남았다.

페이가 한숨을 내쉬었다.

"어쨌든 이유가 뭐든지간에 샌디를 위해서는 정말 다행이지 뭐예요."

"나도 그렇게 생각해."

어니는 트럭에서 나머지 가방 두 개를 꺼내면서 대꾸했다.

"나도 그렇게 생각해."

페이는 가방 중에서 가장 가벼운 것 두 개를 집으면서 일부러 남편의 말투를 흉내냈다.

"덩치만 컸지, 마음은 비단결 같은 양반같으니. 당신 일부러 나한테 아무렇지도 않은 척하려고 들지 말아요. 나도 당신이 거의 우리 루시를 걱정하는 만큼이나 샌디에 대해서 염려하고 있었다는 것 잘 알아요. 당신이 처음 공항에 도착해서 샌디의 모습을 보았을 때, 나도 당신 표정을 봤다구요. 그래서 난 당신 심장이 살살 녹겠구나 생각했죠."

그는 무거운 가방 두 개를 들고서 아내의 뒤를 따랐다.

"심장이 녹는다……그런 불상사를 의학 용어로 뭐라고 하지?"

"심장 액화라고 하죠."

그는 명치 끝을 쥐어짜는 듯한 긴장감에도 불구하고 웃음을 터뜨렸다. 페이는 언제나 그를 웃게 만드는 재주를 가진 여자였다. 그것도 언제나 그가 가장 웃어야 할 필요를 느낄 때 웃음을 만들어 내는 재주를……. 안으로 들어서자, 그는 그녀를 팔로 감싸안고 키스를 하고 나서 그녀를 안아 올렸다. 그리고 곧장 위층으로 올라가 침대로 데리고 갔다. 도깨비 상자처럼 그의 내부에서 펑하고 튀어오르는 두려움을 확실히 쫓아 버릴 수 있는 방법은 그것 말고는 아무것도 없을 것이다. 페이와 함께 보내는 시간은 그에게 언제나 가장 잘 듣는 특효약이었다.

어니가 예외적이리만치 빠른 회복을 보이고 몇 개월 동안 밀워키에 머물 필요가 없다는 사실이 분명해졌을 무렵, 페이는 집으로 돌아오면 모텔을 관리할 매니저를 하나 구해야겠다고 마음먹고 있었다. 그들은 모텔을 계속 잠가 두고 있었다. 이제 그들은 자물쇠를 열고, 실내 온도를 높이고, 그 동안 쌓였던 먼지를 깨끗이 털어 내야 했다.

해야 할 일이 산더미처럼 쌓여 있었다. 하지만 그래도 우선은 아내와 오붓한 시간을 보낼 만한 충분한 시간이 있다고 생각하면서, 어니는 싱긋이 웃었다.

페이가 열쇠로 사무실 문을 따고 있는 동안 그는 그녀의 뒤에 서 있었기 때문에, 다행히도 밝았던 대낮이 갑작스럽게 어두운 그늘에게 자리를 빼앗기게 되었을 때 움찔해서 펄쩍 뛰며 놀라는 모습을 페이에게 보이지 않을 수 있었다. 그러나 그들이 실제로 어둠에 잠겨 있었던 것은 아니었다. 단지 커다란 구름이 해를 가리며 지나간 것뿐이었고, 광선의 세기도 겨우 20퍼센트밖에 줄어들지 않았다. 그러나 그 정도만으로도 그것은 그를 깜짝 놀라게 하고 신경을 거슬리게 만들기에 충분한 것이었다.

그는 시계를 쳐다보았다.

그는 밤이 찾아오게 될 동쪽으로 시선을 돌렸다.

'난 괜찮을 거야. 난 치료를 받았으니까.'

그는 내심 생각했다.

리노에서 엘코 군까지 오는 길에서

화요일에 로우맥의 집에서 셀 수도 없이 많은 수의 달 사진이 궤도를 만들어 자신의 주위를 도는, 과학적으로는 설명할 수 없는 해괴한 경험을 하고 나서, 도미니크 콜베이시스는 리노에서 며칠을 보냈다. 전에 포틀랜드에서부터 마운틴 뷰우까지 가는 여행길에서 그는 도박을 다룬 단편 시리즈물의 소재를 찾으려고 거기서 며칠을 묵은 적이 있었다. 그 여행을 다시 재현하면서 그는 "세상에서 가장 커다란 작은 도시"인 리노에서 수요일과 목요일, 금요일을 보냈다.

돔은 카지노를 전전하면서 도박하는 사람들의 모습을 자세히 살펴보았다. 젊은 남녀들부터 시작해서 퇴직한 노인들, 젊고 예쁜 아가씨들, 멜

빵 바지에 가디간 스웨터를 입은 중년 부인들, 목장에서 갓 올라온 듯한 가죽처럼 억센 얼굴을 한 카우보이들, 멀리 다른 도시에서 유람차 놀러온 나긋나긋한 인상의 부자들, 트럭 운전수들, 행정 기관 의장들, 의사들, 전과자들과 비번인 경찰들, 매춘부들과 몽상가들, 사회적인 배경으로부터 도망쳐 나온 사람들……. 모두가 분명히 세상에서 가장 민주화된 게임이며 자신의 운을 시험해 볼 수 있는 체계적인 게임에 스릴과 희망을 가지고 함께 모여 있었다.

이전에 그 곳을 찾았을 때 그랬듯이, 돔은 자신의 제일 중요한 목적이 사람들의 모습을 관찰하는 데 있는 만큼 단지 사람들 속에 섞이기 위해 도박을 했다. 달 사진들이 폭풍처럼 그에게 휘몰아치고 나서, 그는 리노가 자신의 인생을 영원히 변화시킨 장소이자 자신의 억제된 기억을 다시 풀어 줄 만한 열쇠를 찾게 해 줄 곳이라고 확실히 믿었다. 주위 사람들은 쉴 새 없이 웃고 떠들어대거나 패가 잘 안 맞는다고 불평을 늘어놓았으며 굴러가는 주사위에 행운이 깃들기를 기원하는 소리를 지르곤 했다. 돔은 그들과 조금 멀리 떨어진 위치에서 신경을 곤두세운 채로 차분하게 사람들의 모습을 살피고 있었다. 그는 자신의 과거에 일어난 기억나지 않는 사건들에 대한 실마리를 찾을 수 있게 되기를 바랐다.

그러나 아무런 실마리도 잡히지 않았다.

매일 밤 그는 정체를 알 수 없는 발신인이 또 다른 메시지를 보내 주기를 바라면서 라구나 비치에 있는 파커 페인과 연락을 했다.

그러나 그 이후로 그에게 보내 온 메시지는 아무것도 없었다.

매일 밤 잠들기 전에 그는, 어처구니없는 일이기는 하지만 달 사진들이 춤을 추던 일을 이해해 보려고 애썼다. 그리고 그는 자신의 손에 나타났던 빨갛게 부푼 고리 무늬에 대한 설명을 구하려고 애썼다. 그 고리는 그가 로우맥의 거실에서 달들이 떠돌아다니는 와중에 무릎을 꿇고 털썩 주저앉았을 때 희미하게 사라져 버렸다. 아무리 생각해도 이해가 가지 않는 일들이었다.

날이 갈수록 발륨과 달마네에 대한 갈망은 줄어갔지만, 자세히 기억나지 않는 달에 관한 악몽은 점점 심각해져만 갔다. 매일 밤 그는 침대에 자기 몸을 단단히 고정시키고 있는 밧줄에서 빠져 나오려고 심하게 몸부림을 쳤다.

시간이 갈수록 돔은 자신의 야간 공포증과 몽유병에 대한 해답이 리노에 있으리라는 사실이 의심스럽기 그지없었다. 그러나 그는 자신의 계획을 절대로 바꾸지 않고 마운틴 뷰우를 향해 계속 가기로 결심했다. 만일 아무런 소득도 얻지 못한 채 이 여행을 끝낸다면, 그는 그때 다시 리노로 돌아갈지도 모를 일이다.

재작년 여름 그는 7월 6일 금요일 아침 10시 30분쯤에 점심을 일찍 먹고 나서 해러네 식당을 나섰었다. 토요일인 1월 11일 그는 스케줄대로 10시 40분에 80번 주간 고속 도로를 타고 네바다 황야를 지나 멀리 떨어져 있는 위네뮤카를 향해 복동쪽으로 달렸었다. 그 곳은 1900년대에 부취 캐시디와 선댄스 키드가 은행을 털었던 곳이기도 했다.

사람이 살지 않는 거대하고 넓은 그 구역은 천 년 전의 모습과는 조금 달랐다. 종종 문명의 이기를 상징하는 것으로 곧잘 쓰이는 고속 도로와 송전선이 마차가 다니던 시절 훔볼트 트레일이라고 부르던 노선을 따라 만들어져 있었다. 돔은 그다지 마음이 썩 내키는 일은 아니었지만 쑥과 모래, 알칼리성의 수평 광맥, 물이 바싹 마른 호수, 원주 모양의 결정을 가진 응고된 용암층, 멀리 떨어져 있는 산맥들로 이루어진 대단히 아름다운 원시의 세계를 지나, 관목들이 듬성듬성 나 있는 메마른 평야와 언덕을 지나서 달렸다. 깎아지른 듯한 절벽과 줄무늬가 진 돌기둥들이 붕사와 유황, 명반과 염분의 흔적을 보여 주고 있었다. 좀 떨어져 있는 곳에 바위로 된 뷰트(평원의 고립된 언덕 — 역주)가 황토색과 적갈색, 암갈색과 회색으로 아름답게 치장되어 있었다. 건조한 땅으로 차츰 사라져서 흔적이 남지 않은 훔볼트 강의 웅덩이 북쪽은 훔볼트만큼이나 많은 물이 흐르고 있었다. 그리고 거기서 가까이 가기 어려운 곳의 땅은, 푸르게 우거진 잔디와 지천으로 깔려 있는 정도는 아니지만 사시나무와 버드나무 같은 나무들이 있는, 대조적이리만치 비옥한 계곡을 이루고 있는 것이 특징이었다. 충분한 물이 있다는 사실은 그 주위에서 공동체 생활과 농업이 행해져 왔다는 것을 뜻하기도 하지만, 그런 쾌적한 계곡에서도 정착지는 아주 조그맣고, 문명의 통제력은 아주 보잘것없는 것이었다.

언제나 그렇듯이 돔은 서부의 광활함에 주눅이 들었다. 하지만 그 풍경도 이번에는 전혀 새로운 감정을 불러일으키는 것이었다. 신비감이랄까, 무한과 가능성에 대해 마음이 미혹되는 인식이랄까, 그러면서도 뭔가 무시무시한 느낌……. 이런 외딴 영역을 지나 빠르게 돌진하면서, 거기서 뭔가 놀랄 만한 일이 그에게 일어났다는 것을 믿기란 결코 어려운 일이 아니었다.

2시 45분에 그는 위네뮤카에서 가솔린을 넣고 샌드위치를 사려고 잠시 차를 멈췄다. 그 곳은 1만 6천 평방마일의 면적에 그 군에서는 가장 커다란 곳이었지만, 주민은 겨우 5천 명밖에는 살지 않는 마을이었다. 그리고 나서 동쪽으로 80번 주간 고속 도로가 뻗어 있었다. 그 땅은 점점 대분지를 향해 오르막이 되었다. 수평선마다 더 많은 산들이 눈을 이고 있는 채로 경사진 아래쪽을 향해 봉우리를 뾰족히 내밀고 있었고, 쑥밭 사이로 포아풀 과의 풀들이 나타났다. 그리고 완전히 사막은 아니었지만 어떤 부분에서는 진짜 목초들이 우거져 있었다.

해가 떨어지자, 돔은 주간 고속 도로에서 차를 돌려 트랭킬러티 모텔로 들어서서 사무실 근처에 차를 세웠다. 그는 차에서 내리면서 바깥 바람이 너무나 쌀쌀한 데 깜짝 놀라지 않을 수 없었다. 비록 고원이 쌀쌀한 겨울 날씨라는 것을 알고 있으면서도 사막을 지나 너무 오랫동안 차를 몰고 왔기 때문에 내심 바깥이 따뜻하리라 생각하고 있었던 탓이었다. 그는 차 안에서 속에 양털을 댄 세무 재킷을 꺼내 재빨리 입고서 모텔을 향해 걸어갔다. 그러던 도중 그는 갑자기 무언가가 생각난 듯 걸음을 멈추었다.

'이곳이 바로 그 장소였어.'

그는 자신이 어떻게 그 사실을 알게 되었는지 알 수 없었다. 하지만 그는 분명히 그 사실을 알게 되었다.

그 곳이었다. 바로 그 자리에서 무언가 이상한 일이 벌어졌었다.

그는 재작년 7월 6일 금요일 저녁 거기에서 묵었었다. 그는 그 곳에서 느꼈던 색다른 소외감과 엄청나게 마음을 끌고 가슴을 뛰게 만드는 그 땅의 장엄함을 알아차릴 수 있었다. 실제로 그는 그 부분의 지역 환경이 소설을 쓰는 데 훌륭한 소재가 되리라는 확신이 들어서, 그 곳의 사정을 몸소 익히고 그 배경에 적합한 이야기를 구상하기 위해 이틀간 묵어 가기로 마음먹었었다. 그리고 7월 10일 목요일 아침이 돼서야 유타 주의 마운틴 뷰우로 출발했었다.

그는 자신의 기억이 뭔가에 의해 자극받기를 바라며 천천히 고개를 돌렸다. 그리고 희미한 불빛이 아른거리는 주위의 경치를 자세히 살펴보았다. 시선을 돌리면서, 그는 그 곳에서 자신에게 일어났던 일이, 지금까지 그에게 일어났거나 앞으로 살아가는 동안 자신에게 일어날 어떤 사건이나 장소보다도 훨씬 중요하리라는 확신이 들기 시작했다.

파랑색 네온 사인을 밝혀 놓은 간이 식당은 모텔에서 서쪽 끝으로 조금 떨어진 지점에 위치하고 있었다. 식당의 주위는 장거리 수송 트럭들을 수용할 수 있도록 널찍한 주차장으로 둘러싸여 있었고, 거기에는 이미 세 대의 트럭이 자리를 차지하고 있었다. 단층으로 되어 있는 흰색 건물의 모텔은, 전체를 진한 초록색 에나멜로 외장을 잘 꾸민, 어두운 색조의 광택이 나는 알루미늄 차일 아래로 비바람을 막는 지붕 달린 통로가 이어져 있었다. 서쪽 익벽은 광택이 나는 초록색 문짝을 단 객실이 10개 있었다. 1층에는 사무실이, 그리고 2층에는 새삼 설명할 필요도 없이 주인네 거처로 쓰이고 있었다. 서쪽 익벽과는 달리 동쪽 익벽은 L자형으로 되어 있었다. 그 중 조금 길이가 긴 구역 쪽으로는 6개의 객실이, 조금 길이가 짧은 후미 쪽으로는 4개의 객실이 있었다. 돔은 계속 눈길을 돌리면서 어두운 동쪽 하늘을 바라보았다. 저무는 석양을 배경으로 주간 고속 도로가 점점 조그맣게 잦아드는 모습이 보였으며 남쪽으로는 사람이 살지 않는 광활한 대지가 파노라마처럼 펼쳐져 있었다. 서쪽에는 평야와 산들이 더 많이 있었고, 그 위의 하늘은 석양이 져서 진홍색으로 물들어 있었다.

그는 시선을 돌려 주위를 한 바퀴 빙 둘러보면서 매순간마다 점점 머릿속에 뭔가가 명확해져 가는 것 같은 기분이 들었다. 적어도 트랭퀼러티 모텔을 한번 흘낏 쳐다볼 때까지는 그랬었다. 마치 꿈결인 듯 그는 간이 식당을 향해 걸음을 옮겼다. 문에 다다랐을 무렵, 그의 심장은 심하게 두방망이질쳤다. 당장 도망쳐야겠다는 긴박한 느낌이 들었다.

마음을 모질게 먹고서 그는 문을 열고 안으로 들어섰다.

그 곳은 조명 시설이 잘 되어 있는 아늑하고도 깔끔한 분위기에 무척 따뜻한 곳이었다. 먹음직스러운 음식 냄새가 실내에 가득 배어 있었다. 프렌치 프라이와 양파 냄새, 번철 위에서 지글거리며 익고 있는 햄버거 냄새, 기름에 튀긴 햄 냄새 등…….

꿈을 꾸는 것 같은 두려운 기분을 느끼면서 그는 빈 테이블로 건너갔다. 테이블 한가운데에는 케첩 병과 겨자를 짜는 병, 설탕 그릇, 소금병과 후추병 그리고 재떨이가 한 곳에 모여 있었다. 그는 소금병을 집어 들었다.

잠시 동안 그는 왜 자신이 그것을 집었는지 그 이유를 알지 못했다. 하지만 조금 지나서 그는 그 곳이 바로 재작년 여름 트랭퀼러티 모텔에서 첫날 밤을 지내던 날 자신이 앉았던 바로 그 테이블이라는 사실을 기억해 냈다. 그는 그때 소금병을 사용하려다 실수로 그것을 떨어뜨렸었다. 그리고는 반사적으로 소금병을 잡으려다 너무나 재빠르고 황급하게 낚아채는 바람에 어깨 너머로 소금이 저절로 쏟아져 날아가 버렸다. 곧장 날아간 소금은 그의 뒤로 다가오고 있던 어떤 젊은 여자의 얼굴에 확 뿌려졌었다.

그는 그것이 대단히 중대한 사건처럼 생각됐지만 자신이 왜 그런 생각을 했는지는 알 수가 없었다. 그 여자 때문일까? 그 여자는 대체 누구였지? 전혀 낯선 사람이 아니었던가? 왜 그 여자가 그렇게 보였던 것일까? 그는 그 여자의 얼굴을 다시 더듬어 보려고 애썼지만 도저히 기억이 나지 않았다.

뚜렷한 이유도 없이 그는 가슴이 쿵쿵거렸다. 마치 모든 것을 쑥대밭으로 만들어 버릴 수 있을 만한 무언가가 당장이라도 나타날 것 같은 느낌이었다.

그는 그 외의 다른 도움이 될 만한 상세한 사항들을 되새겨 보려고 애썼지만 도저히 기억이 나지 않았다.

그는 소금병을 내려놓았다. 아직도 꿈속에 붕 떠 있는 것 같은 느낌이었다. 몸을 움직이면서 그는 정확히 끄집어낼 수 없는 정체 모를 불안감에 몸을 떨며 앞 창 옆 귀퉁이의 칸막이 자리로 건너갔다. 거기에는 아무도 없었지만, 돔은 눈꺼풀에서 소금을 털어 내면서 눈을 깜박이던 그 젊은 여인이 분명히 과거의 그날 밤 바로 그 자리에 왔었다는 확신이 들었다.

"뭘 드릴까요?"

그제서야 돔은 노랑색 스웨터를 입은 웨이트리스가 자신의 옆에 서서 말을 걸었다는 사실을 알아차렸다. 그렇지만 그는 여전히 떠오를 듯하면서도 감질나게 조금씩밖에 떠오르지 않는 끔찍한 기억에 주문이 걸린 듯서 있었다. 아직 눈앞에 확연히 펼쳐지지는 않았으나 그것은 차츰 기억 속에서 차츰 선명해지고 있었다. 그의 과거에서 튀어나온 그 여자는 눈부시게 아름다운 오렌지빛 석양을 배경으로 바로 그 칸막이 자리에 앉아 있었다.

"손님, 어디 불편하신가요?"

과거의 젊은 여인은 저녁 식사를 주문했었고, 돔은 계속 식사를 들었었다. 그리고 노을이 사라지고 밤이 내려왔다. 그리고 나서는……안돼!

그 기억은 깊숙한 수렁 속에서 빙빙 맴돌다 흐릿한 안개 같은 표면을 뚫고 나오는 한줄기 희미한 빛줄기처럼 그의 의식 속으로 나오려고 하다가, 마치 자신을 향해 슬금슬금 다가오는 거대한 존재의 끔찍한 얼굴을 보기라도 한 것처럼 결정적인 순간에 갑자기 그를 공포에 휩싸이게 만들고는 사라져 버렸다. 그는 그 생각을 더 이상 하지 않기로 단념해 버렸다. 문득 그는 그 기억을 생각하고 싶지도 않았고, 그 생각 자체를 거부하고 싶은 마음에 사로잡혀서 외마디 비명 소리를 토해내며 멈칫 뒷걸음칠 쳤다. 그는 깜짝 놀란 웨이트리스로부터 멀찍이 물러나 그 자리에서 도망치기 시작했다. 그는 사람들이 자신을 쳐다보고 있다는 사실도 알고 있었고, 자신이 지금 소동을 벌이고 있다는 것도 잘 알고 있었지만, 자신을 원망하지는 않았다. 그는 문을 쾅쾅 두드려 활짝 열어제치고는, 해가 막 떨어질 무렵 검자줏빛과 선홍색이 어우러져 물들어 있는 바깥으로 달려나갔다.

그는 두려웠다. 과거가 두려웠다. 미래도 두려웠다. 하지만 그가 더욱 두려운 것은 자신이 왜 두려워하고 있는지를 모르고 있다는 사실이었다.

일리노이 시카고

브렌던 크로닌은 저녁을 들고 나서 비카직 신부가 포만감에 젖어 브랜디 한 잔을 즐기고 있는 사이 그날의 분위기가 최고조로 무르익을 때까지 자신의 이야기를 발표하는 것을 보류하고 있었다. 그 동안 그는 비카직 신부와 게라노 신부와 함께 식욕 좋게 저녁을 들었다. 그는 감자 두 덩어리와 콩과 햄을, 집에서 직접 만든 삼등분한 빵과 함께 곁들여서 맛좋게 모두 먹어치웠다.

식욕을 다시 찾기는 했지만 그가 신앙심을 다시 회복한 것은 아니었다. 신에 대한 믿음이 깨지고 나서, 그의 마음속에는 끔찍하리만치 어두운 공허와 절망감만이 남아 있었다. 하지만 이제는 절망감도 사라져 버리고, 마음속 전체를 채우고 있던 것은 아니었지만 공허감도 움츠러들었다. 그는 언젠가 자신이 교회하고는 아무 상관없이 보람차고 의미 있는 인생의 행로로 접어들게 될지도 모르리라는 사실을 감지하기 시작했다. 세속적인 쾌락보다도 미사를 보면서 느끼는 영적인 기쁨에 더 마음이 끌렸었던 브렌던으로서는 단순히 세속적인 삶에 대해서 생각하는 것 자체만으로도 개혁에 가까운 발전이었다.

어쩌면 그의 절망감은 크리스마스 이후 자신이 무신론에서부터 최소한 인정을 받은 불가지론까지 방황을 해 오면서 차츰 더 커져 간 것인지도 모른다. 최근에 일어난 여러 가지 사건들은 한데 어우러져서 그로 하여금 반드시 그 존재가 신이 아니라 할지라도 초자연적인 힘이 존재한다는 사실에 대해서 곰곰이 생각하게 만들었다.

저녁을 들고 나서 게라노 신부는 위층에 올라가서 제임스 블록의 최신작들을 읽으며 몇 시간을 보냈다. 그의 소설은 브렌던도 가장 재미있다고 생각하는 글이기는 했지만, 그 안에 펼쳐지는 해괴한 환상 속에서 창조된 다채로운 이야기들과, 그보다도 훨씬 더 해괴한 등장 인물들은 비카직 신부처럼 고집스러운 현실주의자가 보기에는 지나치게 허구적인 글이 아닐 수 없었다. 브렌던과 함께 서재로 자리를 옮긴 수도원장이 말했다.

"그 사람 글을 잘 쓰기는 하지만 그의 글 한 편만 읽고 나면 그런 일들이 실제로 일어날 리가 없을 것 같다는 뭔가 특별한 감정을 가지게 되죠. 게다가 난 그런 감정이 싫거든요."

"그런 일이 일어날 것 같다는 느낌을 가지는 이는 아마 하나도 없을 겁니다."

브렌던이 대꾸했다.

수도원장은 고개를 내저었다. 그의 회색 머리카락이 철선처럼 불빛에 반짝였다.

"아니, 그저 심심풀이로 책을 읽을 때는, 신부에게 인생의 진실과 맞부닥쳐 싸우게 만드는 뭔가 크고 단단하고 무거운 장벽 속에 갇혀 있는 편이 더 낫죠."

수도원장의 말에 브렌던이 싱긋 웃으면서 말했다.

"원장 신부님, 만일 천국이 있다면 말입니다, 그리고 만일 제가 신부님과 함께 어찌어찌해서 거기에 갈 수 있게 된다면 말이죠, 저는 신부님과 월트 디즈니가 한번 만나실 수 있도록 자리를 마련할 기회를 가졌으면 싶습니다. 저는 신부님께서 틀림없이 월트 디즈니에게 미키 마우스의 모험 대신 도스토예프스키의 선별된 작품집을 만화 영화로 만드는 데 시간을 보내라고 설득하시는 모습을 뵙고 싶거든요."

수도원장은 내심 미소를 지으며 서로의 잔에 술을 따랐다. 타락한 신부 브렌던은 네델란드 진, 그의 상급 신부인 스테판은 조그만 브랜디 잔을 들고서 안락 의자에 마주앉았다.

이때야말로 자신의 소신을 알릴 만한 절호의 기회라고 판단하고서 브렌던이 재빨리 입을 열었다.

"원장 신부님께서 괜찮다고 하시면 잠시 동안 여기서 나가 있으면 하는데요. 가능하다면 월요일에 떠나고 싶습니다. 네바다로 갈까 합니다만."

"네바다라고 했나요?"

비카직 신부는 마치 자신의 보좌 신부가 지금 막 방콕이나 팀북투라고 말하기라도 한 것처럼 그렇게 소리쳤다.

"하필이면 왜 네바다죠?"

혀에 감도는 페퍼민트맛과 혀를 불태울 것 같은 네델란드 진의 향기를 풍기면서 브렌던이 대답했다.

"그 곳이 바로 제가 부름을 받은 곳이기 때문입니다. 어젯밤 꿈속에서 말예요. 비록 아주 환한 빛밖엔 아무것도 보지 못했지만, 그때 갑자기 거기가 어디인지 알게 됐죠. 네바다의 엘코 카운티였어요. 그리고 에미를 치료하고, 윈톤을 다시 살린 것에 대한 설명을 구하기 위해서는 반드시 다시 거기로 돌아가야 한다는 걸 알게 된 겁니다."

"거기로 다시 돌아간다구요? 신부께서는 전에 거기에 가신 적이 있단 말인가요?"

"재작년에요. 그러니까 제가 성 베네딕트로 오기 바로 직전이었습니다."

로마에 있는 몬시뇨르 오르벨라를 돕는 직책을 마치자마자, 브렌던은 바티칸에 있는 자신의 스승으로부터 지시받은 마지막 임무를 수행하기 위해서 곧장 샌프란시스코로 날아갔었다. 그는 오르벨라의 오랜 친구인

요한 산테피오레 추기경과 함께 두 주를 보냈었다. 그 추기경은 로마 교황의 선정(善政)에 관한 역사책을 집필중이었고, 브렌던은 로마에 있는 몬시뇨르가 보내는 연구 자료를 가지고 있었다. 그 서류에 관한 어떤 문의점이 있을 경우 거기에 답하는 것이 바로 브렌던의 일이었다. 요한 산테피오레는 장난기가 많아 능청맞게 시치미를 뚝 떼거나 농담을 잘하는 대단히 매력적인 사람이었고, 그와 보낸 시간들은 눈 깜짝 할 사이 지나가 버렸다.

임무를 모두 마치고 나서, 브렌던은 대주교의 관구에 있는 일부 교구의 보좌 신부로서의 임무를 부여받게 되어 있는 고향 시카고의 상급자들에게 보고를 올리기 전에, 두 주 동안 개인적인 시간을 가질 수 있게 되었다. 그는 몬티리 반도에 있는 카멜이라는 곳에서 며칠을 보냈었다. 그 다음에는 전에 한 번도 본 적이 없는 고장들을 몇 군데 돌아보기로 작정하고서 차를 빌려 타고 한참 동안 동쪽으로 차를 몰아 긴 여행을 할 예정이었다.

비카직 신부는 브랜디가 담긴 주둥이가 조붓한 술잔을 양손으로 쥐고서 앞으로 몸을 수그렸다.

"산테피오레 추기경에 관한 일은 기억이 나지만, 신부께서 이리저리 차를 몰고 돌아다닌 일은 잊고 있었죠. 게다가 네바다의 엘코 카운티까지 거쳐왔단 말인가요?"

"거기서 허허벌판 한가운데 세워져 있는 한 모텔에서 묵었죠. 트랭퀼러티 모텔이라는 곳이었어요. 처음에는 그날 하룻밤만 묵을 작정이었는데, 마을이 너무나 평화롭고 아름답길래, 며칠 더 묵어 가기로 마음을 바꿨죠. 이제 다시 그 곳으로 돌아가야겠습니다."

"왜죠? 거기서 무슨 일이 있었던 거죠?"

브렌던은 모르겠다는 듯 어깨를 으쓱거렸다.

"아무 일도 없었습니다. 그저 저는 긴장을 풀고 쉬었을 뿐이에요. 잠시 낮잠을 자고 책을 두 권 읽었습니다. 텔레비전도 봤구요. 모텔에서 지붕에 조그만 수신 안테나를 달아 놓았기 때문에 텔레비전 수신 상태가 굉장히 좋았거든요."

브렌던의 말을 듣고 비카직 신부는 고개를 끄덕였다.

"뭔가 이상한데? 잠깐 신부의 얘기를 듣고 있자니, 얘기가 아주…… 이상하게 들리는군요. 마치 뭐라고 할까……. 외운 것을 그대로 반복하는 것처럼 부자연스럽게 들린다고 해야 할지……."

"전 그냥 있었던 그대로 신부님께 말씀드리고 있는 겁니다."

"그렇다면 말예요, 거기서 신부에게 아무 일도 일어나지 않았다면, 왜 그 장소가 그토록 신부한테 특별하게 느껴지는 거죠? 신부께서 거기로 되돌아가면 무슨 뾰족한 수라도 생기는 겁니까?"

"저도 모르겠습니다. 하지만 뭔가……믿어지지 않을 만큼 중요한 일이 일어날 것 같아요."

마침내 브렌던의 둔감함에 실망감을 나타내면서, 비카직 신부가 퉁명스럽게 물었다.

"신이 신부를 부른 것이 아니었을까요?"

"그렇지는 않은 것 같습니다. 아니 어쩌면 그럴지도 모르죠. 아주 가능성이 희박하기는 하지만요. 원장 신부님, 제가 가도록 허락해 주셨으면 합니다. 하지만 만일 신부님께서 허락을 안 해 주신다 해도, 어쨌든 저는 가겠습니다."

비카직 신부는 평소보다 더 많은 양의 브랜디를 한 모금에 들이켰다.

"정 그렇다면, 나도 신부께서 거기에 가 봐야 한다고는 생각하지만 혼자서는 안 될 것 같아요."

그 말을 듣고 브렌던은 화들짝 놀랐다.

"그럼 신부님께서 저와 함께 가시겠다는 말씀이신가요?"

"아니오. 난 성 베네딕트 교구를 돌봐야 하니까요. 하지만 신부께서는 반드시 적당한 입회인을 동반해야만 합니다. 이 일들에 익숙한 사제 말입니다. 기적이나 기적적인 사건 따위를 입증해 보일 수 있을 만한 사제를……."

"원장 신부님 말씀대로라면 성모 마리아상이 눈물을 흘리고 있다거나, 십자가에서 피가 흐른다거나, 그 외의 여러 가지 종류의 신성한 현시(顯示)에 관해 병적으로 흥분해서 조사한 사항들을, 상부에 보고하도록 추기경님의 허가를 받은 성직자 말씀이시로군요."

비카직 신부는 고개를 끄덕였다.

"맞았소. 그런 입증 과정에 대해서는 정통한 사람들. 난 대주교 교구의 간행 사무소에서 일하는 몬시뇨르 재니를 심중에 두고 있었어요. 그 사람은 실전 경험이 풍부한 사람이니까요."

브렌던은 수도원장을 실망시키기는 싫었지만 결국 자신의 뜻대로 밀고 나가기로 결심하고 원장 신부의 말을 중간에서 가로챘다.

"여기에 엄청난 재난이나 사건 따위가 수반될 리는 없을 테니까 몬시뇨르 재니를 부르실 필요는 없습니다. 여기에 뚜렷한 성서적인 의의나 동기를 가진 거라곤 아무것도 없으니까요."

"그렇다면 신께서 그런 미묘한 일들까지 허락하지 않으셨다고 감히 누가 말할 수 있겠소?"

비카직 신부가 반문했다. 그는 이 논쟁에서 이길 것을 확신한 듯 싱긋이 미소를 지어 보였다.

"이런 일들이 모두 심리적인 현상일 수도 있잖습니까?"

"말도 안 되는 소리오! 심리적인 현상이라고 말하는 것은 신의 손이 인간에게 작용하고 있다고 감지한 불신자들이 반감에 차서 해대는 변명에 불과해요. 이번 사건들은 자세히 조사를 해봐야 해요, 브렌던. 그 사건들의 의미에 대해서 마음을 열고 잘 생각해 봐요. 그러면 진실을 알 수 있을 겁니다. 신께서 다시 자신의 품으로 돌아오라고 부르시는 소리일지도 몰라요. 난 이 사건들이 어쩌면 뭔가 엄청나고도 신성한 재난을 만들어 가고 있는 과정이라고 믿고 있소."

"하지만 이 일들이 신성한 현시를 만들어 가고 있는 과정이라면, 어째서 여기서 지금 당장 일어나지 않는 거죠? 왜 꼭 네바다로 가야 하는 거냐구요?"

"어쩌면 그것은 신의 뜻에 신부께서 얼마나 순종하고 따르는지를 시험해 보는 것인지도 모르죠. 진정코 신부의 마음속에 신에 대한 믿음을 다시 되찾고자 하는 희망이 있는지 없는지에 대한 시험 말예요. 만일 신부의 그런 갈망이 신이 보시기에 충분히 강한 것이라면, 신부께서는 장거리 여행을 하는 동안 스스로를 깨치고, 그 보상으로 다시 믿음을 갖게 만들 수 있을 만한 일을 보여 주실지도 모르죠."

"하지만 왜 하필이면 네바다죠? 플로리다나 텍사스나……이스탄불같은 곳이 아니고 말예요."

"그거야 신만이 아시는 일이 아닐까요?"

"그러면 신께서는 이런 모든 문제들을 저처럼 타락한 사제의 마음을 다시 붙잡아 주시기 위해 꾸미셨다는 말인가요?"

"모든 천지 만물을 창조하신 그분께는 그것이 전혀 문제가 되지 않을 겁니다. 그리고 그분께는 품에 있는 아흔아홉 마리의 양보다는 길 잃은 한 마리의 양이 더 소중하실 수도 있겠죠."

"그렇다면 왜 신께서는 처음부터 제 신앙을 잃어버리게 만드신 거죠?"

"신앙을 잃어버렸다 다시 되찾는다는 것은 신앙을 더욱 굳건히 다지는 하나의 과정일 수도 있죠. 신께서는 신부를 더욱 강하게 단련하실 필요가 있기 때문에 이런 일들을 겪게 만드신 것일지도 모릅니다."

브렌던은 미소를 지으며 원장 신부가 존경스러운 듯 고개를 내저었다.

"신부님께서는 언제나 어떤 질문에든 척척 답변을 하시는군요. 그렇죠?"

스스로도 만족스러운 듯한 표정으로 비카직 신부는 의자에 몸을 깊이 파묻고 앉았다.

"신께서 내게 임기응변에 능한 순발력을 주신 덕분이지요."

브렌던은 문제를 가진 사제들의 해결사로서 비카직 신부의 명성을 익히 잘 알고 있었다. 그는 원장 신부가 그렇게 쉽사리, 아니 절대로 자신의 문제에 대해서 단념하지 않으리라는 것도 잘 알고 있었다. 하지만 브렌던은 몬시뇨르 재니를 달고서 네바다로 갈 생각은 추호도 없었다.

맞은편에 놓인 안락 의자에 앉아 비카직 신부는 브랜디 잔의 테두리 너머로 한눈에도 알 수 있을 만큼의 진한 애정과 강철처럼 단단하고 강력한 태도로 브렌던을 지켜 보면서, 또 한차례 자신이 재빨리 반박할 수 있을 만한 논쟁을 벌여서 절대로 상대에게 지지 않는 궤변적인 침착한 말솜씨로 난처한 질문을 받아넘기면서 브렌던에게 다시 공격할 기회를 간절히 기다리고 있었다.

브렌던은 한숨을 내쉬었다. 그날 저녁 시간은 아주 길게만 느껴졌다.

네바다 엘코 카운티

두려움과 당혹감 속에 트랭퀼러티 모텔 밖으로 급히 뛰쳐나온 돔 콜베이시스는 황혼이 내려앉으며 빛이 마지막으로 선홍색과 검자줏빛 하늘 속으로 점점 사라져 가는 바깥으로 도망쳐 나왔다. 돔 콜베이시스는 곧장 모텔 사무실로 갔다. 그는 한창 소동이 벌어지고 있는 그 안으로 들어서고 말았다. 맨처음에는 그것이 부부 싸움인 줄 알았었다. 하지만 그는 금세 부부 싸움이 아닌, 그 이상의 뭔가 이상한 느낌을 알아챌 수 있었다.

황갈색 바지에 밤색 스웨터를 입고 있는 다부진 체구의 남자가 카운터에서 손님 쪽에 있는 방 한가운데 서 있었다. 그는 돔보다 키가 겨우 2인치 정도밖에 크지 않았지만, 다른 신체 치수는 돔보다 훨씬 더 컸었다. 그는 마치 커다란 참나무 덩어리를 조각해서 만든 것처럼 보였다. 비록 황소처럼 억센 체구 때문에 실제 나이보다 훨씬 더 젊고 힘있게 보이기는 했지만, 짧게 잘라 잘 빗어 넘긴 희끗희끗한 머리며, 풍파를 많이 겪은 듯한 주름진 얼굴 등으로 볼 때 남자의 나이가 쉰 줄은 되는 것 같았다.

덩치가 커다란 사내는 마치 격노한 사람처럼 몸을 부르르 떨고 있었다. 그의 옆에는 여자 하나가 서서 뭔가 묘하면서도 급박한 표정으로 그의 모습을 지켜 보고 있었다. 그녀는 생기에 넘치는 푸른 눈동자를 가진 금발의 미인으로, 나이를 제대로 판단할 수는 없지만 남자보다는 훨씬 연하인 것 같았다. 남자의 창백한 얼굴은 식은땀에 젖어 반짝였다. 돔이 문지방을 건너면서 얼핏 본 그의 인상은, 그의 상태가 상당히 좋지 않다는 것을 금세 알 수 있게 했다. 그 남자는 격분해 있는 것이 아니라, 잔뜩 겁을 집어먹고 있었던 것이다.

"진정해요. 호흡을 고르도록 해 봐요."

여자가 말했다.

덩치가 커다란 사내는 숨을 헐떡이고 있었다. 그는 두꺼운 목을 쑥 집어 넣고, 고개를 숙이고, 어깨를 떨군 채로 서서 바닥을 내려다보고 있었다. 차츰 가쁜 리듬으로 고르지 못한 숨을 들이쉬었다 내쉬었다 하는 것으로 보아, 그의 공포심이 점점 커져가고 있다는 것을 알 수 있었다.

"천천히 깊게 심호흡을 해 봐요. 폰트레인 박사가 가르쳐 준 걸 기억해 보라구요. 마음이 가라앉거든 밖에 나가서 산책을 합시다."

"안 돼!"

커다란 덩치의 사내는 심하게 도리질을 해댔다.

"그렇게 해야 해요."

여자는 안심을 시켜 주려는 듯 남자의 팔에 손을 얹었다.

"밖에 잠깐 나가서 바람을 쐬야 해요., 어니. 그러면 지금의 이 어둠과 밀워키에서의 어둠이 하나도 다르지 않다는 걸 알 수 있을 거예요."

어니! 그 이름을 듣자, 돔은 소름이 쫙 끼치면서 리노에 있는 세베디아 로우맥의 집 거실에 걸려 있던, 그 위에 사람들의 이름이 휘갈겨 적혀 있던 달 포스터 네 장이 떠올랐다.

여자가 돔에게 눈길을 돌리자, 돔은 "방 하나만 주세요."라고 말했다.

"방이 다 찼는데요."

여자가 대답했다.

"〈빈방 있음〉이라는 표지판에 불이 켜져 있던데요."

"좋아요, 좋다구요. 하지만 지금은 안 되겠어요. 부탁입니다, 지금은 안되겠어요. 간이 식당이나 다른 데 잠깐 가 계시다가 30분쯤 지나서 다시 와 주세요. 부탁입니다."

여자가 말했다.

그런 대화가 오고갈 때까지 어니는 돔이 들어온 것도 모르고 있는 눈치였다. 그제서야 그는 바닥에서 눈을 쳐들었다. 그의 입에서 공포와 절망에 찬 신음 소리가 새어 나왔다.

"저 문! 제발 어둠이 새어 들어오기 전에 저 문을 닫아!"

"안 돼요. 안 돼. 안 된다구요."

여자의 목소리는 겉으로는 무척 단호해 보였지만, 내심 측은해 하는 마음으로 가득 차 있었다.

"어둠이 들어오다니 말도 안 되는 얘기예요. 어둠이 당신을 해칠 수는 없어요, 어니."

"아냐, 지금 어둠이 막 들어오고 있다구."

남자는 처량맞게 고집을 피웠다.

돔은 그제서야 실내가 부자연스러우리만치 환하다는 사실을 깨달았다. 테이블 위의 스탠드며 플로어의 스탠드, 접수 데스크의 전등, 천장 위의 조명 시설까지 전부 환하게 불을 밝혀 놓고 있었다.

여자가 다시 돔에게 고개를 돌렸다.

"제발 부탁이에요. 문 좀 닫아 주세요."

그는 밖으로 나가는 게 아니라 오히려 안으로 들어서서 문을 굳게 닫았다.

"제 말은 나가시면서 문을 닫아 달라는 거였어요."

여자는 쏘아붙이듯 말했다.

어니의 얼굴에 나타난 표정에는 한편으로는 두려움이, 다른 한편으로는 당혹감이 어려 있었다. 그는 얼른 시선을 돔에게서 창 쪽으로 옮겼다.

"그게 바로 저 창에 있어. 아주 시커먼 어둠이……점점 밀어닥치고 있어."

그는 양처럼 온순한 표정으로 돔을 쳐다보더니 다시 고개를 숙이고 눈을 꼬옥 감았다.

돔은 그 자리에 못박힌 듯 서 있었다. 공포심으로 이성을 잃고 있는 어니의 모습은 자신이 잠결에 돌아다니다가 공포감에 휩싸여 옷장에 숨었을 때의 모습과 놀라우리만치 흡사하게 느껴졌다.

여자는 눈물을 참으려는 대신 화를 내면서 얼른 돔에게 시선을 돌렸다.

"왜 안 가시는 거죠? 이 이는 약간 공포증 환자예요. 가끔씩 어둠을 두려워하죠. 이런 발작을 한번 일으키면 우리는 같이 어둠을 쫓아 버려야 해요."

돔은 로우맥의 집에 붙여 놓았던 포스터들 위에 휘갈겨서 적어 놓은 다른 이름들을 기억해 냈다. 진저와 페이. 거기서 그는 육감에 따라 이름 하나를 골라잡았다.

"좋아요, 페이. 당신들이 겪고 있는 일을 조금이나마 이해할 것 같군요."

여자는 그가 자신의 이름을 부르자 깜짝 놀라서 눈을 깜박거렸다.

"저를 아시나요?"

"댁에서는 저를 아십니까? 저는 도미니크 콜베이시스라고 합니다."

"그건 제게 아무래도 상관없어요."

여자는 덩치가 커다란 남자가 고개를 돌리자 그와 함께 그 자리에 남아 있었다. 그는 계속 눈을 감고 있는 채로 사무실 뒤쪽을 향해 비틀거리며 움직였다.

어니는 카운터에 난 문을 향해 무작정 걸음을 옮겼다.

"위층으로 올라가야 해. 거기서 커튼을 내리고 있으면 어둠을 내쫓아 버릴 수 있을 거야."

페이가 말했다.

"안 돼요, 어니! 잠깐 기다려 봐요. 그것으로부터 도망쳐서는 안 돼요."

돔은 어니의 걸음을 멈추게 하려고 그의 앞으로 걸어가서 그의 가슴에 손을 대고 말했다.

"당신은 악몽을 꾸고 계시죠? 잠이 깨실 때는 그 꿈이 달하고 관계가 있다는 것만 빼놓고는 그게 무슨 내용이었는지 전혀 기억이 안 나시죠?"

페이가 숨을 헐떡였다.

어니도 깜짝 놀라 눈을 번쩍 떴다.

"댁이 그걸 어떻게 아시죠?"

"저도 벌써 한 달도 넘게 그런 악몽을 꾸어 왔거든요. 매일 밤마다요. 게다가 너무나 악몽에 시달리며 고통을 당한 나머지 자살을 한 남자를 알고 있습니다."

돔이 말했다.

그들은 놀라서 그를 쳐다보았다.

"10월부터 저는 몽유병에 시달려 왔어요. 침대에서 기어 나와 옷장에 숨거나 제 자신을 보호하기 위해서 무기를 모으기도 했었죠. 한번은 뭔가가 들어오지 못하게 하려고 창문에 못을 박으려 한 적도 있었으니까요. 어니, 당신은 제가 어둠 속에 있는 뭔가를 두려워하고 있다는 것을 모르시고 계시겠죠? 당신이 두려워하고 계시는 것도 틀림없이 바로 그런 것일 겁니다. 그건 단순히 어둠 그 자체를 두려워한 것이 아니라, 그 밖의 다른 것을 두려워하고 있는 걸 거예요. 당신에게 일어났던 특별한 것 말입니다."

그는 손짓으로 창 밖을 가리켰다.

"재작년 바로 같은 주에 저기 어둠 속에 있던 것 말입니다."

사건이 이런 식으로 발전한 데 대해서 어니는 아직도 당황한 채 창문 너머로 내다보이는 어둠을 흘낏 쳐다보고 나서 눈길을 얼른 피했다.

"전 잘 이해가 안 가는군요."

"위층으로 올라갑시다. 거기서는 커튼을 드리울 수가 있으니까요."

돔이 말했다.

"거기서 제가 아는 것을 말씀드리죠. 중요한 점은 이런 문제를 겪고 있는 사람이 비단 어니 당신 혼자만이 아니라는 사실입니다. 당신은 더 이상 혼자가 아니라구요. 그리고 감사하게도 저 역시 혼자가 아니구요."

이방인 1

초판 발행일 / 2010년 11월 25일
재판 발행일 / 2013년 6월 5일
지은이 / 딘 R. 쿤츠, 정태원 옮김
편집 디자인 / 이지혜
펴낸이 / 김용성
펴낸곳 / 지성문화사
등록 / 제5-14호(1976.10.21.)
주소 / 서울 동대문구 신설동 117-8 예일 빌딩
전화 / 02) 2236-0654, 2233-5554
팩스 / 02) 2236-0655, 2238-4240

* 책값은 뒤표지에 있습니다.
* 잘못 만들어진 책은 바꾸어 드립니다.